弓狩《ゆがり》匡純《まさずみ》

平和の栖《すみか》

広島から続く道の先に

集英社

平和の栖《すみか》　広島から続く道の先に

目次

＊本文中の引用については、原則的に原文通りとしたが、旧字は新字に改め、明らかな誤植は訂正した。
＊年齢・肩書きについては、基本的に取材時のものである。

平和の栖《すみか》

広島から続く道の先に

第一章　十字架を背負った少年

広島に、悪魔が舞い降りた。『リトル・ボーイ』と名付けられた最大直径〇・七五メートル、全長三・一二メートルのオリーブドラブ色に塗られた原子爆弾の胴体には、識別番号である「L−11」と「最高機密（TOP SECRET）」、そして「裕仁（昭和天皇）への最初のメッセージ（First Message For Hirohito）」の文字が刻まれていた。連合国軍最高司令官総司令部（GHQ）の最高司令官（SCAP）として敗戦国・日本に降り立ったダグラス・マッカーサー元帥は後に、この国を指して「一二歳の少年」と称したが、総重量が約五トンにも及ぶ『リトル・ボーイ』、ガンバレル型ウラニウム活性実弾Mark−1には、五〇キロものウラン235が搭載されていた。

南国の夜闇は深い。大地に溜め込まれた炎天下の熱気が、ゆらゆらと天空に立ち昇ってゆく。一九四五年（昭和二〇年）八月六日未明。西太平洋に浮かぶマリアナ諸島テニアン島の北端に位置するノース・フィールド飛行場のA滑走路では、垂直尾翼にⓇの文字が大きく描かれた大型爆撃機が、悠然とエンジンを始動させていた。機長の母親の名を冠したというエノラ・ゲイ、特殊仕様が施された米陸軍航空軍第五〇九混成部隊第三九三爆撃戦隊所属のB−29がうなり声を上げる。

やがて地下のピット内に格納されていた『リトル・ボーイ』は油圧ジャッキで注意深く引き上げられ、星明かりを鈍く映した銀色の機体へと収められていった。午前二時四五分。機長のポール・W・ティベッツ大佐は念入りに計器類を点検すると、管制官の指示に従いエンジン出力を上げ、〝超空の要塞〟の機首を北北西に向けて、離陸させた。出撃。

月曜日の朝、広島は快晴だった。雲ひとつない、吸い込まれそうな紺碧の空が広がっていた。家々からは朝餉《あさげ》の穏やかな煙が漂い出している。強制疎開により半減したとはいえ、いまだ人口約二四万五〇〇〇人（一九四五年六月時点）を擁する中国地方最大の都市でも、いつもと変わらぬ喧噪が日を覚ました。勤め人は国民服の襟を正し、勤労奉仕へと向かう。女学生たちは、へちま襟のセーラー服に袖を通す時間だ。粟屋仙吉《あわやせんきち》広島市長も、市長公舎でその朝を迎えていた。

「今日も暑くなりそうじゃ」

前夜は、本土決戦に備えて四月に創設された陸軍第二総軍司令部の参謀長を前月に拝命したばかりの、岡崎清三郎中将の着任披露会に出席したため、一旦公舎に戻れたのは午後九時過ぎ。夜半には空襲警報により再び登庁し、ようやく仮眠を取るため帰宅できたのは、すでに午前二時を回った頃合いであった。

疲労は募っていたものの、柔道五段の腕前を持つ五一歳の偉丈夫《いじょうふ》は、東京帝国大学（現・東京大学）法学部を卒業すると迷わず官界に身を投じた。広島県庁勤務を皮切りに大阪府警察部長、官選であった大分県知事などを経て、清廉潔白な仕事ぶり[1]が買われて一九四三年七月一〇日に広島市長に就任した仙吉は、西日本防衛の要衝であったこの街と、そこに生きる市民の安全を守るべく日々、心を砕いていた。就任当初、単身赴任で当地へと向かった仙吉は家族に、「自分は広島市民と運命を共にする覚悟である」と、言い残していた。

一八八九年（明治二二年）に施行された市制・町村制により、大阪や京都を始めとする三一都市と共に全国初の〝市〟としてスタートを切った広島は、日清戦争に際しては天皇直属の最高統帥機関であった大本営が置かれ、第七回帝国議会も開かれるなど、一時的にせよ首都機能が移転された都市であっただけに、プライドは殊の外高い。

しかしながら、西日本最大の軍都であったにもかかわらず、戦時中小規模な空襲を三度しか経験していなかったことが[2]、戦況を冷静に見極めていた仙吉の不安を掻き立てていた。当時の広島県知事・高野源進《たかのげんしん》も同じく七月二一日付の書簡で、「却って気味悪き様感ぜられ居り候」と綴っている。巷《ちまた》では、「広島からはようけの県民が移民[3]としてアメリカには渡っとるけんのぉ。ここは空襲されんのじゃ」といった噂がまことしやかに流布していた。

特に県西部の安芸《あき》地方では農民一人当たりの耕地面積が明治初期には全国七三中、七二番目といった地理的事情を抱えていた上に、軍関連施設の拡大に伴い人口増加率が飛躍的に上昇したため、新天地を求めて海外へと渡る移民が最も多い[4]県として知られていた。

もちろん仙吉は流言飛語になど耳は貸さない。とはいえ、一月には日本領空の制空権を完全に掌握していた米軍機から、七月下旬には広島にも、『日本国民に告ぐ!!　即刻都市より退避せよ[5]』と題された伝単（宣伝ビラ）がばら撒かれていた[6]。

「嫌な予感がする」

物資困窮の折、市長とて贅沢が許されるわけではない。東京から呼び寄せた一三歳の長男・忍は、今朝のおかずは何だろうといの一番に卓袱台《ちゃぶだい》に座った。一歳一〇ヶ月になったばかりの孫の絢子は妻・幸代の腕に抱かれ、すやすやとちいさな寝息をたてている。使用人のユリが「お待たせ致しました」と、おひつを運ぶと、敬虔なクリスチャンであった仙吉は食前の祈りを唱え、皆が静かに箸をつけた。あの朝でさえ、変わらず繰り返されたであろう、こうした穏やかな日常のひとコマが日に浮かぶ。

午前八時九分。エノラ・ゲイは広島市上空九四六七メートルにその巨軀を現した。すでに市街を目視出来る空域にまで達している。航法士として搭乗していたセオドア・V・カーク大尉は、雲ひとつない晴天を神に感謝したことだろう。同一二分、同機は『リトル・ボーイ』の投下目標地点であった相生橋《あいおい》に到達する。同市中心部を流れる本川《ほん》（旧・太田川《おおた》）と元安川《もとやす》の分岐点に架けられたT字型のこの橋は、周囲に帝国陸軍中国軍管区司令部を始めとする軍関連施設が密集していたこともあり、エノラ・ゲイにとっては格好の目標点となった。

「Y−3、Q−3、B−2、C−1（低、中、高高度の雲量いずれも一〇分の三以下、第一目標を爆撃せよ）」

気象観測の任務を帯び、エノラ・ゲイに先行してテニアン島を飛び立っていたB−29ストレート・フラッシュの機長クロード・R・イーザリー少佐からは暗号電波を受信している。高度三万一〇六〇フィート、視界良好。

帝国陸軍の互助団体であった偕行社が経営に関与していた比治山《ひじやま》高等女学校（現・比治山女子中学・高等学校）から中国軍管区司令部参謀部通信班に学徒動員され[7]、半地下式の作戦指令室に赴いていた当時一四歳の岡ヨシエ（旧姓・大倉）は、前夜から断続的に続いていた敵機来襲[8]の通信連絡業務に追われ、一睡も出来ずにいた。

「八時になれば交代の人が来てくれる。もう少し頑張ろう」

夜勤明けで腫れ上がった瞼をこすりながら、ヨシエは昼夜三交代制であった同級生たちを待ちわびていた。「七時半過ぎに一旦走って宿舎まで戻り、お行儀が悪いけれども丼ご飯にお味噌汁をかけて、急いで朝食を済ませたところでした」と、彼女は述懐する。悪性リンパ腫により逝去する半年ほど前、二〇一六年末に話を聞いた彼女の記憶は、驚くほど鮮明であった。

「遅いなぁ。どうしたのだろう。いつもは数分前には入ってくるのに」

堅牢な地下室に設けられた指揮連絡室の中で電話交換機に向かっていた彼女の手元に、その時、半紙半分大のザラ紙に書かれたメモ（伝票）が入る。

「広島県東部にB-29三機侵入」

これまでの経験から「また警報が出る」と、咄嗟に身構えた彼女だったが、「おかしいな。メモが出る前にブザーが鳴るはずなのに」と一瞬、不安が脳裏を過《よぎ》った。魔の時刻。八時一一分頃。今度はメモが「広島市上空に侵入」に変わる。が、まだブザーは鳴らない。八時一三分。ようやくブザーが壕内にけたたましく鳴り響き、再びメモが手元に飛び込んできた。

「〇八・一三　ヒロシマ・ヤマグチ　ケハ（警戒警報発令）」

ヨシエは「ケハ」ではなく「クハ（空襲警報発令）」でしょう？　と訝しんだが躊躇している暇はない。急いで電話交換機に数本のコードを一度に差し、担当していた広島県庁や市役所、軍需工場、広島中央放送局（現・NHK広島放送局）を呼び出した。

「広島、山口、警戒警報ハ……」と告げた刹那、小窓から押し入った真っ白い閃光と強烈な爆風によりヨシエの小さなからだは瞬く間に五メートル余りも吹き飛ばされ、コンクリートの床に後頭部をしたたかに打ち付け意識を失った。[9]

この電話を広島中央放送局の第二スタジオ脇の警報事務室で受信した古田正信アナウンサー（当時の呼称は〝放送員〟）は慌ててスタジオに飛び込み予告音（ブザー）を一、二秒鳴らしたが、「中国軍管区情報、敵大型三機、西条上空を……」と読み上げたところで、メリメリッと耳をつんざく轟音と共にグラリと傾いた鉄筋の建物の中で宙に舞った。「直撃弾」とその時、誰もが思った。

八時一五分一七秒、遂に原子爆弾という名の邪鬼が現世に放たれた。パンドラの箱は、自動操縦によって開かれた。

「一、二、三……四〇、四一、四二、四三（秒）」

朝陽を浴びて銀色のサイコロのように燦《きら》めいて見えたという『リトル・ボーイ』が、ひらひらと緩やかに落下し、広島市上空五八〇メートル付近で、炸裂した[10]。百雷。カーク大尉は飛行記録に、「Bomb Away

091515（爆弾投下九時一五分一五秒）」と鉛筆で走り書きしている。[11] それは米軍人である彼らにとっての標準時、テニアン島の標準時刻であった。

相生橋の南九〇〇メートル、萬代橋《よろずよ》のたもとの水主町《かこまち》（現・加古町）に建っていた市長公舎は、一瞬にして消滅した。高圧釜と洗面器だけが、わずかに形状を残していたという。その中央、ちょうど居間が位置していた辺りに、身長が一八二センチもあった大柄な仙吉の、焼け残った胴体が瓦礫から五〇センチほど姿を見せていた。そこには白骨化した幼児が寄り添い、少年の亡骸も傍らで見つかった。

原爆投下時、台所で後片付けをしていた幸代は一命を取り留め、広島赤十字病院（現・広島赤十字・原爆病院）に運び込まれたが、そのひと月後には息をひきとった。また、母の看病のため広島に駆けつけた、東京女子高等師範学校附属高等女学校（現・お茶の水女子大学附属高等学校）で常に首席を通した才媛の次女・康子も同年一一月二四日、二次被爆でこの世を去る。

東京・十条にあった東京第一陸軍造兵廠《ぞうへいしょう》で勤労奉仕に明け暮れていた康子が、密かに慕っていた男子学生が、彼女が亡くなる三日前に見舞いに訪れた。見る影もなく痩せ衰えた彼女は、それでも布団の上に正座し、スッと背筋を伸ばし、その唇にはうっすらと紅がひかれていたという。彼女は日記に綴っている。「神の愛は辛い。残酷にも見える。けれどやはり愛に違ひない」（『康子十九歳　戦渦の日記』門田隆将）と。

一九歳の純愛も、「ピカ」と共に散った。

広島が消えた。神は忽然《こつぜん》と姿をくらまし、人類がまた一歩、堕天使へと近づいた。一四万余りもの尊い命が、その年のうちに失われる。爆心地から半径五〇〇メートル圏内にいた推定二万一六六二名のほとんどは即死。耐火建築物がわずか〇・〇四パーセントに過ぎなかった市街地の九二パーセントが被災し、その四割が焦土と化した。

国泰寺《こくたいじ》町にあった市庁舎も紅蓮の炎に包まれる。ヨーロッパ近代建築様式を採り入れ一九二八年（昭和三年）に竣工した地下一階、地上四階建て、耐震耐火の鉄筋コンクリート造りの庁舎は、辛うじて倒壊は免れたものの、核爆発によって生じた秒速四四〇メートルもの南風に煽られた火の玉に次々と直撃され、建物内部は瞬く間に焼失する。

前夜、職域国民義勇隊として空襲に備えて当直していた一個大隊の市職員は六〇名余り。[12]うち約三〇名の独身者は、秘書課の堂菅美恵子（行方不明・当時二四歳）が炊き出してくれたコーリャン（高粱）めしに舌鼓を打ち、各課に分かれて仮眠を取っていた。

「美恵子ちゃん、ありがとう」

その朝も、八時ちょうどに朝礼は執り行われている。三分の二は当直を免除されたモンペに下駄履き姿の女性職員たちだった。[13]徳永健三収入役が、欠伸を噛み殺しながら中庭の北側に鎮座する天皇の御真影《ごしんえい》を納めていた奉安庫の前に立ち、汗が滲んだ戦闘帽を取るとまずは東方遥拝《ようはい》し、いつものように『広島市職員ノ信念』を皆で唱えた。

大日本帝国ハ神国ナリ
天皇陛下ハ現人神ナリ
吾ハ神国日本ノ臣民ナリ
忠誠勇武ノ臣ハ吾等ナリ
誓ツテ励精職務ヲ奉行ス

やがて職員体操を終えると各人は、目を覚ましたばかりの蟬の声を背に庁舎内へと戻り、それぞれの持ち場についた。

「早よぅ、手当してやらにゃあ」

四日が土曜日であったため、ボーナスの支給が間に合わなかった職員が幾人かいる。秘書課の西平笑子書記補は、机の上に給料袋と紙幣をきれいに並べた。兵事課の岩原和一書記は、可部町《かべちょう》（現・安佐北区《あさきた》）の願船坊に疎開していた連隊区司令部から同じく四日に持ち帰っていた臨時召集令状（赤紙）を町村毎に整理し、発送準備に取りかかっていた。統計課では、皆が揃って神棚に向かって柏手を打った。

「今日も一日、平穏無事でありますように」

七時四五分。上流川町《かみながれかわちょう》（現・中区上幟町《かみのぼりちょう》）にあった私立広島女学院（現・広島女学院中学高等学校）でも松本卓夫院長が、この朝も勤労奉仕に赴く一、二年生たちを前に、「天にまします全能の神よ、我が郷土を守り給え」と、静かに祈りを唱えていた。メソジスト派のミッションスクールである同学院に、一年ほど前に赴任して来たばかりの二三歳の米原睦子教諭は、みどりの黒髪を当時の髪形である銃後髷《じゅうごまげ》に結い、強くなった陽射しに白く透き通った肌を仄かに紅潮させていた。

「今ここに、わが愛する乙女たちが、お国のために危険な作業につこうとしております。――在天の父よ、どうぞ、今日一日の平和をこの乙女たちに与え給うことを、心からお祈りいたします」（『広島・軍司令部壊滅』宍戸幸輔）

松本院長が祈禱を締め括ると、女学生たちは白鉢巻を結び直し、隊伍を組み、朗らかに歌いながら、敬愛する米原先生に引率されて建物強制疎開の作業を行うべく、市役所に隣接した雑魚場《ざこば》町へと向かった。

八時一五分。時空が止まる。千田《せんだ》町の自宅から出勤する間際に被爆した野田益防衛課長は、八時四〇分前後に市庁舎へ辿り着き、無惨にも壁からぶら下がり針が止まった時計を認める。ガスに煙った天空に浮かぶ太陽は、まるで日食のごとく真っ赤に燃えて見えたという。

神棚は跡形もなく焼け落ち、本庁舎だけでも多数の女性を含む四五名が即死。行方不明者を含む三三四名の職員の三割が被爆により一ヶ月以内に殉職した。[14] その頃ラジオからは、「こちらは広島中央局でございます。広島は空襲のため放送不能となりました。どうぞ大阪中央放送局、お願い致します。大阪、お願い致します。お願い致します……」という美しい女性の声が流れ、プツンと途切れた、とも伝えられている。

当時、同市役所の配給課長で、防空本部の配給班長でもあった浜井信三は、寝床で〝その時〟を迎えた。前夜には二度も空襲警報が発令され、その都度庁舎に駆けつけていた信三がようやく床につけたのは、すでに明け方の四時過ぎにもなっていた。庭に出ていた義姉の、「Bさん（B-29）が何か落とした、落とした！」という悲鳴にも似た叫び声で浅い眠りから引き戻された彼は突然、強烈な閃光に襲われた。「ピカッ」思わず瞼を覆った手の甲から、レントゲン写真のように骨がうっすらと透けて見えた。まるで、太陽が破裂したかのように視界から彩りが失せ、真っ白な世界に包まれる。続いて「ドンッ」と大地を揺るがす衝撃波に見舞われ、爆心地から四キロほど離れた大河《おおこう》山城屋（現・南区山城町）にあった家屋の西側の壁は木っ端微塵に吹き飛び、屋根は大半が崩れ落ちた。

薄給である上に[15]、給金の一割は書物の購入に充てていた彼は、爆心地にほど近い西大工《にしだいく》町（現・中区榎《えの》町）で果実問屋を手広く営む妻・文子の実家に間借りしていたが、偶然にも前日、甥の法事が実母宅で営まれたため、六日も妻と一男三女が待つ大河へ戻っていた。

「こりゃあ、いままでたあ違う爆弾じゃ」

事の重大さを瞬時に悟った信三は取るものも取りあえず飛び出すと、瓦礫と屍《しかばね》が散乱する地獄絵図の中、徒歩で市庁舎へと向かった。全身が鮮血で真っ赤に染まり、人とは思えぬ奇声を発する青年、剝がれた皮膚をダラリとぶら下げ、血を吹き出しながら呻《うめ》く女学生、口が頬までザックリと裂けているにもかかわらずか細い声帯を震わせながら、「お母しゃん、水を、水を下さい」と懇願する幼子、我が子を守るため母親が覆い被さり黒焦げの一塊となった遺体。娯楽雑誌でいつか見た異様な宇宙人のように焼け太り、顔がぱんぱんに膨れ上がった性別不詳の人々、そして苦悶の表情を炭化したどす黒い頭蓋骨に貼り付けたまま息絶えた人、人、人……。死臭が街を覆っていた。死神が広島を行進していた。

「大変なことになった」

信三は、崩れ落ちる家屋や燃え盛る街並みを縫うように、市庁舎へとひた走った。道なき道。市の中心部へ向かう者など、誰ひとりとしていない。途中、頬や手にガラス片が突き刺さり、血まみれになった黒瀬斉収入役と広島電鉄本社前で偶然にも出会い、彼は庁舎の被害状況を知るに至る。防空本部も機能不全に陥っているという。

「ダメ、ダメ。役所はもう火の海だッ。誰もいない。危ないから行っちゃいけない！」（『よみがえった都市―復興への軌跡　原爆市長』浜井信三）

収入役は信三の腕をむんずと摑んで制止したが、「市中がこんな状態になっているのに、本部の所在もわからないようでは、市民は途方にくれる」（前掲書）と、信三は頑として聞き入れない。

千田町の下宿先が倒壊し、意識不明に陥ったものの命だけは辛うじて繫ぎ止め、浴衣姿のまま頭には頬被りをして飛び出して来た森下重格《しげただ》助役とも行き逢い、「人手の少ないときだから、君もいかないでもらいたい」（前掲書）と、再び引き留められたが、「いや、そうしてはいられません。市民はさっそく食糧に困るでしょう」（前掲書）と、ひとまず職業安定所を臨時防空本部にするよう言い残し、信三はあらかじめ防空計画で定められていた宇品《うじな》地区の機甲訓練所へとひとり向かった。

足には引っ掻き傷を負い、靴ずれが出来、ヒリヒリと痛んではいたが、構うことなく駆けた。機甲訓練所では被害を免れたトラックを有無を言わせず借り上げ、府中町《ふちゅうちょう》の食糧営団に乗りつけると、保管していた菰《こも》詰めの乾パンを満載して広島赤十字病院まで運び込み、配給に漕ぎ着けた。[16] 加勢してくれた数名の学生たちとも手分けし、トラックを駆って路傍にうずくまる人々にも配って歩いた。

「ドォーン！」兵器庫に引火したのだろう、そこここで新たな火柱が立ち昇り、黒煙がもうもうと渦を巻く。家屋を、人体を焼く鼻を突く異臭が我が物顔に吹き荒れている。強風に煽られた火の粉がバチバチと降り注ぐ中、信三は躊躇《ためら》うことなくその足で、いまだ余燼《よじん》が燻《くすぶ》る市庁舎へと踵《きびす》を返した。

優美なクリーム色に塗られていた外壁は、哀れにも茶褐色に焼け爛《ただ》れている。配給課に駆け込んでみると、灰燼の中に二体の亡骸[17]が見て取れた。燃え尽きてしまったふたりは、顔形さえ判別出来ないほどに傷んではいたが、骨格の大きさから辛うじて、女性であることはわかった。信三の脳裏には、苦楽を共にした同僚の顔が次から次へと浮かんだことだろう。あの新入りの課員だろうか、あのまかないのおばさんだろうか。涙が止まらない。止めようがない。がしかし、こうしてはいられない。立ち止まってはいられない。今この時にも、生死の境を彷徨《さまよ》っている市民らが大勢いる。彼は、合掌した両の手を解くと、グイッと拳に握り変え、再び外へと飛び出した。生き残った職員らが手分けし、午後には防空本部を焼け残った職業安定所から市役所前へと移す。

翌日には周辺の町村が運び込んだ握り飯で、何とか当座の主食は確保することが出来た。米粒が手の平でばらばらと崩れ、腐りかけて糸をひいていようが、傍らに黒焦げになった遺体が折り重なっていようが皆、気にもかけずにかぶりついた。中には、この猛暑ではすぐに傷んでしまうに違いないと気遣い、焼きおにぎりを届けてくれた農家の人もいた。当時は、食糧はもとより生活必需品はすべて配給制であったため、これを停滞させてしまうと市民は餓死せざるを得ない。信三は必死だった。

「地獄を見とる市民にこれ以上、追い打ちをかけるわけにはいかない」

市の防空計画では、戦災時の非常配給は一週間と定められていた（八日目からは通常配給）が、彼は自ら広島県に掛け合い、これを四日間延長する手筈を整えた。[18] 八月六日午後四時か五時（午後二時頃という説もある）には、爆心地から二キロほど離れた皆実《みなみ》町二丁目にあった広島地方専売局前で、ガラスの破片が突き刺さった頭に包帯を巻きながらも、列を成す市民に罹災証明書を発行している宇品警察署経済課の若き巡査・藤田徳夫の姿が、『中国新聞』のカメラマンで中国軍管区司令部報道班員であった松重美人《よしと》によって撮影されている。[19] この証明書がなければ特別配給は受けられない。巡査は自らの命も顧みず、ひたすら筆を走らせた。彼の額から滴り落ちたのか、罹災者の爛れた指先から吹き出したのか、証明書には無数の血痕が印されていた。

去る六月に義勇兵役法及び国民義勇戦闘隊統率令が制定され、一五歳から六〇歳までの男子と一七歳から四〇歳までの女子には、防空と空襲に伴う復旧作業を行う国民総動員組織への義勇兵役が義務付けられていた。事務処理を行う本部は市庁舎内に置かれ、事務局長には主事であった当時三八歳の村上敏夫が任命された。

その朝を白島九軒町《はくしまくけん》（現・中区）の自宅で迎えた敏夫は、B—29の野太い爆音を耳にすると、「待避所におはいり」と、座敷で戯れていた八歳の長女・啓子と二歳一〇ヶ月の長男・健司を促した。何気ないひと言だった。炸裂五秒前。虫の知らせだったのかも知れない。仕事柄、防空壕よりも簡便な避難場所は作れないものかと思案を巡らせていた彼は、物は試しとばかりについ三日ほど前に、建物疎開となった親戚宅から譲り受けた頑丈な簞笥や畳、針台で囲った急ごしらえの屋内待避スペースをこしらえていた。この子供たちにとっての〝小さなお城〟が、奇跡的にもふたりの命を守ることとなる。敏夫も反射的に左半身を押し込んだが、台所で朝食の支度をしていた妻・文子は崩壊した二五坪の平屋に埋まっている。

茫然自失となって立ち竦《すく》む敏夫。やがて瓦礫の下から、「佑子は、死んだ、……私は、だめ……逃げて」と、断末魔のような声が漏れ、折り重なった瓦礫を押しのけ、文子がすっくと立ち上がった。鮮血に染まり、まさに生き不動の如き姿容《すがたかたち》だったと後に敏夫は書き残している。その胸には、生後五七日を迎えたばかりの次女・佑子がひしと抱きかかえられていた。文子の薄い柔肌には無数のガラス片がザックリとめり込み、右の眼球は飛び出し瞼の下まで垂れ下がっていた。

「元気を出せ！　元気を！」

敏夫も右肩から二の腕にかけて裂傷を負っていたがぐいっとばかりに妻を背負うと、左腕に佑子を抱き、ふたりの幼児を連れて燃え盛る街並みをくぐり抜け、三〇〇メートルほど離れた神田橋下流の河原まで何とか辿り着いた。

幸いにも佑子は息を吹き返し、家族全員命だけは取り留めたものの、義勇隊本部事務局長である自分がこんなところで立ち往生しているわけにはいかない。責任感に駆られた敏夫は、瀕死の状態にあった家族を残し、幾つもの屍体が浮かんでは沈み、血に染まって赤茶色に変色した猿猴《えんこう》川に入り、対岸まで渡ろうとした。とはいえ、庁舎までの道程《みちのり》は煙炎と瓦礫に遮られている。無力感、そして罪悪感に苛まれながらも敏夫は、周囲で絶命してゆく人々に、せめてもの一滴、最期の水を与えることしか許されなかった。その頃、市議会議員で義勇隊長でもあった香川菊三は、鶴見町で建物疎開を指導していた際に被爆、行方不明となっていた。

一方、さらなる空襲に備えるべく、陸軍も負傷者の救護や遺体処理、幹線道路の復旧に乗り出した。しかしながら爆心地からほど近い広島城跡にあった中国軍管区司令部はもとより、二葉の里に居を構えていた第二総軍司令部も機能停止している。今や「軍都」とは名ばかりで、指揮命令系統はまったくの麻痺状態に陥っていた。[20]

唯一、宇品地区にあった船舶司令部（通称・暁第二九四〇部隊）だけが気を吐いた。[21]同部隊は戦闘部隊ではなく戦地向け資材の船舶補給部隊に過ぎなかったが、司令官の佐伯文郎中将は被爆からわずか三五分後には、

「一、本六日〇八一五敵機ノ爆撃ヲ受ケ各所ニ火災発生シ爆風ノ為被害相当アルモノヽ如シ」と報じ、

「二、予ハ広島市ノ消火並ニ救難ニ協力セントス

三、海上防衛隊長ハ消火艇隊ヲ以テ京橋川両岸ノ消火ニ任セシムヘシ

四、広島船舶隊長ハ救難艇ノ一部ヲ以テ逐次患者ヲ似島（検疫所）ニ護送スルト共ニ爾余ノ主力ヲ以テ京橋川ヲ遡江シ救難ニ任セシムヘシ

五、野戦船舶本廠長ハ救難隊ヲ以テ京橋川ヲ遡江シ救難ニ任スルト共ニ更ニ一部ヲ以テ市内ノ消防ニ任セシムヘシ」

といった一〇項目からなる極秘命令書『船舶命令（船防作命第一号）』を発し、即応体制を取った。

宇品港の沖合二キロにある周囲一四キロほどの似島《にのしま》。連合国軍は四国に上陸すると想定していた中国軍管区指令部が兵站《へいたん》病院と位置づけていたため、そこには衛生材料が十分に備蓄されていた。とはいえ、船舶防疫部の軍医であった錫村《すずむら》満《みつる》は、「最初六百名だった患者数は千五百名になり、次いで三千名となった」（『似島原爆日誌 若き軍医の回想録』錫村満）と、事態の深刻さをまざまざと見せつけられる。

「〝静かな患者から先に死んでいく。気をつけろ。やかましい者は後回しだ〟（中略）そうしたいわゆるヤカマシイ患者も、結局はオトナシクなり、そして次々と死んでいった」（前掲書）

陸軍船舶衛生隊の軍医として似島検疫所に詰めていた西村幸之助大尉も、「病院の手術室では、三日三晩、寝る暇も惜しんで手足の切断手術をしました。4日の朝には、5000人分の麻酔薬や衛生材料が全

部なくなりました。まだ150人の手術患者がいるのに、あと3人分の縫い合わせ糸しかありません」〈広島平和記念資料館公式サイト内企画展二〇〇三年度「似島が伝える原爆被害 犠牲者たちの眠った島」●臨時野戦病院の閉鎖とその後の検疫所〉と、悲鳴を上げた。

〝野戦病院〟と化した同検疫所の床は、急性放射線障害の患者が撒き散らした吐瀉物や血糊によってどす黒く染まり、壊疽《えそ》により切断され窓から打ち捨てられた手足が、前庭に堆《うずたか》く積まれていたという。

宇品港にほど近い金輪《かなわ》島[22]で、野戦船舶本廠（通称・暁第六一四〇部隊）の見習士官として陸軍海上挺進戦隊[23]の訓練に明け暮れていた二二歳の武内五郎（旧姓・田頭）は、命令が下されるとすぐさま一〇〇名余りの部下を従え宇品港に上陸。午前一〇時頃には皆実町に入り御幸《みゆき》橋まで到達するが道中、おびただしい数の被爆者と遭遇する。

「そりゃあね、私は今でも夢でも見とったんじゃなあか、思いよることがあります。腕を前に突き出して彷徨う人たちは血まみれになっとって男か女かもわからん。焼け焦げた皮膚が破れてぶら下がっとる姿は、まるでぼろを纏《まと》うとるようにも見えた。ありゃあ、おそらく腕を下げると血が滴り落ちて火傷が痛んだんじゃろう。市電[24]の中では皆、吊革を握ったままの姿で息絶えとる。腕から切り落とすわけにはいけんので、狭い車内で日本刀を抜き、吊革を断って収容しましたよ。仰向けに倒れとる人を抱きかかえると背中一面にびっしり蛆が湧いとる。水を飲ませた端から死んでいきよりました。ええ、不思議なことに『おとうさん』と言って死んでいったのはひとりもおらんかったですよ。皆、『おかあさん』と呼んで逝きよりました」と二〇一七年六月時点で九三歳となっていた五郎は、まるで昨日の出来事のように記憶を辿った。

当初の任務は救護・治安活動だったが、七日早朝から収容した重傷者は全員その日のうちに死亡。中区寺町周辺で終戦まで遺体処理に従事することとなった彼は極限状態に陥り、次第に思考力を失ってゆく。頭皮や頭髪がどろどろになって溶け落ち、歯茎と顎骨が剝き出しになった遺体を引き摺り、そこここに散乱した手足を拾い集めていると、臓物と体液とが入り混じった強烈な腐敗臭が毛穴という毛穴から侵食して来た。

「三日も経ちゃあ市内に残っているのは黒焦げの遺体ばかりですわ。遺体を焼くいうても軍の偉いさんが夜にやれば敵機に見つかる言いよりましてね。で、昼間に焼こう思うたらね、今度は『うちの娘じゃないでしょうか』と探しに来る人が跡を絶たんので焼くことも適わん。九日になって憲兵少尉から遺体処理の命令が出たため、相生橋から横川《よこがわ》橋の河岸に沿ってずうっと、ずうっとひたすら穴を掘って埋めましたよ。五〇センチだったり二メートル掘っては数体埋め、土を被せるだけです。それまで埋葬なんぞしたこたぁありませんけぇ。縦に重ねるか横に並べるか、寺に行って聞いて来いとなったけれども坊さんが『どっちでもええ』言うてね。そりゃあねぇ、朝から晩まで何千体もの遺体を処理しとりゃあ、もう人間とは思えんようになっとりました。軍手をしとっても五体も処理すりゃ皮や脂でぐちゃぐちゃになる。しまいにはね、この手で抱えて運んでいました。川面にはぱんぱんに膨らんだ遺体がぎっしり浮かんで岸に集まって来とる。拾い上げるのには難儀しました。なんでかしらん海には流れんかった」[25]

「人名止ムヲ得サルモ柱数」を数え、第一次の負傷者救護、遺体処理は九日までに完了せよ、との命令が出てはいたものの、とてもではないが手が回らなかった。自身も放射線障害に侵された五郎は続ける。
「一番辛かったのはね、九日か一〇日頃のことでしたが舟入《ふないり》の国民学校へ行ったらね、何人もの妊婦さんが早産で死にかかっとるんですよ。出て来る子供は、はあもう死んどるんですよ。母親も死ぬるんです。その時ね、『兵隊さん、子供をお願いします。仇をとって下さいよ』と言って亡くなっていかれた。辛かった。〝赤子〟と言いよりますでしょう。でもこの手に取った死んだ子はみんな逆子で、白かった……。子供を抱かせてあげて一緒に筵《むしろ》に包んで弔いました」

げんしばくだんがおちると
ひるがよるになって
人はおばけになる

（詩集『原子雲の下より』に収録された当時小学三年生だった
坂本はつみの作品「げんしばくだん」）

未曽有の大惨事に見舞われ広島は潰滅した。が、すべてが失われた危機的状況においてもなおかつ、信三の咄嗟の行動からもわかるように、ある意味、驚くほど規則的に初動態勢は実行に移されている。これは一九四一年（昭和一六年）に広島市によって立案された『広島市永年防空計画』が、軍官民連動して徹底されていた証であろう。

軍都の防空計画は精緻を極め、同計画書を繙《ひもと》けば、例えば三篠《みささ》国民学校特設自衛団では、「バケツ10 0、校庭ポンプ1、廊下設付ポンプ4、メガホン3、縄50本」といったように設備機材が事細かに定められ、「サイレン」つまり空襲警報の吹鳴《すいめい》責任者の氏名まで記載されていた。また七日には早くも佐伯中将の命により、「米機ハ遂ニ人道上許スヘカラサル特殊爆弾ヲ以テ我カ広島ヲ侵セリ」で始まる布告ビラが張り出され、広島警備司令部は市内を東西中北の四部に区分し、広島駅北側の東練兵場や己斐《こい》駅（海軍増援部隊）など一八ヶ所に救護所が設置されたことも知らせている。[27] 広島は、米『ライフ』誌をして「ベルリンにまさる日本一の防空都市」と言わしめた危機管理体制の極みであった。が、当時の〝投下弾〟の定義は爆弾、ガス弾、焼夷弾に過ぎず、当然〝新型爆弾〟は、想定されていなかった。[28]

しかしながら、こうした市職員や兵隊たちの決死の救護活動も遺体が山を成し、目の前で罹災者が次々と命を落としてゆく生き地獄の前には、まさに焼け石に水であった。地獄とは、あの世ではなくこの世にある。萬代橋に敷かれたアスファルトには、原爆が発した摂氏一〇〇万度を超える（直下の爆心地では三〇〇〇〜四〇〇〇度）熱線によって、川を渡る車夫と荷車の影が焼き付けられたが、この日、この時に目撃したこの世とも思えぬ光景は、信三の魂に焼きごてを当てたかのごとく刻印され、後に「広島の父」と讃えられた彼の原点ともなった。

グラウンド・ゼロからの出発

「やっぱり、いけんかったか……」

信三が、粟屋仙吉市長の訃報に接したのは、原爆投下から何日も経ってのことだった。負傷者の手当や食糧の手配に奔走し、職員のみならず親族の安否にすら思いを馳せる余裕などなかった。顔を見ることで初めて生存を確認する、といった、文字通り修羅の日々が続いていた。

寛文年間に津久茂《つくも》浜（現・江田島《えだじま》市江田島町）に居を構えた旧家の出であり、呉《くれ》線の建設などにも携わった土木技師・浜井信夫の次男として、一九〇五年（明治三八年）に三川町（現・中区）で生まれ、旧制の第一高等学校（現・東京大学教養学部）へと進み、東京帝大法学部を優秀な成績で卒業した信三。彼にとって仙吉は、まさに鑑《かがみ》とすべき先輩であった。

在学中に肺を病んだことで高級官僚の道を絶たれ、失意のうちに帰郷。狭い街のことである。広島商工会議所を経て、その頃は精力的に業務に取り組むと、「あんまり仕事はせんでええけぇ。ちいたぁ同僚のことも考えんか」と、逆に上司に窘《たしな》められてしまう旧態依然とした一地方都市の市役所に、三〇歳で書記として加わった信三には様々な噂が立ったという。昭和初期に同市役所内で流行った戯《ざ》れ唄が、「乞食と市役所勤めは三日したらやめられん」といった当時の風潮を如実に物語っている。

〽サラリヤ安うても　くらしは気楽
天下御免で　買物あ月賦よ
テナモンヤナイカナイカ　腰弁[29]だよ

（『腰弁小唄』第三節）

同じ学舎に学んだ仙吉も当初は、「帝大出の秀才がなぜ一介の市役所員に？」と訝しんだが、座右の書が聖書とカール・ヒルティ著『眠られぬ夜のために』の原書であった彼は、信三は将来、必ずや片腕となって市政を切り盛りする優れた人材に育ってくれるに違いないと、密かに期待を寄せていたことは遺された記録からも偲《しの》ばれる。二年余りの交わりではあったが折に触れ、「どうですか、仕事の具合は？」と、親しく声を掛けてくれた仙吉の、丸眼鏡の奥から覗く柔和なまなざしが懐かしく思い起こされた。

街のあちらこちらで兵隊たちによって積み上げられ、松根油《しょうこんゆ》をかけ火が放たれた無数の身元不明の遺体の山が、パチパチと不気味な音を立てるのを聞きながら信三は、「市長や親友だった久保（三郎防衛部長）の遺志を継ぐためにも、残された我々が踏ん張らにゃあいけん」と、強く心に誓った。

市職員としてやるべきこと、やらねばならぬ仕事は山ほどあった。野田益防衛課長や迫田周作文書係長ら七、八名の職員らが必死になって消火にあたった本庁舎には、焼け落ちなかった部屋が五つだけ残されていた。被爆時は東南からの風が吹いていたため、一階東南寄りの二室（保健課・援護課）と、これも東の端に位置していた地下の防衛課と防衛部長室、ボイラー室である。[30]

二〇名余りの職員たちは翌日から、ここに泊まり込んで寝食も忘れて職務にあたった。幸い、「防衛課長」の公印と謄写印刷機一台が焼け残っていたため、すぐに罹災証明書の謄写印刷と交付は始められた。[31]

また、戸籍簿（正本）の大半はこの年の四月に比治山の山陽文徳殿《さんようぶんとくでん》へ、その一部と印鑑登録簿や土地家屋台帳は、庁舎前にあった建物疎開済みの藤田ビル地下にあったカフェ夢の地下に疎開させていたため難を免れた。

とはいえ、市庁舎の窓ガラスや窓枠は砕け散り、壁は焼け爛れ、コンクリートの床は醜く歪み波打っていた。停電によって排水ポンプは使えず、地下室もやがて汚水まみれとなる。ひっきりなしに運び込まれる遺体。税務課の煙石二三枝（旧姓・土井）は、まるで丸太のように扱われる亡骸を見るに忍びず柴田重暉助役に、「遺骨のお守りをさせて下さい」と志願した。

地下室に通じる南側通路の壁には、庁舎へ命からがら逃げ込んで来た人々が、消炭や焼け焦げた木片で書き連ねた家族や知人の安否を知らせる走り書きが延々と残されていた。重傷者からは伊藤勇清掃係長らが聞き取り、書きつけたという。

「ここから始めんと……」

まさに、グラウンド・ゼロからの出発であった。

二〇一一年（平成二三年）三月一一日に発生した東日本大震災の際にも、多数の名も無き地方公務員らが命を張った。消防士や警察官、そして全国各地から召集された自衛官たちも国民の「最後の砦」となり被災地に身を投じた。もちろん日頃から正義感の塊のような人たちばかりではなかったかも知れない。

しかしながら彼らはその時、決して持ち場を離れなかった。〝公僕〟としての使命感がその根底にあったとはいえ、自らの生命を賭し、家族の生死も定かではない非常時においては、プロ意識といった綺麗事だけで片づけられるほど生易しい決断ではなかったはずだ。絶望の声が谺《こだま》する中、尻尾を巻いて逃げ出すこともできた。職務を放棄したところで、誰からも咎められることはなかった。それでも彼らは、そこに留まった。踏み留まった。

なぜか。報奨金や名誉が欲しかったわけではない。ひとつには、「執念」だったのではないだろうか。

こころの復興は、執念から始まる。

広島弁には「まどうてくれ」といった言い回しがある。「元に戻してくれ」といった意味合いだが、信三を始めとする当時の市職員たちは、「あの美しい広島を、焼け野原となってしまった故郷を、何としても、意地でもわしらの手で取り戻さなければ」といった執念だけを拠り所に、無辜《むこ》の民が無差別に殺戮《さつりく》されたこの地で生きる、生き続ける意味を見出さざるを得なかった。

ちょうどその頃（日本時間七日午前一時）、太平洋を隔てた米国では、フランクリン・D・ルーズヴェルト大統領の急死により、四月一二日に第三三代大統領に就任したばかりのハリー・S・トルーマンが、「一六時間前、我が国の航空機が日本陸軍の重要基地である広島に一発の爆弾を投下した。（中略）それは原子爆弾である。宇宙に存在する基本的な力を利用したものである。太陽のエネルギーの源となっているその力が、極東に戦争をもたらした者たちに対して放たれたのである（筆者訳）」と、誇らしげに声明を発表し、その中で初めて公に、「原子爆弾」という名称を用いた。[32] もちろん彼も、就任式の宣誓時には左手を聖書の上に置き、「神も照覧あれ（So help me God）」と締め括り、臆面もなく神と契りを結んでいた。

翌日から欧米各国の新聞一面には、この恐るべき新兵器を礼賛する見出しが躍ったが、『異邦人』を著《あらわ》し、レジスタンスの地下新聞『コンバ』の編集主幹となっていた作家のアルベール・カミュだけは八日付の社説で、「機械文明は、野蛮の最終段階に到達した」と、喝破していた。

乙女たちの歌声も、届くことはなかった。爆心地から約一キロの雑魚場町に動員されていた私立広島女学院の一二歳から一三歳の生徒たち三五〇名のうち、当日当番にあたっていた約半数と教職員一二名のいのちのほとんどが、なすすべもなく一瞬にして散った。

33

皮膚がずるりと剝け、鮮血に赤く染まった肉が露わとなり、幾つかの傷口からは黄緑色の血膿を流し続ける数学教師の米原睦子は、それでも残された力を振り絞り、辛うじて立ち上がれた数名の少女たちを窪地の水たまりに集め、震えるからだを寄せ合いながら迫り来る猛火を凌いだ。やがて、礼拝で歌い慣れた讃美歌を、皆で声を合わせて歌い始める。

第一節、第二節……。やがてひとり、ふたり。またひとりの声が途絶えてゆく。ようやく長い夜が明けると、「歩ける人は日赤病院へ参りましょう。歩けない人は先生が後で連れに来てあげますから」と睦子は気丈にも生徒たちを励まし、三〇〇メートル先の広島赤十字病院を目指した。たった三〇〇メートルの道程が、果てしなく広がる灼熱砂漠のように感じられたことだろう。

重傷者が絶え間なく運び込まれ、遺体が次々と搬出される同院は、病室はもとより廊下も、調剤室、階段さえもがうめき声で埋まっていた。罹災者だけではない。医師や職員の死傷者数も約八五パーセントにまで達し、院内は阿鼻叫喚《あびきょうかん》の巷と化していた。満身創痍の少女たちは床に並んで寝かされ、全身火傷の激痛に耐え続けた。

心正しき生徒たちが天《あま》つ国へ召されたのを見届けた睦子は一旦、自宅へ戻される。四〇度を超す高熱に襲われたが、薬もなく手当てを受けることもままならない。疎開していた郷里の島根県仁多郡亀嵩村《かめだけ》（現・奥出雲町《おくいずもちょう》）から駆けつけた母に睦子は、「お母様、一緒に讃美歌を歌ってください。親に先き立つ事は誠に不孝ですがとても駄目のような気がいたします」（『夏雲　広島女学院原爆被災誌』広島女学院教職員組合平和教育委員会編）と、か弱い声で懇願した。

〽主よ、みもとに、近づかん
のぼるみちは　十字架に　ありとも
など　悲しむべき
主よ、みもとに、近づかん

（讃美歌三二〇番）

一二日になり危篤状態に陥り、再び広島赤十字病院に担ぎ込まれた彼女は、「御母様、では天国に参ります」（前掲書）と、最期のいのちを燃やして微笑むと翌朝九時一〇分、静かに神のもとへ、教え子たちのもとへと召天して行った。

羊の皮を着た狼

連合国の首領を任じる米国にとっても、事態は風雲急を告げていた。すでに一九四五年四月には日ソ中立条約の不延長を一方的に通告していたソビエト社会主義共和国連邦（旧ソ連）が、八月八日午後一一時を以て日本に対して宣戦布告し、直後の翌九日午前零時には約一五八万人もの大兵力が我が国の傀儡《かいらい》国家であった満州国を始め樺太南部や千島列島に雪崩《なだれ》を打って侵攻を開始していた。[34] いわゆる日本の〝赤化〟を食い止め、ソ連参戦によって日本が降伏へと導かれたといった口実を与えることなく、戦後処理を有利に進めるべく米国は九日午前一一時二分、戦時における二発目の原子爆弾『ファットマン』を長崎に投下する。

ウランを用いたガンバレル型からインプロージョン型となり、搭載した核物質をプルトニウム２３９へと進化させた新たな原爆は、米第五〇九混成部隊が訓練を繰り返した米ユタ州のソルトレイクシティから長崎へと向かう、翼の生えた有蓋貨車が機首に描かれ、ボックスカーと銘打たれたB－29によって運ばれた。小さな少年は、太った男へと姿を変えた。人類が、決して侵してはならない結界が再び、わずか三日後に破られた。

一一日、トルーマン大統領は米キリスト教会協議会のサミュエル・カヴァート師に宛てた手紙の中で、

「彼ら（日本人）が唯一、理解できそうな言語といえば、我らが行っている爆撃しかありません。野獣と対峙するならば、相手を野獣として扱わざるを得ません。残念ではありますが、それが真実なのです（筆者訳）」と記している。

果たして、彼にとって広島、そして長崎市民は、抹殺しても神との誓約に背くことのない傍若無人な野獣に過ぎなかった。長崎がカトリックの聖地であったとしても。その正式名称を「無原罪の聖マリアの御宿り教会」とする浦上教会[35]（現・浦上天主堂）で二名の司祭と二十数名の信徒が、さらには同地区に住む約一万二〇〇〇名の信徒のうち約八五〇〇名が抹殺されようとも。

そこには、一六世紀フランスの哲学者ミシェル・E・ド・モンテーニュが『エセー』で説いた、「われわれはたまたまその宗教のおこなわれている国に生まれ合わせ、その古さと、それを保持してきた人々の権威を尊重し、不信者に加えられる威嚇を恐れ、あるいは、それの約束に従っているにすぎないのである。（中略）もしも、別の地域に生まれあわせて、別の証拠を示され、同じような約束と威嚇をつきつけられたら、同じように、まったく反対の信仰を植えつけられるかも知れないのである」といった想像力は微塵もなく、「キリスト教徒の敵意ぐらい激しいものはどこにもない。われわれの信心は、われわれの憎悪や、残虐や、野心や、貪欲や、中傷や、反逆への傾向を助けるときには驚くべき力を発揮する。逆に、親切や、好意や、節制への傾向を助けるときには、まるで奇蹟のように、何かのまれな性格にでもうながされないかぎり、歩きもしなければ飛びもしない。／われわれの宗教は悪徳を根絶させるために作られたのに、かえって悪徳をはぐくみ、養い、かき立てている」といった達観も、一片の寛容さえなかった。

原爆開発・製造計画である、マンハッタン計画の総指揮官であったレズリー・R・グローヴス米陸軍少将は後に、『産経新聞』（一九六八年六月二八日付）のインタビューに答えて、「ルーズヴェルト大統領は、欧州での勝利を確実なものにするために、原爆が完成次第、ドイツ軍に使用するよう指示し、我々もその方針で準備することになった」と、アジア蔑視は否定している。[36]

しかしながら、英国立公文書館が所蔵する秘密文書（所蔵ファイルPREM3／139／9）によれば、英首相ウィンストン・チャーチルとルーズヴェルト大統領は、一九四四年九月にルーズヴェルトの別荘で結ばれた密約、ハイドパーク協定においてすでに、「原爆が完成すれば、熟慮後、おそらく日本に使用される」と合意していたことからも、当時はまだ米国において圧倒的な支配力を有していたホワイト・アングロサクソン・プロテスタント（WASP）の黄色人種に対する差別意識が原爆投下命令の根底にあったことは否めない。[37]日本の全面降伏を促すための威嚇、原子爆弾が有する破壊力の検証だけが目的であれば、敢えて人口密集地帯を標的にする必要などなかった。

事実、一九四五年九月に来日し、空爆の戦略的効果を調査した米戦略爆撃調査団は、翌年六月三〇日に作成された最終報告書『広島・長崎への原爆の効果』の中で、「（すでに壊滅的状態にあった日本は）たとえ原爆が投下されていなかったとしても、ソ連が参戦していなくとも、さらには本土上陸作戦が計画・考慮されていなかったとしても（九州上陸作戦・オリンピックのXデーとされていた）一九四五年一一月一日までに、遅くとも一二月三一日までには確実に降伏していただろう」と結論づけていた。

名匠スタンリー・キューブリック監督の『博士の異常な愛情　または私は如何にして心配するのを止めて水爆を愛するようになったか』（一九六三年）に登場するストレンジラヴ博士の如く、狂気に駆られた科学者たちは原爆による人的被害も知りたいという下劣極まる誘惑に負けた。一九六〇年代の米国で公民権運動の指導者として人種差別の撤廃を訴えたマーティン・ルーサー・キング牧師は言う。「科学の力が聖なる力を超える時、我々は、制御されたミサイルと制御不能な人類に行き着く」と。人道主義としてのヒューマニズムはキノコ雲と共に姿を消し、傲慢な利己主義に取って代わられた。

一方、「羊の皮を着た狼に注意せよ」と説いたキリストの使徒たちはいかに応じたのか。米空軍の従軍司祭としてテニアン島で、広島、長崎に原爆を投下した二機のB-29の乗組員たちに〝祝福〟を与えたウィリアム・ダウニー大尉は何の躊躇いもなく、祈りを唱えていた。

「全能の父なる神よ、あなたを愛する者の祈りをお聞きくださる神よ、わたしたちはあなたが、天の高さも恐れずに敵との戦いを続ける者たちとともにいてくださるように祈ります。（中略）あなたのご加護によって、今夜飛行する兵士たちが無事にわたしたちのところへ帰ってきますように。わたしたちはあなたを信じ、今もまたこれから先も永遠にあなたのご加護を受けていることを知って前へ進みます。イエス・キリストの御名によって、アーメン」（『戦場の宗教、軍人の信仰』石川明人）

また、同じくテニアン島で任務に就いていたジョージ・ザベルカ司祭も、その数日前にルーズヴェルト大統領の友人であり筋金入りの反共主義者でもあったニューヨーク大司教フランシス・スペルマンが同島を訪れ、「自由のために正義のために戦い続けよ」と奮起を促していたため、原爆を必要悪として受け止めていた。

彼は後年、長崎を訪れたことをきっかけに「軍服の上に法衣を纏っていた」自らの行いを悔い改め、一九八五年八月に開催されたキリスト平和会議において、「空軍の司祭として私は、非暴力を説くキリストの愛に満ち溢れた手に機関銃の絵を描き、この邪悪な絵こそが真実であると、世界に届けた。『主を讃えよ』と歌いながら、武器を手渡した。第五〇九連隊のカトリック司祭であった私は、詐称されたキリストの姿をエノラ・ゲイやボックスカーの搭乗員たちに伝えた最後のチャンネルだったのだ（筆者訳）」と、懺悔している。がしかし、なぜか神は〝その時〟にも、二度もチャンスがあったにもかかわらず、沈黙を貫いた。

真っ白い入道雲の下で

八月一五日。この日も広島は、晴天であった。盛夏の目映《まばゆ》い陽射しが、瓦礫だけが捨て置かれた広島の地をジリジリと灼き、焦土には陽炎《かげろう》がゆらり、ゆらりとうつろっていた。防空壕や井戸の中には、依然として数多くの遺体が残されており[38]、負傷者の傷口からは無数の蛆が湧き、いまだ嗚咽が焦土を這いずり回っていた。向日葵がどこにも見当たらない、蟬の音もなければ日陰ひとつない、初めての夏であった。

午前七時二〇分に社団法人日本放送協会がラジオで、「謹んでお伝え致します。畏《かしこ》きあたりにおかせられましてはこの度詔書を渙発《かんぱつ》あらせられます。畏くも天皇陛下におかせられましては本日正午御自ら御放送遊ばされます。洵《まこと》に恐れ多き極みでございます。国民は一人残らず謹んで玉音を拝しますように。（中略）ありがたき放送は正午でございます」と、報じていたため信三らは作業を一時中断し、財務課に置かれたラジオの前に集まった。その日は、奇しくも聖母の被昇天。無原罪の神の母マリアが地上における生活を終え、肉身と霊魂を伴い天の栄光に上げられた日でもあった。[39]

　信三は、片足を引き摺りながら列に並んだ。傷口の化膿が治らず、靴も履けないくらいに足首は腫れ上がっていた。[40]臨時救護病院となった袋町《ふくろまち》国民学校（現・広島市立袋町小学校）で罹災者の治療にあたっていた島病院の島薫院長が、市議会議員であると共に市の嘱託医であったことから診てもらったところ、「ダメ、ダメ。これは外から手当してもなおりっこない。すぐ血液の検査をしてもらいなさい」（『よみがえった都市―復興への軌跡 原爆市長』浜井信三）と忠告された。検査してみると、白血球の数値が危険状態とされる三二〇〇にまで下がってはいたが、休むことなどできやしない。自らの腕の静脈から採取した血液を大腿や臀部に注射し、ビタミン剤を採りながら、しばし内勤を余儀なくされていた。

　前年七月七日にはサイパン島、この年の六月二三日[41]に沖縄が陥落して以降、国内放送と同じ周波数の中波を用いた米軍の宣伝放送が聴取できるようになっていたためトルーマン大統領の声明は口コミで広まり、大本営が言うところの新型爆弾は、どうやら原子爆弾であるらしいことは知られていたものの、それが焼夷弾といった通常兵器と、どこがどう違うのかについては、知る由などあろうはずもなかった。[42]

広島県警察部は、投下弾の種類はもとより性能も一切不明であったため当初、〝落下傘附曳下爆雷〟なる名称を用いていた。通常の空襲においては何十、何百機もの敵機が来襲し、本土空襲用に開発された膨大なM69焼夷弾[43]が止めどなく投下され、家屋が倒壊、火災が発生し、死傷者や罹災者が出る、といった一連の流れで被害が拡大したが、この新型爆弾ではそれらが同時に広域で、しかも数秒のうちに起こった。落下傘のようなものを見た者もおり、[44]どうやら空中で炸裂したようだとの目撃情報もあったことから、このように名付けられたという。

大本営は八月七日に急遽《きゅうきょ》、有末精三参謀本部第二部長を団長とする調査団約三〇名を、原爆被害の調査・研究のため広島へ派遣している。この中には『ニ号研究』、いわゆる帝国陸軍による原子爆弾開発計画を主導していた理化学研究所の物理学者・仁科芳雄博士も加わっており、比治山東南の兵器補給廠で一〇日に開かれた陸海軍合同特殊爆弾研究会ではすでに「本爆弾ノ主体ハ（中略）原子爆弾ナリト認ム」と結論づけられていたが、国民の戦意喪失を懸念する大本営により事実の公表は固く禁じられた。[45]

日本政府はこの日、「交戦者は害敵手段の選択につき無制限の権利を有するものに非ざること」、及び「不必要の苦痛を与ふべき兵器、投射物其他の物質（毒ガスなど）を使用すべからざること」は、戦時国際法の根本原則であって、それぞれ『陸戦の法規慣例に関する条約付属書・陸戦の法規慣例に関する規則（ハーグ陸戦条約）』第二二条、及び第二三条ホ号（第五項）に明定されるところであるが、米国が使用した本件爆弾は、その性能の無差別かつ残虐さにおいて、これまで「無差別的破壊力を持つために禁止」された毒ガスその他の禁止兵器を遥かに凌駕した、よって帝国政府はここに自らの名において、かつまた全人類及び文明の名において米国政府を糾弾するとともに、即時このような非人道的兵器の使用を放棄せよと厳重に要求する、との声明を発表したと翌日付の『朝日新聞』は報じている。

そもそもハーグ陸戦条約の根幹を成す、戦時においても無差別攻撃を禁ずるといった思想は、石弓の発明によりそれまでの刀剣による合戦とは比較にならないほど多数の非戦闘員が死傷したことを憂いたローマ教皇インノケンティウス二世が一一三九年に、「神に対して憎むべきものであり、キリスト教にそぐわない」と、石弓を拒絶したことに端を発している。

他方、時代の歯車がほんの少しばかり狂っていたならば、我が国が原爆の加害者となっていたかも知れない。いや、おそらく実戦投入していたであろう。帝国海軍も京都帝国大学（現・京都大学）の荒勝文策研究室に対してウラン濃縮にはなくてはならない遠心分離装置の開発を委託していたことが明らかとなっている（『F研究』）[46]。昭和天皇は、『二号研究』について東條英機首相から上奏された際、「日本が最初に完成させて使えば、他の国も全力をあげて完成させて使うだろう。そうなれば全人類を滅亡させることになる。それでは日本が人類を滅ぼす悪の大元になるではないか」（『昭和天皇』出雲井晶）と、激怒したとも伝えられている。

かくして原子爆弾開発計画は大元帥である天皇、そして国民の与《あずか》り知らぬところで秘密裏に進められていたことになる。圧倒的な軍事力を擁する連合国軍によって退路を断たれた大本営は、もはや最高統帥者をも欺くほどの深刻な機能不全状態に陥っていた。「原子爆弾の投下」といった歴史的事実は封印され、[47]原爆症についても国民がその恐るべき真実を知るまでには、それから幾年もの歳月を要することとなる。

「何事じゃろう」

そこに顔を揃えた誰しもが、現人神《あらひとがみ》である陛下が直々に、赤子《せきし》たる国民に向けて何を話すのか、皆目見当がつかなかった。そもそもそれまでは誰も天皇の肉声を聴いたことなどなかった。[48]かしかし、日本全土が日々空襲に晒されていた情況から、ただごとでないことだけは察しがついた。

「いよいよ、本土決戦か！」と、士気を昂ぶらせる者もいた。地元紙の『中国新聞』も前日の紙面で「この戦争絶対に勝つ。精神戦にくじけるな。勝利の道は国民敢闘にある」と、鼓舞していたではないか。

やがて正午の時報が、いつものように鳴った。注意を喚起するチャイムに続いて、和田信賢《のぶかた》放送員が、「只今より重大なる放送があります。全国の聴取者の皆様、御起立願います」と静かに語りかけ、続いて下村宏情報局総裁が、「天皇陛下におかせられましては、全国民に対し、畏くも御自ら大詔を宣《のべ》らせ給う事になりました。これより謹みて玉音をお送り申します」と告知し、『君が代』が奏楽された。

職員らは、飛び交う蝿の大群を払おうともせず、ノミやシラミに噛まれた手足を掻くことも忘れ、ひたすら直立不動の姿勢で、中継線の雑音によって聞き取ることさえ難儀な上に、漢文まじりの難解な放送にじっと耳を傾けた。

四分三〇秒余りの天皇の肉声が初めて電波に乗ると、再び『君が代』が流され、「謹みて天皇陛下の玉音放送を終わります」と情報局総裁が受け継ぎ、和田放送員が詔書を改めて奉読（朗読）した。続いて内閣告諭が朗読され、終戦決定の御前会議の様子、ポツダム宣言とカイロ宣言の要旨等が放送され、三七分三〇秒余りにも及んだ歴史的な放送、〝玉音放送〟は終了した。

この『大東亜戦争終結に関する詔書』で昭和天皇は、「加之敵ハ新ニ残虐ナル爆弾ヲ使用シテ頻《しき》ニ無辜ヲ殺傷シ惨害ノ及フ所真ニ測ルヘカラサルニ至ル而モ尚交戦ヲ継続セムカ終ニ我カ民族ノ滅亡ヲ招来スルノミナラス延テ人類ノ文明ヲモ破却スヘシ」と、米国による原爆使用を厳しく指弾しつつも、「然レトモ朕ハ時運ノ趨《おもむ》ク所堪ヘ難キヲ堪ヘ忍ヒ難キヲ忍ヒ以テ万世ノ為ニ太平ヲ開カムト欲ス」と、ポツダム宣言の受諾を宣した。

詔書に「敗戦」「降伏」の文言はなかったが、それは明らかに大日本帝国陸海軍が創設以来、初めて経験する敗北に違いなかった。

「日本が、神国日本が負けた……」

信三は、文字通りの不意打ちを喰らった。誰しもが呆然とし、立ちすくみ、やがてボタボタと大粒の涙を止めどなく流した。声を上げて哭《な》く職員もいたという。

「なんでじゃ、なんで、もうちぃと早う、一〇日早う戦争を終わらせてくれんかったんか。広島もんだけじゃのうてこの戦で、御国のために戦地や内地でのうなった方々に、生き恥を晒しとるうちらは顔向けが出来んじゃろうが。どうして謝りゃええというんか。あまりにも悔しい、情けなあじゃないか」

長く苦しい戦争がようやく終わったという安堵感や解放感など、この地には爪の先ほども、ほんのひとかけらもなかった。市庁舎の崩れかかった窓からは、色が失せ、音が途絶えた街の上に泰然と浮かぶ、いかにも不釣り合いな真っ白い入道雲が唯々、ぽっかりと顔を覗かせていた。

一九四五年八月六日の朝
一瞬にして死んだ二五万の人すべて
いま在る
あなたの如く　私の如く
やすらかに　美しく　油断していた。

（石垣りん『挨拶──原爆の写真によせて』）

1　粟屋仙吉の正義感溢れる性格は、彼が大阪府警察部長であった一九三三年六月一七日に、大阪市の天神橋筋六丁目交差点で発生した俗に言う『ゴーストップ事件』からも窺い知ることができる。
陸軍歩兵第八連隊第六中隊所属の中村政一一等兵が信号を無視して横断しようとしたため、交通整理にあたっていた曾根崎警察署の戸田忠夫交通巡査が、中村を交番に連行したところ口論となり、殴り合いにまで発展する。発端は些細ないざこざに過ぎなかったが、駆けつけた憲兵隊が事を荒立てたため、師団司令部は五日後に「皇軍組成の一分子に対する警察官の不法暴行事件で皇軍感情に関する重大問題」と、異例の声明を発表するに至る。これに対して仙吉は「街頭において兵隊が私人の資格において通行しているときは、一市民として交通信号に従ってもらいたい」と、至極真っ当な対応を見せ、軍部が「いやしくも陛下の軍人に対して」と言おうものなら、「軍人が陛下の軍人なら警察官も陛下の警察官である」と切り返し、一歩も引くことはなかった。陸軍対警察のにらみ合いは、五ヶ月後の一一月一八日に和田良平検事正の調停と白根竹介兵庫県知事の斡旋によりようやく和解にまで漕ぎ着けられたが、結果的に警察が軍部に屈服したこの事件を境に軍部の増長ぶりは顕著となり、三年後の二・二六事件へと繋がってゆく。

2　広島市内への空襲は一九四五年三月一八日、一九日、四月三〇日の三回。

3　日本から海外へ移住した人々を表す言葉には、時代による変遷が認められる。歴史的には移住人、移住民、移民、移民者、移住者と表現が変わり、「移住」といった文言は、一八六九年七月二〇日付の『中外新聞』に「日本人亜墨利加に移住の事」といった見出しで初めて登場している。「移民」は、一八九四年四月一二日に公布された移民保護規則（二年後に移民保護法に改正され施行）により定着してゆくわけだが本作では、時代にかかわらず認知度の高い「移民」を用いている。

4　一八九九～一九三二年までに約九万二〇〇〇人。

5　陸軍船舶司令部、通称暁部隊の隊員であった武内五郎が拾った、現存する数少ない米軍機が撒いたビラには、「このビラに書いてあることは最も大切なことでありますから良く注意して読んで下さい。（中略）此の無益な戦争を長引かせてゐる軍事上の凡《すべ》てをこの恐るべき原子爆弾を以て破壊する。米国はこの原子爆弾が多く使用されないうち諸君が此の戦争を止めるよう天皇陛下に請願される事を望むものである。（中略）然らざれば米国は断乎この原子爆弾並《ならび》に其他凡《あら》ゆる優秀なる武器を使用しこの戦争を迅速且強制的に終結せしむるであらう。〝即刻都市より退避せよ。〟」と書かれていた。

6　伝単には「八月六日午前八時、新しいお土産をお持ちして参上しますから、戦闘員の外は市外へ引っ越しして下さい」（『三重の被爆者証言 原爆』三重県原爆被災者の会編）と書かれたものもあった。また、被爆当時一九歳だった武田恵美子は、安佐郡亀山村（現・安佐北区）で七月の終わり頃に「吹雪のように舞い降りて」来た七色のビラを拾っており、「一番悔しかったのは、『広島は今まで空襲がなかったでしょう、だけどこのまま戦争を続けると新型爆弾を落としますよ』という部分でした」と述懐している。広島県下には七月二六日から三一日まで連日のように一万から六万枚もの宣伝ビラが投下されたが、軍や警察によって没収、焼却された。

7　岡ヨシエたちの任務は、中国地方の対空監視哨と直結している軍用電話の前で待機し、入電した通報を作戦室に伝え、通信兵が解析した敵機の進入経路などを暗号にして通信室へ送り、暗号命令が伝達されると各部隊や飛行場、高射砲隊などに警戒連絡するというものであった。

九〇名のうち、非番であった六〇名の生徒たちは八時に元・大本営前の広場に集まり朝礼を済ませた後、竹槍訓練をしていた最中に被爆。全員即死もしくは数日後に死亡する。爆心地から約七九〇メートルという至近距離にあった三五〇平方メートルの地下壕内で勤務中だった三〇名の第二班だけが難を逃れた。

終戦まで司令部に留まり、瀕死の状態にあった約三〇名の同級生の介抱にあたったヨシエだったが、彼女らの顔は倍にも腫れ上がり頬は焼け爛れ、誰が誰だか見分けがつかない。それでも一四歳の少女である彼女らに名前を尋ねるのはあまりにも不憫で、憚られたという。

ヨシエが、親のことを初めて想ったのは八月六日深夜。残された同級生五名と壕内で雑魚寝をしていて、お堀の西側に駐屯していた野砲隊の方角から新兵の「おかぁーさーん」という声を耳にした時だった。

毎年八月六日には慰霊碑の前で慰霊祭が営まれるが、二〇一六年の参加者はわずか四名だったという。

8　兵庫県西宮市へは八月五日深夜一二時前から波状攻撃が加えられ、市南部の市街地はほぼ全滅。愛媛県今治市も午後一一時半頃から翌日二時頃まで空襲に晒され少なくとも四五四名の死者を出しており、山口県宇部市の帝国燃料工場や助田上町も爆撃を受け、五六三名の罹災者を出している。

広島市の矢賀（現・東区）警防分団の「防空日誌」によれば六日は、午前〇時二五分に空襲警報発令、二時一〇分空襲警報解除、同一五分警戒警報解除。岡ヨシエの記憶によれば、夜が明けた七時一九分に再び警戒警報が発令され「敵B-29一機が豊後水道から侵入」と報じたが同三一分、「中国軍管区内上空に敵機なし」となり警戒警報は再度解除されている。

9 原爆炸裂の五、六分後に意識を回復した岡ヨシエは壕を出て土手に上がり、瓦礫の街と化した広島を目撃する。遥か彼方に似島までもが見渡せたという。うずくまった兵隊の「新型爆弾にやられた！」という声を耳にしながら同級生の荒木克子（旧姓・板村）と持ち場へ戻り、いまだ繋がっている回線があることを知ると受話器を握りひたすら応答を待った。やがて電話口に出た福山の陸軍第三〇師団歩兵第四一連隊所属の小川国松上等兵に「もしもし大変です。広島がやられました」と叫んだ。「なに！　司令部がやられたのか？」「いいえ、広島が全滅に近い状態です！」「なぜ全滅なのだ？　理由を言いなさい」と、問われたところで女学生であるヨシエには答えようがない。彼女は先の兵隊の言葉を思い出し、「新型爆弾にやられました！」と咄嗟に応じた。果たしてこれが原爆投下を市外に伝えた第一報となった。

10 帝国陸軍病院船に勤務していた洋画家の福井芳郎は、一九四四年夏から地上部隊の救護班として西観音町に駐留。同町の兵舎二階で被爆し瓦礫の下敷きとなった。軍医や兵隊たちに救出された彼は集合地点へと向かい「目的地に着くと私は紙と鉛筆を持って再び火の中を市内にもどり部隊のあった地点を中心につぶさに焼跡を歩き廻ったが、何しろ熱くてどうにもならず戦友の焼死した骨を見て淋しく引き上げた」（「記録と表現再論」出原均）。

原爆投下の一時間後にもうもうと黒煙を上げ、燃え上がる市街の様子をつぶさにスケッチした彼は、後に『星条旗新聞・太平洋版』（一九五二年七月七日付）の取材に応じ、「窓から、夏の日差しを凌駕する閃光に突然、照らされた広島を見た。それはこの世のものとは思えないほど美しかった」と語っている。

また、作家の大田洋子は『朝日新聞』（一九四五年八月三〇日付）に寄稿した「海底のやうな光 原子爆弾の空襲に遭つて」の中で、「見馴れない珍しくふしぎな夢を見たと思つた刹那、緑青色の海の底みたいな光線が瞼の上を夢ともうつつともなく流れた。へんな夢を見るのねと思つた瞬間、名状し難い強烈な音が起つて、私はからだが粉々に砕け飛び散つたやうな衝動をうけた。爆弾の地に落ちこむダダンといふ音でもなく、ザザツと雨のやうだといふ焼夷弾の音ともちがひ、カチインといふ金属的な、抵抗しがたい音響だつた。一瞬といふ言葉がこの朝ほど身をもつて適切に感じられたことはかつてない。それでも私は二十個も三十個もの焼夷弾が寝床のうへに降りかかつたのだと思ひ、きよろきよろとそれを探した」と、原爆投下の瞬間を綴っている。

11　英作家ゴードン・トマスらが『Ｅｎｏｌａ Ｇａｙ』執筆のため、同機の搭乗員に対して行ったインタビューの録音データによると、ティベッツ機長は爆発の瞬間を「光に包まれた時、鉛のような味がした。きっと放射線（の影響）だろう。とてもほっとした。（原爆が）さく裂したと分かったから」（『毎日新聞』二〇一八年八月四日付）と述懐している。また、投下直後に同機は右に急旋回し退避しているが、衝撃波によって「ブリキの中にいて、外から誰かにハンマーでたたかれているような音が響いた」（前掲）とも話している。

12　広島市庁舎勤務の全職員が一連隊でその下に三個大隊を編成。

13　多くの若手職員はすでに軍に召集されており、男性は役付職員か再就職した元軍人や巡査といった恩給受給者が目立つようになっていた。

14　一九四七年版の『広島市勢要覧』によると当時の市職員総数は、正規職員三五八名に非正規職員一〇八七名を合わせた一四四五名。うち、七〇パーセント以上が被爆している。

15　『中国新聞』（一九四六年七月二九日付）が伝えるところによれば、新入職員の俸給は手当など一切を含め平均二九八円。主事級でも六三〇円であったため、家族持ちであれば配給物資も贖えないほどの低賃金であった。ちなみに一九四五年一、二月における広島市の一世帯平均現金支出に占める食料費の割合は六七パーセントにも上り、全国二八都市中第一位という困窮ぶりであった。

16　八月六日午後三時までに一二万食分が配給されている。一方、広島県も市内にあった県庁舎は焼失し、本庁の職員約八〇〇名が犠牲となったが、市の行政機能が潰滅状態に陥っていることから食糧配給事務を直接取り扱う非常処置を取る。広島市の食糧は米七〇〇俵／日を必要としたため江田島の海軍兵学校から二〇〇〇俵、佐伯郡大竹町（現・大竹市）にあった海軍潜水学校から八〇〇〇俵、山口県からは五〇〇〇俵を借り受け炊き出しに回した。

17　市庁舎で浜井信三が見つけた二つの亡骸は、足の不自由な高齢の使丁（校務員）と女学校から勤労奉仕に駆り出されていた女生徒であったことが程なくして判明したと、信三は『毎日新聞』に連載していた「原爆十話」（一九六五年四月二〇日付）の中で述べている。

18　千田町にあった冷蔵庫も破壊され、八月八日には宇品陸軍糧秣支廠から預かっていた大量の枝肉が腐りかけているとの情報を耳にした浜井信三は、すぐさま軍に無償で払い下げてもらうべく直談判し、配給に回すことにも成功している。広島市が直接配給出来るようになったのは、軍が備蓄していた食糧や備品、消耗品を確保出来た八月一五日以降であった。

19　広島市内で被爆当日に撮られた被爆者たちの写真五枚のうちの一枚。松重美人の愛機・マミヤ6が捉えたこれらの写真は、一九四六年七月六日に『中国新聞』の別会社が発行した『夕刊ひろしま』の二面に「世紀の記録写真」として掲載されたが、米『ライフ』誌が「米国初公開」として掲載したのはＧＨＱによる占領が終わった後の一九五二年九月二九日号だった。

20　軍人・軍属の推定死亡者数は三万二九〇〇名。

21　佐伯文郎中将は第二総軍司令部により八月七日に広島警備担任船舶司令官に任命され、広島地区警備の任が谷寿夫《ひさお》中国軍管区司令官に移譲される一五日まで市内の警備・復旧作業の指揮を執ることとなる。

22　金輪島は面積約一平方キロメートルの小島。日清戦争の勃発に伴い一八九四年に帝国陸軍運輸部直結の造船工場が作られ、一九四二年に陸軍運輸部船舶司令部に組み込まれた。現在は、島の大部分を二〇〇六年に西武造船から全株式を譲渡された新来島宇品どっくが占めている。

二〇〇九年になって、明治期の地租改正事業に伴い作成された仁保島村（現・南区仁保周辺）の土地の権利関係を示す公図四二枚が見つかったが、仁保沖にある金輪島には「陸軍省」とのみ記載されている。戦時中は軍事機密に属する施設名は地図から消されたが、当時はまだ陸軍の存在が隠されてはいなかったことがわかる。

23　陸軍海上挺進戦隊は、一九四四年八月に発足した陸軍の特別攻撃隊。同隊が使用していた連絡艇の長さは五・六メートル、幅一・八メートル。日産自動車製のトラック用中古エンジンを積み、艇後部に二五〇キロの爆雷を装備したベニヤ板製の連絡艇で秘匿名称「マルレ」と呼ばれた。約三〇〇〇隻が製造されフィリピンや台湾、沖縄諸島、日本本土の太平洋岸に配備された。

24　市電とは、おそらく宇品付近を走行中に被爆し小破した広島電鉄六五〇形の車番六五二号と思われる。同号は八月半ばには早くも復旧し、広島市民を勇気づけた。

25　広島市内を流れる河川の干満差は最大で四メートルにもなる。

26　内務省の出先機関である中国地方総監府は岡山、山口、島根、鳥取各県から建築資材や医薬品を掻き集め、市内に二四ヶ所の救護所と一七ヶ所の食糧配給所を設置している。

27　陸軍船舶練習部第一〇教育隊（通称・松山部隊）に所属していた高杉新弥所蔵の布告ビラによる。ただし、広島市が編纂した『広島原爆戦災誌』では救護所は一一ヶ所となっている。

28　広島、長崎の被爆状況を知り、内務省から「新潟市も原爆投下候補地の可能性」といった情報を得た畠田《はたけだ》昌福新潟県知事は、市民を救うべく内務省の反対を押し切り八月一〇日付で知事布告を発令、「一、一般新潟市民ノ急速ナル徹底的人員疎開 二、重要工場ノ有効且能率的ナル疎開 三、公共施設ノ疎開 四、新潟市ニ於ケル建物疎開ノ一時中止」と命じたため一七万人の市民が続々と郊外へと待避。一三日には、緊急要員を残し市街地はもぬけの殻となっていた。

29　腰弁とは、小役人や地位の低い勤め人のことを軽蔑して言う語。

30　一九八五年の新庁舎建設の際に正面玄関の石段や敷石と共に地下室の一部は、広島市役所旧庁舎資料展示室として改修・保存され、被爆前後の様子を今に伝える約一〇〇点の資料が展示公開されている。

31　のちに焼失を免れた己斐と皆実の出張所から市長の公印が見つかったため、これを使用することとなる。

32　「原子爆弾」についてのプレスリリースは当時、世界最大の電信電話会社であったAT&T社の副社長であり、米国における企業広報の生みの親とされるアーサー・ページが起草に関わっていたと言われる。また、フランクリン・ルーズヴェルト大統領本人はポツダム会談を終え、帰途に就いた大西洋上の巡洋艦オーガスタの船上にあったため、声明自体は代読であった。

33　私立広島女学院生徒概数八二六名のうち、動員先での即死者は二八一名、重軽傷者は四三名。同校全体では生徒三一〇名が亡くなり二〇名の教職員が殉職した。

34　日本時間八月八日午後一一時、ソ連の武力侵攻の一時間前に佐藤尚武駐ソ連大使は、クレムリンにおいてヴャチェスラフ・モロトフ外相から宣戦布告文を受け取ったが、モスクワ中央電信局が日本電信局に送信しなかったがために日本政府がソ連の宣戦布告を知ったのは九日午前四時。ヤコフ・マリク駐日大使が東郷茂徳外相に正式な布告文を手渡したのは一〇日の午前一一時一五分であり、侵攻からすでに約三五時間が経過していた。日本は最後までソ連に対して宣戦布告することなく戦闘状態に追い込まれた。

他方、米国は七月一三日には東郷外相から佐藤大使に宛てて送られた〝パープル・コード〟（正式名称・暗号機B型）を解読し、日本政府がソ連政府に対して講和仲介の要請を行っていること、天皇が早期戦争終結を望んでいることを把握していた。

35　江戸末期から明治初頭にかけて起こったキリシタン（キリスト教徒）に対する大規模な迫害「浦上四番崩れ」により三三九四名が、彼らが「旅」と呼んだ配流に処され、全国各地で拷問を受け続けた（六六二名が死亡）。国際世論の高まりにより禁制を解かれ故郷に戻った彼らは、なけなしの財産を持ち寄り一八七九年に小さな聖堂を建て、その後一九年の歳月を費やし煉瓦造りの大聖堂、浦上教会を建立した。

36　『ニューヨーク・タイムズ・マガジン』（一九六五年八月一日号）の特集記事で、レズリー・グローヴス陸軍少将（最終階級は米陸軍中将。一九四八年二月に退役）は「我が軍は太平洋地域で一日に約二五〇人の兵士を失っている。日本上陸を決行した場合、予想される米兵の死傷者は二五万人から一〇〇万人で、日本人の死傷者は少なく見積もっても一〇〇〇万人には上るであろう」と語り、原爆投下を正当化している。

37　一方で、日本への原爆投下に最も積極的であったとされるジェームズ・F・バーンズ米国務長官は一九四五年五月二五日の段階ですでに友人たちに「日本に対して原爆を投下すれば、ソ連軍を東ヨーロッパから撤退させる力となるだろう」と米サウスカロライナ州スパルタンバーグの自宅で語っていたように、戦後体制の再構築を踏まえたソ連に対する威嚇行為であったことも窺える。

38　広島市保健課による市内各所で亡くなった罹災者の遺骨引き渡し作業は一一月一七日を以て打ち切られたが、一〇月三一日の段階で市庁舎に収容された一万一五二五柱のうち、身元が判明した者はわずか四八〇五柱に過ぎなかった。

39　聖母の被昇天はカトリック教会における伝承。正式には一九五〇年一一月一日に、教皇ピウス（ピオ）一二世が教義として公布。

40　現・島内科病院。同院のある細工町二九番地（現・中区大手町）は、爆心地として知られている。島院長は、偶然にも八月六日は、看護師と共に世羅郡甲山町の植田病院に出向いて手術を行っていたため被爆から逃れることができた。

41　一九四五年四月二三日には、米戦略諜報局によって日本向けプロパガンダ放送が開始されている。

42　『朝日新聞』（一九四五年八月九日付）は「敵がこのやうな新型爆弾を使用し始めた事については十分な警戒と対策を要する事もちろんであるが」としながらも「戦争遂行中において新型攻撃兵器が出現すると多くの場合においてその威力が非常に過大に感ぜられることを例とし、例へばドイツのV一号の出現の際のごとき、英国においてはその対策が出来るまで相当な混乱と動揺を見せたが、その対策が完成すると共に冷静に帰したごときもその一例で、今回の新型爆弾に対しても着々として対策が講ぜられるであらう」と、何ら根拠のない理由を持ち出し大本営の発表を擁護している。

43　一九四二年に、「都市焼滅による軍需産業の破壊」を理念に開発された重量六ポンド（約二・七キロ）の二キロ油脂焼夷弾。焼夷剤としてナパーム（油脂）が用いられ、三八発をまとめて投下し、上空で収束帯が外れて散乱することから、日本側では親子焼夷弾とも呼ばれていた。

44　エノラ・ゲイと先行して広島へ向かっていた気象観測機は原爆投下の直前、観測用のラジオゾンデを吊した四つの落下傘を降下させている。これらは現在の安佐北区可部町（旧・安佐郡亀山村）に落下し、淵田美津雄海軍総隊航空参謀によって回収された（一部は広島平和記念資料館に保管）が、絹製の落下傘は村人がワンピースに仕立てたとも伝えられている。

45　大本営は終戦前日の八月一四日夜半になって突然、「原子爆弾」報道を解禁し、我が国が降伏せざるを得なかった理由は米軍が使用した大量殺人兵器によるものだといった印象操作を行っている。また、一五日朝に放送されたニュースでは「玉音放送の予告」と併せて「仁科博士、原子爆弾について語る」が流され、「今回の敵が使った特殊爆弾は調査の結果、研究中であった原子爆弾であることが確実になった」と報じている。

46　日本人として初めてノーベル賞を受賞した物理学者・湯川秀樹は、原子爆弾開発において原子核理論を担当していたとされているが、二〇一七年一二月に京都大学基礎物理学研究所・湯川記念館史料室が公開した『研究室日記』には「荒勝教授より、戦研〈戦時研究〉（37の2　F研究）決定の通知あり」（一九四五年五月二八日）などF研究の文字が三日分あり、理論的に支えていたことが裏付けられている。

一方、大阪海軍警備府からの依頼で放射性物質の残存状況を調べるべく一九四五年八月一〇日に広島を訪れた大阪帝国大学の淺田《あさだ》常三郎教授（物理学）は同月一四日、まさに終戦の前日に上京し、海軍省の外局であった艦政本部の海軍技術研究所に報告を上げたが、「日本中の物理学者を信州の地下壕に集め、日本でも原爆を作り、米国へ投下する」（『毎日新聞』二〇一五年八月一五日付）と、艦政本部は事の深刻さをまったく認識しようともせず、内務省に至っては「白布で原爆よりの幅射線を遮ることにし、国民に白布の用意を布告する」（前掲）と、無知蒙昧の極みであったと当時の日記を基にまとめたメモ（一九七一年）に記している。

47　マスコミも大本営の発表を鵜呑みにし、終戦の前日である八月一四日に至っても『読売新聞』は、新型爆弾（原爆）は「敵が誇大宣伝するが如き絶対的威力を持つものであるといふことは出来ぬと同時に狼狽することなく処置すれば被害を最小限度に止め得ることが出来る」と報じ、『朝日新聞』もまた「熱線には初期防火　頑丈な壕ならば真下で平気」であり「一時噂されたごとき威力を持つたものではなく、防護さへしつかりやれば決して恐るべきものでないことがわかつて来た」と書いている。

48　一九四〇年に宮城前広場で催された紀元二千六百年式典の模様は日本放送協会によってラジオ実況放送されたが、天皇の勅語だけは聴取者が不敬にあたる姿勢で聴く可能性もあることから放送されなかった。

第二章　平和という武器

すでに元安川は、何事もなかったかのように、穏やかな流れを取り戻していた。一五九〇年（天正一八年）、長州藩の藩祖であった毛利輝元が太田川下流域の三角州に「鯉城《りじょう》」[1]の別称を持つ広島城を築造したことにより生を受けたこの街は、かつては水都として知られていた。花崗岩が主な地質であるこの地の水量は多く、シジミやハゼが採れるほど清らかに澄んではいたが、戦前は河川堤防に沿って家屋が無秩序に建ち並び、川面を愛でることもままならなかった。それが皮肉なことにも焦土と化してしまった今では、幾つもの水路が一望の下に見渡せるようになっていた。

未曾有の混乱期を乗り切るためには、速やかに新たなリーダーを選ばなければならない。市議会議員も一〇名が原爆により即死し、被爆した者や家財を失い市外への転出を余儀なくされた市議らも数多く、議員定数四八名[2]のうち市内にはわずか五名しか残っていなかった。自宅の下敷きとなり後頭部を強打した副議長の島本秀吉は八月九日、床の中で、「市役所へ行くから靴を出せ」とうめき声を上げ、両の手で懸命に宙を掻きながら亡くなっていた。

当時はまだ官選であり、市議会を開催する定数に達していなかったことから全員協議会と称して彼らは一九四五年（昭和二〇年）八月二〇日、市庁舎三階の土木課に集い、床には軍の放出品であった帆布を敷き、車座になった。議長席はというと、これもまた軍から支給された缶詰の空き箱で賄ったという。自宅が倒壊し打撲傷を負った山本久雄市議会議長以下二〇名の、まさに即席の青空市議会である。

皆が無事を喜び、九死に一生を得た体験を語り合うことに時を費やしたが、まずは誰を新市長に推すべきか、議論しなければならない。最初に名前が挙がったのは、一九一〇年（明治四三年）に創業された老舗の建設業者・広島藤田組（現・フジタ）の創業者で、地元の名士でもあった藤田一郎だった。「藤田さんであれば、誰も異論をはさまんじゃろう」それが、〝市議会〟として戦後初の決議であったため、参加者はいまだ血と肉の臭いが漂う中、焼け残った粉ミルクを沸かして飲み干した。それは、死者を弔う献盃であり、共に艱難辛苦を分かち合うささやかな固めの盃でもあった。

自身、土木・建築業を営む砂原組の社長を務めていた砂原格[3]市議会議員は、数名の市議たちと共に翌二一日に中区平野町の藤田邸を訪れ、「私のことを申して相済まぬが私は愛児を失い、その死体も未だ探し得ない実情にあるのだが、市政建直しのため、私事をなげうって働いているのである。ここにいる議員連も皆同じ立場同じ気持である。是非一肌脱いで市政を救って頂きたい」（『株式会社砂原組70年史』砂原組70年史編纂委員会編）と涙ながらに懇請したが一郎は、「自分は一切公職にはつかない」とこれを固辞したため、幾度かにわたり協議を重ねた結果、広島県第二区から選出され衆議院議員を三期にわたり務め上げた木原七郎を新市長として内務大臣に推挙することで、九月二九日に全員の意見がまとまった。

ちょうどその三日前の午後一二時三〇分には、占領軍の先遣隊としてＦ・Ｒ・マスター大佐率いる米第六軍第一〇軍団所属の五名が呉市広町（現・広多賀谷三丁目）の呉航空基地に到着している。時計の針が再び、動き始めた。

官選による最後の市長となった木原七郎は、広島県安芸郡矢野村（現・安芸区矢野）の出身。醤油醸造業を営む浅次郎の三男として一八八四年に生まれた。早稲田大学法学部を卒業し、『芸備日日新聞』の社長を経て政界入りしただけあって、いい意味においても大風呂敷を広げるタイプの豪放磊落な政治家であった。

一〇月二二日に市長に就任した七郎は早速、浜井信三に声をかける。「浜井君。君も知っての通り、この街は生きるか死ぬかの瀬戸際に立っとる。ついては助役となってわしを助けてくれんか」

信三は、一郎とは立場は違えども、常々「公人は、自己の手におえない地位に就くべきではない」と考えていたため、再三の催促にも応じることなく逃げ回っていたが、遂には元市長(第一七代)の藤田若水《わかみ》に呼び出され、「そんな生意気なことをいうものではない。君のようなことをいっていたら、誰だってこんな厄介なことを引き受けるバカはいまい。君は、いわば天が広島市のために生かしておいた人間のようなものだ。よけいなことをいわずに、君は広島市のために死ね」(『よみがえった都市―復興への軌跡　原爆市長』浜井信三)と、諭《さと》される。

信三は、恥じた。実際、昨日まで元気に出勤していたにもかかわらず突然、急性原爆症を発症し不帰の客となる市職員は後を絶たなかった。「髪が薄うなったのぉ。あしたぁお前の番かいの」と、同僚にからかわれた若い女性職員が、翌日亡くなることもあった。皆、決して安らかな死顔ではなかった。高熱に襲われ、猛烈な吐血に始まり歯茎からも出血。骨がキリキリ痛み、鮮血の混じった下痢を垂れ流し、顔面や手足に赤紫色の溢血点を浮き上がらせながらもがき苦しみ、全身を切り刻む激痛に虐め抜かれての無念の憤死であった。それでも付近に穴を掘っただけの急ごしらえの焼き場で、読経も香華《こうげ》のひとつも手向けられず、不憫《ふびん》な野辺の送りとせざるを得なかった。

「藤田先生が仰る通りじゃ。わしじゃいうてあの時、ピカにやられて死んどったとしても何も不思議じゃなあ。こうして生き残ったからには、生かしてもろうたからには、わしはこの身を広島市の復興に捧げにゃいけん。皆が腹いっぱい飯を食えて、雨露をしのげる家に住み、好きな服を着られるようにするんが、わしらの務めじゃなあか」

信三の手帳には、その前年の元日に「自戒」と題された、

一、常ニ自分ヲ省ミヨ
一、毀誉褒貶《きよほうへん》ニ心ヲ動カスナ
一、自分ノ知識ヲ先ニ出スナ
一、人ニ誉メラレンコトヲ希《ねが》フナ
一、無駄ロヲ叩クナ
一、自ラ衒《てら》フナ
一、濫《みだ》リニ是非善悪ヲ論ズルナ
一、遁甲ヲ飾ルナ
一、人ニ諛《へつら》フナ

一、腹ノ立ツタ時ハ口ヲ開クナ
一、心ニ思フコトハ先ヅ自ラ実践セヨ

という一一訣が几帳面な筆致で綴られているが、彼の後半生を顧みるに、これこそが浜井信三という広島の戦後復興に敢然と立ち向かった国士を律した人生訓であった。

信三は、放射線障害によって年末に退職を余儀なくされた第一、第二助役の跡を継ぐ形で第二助役を拝命する。[4] 一度腹を決めたからには、やり遂げるしかない。

「原爆砂漠」と言われた焼け野原には、派手な原色のスカートや真新しい軍服に軍靴といった場違いな出で立ちをした人々が、あちらこちらで親族の遺体や遺品を探し、瓦礫を掘り返しながら彷徨い歩いていた。秋口に入り、これから冬を迎えるにあたり食糧の次は衣服だと考えた信三が、海軍からは南方の占領地に住まう外国人女性の宣撫《せんぶ》用にあつらえられたカラフルな布と輸出用の綿布を、陸軍の被服支廠からは一〇万人分のおろしたての軍服一式を譲り受けた成果であった。来訪者の目には、市内はまるで復員兵の街のように映ったという。[5]

九月一七日には最低海面気圧が九一六・一ヘクトパスカルという昭和の三大台風にも数えられる強大な枕崎台風が焦土を直撃し、広島では二〇一二名もの死者・行方不明者を出した。弱り目に祟り目。信三曰く、「原爆砂漠が一夜にして原爆湖水にかわっている」[6]（前掲書）。

原爆によって家屋を失った罹災者たちは為すすべもなかったが、暴雨風により上流から大量の土砂が市内に押し流されたため、放射能に汚染された土壌が洗われ、雑草が芽吹くようにもなっていた。大気汚染に強い夾竹桃《きょうちくとう》の薄紅色の花弁だけが、街に色を添えていた。

しかしながら蟻のように蠢《うごめ》き、あてどなく徘徊する彼らに近寄ってみれば、そこには被爆当時一六歳であった林幸子《ゆきこ》[7]が『ヒロシマの空』で一字一句に刻み込んだ日常が、いまだそこここに散らばっていた。

ああ
お母ちゃんの骨だ
ああ　ぎゅっとにぎりしめると
白い粉が　風に舞う
お母ちゃんの骨は　口に入れると
さみしい味がする
たえがたいかなしみが
のこされた父とわたしに襲いかかって
大きな声をあげながら
ふたりは　骨をひらう
菓子箱に入れた骨は

かさかさと　音をたてる

弟は　お母ちゃんのすぐそばで
半分　骨になり
内臓が燃えきらないで
ころり　と　ころがっていた
その内臓に
フトンの綿がこびりついていた

——死んでしまいたい！
お父ちゃんは叫びながら
弟の内臓をだいて泣く
焼跡には鉄管がつきあげ
噴水のようにふきあげる水が
あの時のこされた唯一の生命のように
太陽のひかりを浴びる

（『原子雲の下より』峠三吉、山代巴編）

勝っても負けても復興が急務

石橋を叩きながら思い悩むよりは、まずは渡ってみてから考える短気な性分の七郎は、市長になるや否や矢継ぎ早に復興策を打ち出した。議論を尽くしてようやく腰を上げる実務派の信三とは、相容れない部分が多々あった。翼賛議員として国政に携わっていた七郎と、リベラルな信三との間には思想的な軋轢《あつれき》もあったに違いない。

「原爆に遭った吏員に仕事をせえということは女にチンポを出せというのと同じ」（『ひろしまの歩みとともに』広島市退職公務員連盟編）といった類の歯に衣着せぬ物言いも信三の癇《かん》に障った。がしかし結果的に、この凸凹コンビが功を奏した。

戦前・戦中を通じて、都市計画は内務省にお伺いをたてながら、広島県都市計画課が対策を講じていたが、敗戦により中央政府も混乱の極みにあった。

こうした危機的状況を見越していた官僚が、内務省にもいたことはいた。後に法務総裁、労働大臣、運輸大臣を歴任する、当時の国土局計画課長大橋武夫[8]である。敗戦を事前に察知し、また遅かれ早かれ内務省も占領軍によって解体されるだろうことを予見していた彼は、空襲による火災の拡大を防ぐ目的で内務省が告示していた建物疎開を終戦の数日前に秘密裏に中止させ、課員に戦災復興都市計画の策定を指示していた。

「勝っても負けても復興は急務となる」

街路や公園、駅前広場などの計画標準原案や都市計画法案、区画整理換地計算方法などを準備し、九月七日には早くも主要都道府県の都市計画課長に向けて内示会を開いて意見を聴取し、翌月一二日には全国都市計画主任官会議を開催する。地方への根回しを終えたところで武夫は、かつての都市計画局長であり幣原《しではら》喜重郎内閣では内務大臣を務めていた堀切善次郎の賛同を得て一一月五日、省と同格の戦災復興院を設立し、年の瀬も押し迫った一二月三〇日には戦災地復興計画基本方針を閣議決定に持ち込み、電光石火の早業で復興の道筋をつけた。

「復興」の質的、量的違いはあれども、死者一万五八九七名もの犠牲を出し、行方不明者もいまだ二五三三名（警視庁緊急災害警備本部調べ。二〇一九年三月八日現在）、全国に散らばる避難者が約四万八〇〇〇名（復興庁調べ。二〇一九年四月二六日現在）を数える東日本大震災の復興庁が、復興庁設置法の施行を経て発足する二〇一二年二月一〇日までに丸一一ヶ月も要したことを考えると、驚くほどのスピードである。

戦災復興院の総裁の座に就いたのは、阪急電鉄や宝塚歌劇団を擁する阪急東宝グループ（現・阪急阪神東宝グループ）を創業した財界の大物・小林一三《いちぞう》だったが、計画局長に就任した武夫は、「小林一三さんという人は、予算を余計に取るなんていうのは国家の費用をむだに使うことだという考えだから、予算折衝なんて行ってくれない。私が行くだけですよ」（『復興計画　幕末・明治の大火から阪神・淡路大震災まで』越澤明）と、後に語っている。同院の財津吉史土地局長も、「小林総裁は『戦災により、日本は全土が焦土と化したのだから、その復興は到底国費を以て賄い切れるものではない。出きる限り、地方の自力復興に委ねるべきである。従って予算の要求は最小限に止めよ。』との意見であった。これに対して、大橋局長を頂点とする事務当局は『焦土と化した地方に自力で立ち上がる力はない。（中略）当然その復興は、国費を以て賄うべきである。』と主張し、両者真向から対立、しばしば激論が闘わされた」（前掲書）と、証言している。

かつて福澤諭吉が塾長を務めていた慶應義塾（現・慶應義塾大学）で学んだにもかかわらず、諭吉が作った『時事新報』が経営危機に陥っても、「慶應とは縁があるが、なぜ私とは縁のない『時事新報』に金を出さなきゃならんのだ」と言下に断った冷徹な実業家と官僚とでは、自ずとそりが合わなかった。後年、トリクルダウンと称される「富める者が富むことで、貧しい者にも富が滴り落ちる」といった経済理論と同じく国家の立て直しが先か、地方から再生すべきか、中央政府対地方自治体の確執はいつの時代も変わらない。

一方、「GHQは（戦災復興院を）全然支援しませんでした。GHQは日本が良くなることを希望しないんだから。GHQは日本を占領に来たのであって、日本を統治するために来たのではないのですから。日本の統治者として、日本の復興をやりにきた訳ではないのです。都市計画というのには、結局、進駐軍は冷淡だったですよ。日本の復興ですから」（前掲書）と武夫が言うように、占領軍も「我関せず」であった。

こうした米政府の指針は、占領政策を示した『降伏後に於ける米国の初期の対日方針』（九月二二日）にも、「日本の苦境は日本国自らの行為の直接の結果にして連合国は其の蒙りたる損害復旧の負担を引受けざるべし、右損害は日本国国民が一切の軍事的目的を放棄し孜々《しし》且専心平和的生活様式に向ひ努力する暁に於てのみ復旧せらるべし」（「占領政策の展開――戦後日本資本主義論のために――」井村喜代子）と明確に述べられている。当然のことながら被爆地である広島、長崎に積極的に復興支援の手が差し伸べられるはずもない。

確かにGHQは、日本を植民地化するために進駐して来たわけではなかった。日本と戦火を交えた連合国を代表して戦後処理、そして米国を始めとする自由主義陣営の国益を担保する国家体制を日本に作り上げ、自立の道筋をつける、言ってみればインフラ整備のために期間限定で乗り込んで来たため、この国が一等国として再生するかどうかなどまったくの関心外。むしろ、この国に帝国主義が復活しないよう楔《くさび》を打ち込むことがGHQの主目的であった。

ちなみに米国は当初、直接軍政を想定していたが、八月二八日に発令された『作戦命令第四号付属第八号』（軍政）によって天皇制を含む現存の統治機構を利用した間接統治方式（沖縄を除く）へと方針転換している。ハーグ陸戦条約と、ポツダム宣言の第七条に記された、「右ノ如キ新秩序カ建設セラレ且日本国ノ戦争遂行能力カ破砕セラレタルコトノ確証アルニ至ルマテハ連合国ノ指定スヘキ日本国領域内ノ諸地点ハ吾等ノ茲《ここ》ニ指示スル基本的目的ノ達成ヲ確保スルタメ占領セラルヘシ」に則った処置ではあったが、ひとつには天皇の日本国民に対する圧倒的な影響力を、米国が考慮せざるを得なかった結果だとも言えるだろう。

他国においては、敗色が濃厚ともなれば必然的に為政者に対して反旗が翻され、国民に苦汁を舐めさせた国家権力の打倒を叫ぶレジスタンスやゼネストが活発化するものだが、不思議なことにこの国では、まったくと言って良いほど天皇を頂点とした国家体制の変革を求める声は上がらなかった。

フランス革命時、ルイ一六世やマリー・アントワネットに投げつけられた「王に死を！」といった類のスローガンを叫ぶ者などほんのわずかに過ぎない。それは米国の目には、まるで営々と築いて来た栖《すみか》を踏み潰されようが、何事もなかったかのように黙々と穴を掘り続け、ひたすら女王蟻に餌を運び続ける働き蟻のようにも映った。

ポツダム宣言の受諾に際しても日本政府は、「天皇ノ国家統治ノ大権ヲ変更スルノ要求ヲ包含シ居ラザルコトノ了解ノ下ニ」と、最後の最後まで天皇による国体の護持にこだわった。

というのも米国務、陸・海軍からなる占領政策の最高決定機関であった三省調整委員会[9]（ＳＷＮＣＣ）によるポツダム宣言起草の初期段階においては、ジョセフ・グルー元・駐日大使ら知日派が提起した「日本降伏の時が来るならば、天皇はそれをもたらす唯一の人間である」といった意見が反映され、天皇制の存続に関する条項が盛り込まれていたにもかかわらず、蔣介石率いる中華民国国民政府の強硬な反対もあり、最終稿では一転して削除されていたことに危機感を抱いたからに他ならない。

一方、中華民国軍令部第二庁第一処が一九四五年六月に作成した極秘文書『侵戦以来敵国主要罪犯調査

票』では、陸軍罪犯（戦犯）のトップに陸海空軍大元帥として「日皇裕仁」の名が挙げられていたが、米国務省の意向を受け一二月二八日に決定された『日本問題処理の意見書』（国防最高委員会）の訴追対象リストからは削除されている。

むしろ、蔣介石本人は軍国主義と日本国民及び天皇制を峻別していたことが、八月一五日に行われた「以徳報怨」で知られる「抗戦に勝利し全国の軍民、および世界のひとびとに告げる演説」における「わが中国の同胞は、『旧悪を念《おも》わず』と『人に善を為す』がわが民族伝統の高く貴い徳性であることを知らなければなりません。われわれは一貫して、日本人民を敵とせず、ただ日本の横暴非道な武力をもちいる軍閥のみを敵と考えると言明してきました。（中略）もし暴行をもって、かつて敵が行った暴行に答え、奴隷的屈辱をもってこれまでの彼らの優越感に答えるなら、仇討ちは仇討ちを呼び、永遠に終ることはありません。これはわれわれ仁義の師の目的では、けっしてありません」（『中国を知るテキスト3 日中国交基本文献集（下巻）』竹内実編）からも明らかであろう。

事実、蔣介石は約三一三億三〇〇〇万ドルと試算されていた戦時賠償金を一切請求しようとはせず（在外資産は除く）、これを受けたフィリピン政府が対日請求額を五億五〇〇〇万ドルにまで引き下げるきっかけともなった。[10] こうした〃恩義〃に報いるべく、後に国際連合（国連）が「中国」の代表権を中華人民共和国に対して認める直前の一九七一年六月、昭和天皇は時の内閣総理大臣佐藤栄作に対して、「日本政府がしっかりと蔣介石を支持する」ように促してもいる。[11]

また、降伏文書に調印する九月二日以前の段階ですでに大本営は、天皇の聖断に従い、八月一八日には大陸命第一三八五号を発令し、「詔書渙発以後敵軍ノ勢力下ニ入リタル帝国陸軍軍人軍属ヲ俘虜ト認メス速ニ隷下末端ニ至ル迄軽挙ヲ戒メ　皇国将来ノ興隆ヲ念シ隠忍自重スヘキ旨ヲ徹底セシムヘシ」と、陸軍の戦闘行為の全面停止を命じ、同月二二日に発せられた大海令第五三号によって海軍も、「大本営ノ企図ハ為シ得ル限リ速ニ我軍ノ武装ヲ自発的ニ解除シ以テ進駐シ来ル連合国軍ト無用ノ紛争ヲ避ケ我ガ信義ヲ中外ニ宣明スルニ在リ」と、GHQの進駐に先んじて粛々と武装解除を進めていた。

この大海令第五三号には、「速ニ指揮下全兵力ヲシテ還納其ノ他適宜ノ形式ニ依リ自発的ニ其ノ武装ヲ解除セシムベシ」といった件《くだり》があるが、これは取りも直さず各司令長官は、天皇から預かった兵隊を「還納」、つまり返せとの命令である。[12]

さらには東久邇宮《ひがしくにのみや》首相も二八日に、「全国民総懺悔することが、わが国再建の一歩であり、わが国団結の第一歩であると信ずる」と述べ、国民はすべからく天皇の大御心に従うべしと説くと共に、戦争責任は天皇ひとりが負うべきものではないとの態度表明を行った。

まさに戦艦大和が撃沈された帝国海軍連合艦隊最期の出撃の際に、連合艦隊参謀長・草鹿《くさか》龍之介中将が言い放った「一億総特攻の魁《さきがけ》」と表裏を成す文字通りの〝承詔必謹〟ではあったが、敗戦国におけるこうした最高権力者に対する国民の寛大な態度、従順な言動は歴史上、極めて稀な例であったと言わざるを得ない。

と同時に、天皇や軍部の戦争責任を戦勝国ではなく当事者である日本国民自らが議論し、結論づけなかったことが、戦後日本の加害者意識を希薄にした一因ともなった。広島も同じく、過度な被害者意識から、加害者でもあったことを封印している、としばしば批判を受けることになる。

事実、天皇象徴制をマッカーサー元帥に進言したのも我々日本人ではなく、彼の腹心であったボナー・F・フェラーズ准将であった。平等、平和、戦争放棄、奴隷制廃止、女性参政権などを掲げるクエーカー派の敬虔なキリスト教徒であり、情報将校として戦時中はマッカーサー元帥の軍事秘書官を務めていた彼は、小泉八雲（ラフカディオ・ハーン）に心酔する米軍きっての知日派であった。心理戦・情報戦のエキスパートであったフェラーズ准将は、一九四五年一〇月二日に『最高司令官あて覚書』を起草し、ここで、「天皇に対する日本国民の態度は概して理解されていない。キリスト教徒とは異なり、日本国民は、魂を通わせる神をもっていない。彼らの天皇は、祖先の美徳を伝える民族の生ける象徴である。天皇は、過ちも不正も犯すはずのない国家精神の化身である。天皇に対する忠誠は絶対的なものである」（『日本国憲法・検証１９４５―２０００資料と論点 第二巻 象徴天皇と皇室』高橋紘）とし、これが日本国憲法に記された象徴天皇制の〝起源〟ともされている。

その後、連合国はフェラーズ准将が分析した通り、ほんのひと月前まで本土決戦を口角泡を飛ばしながら叫んでいた〝野獣たち〟が、一夜にして変心する変わり身の速さに呆気にとられつつも、改めてこの国における天皇の威光を思い知らされることとなる。ただ、当時の日本人の脳裏には、ほんの一〇〇年ほど前に成し遂げたばかりの歴史的快挙、江戸城無血開城の記憶が甦っていたに違いない。

計画的に建設された都市

こうした復興に向けた中央の動向は、木原七郎広島市長の耳にも届いていた。しかし、函《はこ》を作ってはみたものの、身動きが取れない。孤立無援とはこのことである。

「こりゃあ、市が主導してやらにゃあ、何もできゃあせん」

行動派の七郎は、有事には最適の首長であったとも言えよう。戦災復興院の起ち上げに呼応して、一一月一三日には市議会に戦災復興委員会（現在の特別委員会）を結成し、マッカーサー元帥に復興補助の要請を行うことを決議。同月二二日には復興促進を政府に陳情すべく、七郎自ら上京している。

齢六一。闇米をリュックに満載した担ぎ屋や復員兵らが客車の通路に折り重なり、屋根にしがみつく者までいる鈍行列車の長旅は、決して楽なものではなかったであろう。市庁舎へは、文句ひとつ言わずにドアが壊れ、タイヤのすり減った作業用トラックで通い、朝食には自宅の庭で採れた甘藷《かんしょ》を入れた芋がゆを食し、昼食にはメリケン粉とキビを練った代用パンを持参していたこの男の信条もまた、先代市長と同じく清廉潔白であった。[13]

翌月九日には市議や連合町内会長らを集め、市戦災復興会を組織する。年が明けた一九四六年一月には広島市復興局が設立され、一室二部一二課をこれに充てた。局長には、七郎が内務省の岩沢忠恭国土局長を頼って推薦を受けた長島敏を抜擢した。

千葉県出身で、名古屋市土木局長であった敏は信念を持った理想主義者であり、未知のプロジェクトに並々ならぬ闘志を燃やしていた。蝶ネクタイがトレードマークであった彼は、「一口に復興と申しても、当面の市民の不利不便を除いて、幸福を増進しなければならない所謂応急的復興対策と、将来の市の発展策を考慮した上での所謂百年の大計と、二通りに考えなければならない。（中略）この事は計画を樹てる側と、その計画によって利便を受ける側とよく精神的のつながりをもって、円滑に事業を進めて行くことが結局市の復興のテンポを早める唯一の条件であると思う」（『広島新史 資料編Ⅱ（復興編）』広島市編）と、その意気込みを語っている。


また、復興計画には可能な限り市民の意見を反映させたいといった七郎の考えを尊重し、二月一五日には各界の代表者二六名からなる市長の諮問機関である広島市復興審議会を設けて、これに復興計画の策定を委ねた。この審議会には、広島県呉市に駐屯していた米第七六軍政中隊で法律行政科長を務めていたジョン・D・モンゴメリー中尉、英連邦占領軍（BCOF）からは司令部付医務官であったデビッド・H・サットン少佐も復興顧問として参画している（五月一七日）。

当時、モンゴメリー中尉は二六歳に過ぎなかったが、米ミシガン大学の市政科を卒業し、ミシガン州地域計画顧問も務めただけあって、都市計画の立案には助言を惜しまなかった。いわく、「米国の首都ワシントンも一三州で独立した当時は、馬か馬車しか交通手段はなかったが、将来を見越してフランス人技師らに依頼し、現在の交通量にも十二分に対応出来る広さと美しさを備えた都市を建設した。これを機会に広島は世界の広島、二度と原爆を使わないで済む平和な世界を作るためにも、世界の人々が一生に一度は広島へ行って、平和を祈りたいと思わせるような都市計画を実現して欲しい」と。

　また、豪シドニー大学医学部を卒業し、王立アルフレッド皇太子病院で研修医を務めた後、軍医となったサットン少佐も、広島の惨状に心を痛める二八歳を迎えたばかりの青年将校であった。

　仕切り役となった助役の浜井信三は敏に、「日本の都市で、札幌など北海道のいくつかを除いては、計画的に建設された都市はほとんどない。あったとしても、京都や奈良のように、遠い昔につくられた古都であるか、封建時代の城下町であって、大部分は無計画に、自然発生的に発展した都市で、近代生活に即応した都市ではない。だから私は、復興都市計画をたてるに当っては、できるかぎり近代的都市計画の理論をとり入れるように」（『よみがえった都市―復興への軌跡　原爆市長』浜井信三）申し渡す。ようやく白血球の数値がほぼ正常に戻り、通常業務に復帰した信三は、〝公用車〟の自転車を駆って昼夜を問わず市内を走り回っていた。

　復興審議会は元市長の藤田若水を委員長とし、広島藩主第一六代当主として貴族院議員を経て、戦後は東京国立博物館館長として美術界を牽引した浅野長武などを常任顧問に据え、市議や町内会長のみならず東洋工業（現・マツダ）の松田重次郎《じゅうじろう》社長や広島商工会議所会頭であった鈴川貫一中国配電（現・中国電力）社長、広島電鉄の多山恒次郎社長といった広島政財界の重鎮たちが委員に名を連ねた。今で言うところの

〝オール・ヒロシマ〟の布陣である。

とはいえ、瀟洒な料亭で会合を持てるわけでもない。会場は、窓枠もガラスもない吹きっさらしの市庁舎の一室であった。寒気が訪れると吹雪が容赦なく舞い込み、床や机にもうっすらと積もりはしたが、集まった面々は構うことなく火鉢に拾い集めた廃材をくべ、外套にくるまり、奥歯をガチガチと鳴らしながら意見を吐き合ったという。終戦となり、何を言おうが捕まりはしない、いかなる案であろうが存分に議論ができる、といった奇妙な連帯感が殺伐とした室内には横溢していた。

まずは元・広島県知事で前・戦災復興院次長、かつては内務省都市計画局長も務めた松村光磨《みつま》[14]常任顧問から、関東大震災からの復興を目指して後藤新平内務大臣によって一九二三年（大正一二年）一二月二四日に制定された特別都市計画法[15]（法律第五三号）を参考に作成された、二〇を数える審議項目（目標人口や街路網、公園緑地、太田川改修など）が提起された。その第一項「広島市の性格ト其ノ将来」には、「(イ)性格／産業都市／中国地方ノ政治経済ノ中心都市／県ノ中心／学園都市／〇文化面都市整備ノ充実／〇観光面ニ対スル用意／〇記念施設ノ考案」等と記されている。

ちなみに元・帝国陸軍大尉であった宍戸幸輔や鈴川貫一が主導し、一九四五年八月一七日に結成された中国復興財団[16]の企画室に在籍していた平野馨は、九月八日付の『中国新聞』紙上で、「今後の民生を主体とし、生産経済を基調とする新社会秩序を建設する上において不必要に膨張し来った消費経済を基調とする全国の主要都市が、爆撃によってほとんど潰滅したことは必ずしも悲しむべきことではなく、すでに戦時経済を通じてその萌芽を見つゝある新社会経済秩序の意義を十分に把握し、その一環としての都市復興計画が樹てられるならば、新日本建設のためにはむしろ禍転じて福となし得ることを確信するものである」との持論を展開し、「そのためには広島市の残虐な戦災は新都市建設の好機会といわねばならぬ」と訴えている。

このような、敗戦をむしろ前向きに捉えよう、事ここに至っては開き直るしかない、といった心持ちは、東久邇宮内閣において外務大臣に就いた吉田茂が、その数日前の八月二七日に、開戦時には特命全権大使として日米交渉にあたった来栖《くるす》三郎に宛てた書簡にしたためた、「今迄の処、我負け振も古今東西未曽有の出来栄と可申、皇国再建の気運も自ら茲《ここ》に可蔵、軍なる政治の癌切開除去、政界明朗国民道義昂揚、外交自ら一新可致、加之科学振興、米資招致により而財界立直り、遂に帝国の真髄一段と発揮するに至らは、此敗戦必らすしも悪からす」にも相通じるものがある。[17] 世直し。敗戦が、日本における〝八月革命〟と称される所以である。

審議会では皆が、息せき切って様々なアイデアを出した。この寄り合いで、戦後広島の青写真が作られるとあって熱を帯びた議論は白い息を、さらに白く染め上げてゆく。

その中には広島駅を市の中央部（西練兵場があった現在の白島周辺）に移転させるといった妙案もあったが、これは国鉄（現・JR西日本）の猛反発に遭い頓挫する。理由はコストとスペース。新駅を作るためには九億円もの資金を要し、市の負担は五億円を下らないと試算された（改築だけでも三億二〇〇〇万円）。加えて立地についても、「主要駅には多くの軌条を引き込まねばならず、白島では将来、弾丸列車を通すとなると対応出来ない」との回答が国鉄から示されていたが、一九三九年（昭和一四年）に検討された東京と下関を高規格鉄道で繋ぐ弾丸列車計画[18]、後の東海道・山陽新幹線を当時の国鉄がいまだ捨て切れていなかったことが窺え、興味深い。

広島市営競馬場の設置も「復興に暴風的な活力を与へ全市民の復興意欲を旺盛ならしむる恐らく此の右に出づるものはあるまいか」（『広島新史 経済編』広島市編）と、広島商工会議所を中心に大いに期待されたものの、あえなく立ち消えに。会議所は、遂には富くじの発行まで提案している[19]。

また、松田重次郎社長や市議の横山周一からは、元来、水位が低く水害が絶えなかった市内をこの際、盛土によってかさ上げしようといった提案[20]もなされた。二〇一八年（平成三〇年）七月の集中豪雨により、西日本で一一九名もの死者を出し、県南部だけでも五〇〇〇ヶ所以上で土砂災害が発生したことは記憶に新しいが、この地はそもそも花崗岩の風化によって生じるマサ土に覆われた脆い地質であるため、当時は三、四尺も掘れば水が出ると言われ、現在においても県内には全国最多の三万一九八七ヶ所を数える土砂災害危険箇所が存在している（市内には六〇四〇ヶ所）[21]。そのためこの機に、土地改良を行うといった大胆な提案であった。

第一二回の審議会（一九四六年五月二八日）には、東京都の都市計画課長であった石川栄耀《ひであき》を招いて助言を求めた。栄耀は戦前、名古屋の都市計画原案の作成に携わり、戦後は世界各国を視察して得た知見をふんだんに盛り込んだ東京の戦災復興計画を書き上げた[22]、我が国における都市計画の第一人者であった。落語をこよなく愛し話術に長けた彼は、「広島の町はアンコウの様にノッペラボウでハッキリしない」（『広島新史 資料編Ⅱ（復興編）』広島市編）と切り出しつつも、イタリアのヴェネツィアを例に挙げ、「広島で日本に一つの水の都を作りたい」（前掲書）とまくし立てた。

「何百年かゝっても出来なかったもので将来のよい贈物ともなり他の都市にも容易に得られない資源が広島には一つある。それは広漠たる空地である、欧州の学者がこういふことを言った『ヨーロッパの都市は石で出来てゐることが残念である、これが紙で出来てゐれば焼いては作り返すことが出来るのに』」（前掲書）と。

また、二月二二日に楠瀬常猪《つねい》広島県知事の肝いりで、新聞記者や宗教家、医師、文士など約二〇名を招いて開かれた広島市復興座談会では、呉市の助役であった高良《こうら》富子[23]が、「もし広島の市民が土地を愛する気持ちがあるなら、あの渺々《びょうびょう》たる焼跡を世界平和永久維持のための記念の墓場として、そのまま残して置いてはくれないだろうか。（中略）私は、焼跡はあのまま記念として残しておきたい。新しい広島市は無理に元の広島に帰る必要はない。市の近辺に新しい場所をもとめて、そこに広島市を復活させたらよかろう」と発言し、物議を醸したこともあった。市民感情を逆撫でする極めて不穏当な発言であることは否めないが、それだけ当時の広島市は〝廃市〟もやむなし、と言わざるを得ない惨状であったことが窺える。実際、この地が一〇年や二〇年で再建出来ると信じる者など、ただのひとりもいなかった[24]。

『中国新聞』は前年九月五日の社説ですでに、「廃墟と化した広島市を指して『戦争記念物』呼ばはりしこの見渡す限りの焼野原を永久に保存せよとかかくの如き無責任極まる議論を吐き恬《てん》として恥ぢざるにいたつては、その厚顔さに地元民たる者みな郷土愛を有するがゆゑに、烈火の如く怒らざるを得ない」と、罹災者の心情を代弁し、「将来に逞しい大広島[25]の威容を実現すべく、われらの白血球の多少の減退の如きを顧みずたとへ事の途上で倒れる最悪の場合に出合すことあるべしとしてもただ決死の覚悟もて祖先の与へた三角洲の地を守り抜こう」といったいまだ戦時下の翼賛的なクセが抜け切らない筆致で結んではいたが、後にこの〝戦争記念物〟といった概念は、図らずも広島復興の柱のひとつとなり、被爆者の存在は、平和都市「ヒロシマ」の軸ともなってゆく。

「発想はどれも面白いものだが如何せん、先立つものがない……」

市財政を一手に任されていた信三は、顔を曇らせるしかなかった。彼は復興に要する当面の予算を約二三億円と見積もっていたが[26]、手元の資金は五六〇〇万円足らずに過ぎない。市債は厳重に押さえられ、銀行も一時借入金でさえ首を縦に振ってはくれない。言うまでもなく焼け出された市民からの税収は期待のしようもなかった。

市の財源は敗戦前と比べれば市税は八五パーセント、使用料・手数料は七五パーセントにまで落ち込んでいた。食糧の配給にも遅れが出始め、食糧営団は主食として、松尾糧食工業所（現・カルビー）が作ったドングリの粉や大豆の絞り滓と鉄道草（ヒメムカシヨモギ）の葉を捏《こ》ねた草団子、俗に言う「江波《えば》だんご[27]」を支給するまでにもなっていた。焼け野原には、雨後の竹の子の如くトタンや瓦、市電の敷石などで組み立てたバラックが建ち始め、このままでは思い切った土地区画整理もできなくなる。もはや、一刻の猶予も許されない。

去る一九四五年一一月二〇日のことだった。ドイツのニュルンベルクでは、同国の戦争犯罪を裁く国際軍事裁判が始まったという。

「日本も同じく戦勝国による起訴は避けられん。一体、この国はどうなってしまうんじゃろうか」

信三は、鬱屈した気分を少しでも晴らそうと相生通りへと足を向けた。今や見る影もなくなってしまった新天地界隈。かつては洋画専門館の日進館や帝国劇場、オペラハウスがモダンな佇まいを競い合い、訪れる者の目を楽しませてくれた。八丁堀電停の角に立つと、広島一と謳われた繁華街の賑わいが走馬灯のように甦ったことだろう。三川町で生まれ育った〝都会っ子〟の信三にとっては馴染み深い区画である。子供ながらに島田に結った芸妓衆が放つ甘美な芳香に鼻孔を膨らませ、江田島の海軍兵学校の誉れであった純白の制服に身を包んだ士官候補生の後について得意満面で歩いたこともあったであろう。

幼少時の淡い記憶を拾い集めていると、焼け野原に建った粗末なバラックから、祓詞《はらえことば》を奏上する声色が風に運ばれ耳朶《じだ》をくすぐった。瓦礫を舐めるように流れる朗々としたその節回しに引き込まれ、ゆるゆると近づいてみると顔見知りの尼子三郎が戸口に垂れ下がった破れ筵を捲り上げ、ひょいと顔を覗かせた。

「お、浜井さん。ご無事じゃったかいのぉ」

一六四二年（寛永一九年）に創業された老舗食品問屋・尼子商店の社長で、南方からの復員が遅れていた尼子清松の叔父にあたる三郎は戦時中、統制会社となり廿日市《はつかいち》へ移転していた同店の留守を預かっていた。

「尼子さんもお元気そうでなによりです」

「わしらが総代をしよった胡子《えびす》神社もピカで跡形ものうなってしもうた。ほいじゃけぇ、四〇〇年も続いた伝統を絶やしたんでは氏子の名折れじゃけんのぉ。こないしてえべっさんをしようるんですわ。ご覧の通り吹けば飛ぶようなお社じゃけど、笑う門には福来たると言いおるじゃろ。こんな時じゃけぇ、えべっさんも、ちぃたぁ勘弁してくれるじゃろう」

三郎の煤にまみれた瓜実顔にするりと咲いた清々しい笑顔に、信三は救われる想いがした。

「そうだ。今日は胡子大祭だった」

見れば幾人もの氏子たちが冷え切った地べたにへたるように座り込み、一心に念じている。ボロ切れのように傷んだ着物から萎《しな》びた乳房を摑み出し、我が子に一滴でも二滴でもと乳を搾り出す年若い母親。両足を失い泥まみれの包帯を巻かれながらも震える手を合わせる古老。ひとりの少女が、父親の二の腕にしがみつきながら、不思議そうに信三を眺めていたが、やがてニッコリと天使のような微笑みを送って寄越した。

「人間たぁすごいもんじゃ。こがいな時でもどっこい生きとるし、生きることを止めん。浜井さん、アメリカさんがどんだけすごいもんか、わしらにゃあようわからんけんど見とれぇ。広島もんは絶対に負けん。立ち直ってみせるけぇ。それがピカを落としたアメリカへのわしらからのお返しじゃ」

どのような街を作りたいのか

復興審議会、そして復興局における議論が深まるにつれ、やがてひとつの大きな課題、いや最大の難題が浮かび上がって来た。それは、単純極まりない問いかけであった。

「一体、我々はどのような街を作るのか、作りたいのか」

要は、復興都市としての広島の新たなビジョン、将来像である。壊滅してしまった都市機能の再生が公的機関たる審議会のメインテーマではあったものの、その根幹を成す理念が定まらなければ羊頭狗肉《ようとうくにく》となってしまう。

「まずは新たな柱を建てにゃあいけん」

戦前、広島は文教都市として名を馳せていた。一七二五年（享保一〇年）に広島藩第五代藩主・浅野吉長が講学所を開いて以来、一九〇二年（明治三五年）には広島高等師範学校が設けられ、その後も広島高等工業学校、広島高等学校や広島文理大学（すべて戦後に現・広島大学へ包括）、広島女子専門学校（現・県立広島大学）といった高等教育機関が次々と作られ、〝教育の西の総本山〟と謳われるほど教育熱心な土地柄であった。

しかしながら、『リトル・ボーイ』により学舎のほとんどは灰燼に帰した。一九四四年一一月には市内一三三ヶ所の建物疎開が実施されたが、家屋の撤去作業や後片付けに動員されていた国民学校高等科や中等学校、高等女学校の生徒ら八三八七名のうち、六二九五名が被爆した。全国の動員学徒の死亡者総数が一万九六六名であったことを考え合わせると、いかに凄まじい比率であったかを思い知らされる。

当時、広島県庁の内政部兵事教学課で県視学、つまり県の指導主事として学校を評価する立場にあった長谷川武士はその手記の中で、一九四五年七月初旬に県庁で開かれた会議の様子を、「学校関係者は、口を揃えて、(まだわずか一四から一五歳の少年少女である旧制中学一、二年生の学徒たちが)危険な作業に出ることを極力反対しました。しかし、軍関係者は、承知せず、防衛計画上、一日を争う急務だからと強く出動を要望しました。会議は長時間にわたり平行線をたどったのであります。出席の軍責任者の〇〇中将は、いらだち、左手の軍刀で床をたたき、作戦遂行上、学徒の出動は必要であると強調し、議長(内政部長)に決断を迫りました」(『広島県庁原爆被災誌』広島県編)と描写している。

この軍責任者とは中国軍管区司令官の藤井洋治中将を指しているが、彼もまた西練兵場西南隅にあった官舎において妻と被爆し、非業の死を遂げている。さらには国民学校に通う低学年の一、二年生は学童疎開の対象外となっていたため、爆心直下の本川国民学校を始め、袋町、中島、済美《せいび》、本川地区ではそのほとんどが即死、全滅状態となった。幼い命と共に、教育の灯も消えた。

また、前述の通り広島は、一八七三年(明治六年)に反明治政府勢力を鎮圧する目的で広島鎮台(後に第五師団)が置かれて以来、西日本最大の軍都としても君臨していたが、原爆によって軍関連施設は完膚なきまでに破壊された。敗戦後はGHQによって帝国陸海軍は武装解除され、軍事施設や軍需工場も解体、接収を余儀なくされた[28]ため、広島という都市の拠って立つところ、アイデンティティそのものが消失する事態に陥っていた。

　信三は、憂《うれ》えた。広島の、広島たる所以がなくなってしまった。一発の原爆によって人命や財産のみならず、街のレゾンデートルさえもが跡形もなく打ち砕かれてしまった。背骨を失えば、いきものは直立出来ない。姿勢を正し、前を向いて歩むことも出来やしない。こうした胸の奥底に鋭利な刃をザックリとばかりに突き刺され、根こそぎえぐり取られたような喪失感をこの時期、広島の土地に生まれ育った者は皆、一様に共有していた。前出の広島市復興座談会において楠瀬知事は、「復興というより、私は、再建という言葉を用いたい」と発言しているが、在りし日の〝廣島〟を甦らせる〝再生〟を目指すのか、それとも新たな〝広島〟を作り上げる〝創造〟を選択すべきか。戦後数ヶ月にしてこの街は、かつてない岐路に直面していた。

「観光都市ではどうか」「文教都市を甦らせようじゃないか」審議会では様々なアイデアが飛び交ったが、あちらを立てればこちらが立たずで、なかなか意見がまとまらない。何よりも、限られた予算では自ずとできることも限られていた。

　そうした折、新たな発想は、意外なことにも審議会の外から投げ込まれた。一九四五年一一月一一日に『中国新聞』に掲載された「広島市の進路」と題された社説、さらには二〇日付の同紙に投稿された旭株式会社の桑原市男社長の「新広島建設要綱」が事の発端であった。[29]この投書で桑原社長は、「新広島は世界平和の発祥地を象徴して爆心地を中心に一キロ平方の霊地圏を設定し二十万戦災死者の大供養塔と終戦記念館を設立する」と、提案している。これら市民の声に呼応して七郎も、一二月六日の市議会定例会議における施政方針演説で、「然ルニ原子爆弾ノ一撃ニ依リマシテ美事ニ軍都広島ヲ破却一掃致シ此ノ一撃ハ市民ノ軍国主義ヲ根絶セシメタト同時ニ広島市ガ軍都ト正反対ノ平和学術教育ノ都市トシテ再出発スベキ絶好ノ機会ヲ与ヘラレタ」（『広島新史 資料編II（復興編）』広島市編）と、すかさず賛意を表明する。

また、楠瀬知事も一二月一九日の同紙上において、「私はこの広島が戦争終結をもたらした平和への記念都市となるため、全世界の有志から復興資金、資材を募りたいと思う」と綴り、〝平和都市〟としての復興を後押しする意向を明らかにした。

平和都市。現場に立ち、凄惨極まる現実と日々格闘していた信三は正直なところ、こうした理想論にはある種の違和感を抱いていた。むしろ、反発したと言ってもいいだろう。

「理想を語ることは大事なことじゃが、夢で飯は食えん。現実問題として、すぐにでも復興資金が調達出来、地場産業の再生に繋がるプランでなければ市民のいのちは守れん。市内にある工場の八割以上が中小企業であるこの街は商工業を基盤にすべきで、絵に描いた餅など必要としとらん」

現実主義者の信三とはどちらかと言えば肌が合わなかった敏だったが、歳入歳出計算書を精査した結果、「広島は工業都市として立たぬ限り、市の繁栄は難しいと思ふ　観光都市、文化都市としての収入は恒定的なものではない、工業から収入八分、観光からの収入二分と計算してゆけば妥当なのではなかろうか」(『広島新史 経済編』広島市編)と、信三に肩入れした。

しかしながら目先の復旧よりは大局的な復興を夢見た審議会のメンバーらは、「ええじゃないか、平和都市。わしらはピカドンちゅう人類史上最悪の兵器によって命を奪われた。夢も希望も、何もかも壊されてしもうたんじゃ。わしらしか平和の尊さを訴えられるもんは他にはおらん」と、賛同する者が大勢を占めるようになっていた。

みんなで夢に近づける

「平和」。ここで、広島市の命運を決するキーワードが生まれた。被爆後、「七五年は草木も生えん」と言われたこの街はその後、このとてつもなく崇高で気高く、圧倒的な霊力、いわゆる言霊を宿した二文字によって不死鳥の如く甦り、発展し、そして翻弄されることとなる。

なるほど「平和」には、何人《なんびと》であれ同意せざるを得ない説得力と、時と場所を選ばぬ普遍性が備わっている。がしかし、戦後日本の基盤ともなった「平和」なるキーワードは一体、どこから降って湧いて来たのだろうか。〝平和憲法〟とも称される現行の日本国憲法の前文には、「日本国民は、恒久の平和を念願し、人間相互の関係を支配する崇高な理想を深く自覚するのであつて、平和を愛する諸国民の公正と信義に信頼して、われらの安全と生存を保持しようと決意した。われらは、平和を維持し、専制と隷従、圧迫と偏狭を地上から永遠に除去しようと努めてゐる国際社会において、名誉ある地位を占めたいと思ふ。われらは、全世界の国民が、ひとしく恐怖と欠乏から免かれ、平和のうちに生存する権利を有することを確認する」[30]と、我が国の理想が高々と掲げられており、第二章「戦争の放棄」の第九条では、「日本国民は、正義と秩序を基調とする国際平和を誠実に希求し、国権の発動たる戦争と、武力による威嚇又は武力の行使は、国際紛争を解決する手段としては、永久にこれを放棄する」[31]と、武力行使の完全放棄が謳われている。要は、〝正しい戦争〟などどこにもない、と真正面から言い切っている。

このように現行憲法には「平和」の二文字が計五回も登場する。しかしながら同法の公布は、終戦から一年以上が経過した一九四六年一一月三日(施行は翌年五月三日)であったため、この文面に広島市民が感化されたわけではない。

そもそも「平和」、英語の〝Peace〟なる言葉はラテン語の〝Pax〟にまで起源を遡ることができる。これはローマ神話に登場する平和と秩序を司る女神の名称だが、一八世紀英国の歴史家で古典的大作『ローマ帝国衰亡史』を著したエドワード・ギボンの造語である〝パクス・ロマーナ(Pax Romana)〟といった言い回しからも明らかなように、西洋文明における「平和」には、ローマ帝国のような強大な軍事力を擁する超大国によって平定、維持された政治的、社会的平衡状態といった意味合いがある。〝パクス・アメリカーナ(Pax Americana)〟も同じくだが元来、〝Peace〟にはその前提条件として、侵略を伴う武力紛争があり、これを解決した後に訪れる不戦状態といったニュアンスが強い。

ドイツの哲学者イマヌエル・カントが一七九五年に著した『永遠平和のために』で提示した平和論然り、またレフ・トルストイも名作『戦争と平和（Война и мир）』のタイトルによってシンボライズしたように、西洋における「平和」の概念は、常に国家間の諍い事と対になって定義されて来た。[32]

こうした「平和」の捉え方は第二次世界大戦の終結を見るまで、ついぞ変わることはなかった。東洋においても「武」は、「戈《ほこ》」を「止める」と表されるが、我が国でも「平和」という文言自体が明治期に作られた新語、いわゆる国字であり、それまでは「和平」という言葉が〝Peace〟と同等の意味で用いられていた。

ところが日本国憲法では、「恒久の平和」を「崇高な理想」と位置付け、その「平和」とは、「専制と隷従、圧迫と偏狭を地上から永遠に除去」した極めて広範かつ抽象的な有様であり、必ずしも戦争だけを念頭に置いたものではない。平たく言えば、社会格差や貧困、飢餓、環境問題や性差別、家庭内不和でさえ、〝幸福な市民生活の基本であるところの平和を妨げる要因〟として内包することができる。[33] 同法公布の翌日に発効したユネスコ（国際連合教育科学文化機関）憲章の前文は、第二次世界大戦の反省から、「戦争は人の心の中で生まれるものであるから、人の心の中に平和のとりでを築かなければならない」[34]と宣してはいるが、平時までをも鷹揚に包み込む平和主義を謳った公文書は人類史上、実は日本国憲法が初めての快挙であった。

テレビの草創期から放送作家として活躍し、坂本九が歌った『上を向いて歩こう』など数多くのヒット曲も作詞した永六輔は、「そもそも憲法というのは夢でいいんです。みんなで夢に近づける、それでいいんです。夢を改正することはありません」（『ボケない知恵』永六輔）と言った。

こうした理想主義は、我が国の周辺地域において武力紛争が勃発する度に批判の矢面に立たされて来た[35]が朝鮮戦争、冷戦期といった激動の時代を経てもなおかつ、結果的に七〇年以上もの長きにわたり、この国が戦場とならなかった歴史的事実だけはどう足掻いたところで変えようがない。改憲派、護憲派を問わず、日本国憲法は戦後一貫して日米関係の文脈においてのみ語られて来たが、おそらくはその特異性、普遍性は後世の歴史家によって再評価されることとなるだろう。[36]

一方で日本政府も二〇一五年（平成二七年）、密接な関係にある他国軍の食糧や燃料を補給する後方支援（法文中では「協力支援活動」）を自衛隊が担うための恒久法（一般法）の名称を『国際平和共同対処事態に際して我が国が実施する諸外国の軍隊等に対する協力支援活動等に関する法律』と定め、今もって「平和」なる文言が纏うポジティヴなイメージを最大限に活用している。自衛隊の生みの親である吉田茂も指摘したように、[37]自衛隊は〝暴力装置〟とも成り得るが軍事史上唯一、殺した人間の数よりも救った人間の数が多い誇り高き〝軍隊〟であり、平和主義を掲げる我が国のブランドイメージの構築に大いに寄与して来た。[38]

しかしながら〝戦わない軍隊〟である自衛隊（Self-Defense Force）の武力行使が、いわゆる〝新三要件〟

に合致する「我が国の存立が脅かされ、国民の生命、自由及び幸福追求の権利が根底から覆される明白な危険」といった〝存立危機事態〟においてのみと限定されようが、いかに詭弁を弄したところで憲法第九条とは相容れない事象が生じ得る（ちなみに〝事態〟とは、〝満州事変〟に用いられた〝事変〟と近しい意味を持つ文言でもある）。集団的自衛権（Right of Collective Self-Defense）にまで憲法を拡大解釈すれば溝はさらに深まり、底が見えなくなる。山口繁・元最高裁長官が指摘するように、「集団的自衛権の行使は憲法九条の下では許されないとする政府見解の下で、予算編成や立法がなされ、国民の大多数がそれを支持してきた」（『朝日新聞』二〇一五年九月三日付）ことから、「従来の解釈が憲法九条の規範として骨肉化しており、それを変えるのなら、憲法改正し国民にアピールするのが正攻法」（前掲）であり、筋の通し方であろう。

小利を貪れば、憲法の法的安定性、法秩序の連続性といった大利を失う危険がある。一九五四年の発足以来、憲法第九条第二項に明記された「陸海空軍その他の戦力は、これを保持しない。国の交戦権は、これを認めない」との整合性を図るべく専守防衛を本懐として来た自衛隊と、国民ではなく公権力の暴走に歯止めをかけるための平和憲法とをいかに共存させるか。文字通り〝選民〟たる政治家の知性と倫理観、何よりも品性が今、試されている。よもや改憲を政争の具としてはならない。[39]

ともあれ、憲法公布の約二年後にあたる一九四八年一二月一〇日に開催された第三回国連総会において世界人権宣言が採択され、その前文には日本国憲法の基本を成す新たな「平和」の概念に基づき、「人類社会のすべての構成員の固有の尊厳と平等で譲ることのできない権利とを承認することは、世界における自由、正義及び平和の基礎である」といった一文が明記された。これが、日本が、日本人が、世界に先駆けて新憲法によって発信した人類の叡智、いわゆる〝人間の安全保障〟としての「平和」である。

悲しいかな、時代は一所に留まることを許してはくれない。いかに卓越した理念であろうが、時とともに形骸化するのは世の常であろう。しかしながら、少なくとも日本国憲法が公布された、平和憲法を授かったその刹那、国民は哀しみに暮れ、飢餓に瀕し、過酷な現実に打ちのめされてはいたものの、奇しくも我が国は世界で、いや歴史上でも最も優れた民主国家であった。

こうした日本国憲法の根幹を貫く基本思想は一九四五年九月二日、東京湾に停泊した米戦艦ミズーリ船上で執り行われた降伏文書調印式において発せられたマッカーサー元帥の演説に端を発していると言ってよいだろう。わずか数分足らずのスピーチで彼は、「ここに我々主要交戦国代表が参集して、平和克復を目的とする厳粛なる協定を締結しようとする。(中略) この厳粛なる機会に、過去の流血と殺戮のうちから信頼と諒解の上に立つ世界が招来せられ、人類の威厳とその最も尊重する念願――すなわち、自由、寛容、正義に対する念願――の実現を志す世界が出現することを期待する。それが余の熱烈なる希望であって、且つ亦、全人類の希望でもある (筆者訳)」と、戦闘に終止符が打たれることによって訪れる新たな時代の進むべき道を雄弁に唱えた。

かつて江戸幕府に開国を迫ったマシュー・C・ペリー提督率いる黒船の旗艦ポーハタンとほど近い位置に敢えてミズーリを停泊させ、ポーハタンに掲げられてあった星条旗をわざわざ船上に飾るなど、事ほど左様にショーアップされた式典ではあったが、日本政府は全権団に随行した内閣情報局第三部長の加瀬俊一が、「好むなら彼は屈辱的刑罰を課することも出来るのである。しかも、切々として自由と寛容と正義を訴へる。最悪の侮辱を覚悟してゐた私は本当に驚いた。私はただただ感動した」（『マッカーサーの二千日』袖井林二郎）と、感嘆の声を上げたように、この新参者の〝お上〟がローマ帝国第二三代皇帝ヘリオガバルスのような暴君ではなく、少なくとも「平和」を希求する〝紳士〟であることを知り、ほっとばかりに胸をなで下ろした。

というのも、伝統的国際法において戦争の終結は、平和条約の締結か征服（Subjugation／Debellatio）によってのみ迎えられるものとして定義付けられていた。そのため和平条件を受諾せず敵対行為を継続した場合には、戦勝国による一方的な戦前回復権（Postliminium）が認められていた。また、戦勝国には自由裁量が認められており、敗戦国のあらゆる法的地位も変更することが可能であった。ただし、当時の日本には同じ敗戦国のドイツ国（現・ドイツ連邦共和国）とは異なり、国家元首がポツダム宣言を受諾し、旧軍が自ら武装解除を実施する国家としての主体性が辛うじて残されていたため、無条件降伏であったとはいえ、連合国による〝征服〟は容認され難く、これが連合国に直接軍政を躊躇させた法的根拠ともなった。[40]

また、この演説の前提ともなっているのが、昭和天皇の『大東亜戦争終結ニ関スル詔書』に記された「以テ万世ノ為ニ太平ヲ開カムト欲ス」の一文であったことは否めない。さらに天皇は、マッカーサー元帥の演説に呼応するかのように九月四日、第八八回臨時議会の開院式に臨み、「朕ハ終戦ニ伴フ幾多ノ艱苦《かんく》ヲ克服シ国体ノ精華ヲ発揮シテ信義ヲ世界ニ布《し》キ平和国家ヲ確立シテ人類ノ文化ニ寄与セムコトヲ冀《こいねが》ヒ日夜軫念《しんねん》措カス」との勅語を下賜された。[41] ここに日本政府、そして日本国民は晴れて「平和」を新国家の基本理念とすることについて〝現人神〟、そして〝蒼い眼をした大君〟の両者からお墨付きを得た。この日を境に我々は、大手を振って「平和」を語り、享受し、これを守る「自由」を手にしたのである。

新たな平和の概念

〝広島の決断〟から少しばかり話は横道に逸れるが、敗戦と時を同じくしてまるで手の平を返したかのように「尽忠報国」に取って代わり、「民主主義」と並んで我が国の国是ともなった「平和」の源を探るべく、ここで簡単に憲法制定の経緯を辿ってみたい。というのも当時は、恩師である新渡戸稲造が著した『武士道』[42]を英訳した経済学者で、後に東京大学総長を務めた矢内原忠雄が、長野県東筑摩郡教育会中部会に招かれ一九四五年一一月に行った講演でも如実に物語っていたように、広島のみならず国家そのものが政治的自律性を失い、「戦争中も重大な時局でありましたけれども、戦争終つてからの時局の方がもつと重大な、もつと真面目な思索を要求する事となつてをるのであります。戦争中はいはば我々の理性は曇つてをりました。併し今は理性は覚醒して苦しむのであります」（『日本精神と平和国家』矢内原忠雄）といった精神的〝浮き草〟状態、アイデンティティの喪失に陥っていたからに他ならない。

新たな憲法を模索する動きはすでに終戦直後には始まっていた。九月には内閣法制局の入江俊郎第一部長が中心となり内々に、新たな憲法研究に着手してはいた。しかしながら九月一八日になって、前月に首相に就任したばかりの皇族出身で陸軍軍人でもあった東久邇宮稔彦《なるひこ》王が外国人記者団に対して、「憲法改正など内政面に関する改革については現時点ではGHQ指令の完遂に全力を挙げており、検討する余裕なし」と語ったことから、マッカーサー元帥は一〇月四日に近衛文麿国務大臣と会談した際、憲法改正の必要性を意図的に示唆するに至る。また、同日午後には『政治的、民主的、宗教的自由の制限除去に関する覚書』を発し、治安維持法や思想犯保護観察法、宗教団体法を含む一五の法令及び内務省や司法省、警察など関連諸機関部局の全廃を実施し、一五日までに報告を上げるように命じた。

旧体制の維持保全に営々とする内務・司法官僚との板挟みとなった東久邇宮内閣は九日、消極的抵抗を示すために歴代内閣としては最短の在任期間五四日で総辞職。急遽、幣原喜重郎を首班とする新体制が組閣され、一一日には公式に憲法改正に取り組むこととなった。この日、GHQに新任の挨拶に訪れた幣原首相に対してマッカーサー元帥は、いわゆる五大改革――婦人の解放、労働組合結成の奨励、学校教育の自由主義化、秘密審問司法制度の撤廃、そして経済制度の民主主義化を提案している。まさにGHQが怒濤の如く推し進める日本の民主化政策の本丸が、憲法改正であった。

幣原内閣で国務大臣となった松本烝治が委員長に就いた憲法問題調査委員会は、二七日に初会合を持ち、烝治自ら私案を作成し、これを要綱化した甲案、乙案を経て『憲法改正要綱』を完成させ、翌年二月八日に非公式ながらもGHQに提出した。

二月一三日、吉田茂外務大臣は外務省公邸において烝治や、終戦連絡中央事務局参与（次長）であった白洲次郎らと共にGHQの要人らと対峙していた。日本政府としては、憲法問題調査委員会が「憲法改正ノ要否及必要アリトセバ其ノ諸点ヲ闡明《せんめい》スル」ことを目的としていたように、大日本帝国憲法の運用によって、今で言うところの憲法解釈によりGHQの掲げた諸改革はクリア出来ると見込んでいた。そのため、この日は八日に提出した『憲法改正要綱』の説明を行う心積もりで臨んでいた。

がしかし、民主化政策を担い憲法の起草も担当していた民政局（GS）のコートニー・ホイットニー局長はその場で代案を提示し、事実上このモデル案に基づいて憲法改正を進めるよう示達した。[43]政事は、緩くない。去る九月一〇日には天皇を戦争犯罪人として裁くことを要求する決議案が、米上下院合同で連邦議会に提出されるなど、天皇制に対する風当たりは強まるばかりであった。

この代案が俗に言う『マッカーサー草案』である。烝治らがGHQに提出した『憲法改正要綱』に先駆けて毎日新聞が二月一日にリークした、宮沢俊義東京帝国大学教授による試案『宮沢甲案』が「天皇は君主にして此の憲法の条規に依り統治権を行ふ（第一章　天皇）」と規定し、大日本帝国憲法と変わり映えのしない内容であったことに失望したマッカーサー元帥が、二月三日に『マッカーサー・ノート』（天皇制存置、戦争放棄、封建制度の廃止などを決めた三原則）をホイットニー局長に示し、草案を書き起こすべく命じたことからこの草案は〝七日間で作られた憲法〟と揶揄され、戦勝国によって〝押しつけられた憲法〟として今以て改正論議が絶えない。[44] とはいえ、かくいうアメリカ合衆国憲法も、草案は当時バージニア植民地議会の議員であったジェームズ・マディソン（後の第四代米大統領）によって、わずか一八日間で書き上げられている。

二月二五日の臨時閣議で配布された『マッカーサー草案』の前文を繙いてみると、まずは第一行の、「我等日本国人民ハ、国民議会ニ於ケル正当ニ選挙セラレタル我等ノ代表者ヲ通シテ行動シ、我等自身及我等ノ子孫ノ為ニ諸国民トノ平和的協力及此ノ国全土ニ及フ自由ノ祝福ノ成果ヲ確保スヘク決心シ」に「平和的協力」といった単語が登場する。ただし、原文では〝the fruits of peaceful cooperation with all nations〟となっていることから、あくまでも他者ありきで成立する「共存」における「平和」といった〝Peace〟本来の意味合いが色濃く反映されている。しかしながらこれに続く、「我等ハ永世ニ亘《わた》リ平和ヲ希求シ且今ヤ人類ヲ揺リ動カシツツアル人間関係支配ノ高貴ナル理念ヲ満全ニ自覚シテ、我等ノ安全及生存ヲ維持スル為世界ノ平和愛好諸国民ノ正義ト信義トニ依倚《いい》センコトニ意ヲ固メタリ、我等ハ平和ノ維持並ニ横暴、奴隷、圧制及無慈悲ヲ永遠ニ地上ヨリ追放スルコトヲ主義方針トスル国際社会内ニ名誉ノ地位ヲ占メンコトヲ欲求ス、我等ハ万国民等シク恐怖ト欠乏ニ虐ケラルル憂ナク平和ノ裏ニ生存スル権利ヲ有スルコトヲ承認シ且之ヲ表白ス」といった記述における「平和」は、必ずしも戦争といった前提条件がなくとも、平時であれ「横暴、奴隷、圧制及無慈悲」によって社会生活が乱されることのない状態として「平和」が定義され、新たな概念を提起している。[45]

この『マッカーサー草案』には、弁護士ら法律家が多数参加してはいたものの、帝国憲法の専門家がいない民政局の二十数名のスタッフだけで書き上げられたものなのだろうか。実は、日本政府とは別のところで民間による新憲法制定の準備・研究[46]も勢いづいていた。

一九四五年一〇月二九日には高野岩三郎の提案により、憲法学者で自由民権運動の研究者でもあった鈴木安蔵が中心となり、森戸辰男や杉森孝次郎、馬場恒吾、岩淵辰雄、室伏高信も加わった憲法研究会が結成されている。

安蔵は、マルクス主義の方法論を用いて憲法理論批判を行い、日本における社会科学としての憲法学の基礎を築いた第一人者として知られていた。また、岩三郎は東京帝大教授として統計学を教えていたが労働運動に目覚め、倉敷紡績所（現・クラボウ）や倉敷絹織（現・クラレ）の社長を務め大原財閥を築き上げた大原孫三郎に請われ、彼が設立した大原社会問題研究所（現・法政大学大原社会問題研究所）の所長に就任していた[47]。広島県・福山東堀端（現・福山市城見町）の出身で戦後、社会党から出馬し衆議院議員を三期にわたり務め、文部大臣を経て一九五〇年には初代広島大学学長に収まった森戸辰男も、岩三郎の経済統計研究室で助手をしていたことから一九二〇年には大原社会問題研究所に加わっている。

ちなみに「現行憲法ヲ改正シ政体ヲ変更スルニ現時ヲ以テ絶好ノ機会ナリトスル」と意気込んだ岩三郎らが、草案作成にあたりプロイセン憲法やワイマール憲法、旧ソ連憲法と併せて参考にしたという一七八七年に制定されたアメリカ合衆国憲法では、「平和（Peace）」の語は二ヶ所に用いられている。ただし、これらは「上・下院の議員は、叛逆罪、重罪及び社会の平穏を害す罪を犯した場合」（第六条「議員の報酬と特権」）と、「州は、連邦議会の同意なしに、トン税を課し、平時に軍隊または軍艦を保持し」（第一〇条「州権限の制限」）といった件であるため日本国憲法で示された「平和」との関連性は認められない。

また、フランス革命を経て一七九一年に制定されたフランス憲法の冒頭を飾る一七八九年決議の『人と市民の権利の宣言』や憲法の本文にも、「平和」の文字は見当たらない。さらには安蔵が心酔していた明治期における自由民権運動の理論的指導者であった植木枝盛《えもり》が一八八一年（明治一四年）八月二八、二九日に起草した、当時としては驚くほど民主的な内容を含んだ二二〇条にも及ぶ『東洋大日本国々憲案』[48]にも「平和」は登場しない。

そのため、岩三郎が一一月二一日に起草した『日本共和国憲法私案要綱』の中にも、「平和」の文字は用いられていない。しかしながら、一二月二六日に憲法研究会によってまとめられ、『憲法草案要綱』として首相官邸とGHQに提出すると同時に記者団にも発表された草案に「前文」はないものの、〝人間の安全保障〟といった文意を汲む「平和」の文字は「国民権利義務」として、「一、国民ハ民主主義並平和思想ニ基ク人格完成社会道徳確立諸民族トノ協同ニ努ムルノ義務ヲ有ス」に初めて立ち現れる。つまり新たな「平和」の概念はこの一ヶ月余りの間に提起され、翌年には「恒久の平和」にまで昇華されたことになる。

この憲法研究会の手による草案は直ちに翻訳通訳部（ATIS）によって英文に翻訳され、民政局の作業グループの法規課長であったマイロ・E・ラウエル中佐の手に渡った。これをつぶさに検討したラウエル中佐は、翌年一月一一日に、「民主主義的で、賛成出来る」と高く評価し、同草案を叩き台として修正・加筆を行い、参謀長への覚書として『私的グループによる憲法改正草案（憲法研究会案）に対する所見』を作成し、上司であるホイットニー局長の承認を得た。

民間諜報局（CIS）は、日本近代史の碩学《せきがく》とも言えるカナダ人外交官ハーバート・ノーマンをあらかじめ招聘《しょうへい》していた。ノーマンは宣教師の息子として長野県軽井沢に生まれ、一五歳まで日本で過ごした後、米ハーバード大学で博士号を取得。一九三九年にカナダ外務省に入り翌年、駐日カナダ公使館に着任した。彼は、自ら生産労働をせず搾取することを「不耕貪食《ふこうどんしょく》」と批判し、身分制度の撤廃や男女同権を訴えた元禄時代の思想家・安藤昌益《しょうえき》を再発見するほど日本史に精通していた[49]。安蔵とは、彼が一九四〇年九月に発足させた明治史研究会に参加したことがきっかけで親交を深め、戦後間もない一九四五年九月二二日には東京・世田谷区下馬にあった鈴木邸で再会を果たしている。

「ノーマンさんに、あるとき『きみたちの憲法草案も共和制ではないが、どういうわけだ』と質問されたことがありました。私が『いまの状態でいきなりそれをもちだしても国民的合意を得ることがむずかしいからだ』と答えましたところ、『イギリスでも立憲君主制というかたちをとっているが、ピューリタン革命等の近代革命を経ることによって、君主は日本におけるような存在ではなくなっている。そういう判断が一般化している。しかしきみたちの国ではそういうことがないじゃないか。いまこそチャンスなのに、またしても天皇が存在する改革案なのか』ときびしく反論されました」（『自由民権百年の記録――自由民権百年全国集会報告集』自由民権百年全国集会実行委員会編）と、後に安蔵は語っている。[50]

ノーマンはラウエル中佐に日本における人権思想の先駆であった植木枝盛を紹介し、かねて親交のあった安蔵を植木研究の第一人者として挙げていた。さらには安蔵の著書『現代憲政の諸問題』を彼に貸し与え、これが局内ではすでに回覧されていたため、民政局のスタッフは『憲法草案要綱』の起草者の一人が安蔵と知り、これは信頼に足るものであろうと踏んだ。[51] つまり、GHQが我が国の民意をことごとく無視し、独自に『マッカーサー草案』を作成した、といった説には自ずと無理が生じる。逆に言えば、日本政府が当初起草した『憲法改正要綱』がより民主的かつ革新的な内容であったならば、GHQがこれを尊重し、日本人の日本人による日本人のための新憲法が日の目を見ていた可能性もあった。

その一方で、この新憲法が主権者たる日本国民の総意によって成立したとも言い難い。近代社会において一国の根本理念を成す憲法典は、国民の合意を裏付ける正当な手続きを経て制定されるべき性質のものである。日本国憲法は、戦勝国による占領といった特殊な状況下において起草されただけに、約半年間にわたる衆議院、貴族院の審議を経て、旧憲法の改正手続きも行われたとはいえ、「押しつけられた」といった見解もまったくの的外れとは言えない。

この点は憲法研究会も自覚していたことは明らかで、憲法第二五条に示された「すべて国民は、健康で文化的な最低限度の生活を営む権利を有する」といった〝生存権〟なる概念を提起した森戸辰男も、『マッカーサー草案』を審議すべく設置された第九〇回帝国議会憲法改正案特別委員会及び衆議院帝国憲法改正案委員小委員会の委員として新憲法制定に参画した際、「今後一〇年以内に国民会議を開き、制定会議を開いて憲法は新たに作り直すべきだ」と、主張している。[52]

また、一八八九年（明治二二年）に公布された大日本帝国憲法も含め、我々日本人はいまだかつて一度も自ら憲法を考え、議論を重ね、一から起草した経験知を持たないため、諸法とは異なり時代を超越した存在であるべき憲法を、時の政権の政局的判断や「時代にそぐわない」などといった近視眼的な感情論で批判するケースも後を絶たない。

さらに言えば、敗戦により民族自決権を剝奪されていた当時の我が国は、平和国家の建設をことさら強調することで連合国の理解と妥協を引き出し、一日も早く独立を勝ち取りたいとの焦燥感に駆られていた。一九五一年に調印された『日本国との平和条約（サンフランシスコ平和条約）』を西側四八ヶ国との〝単独講和〟とし、時を同じくして米国との間で米軍の国内駐留を許容した『日本国とアメリカ合衆国との間の安全保障条約（旧・日米安全保障条約）』を締結したことも、こうした切迫感の表れであった。

優れたバランス感覚

森戸辰男は、今で言えば左翼思想を標榜《ひょうぼう》する護憲派と見なされがちだが、事はそれほど明解ではない。一例を挙げれば、安蔵は当初、美濃部法学に則って「主権は国家にある」としていた。また、岩三郎は主権在民を教条的に捉え、独自に起草した『日本共和国憲法私案要綱』の中で、天皇制の廃止や大統領制の採用、土地や公益上必要な生産手段の国有化などを主張し、天皇制擁護論者を「囚われたる民衆」と批判していたが、辰男はいずれの構想にも与することはなかった。いわく、「『戦前ならともかく、国家の基本的性格をはっきり規定せず、抽象的に、主権在国家と持ち出したところで、新時代の日本人は納得できまい。国家が専制君主国であれ民主主義共和国だろうと、その差を無視しての国家主権論は現実的でない』と考えた。（中略）その中間、というわけでもないが、天皇と国民を別々のものとして対立させるのは、わが国の伝統的感情と思潮にそぐわない。そこで私は両者と違って、天皇をも含めた『民族協同体』が日本的統合の姿であり、これに主権があると考えた」（『遍歴八十年』森戸辰男）。

結果的に辰男が推した中道案に沿って草案がまとめられたことは歴史が示す通りである。

興味深いことに、日本社会党委員長であった片山哲を首班とする片山内閣で文部大臣を務めた後、辰男が広島大学の初代学長として帰郷してみると、スクールカラーを何色に定めるかで議論が白熱していた。当時は共産党系の教員も多く「赤色」とすべきとの意見が多数を占めていたが、これを聞いた彼は怒り心頭に発し「赤というのは、広島を灰燼に帰した、焼土と化させた、いわゆる灼熱の炎の色ではないか。（中略）そうではなくて、新しい息吹と新しいものを生んでいく緑がふさわしい」（「広島大学を飾った人々～森戸辰男と梶原孝之～」小池聖一）と、同案をあっさりと覆してしまう。彼を始め、浜井信三ら広島の戦後復興を支えた侍たちが、みなバランス感覚に優れたリベラリストであったことが想起されるエピソードであろう。

こうした辰男の類い稀なる中庸の精神はいかにして育まれたのだろうか。一八八八年（明治二一年）生まれの彼は貧しい下級武士の家に生まれ育ったが、福山藩主・阿部正弘公によって創設された藩校・誠之館《せいしかん》を源とする広島県立福山中学校（現・広島県立福山誠之館高等学校）へ進学し、在学中に、英国教会の流れを汲み西方教会におけるローマ・カトリック教会とプロテスタントの中間に位置付けられる聖公会で受洗している。

その後、一八歳で第一高等学校一部甲（現・東京大学教養学部）に入学。同級生には、終戦の年に東京帝国大学総長となり、翌年勅撰で貴族院議員にもなった南原繁や、最高裁判所発足と同時に最高裁判所判事に任命された真野毅らがいた。そこで辰男は当時、校長を務めていた新渡戸稲造と運命的な出会いを果たすこととなる。

二一世紀を生きる読者には、以前の五千円札に描かれた肖像画で知られる稲造は、近代日本における知的伝統を築いた卓越した教育者であった。一万円札が福澤諭吉、千円札が夏目漱石であることからも、これら紙幣のテーマが「近代化」であったことは明白であろう。稲造は、「少年よ、大志を抱け」の名言で知られるウィリアム・S・クラーク博士が教頭を務めた札幌農学校（現・北海道大学）に学び、同期であった我が国のキリスト教研究の始祖とされる内村鑑三や植物学者の宮部金吾らと共にメソジスト系の宣教師メリマン・ハリスから洗礼を受けた。長じて同校助教授を経て米国に病気療養のため滞在し、その間に世界的ベストセラーとなった『武士道』を著している。

　やがて同郷であり台湾総督府民政長官であった後藤新平に請われて総督府付の技師として海を渡り糖業発展の基礎を築いた後、京都帝国大学法科大学（現・京都大学法学部）教授を経て、一九〇六年には第一高等学校の校長（東京帝大法科大学教授を兼任）に収まった。

　稲造を慕って集まった志の高い青年たちのために、彼は自宅で読書会を開いていたが、さらに信仰を深めたいといった有志らが稲造からの紹介状を携え無教会主義者であった鑑三の門を叩く。一高の校章が柏葉であり稲造が豊多摩郡淀橋町柏木（現・東京都新宿区）に住んでいたことから柏会と名付けられたこの聖書研究会には、前出の矢内原忠雄や衆議院議員を四期、参議院議員を一期にわたり務め後藤新平の娘婿にもなった鶴見祐輔、貴族院議員となる黒木三次、文部大臣として日本国憲法に署名した田中耕太郎など錚々《そうそう》たるメンバーが名を連ねていた。

　坊主頭が初々しい辰男も、詰め襟姿で熱心に鑑三の教えに聞き入っていたひとりである。忠雄が『余の尊敬する人物』で、「内村先生よりは神を、新渡戸先生よりは人を学びました。両先生は明治初年札幌農学校で同級の親友でありましたから、その意味では私も札幌の子であります」と綴ったのと同じく辰男もまた、篤い信仰心を抱きながらも決してその教義にとらわれることなく「社会的連帯（Social solidarity）」を唱えた稲造の善き弟子であり、英国のジェントルマン精神に倣い道徳観の涵養《かんよう》に努めた稲造の、優れた後継者であったと言えよう。

戦後日本の復興に立ち会った辰男は、かつて〝西の学都〟と謳われた故郷の教育再建にも広島大学初代学長として全身全霊で取り組んだ。広島高等師範学校や広島文理科大学など校風が異なる九つもの前身校を統合する形で起ち上げられ、〝たこ足大学〟とも揶揄された新制広島大学の船出は前途多難であった。

同大は、一九四九年五月三一日に公布された国立学校設置法により誕生したが、国立総合大学であるにもかかわらず国庫には余力がなかったがために、県有土地建物など現物寄付を除く創設に要する費用約三億四〇〇〇万円のうち、三分の一は県費、残りの三分の二は驚くべきことに寄付金によって賄うしかなかった。

野球マニアの読者であれば、広島東洋カープの前身である広島野球倶楽部の設立も同じ年であったこと[53]に気づいたかも知れない。同年五月二二日、広島市総合グランドにおいてプロ野球の公式戦（日本野球連盟や広島市などが主催）大阪タイガース（現・阪神タイガース）対東急フライヤーズ（現・北海道日本ハムファイターズ）が開催されているが、実はこの一戦は広島綜合大学設立資金募集の一環であった。[54]当日は三万五〇〇〇人余りもの大観衆が詰めかけ、野球の名門校・呉港《ごこう》中学校（現・呉港高等学校）出身の藤村隆男[55]投手が完封でタイガースに勝利をもたらした好ゲームに熱狂し、この日を境に野球王国の復活を夢見て、地元プロ野球チーム結成の気運が高まってゆく。また、辰男を学長として迎え入れるべく社会党幹部を説得したのも初代球団代表に就いた『中国新聞』東京支社通信部長の河口豪であった。

カープが、当初は親会社を持たない市民球団としてスタートしたことは広く知られている。一九五一年に経営危機に直面した折には広島総合球場の入口に四斗樽二つを置いて浄財を募った[56]ように、市民の参加意識はプロスポーツクラブの中でも群を抜いている。[57] その有り様は、広島大学創設に至る道程と瓜二つと言ってもいい。[58]

衆議院議員を辞職した辰男は一九五〇年四月一九日、広島大学初代学長に着任し学生たちには「平和への中核たれ」と訓示を述べ、一一月五日の開学式において『変革期の大学』と題された講演を行い、「思いまするに、窮乏日本において、国家と地方とが、ともに耐えがたい犠牲を忍んで、本大学を開設するに至りましたのは、ここに祖国再建のための精神的基礎を据えようとしたからであります。してみれば、本学がこの大きな負託に応える道は、何よりもまず、われわれが新らしい日本の向うべき国家的・社会的理想を明示し、これに揺ぎない理論的な基礎づけを与えることにあるのではありますまいか。そしてこれこそ、変革期におけるわが国大学の最も大切な課題なのであります」（「森戸辰男の平和論」小池聖一）と、同大の進むべき方向性を示した。彼は、苦学生のために政経学部第二部（夜間部）を設置し、若き日に高野岩三郎らと共に講師を務めた大阪労働学校の理想を国立大学レベルで実践する。

しかしながら新設校に向けられた世間の目は冷たく、ジャーナリストの大宅壮一《おおやそういち》が当時、駅弁大学と冷笑した大学のひとつにも数えられた。辰男の長女・檜山洋子によれば、格好にはとんと無頓着であった辰男は毎朝、名刺の束を背広の胸ポケットに押し込んで出掛けるのが常であったという。

「どなたにでも会えば広大生の就職をお願いしていたようです。特に医学生の就職先には大変苦労したと聞いています」

西日本では旧帝大の京都・大阪・九州大学に加えて旧制官立の岡山医科大学を軸に起ち上げられた岡山大学の医局がピラミッド型のヒエラルキーをがっちりと固めており、ぽっと出の新設校の新米医師など門前払いが当たり前。広島県内でさえ引き取ってくれる病院は稀であった。[59] それでも辰男は、元・文部大臣としてのプライドなどどこ吹く風。広大生の就職先を求めて東奔西走し、頭を下げて回った。

「銃を手にしなかったこの子らには何の罪もない。新時代を切り開いて行く彼らの夢が、未来が、我々が引き起こした戦の影響を蒙って閉ざされることだけは何としても排除せねばならない」

学長とはいえ一流企業の課長ほどの給金しか得られなかったにもかかわらず、彼は数ヶ月に一度は恩師稲造に倣い、鰻重の会と称して腹を空かせた学生たちを自宅に招き、同大のあるべき姿を語って聞かせた。

井口《いのくち》村（現・西区井口）の山間《やまあい》にあった官舎には時折、風体の怪しい前科者の物売りもやってきた。ゴム紐などを有無を言わせず土間に並べて押し売りする輩には、どこの家も扉を固く閉ざしたものだが、辰男は、「こんなところまでわざわざやって来たのだから買ってあげなさい」と、事もなげに家人に告げた。彼は終生、明治から連なるリベラリストの美風を貫いた。

いまだGHQの占領下にあった当時、洋子は授業で憲法を学んだその夜、戯れに辰男に、「マッカーサーがトップ（天皇的存在）では駄目なのかしら」と尋ねてみたところ、「それは違う。どんなに惨めな国になっても自分たちの手で日本を作り上げないといけないんだ」と、普段は穏やかな父が興奮気味に語った姿を今でも忘れられないという。

一方、マッカーサー元帥が新憲法の起草を急いだ背景には、日本占領管理を担う連合国の最高政策決定機関である極東委員会[60]（FEC）の発足を目前に控え、天皇の戦争責任、天皇制の存続に対して厳しい態度を示していた英連邦のオーストラリアやニュージーランド、特に拒否権を有する旧ソ連の発言力が増すことが予想されたため、それまでに既成事実を作っておきたいとの思惑があった。[61]

事実、マッカーサー元帥主導の新憲法制定に反発した極東委員会は一九四六年一〇月一七日になって漸《ようや》く、不快感も露わに「施行後一年を経て二年以内に新憲法を再検討する」政策を決定したものの、結果的に世論を味方につけることが出来ず、一九四九年五月、憲法改正を断念するに至った。またマッカーサーには、占領軍の経費が年間約七億ドルにも上っていたため、米国の納税者対策としても、できるだけ早く間接統治を軌道に乗せたいとの狙いもあった。

とはいえ、辰男らいわゆる社会主義者たちが起草した案を、反共を信条とする米国主導のGHQが参考にした理由は一体どこにあったのだろう。その陰にはホイットニー局長率いる民政局や、教育・宗教といった文化政策を担当し、〝日本人の再教育〟を担った民間情報教育局（CIE）の大半を占めていた「ニューディーラー」と称される米民主党左派系スタッフの存在があった。

一九三三年に米大統領に就任したフランクリン・D・ルーズヴェルトが推し進めたニューディール政策[62]の実現に汗を流し、道半ばで挫折した理想主義者たち、民政局と対立関係にあった参謀第二部（G-2）のチャールズ・A・ウィロビー部長に言わせれば「明らかに左翼イデオロギーのもとに日本の〝民主化〟を遂行しようとしていたスタッフ」(『GHQ知られざる諜報戦』C.A.ウィロビー)らが終戦直後に進駐したGHQには多数参画していた。彼らが、本国では成し得なかった理想郷をこの敗戦国で実現したいと考えていたことは想像に難くない。政治犯の釈放や治安維持法の撤廃に続き一九四五年一一月には財閥解体指令、一二月に農地改革と、一連の民主化政策を打ち出し、戦時中は禁止されていた労働運動も積極的に奨励してみせた[63]。それは、我が国にとっては願ってもない好運であり、間の悪い不幸でもあった。

軍都から平和都市へ

さて広島である。一九四五年一一月二二日に中央政府へ復興について陳情するため、山本久雄市議会議長ら市議一七名を引き連れ上京した木原七郎市長は、衆議院議員時代の人脈を頼りに、精力的に政府関係者らと面会を重ねた。その目的は、「終戦ノ最大動機デアッタ原子爆弾ト云フ此ノ特殊ノ事情ニ鑑ミ他ノ戦災地ヲ超越シテ中央地方ノ財政援助ヲ受クルコト」(『広島新史　経済編』広島市編)であった。

浅野長武や、同じく広島出身で小磯国昭内閣では国務大臣を務めた元海軍大将・小林躋造《せいぞう》らが中心となって結成された『広島戦災復興援護会』も、陳情団を歓待し全面的な協力を約してくれた。しかしながら躋造は翌月二日には戦争犯罪容疑で身柄を拘束されるなど(一二日に釈放)、戦後の混乱期は政治家にとっても、粛清の嵐に戦々恐々とする日々であった。

陳情団は、皇居のお堀端にあったＧＨＱ本部（第一生命館、現・ＤＮタワー21）にも足を運んだが、マッカーサー元帥との面会希望はすげなく断られてしまう。これではあまりにも不憫だと慮《おもんぱか》った広島市立浅野図書館（現・広島市立中央図書館）職員の子息であり、当時はＧＨＱの要請により外務省の外局として設けられた終戦連絡中央事務局に籍を置いていた上川洋[64]連絡事務官が画策し、何とか参謀第二部の日本連絡課長であったフレデリック・Ｆ・マンソン大佐と引き合わせることに成功する。マンソン大使は、「終戦を速めたのは実に原子爆弾の威力であってこの洗礼を受けたのが不幸広島市で従って広島市が今回の戦災を被ったことは世界平和をもたらす第一歩であると同時にこれに寄与するところ誠に大なるものがあると思考されるので、復興については絶対にその特異性を認め他の戦災都市よりも優先的に復興をはかりたい」（『ヒロシマ戦後史―被爆体験はどう受けとめられてきたか』宇吹暁）と、型通りのねぎらいの言葉を伝えた。

マンソン大佐が戦前、米陸軍派遣の語学留学生として、姫路高等学校（現・神戸大学）では地理講師もしていた屈指の日本通ということもあり、遠路はるばるやってきた陳情団は大いに勇気づけられたものの、彼は正式な連絡窓口ではあったが何ら決定権は持ち合わせていなかった。

往々にして知日派ほど日本に対する眼差しが厳しいことなど、陳情団の面々は知るよしもない。しかも彼は米ウェストポイント陸軍士官学校卒のエリート将校である。滅多なことで職務を逸脱するはずもなかった。七郎は、この発言があくまでもマンソン大佐個人の考えであることを後々、思い知らされることになる。

これら国会議員らと意見交換を繰り返す過程で七郎は、GHQが言論統制を強める中、原爆投下を非難することが必ずしも広島市民の益にはならないこと、また、前日に入手した同郷の辰男が属する憲法研究会が起草した『憲法草案要綱』を繙くに及び、新憲法においては「主権在民」が明確に打ち出され、「平和」が戦後日本のキーワードとなるだろうことをいち早く悟ったのだろう。それは、「軍都」から「平和都市」へという、国内においては最も振り幅の大きいアイデンティティの変更を促すものであった。七郎は、腹を括った。

陳情の旅から戻った彼は、市議会定例会議（一二月六日）において前掲のスピーチを行う。改めてこの発言を振り返ってみよう。彼は、「然ルニ原子爆弾ノ一撃ニ依リマシテ美事ニ軍都広島ヲ破却一掃致シ此ノ一撃ハ市民ノ軍国主義ヲ根絶セシメタ」（『広島新史 資料編Ⅱ（復興編）』広島市編）と、原爆が我が国を戦争に引きずり込んだ軍国主義を葬り去ってくれた、と公言している。ある意味、原爆投下を容認したとも受け取れる物言いである。続けて、「ト同時ニ広島市ガ軍都ト正反対ノ平和学術教育ノ都市トシテ再出発スベキ絶好ノ機会ヲ与ヘラレタ」（前掲書）と、「平和」の重要性を謳ってはいるものの、原爆投下からわずか四ヶ月後。被爆者たちがいまだ塗炭の苦しみを味わい、急性原爆症で命を落とす市民が後を絶たないこの時期における首長の発言とは、にわかには信じられない。民主主義が広く定着した現在であれば非難囂々《ごうごう》、すぐさま辞職勧告決議案を叩きつけられたとしても何ら不思議ではない。

七郎がこのような一見、不可解とも取れる発言を行った背景には、去る一九四五年八月九日にトルーマン大統領が行ったラジオ演説があったとも考えられる。これに前出の松村光磨を始めとする中央政界に近しい〝広島ネットワーク〟による政局分析やマンソン大佐の発言が裏付けを与えたわけだが、トルーマン大統領は、広島・長崎への原爆投下の意義と理由について、「我々は原子爆弾を、戦争の災禍を早く終わらせ、幾千人もの若きアメリカ人の生命を救うために使用した（筆者訳）」と説明し、原爆の使用は戦争を早期に終結させるためには必要不可欠であったと米国民に説いた。[65] これが米国の、原爆投下に対する今もって揺らぐことのない歴史認識であり、敗戦国となり連合国の占領下にあった我が国にはいかんとも抗しようがないコンセンサスともなった。

二〇一三年（平成二五年）八月、米国のシリアへの軍事介入の正当性を、「シリア政府は化学兵器を使って多数の市民を無差別に殺している。これは国際法違反にあたる」と説明する米国務省のマリー・ハーフ副報道官に対して、ロイター通信社のアーシャド・モハメッド米外交政策担当記者は、「米国が核兵器を使用した結果、広島や長崎の多数の市民を無差別に殺すことになったのは、あなたのおっしゃるところの国際法違反と同じだと考えてもよろしいでしょうか？」と質したが、ハーフ副報道官は不機嫌そうに記者を睨み付けると、「そのような質問は、受け入れるつもりさえありません」と質問を遮り、応じようともしなかった。

また、米調査機関のピュー・リサーチ・センターが二〇一五年四月に発表した世論調査によると、原爆投下が正当であったと答えた米国人は、依然として五六パーセントにも上っている（否定的意見は三四パーセント）。

このように今に至るまで定説とされているこの〝戦争早期終結説〟の根拠は、マッカーサー元帥率いる陸戦部隊とチェスター・W・ニミッツ米太平洋艦隊司令長官指揮下の海上部隊による九州上陸作戦オリンピックと関東上陸作戦コロネットから成るダウンフォール作戦によって、米軍が蒙るであろうと想定された死傷者数が五万〜二七万人と試算されていたことに起因している。[66] 冷戦期に入ると損害予測は独り歩きし五〇万、一〇〇万と異様なまでに膨れ上がって行った。[67]

まったくもって理不尽極まりない論法である。いみじくも帝国政府が指弾したように、戦時下においても「交戦者ハ害敵手段ノ選択上無限ノ権利ヲ有スルコトナシ」と規定されており、「無益ノ苦痛ヲ与フヘキ兵器弾丸其ノ他ノ物質ヲ使用スルコト」はハーグ陸戦条約によって固く禁じられている。[68] 原爆投下は明らかに、非戦闘員である一般市民をも無差別に標的とした戦略爆撃であり、戦時下であろうが決して許される行為ではない。[69]

しかしながら客観的に戦争末期の戦況を顧みれば、追い詰められた日本軍は、『戦陣訓（陸訓一号）』に記された「生きて虜囚の辱《はずかしめ》を受けず、死して罪禍の汚名を残すこと勿《なか》れ」に縛られ、南方の島々では次々と玉砕を繰り返し、遂には特別攻撃隊を編成し、絶望的なまでの捨て身戦法で連合国軍に闘いを挑んだ。

また沖縄戦に至っては、防衛召集と称して二万二〇〇〇人以上もの一五歳以上の男子のみならず非戦闘員である女性や子どもまで戦場に引きずり出し（根こそぎ動員）、約九万四〇〇〇人にも及ぶ一般市民を死に追いやるという壮絶な負け戦を強いてもみせた。さらには一九三八年一二月から一九四三年八月にかけて帝国陸海軍は、中国・重慶で二一八回にも及ぶ執拗な絨毯爆撃を行い、少なくとも一万人もの罪のない民間人を殺戮するという暴挙も行っていた。こうした従来の常識からは考えられない、無謀かつ常軌を逸した軍事行動を展開する日本軍と、最前線で相まみえた連合国軍兵士たちの恐怖心は極限にまで達していたものと想像される。

連合国軍の目には、明治天皇が下賜した『陸海軍軍人に賜はりたる勅諭（軍人勅諭）』に則り、敵国民のみならず自国民の生命までをも「義は山嶽よりも重く死は鴻毛《こうもう》よりも軽し」と貶《おとし》める当時の日本が、〝狂気の集団〟と映っていたとしても無理からぬことであろう。そこには慎ましくも穏やかな生活を望み、彼らと同じように泣き、笑うごくごく普通の人々がいることに想いを馳せる想像力など、戦争という名の地獄は事もなげに奪い去ってしまった。狂気が狂気を蹂躙《じゅうりん》する。

さらには大本営が終戦直前まで「一億玉砕」を唱えていたこの野蛮な国に上陸し、無傷で占領を達成できるなどと連合国軍は露ほども予測してはいなかった。おそらくは本土上陸作戦によって、沖縄諸島というちっぽけな島々においてさえ一万二〇〇〇人以上もの戦死者を出し、後に米軍が大敗を喫することとなるベトナム戦争において相対したような長期的かつ執拗なゲリラ戦に遭遇するものと覚悟していた。

それが昭和天皇の『大東亜戦争終結ニ関スル詔書』によって銃声はぱたりと止み、予想よりも遥かに早く日本政府が無条件降伏を受諾したことにより、米国の原爆投下に対する国際法上はもちろんのこと、倫理的正当性もことごとく崩壊した。壮大なる誤算。また一旦、原爆の非人道性を認めてしまえば賠償問題に発展する可能性があっただけではなく、以降、あらゆる紛争においても核兵器の使用が大幅に制限され、世界戦略の足枷《あしかせ》となることも米国は懼《おそ》れた。これがいまだに米政府が〝戦争早期終結説〟に固執し、非を認めない、認められない最大の理由であろう。[70]

こうして一九五二年四月二八日に発効したサンフランシスコ平和条約において「日本国は、戦争から生じ、又は戦争状態が存在したためにとられた行動から生じた連合国及びその国民に対する日本国及びその国民のすべての請求権を放棄し、且つ、この条約の効力発生の前に日本国領域におけるいずれかの連合国の軍隊又は当局の存在、職務遂行又は行動から生じたすべての請求権を放棄する」（第一九条a）と規定され、原爆投下を始め一般市民に対する無差別爆撃といった連合国軍による戦争犯罪は、法的には免責されることとなった。[71]

広島県は終戦に伴い米太平洋陸軍第六軍管下の第一〇軍団第九四軍政団の統治下に入ったが、一九四六年一月三一日には英連邦占領軍（BCOF）に任務が引き継がれ、[72]二月に入るとその主力となった約三万九〇〇〇人のオーストラリア第三四歩兵旅団が、同国の愛唱歌である『ワルチング・マチルダ』を鳴り響かせながら続々と進駐して来た。[73]

〽水を飲みに羊が沼地へやって来た
流れ者は跳び上がり　喜び勇んで捕まえて
飯袋に押し込みながら口ずさんだ
俺と一緒に旅に出よう

（筆者訳）

「ボルネオで、ニューギニアで皇軍と死闘を繰り広げた男たち……」

愛国者を任じていた七郎は苦汁を味わっていたに違いない。あの日まで、鬼畜米英と目の敵にしていた連合国軍兵士たちに、戦災孤児[74]たちはチョコレートやガムをねだってまとわりついている。遊郭から焼け出され、「慰安婦としては軍隊同様の給与を保障する。白米は毎日四合、油、牛肉、砂糖等物資の面は充分斡旋する」と警察が示した破格の好条件に抗しきれず、連合国軍兵士のための慰安所に行くまで身を堕《お》とした〝特別女子挺身隊員〟たちは、派手な化粧で荒れた柔肌を塗り固め、頻《しき》りに媚びを売っている。[75]

「日本人としての誇りはどこへ行ってしもうたんじゃ」

喉元まで出かかった慟哭《どうこく》を、七郎はぐいっとばかりに飲み込んだ。

「これが、戦に負けるゆうことじゃ。誰もあの子らを責めることたあでけん」

市議会の壇上で七郎は、事実上、原爆投下を是とした。糞尿で混濁した汚水を無理矢理飲まされるほどの屈辱であっただろう。情を尊ぶか理を取るか。七郎は、信三は、そして彼らに続いたこの街の首長たちは皆、原爆によって家族や親族、友人知人を虫けらのように殺され、自らも放射線障害を体内に宿しながらも、〝公人〟としての常道を選ばざるを得なかった。

こうした豹変ぶりを裏切り行為と切って捨てるのはたやすい。がしかし、人の上に立つ者には、時として己の取るに足らぬ自尊心を葬り去り、恥を忍んで民のため、額を床にこすりつけることも課せられる。無念だったろう。涙を嚙んだであろう。唾棄したかっただろう。それでも彼らは、市民のいのちを繋ぐため、この街を生き返らせるために情を捨て、理を貫いた。残された我々は、広島は、いかに無様であろうとも屍を越えて、生き長らえなければならない。

日本人は、こぞって「平和」に飛びついた。いや、すがりついた。「平和」という単純明快なスローガンにこの国の未来を託すことで、戦時中に強制された総力戦体制を国家再建へと事もなげに振り向けた。「戦争によって命を落とした人々が夢見た国をつくること」「平和な国に生まれ変わって死者たちの無念を晴らすこと」それは誰からも責められることもなければ恥じ入ることもない大義名分であった。「平和」は、被害者として、そして加害者として関わったこの戦争によって心の奥底に刻まれたトラウマから我々を、しばしの間、目を背けさせてくれる柔らかでほの温かく、誠に手触りのよい魔法の言葉であった。

ノーベル文学賞作家・大江健三郎は、『原爆体験記』に寄せたあとがき「なにを記憶し、記憶しつづけるべきか？」の中で、「じつはぼく自身もまた、平和という言葉にうんざりしている人間であるといわざるをえません。戦後二十年、平和という言葉は、たびたび汚水をくぐってきました。様ざまな意味づけがおこなわれ、我田引水の好餌となり、嘲弄され、そして、その実体は、真の意味は、うやむやのうちに、この現実世界から葬りさられようとしているようでもあります。現在、いかなる文章において使用される平和という言葉が、もっとも信頼すべきこの言葉本来の重さと美しさをそなえているか？　こうした疑問はおそらく、決して特殊な少数者のものではないはずです。平和について考えてみることのある人なら、誰もが一度は、この疑問にとりつかれたにちがいありません」と、「平和」という言葉の用法、むしろ作法について警鐘を鳴らしている。

　他方、一九四八年一二月二三日午前〇時一分。まさに平成の天皇の誕生日にあたるこの日、東京拘置所（巣鴨プリズン）[76]において東條英機ら七名のA級戦争犯罪人（A級戦犯）が絞首刑に処されたが、極東国際軍事裁判（東京裁判）によるA級の罪状もまた、侵略戦争又は条約等に違反する戦争の計画、準備、開始、遂行やこれらのいずれかを達成するための共同謀議への参加、いわゆる「平和に対する罪（crime against peace)」であった。

　ちょうどその頃、殺伐とした全国の街々には、一日の軍事行動としては史上最大規模の大量虐殺となった一九四五年三月の東京大空襲で母を失い、自らの手で埋葬したという並木路子の、あの妙に明るく軽快な歌声が流れていた。

〽歌いましょうか　リンゴの唄を
二人で歌えば　なおたのし
みんなで歌えば　なおなおうれし
リンゴの気持ちを　伝えよか
リンゴ可愛や　可愛やリンゴ

（『リンゴの唄』第四節）

広島も、「平和」という名の「武器」を手に入れ、復興への茨の道を歩むこととなる。何にも言わないリンゴはひとつではなく七二〇〇万もあり、それは広島にも辛うじて残されていた。特に人類史上初の戦争被爆地となり、「国破レテ山河」さえをも失ってしまった広島は、一も二もなく真っ赤なリンゴに齧りつき、「平和」に何処よりも敏感に反応し、その後、この二文字はこの街のアイデンティティともなっていった。

1　古来、太田川には多くの鯉が生息し、西区己斐の地名は延喜式により嘉字地名とされる以前は〝鯉〟であったと言われることから鯉城と称されるようになった。
2　応召などによる欠員が八名あったため、実際には四〇名。
3　戦時中は幟町学区の地域義勇隊長でもあった砂原格は、八丁堀の自宅で被爆。妻と共に倒壊家屋の下敷きになったものの三〇分後に脱出し、白島町へ移動して常盤橋のたもとから猿猴川を泳いで渡り、午後三時頃には幟町国民学校へ赴き罹災者の救護にあたっている。
4　第一助役には市議会議長を退き、後に浜井信三と市長選を戦うこととなる山本久雄が一九四六年八月に任命された。
5　戦時中、出征兵士の出港地として機能していた広島市内には中国復員監部が、呉市には地方復員局が置かれ、主に中国大陸から帰国した復員軍人や民間の引き揚げ者で溢れ返っていた。また、特にソ連抑留者の帰還を念頭に、市の全町内会によって広島市在外同胞帰還引揚促進連盟が結成され、委員長には任都栗司が選ばれている。
6　広島の土壌は元来脆弱である上に戦時中、軍用道路の建設や油類に加工する目的で松根が大量に掘り起こされたことにより、さらに地盤が緩んだことが枕崎台風の被害を拡大した原因として挙げられる。また、ノンフィクション作家の柳田邦男がその著書『空白の天気図』で指摘した通り、被爆と空襲により台風の進路予報や警報が気象台から出されなかったことも住民の避難を遅らせた。その意味においてこの自然災害は、戦争による二次災害とも言えるだろう。
7　「林幸子」は、広島女子高等師範学校附属山中高等女学校（現・広島大学附属福山中・高等学校）の専攻科生で、勤労動員先の己斐上町で被爆した川村幸子（旧姓・梶谷）のペンネーム。『ヒロシマの空』は、彼女が菓子の包装紙に一気に書きつけた題名のない一篇だった。峠三吉に勧められて書いたこの自伝的作品は、峠が中心となって創刊された反戦詩誌『われらの詩』の第10号（一九五〇年一二月一五日発行）に掲載された（第1号から3号までは「町由起子」のペンネームを用い、第6号から「林幸子」へ〝改名〟）。
8　大橋武夫は陸軍少尉であった大橋常三郎の長男として生まれ、東京帝大法学部を首席で卒業し、内務省に入省。戦後は戦災復興院計画局長、次長を経て一九四九年に民主自由党から出馬し、初当選。第三次吉田内閣第一次改造内閣では法務総裁に抜擢され、レッドパージを指揮している。一九六六年の第一次佐藤内閣第三次改造内閣では運輸大臣も務めた。

9　一九四七年七月に制定された国家安全保障法により空軍省が加えられ、名称は四省調整委員会（SANACC）に変更、一九四九年六月には国家安全保障会議の枠組みにその機能は吸収され、廃止された。

10　ちなみに二〇一八年三月、ポーランドの下院調査委員会は第二次世界大戦中のナチス・ドイツによるポーランド侵攻を巡り、一般市民の犠牲者を一三三〇万人とし、ドイツに請求すべき賠償金を総額五四三〇億ドルと試算している。

11　日本を巡る、中国における〝二分論〟は、国民党と敵対していた中国建国の父・毛沢東も共有しており、一九六〇年九月一日にメキシコ代表と対談した際には、「日本人民は素晴らしい人民だ。第二次世界大戦では一部の軍国主義者に騙されて侵略戦争をしただけだ」（『毛沢東は抗日戦勝記念を祝ったことがない』遠藤誉）と語っている。

一九九四年になり当時、国家主席であった江沢民が『愛国主義教育実施綱要』を制定して以来、中華人民共和国では反日教育が国策として推し進められているが、基本的には過去における日本の軍国主義・侵略戦争、公人の靖国神社参拝や歴史認識といった「公」に向けられた糾弾であり、少なくとも建前上は今もなお、「私人＝日本国民」とを区別する立場は継承されている。

12　GHQは一九四五年一〇月一六日には早くも「本土における復員完了と外地における武装解除完了」を宣している。

13　尾崎神社（安芸区矢野西）を下った極楽橋の橋詰、尾崎会館の隣には、一九三六年一〇月に建立された『自動車即筒寄附芳名』と銘打たれた石碑がひっそりと佇んでいる（「自動車即筒」とは消防車のこと）。寄付者の筆頭には「某氏」と刻まれているが、これは矢野出身の木原七郎である。こうしたエピソードからも、政治家でありながらも名を明らかにすることを潔しとしなかった彼の信条の一端が垣間見られる。

14　松村光磨は佐賀県の出身ではあったが最後の東京府知事を務め、吉田茂の参謀とも言われた辰巳栄一陸軍中将とは旧制佐賀中学校（現・佐賀県立佐賀西高等学校）以来の親友であったため、広島の戦後復興にはなくてはならない貴重な人材であった。彼は戦時下にもかかわらず大政翼賛会を説得し、一九四四年には東條英機首相が猛反対していた学童疎開を実現させ、結果的に多くの児童の命を救っている。

15　震災を「理想的帝都建設の為真に絶好の機会」と論じた後藤新平が総裁に就いた帝都復興院は当初、復興全体に及ぶ帝都復興法の制定を意図していたが、当時の財政事情から計画案は大幅に縮小されて特別都市計画法となり、結果的に土地区画整理事業にかかる特別処置に留まった。

16　総勢三〇名余りの中国復興財団は、労務、文化、奉仕の三部制を持つ民間の社会事業団体として、病院を始めとする公共施設の清掃や無料宿泊所・休憩所の設置運営、壁新聞の発行などを行った。社員組織ではあったが、被爆後の広島では初めてと思われる〝ボランティア活動〟を実践した。

17　戦後も東久邇宮、幣原内閣で海軍大臣を務め、帝国海軍の解体を担った米内光政海軍大将は、戦争終結に向けて奔走していただけに「私は言葉は不適当と思ふが原子爆弾やソ連の参戦は或る意味では天祐だ、国内情勢で戦を止めると言ふことを出さなくて済む。私はかねてから時局収拾を主張する理由は敵の攻撃が恐しいのでもないし、原子爆弾やソ連参戦でもない。一に国内情勢の憂慮すべき事態が主である。従つて今日その国内事情を表面に出さなくて収拾が出来ると云ふのは寧ろ幸ひである」（『終戦史録　四』外務省編）と、苦しい胸の内を吐露している。

18　鉄道省（現・JRグループ）によって立案され一九四〇年に議会承認された広軌幹線鉄道計画。中国大陸への輸送需要が急増したことにより当初は東京と下関を九時間で結び、関釜連絡船で海を渡り朝鮮半島を縦断し、旧満州国の首都・新京（現・長春）をハブとする南満州鉄道（満鉄）と繋ぐといった壮大な計画であった。

19　一九四八年二月一日にまず『広島県学校復興宝くじ』として発売され、「クジの一枚一枚がヨイ子の学校のガラス一枚」という文句で一二〇〇万円を売り上げた。また、県は五月にも『広島県土木復興宝くじ』を売り出す。特等の賞金が五〇万円という高額であったこともあり、勧銀広島支店で行われた抽選会には雨天にもかかわらず長蛇の列ができたという。

20　かさ上げ案を含む市街地復興土地区画整理事業は、東日本大震災によって甚大な津波被害を受けた岩手、宮城、福島各県の四八地区でも総事業費五三六三億円を投じて進められた。特に、岩手県陸前高田市における約一二六ヘクタールのかさ上げ工事には約一二〇〇億円もの莫大な公費が投入された。

21　広島県土木局砂防課二〇〇二年四月一日公表値。

22　東京の戦災復興計画は、「都民の住宅確保が最優先」とする安井誠一郎東京都知事によって着手を先延ばしにされ、結果的にＪＲ高円寺駅前広場や渋谷宮下公園、新宿・歌舞伎町など一部を除き実現することはなかった。

23　日本女子大学教授であった高良富子は、一九四七年に民主党から出馬し参議院議員となり、後には日本婦人団体連合会副会長も務めた。興味深いことに後年、画家の岡本太郎も『朝日新聞』（一九六三年八月四日付）に寄稿した「ヒロシマ'63（下）」と題されたエッセイにおいて、「この象徴的な土地に、何かをもうけて、拝んだり、記念したりするから問題がズレるのだ。／私なら、爆心地に、何もない、空の空間を作る。作るべきだ。……たとえば白砂だけの、なんにもないひろがり。／それはあの瞬間に、ごっそり、えぐりとられた象徴でもある。そしてあの爆発とは何かを、空（くう）に向って一人一人が問い、考え、自分自身を再認識する場所にするのである」と、芸術家らしい視点で〝焦土の保存〟を主張している。

24　一九四六年八月二～四日付の『中国新聞』には、同社の懸賞論文で第一位となった原爆詩人・峠三吉の手による「一九六五年のヒロシマ」と題された一文が掲載されているが、彼は旅行記の体裁で理想的な未来予想図を綴り「こんな風景をみるにつけても二十年前のあの世紀の悲劇　瓦礫の沙漠と化した廃墟ヒロシマが夢としか想はれない」と結んでいる。

25　戦前において「大広島」という概念は、一九二九年に施行された、己斐町や牛田村など隣接する七ヶ町村の合併を指していた。これにより広島市の面積は約二・四倍に膨れ上がった。

26　広島市復興局は一九四六年六月に土木事業費として二〇億四三〇〇万円、これに各種文化施設を加えた総額二二億七七〇〇万円を復興予算として試算している。ちなみに主な税収源が国税付加税、県税付加税、独立税であった一般会計当初予算額は一九四六年度で約九六一万円といった時代のことである（追加補正後の最終予算は約八六一六万円）。

27　松尾糧食工業所は戦時中、大芝町（現在の西区楠木町）辺りに建っていたが、江波漁港の隣接地にあった江波製菓と協力関係にあったため、「江波だんご」の名がついたと言われている。記録によれば値段はひとつ二円五〇銭だった。

28　賠償指定により航空機工場や陸海軍工廠は元より、当初は工作機械、化学工業や火力発電所の半分、鉄鋼生産力は四分の三、軍需、造船、軽金属の生産力に至ってはそのすべてが撤去されると発表された。

29　桑原市男は戦時中、現在の廿日市市宮島の対岸にあたる地御前にあった旭兵器工業の社長であり、日独伊親善協会（会長、子爵・小笠原長生）の会員でもあったことを考え合わせると感慨深いものがある。

30　英文では〝（前略）We recognize that all people of the world have the right to live in peace, free from fear and want.〟。

31　英文では〝Aspiring sincerely to an international peace based on justice and order,（以下略）〟。

32　伝統的国際法において戦争は違法化されておらず、戦争の主権的自由が認められていた。よって適用法規も平時国際法と戦時国際法に二分されていた。

33　ノルウェーの社会学者であり平和研究の第一人者として知られるヨハン・ガルトゥングは後に、これら戦争の不在によってもたらされる状態を〝消極的平和〟、戦争や紛争がなくとも生じる直接的暴力や構造的暴力、文化的暴力から直接的平和、構造的平和、文化的平和の状態へ社会が全体として転化してゆくことを〝積極的平和〟と定義づけた。

34　英文では〝That since wars begin in the minds of men, it is in the minds of men that the defences of peace must be constructed〟。

35　内閣官房の国民保護ポータルサイトでは、二〇〇五年から『武力攻撃やテロなどから身を守るために』（二〇一六年一〇月一日一部改訂版）と題された小冊子PDFが公開されている。「転ばぬ先の杖」としてのマニュアルであることは理解できるが、心得ておく理由として「みなさんの安全を守るため」とだけ記されており、我が国が依拠する理念にはまったく触れられていない。イラストをふんだんに盛り込んだこうしたソフトタッチの冊子の中に、「4 武力攻撃の類型などに応じた避難などの留意点」として「（5）iii 核物質が用いられた場合」といった項目を認め、違和感を抱くのは筆者だけではないだろう。

36　文化勲章を受章した哲学者の梅原猛は、二〇〇四年三月二二日に『毎日新聞』の取材に答えて「日本の憲法や九条には、国家絶対主義を克服する『超近代』の理想が含まれていると思う」と、語っている。

37　かつて吉田茂は、保安大学校（現・防衛大学校）の一期生であり海上自衛隊では二等海尉として護衛艦ちとせの艦長も務めた平間洋一に、「君達は自衛隊在職中、決して国民から感謝されたり、歓迎されることなく自衛隊を終わるかも知れない。きっと非難とか誹謗ばかりの一生かもしれない。御苦労なことだと思う。しかし、自衛隊が国民から歓迎され、ちやほやされる事態とは、外国から攻撃されて国家存亡の時とか、災害派遣の時とか、国民が困窮し、国家が混乱に直面している時だけなのだ。言葉を変えれば、君達が日陰者である時のほうが、国民や日本は幸せなのだ」と諭し、「堪えてもらいたい。一生御苦労なことだと思うが、国家のために忍び堪え、頑張ってもらいたい。自衛隊の将来は君達の双肩にかかっている。しっかり頼む」(『人間 吉田茂』吉田茂記念事業財団編)と伝えている。

38 〝戦後唯一の〝戦死者〟は、海上保安庁の〝日本特別掃海隊〟に所属し、厨房員をしていた中谷坂太郎(当時二一歳)。朝鮮戦争に際し、北朝鮮軍によって敷設されたソ連製機雷の除去(掃海)をGHQから要請された政府が同隊に出動命令を下した。一九五〇年一〇月一七日、乗船していた呉の掃海艇MS-14号が元山沖で触雷し坂太郎は亡くなる。

日本国憲法発布後であったため、政府は犠牲者が出た事実はもちろんのこと〝日本特別掃海隊〟の存在すら公表せず、隊員たちにも箝口令を敷いた。坂太郎の「戦死」が公認されたのは約三〇年を経た一九七九年、戦没者叙勲・勲八等白色桐葉章が授与された際であった。ちなみに朝鮮戦争は靖国神社の合祀基準外となっているため、坂太郎はいまだ祀られてはいない。

39 〝憲政の神様〟と讃えられた尾崎行雄は憲法第九条について、「新憲法の花は、何んといつても、第2章の戦争放棄の大宣言であろう。(中略)私も多年の平和論者であるが、正直にいつて、かくまでに徹底してはいなかつた。私はこの原案の作製者と、この原案の冒頭に〝日本国民は正義と秩序を基調とする国際平和を希求し〟という文句を加えて、これを可決した議会に心からなる敬意を表する」(『民主政治読本』尾崎行雄)とした上で、その四年後には早くも、「近頃、民主主義をはきちがえて、自分のまたは少数団体の欲望をみたすために他の多数のめいわくをかえりみず、我まま勝手をふるまう心得ちがいの者がだいぶふえたようだ。こういう不心得ものに、正善邪悪のものさしを教えこむことが民主教育の一大使命である」(前掲書)と釘を刺している。

40 第二次世界大戦は、国際法に則り米国が戦争に勝利した最後の戦いとなった。その後、米国が介入した朝鮮戦争を始めベトナム戦争、イラク戦争からシリア内戦に至るまで、米国は明確な〝戦勝〟を収めてはいない。太平洋戦争の段階ですでに、世界を巻き込んだ大規模な戦乱においては強大な軍事力を擁する米国でさえ、原爆という〝禁じ手〟を用いなければ終結、そして戦後体制の構築には導けなかったといった考え方もできる。

41　一九四五年九月四日の勅語は第一案から第四案まであり、第一案に「平和国家」の文言はなかった。第三案で「平和的新日本ヲ建設シテ人類ノ文化ニ貢献セムコトヲ欲シ」といった一文が東久邇宮稔彦首相によって加えられ（首相宮御訂正）、第四案で「平和的新日本ヲ建設」が漢学者の川田瑞穂内閣嘱託により「平和国家ヲ確立」に直され宣された。

42　『武士道』は、日露戦争を終結に導いたポーツマス条約の斡旋を買って出たセオドア・ルーズヴェルト米大統領にも感銘を与え、彼は自ら数十冊を購入し友人知人に配るだけでは飽き足らず、兵学校や士官学校の生徒たちにも推薦して回ったとも伝えられている。東京大学入学時の面接で、将来の希望を「太平洋の橋になりたい」と即座に答えた新渡戸稲造にとっては本懐であったに違いない。『武士道』の知名度もあり、彼は一九二〇年の国際連盟設立時には事務次長に選出されている。

43　『マッカーサー草案』を受け入れるか否か。一九四六年二月二二日午前の閣議で事実上の受け入れを決定し、同日午後に経緯報告のため参内した幣原喜重郎首相に対し、昭和天皇はこれを承諾する。一九四六年九月頃に貴族院特別委員会のメンバーらと首相官邸へ赴き、幣原首相から内輪話として聞かされたという憲法学者の宮澤俊義東京大学教授はそのノートに、「陛下に拝謁して、憲法草案（先方から示されたもの）を御目にかけた。すると陛下は『これでいいじゃないか』と仰せられた。自分はこの御一言で、安心して、これで行くことに腹をきめた」と、幣原首相の心情を書き残している。

また、二〇一八年に宮城県加美《かみ》町で発見された幣原首相の直筆原稿「年頭雑感」（一九五一年もしくは五〇年の年頭に書かれたものと推測されている）には「新日本は厳粛なる憲法の明文を以て、戦争を放棄し、軍備を全廃した」とあり、「国民生活の水準はこれに依って向上せられ、人類一般の幸福をもこれに依って貢献し得られる」との記述に続き、「我国を他国の侵略より救う最効果的なる城壁は、何としても正義の力である」と、この憲法への想いが綴られている。

ちなみに、憲法第九条の〝戦争放棄条項〟は、一般的には幣原の〝発案〟とされているが、服部龍二中央大学教授は、元イタリア大使で一九二八年八月にパリで調印されたケロッグ＝ブリアン条約の調印式にも随員として参加している白鳥敏夫のアイデアではないかと述べている。これは白鳥から吉田茂外相に一九四五年一二月一〇日付で送られた英文書簡の中に「憲法史上全く新機軸を出すもの」として、「天皇に関する条章と不戦条項とを密接不可離に結びつけ」るべきとの進言が為されていたためである。確かに、幣原が天皇制を維持すべく〝交換条件〟としてこの戦争放棄を憲法に盛り込むといった案を採用した可能性は高い。

44　興味深いことに当時、民政局調査専門官としてマッカーサー草案作成に関わったベアテ・シロタ・ゴードンは二〇〇〇年五月二日、超党派議員によって組織された参議院憲法調査会に招かれ意見聴取に応じているが、その中で、「日本国憲法は米国の憲法よりもよいものである。自分が持っているよりもよいものを『押し付ける』ことはないから、日本国民に押し付けられたとは言えない。日本における進歩的男性や少数の目覚めた女性は、国民の権利を記した憲法を望んでいた。日本は他国から文字、宗教、その他の文化を取り入れ自分のものとすることで発展してきた。ほかの国から輸入した憲法でも、いい憲法なら守るべきだ」という旨の発言をしている。

45　一九四一年八月一四日に米英間で署名された大西洋憲章には、「一切ノ国ノ一切ノ人類カ恐怖及欠乏ヨリ解放セラレ其ノ生ヲ全ウスルヲ得ルコトヲ確実ナラシムヘキ平和カ確立セラルルコトヲ希望ス」といった条項があるが、その前提として「六、『ナチ』ノ暴虐ノ最終的破壊ノ後両国ハ」と明記されており、あくまでもナチス・ドイツを念頭に置いた欧州における戦後秩序にかかる合意であったことが窺える。

46　憲法改正試案は、後出の憲法研究会の他にも日本自由党や日本社会党、日本進歩党、日本共産党、憲法学者の稲田正次《まさつぐ》が中心となり、尾崎行雄や岩波書店の創業者である岩波茂雄らが参画した憲法懇談会によって起草されている。

47　高野岩三郎は戦前、三・一五事件、四・一六事件など治安維持法違反事件の予審調書などを大原社会問題研究所に一括購入させることで、間接的に公判の維持を助けている。

48　一ページ目に『日本憲灋』といった古字・俗字が用いられた植木枝盛直筆の『東洋大日本国々憲案』は、一九四五年七月四日の高知空襲によって焼失した。

49　ハーバート・ノーマンは来日後、『忘れられた思想家―安藤昌益のこと―』や『日本における近代国家の成立』などを著している。

50　植木枝盛は、『民権数へ歌』といった戯れ唄も作っているが、「一ツトセー　人の上には人ぞなき／権利にかはりがないからは／コノ人ぢやもの／二ツトセー　ふたつとはない我が命／すてしも自由のためならば／コノいとやせぬ／三ツトセー　民権自由の世の中に／まだ目のさめない人がある／コノあはれさよ」（『明治文學全集　一二』大井憲太郎、植木枝盛、馬場辰猪、小野梓）といったように、現行憲法の要素をすでに明治期に詠み込んでいることに驚かされる。

51　鈴木安蔵は戦時中、翼賛体制を「歴史上比類なき独自の美果」と礼賛し、転向したと糾弾されたが、戦後における彼の復権には旧知の間柄であったハーバート・ノーマンらの後押しがあったとも考えられる。

52　米国において、憲法制定から現在に至るまで連邦政府で発議された憲法修正案は一万一五〇〇件にも上っているが、そのほとんどは連邦議会の委員会段階で廃案とされ、可決された修正案は三三、州議会の批准を経て発効したものは二七に過ぎない。戦後は六回修正されているが、そのうち四回は統治機構に関する条文で、二回は選挙権に関わる、例えば第二二修正「大統領の三選禁止」（一九五一年二月二七日）や第二六修正「選挙権年齢の満一八歳への引き下げ」（一九七一年七月一日）といった内容であった。ちなみに一九七二年に発議された「男女平等修正条項」は、一定期間内に「全州の四分の三の州議会の賛成」を満たすことが出来なかったため期限切れで廃案となっている。

53　広島東洋カープは、結成当時（一九四九年一二月）は株式会社広島野球倶楽部と称されていたが、一年目にして早くも資本金が不足し、一九五五年には借金が約五六三五万円にまで膨れ上がったため、同年末に同社は解散し、一九五六年一月二五日に株式会社広島カープとして生まれ変わった（現在の広島東洋カープとなったのは一九六七年一二月一八日）。

一九四九年一二月五日に記された設立趣意書には、「郷土広島は、従来球界名門の地として最も多数の優秀野球人を輩出すると共に、ファンの熱意又頗《すこぶ》る旺盛なるものがある。地の利も亦他に優ること甚だ多い。就中原爆によって荒廃に帰した水郷広島も、特別平和文化都市として将に再発足せんとしてゐる。（中略）かくしてわが広島カープ軍は、郷土全広島の後援と輿望《よぼう》とを担ひ、広島再建の先駆として革新期に入った野球界に奮闘大いに飛越せんことを期してゐる」とある。まさにカープが、この街の復興の象徴であったことが偲ばれる〝決意表明〟であった。

54 入場料は外野席が大人一〇〇円であったが、約二〇万円が募金に充てられている。

55 藤村隆男の実兄は初代ミスター・タイガースの名をほしいままにした藤村富美男《ふみお》。

56 広島球場入口に設置された四斗樽は、尼子商店が納品した福美人酒造（本社・東広島市）から貸し出された。企業母体を持たないカープの経営は厳しく、球団創設以来、主力銀行としてサポートしていたのは広島相互銀行（現・もみじ銀行）だった。一九六四年に同行に就職し、営業部に配属された三戸健二は、「平日ナイターのある時は午後四時頃、ダブルヘッダーがあった土日は午後三時には四、五名の上司や先輩と球場へ出向き、売り子や売店の売上金を収納する仕事をしました。帰宅は深夜一時か二時。球団の職員や選手には親しくしてもらい、当時の本店営業部長はよく選手から仲人を頼まれていましたね」と、当時を懐かしむ。

57 森戸辰男が忌み嫌った〝赤〟を、それまでの紺色からカープのチームカラーに変えたのは日本球界初のメジャー・リーグ出身外国人監督であったジョー・ルーツだった。

一九七五年、三年連続最下位と低迷していたカープの指揮官となった彼は、〝燃える闘争心〟を打ち出すため帽子とヘルメットを刷新した。〝赤ヘル軍団〟の主砲として活躍した衣笠祥雄は当時を振り返り、「おいおい、この人、シンシナティ・レッズの帽子を被ってきて、いったいどうしちゃったんだ?（中略）昔は恥ずかしかったですよ。〝オマエのチームは、とうとうちんどん屋になったのか〟なんて言われたりしてねぇ。帽子は真っ赤だけど、こっちは真っ青でしたよ」（「衣笠祥雄が語る〝赤ヘル〟誕生秘話」二宮清純）と語っている。

ルーツは、同年四月二七日の対阪神戦で審判への暴行により退場処分を命じられたことに抗議して退団。開幕からわずか一五試合しか指揮は執らなかったものの、キャンプ中の意識改革が功を奏し、その年カープは見事リーグ優勝を果たしている。

58 現在はマツダ及び創業者一族が球団の株式の大半を保有している（創業者の松田家 四二・七%、マツダ 三二・七%、グッズ販売などを手掛けるカープの関連会社カルピオ 一八・五%）ため、〝市民球団〟とは言い難いが、マツダはカープを「持分法を適用していない非連結子会社」と位置付け、球団経営への直接関与は行っていない。

59　一八七七年に設立された広島県医学校が一八八八年三月に閉校となって以来、広島に医学教育機関が作られることはなかった。軍都として発展しただけに、当時としては最先端の医療技術を有していた広島陸軍病院や呉海軍病院を中心とした軍関係の医療機関が多数存在していたことがその一因であった。

　戦後、一九四八年に開校した広島県立医科大学が、新制広島医科大学を経て一九五三年八月、広島大学医学部に移管されることとなる。旧帝大に次ぐ伝統を持った旧制医科大学六校が「旧六医大」と称されたのに倣い、戦後生まれのこれら国立の新設校は「新八医大」と呼ばれた。

60　一九四六年二月二六日、ちょうど『マッカーサー草案』が臨時閣議に提示された翌日に極東委員会第一回会議がワシントンDCの旧日本大使館で開催されている。

61　一九四六年二月一日の、助言を求めるホイットニー局長からの文書に「憲法の改革について政策決定をおこなうことのできる閣下の権能は、極東委員会がこの問題につきみずからの政策決定を発表するまでは、実質的に引き続き損なわれることはありません。（中略）現在、日本の憲法構造に関する変革を実効的たらしめるにあたり、閣下が適切と思ういかなる措置をも講じる無制約の権能を有しています。――ただ一つだけ生じうる制約は、天皇退位に向けて閣下によってとられる措置であって、この場合には、閣下は、総合参謀本部と協議することが求められます」（『日本国憲法成立過程の研究』西修）と記されていたことから、マッカーサー元帥は大いに意を強くした。

62　フランクリン・ルーズヴェルト米大統領は、一九二九年一〇月の株価暴落によって引き起こされた世界大恐慌にすぐさま対処する必要性に迫られていた。GDPが瞬く間に半分近くにまで落ち込み、失業率が二五パーセントともなる中、彼は経済の立て直しに積極的に連邦政府を介入させ、適度の通貨インフレ政策を採用する。公共事業局（PWA）を発足させ、中・大規模プロジェクトによって熟練建設労働者の雇用を促進し、農民には補助金を与えることで作物の市場価格の安定化を図ると共に、全国産業復興法（NIRA）を成立させることによって労働組合に団体交渉の権利を保証。一九三五年には社会保険法を成立させ、貧困層や失業者、障がい者のために州が運営する福祉給付制度も起ち上げた。

　このように米国は、ルーズヴェルト大統領の強力な指導力のもと、数々の革新的な政策を打ち出したが、連邦政府による規制強化は自由放任主義者や事業家らの反発を招き、桁外れの政府支出の増大をも招いた。そのため、結果的に大恐慌から米国が抜け出せたのは、皮肉なことにも航空機三〇万機、貨物船五〇〇〇隻、戦車八万六〇〇〇台といった膨大な特需を生み出した第二次世界大戦への参戦がきっかけであった。

63　一九四五年末には早くも全国で大小五〇八もの労働組合が結成され、その傘下には約三八万人にも上る労働者が組織された。

64　『中国新聞』（一九四五年一二月六日付）には「神川」と記されているが、東京帝大法学部卒で一九四〇年に文官高等試験に合格し、外務省に入った上川洋（広島市安佐区出身）の誤り。洋は戦後、フィンランド大使やガーナ大使などを歴任した。

65　ハリー・トルーマン米大統領は、一九四六年一二月一六日にマサチューセッツ工科大学のカール・コンプトン学長に宛てた手紙の中で、「日本人は、公正な警告と最終的に彼らが受け入れた（ポツダム宣言の）条項を、原爆が投下される以前に与えられていた。私は、原爆が彼らに条項を受け入れさせたと考えている」との弁明も行っている。

66　マッカーサー元帥が一九四六年一月二五日にドワイト・D・アイゼンハワー陸軍参謀総長（後の第三四代米大統領）宛に送った極秘電報の中で、「仮に天皇を起訴すれば日本の情勢に混乱をきたし、占領軍の増員や民間スタッフの大量派遣が長期間必要となるだろう」と進言したことも早期終戦論に拍車をかけた。

67　「米軍戦死者一〇〇万人」説は、元・米陸軍長官であったヘンリー・L・スティムソンが一九四七年に、米『ハーパーズ』誌（2月号）に寄稿した「原爆の投下決定（"The Decision to Use the Atomic Bomb"）」と題された論文が根拠となっている。当時、ハーバード大学の学長でマンハッタン計画に関わっていたジェイムズ・B・コナントがスティムソンに書かせたとも言われるこの論文で彼は、「原爆を投下しないで上陸作戦を展開した場合、戦争は一九四六年の末まで続くと推定され、その際の犠牲者は米兵だけでも百万人と見積もられた」と記し、世論誘導に加担している。

68　『陸戦ノ法規慣例ニ関スル条約』第二款 戦闘 第一章 害敵手段攻囲及砲撃第二三条（害敵手段の制限）、二三条（禁止事項）。

69　元・米国防総省職員として一九四五年から一九六八年にかけてベトナムに関する米国の政策決定の極秘調

査に携わり後年、俗に言う『ペンタゴン・ペーパーズ』を米上院外交委員会に手渡したことで知られるダニエル・エルズバーグは『中国新聞』（二〇〇九年八月二四日付）の取材に応じて、「ほとんどの米国人は、広島と長崎の人々が犠牲になったことを、必要かつ効果的なことだとみなしてきた。あのような状況下では、正当な手段であり、実際のところ『正義のテロリズム』であったと考えられている。（中略）私たちは爆弾投下、特に大量破壊兵器を都市に投下したことで戦争に勝利したのだと信じ、その行為はまったく正当であったと信じている世界で唯一の国である。これは、核時代が続いている今日において、極めて危険な考え方である」と警鐘を鳴らしている。

70　一方で、当事国である日米及び東アジア諸国を除く世界の多くの国々では、広島・長崎への原爆投下が第二次世界大戦の終結を招いたというよりは、米ソが軍拡競争に狂躁する冷戦期の幕開けとなったとの認識が強い。

71　補償請求権を認められなかったのは日本人だけではない。連合国の元捕虜や強制労働被害者が三菱、三井、新日鉄、日本鋼管など日本企業を相手取り損害賠償を求めて一七件の訴訟を起こしたが、サンフランシスコ連邦地裁は二〇〇〇年九月二一日、サンフランシスコ平和条約の第一四条bに記された「連合国は、連合国のすべての賠償請求権、戦争の遂行中に日本国及びその国民がとった行動から生じた連合国及びその国民の他の請求権並びに占領の直接軍事費に関する連合国の請求権を放棄する」に則りこれを棄却。補償問題は解決済みとの司法判断がなされた（ウォーカー判決）。

一方、同条約を批准していない中華人民共和国とは『日中共同声明』、大韓民国とは『日韓基本条約』の締結に伴い結ばれた『日韓請求権並びに経済協定』第二条に記された「両締約国及びその国民の間の請求権に関する問題」は「完全かつ最終的に解決されたこととなることを確認」により、一定の解決はなされたものと見られていた。しかしながら二〇一八年一一月二九日、韓国大法院（最高裁判所）は三菱重工業に対して、広島市の軍需工場に強制的に動員されたとする朝鮮半島出身の徴用工五名にそれぞれ一人当たり八〇〇〇万ウォン（約八〇〇万円）の損害賠償の支払いを命じた。

韓国では同社を始め、日本企業を相手取り損害賠償を求める訴訟が一四件もあり、同様の判決が下されれば一七万五二二一名とされる元徴用工（法務省調べ）やその遺族による訴訟が多発するのは確実と見られている（長崎では、三菱重工長崎造船所に徴用され被爆した朝鮮半島出身者約三四〇〇名分の名簿を保管していた長崎地方法務局が、一九七〇年三月末で保存期間が満了したため同年八月三一日付で破棄したことが明らかとなり、被爆者健康手帳の交付を申請する際に必要とされる被爆の事実を証明する記録が消失し問題化している）。

一方で二〇一六年九月には、米国で二〇〇一年に起こった同時多発攻撃に関して外国政府への損害賠償請求の道を開く『テロ支援者制裁法（JASTA）』が成立。これを受けて米海軍中佐であった夫を亡くしたステファニー・デシモネが、国際テロ組織アルカイダに対して物質的支援をしたかどでサウジアラビア政府を訴える事態に発展した。これにより一九世紀以降、諸外国において慣習的に認められて来た主権免除、「国およびその財産について（当該国以外の）外国における裁判権からの免除を認める法理（制度）」が侵害される可能性が高まっている。

72 米陸軍第六軍第一〇軍団は一九四六年一月三一日に解隊され、中部から九州地方に至る西日本は第八軍第一軍団第九四軍政団第七六軍政中隊の占領下に置かれる。中国・四国軍政部はBCOFの進駐地区といった特殊事情から、東京、神奈川と同じく第八軍直轄となり、呉市に中国五県を統括する中国軍政部と広島軍政部が設けられた。

73 東京帝大工学部建築科を卒業し、広島復興局の長島敏局長に請われて一九四六年夏に復興計画のパース（完成予想図）を描いた田邊員人は、元広島国際大学教授の石丸紀興のインタビューに「得体の知れない兵隊さんがウロウロしていたですよね。米軍というのはある意味で非常におおらかですからね。英豪軍っていうのは、やっぱり日本に対しては、二重、三重の反感を持ってたんじゃあないかな。直接荒されたゾーンだし、痛めつけられた軍隊でしょう。同じ占領軍だけれど、実際に広島に来ているのはオーストラリアの兵隊であったり、インドの兵隊であったりするわけですから」（「被爆後の広島と復興過程の状況」石丸紀興）と応じている。

74 政府が一九四五年六月二八日に定めた『戦災遺児保護対策要綱』によれば、孤児等の名称を廃し「国児」と呼称し、戦災遺児を、一般国民が「単ナル憐憫ノ情」ではなく「殉国者ニ対スル敬虔ナル感謝」「遺児ニ対スル温情溢ルル慈愛心」をもって遇するよう措置を講ずる、とある。しかしながら戦後は一転して、一九四六年四月一五日付厚生省通牒『浮浪児その他の児童保護等の応急措置実施に関する件』（厚生省社会局長、地方長官宛）により戦災孤児の取り締まり、いわゆる「狩込み」が行われていた。

一九四七年七月五日にはＧＨＱの民間情報教育局の肝いりで制作されたラジオドラマ『鐘の鳴る丘』が放送され、戦災孤児が〝更生〟する過程を描いた同作は七九〇回続いた。第二回以降、番組タイトルの後には「此の時間の毎土・日は青少年の不良化防止の問題に取材した連続放送劇『鐘の鳴る丘』を放送致します」といったナレーションが流されていた。

75　終戦直後の一九四五年八月一八日には内務省警保局長から各地方長官に対して、進駐軍兵士を相手にする性的慰安施設や飲食施設、娯楽施設を整備するよう緊急指令が発せられ、二六日には政府主導で特殊慰安施設協会（ＲＡＡ：Recreation and Amusement Association）が結成され、翌日に警視庁が認可している。この時、一億円の予算を内務省から打診された当時大蔵官僚であった池田勇人は、「一億で大和撫子の貞操が守れるなら安いものだ」と語ったと言われている。

ちなみに花代はショートタイムで一〇〇円、泊まりは三〇〇〇円であった。広島でも九月二〇日に広島県特殊慰安協会が結成され、一〇月七日には広島市近郊の船越町、呉市広町、吉浦、厳島《いつくしま》に慰安施設が開設された。しかしながら十分な応募者が確保出来なかったため当時、広島県遊興協会長でもあった山本久雄市議会議長が県費約三〇万円を使い阪神方面にも募集をかけている。公的組織としてのＲＡＡは、性病の蔓延により一九四六年一月一五日に廃止されたが、事実上解散に至ったのは一九四九年四月のことだった。

76　当時の地名が西巣鴨（現・東池袋）であったことからこのように呼ばれた。跡地には、日本初の複合都市施設サンシャイン60が建っている。ちなみに東池袋中央公園の辺りに絞首台があったと言われている。

第三章　百メートルの助走

驟雨。人いきれに満ちたJR広島駅から一歩、外へ踏み出すと、この時期にしては酔狂な台風が少々手荒く出迎えてくれた。七十余年という歳月を経て、果たして『十八史略』の言う「南風の薫ずる、以て吾が民の慍《いか》りを解く」となったのかどうか、この目で見届けるべく、筆者がこの地に降り立ったのは二〇一五年（平成二七年）、大型連休の喧噪が足早に通り過ぎ、街がほっとひと息つく時候であった。その頃、遠く離れた米ニューヨークの国連本部では、効力発生後四五年を経て初めて、核兵器禁止条約の可能性を本格的に議論する核拡散防止条約（NPT）の再検討会議が開催されていた。

「カーン、カーン、カーン」

槌音《つちおと》、と呼ぶにはあまりにも甲高い金属音が、雨音をかいくぐって鼓膜に届く。見れば、駅南口前にはタワークレーンが競うように林立し、建設工事が着々と進められている。一九八一年（昭和五六年）に基本計画が策定された『広島駅表口周辺地区市街地再開発事業』により、駅前の景観は様変わりしていた。

雑然としたありし日の街並みは跡形もなく撤去され、正面のAブロックには一九二九年に創業された老舗百貨店『福屋』の広島駅前店がすでにオープンし、Bブロックには地上五二階、地下二階の再開発ビル、左手に位置するCブロックでも総事業費約三〇〇億円をかけて建設が進む、こちらは高さ一六七メートルにも達するというインテリジェンス・ビル『グランクロスタワー広島』が最終工期に差し掛かっていた。[1]

老朽化が進む広島駅ビル[2]もまた、二〇二五年を目指して大規模な改修工事が施されるという。

ほんの数年前までCブロックは、愛友《あいゆう》市場と呼ばれていた。「すきですヒロシマ I you mart」「心の通う

買物横丁　愛友市場」と掲げられた入口から、狭い路地が迷路のように入り組み、間口の狭い商店や飲食店、スナックや雀荘が、肩を寄せ合うように軒を並べていた。

かつて訪れたこの地では、威勢のいい売り子のダミ声が、所々裂けて破れたアーケードの天幕に谺していた。ホルモン焼きが自慢の『愛友連合 平和園』のガラス戸を引き、肩をいからせながら出て来た咥《くわ》え煙草の中年男が紫煙に目を細め、神経質にアイラッシュをしばたたかせる金色に髪を染めた少女と、下卑た笑いを上げながら『広島市場』へと消えて行った。

『酒井商店』に『上森鮮魚店』。庶民の台所に掲げられたキャンバス地の日除けには、手書きの「tuna テュナ　octopus オクトパス」といった色褪せた文字が躍っていたことを、今でも昨日のことのように覚えている。それは、筆者が幼少期には神戸・三宮のガード下で、学生時代には米海軍第七艦隊旗艦の母港である横須賀のドブ板通りで慣れ親しんだ、戦後という時代の最期の残滓《ざんし》を含んだ、あのすえた匂いが漂う光景であった。

戦後間もなく、この一画に初めて闇市が立った。荒神《こうじん》市場と誰からともなく呼ぶようになった。かつては日の丸の小旗を打ち振りながら出征兵士を見送り、白木の箱に収められた英霊の遺骨を出迎えた広島駅前には、被爆からわずか数日後には商いをする者が現れた。[3] 筵に品物を並べ、一〇日も経つと露天の数は二〇、三〇にもなり、秋口ともなれば水産物や青果、鶏卵など一部食料品の統制が緩和されたこともあり、生活必需品を求める人々でごった返すようにもなった。

雑炊に玄米パン、スイトンもあれば臓物煮込みもある。金さえ積めば銀シャリ[4]だって食えた。衣服も、軍の放出品やGHQの横流し品から仕立ての良いスーツに至るまで選り取り見取り。臓物故買《ぞうぶつ》は当たり前。大日本製薬（現・大日本住友製薬）が販売していたメタンフェタミン系の覚醒剤ヒロポン[5]も、品不足のため八一円五〇銭の公定価格（注射一〇本入り）を遥かに上回る一〇〇円以上にまで高騰してはいたものの、望めば簡単に打つことが出来た。元手などあろうはずもない戦災孤児[6]たちはシケモクを拾い集め、小さな手で巻き直しては売り歩く。酒は、〝バクダン〟と称されたメチルアルコールを加工した粗悪品が人気を博し、荒くれ者たちの喉を灼いた。ダイナマイトでさえひと言囁けば、密漁労用のものが一本一〇〇円でどこからともなく手元に届けられた。[7]

戦艦大和を建造した呉海軍工廠造船部で技師をしていた父・逸見を原爆で、ほどなくして母・文子と弟を病で失い、妹も養子に出された加藤英海《ひでみ》は、疎開先の可部町から九歳の身空で家出する。戦災孤児の行き着く先は荒神市場。

「磨かせてつかぁさい」

進駐軍相手にせっせと靴を磨き、目端が利いた英海は駄賃の代わりに当時は貴重だった砂糖をせしめた。弟分に小豆を集めさせると、孤児仲間と輪になりお団子遊びの要領でこねくり回し、おはぎを作る。

「皆、甘いもんに飢えとりましたけえね。飛ぶように売れた。そりゃ楽しかったですよ。自由がこげにええもんかと思いよりました」

市内のみならず山口県光市の縁戚へもたらい回しにされ、〝いらん子〟として虐められ、ひもじい想いをしたその後の一〇代と比べると、英海にとって荒神市場で過ごした数年間は、まさに「右のポッケにゃ夢」があり、「左のポッケにゃチュウインガム」がある光り輝く日々だった。[8]

当時、この闇市は神農会秋月一家の流れを汲む祐森《ひろもり》松男の身内だった村上三次を親分とする村上組によって仕切られていた。[9]また戦前、広島の大親分として名を馳せた渡辺長次郎に繋がる天本菊美《あまもときくみ》の若い衆であった岡敏夫率いる博徒系の岡組が勢力を二分していた。

荒神市場は後年、大ヒットを記録した映画『仁義なき戦い』シリーズの第二作『広島死闘篇』（一九七三年）の舞台（現・南区松原町界隈）ともなるわけだが、戦前・戦中の広島は決して抗争事件が多発するような荒んだ土地柄ではなかった。軍都たる広島の治安は極めて平穏で、規律も保たれていたため、ならず者がお天道様のあたる場所を跳梁《ちょうりょう》する余地などどこにもなかった。

一例を挙げれば、原爆によって命を落とした渡辺組長は戦時中、組員を全員、軍需工場の朝日兵器へ奉公に通わせていたが、「御国のためじゃけぇ」と言って給金は一切受け取ろうとせず、「それじゃあ困るけぇ」と工場長が持参した二万五〇〇〇円を倍額にして、「これで朝日兵器の名前で飛行機を作る足しにでもしてくれや」と、献金したとも噂されていた。

英海もまた、岡組の若衆として人望があり、次期組長とも目されていた網野光三郎[10]に、「いつまでもこいらをうろついとらんと、真面目に働けえ」と諭され荒神市場を去ると、やがて市の臨時職員となる。

広島県立広島第二中学校（現・広島県立広島観音高等学校）中退の身でありながらも、面接官の温情により一九六〇年に晴れて正規採用されると、広島の戦後復興に心血を注ぐこととなる。

「そりゃあね。最低でも高卒であることが採用基準じゃったから、今では許されんことじゃろうが、わしのようなもんにも目をかけてくれる人がおってんことが嬉しゅうてね。恩に報いようと、それからは死ぬ気で働きよりましたよ」

古き良き時代、いまだ俠気が生きていた。

英海は長年、都市整備局に籍を置き、自ら現場に赴き戦後処理を担った。住宅営団によって広島城の城郭部にあった野砲兵第五連隊や輜重兵《しちょうへい》第五連隊、広島陸軍病院の跡地に建てられた簡易住宅には、家財一切を失った生活困窮者や引き揚げ者、在日韓国・朝鮮人、中国人らが移り住み不法占拠していた（最大九〇〇戸、一一三五世帯）。衛生状態が悪く火災も頻発したため、市民からは「原爆スラム」と陰口を叩かれ蔑視されていた中区基町《もと》の本川沿いに密集していたバラックへ、彼は毎日のように出向いては辛抱強く立ち退き交渉を行う。辞令が出ると皆、翌月には辞職願を出すほどの苛酷な役回りであった。

「広島が復興するためには、誰かがやらにゃあいけん仕事じゃった。毎日、記者さんからは夜討ち朝駆けを受けましたし、見るからに怪しいもんが家の周りをうろついとった。家族にしてみりゃ、そりゃあ地獄だったでしょうな」と、英海は豪快に笑った。

運命の巡り合わせ。都市整備局長にまで登り詰めた彼に与えられた最後の大仕事は、広島駅前の再開発事業であった。難航を極めていた地権者との交渉を打開するため、就任間もない平岡敬市長が英海に頭を下げた。最後のご奉公。定年後も、広島市を筆頭株主とする第三セクター方式によって設立された広島駅南口開発の社長として彼は、〝シューシャイン・ボーイ〟として身を立て、自らの原点ともなったこの地に舞い戻り、荒神市場が変わり行く姿を間近で看取った。

「都市計画という意味では、このプロジェクトが最後になりますけぇ。広島の戦後がようやく終わったとも言えるでしょうな。初めから終わりまで立ち会えたんは幸いじゃった。悔いはありません」

敗戦によって軍が消滅し、国民義勇隊も解散。[11] 真空地帯となった広島、そして呉は一転して無政府状態と化す。闇市では、盗みや喧嘩は日常茶飯事。殺人や放火となって初めて人の噂に上る、といった有様であった。犯罪発生件数も一九四五年には七一万件余りだったものが、翌年には約一三八万件にまで跳ね上がっている。

年を越すと、日本の敗戦に伴い〝日本臣民〟であることから解き放たれた在日朝鮮人や中国人、台湾人の中には、「もはや日本の主権に服する義務などない」と主張し、闇物資の仕入れルートを押さえ、我が物顔で荒神市場を練り歩く者も現れた。

一九一〇年（明治四三年）の日韓併合により、広島県朝鮮人被爆者協議会の調べによると、戦争末期の広島には五万二〇〇〇～五万三〇〇〇人もの人々が軍人や軍属、徴用工、動員学徒または一般市民として強制的または経済的な事情により朝鮮半島から移り住んでいたが、『リトル・ボーイ』によりそのうち約二万人もの命が失われた。[12] 李氏朝鮮の末裔であり当時、第二総軍司令部の教育参謀中佐でもあった李鍝《イウ》殿下もそのひとりであったが、敗戦により三五年間にも及んだ日本の植民地支配に対する怨念、遺恨がこの街角においても勢い噴出する形となった。

岡組は日本刀や短刀を肌身離さず携帯していたが、相手は拳銃や自動小銃まで懐に忍ばせている。武装した自前の保安隊を組織し、取り締まりの妨害行為も厭わない彼らには警官も手が出せずにいた。[13]

そもそもGHQが一九四六年二月一九日に『刑事裁判管轄に関する総司令部覚書』を発するまで、これら〝解放国民〟の処遇や犯罪行為への対処法さえ定められていなかったことが警察を及び腰にしていた。たまらず県警察本部は、岡組に仲裁を依頼する。

「よう、わかりゃんした。わしがひと肌脱ぎますけぇ」

威勢良く啖呵《たんか》を切った岡組長は丸腰で、たった一人で広島駅にほど近い朝鮮連盟の事務所に何度も足を運び、直談判に臨んだ。その間、夜陰に乗じて二度も何者かに切りつけられたが、「大したこたぁありゃせん」と医者は呼ばず、たじろぐことなく門を叩き、粘り強く差しの話し合いを続け、遂には平和裏に彼らを宇品まで引かせる手打ちに持ち込んだ。また、華僑連盟の張水木とは、兄弟分の盃を交わすといった離れ業をも演じ、彼は三二歳にして男を上げた。

「チンチンチン」

一九四五年一〇月一一日には広島電鉄（広電）が、単線ながらも市内の大動脈である山口町[14]（現・中区胡町周辺）と広島駅前とを結んだ。職員が戦地や疎開先から復員して来た九月まで、六五〇形電車の運転士として制動把手を握っていたのは、いずれも広島電鉄家政女学校に学ぶ一〇代の、まだお下げ髪が似合う少女たちであった（約三〇〇名の生徒のうち三〇名が被爆死）。

広電の社章が染められた純白の鉢巻きをきりりと締め、〝一番電車〟に車掌として乗務した当時一六歳（二年生）の堀本春野は上司から、「お金がない人からは（運賃を）取らんでええけえ」と、指示されたという。

あらゆる建造物が焼失してしまった市内では、路面電車の鉄路が生死の境を彷徨いながら家路を辿る人々の道しるべとなり、躓《つまず》きながら走る小さな車両だけが挫《くじ》けかかった人々の仄かな希望を繋いでいた。皆が、生きることに必死の時代だった。見栄や外聞など気に掛ける者などひとりもいない。真っ裸の欲望をギラギラとさらけ出し、丸坊主にされたすってんてんの時代に誰もが徒手空拳で立ち向かっていた。信三らが推し進める都市復興計画が「表通り」であるならば、この荒神市場は、いわば名も無き市民たちが明日をも知れぬ命を張った「裏通り」であった。

駅前通りを南へ。ようやく雨が上がった。傘を畳み、比治山を左手に眺め、被爆による倒壊を免れた六本の橋のひとつである鶴見橋を渡ると、一気に視界が開け、やけに道幅の広い道路に行き当たる。
平和大通り[15]。真っ直ぐな一本道。元安川、太田川、天満《てんま》川を跨《また》ぎ、鶴見橋西詰から新己斐橋東詰まで、デルタ地帯を東西に貫く最高幅員一〇〇メートル、全長三・八キロの幹線道路である。フランスはパリのシャンゼリゼ大通り、東アジアであればタイの首都バンコクのラーマ四世通りやベトナム最大の都市ホーチミン市のグエンフエ通りを思い起こさせる整然としたランドスケープ。名称が示す通りこの道路は、戦後広島の復興を象徴する一大公共事業となった。中央部に設けられた緑地帯（グリーンベルト）に生い茂った街路樹から零れ落ちる陽光が薫風に揺れ、雨上がりの広島にも一条の光が差した。

この道路は計画当初、『百メートル道路』と称されていた。元・内務省計画局の第一技術課技師であり、当時は広島県土木部都市計画課長に任じられていた竹重貞蔵は、一九四六年一月二一日の『中国新聞』紙上において早くも、「道路の幅員は四〇乃至五〇メートル、例外的に幅員一〇〇メートルといふ〝長い公園〟といったやうなものも出来る」と語っている。[16] 一九五五年には日本住宅公団宅地部長となり、高度経済成長期を象徴する団地やニュータウンの開発・整備を手掛けた彼の公共の精神が、この地、広島で育まれたことがよくわかる。

また、一六一〇年（慶長一五年）、名古屋開府に伴い碁盤割の街路が整備され、一六六〇年（万治三年）には、現在に繋がる広小路を作った歴史を持つ名古屋からやって来た長島敏も、諸手を挙げてこれに賛同し、『百メートル道路』案は一九四六年二月二五日に発表された都市計画案の目玉として盛り込まれた。

もっとも、この広幅員道路といった構想自体は広島のオリジナルというわけではなく、すでに一九四五年一二月三〇日に閣議決定された戦災復興院の戦災地復興計画基本方針にも示されていた。同案「四、主要施設（一）街路」の（ハ）項には、「必要ノ個所ニハ幅員五〇米乃至一〇〇米ノ広路又ハ広場ヲ配置シ利用上防災及美観ノ構成ヲ兼ネシムルコト」と記され、防災を兼ねた街路網の整備が推奨されている。

しかしながら戦災復興院計画局土木課がまとめた特別都市計画街路幅員別調書によると、一〇〇メートル幅員街路は全国二四路線（東京・一三、横浜・二、大阪・四等）で計画されていたにもかかわらず、一九四七年一一月の段階でさえ、戦後のハイパーインフレーションの煽りを受け、物価が急激に上昇したことから、実際に整備されたものは名古屋の久屋大通と若宮大通[17]、そして広島の平和大通り[18]の三路線だけであった。

平和大通りを西へ。三川町から中町へと歩を進める。着工当初は、「先々、米国に報復攻撃を仕掛けるための滑走路となるに違いない」とも囁かれた直線道路である。

著名な日系アメリカ人彫刻家イサム・ノグチがデザインし、自ら『つくる』と名付けた欄干を愛で、平和大橋を渡ると、右手には平和記念公園が広がり、後に東京オリンピック国立屋内総合競技場（国立代々木競技場）を手掛けた日本を代表する建築家・丹下健三[19]が設計した広島平和記念資料館の均整の取れたフォルムが目に飛び込んでくる。

公園のほぼ中央に据えられた「原爆犠牲者を雨露から守る」ために埴輪の家屋を模したと健三が言うアーチ状の原爆死没者慰霊碑からは、北東の方角への一直線上に位置するあの広島平和記念碑、一九九六年にユネスコ世界遺産委員会により文化遺産に登録された原爆ドームが、その半円に切り取られた空間にすっくと浮かび上がって見える。

原子爆弾の凄まじいばかりの破壊力、通常兵器とは比べようもない圧倒的な残虐性を〝あの日〟、〝ここ〟に居合わせなかった我々が実感する術はない。平和記念公園に姿を変えたこのエリアを含む爆心地から半径五〇〇メートルの市街地には、かつて約二万人の市民が生活を営んでいた。一九六六年にＮＨＫ広島放送局が中国地方向けに放送したドキュメンタリーカメラリポート『爆心半径５００メートル』がきっかけとなり、爆心地図復元運動が巻き起こる。聞き取りは、ほんの、たった二〇年ほど前に、「この道のあの角には□□商店があってな、△△ばあさんが店番しとった。あそこの次女で◇◇女学校に通っとった〇〇ちゃんは別嬪《べっぴん》さんじゃったなぁ」といった類の他愛もない問いかけである。にもかかわらず、取材は困難を極めた。なぜならば番組制作当時、わずか一〇名余りしか生存者を見つけ出せなかった[20]からだ。殲滅。原爆はこの地から人を、街を一瞬にして葬り去り、「記録」のみならず「記憶」までをも道連れにした。

ひっきりなしに到着する観光バスから降り立つ小・中・高校生、「Anti-Atomwaffen（核兵器反対）」などと書かれた派手なＴシャツを着込み、デイパックを背負った外国人観光客らの姿は、今やこの地の日常ともなった。

慰霊碑に歩み寄り、神妙な面持ちでしばし手を合わせると、一様にこれで旅の責務は果たしたとばかりにふわりと安堵の表情を浮かべ、おもむろにスマートフォンを取り出し満面の笑みで記念写真の撮影に興じる。合掌がピースサインに取って代わられる。足下に遺された骨が音もなく、軋む。一方で、公園内における集会は厳しく規制され、幾つもの防犯カメラが聖域を侵す不届き者に目を光らせてもいる。ここは広島、原爆都市。どこの観光地でもお馴染みの光景にここでも出会うことができる。

毎夜三昧の音が流れ

太田川が元安川と本川に分岐する中州一帯は、かつて、〝慈仙寺の鼻〟と呼ばれていた。中島本町（現・中区中島町一丁目）の、ちょうど現在は氏名不詳の約七万柱と氏名は判明しているものの引き取り手のない八一五柱の遺骨が納められている原爆供養塔が建つ辺りにあった[21]浄土宗西山禅林寺派の古刹・慈仙寺の名を取り、三角州が鼻の形に似ていることから、この愛称で親しまれていた。

二〇一五年八月、〝原爆の日〟を数日後に控えた午後に取材した、九三歳を迎えた第二〇世住職・梶山仙順によると、同寺の創建は、「四〇〇年以上前になりますな。関ヶ原合戦の論功行賞により尾張国清洲の城主であった福島正則が、それまでは毛利領であった安芸・備後に入国した際に帯同したと伝え聞いとります。原爆によって本堂は一瞬にして燃え落ちてしまい、薪割りをしていた父も、洗濯をしていた母も亡くなりましたが、ご本尊様と過去帳だけは疎開させていたため辛うじて焼失は免れました」という。

「敷地面積は三六三〇平方メートル。本堂だけでも九九坪はありましたし、檀家も多かったのですが、原爆によって半数近くが亡くなられました」

昭和初期に歓楽街は東の新天地へと移ったものの、江戸時代には西国街道として整備され、大名行列も往き交ったという〝慈仙寺の鼻〟は、往時を偲ばせる風情ある佇まいを醸し出していた。県庁が置かれ、県立広島病院もあり、天神町の川端を彩る木造三階建ての割烹旅館『天城』からは毎夜、三味の音が流れ、商社員や将校らが宴に興じていた。

そんな中島地区も一面の焼け野原となり[22]、一九四六年二月の復興審議会における「爆心地に公園・記念施設を計画すべし」との提案が受け入れられ、当初は戦災記念公園なる名称で六月二四日に、防災や緑化を目指した土地整備計画案として採択された。審議会がこの地域を選択した理由は、爆心地にほど近いことと併せて、「水都」という広島本来の特色を活かした臨水公園を作るといった基本構想に基づいてのことだった。新生広島を体現するこの緑豊かな公共エリアは、平和大通りと並んで都市復興計画の柱ともなった。

平和記念資料館の図録が「原爆の惨禍からよみがえったヒロシマの願いは、核兵器のない平和な社会を実現することです」と記すこれら一連の、後に「平和」の文字が冠されるモニュメント群はすべて、一九四七年三月に至るまで二一回にわたって開かれた復興審議会において、委員らが朝な夕なに知恵を絞り合い、幾度も重ねた議論の賜物であった。

とはいえ、戦前は勧商場、集散場として栄え、広島市民の誇りでもあった旧市街、中島地区である。土地区画整理によって半強制的に立ち退きを余儀なくされる住民たちの反発は強かった[23]。計画では、焼失市街面積約四〇〇万坪のすべてについて一九五〇年までに区画整理を執行する、という前代未聞の規模が示されていたため是非ないことであろう。『中国新聞』（一九四六年一二月二日付）にも読者から、「たとへ舗装せる道路の碁盤の目のやうに完成し、鉄筋コンクリートの銀行やデパートができてもそこに住む住民が相変らず食糧難に苦しみ生活が安定せず栄養失調になってふらふらしてゐるとしたら決して広島市の復興ができたとはいへまい」といった投書が寄せられている。

また、実際に地権者との折衝にあたった市職員の藤井昭之助も、「今では復興事業の結果、当然にできたように思われるが、公園、幹線道路等、特に中島町の平和公園や百米道路の用地には全て大小多くの地権者がいたわけで、これらの土地の位置、地積、利用状況、環境等が照応する場所を考え所定の減歩をしたうえ本人の意志を聞く事なく換地を定めていく難しさ、結果に対して権利者からの不服の申し立てに理解を得るための説明や、止む無く変更を余儀なく行う等、それはとても大変なことであった。今日では、このような膨大な土地の交換分合は恐ろしくてとてもできないであろうと思う」（「『廣島』と『ヒロシマ』の間―平和記念公園の史的研究―」岸佑）と、その苦労のほどを述懐している。

事実、代替地を用意されたところで、それらの多くは飛換地であったため、住民たちは生活環境の再構築はもとより、商売替えさえ迫られる事態に陥っていた[24]。

当時、旭町（現・南区旭一丁目）にあった助役の浜井信三宅にも、連日のように計画の見直しを求める陳情客が押し寄せた。中には、地権者に雇われたのだろう。これ見よがしに彫り物の入った二の腕をひけらかし、ドスの利いた声で迫る闖入者もあったという。

信三の長男であり、酸化チタンを用いた商品開発に長年携わり、大野石油店の顧問として八三歳まで勤め上げた浜井順三は、「怖かったですね。襖《ふすま》一枚隔てた居間から『おんどりゃあ命が惜しゅうないんか』だとか、『奥さんがひとりになってもええんか』といった怒鳴り声が聞こえて来るんですから。家族で抱きおうて震えとりました」と、当時を振り返る。

それでも信三は気後れすることなく、「まぁ、そういきり立っとらんとそこに座りんさい。あんたらも広島もんじゃろうが。ピカの時はどこにおったんじゃ。わしもここにおったけぇ、皆の辛い気持ちはよぉわかる。ほんじゃけぇ、この計画は曲げるわけにはいけんのじゃ。あんたらだけじゃのうて、あんたらの子らのためにも今、わしらがやらにゃあいけん」と静かに諭すと、おもむろに粗末な仙花紙《せんかし》に描かれた計画図を卓袱台に広げ、「ほら見てみんさい」と懇切丁寧に、時には嬉々としてプランを説明してみせた。

真剣そのものの信三の眼差しに毒気を抜かれたならず者たちは、知らず知らずのうちに彼のペースに乗せられ、やがて、「いや。それはこっちへ移した方がよかろうが」だとか、「この道はもう少し広う取らんと不便じゃけぇ」などと意見するようになり、遂には、「夜分遅うご迷惑おかけしました」と、頭を下げて帰って行ったという。

街にはいまだ腹を空かせた野犬が徘徊し、夜道は石を握って歩かなければならなかった時代である。順三は、「それはやはり肝の据わり方が違っていたからでしょうな」と、在りし日の父を偲ぶ。「本当は学者になりたかったというだけあって、理路整然とした物言いには説得力がありましたよ」という信三の語り口の妙は、第一高等学校時代にはすでに備わっていたようで、弁論大会で国粋主義者らと対立した良識派が一高刷新会を結成し、正門前にあったミルクホールよし松で議論を闘わせた際にも、同級生であった永村盛一（元・汽車製造常務取締役）によれば、「一きわ野太くよく通る声で落ち着いて語りかける一学生に座は静まった。底力のある調子で暴力否定、民主主義を守る言論の自由を訴えるこの語り手は、実に浜井君であった」（『濱井信三追想録』濱井信三追想録編集委員会編）という。

とはいえ信三は、決して雄弁家というわけではなかったようだ。信三の甥にあたり、二〇一七年まで市内の『砂本内科』で診療を続けていた砂本忠男は、「叔父はとにかく演説は下手くそでしたね」と、笑う。「それこそ大学教授の講義のように一本調子で話すものだからまったく面白味がない」良く言えば謹厳実直、悪く言えば棒読みといったところであろう。

順三は続ける。

「ただ、市民は本当によう頑張った。よう辛抱した。代々住み慣れた土地を手放すわりですから、それはもう苦渋の選択であったに違いありません。立場は違えども、皆が一生懸命に生きていた。市民が涙を呑んで個々の利益ではなく、この復興計画に広島の未来を託した、ということだと思いよります」

一四〇ページにも及んだガリ版刷りの構想案のあとがきには、「人間の心に、いつの日か戦争への意欲が湧いたとき、この都市のことが思い出されるように。そしてこの都市がいかにして平和都市として創造されていったかを」と記されていた。まさに皆が、揃って上等な心根を抱いていた。

どこにもありゃあせん

戦後の混乱により新たな行政プロセスがまだ整っていなかった当時は、一九一九年（大正八年）に制定された都市計画法に基づき、当該市町村が作成した原案を、都市計画広島地方委員会が審議・決定し、広島県担当課と内務省が同案の事務的処理を行い、内務省の官報告示（戦後は戦災復興院告示）によって最終決定されるといった手順を踏まなければならなかった。

広島市は、一九四六年九月一一日に公布された特別都市計画法（昭和二一年法律第一九号）により全国一一五都市と共に「戦災都市」に指定される。これを受けて同月一六日に開かれた第三九回都市計画広島地方委員会において『広島復興都市計画道路決定の件』が初めて提示され、ほぼ原案通り一〇月四日に戦災復興院告示第一九八号として官報に掲載された。これに続いて『広島市勢要覧』（昭和二一年版）が、「本事業は単に土地整理を行ふのみでなく、補助街路、小公園（区画整理公園と云ふ）等の設置も併せて行ふもの」と規定した土地区画整理についても戦災復興院告示第一九九号として告示され（一〇月九日）、公園緑化計画についても第四〇回委員会で審議・決定されたことで終戦から一年余りを経て、ようやく復興計画の概要、新たな広島の〝見取り図〟が定まった。
問題は、金である。そんな大事業を成し遂げる資金など、一体どこにあるというのか。「どこにもありゃあせん」というのが、小学生にでもわかる算盤《そろばん》勘定であった。
木原七郎市長は、再三にわたり市議団を率いて上京し、政府に特別補助懇請を行ったが、戦災復興院や大蔵省の役人たちはまるで口裏を合わせたかのように、「いやね。お気持ちはよくわかりますよ。でもね。ご承知の通り、被災したのは広島だけではないんですよ。国としては、全国の復興を分け隔てなく支えて行かねばなりません。広島市だけを特別扱いするわけにはいかんのです。出せるものなら出して差し上げたいところですが、国も財政が逼迫《ひっぱく》しておりまったく余裕がない、というのが正直なところなんですわ」と、通り一遍のお題目を並べるばかりで、一向に埒《らち》が明かない。[25]
それもそのはずで、空襲を受けた都市は全国二一五にも及び、[26]最も甚大な被害を蒙ったのは言わずもがな帝都たる東京（死者数約一一万七〇〇〇人）で、その被害地域は全国の罹災地域の二六・八パーセントを占めていた。広島は、原爆投下に至るまで空襲による被害が極めて軽微であったがために罹災規模は大阪、名古屋、横浜、神戸に次ぐ六番目に位置していた。当然、首都の再建が最優先事項であろう。前述した小林総裁の「地方の自力復興」といった指針も障害となったに違いない。GHQの見解も要は、「もしこのような要求を認めると、他の戦争被災都市からも同じような要請が出る」といったつれないものであった。

がしかし、米国にとっての禁忌であった広島、長崎への原爆投下に対して世事に長けた官僚たちは、敢えて関わりを持つことを避けたとも考えられる。触らぬ神に祟りなし。

かつては翼賛政治会の一員として幅を利かせ、エリート官僚たちを鼻であしらっていた七郎ではあったが、彼らは一地方都市の首長に〝成り下がった〟七郎の言うことなど、もはや歯牙にもかけず、耳も貸さない。因果なものである。七郎は老境に入って初めて、国家というものの非情、地方都市の悲哀を身に滲みて知ることとなる。

東日本大震災が、同じく市町村を潰滅状態に陥れた未曾有の大災害であったことは言をまたないが、被害が東北三県に集中していたため、広島、長崎のケースとは異なり政府による復興支援の分散は避けられた。政府は震災発生直後の二〇一一年度から二〇一五年度までを集中復興期間と位置付け、総額三三兆四九二二億円を予算として計上したが[27]、これは阪神・淡路大震災後の一〇年間に投じられた一六兆三〇〇〇億円の二倍に相当する[28]。また、復興関連事業がバブル景気を生み出したため、例えば宮城県においては集中復興期間が終了した二〇一五年度の県税収入は三〇六二億円ともなり、村井嘉浩知事が提唱する創造的復興を推進する財政基盤を作ることもできた。

被爆地である広島、そして長崎が味わった二重の悲劇は、その被害の深刻度にもかかわらず政府、そしてGHQの意向により東京を始めとする各自治体との横並びを強いられたことに起因している。

こうした広島の戦後の窮状は、かつて日本一の規模を誇った広島城の主であった福島正則の苦境を思い起こさせる。

関ヶ原合戦において東軍の先鋒として武功を立て、安芸備後四九万石（現在の広島城）を徳川家康から賜り広島入りした正則だったが、一六一七年（元和三年）に発生した台風によって引き起こされた洪水により城内は浸水、石垣も破損し、甚大な被害を蒙った。

正則は、家康の信任が厚かった本多正純に城郭修理のお伺いを立ててはいたものの、許可を得ずに工事を始めたことが、第二代征夷大将軍となっていた徳川秀忠の逆鱗に触れる。家康の命により秀忠が一六一五年に発布した武家諸法度の「一、新規之城郭構営堅禁止之、居城之湟累・石壁以下敗壊之時、達奉行所可受其旨也、櫓・城門等者如先規可修補事」に背く、つまりは〝お上〟の意向に従わない〝うつけもの〟と正則は看做《みな》された。一地方都市にいちいち特例なんぞ認めていたのでは、中央集権国家は成り立たない。しかしながら城は戦国武将の顔である。正則は、「無断修理の箇所を破却すれば罪は問わない」といった妥協案をあっさりと蹴り、申し訳程度に石垣を壊し、武士の一分《いちぶん》を守った[29]。

窮鼠《きゅうそ》猫を噛むではないが不思議なことに、人間というものは時として苦境に陥ると突拍子もない妙案に恵まれもする。七郎は、「こん畜生め！　どう転んだところで金は出せんというのであれば、どうじゃ浜井君。補助金の代わりに、市内に散在しとる旧軍用地を無償で市に譲ってもらおうじゃないか」と、画期的なアイデアを捻り出した。施政方針演説ですでに七郎自身が言及していた方策が、窮余の一策として再び浮上した。
「なるほど。これはもしかすると、もしかするかも知れない」
信三は、七郎の落ち窪んだ眼窩に、依然として爛々と光を放つ両の眼をじっと見つめると、深く頷いてみせた。

師団司令部・歩兵旅団司令部が置かれた都市は全国に二六ヶ所あったが、伝統ある軍都、広島市内に点在する陸軍省（第五師団）所管の軍用地面積は、陸軍省統計年報によれば二一二四ヘクタールにも及び（一九三七年三月末）、明治維新によってそれまでの用途が消滅した広島城址に置かれていた中国軍管区司令部を始め、市街地にその大半が集中していた（旧市域の約二〇パーセント）。これを市が譲り受けられるともなれば土地区画整理事業にかかる労力、費用も大幅に軽減される。[30]
「やりましょう。これが実現すれば復興の突破口となり得ます」

明治以降、国の財政支出の主要部分を占めていた軍事費は積もりに積もり、旧・大日本帝国陸海軍省が保有していた財産は膨大なまでの額に達していた。[31]終戦に伴い政府は一九四五年八月二八日の閣議決定『戦争終結ニ伴フ国有財産ノ処理ニ関スル件』で、「陸海軍所属ノ土地兵舎其他ノ施設等ノ国有財産ハ速ニ大蔵省ニ引継キ大蔵省ハ之ヲ戦後ニ於ケル食糧増産其ノ他民生安定及財政上ノ財源等トシテ活用スルコトヲ期シ之カ適実ナル管理運用及処分ニ当ルモノトス」との方針を明らかにしていた。

しかしながら、これら普通財産となった軍財産はＧＨＱの管理下に置かれることとなったため、大蔵省が自由に転活用することは許されなくなってもいた。しかもＧＨＱが財産返還の受領機関を内務省と定めたことにより、内務省（地方庁）と大蔵省（財務局、管財支所または出張所）を跨ぐ管理体制の二元化が生じただけではなく、食糧増産を目的とした農地や学校、病院施設への転用が最優先されたため、七郎らの思惑に反して旧軍財産の処理は遅々として進んではいなかった。

一九四六年一一月一九日には、第一次吉田内閣に大蔵大臣として入閣していた石橋湛山《たんざん》が地方巡視の折、広島にも立ち寄ることとなった。湛山は、戦前は大正デモクラシーの息吹を今に伝える論客として『東洋経済新報』を率い、内務省の監視にも屈することなく民主主義の意義を声高に唱えた。戦後も戦時補償の打ち切りや終戦処理費といった諸問題でＧＨＱの経済改革担当部局であった経済科学局（ＥＳＳ）とことごとく対立し、その恐れ知らずの言動から〝心臓大臣〟と呼ばれたほどの剛の者である。

その日、七郎は心労が祟り、持病の十二指腸潰瘍を悪化させ広島赤十字病院に入院していた。主治医からは絶対安静を言い渡されていたが、「こがいな千載一遇の機会に、市長が寝込んどるわけにはいけん」と、病状を気遣い押し留める家人を一喝すると、紋付羽織を用意させ、仙台平の袴の紐をぐいっとばかりに締め上げ、痛む横っ腹を両の手で押さえながら、何と担架に乗って登庁した。

「石橋先生、当局には再三にわたり陳情を試み、政府はこれを取り上げてもくれましたが今日に至るまで、何ら特別な扱いをして貰ってはおりません。不肖、至らぬところではありますが、どうか他とは異なる広島の窮状をお察し頂き、特別な戦災都市として取り扱いして頂きますようお力添え願えませんでしょうか」

大蔵大臣といえば、国の金を握る大物である。七郎は、湛山が喜ぶとなれば、心にもない美辞麗句をなりふり構わず並べ立てたであろう。湛山が望めば、裸踊りのひとつもやってみせたかも知れない。

しかし、担架に横たわり、額に脂汗を滲ませながら切々と広島の実情を訴える七郎の、鬼気迫る顔貌に感動を覚えた湛山は、「よーっくわかりました。体に気をつけられて、決して無理をなさるな。軍用地払い下げの問題は、私が責任をもって、ご希望に添うように努力します」(『よみがえった都市—復興への軌跡 原爆市長』浜井信三)と応じ、「もし法律を変える必要があれば、それもいといません」(前掲書)とまで言い切った。

わずか一〇分足らずの面談ではあったがこれを聞いた随行員らは、溢れ出る嗚咽をどうしても、どうにも押し留めることができなかったという。うんうんと頷きながら七郎の肩にそっと手を置いた湛山は、一枚の色紙を所望すると一枝の梅花をさらさらと描き、「聊贈一枝之春」と讃すると翌日、病院に七郎を見舞い、病床に贈った。

しかしながら七郎らが、最後の頼みと藁をも掴む想いで期待を寄せた湛山もまた、一九四六年一月四日に民政局が発した覚書『好ましくない人物の公職よりの除去(SCAPIN550)』に基づき、「G・その他の軍国主義者・超国家主義者」の汚名を着せられ、一九四七年五月一七日付であっけなく公職から追放される。

　ＧＨＱに楯突いた熱血大蔵大臣との〝契り〟もまた敢えなく反故《ほご》にされてしまった。そうこうするうちに一九四八年六月三〇日、新たな国有財産法（法律第七三号）が制定され、湛山が予見した通り法律を改正するか、特別法を制定する以外、旧軍用地の無償譲渡の道は、事実上絶たれてしまう。[32]またもや、今回も再び、時計の針は巻き戻された。

見えぬけれどもあるんだよ

　広島市庁舎の中庭には、三本の桜が植わっている。紀元二千六百年を記念して一九四〇年に植樹されたソメイヨシノ。被爆により、幹のみを残して燃え尽きてはいたが（被爆桜）、あの日から九ヶ月を経て、穏やかな春の陽光に誘われ、黒焦げとなった樹皮から小さな花弁が、ほっこりと顔を覗かせていた。風光る。

原爆開発・製造計画マンハッタン計画に関わったハロルド・ジェイコブソン博士は、原爆投下直後の八月八日、米『アトランタ・コンスティテューション』紙上で、「実験からは原爆を浴びた地域の放射能は約七〇年は消えない。広島は七五年近く荒廃の地となるだろう」と、広島不毛説を唱えていた。

「あいつは嘘つきじゃ。大嘘つきのこんこんちきじゃ」

　誰に誘われるでもなく集まった職員たちは、辛うじて生き残った桜の木をぐるりと取り囲み、まるで我が子を慈しむかのようにその小指ほどの薄紅色の一片をいつまでも、いつまでも、飽くことなく愛でた。

庁舎裏にあった『小丸』で買い求めた蒸し芋を手にしたままの職員もいたという。まさに詩人・金子みすゞが綴った『星とたんぽぽ』の一節が思い起こされるかのような情景であった。

散ってすがれたたんぽぽの、
瓦《かわら》のすきに、だァまって、
春のくるまでかくれてる、
つよいその根は眼にみえぬ。
　見えぬけれどもあるんだよ、
　見えぬものでもあるんだよ。

（金子みすゞ『永遠の詩1　金子みすゞ』）

そんな恵風が頬を撫でたある日のこと、復興審議会の顧問でもある柿原政一郎《まさいちろう》が、質素な国民服姿でふらりと市庁舎を訪ねてきた。
「浜井さん、折り入って話があるんだが、かまわんかな」
「もちろんです。どうぞおかけになって下さい」
柿原政一郎という名を耳にして、もしやと思った読者もいるかも知れない。そう、我が国におけるフィランソロピー、企業による社会貢献活動の先駆者として名高い前出の大原孫三郎の秘書として、大原財閥が手掛けた社会福祉事業を一手に取り仕切った才人・柿原政一郎、その人である。

孫三郎が率いた倉敷紡績所は一八八八年（明治二一年）三月九日に岡山県・倉敷で暖簾を掲げた。紡績業は明治から昭和初期にかけて我が国の基幹産業として発展し、最盛期の一九二二年には生糸が総輸出額の四九パーセントをも占めるようになり、外貨獲得の花形商品として国家財政を支えた。同社は、鐘淵紡績（現在は解散しクラシエホールディングスへ事業譲渡）や呉羽紡績（現・クレハ）らと並んで十大紡績会社を形成し、文字通り「絹を売って軍艦を買う」時代を象徴する大企業として栄華を極めていた。

二代目当主の孫三郎は「満は損を招き、謙は益を受く」といった堅実な家訓に反して自由奔放な思春期を送っていたが、放蕩生活の末に多額の借金を作り、父・孝四郎から謹慎生活を言い渡されていた折に「児童福祉の父」として讃えられる石井十次と巡り会う。

宮崎県児湯《こゆ》郡上江村馬場原（現・高鍋町上江馬場原）出身の十次は、藩校・明倫堂に学び、医師を目指して一八八二年（明治一五年）に岡山県甲種医学校（現・岡山大学医学部）に入学するが、代理診療医として通っていた岡山県邑久《おく》郡上阿知村の大師堂で、四国巡礼の途上で立ち寄った極貧に喘ぐ母親からひとりの男子の養育を託される。これがきっかけとなり、大道・門田屋敷にあった三友寺で孤児教育会、後の岡山孤児院を起ち上げることとなった（一八八七年）。

同じ頃に岡山基督教会で同志社出身の金森通倫初代牧師から洗礼を受けていた彼は、日本初の孤児院となったこの施設の設立趣意書の中で、天涯孤独となった孤児たちは、「然れども均しく是れ吾人の兄弟姉妹にして、天父の愛子にあらずや」（「石井十次の生涯」大原総一郎）とし、「この吾人の同胞兄弟にして天父の愛子がこの惨状に陥る所以のものは教育なければなり。（中略）必ずや、彼等をして天与の幸福を受けしめ、且つ国家の良民たらしめんがために力を尽してこの不幸なる憐むべき貧困にして父母を離るる孤児弟妹等を救済せざるべからざるなり」（前掲）と、その決意のほどを綴っている。十次、二三歳。ちょうど、大日本帝国憲法が発布された年のことである。

孫三郎は、『国民新聞』（現・東京新聞）を創刊し平民主義を唱えていた徳富蘇峰が、「聖僧の如く、山師の如く、英雄の如く、凡夫の如く、常識者でもあり、非常識者でもある。（中略）しかもこれを総合すれば、独特の存在にして、日本の真男児であった」（前掲）と評した十次と、孤児たちの演奏会で出会う（一八八九年）。岡山孤児院は、濃尾地震（一八九一年）や数年後に東北地方全域を襲った冷害による大凶作（一九〇六年）によって離散を余儀なくされた孤児たちを大量に受け入れ、院児数が一二〇〇名にまで達する大所帯となっていった。

設立当初は、北米初の海外伝道組織であり、同志社英学校（現・同志社）を設立した新島襄《じょう》が準宣教師を任じていた超教派のアメリカン・ボードの支援を仰いではいたものの、懐事情は火の車であった。十次は一計を案じ、寄付金募集と福音伝道を目的に慈善音楽幻燈隊を組織し、院内の様子を伝える活動写真を上映しながら全国を巡回していた。

孫三郎は子供たちが奏でる『越後獅子』や『雪の進軍』、『プロシアン・マーチ』などを堪能した後、牛肉会と名付けられた親睦会で十次と親しく接し、その理念と行動力に感動を覚え、勧められて参加した聖書研究会で社会的使命に目覚め、岡山基督教会で洗礼を受ける（一九〇五年）と、日記に「余がこの資産を与えられたのは、余の為にあらず、世界の為である。余は其の世界に与えられた金を以て、神の御心に依り働くものである」（『企業の社会的責任―日本型ＣＳＲの源流――大原孫三郎と金原明善―』長谷川直哉）と書くまでになった。[33] 覚醒。十次もまた、孫三郎には運命的な出会いを感じ、日記（一九一一年一〇月一日）には「君と僕とは炭素と炭素、合えば何時でも焔となる」としたためたと、宮崎県公式サイト内の「石井十次／宮崎県郷土先覚者」に記されている。

一方、柿原政一郎は一八八三年（明治一六年）、十次と同じく高鍋町道具小路で生を受ける。第六高等学校（一九五〇年に廃校）卒業後、東京帝国大学哲学科に学び、叔父にあたる十次に師事すると、次第に社会福祉活動にのめり込むようになって行った。彼が、当時はまだ「神州の国体」とは相容れないとして、世間からは白い目で見られていた耶蘇教（キリスト教）と偏見なく接するようになった背景には、渡米していた正次が、自由メソジスト教会の北米総会外国伝道局の宣教師であったことも多分に影響している。正次は、若き日の松岡洋右（後に外務大臣として日独伊三国同盟を締結）も感化されたという河辺貞吉と共に、初期における同教団の伝道を支えた功労者であり、後に故郷の高鍋町にも教会を建立している。

しかしながら十次は、二〇代半ばの政一郎を、今はむしろ組織に身を置き見聞を広めることが肝要だと諭し、一九〇六年に家督を相続していた孫三郎に預けた。熱意は買うが、尖ったままでは忍耐を要する慈善事業は全うできない。当初、政一郎は、「元来、社会主義者の自分は金満家の番頭には向かん」と不満を抱いていたが、孫三郎の信念のほどを確かめるべく、「それでは、社会のために大原家の財産をつぶそうというのが、あなたの理想なのですか」と質したところ、「その通りです」と、正面切って答えた三歳年上の篤志家の並々ならぬ情熱にほだされ、彼の片腕となって慈善事業に一身を捧げる決意を固めた。

政一郎は孫三郎の意向を汲み、近代産業の発展に伴い新たに生じた様々な社会問題を調査・研究する我が国で初めての社会科学系の民間シンクタンク、大原社会問題研究所[34]の設立に奔走する（一九一九年）。そもそも同研究所は十次が逝去した後、事業を継承した孫三郎が岡山孤児院の大阪出張所を財団法人化し、石井記念愛染園として独立させ（一九一八年）、園内に救済事業研究室を設置したことに端を発している。

大正デモクラシーの社会的昂揚に敏感に反応し、こうした社会問題を科学的に研究しようといった試みは、中国水力電気会社（現・中国電力）を起ち上げ、中国合同銀行（現・中国銀行）の初代頭取を務めるなど企業家としても超一流の実績を残し、本業の紡績業においては細井和喜蔵が一九二五年に著した『女工哀史』に見られるような製糸工場の劣悪な労働環境が問題視され始めた時代と真摯に向き合った経営者・孫三郎の社会貢献の発露でもあった。[35]

また、十次があくまでも独立採算[36]を目指していたにもかかわらず、運営資金は寄付に頼らざるを得ず、結果的に進退窮まった岡山孤児院のマネージメント能力に常々疑問を抱いていた孫三郎は、「貧困からの救済にも益して、貧困を招かない社会を築くことが大切だ」と冷静に合理性を追求する企業家ならではの立ち位置を見出し、これを実践に移した。いわく、「社会問題を政府の都合などに左右されないで、根本的に研究する施設が必要なことを痛感するようになった。今後はいままでと違って、かなりの決心のもとに社会の研究のために寄付しようと思っている」（「企業家のフィランソロピー活動―大原孫三郎の場合―」大津寄勝典）。

孫三郎が若くして身につけたこの〝ノブレス・オブリージュ〟には、キリスト教が説く隣人愛の教えのみならず、製鉄事業で大成功を収め鉄鋼王と称された米富豪アンドリュー・カーネギーが自著『富の福音』（一八八九年）の中で論じた「財産を墓場に持って行くことは、恥とせねばならない」といった近代資本主義社会における成功者が備えるべき流儀が色濃く反映されている。興味深いことにこの精神は、西郷隆盛の遺訓として知られる「児孫のために美田を買わず」とも相通じるものがある（ちなみに高鍋藩の下級武士であった政一郎の祖父正幸は、西南戦争の折には西郷軍に与し田原坂の戦いで戦没している）。

孫三郎の膝元で修業の日々を過ごした政一郎は、一九一四年には中国民報社の社長兼編集局長となり、一九二〇年には立憲政友会から出馬し、衆議院議員となる。十次が天から授かり、孫三郎が育んだ社会変革の申し子が政一郎だった。一九三五年には宮崎市長、その二年後には宮崎県議会議員、またその翌年からは四期にわたり無給で高鍋名誉町長を務めるなど、彼は国政から村の寄り合いまでをも知り尽くした希有な存在であった。そんな政一郎が広島に居を構えたのは一九二四年前後、国政から退き一段落した頃合いである。

広島市役所の雑然とした一室に場面を戻そう。白湯のひとつも出す余裕などないことは先刻、政一郎も承知している。職員が自前で営繕したためバランスが悪く、山積みになった書類が今にも崩れ落ちそうな事務机[37]の前に座らされた政一郎は敢えて世間話は端折り、信三を真正面から見据えると、意を決したかのように口を開いた。「浜井さんもよくご存じのように、もうそろそろ、復興事業にとりかからねばなりますまい。しかし、それに着手する前に、一度公式に、戦災死没者の供養をしなければ。いまだに市中には、幾多の屍体が瓦礫の下に埋まっているはずだ。その屍体の整理と、犠牲者の供養をしないで、復興事業にとりかかることは絶対に避けなければならない」と、強い口調で訴えた。

もっともな意見である。被爆一ヶ月後の月忌にあたる一九四五年九月六日に広島県庁や広島鉄道局、各中学校でも慰霊祭が開かれたのを皮切りに、一〇日頃からは企業や団体が各自に合同慰霊祭を催していた（年内に約六〇件）。四十九日の二三日には、防衛課長として庁舎の消火活動に尽力した野田益が町政課長となって市民部を率い、市役所の南側にあった空地に簡素な祭壇を設け、本願寺広島別院輪番の導師を疎開先から呼び寄せ庁舎内に安置されていた多くの遺骨を弔った。年が明けた一月には宇品の養徳院や呉の白蓮寺の住職らが音頭を取り、広島市戦災死没者供養会が設立されたことも、信三は聞き知ってはいた。

とはいえ、考えてみれば確かにいまだ市民が一堂に会し、死者を弔う〝場〟というものを設けてはいなかった。日々の業務に忙殺されていた信三は、己の不明を恥じた。

信三は、当然のことながら大原孫三郎の崇高な理念はもとより、政一郎の無私の精神に基づいた政治家としての豊富なキャリアもあらかじめ熟知し、尊敬の念を抱いていたはずである。政一郎の助言に対し丁重に感謝の意を伝えると、「わかりました。早速、検討してみましょう」と、熟考するまでもなく即座に応じた。

筆者も、復興審議会の議事録を繙き、まずもって腑に落ちなかったのがこの点であった。何よりも優先すべき原爆犠牲者の供養がどこにも論じられていなかった。同審議会があくまでも都市復興計画に関わる懇談会であったとはいえ、大広島の建設よりもまずは死者の鎮魂が第一義なのではないか、というのが読了後の率直な感想であった。

しかしながらこの時期、この地ではすべての市民が原爆の被害者であったことにも想いを馳せなければならない。原爆によって殺された者、放射線障害に苦しむ者[38]（いまだ「被爆者」といった概念は生まれておらず、よって被爆者の救援・支援といった件も議事録にはない）、家財一切を焼かれて無一文となった者。広島と縁を結ぶ者は誰ひとりとして直接、間接的に原爆の惨禍から逃れることはできなかった。そこには上下関係も、右も左もなく、皆が〝平等〟に疵《きず》を負っていた。今日を、この一瞬をいかに生き延びるかに精一杯であり、過去のこと、ましてや明日のことを論じる余裕など持ちあわせてはいなかった。

さらには多数の人々が、重度の心的外傷後ストレス障害（ＰＴＳＤ）に苛《さいな》まれ、フラッシュバックを引き起こすあの日のこと、自分が極々普通の人間であることを一瞬にして放棄せざるを得なかった、ささやかながらも平穏な生活を強奪された日のことは金輪際、思い出したくないと考えるのは至極当然の心持ちであろう。

『読売新聞』と広島大学平和科学研究センターが共同で行った被爆者意識調査によると、平均年齢が八〇・一三歳を数える被爆者（二〇一五年三月現在）の七四パーセントが今も、被爆時を思い出すことが「よくある」または「時々ある」と答えている。また、二〇一〇年に広島市が発表した『原爆体験者等健康意識調査報告書』によれば、被爆後六三年が経過した時点においてもなお、被爆者のＰＴＳＤの生涯有病率は五〜九パーセントもあり、症状が出現していない閾値下《いきちか》ＰＴＳＤ（パーシャル＋ミニマム）まで含めた生涯有病率は一九〜二七パーセントにまで跳ね上がっている。トラウマから逃れるため、現実から目を背けたかった。できることならば何もかも忘れてしまいたかった。

原爆詩人・峠三吉の半生を題材にした創作劇『河』[39]（作・演出　土屋清）の中で、詩人・林幸子をモデルにした市河睦子は慟哭する。「とても書けん。うち、ほんとは、原爆やなんかもう一ぺん落ちてみりゃええのにとずっと思うとった、そしたら、うちみたいな孤児が、またいっぱいふえて、みんな貧乏になってと」

信三が募集し、一九五〇年に出版すべく製本（一五〇〇部）にまで漕ぎ着けたものの、ＧＨＱの検閲を懼れて配布を自粛せざるを得なかった一六四編の体験記のひとつで、宇品造船所に学徒動員として赴いていた当時一五歳の門田武は、「稲荷神社前で初の死人に会う。今までの見なれた火傷と異り、真黒に焼け、両手を肩の上に置き仰向きに死んでいる。男か女かわからない。――京橋上には十数人の瀕死の人々にまじって早や息絶えている人。断末のうめき声も聞える。橋の西詰には七、八歳位の女の子を菰で巻き、真青な足が見えるのみの我が娘の足を幾度もさすっている父親。（中略）水、水とうめく重傷の人……たとえ水を与えても満足にコップは持てぬであろう、あの焼けただれた手では……。『後から水を配って来られるからもうちょっと待って』何度こういって素通りしたか。一杯の水も与えなかった私の心が情けない」（『原爆体験記』広島市原爆体験記刊行会編）と、当時の惨状を切々と綴っている。[40]

　自分だけが生き延びたことに対する罪悪感、生を呵責する想い。井上ひさしの戯曲『父と暮せば』の中で、原爆によって愛する人々をすべて失ってしまった主人公の福吉美津江が腹の底から絞り出す、「うちはしあわせになってはいけんのじゃ」といった叫びと同じく、彼らにとって生きること、生き残ったことは、必ずしも幸多いものではなかった。むしろ、煉獄の始まりであった。多くの被爆者がその凄惨な体験を家族にさえ語ることなく、そっと胸中に仕舞い込み、ひっそりと彼岸へと旅立っていった。九死に一生を得たことを、感謝の気持ちに変えることなど到底できはしない。

　被爆から一〇年を経て、原爆後遺症で亡くなる『夕凪の街　桜の国』（こうの史代）の主人公・平野皆美は死の床で、薄れゆく意識の中で呟く。

嬉しい？

十年経ったけど
原爆を落とした人はわたしを見て
「やった！　またひとり殺せた」
とちゃんと思うてくれとる？

ひどいなあ

てっきりわたしは
死なずにすんだ人
かと思ったのに

胎内被曝した二川一彦は、一九四六年四月に生まれた。被爆当日、勤務先であった材木町郵便局へ向かった父と、広島女子高等師範学校附属山中高等女学校（現・広島大学附属福山中・高等学校）の一年生で、建物疎開の後片付けのため雑魚場町を目指した長女・幸子（当時一三歳）は、生の痕跡さえ残すことなく姿を消した。[41]戦後、女手ひとつで五人の子供たちを育て上げた母は、「原爆のことは、何も話しませんでした。

家族も、父のこと、姉のことは触れてはならないものと思っていました。被爆者健康手帳の取得申請もしませんでした」と、一彦は寂しそうに呟いた。

だが、二〇〇〇年に八七歳で他界した母の遺品を整理していた一彦は、箪笥の奥にきれいに畳まれた小さな、小さなブラウスを見つける。その胸元には「附属高女　二川」と書かれた名札が丁寧に縫い付けられていた。

広島県佐伯郡石内村（現・広島市佐伯区五日市町）に生まれ、世界初の反核映画『原爆の子』（一九五二年）を撮った名匠・新藤兼人が座右の銘とした「生きている限り生き抜きたい」といった、並外れて強靭な意志を抱けるほどの人間は、ほんのひと握りに過ぎなかった。

柿原政一郎との約束を果たすべく、信三は早速、広島市戦災死没者供養会及び広島県仏教連合会、広島市町会連盟と連携し、市内にいまだ散在する遺骨の届け出を市社会課で受け付ける手筈を整え、市民に呼びかけた。すると約二三〇〇体もの遺骨が新たに発見されたため、これをひとまず己斐町の善法寺に仮安置し、五月二七日には〝慈仙寺の鼻〟に広島市戦災死没者供養塔を建立する。資材不足の折、政一郎が故郷の宮崎からわざわざ取り寄せた木材を使ってこしらえた、卒塔婆を模した高さ六メートルの簡素な塔である。

現在も、平和記念公園の一角にある直径一六メートル、高さ三・五メートルの桃山時代の御陵《ごりょう》をモチーフにしたという盛り土型の原爆供養塔[42]は〝土まんじゅう〟とも呼ばれ、その地下には、いまだ約七万柱の身元不明の仏が静かに眠っている。丹下健三が真っ直ぐに引いた広島平和記念資料館から原爆死没者慰霊碑、そして原爆ドームを繋ぐ「平和」を讃える軸線から外れてはいるものの、この小さく飾り気もなく、寡黙な祠こそが被爆地広島の真の中心、「核」であろう。[43]

学徒出陣により二〇歳で召集された慈仙寺の跡取り息子・梶山仙順は、佐藤竹之助少佐率いる第二総軍第五五軍直轄電信第三七連隊に配属され、一九四五年六月には連合国軍の本土上陸を迎え撃つべく愛媛県大杉で待機していた。

暗号電文を傍受する通信兵であった彼は、すでに日本軍の敗北は予期していたという。

「八月六日は出張で松山に滞在していたのですが、広島に原爆が落とされたことはすぐに知らされました。それでも任務を放り出すわけにはいかず、どうすることも出来やしません。復員後、ようやく広島へ戻れたのは一〇月の初めでした。実家の辺りは野っ原になっていて、本堂の鬼瓦を見つけてやっと、あゝ、ここがうちじゃったんか、とわかりました」

一九四六年七月に入ると仮の納骨堂、八月には礼拝堂が市民の喜捨により納骨堂に隣接して建てられ、八月六日、市と広島市戦災死没者供養会、各宗教連盟広島県支部の主催により、午前六時半から礼拝堂において神式、仏式、キリスト教式、神道教派式の順で正午までしめやかに追悼会が営まれた。

市の矢吹憲道社会課長に請われて場所を提供した仙順もそこに列席していたが、「不思議なことに特に感慨というものは湧いては来んかったですなぁ。あまりにも目の前に横たわる現実が厳しくて、感覚が麻痺していたのかも知れません」と言う。仙順一家もその後、一九五七年まで〝慈仙寺の鼻〟でバラック生活を余儀なくされた。

それは、あまりに非人間的

彼らが追悼会の準備を進めていたその最中、テニアン島から東へ約二五〇〇キロの距離、太平洋の〝真珠の首飾り〟と称されたマーシャル諸島ビキニ環礁では、広島、長崎への原爆投下から一年も経たない七月一日に、米陸海軍合同の核実験クロスロード作戦が行われていた。エノラ・ゲイやボックスカーと同じく第五〇九混成部隊に所属していたB-29ビッグ・スティンクから、退役した戦艦ネバダや接収された長門など七五隻の上に（人類初の核実験であるトリニティ、広島、長崎に続く）史上四発目の原爆が投下された。二四隻が沈没または破損し、三三〇〇匹の実験動物のうち三二〇匹が即死する。

これを受けて木原七郎は、「広島に対する原子爆弾が世界の平和を促進し、市民の犠牲がその幾百倍、幾十倍の世界人類を戦争の悲劇から救出することが出来た。ビキニ実験は広島の当時の惨状を改めて世界に訴える好機である。世界の同情は自ずから広島へ集まるであろう。平和をもたらした原子爆弾が破壊のためではなく、永遠の平和を確立し原子力が人類の幸福のために利用されることを念願する」（『中国新聞』一九四六年七月六日付）と、やりきれないほど哀しく切ない談話を発表し、前年と変わらぬスタンスを示した。

同諸島ではその後、一九五八年に至るまで六七回にも及ぶ核兵器実験が繰り返されることになる。[44] もちろん七郎は、一九八七年から五年にわたり同諸島の家族計画局長を務めたダーレーン・ケジュ・ジョンソンが告発した、「今や我々は、『クラゲ乳児』と呼ばれる問題を抱えることになった。この赤ん坊たちは、クラゲのような風貌で生まれる。彼らには眼がなく、頭もない。手もなく足もない。こうした乳児たちは、まったく人間の様相を呈していない。彼らは死ぬとすぐに土に埋められる。多くの場合、母が知れば狂気に陥るとして、彼らは生みの母に会うことが許されない。それは、あまりに非人間的である」（『宗教指導者と共同体のための核軍縮に関する実践情報ガイド』レリジョンズ・フォー・ピース編）といった過酷な現実が繰り広げられていたことなど知るよしもなく、広島・長崎と南海に浮かぶ小さな島々の体験とを重ね合わせ、寄り添う余裕など残念ながら、持ち合わせてはいなかった。

七郎らの言説を理解するためには、GHQによる言論統制を知る必要があろう。GHQは一九四五年九月一九日に一〇箇条から成るいわゆるプレスコード（日本に与うる新聞遵則〈SCAPIN33〉）を発令し、事実上の検閲を開始している（同月二二日には日本に与うる放送遵則〈SCAPIN43〉も通達）。

その趣旨は、「本出版法ハ言論ヲ拘束スルモノニ非ズ寧ロ日本ノ諸刊行物ニ対シ言論ノ自由ニ関シ其ノ責任ト意義トヲ育成セントスルヲ目的トス」とされ、開戦直後の一九四一年一二月一八日に戦時立法として公布された言論出版集会結社等臨時取締法に追従し、国民の表現の自由を自ら放棄した我が国のメディア改革に主眼が置かれていた。と同時に、明治維新以降、富国強兵を旗印に掲げた帝国主義思想に洗脳され、破滅への道を突き進んだ日本国民の、再教育を目指す巧妙な言論統制でもあった。

プレスコードを実際に運用・検閲したのは参謀第二部の民間諜報局に属する民間検閲支隊（CCD）である。CCDは一九四七年四月の段階で六一六三名（日本人五〇七六名）を擁する大規模な組織であり、[45]郵便検閲では一ヶ月の国内郵便物の一三パーセントにあたる二三〇〇万通の二パーセントを開封。電話も七〇台の盗聴器を用いてその〇・一パーセントを傍受していた（一九四九年五月）と言われている。

このように事実上、戦後日本の検閲は日本人自らの手によって行われた。また、第二一条第二項に「検閲は、これをしてはならない。通信の秘密は、これを侵してはならない」と明記された新憲法を戴いた後も、占領軍による検閲は続けられた。

広島県でも、福岡市に置かれたCCDの支部、第三地区民間検閲所[46]（第Ⅲ区a）によって一九四六年五月から一九四九年八月まで、雑誌は一二一タイトル、二八五冊が検閲対象となった。[47]しかしながら、この一〇箇条及び削除および発行禁止対象のカテゴリー（三〇項目）には、原爆投下への言及や批判といった項目は含まれていない。

実際に検閲を受けた文学作品を繙くと、【A-Bomb】（原子爆弾）や【Incitement to Unrest】（不安を喚起する）、または【Disastrous scene by bomb】（爆弾による悲惨な描写）といった削除もしくは修正を促す指摘も見受けられるが、原爆に関する描写がことごとく禁止されたわけではなかった。[48]CCDとしては原爆に関わる記述よりはむしろＧＨＱや地方軍政部に対する批判や軍国主義の賛美、社会主義思想の浸透に神経を尖らせており、メディアの中にはプレスコードの第二条「直接又ハ間接ニ公安ヲ害スルガ如キモノハ之ヲ掲載スベカラズ」に過剰反応し、自主規制に走った媒体も少なくはなかった。[49]

特に原爆投下以来、その凄惨な実相を精力的に報道していた『朝日新聞』が一九四五年九月一五日付の東京版において、翌月には日本自由党を旗揚げすることとなる鳩山一郎（後の第五二〜五四代内閣総理大臣）の談話「〝正義は力なり〟を標榜する米国である以上、原子爆弾の使用や、無辜の国民殺傷が病院船攻撃や毒ガス使用以上の国際法違反、戦争犯罪であることを否むことは出来ぬであらう」を掲載したことが同月一七日付の「求めたい軍の釈明〝比島の暴行〟発表へ国民の声」と題された記事と共にＧＨＱの逆鱗に触れ、一八日から四八時間にわたる発行停止命令を受けた事実は、言論人を震撼、萎縮させた。

もっとも、開戦と同時に情報局が示達した、陸軍省令に基く新聞掲載禁止事項基準から始まり、内務省警保局検閲課による徹底的な思想弾圧を受け続けていた彼らの牙はとうの昔に抜け落ちており、[50]発令者が変わろうが〝お上〟の検閲は、慣れたものであった。[51]

七郎の発言もこうした自己規制にあたるが、文人とは異なり〝公人〟である彼らにとっては、表現の自由云々よりも発言内容そのものが直接、あらゆる行政指針や許認可権を統括・指導していたＧＨＱの反感を買えば、市政に支障を来す可能性を秘めていたため、どうしても文言には神経質にならざるを得なかった。議論の余地など、どこにもなかった。

こんな時だからこその「祭」

一方、追悼会とは別に四月に入ると広島市町会連盟が中心となって、被爆一周年を記念した平和復興祭を開催しようといった気運が高まっていた。旗振り役は一九二五年以来、広島市議会議員を五期、一九二七年からは広島県会議員を二期にわたり務め上げた[52]牛田町（現・東区牛田本町五丁目）出身の任都栗《にとぐり》司《つかさ》である。当時は町会連盟会長、つまりは町内会長の親分の座に甘んじていたとはいえ、戦時中は町内会[53]ごとに国民義勇隊の中隊が組織され、連合町内会ともなれば大隊規模（三〇〇以上の町内会組織）であったため、庶民の声を代弁する立場にある連盟会長は市内においては相当な影響力を有していた。

終戦を境に日本経済は、急激なインフレーションに見舞われる。小売物価指数も一九四五年七月を一〇〇として一二月には二一二・三に急進。この夏には一〇〇〇万人もの餓死者が出るとの噂が乱れ飛んでいた。広島市も例外ではなく、闇物価は軒並み上昇し[54]、さらには予想を遥かに上回る凶作にも見舞われ、ただでさえ困窮の極みにあった市民生活はどん底にまで突き落とされていた。

五月一日のメーデーには市職員組合も結成され、「働けるだけ食わせろ」といったスローガンを掲げて、一九三六年に第六回メーデーが禁止されて以来のデモを行っていた[55]。

こうした危機的状況を前にして、いち早く立ち上がったのが司率いる広島市町会連盟であった。酉年生まれだけあって、鶏口となるも牛後となるなかれを地でゆく豪腕がここにもいた。

司は、六月一八日付の『中国新聞』紙上で、「十七万市民の努力と誠意で突破しよう」と発破をかけ、全市民総決起運動を展開する。七郎もこれに呼応し、「市民に告ぐ!!」と題された声明を六月二八日の広島市報で発表し、その中で「差当り第一次の危機は七月末迄である、七月末迄の県内の食糧不足見込量は約五万二千石で県民の十五日分の食糧に相当する。／この事は本市に於ても最悪の場合十五日分の不足を意味することになるのである」と驚くべき数字を明かし、[56]「幸に市民諸君に於ても不撓不屈の勇猛心を以て私と共に凡ゆる努力を傾倒し危機突破に邁進せられん事を切望する」と、悲愴なまでの呼びかけを行っている。

こうした、ややもすれば自暴自棄ともなりかねない深刻極まる事態に直面しつつも司は、「いつまでもめそめそしとるわけにはいけん。慰霊も大事じゃが、こんな時だからこそ、景気づけに〝祭〟をぶち上げようじゃないか」と、切り出した。[57]長年、市議と県議を務めながらも公職追放から逃れおおせた男である。転んでもタダでは起きない。追い詰められようが尻尾を巻いて逃げの一手を打つほど野暮でもなかった。

東町内会長であり復興審議会の主要メンバーでもあった司は当初、復興祭は市が率先して主催すべきだと考え、勢い込んで首長である七郎に掛け合ってはみたものの、「集会は進駐軍に禁止されとるけえ、市が主催者となるんは不可能じゃ」と断られてしまう。

業を煮やして単身上京しGHQに直接掛け合った。しかしながら、声はやたらとでかいが一地方都市の町内会長の戯言など、事務員でさえまともに取り合ってはくれない。唯一、厚生部から地方軍政部に相談してみれば、との助言があったため、ならばとばかりに舟入連合町内会長であり唯信寺の住職でもあった大内義直事務局長を伴い呉へと赴いた。

もちろん手ぶらで行くわけにはいかない。四方手を尽くして産卵期前の花見鯛を十数匹と名産品の広島菜をたんまり両手に抱えて乗り込んだ。

「国が違うても政事にゃあ、さしたる違いなどありゃあせん」

万事抜かりなし。しかしながら、対応したＢＣＯＦのジャデン中将も、「そのような集会はまかりならん」と言うではないか。どうやら彼の国では道理が異なるようだ。ところがどっこい、「はい、そうですか」とすごすご引き下がるようなタマではない。怯むことなく再三にわたり式典の趣旨を説明したところ、根負けしたのか納得したのかようやく、「特定の国を誹謗する集団であってはならない」といった条件付きながらも、復興祭の開催は承認された。

意気揚々と凱旋した司は、六月に入ると広島県商工経済会や広島市本通商店街復興協議会をまとめ上げ、二八日には世界平和記念祭プログラムも作ってはみたものの、ＧＨＱが認めたのであれば協力はするが金は出さん、といった市の方針もあり、式典に要する諸経費五万円は彼と西町内会長の山田助松の持ち出しとせざるを得なかった。

「やねこい（面倒くさい）のぉ！　四の五の言うとらんで、やらにゃあいけんじゃろうが」

司は、故郷である牛田村の祭礼を思い出していた節が窺える。稲穂がたわわに実ろうが、たとえ洪水に押し流されようが、早稲田神社の秋祭りのよごろの晩（前夜祭）には、若い衆が太鼓を持ち寄り、笛の音に合わせ、提灯の灯火に照らされて歌い、踊り、五穀豊穣を祈願した。今こそ、何があろうと変わらない広島もんの心意気を見せつけねばならない。また、被爆によって心身を蝕まれた妻マサ[58]の悔しさに報いたいとの気持ちもあったに違いない。

あの朝、司は純白の開襟シャツに戦闘帽、背中には鉄兜《てつかぶと》といった出で立ちで牛田町の自宅を後にした。自転車で白島通りを下り、旧浅野泉邸（中区上幟町）があった縮景園の角を曲がった辺りで被爆する。[59]代表を務めていた帝国工業[60]の大洲《おおず》町（現・南区）にあった工場に出勤する途上であった。瞬[61]時にして吹き飛ばされ、家屋の下敷きとなったものの奇跡的に軽傷で済み、火傷も運良く軽微に留まった。猛火を潜り抜け、ようやく半壊した自宅に辿り着き、しばらくすると顔の半分に火傷を負ったマサが、なぜか破れたこうもり傘をまるで家宝ででもあるかのように後生大事に横抱きし、よろけながら戻ってきた。

自宅周辺には瀕死の状態に喘ぐ人々が次々と集まってくる。司は隣人たちと力を合わせて負傷者のために蒲団を各戸から引っ張りだし、火災を消し止めるべくバケツリレーの先頭に立った。牛田公園に横たえられた無数の被災者や遺体（約七六〇〇体）。むせ返る死臭の狭間から、聞き慣れた『海行かば[62]』が聞こえてきたという。

か細い歌声の主は、全身火傷を負った広島女学院の生徒である。肩まであったであろう髪はちりちりに焼け焦げ、どす黒く変色した少女の痩身を取り囲んだ司らは、はらはらと涙を流しながら、「しっかりするんですよ、誰か迎えにくるから頑張りなさい」と励ましたが、少女は〝末期の水〟を口に含むと、やがて眠るように息を引き取った。

いつまで経っても救援の手が差し伸べられない中、まずは自力で地域住民を守らなければならない。司は工場から焼け残った木材や瓦を運び出し、一七〇坪の自宅が倒壊せぬようひとまず応急処置を施した。すると京都帝国大学医学部の菊池武彦[63]教授から診療所として借り受けたいとの申し出が届く。

「願ってもないことじゃ」

司はすぐさま快諾し、机を玄関脇に持ち出すと、急ごしらえの寝台をしつらえ診療を始めてもらった。広島中央放送局も盛んに「牛田町任都栗宅で京大の菊池博士の診療があるから是非受診するように」と放送したため、近郊からも多数の被災者が押し寄せたという。

それからの一年というもの、四九歳にしていまだ血気盛んであった司は脇目も振らずに突っ走った。単騎千里を走る。後に、〝広島政界のドン〟として怖れられた彼の面目躍如であった。

そして八月五日、ようやく広島護国神社址（西練兵場の西端、旧・市民球場周辺）において平和復興広島市民大会が開催される。国鉄から無償で借り受けた枕木を組んだだけの舞台の背後に、黒焦げとなった立木の幹のみがひょろりと数本立った簡素な会場には一万人を超える市民が集まり、各町内会が様々な幟や横断幕、または弔旗を掲げて街を練り歩いた。その中には、司が自ら筆を執り「日本再建の先駆、世界平和は広島から　牛田青年連盟」と大書した幟も打ち振られていた。絶景。広島に、戦後初めて繰り広げられた市民のうねりはかくも慎ましく、美しかった。

　また、旭劇場では郷土楽人音楽会や英連邦軍楽隊の演奏会が開かれ、広島市主催の商店街復興起工式も播磨《はりま》屋町《やちょう》（現・中区本通）で行われた。発行停止を恐れる『中国新聞』も、「けふぞ巡り来ぬ平和の閃光」や「広島市の爆撃こそ原子時代の誕生日」といった華やかな見出しでこれを祝う[64]。

　八時一五分を期してサイレンが鳴らされ、一分間の黙禱が捧げられた。続いて司が基本構想を定め、義直や助松、皆実連合町内会の松島弥会長らが起草した大会宣言が、威厳を正して朗読された。

> 原爆一周年の記念日を迎え、平和確立への決意を新たにするものである。
> 広島は軍都なるが故にかくも苛酷な原爆の洗礼をうけたが、
> これがかえって終戦を導くところとなった。
> 今こそ平和復興のために、広島の地に政府の特別の援助をもって
> 平和都市を建設し、世界平和のメッカとなることを広く宣言する。

司が、心の奥底から絞り出した偽らざる気持ちを過不足なく明文化したこの宣言文は、翌年から世界に向けて発せられることとなる同市の『平和宣言』、そして後に広島市の命運を決することにもなった『広島平和記念都市建設法』第一条の叩き台ともなってゆく。

音楽で広島に元気を

復興計画の策定から財源の確保に至るまで、連日激務に追われていた浜井信三が、ほんのひと時、身も心も裸になれる空間があった。荒神市場の一角、猿猴橋町通りに一九四六年八月一五日、終戦記念日に合わせて開業したばかりの純音楽茶房ムシカである。

煩雑な業務から暫し抜け出し、闇市の喧噪を避け、ゆっくりと煙草を燻《くゆ》らせながら、驚くなかれ淹れ立ての〝焙煎コーヒー〟を味わうことができたこの店は、彼にとって唯一の隠れ家であったことだろう。

店主の梁川義雄は、神戸の闇市三宮自由市場へ米の買い出しに出向いた折、偶然にも一枚の古びたSPレコードと出会う。的屋《テキヤ》が並べていたのはルートヴィヒ・ヴァン・ベートーヴェン作曲『交響曲第九番ニ短調作品一二五』（『第九』。ムシカに現存する原盤は一九二四年録音のオスカー・フリート指揮、ベルリン歌劇場管弦楽団演奏）。腹を空かせた家族の顔が脳裏を過ったものの、義雄は「えいやっ！」とばかりにようやく手に入れたなけなしの闇米を手放し、「文化」を買った。

日独伊三国同盟で結ばれていたドイツの音楽は、戦時中も禁止されてはいなかった。[65] しかしながら、多くの人々は米英の「敵性音楽」との区別が付かず、非国民と罵られることも珍しくはなかったため、演奏機会はつとに限られていた。何よりも戦時中は「贅沢は敵だ」「身にはボロ着て心に錦」といった国民精神総動員態勢が図られていたため、この非常時に音曲なんぞに現《うつつ》を抜かすなどもってのほか、といった空気が家庭を、職場を、そして国全体を支配していた。

それだけに戦前、優れた西洋文化に触れ、淡い憧憬さえ抱いていたインテリ層やハイカラ好きは、喉の渇きを潤すかのように、終戦を迎えるや否やクラシック音楽を貪り聴いた。楽聖ベートーヴェンを堪能出来るたったひとつの店ムシカには、どこから湧いて来たのか、音楽マニアが集まった。

それもそのはずで、この店は「音楽で広島に元気を。広島に文化の灯を絶やすまじ」を合言葉に、一九四六年五月三日に結成された地元の文化人グループ・広島国際文化協会[66]の活動資金を捻出すべく、意気に感じた義雄が終戦直後に始めたばかりの料理屋・白頭山の看板をとっとと下ろし、竹中工務店がしつらえた一五坪のモデル店舗を借り受けて、自ら金槌を握り、鋸《のこ》を挽いてドイツのヒュッテ風の内装を施した、界隈ではとにもかくにも目立つ洒落た店構えであった[67]。

その年のクリスマス。ムシカからは、二〇世紀前半を代表する天才指揮者としてベルリン楽壇を席巻したものの、ユダヤ人であるが故に祖国を追われたフリートが奏でる『第九』が流れた。店内には人いきれが充満していた。入り切れなかった人々は、凍てつくガラス窓に耳を押し付け聴いた。小雪がちらついていたが立ち去る者などひとりもいない。よれよれになった戦闘帽や無造作に束ねたいぼじり巻きが白くなるのも構わず、空襲警報が鳴らなくなった夜空の下、そこにいた誰もが『歓喜の歌』の調べに新たな時代の息吹を感じていた。

義雄は、一九一六年（大正五年）に京城（現・大韓民国ソウル特別市）で生まれている。「日本へ行けば儲かる」と一家揃って広島へ居を移したのは、彼が五歳の頃だった。家計を支えるため義雄は、尋常小学校に通いながら映画館の煙草売りから新聞配達まで何でもこなした。

成人すると歌手を夢見て上京し、早稲田大学に入学。毎日新聞社に籍を置いた数年間は台湾に駐在したこともあったが、「満州は儲かる」といった甘言に乗せられ、敢えなく一文無しに。折悪しく、尾羽うち枯らして大陸から広島へと舞い戻った際に被爆した。呉の軍需工場へ向かうべく大州通りを自転車でひた走っていた時のことだった。

観音町（現・西区）にあった自宅は全壊。父と叔母を失い文字通りの裸一貫となったが、過去には一切固執せず、常に前を向き、新たな道を切り開いてきた義雄は、すぐさま食いっぱぐれのない「食」に目を付けた。

波瀾万丈の半生を送ってきただけに、生きる術なら誰にも負けない。怖いものなど何もない。闇市から道を一本隔てて建っていたムシカの隣家（猿猴橋町三八番地）は、岡組の根城だった。二階の広間では真っ昼間から若い衆がオイチョカブに興じている。

「にいちゃん、こっちへ来んさい」
病弱だった長男の忠孝を組員が膝に乗せてあやしていると、「何をしようるんじゃ！」と、血相を変えた義雄が怒鳴り込んできたという。

ムシカの店内では、後に『黒の試走車《テストカー》』などのベストセラーを連発する梶山季之《かじやまとしゆき》も、当時はまだ広島県立広島第二中学校に通うしがない貧乏学生に過ぎず、お気に入りのしかめっ面を壁に預け、一杯のコーヒーで何時間もねばっていた。朝から弁当持参でやって来る連中もいる。原爆詩で知られる詩人の峠三吉に至っては、「此の頃ムシカでは註文でレコードをかけさせるとコーヒー代より別に金をとる。妙なことをはじめたものだ」と、日記に憤りをぶちまけるほど注文の多い常連客であった。[68]

洒落者だった義雄は常に背広姿で店に立ち、お気に入りのパイプを咥えては客との議論、または色恋沙汰を満喫していたが、忠孝は、「母にとっては暗黒時代だったでしょうね。客の入りは良かったですよ。ただ、コーヒー一杯で一日中居座られては儲かるはずもないでしょう。家族は麦飯しか食わしてもらえんかったですわ」と、苦笑する。

そんな梁川家の窮状も、ヴァイオリンの奏でる繊細なピッツィカートなど再現出来るはずもない擦り減ったレコード針も、隣の客と膝頭がぶつかり袖が触れ合う三〇人も入れば寿司詰めとなる狭い店内も、芸術という魔物に魂を売り渡してしまった客たちにとって、それらはどうでもよいことであった。

やがて同じ匂いを発する馴染み客たちは挨拶を交わすようになり、興が乗れば文学談義に華を咲かせるようにもなった。読書家の信三にとっては思う存分〝共通言語〟を堪能出来る得難い「解放区」である。

ここで信三は、広島中央放送局の石島治志《はるし》や『中国新聞』の佐伯敏夫、被爆当日に市街の様子を描いた洋画家・福井芳郎[69]を始め、研屋町《とぎや》（現・中区紙屋町一丁目）で茶道の宗匠をしていた永田清次郎、信三の親族であり楽焼の名工としても知られた県議会議員の松島綏《やすし》[70]、数年後には丹下健三の下で広島平和記念公園の建設に携わることとなる当地の建築家集団・暁設計事務所[71]の主要メンバーであった村田正や河内義就、広島ガス社長となる山口文吾ら、広島のこころを知る多士済々《たしせいせい》と出会うこととなる。ひとしきり芸術論に興じた彼らは、「せっかくこれだけの面々がベートーヴェンさんのお陰で知遇を得たんじゃから、何か建設的な議論をしようじゃないか」と盛り上がり、佐伯敏夫の発案でこれを、夢を語る会[72]と名付けた。何もなく、何も望めなかったこの時代。それは、まさしく夢を喰らうだけが取り柄の、痩せこけた貘《ばく》たちの月に一度の宴であった。

この交友を取り持ったのは、治志いわく、「お互の心に刻まれた原爆に対する共通の憤りであった。それは感情の憤りを越えた知的憤り、知的反発ともいうべきものであった」（『濱井信三追想録』濱井信三追想録編集委員会編）。

そして彼らは、『夢を語る会』で、平和都市広島―そこには罪も罰もない―の構想、原爆広島の悲劇と人類全体の悲劇にまで拡げて、『世界平和』を達成する理想を語りあった」（前掲書）。

誰も声を荒らげず、非難も中傷もしない穏やかで紳士的な集まりではあったが、彼らの胸の内には、めらめらと深紅の焔を滾《たぎ》らせるでっかい松明がしっかと掲げられていた。峠三吉が『原爆詩集』[73]の「序」で詠んだ心情が、彼らの想いをひとつにしていた。

ちちをかえせ　ははをかえせ
としよりをかえせ
こどもをかえせ

わたしをかえせ　わたしにつながる
にんげんをかえせ

にんげんの　にんげんのよのあるかぎり
くずれぬへいわを
へいわをかえせ

諸君は手と足で働け

終戦から遡ること二十数年前。一九二三年（大正一二年）初夏、テニアン島から一三〇〇キロほど南西に位置するパラオ諸島のコロール島には、一年ほど前に進水したばかりの特務艦（給油艦）『神威《かもい》』の姿があった。椰子やマングローブが鬱蒼と生い茂り、〝南洋の松島〟と謳われた島々を、中山鞆信《とものぶ》艦長はゆっくりと縫い、注意深く舵を切って進んだ。

アイヌ語で神を意味するカムイを冠した同艦には、明日の日本を背負って立つ東京帝大の学生三八名が乗船していた。表向きは南洋諸島に居住する島民の民俗・習俗を見聞する文化人類学的な視察旅行であり、学生委員を中心に文学部社会学科の学生たちも加わってはいたが、要は夏休みを謳歌すべく計画された悠長な船旅であった。

第一次大戦後、日本の委任統治領となり、南洋諸島を管轄する南洋庁も置かれていたこの島の印象を、社会学科に学んでいた内村治志はその日誌に、「暮色迫るここコロール湾に投錨。巍峨《ぎが》たる岩石の山に熱帯の椎木《しいぼく》がはい被って、静かに水に映っている。静寂と荘厳のうちに軍艦旗を下ろす。先着の『木曽』と『松江』の舷窓の灯が街のようである。故国を思う」（『だれが風を見たでしょう――ボランティアの原点・東大セツルメント物語』宮田親平）と、いかにもナイーヴな文学青年らしい筆致で綴っている。内村治志、後の広島中央放送局局長、石島治志[74]である。

一行は約二ヶ月の旅を終え八月二五日には帰途に着いたが、八丈島の沖合に差しかかった九月一日、無線電信により東京が未曽有の大災害で潰滅状態に陥っていることを知らされる。

関東大震災。同日一一時五八分に帝都を襲ったマグニチュード七・九の直下型地震により、関東全域で一〇万五〇〇〇人余りもの死者・行方不明者を出し、一九〇万人が被災した我が国災害史における最大級の惨事である。「温かく育まれた友情、深く胸にしまった南洋の面影もたちまちに消えて、ただ想いは東京にのみ走った」（前掲書）

重油の流出により火の海と化した横須賀で駆逐艦に乗り替えた彼らは、東京・芝浦にて解団。治志らは崩れ落ちた家屋を踏み越え一路、本郷区（現・文京区本郷）の東京帝大を目指した。同校も建物全面積の三分の一を倒壊もしくは火災で焼失し、見る影もなかったが、キャンパス内には約三〇〇〇名もの罹災者が避難してきている。治志らは、取るものも取りあえず自発的に食糧の配給や負傷者の手当てに奔走した。それを見た法学部の末弘厳太郎教授は、これを東大救護団と名付け、陣頭指揮にあたった。

学生たちは極めて合理的に救護活動を推し進め、大学のトラックを駆って秋葉原や芝浦に出向いては食糧を積み込み、罹災者をあらかじめ幾つかの自治グループに仕分けることで公平かつ円滑に配給を行った。やがて警視総監に託され、上野公園に集まった避難民の救護にもあたるようになり、安否を気遣う人々を繋げる「尋ね人」のシステム化（東京罹災者情報局）も実現している。

こうした目を見張る功績が世間の耳目を集めたこともあり、救護団の学生リーダーであった治志は末弘教授から、「賀川豊彦さんから、上野の救済はいちおう落ち着いたようだが、この冬の寒さを罹災者たちがどう過ごすか、それが心配だといわれた。この冬もなんとかつづけてくれないか」（前掲書）と、相談を持ちかけられた。

賀川豊彦といえば一九〇九年（明治四二年）、当時は貧民窟と称されていた神戸市葺合《ふきあい》新川（現・神戸市中央区）に二一歳で自ら身を投じてキリスト教の伝道を行い、一三年間にも及ぶスラムでの生活を通じて、試行錯誤を繰り返しながらも無料宿泊所や子供預所、歯ブラシ工場、資本無利子貸与、天国屋料理店など、様々なアイデアを生み出し実現した、日本における社会運動の先駆者である。[75]

治志は身に余る光栄と感じ入ったが、これ以上続けるとなると、学業にも差し障りが生じ、何よりも疲労が頂点に達していたため、これを丁重に断った。がしかし再度、豊彦から要請されるに至り、社会学を学ぶ身でもあり、ここはひとつ学問の実践を兼ねてやり続けてみようと考え直す。ついては、「いっそ永久的な学生の運動にしたらどうでしょう。たとえばトインビーのオックスフォード大学のセツルメントのような」（前掲書）と提案した。

セツルメント運動は、一九世紀英国において、産業革命によって生み出された劣悪な労働環境や労働者の健康・道徳観の低下を改善すべく、社会思想家ロバート・オウエンが自ら経営していた紡績工場内に性格形成学院を創設したことで産声をあげた。こうした人道主義思想はやがて労働者に教育を授け、彼らの自覚を促すことを目的に、大学外で講義を行う大学拡張運動へと発展し一八七六年、産業革命を初めて体系的に論じた経済学者アーノルド・トインビーらと共に名門オックスフォード大学の学生たちがスラム街へと移り住み、世界初の社会福祉施設トインビー・ホールを設立するという社会運動へと繋がって行った。

治志らは、こうした隣保館《りんぽかん》の総称として用いられたセツルメント（Settlement）を目指して、東京・本所区柳島元町四四番（現・墨田区横川四丁目）にあった約三〇〇坪の土地に一九二四年四月一一日、東京帝国大学セツルメント、俗に言う東大セツルメントを起工する（建設・設計は今和次郎）。ここで学生たちは、「諸君は手と足で働け。なんとなれば、君たちは頭を持っているからだ」と唱える末弘教授に従い、算術、国語、英語から始まり社会運動史、労働組合論に至るまでを無償で講義し、日本におけるボランティア活動の嚆矢《こうし》ともなった。

東大セツルメントの設立から遅れること五年、当時はまだ辺り一面にのどかな田園風景、いやむしろ湿地帯が広がっていた広島市内宇品地区に、瀟洒な二階建ての保育園が建った。田中イトが敷地面積一千坪、建坪二七一、さらには私財一〇万円を投じて設立した喜清会・宇品学園である。当時の一〇万円を現在の貨幣価値に換算すると、六五〇〇〇万円は下らない。都合数億円という大金であった。

一八五五年（安政二年）大阪で生まれたイトは、中島本町の南に隣接する天神町（現・中区中島町）で材木商を手広く営んでいた初代喜四郎に嫁入りする。喜四郎は、一八九四年に着工し、竣工までわずか二週間という突貫工事で建てられた広島臨時仮議事堂[76]にも材木を提供するほどの分限者《ぶげんしゃ》であった。

しかしながら喜四郎は五〇代半ばの若さで先立ってしまう。旧民法下では、家長が死没した場合、家督相続は新たに戸主となる一名がすべてを継承するものと定められていたため、イトは田中家を守るべく七歳になったばかりの清一を親族から養子として迎え入れた。

幼き清一の後見人となり、先代が買い入れた五一万坪にも及ぶ宇品地区へ移転してはみたものの、女手ひとつで田中家の土地財産を管理するのは並大抵なことではない。[77] さらには民衆運動の高まりから賀川豊彦らによって一九二二年に結成された日本農民組合に触発されて起ち上げられた、宇品小作組合による小作争議も頻発し、大いに手を焼いていた。

そこでかねて知己の間柄にあり労働運動に精通していた前出の柿原政一郎に助言を求めた。こうした経緯から一九二四年、二代目喜四郎を襲名した清一を社長に据え、政一郎を専務取締役に迎え入れ、彼の要請を受け入れた大原孫三郎も相談役に名を連ねた広島臨港土地が設立された。

初代喜四郎の曽孫にあたり、うじな保育園（旧・宇品学園）の理事長を務める田中浩洋《ひろみ》は、「同社は、田中家が保有する膨大な土地を管理するのみならず測量し、区画整理を行い、主に工場や官民の社宅用地として分譲していました。小作争議も柿原さんの尽力によって収まったと聞いております」と言う。まさに新開地であった宇品の発展を主導したのが、この広島臨港土地であった。

おそらくは政一郎の進言であろう。[78] 常々、商いのみならず地域住民にも何らかの社会貢献をしたいと考えていたイトは、彼のセツルメント案に一も二もなく賛同し、宇品学園の創設を手助けした。同園の役員（監事・評議員）を無給で引き受けた政一郎は、東京で隣保事業に従事していた伊藤恕介を、「恐らく君の一生涯に一度くらいしかない事業となるだろうから、ひとつ立派な設計をしてもらいたい」と口説き落とし、初代園長として招聘する。[79] 施工は、一九一〇年に藤田組を起ち上げげた藤田一郎社長が評議員を務めていたため、三万円足らずの工賃で請け負ってくれた。また、一九二九年七月の開園式には、孫三郎が石井十次から経営を引き継いだ大阪の石井記念愛染園から冨田象吉園長が駆けつけ講演をしている。

当初は、宇品に次々と建設され始めた紡績工場や港湾施設で働く共働き夫婦の子供たちを預かる保育施設を作る計画に過ぎなかった。事実、『日本社会事業年鑑 昭和八年版』（一九三三年）によれば、東大セツルメントの設立以降、全国に野火の如く広がった隣保施設において「一般教化に関するもの」（一六八事業）に次いで多かったのが「児童に関するもの」（一四八事業）であり、その内容は託児所や妊産婦保護、日曜学校など多岐にわたっていた。

宇品学園もこうした例に漏れず、やがて誰もが利用出来る診療所を併設し、県内でも保母の絶対数が不足していることが明らかとなるや県の保母短期養成所も設置する。

いまだ女性の社会進出など夢のまた夢の時代である。市内や郡部から二〇歳前後の女性たちが米穀通帳と寝具、身の回りの品だけを携え、顔を輝かせて入所してきた。さらには生活苦を抱えた地域住民の相談に応じる生活相談所まで学園内に設け、宇品学園は次第に隣保館、セツルメントの体裁を整えて行った。

広島における慈善活動を知るべく田中理事長に取材を試み、インタビューが終盤に差し掛かった頃合いであった。彼は、「広陵高校をご存じですか？」と、意外な名前を口にした。一九二六年に開かれた第三回選抜中等学校野球大会（現・選抜高等学校野球大会）において初優勝を飾って以来、栄えある優勝旗を三度も宇品へ持ち帰っただけではなく、積年の好敵手である広島県立広島商業高等学校[80]との名勝負の数々により、広島の地に野球人気を根づかせたあの名門・広陵高等学校である。[81]

「広陵を廃校の危機から救ったのも、実はイトだったのです」

広陵高校は、福岡県柳川出身の数学教師・鶴虎太郎により一九〇一年に私立広陵中学として創設された。袋町（現・中区）に開いた私塾・数理学会を鉄砲町に移した際に改称し、文部省の中学校令により公的な教育機関として認可された一九〇七年を境に私立広陵中学校となる。ところが一九二〇年になって校主であった石田米助と教育方針で対立し、虎太郎を擁護する生徒五七七名が血判状を叩きつけるほどの紛争に発展したため、[82]若林賚蔵《らいぞう》広島県知事の仲裁により同校は山陽中学校（現・山陽高等学校）として再出発し、虎太郎は校名と大多数の生徒を引き連れ米助と袂を分かつこととなった。

進退窮まった虎太郎は、同校に通う清一の養母イトを訪ね、新校舎に充てるため所有地の一部を貸しては頂けないかと平身低頭で頼み込んだ。するとイトは間髪を入れず、「よござんす」と応じる。それどころかその四日後にイトは、何と六〇〇〇坪の土地と一〇万円の寄付を申し出る。虎太郎いわく、「之一に田中糸子女子任侠の賚《たまもの》と謂《い》はざるべからず」（『広陵百年史』広陵学園編）。

政一郎と同じく虎太郎が敬虔なクリスチャンであったことが影響していたかも知れない。さりとて瞬時にして虎太郎の熱き志を見抜き、十分過ぎるほどの資金を二つ返事で差し出すイトの豪胆な女傑ぶりには驚く他ない。彼女は一九三四年、七九歳で天寿を全うするまで教育、そして社会事業に対する情熱を失うことなく終生、「金は出すが、口は出さない」姿勢を頑固なまでに貫き通した。明治女ここにあり。「広島」という街を築いたのは、何も血気盛んな男たちだけではなかった。[83]

英国で誕生したセツルメントの思想、トインビーが言うところの「種蒔くことを恐るるな、たとえ鳥が嘴《ついば》むとも」といった慈善事業のスピリッツが政一郎を通じて、広島の僻地とも言われた沼地が広がるこの一画で、昭和初期に華開いた事実は特筆すべきことであろう。

全国社会福祉協議会地域福祉部／全国ボランティア・市民活動振興センターのまとめによると、東日本大震災に際して岩手・宮城・福島県において活動したボランティア総数は、二〇一一年五月の一八万二三四六名をピークに、延べ一五四万五六六七名にも上っている（二〇一八年三月末現在）。こうした社会奉仕の思想は大正期に、志ある学生たちによって始められ、全国の名もなき篤志家らによって育まれて行った。

やがて、このちっぽけな保育園からも戦後復興の狼煙《のろし》が上がる。

青臭い「思想革命」

爆心地から一・三キロの至近距離にあった広島中央放送局は本館、別館共に全滅し、在籍職員二六〇名中、三四名がその日のうちに死亡した。同局は、被災を免れた市北部の安佐郡祇園町字原（現・安佐南区西原）にあった原放送局（現・祇園ラジオ放送所）の予備スタジオを使い、被爆翌日から放送出力一〇キロワットの単独放送を再開している。

午前九時、一〇時、一一時に放送された高野源進広島県知事[84]の『知事告諭』は、「我等ハアクマデモ最後ノ戦勝ヲ信ジ凡ユル難苦ヲ克服シテ大皇戦ニ挺身セン」と結ばれていた。

同局は、社団法人日本放送協会の設立（一九二六年）に伴い、一九二八年に中国地方支部として開局した重要な情報発信拠点である。[85]大破全焼した上流川町（現・幟町）の局舎（流川演奏所）も一九四六年九月一〇日にはようやく復旧の目処はついたものの、広島駅から聞こえる汽笛の音がスタジオの窓をすり抜け放送に入ることもあったという。[86]

被爆時、同局を守った中村寅市局長に代わり、一九四六年五月三〇日、石島治志が局長として赴任してきた。彼は戦前、東京の港区愛宕山にあった東京放送局（JOAK）で放送編成会（現・編成局編成センター）幹事（編成主任）や業務課長を経て、戦時中の一九四二年二月から翌年八月五日までは放送部長として広島中央放送局に勤務していた。原爆投下当時は、職員養成所部長として東京に戻っていたため、辛くも被爆からは逃れられた。

「広島勤務があと二年長ければ……」

背筋が凍る想いを抱きつつも彼は、この再訪を報道管制により大本営発表を垂れ流すしか術のなかった自身に対する贖罪の機会と受け止めた。治志が学生時代に実践した社会福祉活動を局上層部が考慮し、白羽の矢を立てたかどうかは定かではないが、彼自身は運命の巡り合わせを感じていたに違いない。焦土と化した広島の姿は、若き日に目の当たりにした関東大震災によってことごとく潰滅した東京の光景と重なり合って見えたはずである。デジャヴ。一心不乱に救護に、炊き出しに走り回ったあの日々が鮮明に甦り、不謹慎だとは思いつつも、全身の血が、滾った。止められなかった。と同時に、「俺は、あの時の経験を今ここで活かせるのではないか。いや、活かさなければならない。それが俺の使命だ」と、心に刻んでいた。宿命。それはラジオの黎明期に立ち会った彼が、日本放送協会の職場機関誌である『調査時報』に一九三二年、「ラヂオ社会学私稿」と題し、「放送に関与する人々の識見、理想乃至熱意等々は何よりも重要なる問題であつて、この近代的文化機関の生殺も、又その文化現象の生滅も、すべて之れに懸かること言ふまでもない」と表明していた、放送人としての矜恃でもあった。

そんな治志と信三は妙に馬が合った。歳は離れていたものの共に東京帝大に学び、民本主義を提唱した同大法学部政治学科教授・吉野作造が、後に同志社大学総長となる海老名弾正牧師に感化されて一九一八年（大正七年）に結成した東大新人会の先輩後輩の間柄といった気安さもあったであろう。[87] 治志は後年「一億総白痴化」なる名言を吐いた同級生のジャーナリスト大宅壮一と共に同会に加わっていた。[88]

信三もまた、当時の知識人の多くがそうであったように東京帝大在学中にマルクス主義に触れて同会に加わり、昭和恐慌下で悲惨な生活を強いられていた労働者や農民の解放を夢見て実践活動に身を投じていた。「村上」というペンネームを用いて産業労働調査所の経済部長となり、労働環境の調査や我が国の独占資本の侵略的、好戦的性格の分析、または諸外国における革命的運動の研究・紹介を行っていたという。[89] そんな思想的な親和性がふたりを近づけたことは疑いようもない。歳月を経て、彼らの青臭い〝思想革命〟は、焦土に芽生えようとしていた。

マルクス主義者というと、戦後生まれの読者はすぐさま〝左翼〟の烙印を押したがるかも知れない。しかしながら、昭和初期に至るまで日本のみならず欧米においても、産業革命以降激変した社会・経済構造を科学的に読み解く理論はどこにも存在せず、カール・H・マルクスが著した『資本論』（一八六七年）やフリードリヒ・エンゲルスの『空想から科学への社会主義の発展』（一八八〇年）によって初めて体系的に近代という時代が定義された。それだけに政治、経済のみならず、実業を営む者にとってもマルクス主義は、一度は学習すべき通過儀礼であったことは理解しておく必要があろう。事実、信三もまた後述するように広島を甦らせることを第一義に、イデオロギーには囚われない施策を実践している。

この時期、浜井信三にとっても人生における一大転機が迫りつつあった。一九四七年三月、持ち前の胆力で戦後復興を牽引してきた木原七郎市長が公職追放の憂き目に遭い、道半ばにして突然辞任に追い込まれることとなる。二一日の退任の挨拶で自ら、「公職追放のG[90]項該当者として当然の運命」と述べたように、翼賛議員として戦争遂行に荷担した彼にとって公職追放はあらかじめ想定された結末であり、問題は命令が「いつ」下されるか、だけであった。

「いずれ追放指令が出されることになりましょうが、それまでに自ら辞任を表明されれば、市としては退職慰労金を出すことも可能となりますが」と、勧める者[91]もいたが、七郎は「ご厚意は誠にありがたいが、わしも推されて市長をお引き受けしたからにゃあ、許される最後の日まで踏み留まって、自分の責務だけは果たして去るつもりですわ」と、笑って答えたという。

それだけに残された時間を完全燃焼すべく、生き急ぐかのように七郎は突き進み、周囲も彼の気迫に押され、脇目も振らずに伴走した。朧気《おぼろげ》ながらも道筋がついたとはいえ、新生広島の復興はこれからが正念場である。青天の霹靂《へきれき》というほどの衝撃はなかったものの、終戦からの最も過酷な一年半、片翼飛行の市政を差配した指揮官の失脚に市職員は浮き足立った。助役らによって追放免除を求める陳情書が作られ、市民も署名活動を行ったが受け入れられるはずもない。

それから四年後に追放を解除され、広島市顧問となった七郎は一九五一年一二月二四日、元市長の藤田若水と共に病身を押して陳情のため上京した際に吐血。最期まで広島の復興を信じた国士は、星が燦めく聖夜にこの世を去った。

かくしてか弱き若木に水を注ぎ、肥を施す役回りは次世代へと託された。事の善し悪しはさて置き、帝国主義を生み育てた旧国家体制を潰滅すべく、GHQによって執行された公職追放により、ひとつの時代に終止符が打たれたことだけは確かであった。

連合国にとって公職追放という名の〝粛清〟は、財閥解体や農地改革と並んで日本人の精神構造を一から作り直す、まさに本土上陸作戦であった。第一次、第二次を合わせると公職追放令の該当者数は、軍部はもとより政財界や官界、言論界をも含む一九万三一四二名にも及び、戦前・戦中を通じて脈々と培われてきた人脈が、荒療治によってことごとく断ち切られ、文字通りの〝無血革命〟を招くこととなった。

こうした事態を受けて一九四七年四月には、戦後初の市長選挙が執り行われることとなる。同月一七日に施行された地方自治法（法律第六七号）に則った公選による選挙である。男女の別なく満二〇歳以上の日本国民は晴れて、普通地方公共団体の議会の議員及び長を、歴史上初めて直接選べることとなった。選挙法の改正に伴い一九四六年四月の第二二回衆議院議員選挙[92]、翌年四月の第一回参議院議員選挙、第二三回衆議院議員選挙に続き、女性も「清き一票」を投じられる新時代がやってきた。

当時、一四歳で安田高等女学校[93]（現・安田女子中学高等学校）に通っていた梶本淑子（旧姓・木村）は、学徒動員に赴いていた三篠本町三丁目（現・西区）にあった高密機械の工場で被爆した。一年半後の一九四七年一月二四日には腕利きの指物師《さしものし》であった父・幸造を原爆症で失い、入退院を繰り返す母と三人の幼い弟たちを食べさせるために、彼女は学業を断念し、一家の大黒柱として叔母夫婦が営む本通のマルサ洋服店（現・キョーリツ）で昼夜を問わず身を粉にして働いた。

大好きだった父が亡くなる四日前に淑子を枕元に呼んだ。

「わしはもういけんじゃろうから、弟たちを頼む。あの子らを学校へ行かせてやってくれ。このことはお母ちゃんには絶対に言うな。お母ちゃんに言うたら、前に飛び込むけんのぉ」

自宅の前には山陽本線が走っており、早朝けたたましい汽笛が鳴り響き、汽車が急停車することも珍しくはなかった。

「また誰かが飛び込んどる！」

生活苦から自ら命を絶つ者など、掃いて捨てるほどいた。

「弟たちを頼む」そんな父との約束。

「戦時中も、被爆して逃げた時も大変でしたが、私にとっての苦難はそれからの一〇年、結婚するまででした。弟が三人おったから死なんで済んだけれども、(弟が)ひとりだったら殺していたかも知れない」

貧しかった。九〇〇〇円の給金をもらってはいたが、前借り分を差し引かれると手元には幾らも残らない。毎月四〇〇〇円の入院代が払えず、母が広島赤十字病院から追い出されたことも幾度となくあった。高価な食料品が並ぶ闇市へは行けない。腹が減ったらひたすら、川の字になって寝た。父は生前、「淑子の嫁入り道具は全部わしが作るけえ」と胸を張り、樫材を取り置いていたが、すべて飯炊きに消えた。結婚の際には安っぽい家具しか揃えられず、母は「嫁入り道具だけは父ちゃんが……」と泣いた。

〝将来の夢〟などといった贅沢とは無縁の淑子だったが、初めて参加した選挙のことは今でもはっきり覚えているという。投票は己斐の小学校へ行った。喜び勇んで行った。

「外にまで延びた列に並んで待っている間に、これで女性も一人前として見てもらえるというか、わたしらも人間として扱われているといった複雑な想いが次から次へと込み上げて来て、本当に嬉しかった」

街には、原爆症を患い床に伏しがちであったため義母に「役立たずの嫁」と罵られ、毎晩のように夫から殴られ蹴られ、青アザが絶えない「新女性」たちがそこここにいた。

新たな選挙制度の施行により、従来の国からの上意下達方式が改められ、少なくとも表面上は地方分権主義が自治行政の基本となった。

すると信三の周囲が俄然、慌ただしくなってきた。若手職員や青年団の幹部らが連日、執務室や自宅に押しかけるようになる。野田益が主宰していた市政研究会も全会一致で信三を市長に推すことに決めた。

「浜井さん、わしらは皆、身近に居てあんたがどれだけよう働いて来られたか知っとる。あんたが立候補してくれりゃあ一丸となって支えますけぇ。ここはひとつ腹を決めにゃあいけんよ」

「浜井さん！　広島のためじゃ」

「助役っ！」

皆、一様に痩せこけていた。無精髭が生えた土色の面にぎょろりと大きな目ん玉だけが乗っかっている。擦り切れたワイシャツの襟は汗染みで薄汚れ、髪に櫛を通した形跡もない。原爆によって家族を失い、家を焼かれた者たちばかりである。見かけは冴えない面々だったが、後ろを振り返ることなく真摯に職務を全うして来た誇り高き勇者、つわものたちであった。

いまだ、公務員が選挙運動を行ったところで法には触れない悠長な時代ではあったが、社会課長であった矢吹憲道ら四名の若手課長らは、信三が手を挙げれば即刻、辞表を叩きつけて選挙活動に専念すると、心の琴線に触れる脅しまで仕掛けて来る始末である。

「困ったことになった……」

ここで復興の気運が途絶えてしまえば広島は未来永劫、甦れないかも知れない。さりとて信三は、市長になる気などさらさらなかった。むしろこれを契機に退職し、教職など、これまでまったく顧みることのなかった家族のために時間を割ける仕事に就こうと考えていたほどである。

「選挙までにはまだ時間があろう。それまでに適当な候補者を探そうじゃないか。どうしてもええ人が見つからんかった場合には私自身、立候補を考える」と、例によってのらりくらりと返答を先延ばしにしていたところ、再び元市長の藤田若水に呼び出され、こっぴどく叱責されてしまう。

「まぁた、はぶてとる（ふてくされている）んか。君は広島市を離れてはいけん男じゃ。ふうが悪い（みっともない）けぇ勇敢に市長選に打って出ろ！」

そうは言われても、今回だけは「はい、仰せの通り」と、首を縦に振るわけにはいかない。そもそも「公吏」と「官吏」とでは、求められる能力、資質があまりにも違い過ぎる。雪と墨である。信三は自分がこの難局を乗り切れるだけの器だとはこれっぽっちも思ってはいなかった。

もちろん選挙を闘う資金などどこにもない。女房のへそくりがあればいい方だ。加えて、七郎のような押しの強さもない。一市長がＧＨＱや高級官僚と丁々発止の折衝を行わなければならないこの重大な局面に、自分のような凡庸な男が首長になれば逆に復興の足を引っ張ってしまうことにもなりかねない。まさにB-29に竹槍で闘いを挑むようなものではないか。しかしながら若水も一歩も後へは引かない。

「君が決断すりゃあ、わしは辻説法して回るぞ。これからの市長はまず若いもんでなけりゃあいけん。第二に教養がなければ話にならん。第三に市政に明るい者。そして第四に原爆の体験を持った者でなけりゃあ、ここでは本当に血の通った市政は出来ん。それには浜井が最も適任じゃ言うて、説いて回るつもりじゃ」

物言いは乱暴だが老獪な若水は、乱世が終わり建設期を迎えた広島には、少々決断力に欠けるきらいはあるものの、信三のような実直かつ理知的なリーダーが必要だと考えていた。

時間は差し迫っていた。三月二五日になってようやく信三は、周囲に担がれる形で渋々重い腰を上げた。文字通りの出遅れ選挙ではあったが、六名の候補者で争われた選挙の結果、市長代理を務めていた山本久雄第一助役が一万八〇八七票、第二助役であった信三が一万七一三〇票を獲得し大接戦を演じた。[94]しかしながらいずれの候補者も法定得票数の二万二三六〇票には届かなかったため、両名の間で決選投票が行われることとなる。

とはいえ、同僚であるふたりの助役、しかも復興事業に携わって来た〝戦友〟同士の一騎打ちともなれば市民を二分し、後々禍根を残すことにもなる。事態を重く見た砂原格市議会議長は、同じく広島県知事選挙の真っ只中にあった楠瀬常猪に仲介役を依頼し、僅差でリードを保っていた久雄の説得にあたった。

「山本が市長になっては何をしでかすかわからん。浜井も心から賛成はしかねるが山本よりはましだろう」と、格は後に記している。

浜井陣営の選挙戦後半における破竹の勢いを肌で感じ取っていた久雄が、「決戦を降りれば衆議院議員選挙には必ず第一区から当選させる」との見返りを敢えて受け入れ、「私は大儀的愛市的見地に立って多年市役所にあって市政運営に深い体験を有する浜井候補に譲る」と辞退を表明したため、無投票当選で信三が第一八代広島市長に就任することとなる。[95] 火中の栗は、未だ紅く熱い焔を宿していた。時に信三、四一歳。不惑とは、ほど遠い船出であった。

選挙戦を巡る上を下への大騒ぎがようやく収まったある日のこと、夢を語る会の面々はいつものように梁川義雄の店ムシカに集い、飲み慣れた自家製コーヒーをずるずると啜っていた。現在は南区西蟹屋に移転した同店を引き継ぎ、立派な防音施設を備えたリスニング・スペースでは地元の若手アーティストたちのリサイタルも開いている義雄の長男である忠孝は、「僕は、音楽もコーヒーも苦手なんですよ。日本酒の方がいい」と小さく笑ってみせた。

「うちにはクラシックを愛好する進駐軍の兵隊たちも足繁く通ってきていましたからね。おそらく彼らが持ってきてくれていたのでしょう。〝献品〟ですね。父が大豆をフライパンで丁寧に煎って、すり鉢で潰していました。代用コーヒーとはいえ、当時の広島では味わえない本格的な味でしたよ。もっとも、間もなくコーヒー豆も手に入るようになりましたがね。なぜかラム酒が五ガロン、常に切らさず置かれていたのも覚えています」と言う。

この店内では、一枚板のカウンター越しに音楽は、さらりと国境を越えていた。日本交響楽団（現・NHK交響楽団）のメンバーも広島を訪れると、何はさておきまずはムシカに顔を出した。当時のメニューは、コーヒーとミルクのみ。やがてココアやアイスクリーム、ジュースも加わった。一九四六年には内務省令が改正され、全国的に不足していた砂糖の代替甘味料として人工甘味料のサッカリンが認可されたが、この店には〝献品〟のグラニュー糖がたんまりあった。果実飲料の草分けとなったバヤリースオレンジが朝日麦酒（現・アサヒビール）によって市販される五年も前のことである。

デビュー間もない美空ひばりも母・加藤喜美枝に背負われてやって来た。音楽仲間から聞きつけたのだろう。九歳になったばかりのひばりは、「アイスクリームが食べたい」と、大人びた声で駄々をこねた。

誰がリクエストしたのか、店内にはベートーヴェンの交響曲『運命』が低く静かに流れている。

「この前の復興祭じゃが、どうにも締まらんものじゃったのぉ。ピカで映画館も奨励館（広島県産業奨励館、現・原爆ドーム）も何もかものうなってしもうたけえな。市民は文化に餓えとる。もちいと芸術の香りがする祭にすりゃあ良かったんじゃが」と、永田清次郎が嘆くと、「そもそも復興祭なんぞやっとることさえ知っとるやつはほとんどおらんかったけえ。皆、日々の生活に追われてそれどころじゃないけんのう」と佐伯敏夫が自嘲気味に呟いた。

すると、ふたりのやり取りを押し黙って聞いていた石島治志がおもむろに、「市民の平和意識が、ここまで高まってきたからには、（一九四七年）八月六日の第二回原爆記念日から、大々的な〝平和祭〟を催して、われわれ被爆市民の、平和への意思を全世界に宣明したらどうだろう。全市民が固く手を握って、一つの理想、人類の安全と福祉のために力を尽くすということは、大きな意義があるし、必ず全世界にアピールすると思う」（『よみがえった都市―復興への軌跡　原爆市長』浜井信三）と、単刀直入に切り出した。

鹿児島県生まれ、知覧出身の薩摩隼人が咆えた。彼にとっては放送人として常々危惧していた、「社会結合に於て地縁社会或は共同社会《ゲマインシャフト》が強固であるは、亦この地域的郷土文化がその紐帯《ちゅうたい》をなすがためである。文化の全国的渾一化《こんいっか》は、この地域的郷土文化を解消せしめる。これは教育上、環境を失はしめ、他方、強固なる社会を崩壊せしめるに立ち至るであらう」（「ラヂオ社会学私稿」石島治志）といった、マスメディアによってもたらされる文化の均質化という弊害を逆手に取った、攻めの一手であった。

「この男は一体、何を言い出しよるんじゃろう……」と一同は呆気に取られたが、マスターの義雄がすかさず助け船を出した。

「石島さん、それは妙案じゃ。黙って頭を垂れとって理解してもらえるほど世間は甘うない。ほいじゃけえ、わしらが自ら声を上げてこそ世界が広島に目を向け、耳を傾け、平和の意味を考えるようになる」

すると全員が我に返り、「そうだ、そうだ。その通りじゃ！」と、頷き合った。

信三も後に同店の開店二〇周年記念の際に、「（ムシカの存在は）戦後の混乱期にあっては、正に画期的なことでそれは、一に同店の経営者である梁川義雄氏が、自己の利益を離れて音楽を通じて社会に奉仕しようとせられる公共の心の現れでありその氏の卓越した識見と先見の明に心からの敬意と感謝を捧げるものであります」と祝辞を贈ったように、義雄には一目置いていた。

はて、首長となった信三の反応はいかにと、皆の視線は無意識に、固く目を閉じ腕を組んだ彼の上に注がれた。彼が統一感のない平和祭の開催には消極的であることはそこにいた全員が聞き知っていた。

ひと呼吸置くと、やがて信三は鷹揚に口を開き、「市政っつうもんは地味で地道なもんじゃ。決して派手なもんではないし、公僕が目立ち過ぎてもいけん。さすがにラジオをやっとる人間の発想は違うのぉ。確かにうちらは口をつぐんでばかりじゃのうて、これからは市民のために発信する立場にならにゃあいけんのかも知れん」と、眉間の皺を解いた。

「いつまでも助走しとったら、いざ本気で走らにゃならん肝心な時に力がよう出んようになるけえのぉ」

男たちはドッとばかりに湧いた。久方振りに腹の底から声を上げて笑った。笑い合った。生気のなかった口元からはきらきらと白い歯がこぼれ、『運命』がドアを叩く音が聞こえた。

きっかけは、たわいもない井戸端会議であった。がしかし、それがひとつの引き金となり、慰霊のための祭祀と平和祈念のための祝祭、このふたつの要素を併せ持った広島市が世界に誇るセレモニーの雛形が生まれ、一九四七年から現在に至るまで毎年八月六日に開催される広島市原爆死没者慰霊式並びに平和祈念式（広島平和記念式典）へと受け継がれてゆくこととなった。

1　広島駅前の地上四六階、地下一階の再開発ビルはエキシティ・ヒロシマの愛称で二〇一七年四月にグランドオープンした。商業棟に四十数店舗、住宅棟に分譲・賃貸合わせて四七六戸が入居するこの高層ビルは、隣接するBブロックのビッグフロントひろしま（一九七・五メートル）と並んで駅前の風景を一変させた。
近代都市を象徴する景観ではあるものの、地方都市にありがちな駅前再開発事業計画からただの一歩も逸脱するものではなく、「平和都市・広島」のエントランスであるにもかかわらず、この立地ならではの個性も思想も見出すことはできない。愛友市場は、愛友ウォークなる〝のっぺらぼう〟な名称を与えられ、観光客相手に生き長らえることを辛うじて許された。

2　ひろしま駅ビルASSEは、二〇一四年に策定された、広島駅南口広場の再整備等に係る基本方針に基づき建て替えが進められており、広島電鉄本線を稲荷町電停から駅前大橋を通るルートに変更した上でASSE内に電停（広島駅電停）を設け、これと高架で繋ぐ半世紀ぶりの大規模整備計画となっている。

3　旧・国鉄山陽本線は一九四五年八月八日には早くも広島〜横川間を開通させ、広島電鉄の路面電車も九日には市内線の己斐（現・広電西広島駅）〜西天満（現・天満町駅）間で単線ながら往復運転を再開している。

4　米の配給量は一日あたりわずか〇・三キロ（二合一勺）。統制価格は一斗（約一五キロ）で五五円ほどだったが闇市では二〇〇〜三〇〇円。毎日、四円から五円値上がりしていた。

5　ヒロポンは、一九五一年六月に制定された覚せい剤取締法により違法薬物に指定された。

6　一九四八年二月一日に全国で厚生省児童局企画課によって公表された全国孤児一斉調査結果によれば、広島県内では五九七五名が確認されている（広島市・長崎市原爆災害誌編集委員会編の『広島・長崎の原爆災害』でも四〇〇〇名から五〇〇〇名の原爆孤児がいたと推測されると記されている）。ちなみに沖縄県を除く全国の孤児総数は一二万三五一一名で、そのうち戦災孤児は二万八二四七名、植民地・占領地引揚孤児は一万一三五一名であった。

7　荒神市場の出店数は、大規模な手入れが行われた一九四六年六月には一二〇〇前後にまで膨れ上がり、広島税務署の査定によると売り上げは、一九四五年九月から一二月までの間だけでも一七〇〇万円にも上った。

8　戦後の荒神市場では、一九四六年三月三日には邦画専門の国際劇場が開場し、市川右太衛門主演の丸根賛太郎監督作品『殴られたお殿様』（大映）がオープニングアクトを飾っている。地べたや六尺腰かけの板製べンチに座るといった粗末な小屋に過ぎなかったが、連日超満員を記録。猿猴橋を渡った的場町にはキャバレー『鯉城園』も開店するなど荒神市場は、物資のみならず娯楽も庶民にいち早く提供した。

9　村上組の当時の主なシノギは闇市の用心棒であり、一九四六年には一枡または一区画あたり一〇〇〇円、翌年には二〇〇〇円の権利金、いわゆる〝ショバ代〟を商店主から巻き上げていた。

10　一九六〇年頃、岡組の跡目争いに端を発した広島抗争（第二次広島抗争）は、三代目山口組の介入により兵庫県神戸市を本拠地としていた本多会との代理戦争の様相を呈し、中国地方五県警で三二六五名もの検挙者を出す血で血を洗う抗争事件へと発展する。こうした文字通りの〝仁義なき戦い〟に嫌気がさした綱野光三郎は足を洗って堅気となり、一九五九年にビル管理事業会社を設立。実業家としても成功を収めた。

映画『仁義なき戦い 広島死闘篇』、『仁義なき戦い 代理戦争』では成田三樹夫が光三郎をモデルにした松永弘役を好演していたが、次作『仁義なき戦い 頂上作戦』では、映画公開時には光三郎がすでに引退していたことから同役は登場していない。

11　国民義勇隊は一九四五年九月に解散し、中国軍管区司令部は一一月末に第一復員省中国復員監部へ移管された。

12　被爆当時、広陵中学の四年生であった越智光治によると、「間もなく、韓国婦人であろうか、アイゴアイゴと悲鳴を上げながら泣いていた。よく見ると、右前膊部の筋肉が約十センチ余りごっそりともぎ取られて骨まで見えた」（『広陵百年史』広陵学園編）という。

13　戦時中、高暮ダム建設のため約三〇〇〇名の朝鮮人労働者が施工業者の奥村組によって動員されていた（半数が強制連行者）。比婆郡庄原町（現・庄原市）の消防団では終戦直後、火災には三つ、朝鮮人労働者との衝突の際には五つのサイレンを鳴らし、事あれば町内の男衆は全員棍棒を持って集合する、といった申し合わせをしていたという。

14　一九四二年に木南車輛製造が製造した五輌の半鋼製のボギー車。被爆により六五〇型の初号機である六五一号は爆心地から七〇〇メートルの宇品線中電前駅付近で半焼、六五二号は宇品で小破、六五三号と六五四号は江波にて大破し、六五五号は全焼したが、一九四六年三月までには六五五号を除く四輌は原型に近い形で復旧し、営業運転を開始している。現在も六五一号は動態保存されており、主に平日朝のラッシュ時などに波動輸送用として一・三・五号線で運用されている。また、八月六日午前八時一五分には必ず爆心地跡付近を走行中の車輌は全車停車し乗務員、乗客は一分間の黙禱を捧げる習わしとなっている。

15 毎年、広島では五月三日から五日まで『ひろしまフラワーフェスティバル』が開催され、平和大通りで行われるパレードには約一六〇万人もの市民や観光客が集う。このフェスティバルは、一九七五年にリーグ初優勝を果たした広島東洋カープの優勝パレードがきっかけとなり、一九七七年に中国新聞社や浜井信三の長男である順三が当時、副理事長を務めていた広島青年会議所などの主導で創設された。ちなみに二〇一六年に二五年ぶりのリーグ優勝を成し遂げたカープの優勝パレードも同年一一月五日、四一年ぶりに平和大通りで行われ、沿道は三一万三〇〇〇人ものファンで埋め尽くされた。

16 被爆当時、本川国民学校のところにあった広島県庁の出先機関へ、三キロほど離れた寮から通っていた竹重貞蔵は原爆投下の前日、偶然にも自転車がパンクしてしまったため、八月六日は徒歩で出勤。爆心地から二キロほど離れた観音町で被爆し生き延びることができたという。

17 名古屋では、内務省で琵琶湖の利水計画や木曽三川の治水などに携わった田淵寿郎が技監・助役となり指揮を執った。百メートル道路の建設においては名古屋刑務所や墓所の移転などで住民からの猛反発に遭うが、全市の二〇パーセントを超える土地を道路や公園用地に転換し、現在の名古屋市の都市インフラを整備した。

18 広島において百メートル道路案が受け入れられた理由は、戦時中における防火帯の整備にあった。一九四四年一一月から建物疎開が始まり、翌年五月頃からは粟屋仙吉市長の指示によりスピードアップが図られた。南北には川が幾筋も流れているが、東西は防災道路がどうしても必要だったことから一九四六年、最初に立てられた街路計画では、現在の平和大通りと並行してもう一本の道路が予定されていた。

19 丹下健三は「ここに設けられる施設は、平和を作りだすための工場でありたいと考えた。そうして、また広島の市民が平和えの意志を結束させるための施設としてのコミユニテイ・センターでありたいと考えた」（「平和都市建設の中心課題―としての平和會館―」丹下健三）と記している。しかしながら、この軸線の思想そしてモニュメントのモチーフには、彼の実質的なデビュー作品であった、大東亜道路を主軸としたる記念営造計画―主として大東亜建設忠霊神域計画との類似点が数多く見受けられる。

同計画は、一九四二年に日本建築学会によって開催された大東亜建設記念営造計画コンペにおいて一等入選した作品で、皇居から富士山に向かって大東亜道路と大東亜鉄道を走らせ、富士山東麓を忠霊神域とする壮大な計画であった。また、忠霊神域には鉄筋コンクリートの寝殿造りの神殿（丹下自身は〝埴輪〟のイメージだと回想している）が配されており、シンメトリックな空間構成と併せて平和記念公園の原型と言えなくもないデザインである。建築家としては、モダニズムの構成原理を踏襲したに過ぎないとはいえ、大東亜戦争を賛美する作品と、これをミニチュア化したかのような、平和を作りだすための工場の近似性には戸惑わざるを得ない。

20　爆心生存者は一九八五年の段階で五六名であることが判明した。『爆心地図復元運動』は一九六七年に『現代の映像：軒先の閃光〜よみがえった爆心の町〜』（NHK広島制作）として全国放送され、やがて広島大学原爆放射能医学研究所（現・原爆放射線医科学研究所）の湯崎稔が中心となって聞き取り調査を行い一九六九年、生存者の記憶を元に被爆以前の中島地区の市街地が正確に再現された。また、一九七七年には広島市が委託した原爆被災復元調査委員会（志水清会長）が二キロ以内の地図をほぼ復元するに至る。

21　慈仙寺は現在、中区江波二本松に移転している。

22　被爆後、残ったのは慈仙寺本堂南西にあった広島藩浅野家の御年寄・岡本宮内《くない》の墓石の笠にあたる相輪と、現在は平和記念公園レストハウスとなった県燃料配給統制組合の事務所のみ。

23　『はだしのゲン』の作者である中沢啓治は、「平和都市建設の都市計画で我が家が邪魔だから立ち退けと、市役所から命令された。（略）私たちは、原爆で素っ裸にされ、焼け跡をジプシーのようにさまよい、やっと安住の地を見つけ、必死で建てたバラックさえ奪われる口惜しさに怒りで震えた。被爆してさんざん苦しんでいる市民を、『平和』という聞こえのいい言葉で痛めつける、旧態依然のお上の所業に、『何が平和都市建設だ！　バカにするなっ！』と私は思った」（『「ヒロシマ」の空白 中沢家始末記』中沢啓治）と、やり場のない怒りを吐露している。

24　一九四七年四月三〇日に広島赤十字病院で、米国の報道・科学者視察団の前でケロイド状に爛れた背中を見せたことから「原爆一号」と呼ばれた吉川清も、浜井信三を訪ねてはみたものの、「ようやく復興の途についたばかりであって、被爆者の救済にまでは、財政上も手がまわりかねる」と言われ、「被爆者の生活は、依然として苦難の中に見捨てられたままであった」と非難している。

中には、子供を抱えて市内にバラックを建てたものの、区画整理の仮換地発表で、墓地への移転が命じられたため、「換地の場所が墓地の上であることは私の如く戦禍と天災とに依り打ち挫かれた人間にとりては不遇の連続の予測されて実に耐えがたき苦痛と恐怖とを深刻に感じます」（『忘却の記憶 広島』東琢磨、川本隆史、仙波希望編）と、陳情書（一九四七年一一月二四日付）を提出する女性までいた。

また、一九七〇年には「理想と、現実のギャップは、被爆者の犠牲で埋められた」（『朝日新聞』一九七〇年七月二八日付）と言う広島市区画整理民主化同盟の山本豊会長ら三〇五名は、区画整理事業に伴う換地処分の取り消しを求めて当時の山田節男市長を訴えてもいる。「平和都市ヒロシマは被爆者の土地をとり上げてつくられた。しかも補償もない。被爆者の犠牲の上に立った町づくりは、納得できないばかりか、財産権の不可侵をうたった憲法に違反している」（前掲）というのがこれら住民の主張であった。

さらには市議の中にも浜井信三の強攻策を指弾する者が現れ、大横田義雄市議は一九五二年八月の議会において「原爆遺族、原爆犠牲者はいかに取扱われたか。市長がこれに報いたものは権力の強行による圧迫以外にはなかったのであります。（拍手）／道路の厖大な拡張と新設、七派川の堤防用地、河川改修用地、緑地帯、公園の新設による住宅土地の収奪であり、強制立退き移転による生業の剥奪であります。市長にはこれら犠牲者の生活苦の呻きが聞えぬのでありましょうか」（『広島市議会史　議事資料編II』広島市議会編）と、手厳しく批判している。信三は一九五五年、自民党が推す渡辺忠雄に三選を阻まれているが、忠雄が「百メートル道路を半分に削って住宅を建てる」と公約し、信三との対立軸を明確にしたことが最大の要因であったとも言われている。それだけ土地整備計画に対する市民の反発は強かった。

25　一九四六年七月には戦災復興促進決議案が国会で可決され、当初は八割の補助率を謳っていたものの、国家財政の逼迫に伴い、一九四九年度には二分の一に低減され、全国の戦災都市からは不平の声が上がった。

26　空襲により焼失した市街地面積は約六万四〇〇〇ヘクタール。国内総人口の一割強にあたる九七〇万人が罹災した。

27　会計監査院によれば、二〇一五年度末時点までの集中復興期間予算のうち、実際の支出額は二七兆六二三一億円（執行率八二・四パーセント）で、福島第一原発事故の除染費など東京電力に求償できる費用や復興債の償還費を除けば二四兆六〇〇〇億円程度になると見込まれていた。

28　兵庫県は震災半年後の一九九五年七月に、一〇年間の復旧・復興計画であるひょうごフェニックス計画を策定し、県の負担は二兆三千億円にも上った。うち一兆三〇〇〇億円は県債発行で賄ったものの、公債費が膨らみ、歳出が歳入を上回る分については基金や新たな借金で穴埋めせざるを得ず、震災関連の借金残高は二〇一六年度決算で四三八六億円も残されている。東日本大震災の集中復興期間は、阪神・淡路大震災の教訓から生まれ、復旧・復興事業の地元負担は実質ゼロとなったが、今後も復興関連県債の返済を強いられる兵庫県の窮状に国が手を伸べる様子はない。

29　福島正則は越後魚沼郡内の二万四〇〇〇石と信濃川中島の二万石に改易となる。いわゆる左遷だが正則は速やかに恭順し、わずか三十余名の家臣だけを引き連れ堂々と信濃へと向かった。また重臣であった可児才蔵らも、部下たちがすべて再任官するまで自ら任官することはなかった。正則の無血開城は「福島の城渡し」と呼ばれ、幕末に至るまで城明け渡しの模範ともなった。

30　大蔵省が一九七二〜一九七四年度に実施した調査によると、各財務局が引き継いだ全国の旧軍用地は神奈川県の総面積を遥かに上回る三二七六平方キロメートルであった。

31　戦前における大蔵省所管の普通財産は、国有財産総額のわずか〇・五パーセントだったが、軍財産が引き継がれることによって一挙に四〇倍にまで膨れ上がっていた。

32　木原七郎らの懸念は、一九四八年四月二四日に開かれた広島市議会における池永清真市議の次の発言からも察せられる。「若しこの土地（旧・軍用地）が広島市の市民の総意を無視せられて、（中略）広島市以外の人達や或は広島市の考えておる考え方に反する用い方をする人達に、たゞ金があるからという理由によって払下げが行われることは広島市の将来にとって、現在にとっても勿論由々しき問題であります」（『広島市議会史　議事資料編II』広島市議会編）

33　文化貢献の一環として大原孫三郎は、石井十次の長女・友を妻に迎えた洋画家の児島虎次郎に託して、私財を投じて収集したクロード・モネの『睡蓮』やエル・グレコの『受胎告知』を始めとする西洋絵画の逸品の数々を展示する大原美術館を一九三〇年、倉敷に開館した。戦時中、なぜか倉敷だけは空襲を免れたのは、満州事変の事情聴取のため一九三二年に来日した国際連盟リットン調査団のメンバーが同美術館に収蔵されていた歴史的名画の数々に感嘆し、西洋文化遺産の破壊を回避すべく連合国軍に勧告したからとも伝えられている。

34　大原社会問題研究所からは後に日本国憲法の叩き台となる草案を作成した憲法研究会を支えた逸材が輩出している。所長であった高野岩三郎は一九四六年には日本放送協会第五代会長の座に納まり（任期中に死去）、主要メンバーであった森戸辰男は戦後、文部大臣を経て広島大学の初代学長に就いている。

35　小学校に通うことができなかった従業員に小学校基礎教育と精神修養を施すために倉敷紡績内に設けられた『職工教育部』もまた、企業内教育施設の魁となってゆく。

36　柿原政一郎は、一九一四年に岡山本部となった岡山孤児院の主任となり、総歳入の二八・四パーセントを占めていた賛助金の集金や新賛助員の募集活動などを積極的に推し進め、当初は「各方面共実に混沌たる有様で、一同腹の底には故院長から遺された一箇の確かな信念は持ちながら、実際問題の上で少なからず当惑」（「大正期の岡山孤児院の運営体制と大原理事時代（1）」菊池義昭）していたが一年後には「昨今では財政上一定の進路を見出す事が出来る様になり」（前掲）と報告できるほどの立て直しに成功している。

37　一九四六年四月に市役所に入り渉外課に配属された花岡正登は、「机と椅子は自分で持って来い」と言われ、「机がないと役所に雇ってもらえぬのじゃないか」と真剣に思ったという。

38　放射線障害に関する知識を持つ現代から見れば何とも奇異に映るが、原爆被害の実態が知られていなかった当時は、被爆者を空襲による被災者と分けて特別視することは、さほど多くなかった。例えば、母親の胎内で被曝したことから身体の奇形や発育障害を伴って誕生した原爆小頭症患者とその家族の会・きのこ会の起ち上げに尽力した作家の文沢隆一はその著書『ヒロシマの歩んだ道』の中で、「信じられないかもしれないが、当時の世情で、病気や死亡はごく普通の出来事であった」と記し、友人たちが亡くなった原因が原爆症であったことを知ったのは戦後十数年を経てからのことであり、「被爆者以外にも、たとえば、外地からの引揚者や戦災者、そして戦争未亡人の家族など、戦争の後遺症はいたるところに転がっていた」と綴っている。占領下において原爆症に関する情報が大幅に規制されたことが被爆者の救済を遅らせたことは紛れもない事実ではあるが、一方でこの時代、〝死〟というものが日常そのものであったことも見逃せない。

39　『河』は広島市内の劇団・サークル初の合同公演として一九六三年に初演。平和運動の原点を問う作品として広島のみならず全国各地で上演され、一九七三年に小野宮吉戯曲平和賞を受賞した。二〇一七年一二月には、峠三吉生誕一〇〇年・土屋清没後三〇年を記念し、清の妻であり女優の時子が演出を手掛け、二九年ぶりに市民劇として広島、翌年には京都で再演された。

40　被爆時の体験談は一九六五年にようやく『原爆体験記』としてまとめられ、朝日新聞社から刊行された。

41　一九九五年に発行された『矢賀原爆戦災誌』に残された二川一彦の母の談話によれば、探している際に幸子の友人が「二川のおばさん」と声をかけ、「二川さんはパンツ一枚で宇品の方へ行かれた」と教えてくれたが、遺体を見つけることはできなかったという。

42　原爆供養塔は旧・広島市民球場も手掛けた石本喜久治の設計により、一九五五年に建立された。

43　丹下健三は、「平和は訪れて来るものではなく、闘いとらなければならないものである。平和は自然からも神からも与へられるものではなく、人々が実践的に創り出してゆくものである（中略）わたくし達はこれについて、先づはじめに、いま、建設しようとする施設は、平和を創り出すための工場でありたいと考へた」（「廣島市平和記念公園及び記念館等競技設計等選図案1等」丹下健三）と綴っている。

44　一九五四年三〜六月にかけてビキニ環礁周辺で被曝した高知県の元マグロ漁船員や遺族ら四五名は、被曝に関する記録を国が開示しなかったことで精神的苦痛を受けたとして、総額約六五〇〇万円の国家賠償を求めていたが、高知地裁は二〇一八年七月二〇日、国の責任を認めず原告の請求を棄却する判決を言い渡した。

45　モニカ・ブラウ著『検閲─原爆報道はどう禁じられたのか』によると一九四六年夏の段階でCCDは総員八七三四名、日本人や朝鮮人（文民）は八〇八四名となっているため、組織としての規模は短期間で徐々に縮小されて行ったことがわかる。

46　第三地区民間検閲所は、広島県及び島根、山口、九州全県を包含し、福岡市米陸軍民事検閲ビル第三地方検閲部地方検閲官が統括していた。また、CCDとは別に米対敵諜報部隊（CIC）が呉市吉浦町に置かれ、情報収集や思想調査を行っていた。

47　雑誌とはいっても、印刷機械を始め用紙やインクが欠乏していた戦後当時、広島県においてはそのほとんどが青年団や地域文芸団体、学校、労働組合などが主宰する文化誌や文学同人誌であり、発行部数も一〇〇部前後に留まっていた。

48　一九四七年一二月一五日以降、極右左系の二八誌を除くすべての雑誌が事後検閲となったこともあるが、一九五一年一〇月に岩波書店から刊行された少年少女たちが綴った原爆体験文集『原爆の子〜広島の少年少女のうったえ』（長田新編）には、被爆による悲惨な実態が生々しく記されていたにもかかわらず削除対象とはなっていない。

ただし、CCDの「教範」には国際情勢や経済・社会体制の変化に即してGHQが随時変更・追加、または削除を指示するキー・ログス（Key Logs）と称される重要事項指示書があり、これにより「原爆」に関する表記がプレスコード第二条に抵触した可能性は高い。ちなみに原爆に関連する記述の違反理由にはこの第二条が用いられた。一方で、広島県全体の違反件数四八四件のうち、左翼的事案は七〇件に留まり、大半が右翼的違反であった。

49 検閲された（新聞を除く）出版物の九九パーセントは全く規制を受けず、そのままパスしたとも言われる。

50 歴史小説家の大佛次郎はその著書『終戦日記』の中で、「『主婦の友』の最新号を見ると表紙のみか各頁毎に『アメリカ人を生かしておくな』と『米兵をぶち殺せ』と大きな活字で入れてある。（中略）我が国第一の売行のいい女の雑誌がこれで羞《はずか》しくないのだろうか。日本の為にこちらが羞しいことである。珍重して後代に保存すべき一冊であろう。日露戦争の時代に於てさえ我々はこうまで低劣ではなかったのである」（一九四四年一一月一八日）と、戦時下の情報統制を嘆いている。

51 事前検閲においては、占領軍による弾圧といった印象を与えないように、戦時中とは異なり、黒塗り、伏せ字、空白といった手法は避けられた。

52 一九四八年の地方自治法改正以前は、県議会議員が市町村長や市町村の有給職員、市町村議会議員を兼務することは禁止されていなかった。一九四八年の衆議院本会議でも、「現在府県会議員の半分ないし二、三十パーセントは市町村長がやつており」といった委員長発言が認められる。

53 町内会（主に市部）や部落会（郡部）は、祭祀や消防、防犯、教育、土木、水利を担う集落の自治組織として、明治半ばから昭和初期にかけて各地で結成された。内務省は当初、法制化には消極的だったが国防体制に組み入れることを目的に一九四〇年、『部落会町内会等整備要領（訓令第一七号）』を発しこれを公認する。広島県でも同年一一月に『部落会・町内会等整備ニ関スル件広島県訓令（訓令第一九号）』が出され戦時中は大政翼賛会町内会部落会指導委員が設けられるなど軍事援護から自警、物資配給に至るまで幅広い権限を与えられたため、戦後はＧＨＱの指示に従って出された『内務省訓令第４号』及び『政令第15号』により廃止された（一九五二年のサンフランシスコ平和条約発効に伴い町内会等は復活し、再編成される）。

54　一九四六年一二月の段階で醤油の統制価格は八円（一升）であったが闇価格は五〇円、清酒は四〇円（一升）が四五〇円、石けん（一個）七五銭が一〇円、小麦粉（一貫）に至っては三円九五銭が一四〇円という高騰ぶりであった。

55　一九四六年五月二四日には昭和天皇も二回目となった玉音放送、食糧問題に関するお言葉の中で、「祖国再建の第一歩は、国民生活とりわけ食生活の安定にある。（中略）この際にあたつて、国民が家族国家のうるはしい伝統に生き、区々の利害をこえて現在の難局にうちかち、祖国再建の道をふみ進むことを切望し、かつ、これを期待する」と国民を鼓舞していた。

56　一九四六年七月中旬から米はほとんど配給されなくなり、野菜や魚の配給もほぼ停止されている。任都栗司の手記によれば、町会連盟は物資の配給や調達に尽力し、時には急場を凌ぐべく市当局に先んじて島根県や遠く北陸方面にまで救援米の供出を懇請して回ったという。

57　任都栗司は一九四六年四月に、広島県全市の町内会長を議事堂（現・本庁講堂）に集め復興祭の開催について協議を行っている。

58　任都栗マサは、洗濯物を干していた最中に被爆。一九四八年一〇月三一日に急性原爆症で息を引き取った（享年四七）。被爆当時二五歳だった後妻のカヨルも至近距離で被爆していたが、八時間も川に浸かっていたため後遺症からは逃れられ、婦人会を率いて司の政治活動を支え、二〇〇七年に八七歳で没した。

59　作家・原民喜も幟町一六二番地の生家で被爆し、浅野泉邸（現・縮景園）へ避難している。「そして栄橋の袂に私達は来てゐた。ここには避難者がぞくぞく蝟集《いしゅう》してゐた。『元気な人はバケツで火を消せ』と誰かが橋の上に頑張つてゐる。私は泉邸の藪の方へ道をとり、そして、ここでＫとははぐれてしまつた」（『夏の花・鎮魂歌』原民喜）

60　一九四二年五月に任期満了で市議会議員を退任していた任都栗司は、一九三八年に専務取締役に就任していた帝国工業（戦時中は帝国陸軍の管理工場第七一七二工場に指定）の業務に専念。職域国民義勇隊の大隊長も兼務していた。同社は、戦争景気によって事業を拡大した難波千代松が難波鉄工所の子会社として設立したものだったが、一九四二年になって同社が海軍に不発弾を納入しているとのデマが流され、司も憲兵隊に一時拘束されている。海軍が取り調べた結果、こうした事実は立証できず、司が工場を監督する立場にあった海軍工廠の工員を二葉の里にあった料亭饒津《にぎつ》大華楼の女将に紹介したことが贈賄ほう助にあたるとして二〇円の罰金が科せられたに留まった。

61　当時は防空上の理由から、目立つ白い衣服は控えるようにとの通達が軍部から出されていたため、多くの市民は国民服か黒ずくめの衣服を纏っていた。そのため原爆の発した熱線による火傷被害が増大したとも言われている。偶然にも一枚の白シャツが、任都栗司の命を救った。また、司は手記の中で、「水道の蛇口を捻って、咄嗟の思いつきで洗面器へ食塩を投げ込み、顔を洗い頭から水をかぶって火傷したところをきれいに洗滌した。包帯やヨードチンキなどの入った救急箱もかねて用意していたので、自分で応急の処置をすました」とも綴っており、こうした速やかな判断が彼の身を、原爆後遺症から守った一因であったとも考えられる。

62　『海行かば』は一九三七年に当時、東京音楽学校講師であった信時潔が、日本放送協会から国民精神総動員強調週間のテーマ曲として嘱託され作曲した（同年一〇月一二日に東京・日比谷公会堂で開催された国民精神総動員中央連盟の結成式で初演され、この模様が全国に中継放送された。翌月にはわかもと本舗栄養と育児の会が唱歌として楽譜を発行し、全国の学校に無料で配布している）。歌詞は『万葉集』巻一八『賀陸奥国出金詔書歌』の長歌から採られた。戦時中は出征兵士を送る歌として使われ、一九四二年三月六日からは大本営が部隊の玉砕を伝えるラジオの臨時ニュースの冒頭にも流すようになったことから〝第二の国歌〟とも言われた。そのため戦後は、戦意昂揚を意図して制作・使用された曲として、公の場での演奏、放送は事実上、封印されている。

63　陸軍省の委嘱により菊池武彦教授（血液学）は、京都帝大医学部の原子爆弾災害調査班臨床部の一員として真下《ましも》俊一教授ら三十数名と共に九月五日に広島へ入り（第一班）、大野村（現・廿日市市）にあった大野陸軍病院では診療を行いつつ病理試験室で基礎的研究にも着手していた（これら貴重な研究資料は、枕崎台風によって引き起こされた山津波により、同院が同月一七日に潰滅したため消失している）。記録によると九月一〇日に大久保忠継講師ら第一班が到着し、人員が増えたため一〇名を牛田診療所に振り分けたとある。この日、米マンハッタン管区調査団に同行した『毎日新聞』の新見達郎記者が大野陸軍病院で撮影した写真には東京帝大の都築正男博士も写っている。

64　一九四六年、『中国新聞』が募集した「歌謡ひろしま」には五〇〇点を超える応募があり、市内に住む山本紀代子の詞が選ばれ、戦前は『露営の歌』（一九三七年）や『ラバウル海軍航空隊』（一九四四年）、戦後は『栄冠は君に輝く』（一九四八年）、『高原列車は行く』（一九五四年）の作曲者として知られる古関裕而が曲をつけた。「〽誰がつけたかあの日から 原子砂漠のまちの名も いまは涙の語り草 むかしよもぎのひめばなし いくさ忘れてひめばなし」

65　ドイツ文化を移植する目的で一八八三年に創設された獨逸学協会学校（現・獨協学園）では一九三七年、独海軍の巡洋艦エムデンが横浜に寄港し、乗組員が靖国神社に参拝した折には中学の全校生徒約六〇〇名を送り出した。彼らはナチス第三帝国のシンボルであるハーケンクロイツが描かれた小旗を振って水兵たちを歓迎し、声の限りにドイツ国歌（フランツ・ヨゼフ・ハイドン作曲弦楽四重奏『皇帝』）を斉唱している（ちなみに『第九』の『歓喜の歌』は戦後の一時期、占領軍の指導によりドイツ国歌の代わりとして使用され、現在は欧州連合歌ともなっている）。

また、日本交響楽団は一九四五年六月一三、一四日に催した第二六七回定期公演（戦時下最後の定期公演）においても『第九』（合唱つき）を演奏している。戦後は（ラジオ放送を除けば）、一九四六年六月六、七日に日比谷公会堂で、一〇月には六回にわたって大阪市内の朝日会館、日比谷公会堂で演奏。ムシカがレコードコンサートを行った同年の大晦日に放送会館で録音され、午後五時四五分からラジオ第一放送で流された。

66　広島国際文化協会準備委員が綴った『音楽愛好者へ告ぐ』という私家版冊子は「文化には国境はありません」で始まり、「過去の帝国的、狭義的文化では又戦争を起す基と成り得る危険性があると思う。政治と文化の完全なる発展ありて始めて良政が生まれるのであります」と続き、一音楽サークルでありながらも「此の事業には楽聖ベートーヴェンのやうな粘り強さと大きな理念と実現に依り意義あるのではありますまいか。決して無に終らずして完全とした文化国際の連絡を保ちレフト的強行主義を打破して本当の自由のデモクラシーを勝ち得ませう」と勇ましい。

67　ムシカ開店当日には、ベートーヴェンの交響曲第三番変ホ長調『英雄』と第五番ハ短調作品六七『運命』、そして『第九』がかけられている。

68　峠三吉は糊口をしのぐため一九四五年一〇月一七日に、皆実町の路上でみどり洋花店を開いている。「途次数人の買手あり、上客は青年、少女にして最も下客は仏さん花を呉れといふ婆さんなり」本文中に引用した日記の記述は一九五二年二月二五日のもの。

69　『濱井信三追想録』に「夢の会のころ」を寄稿した福井芳郎は、その中で「一番問題になって市当局でも困ったことは原爆記念日のようだった。中なかうまく行かない、お祭りさわぎになって一般からも悪批をかった。（中略）誰れも肩書抜きで集った。友人として、素晴しいアイデアは次々と生まれてきた。八月六日行事のこともこの会で立案されたとも言える。式典の方法もすべてである。浜井さんは勇気をもって、この案を市会にかけ今日まで行われている。（中略）浜井さんは、何にが何んでもこれだけはやってみせるといつも口ぐせのように言っていた。そうして、一つ一つやりとげていった」と、当時を述懐している。

70　松島綏は浜井信三の後継者として一九六七年の広島市長選挙に出馬したが、土壇場になって参議院議員を三期にわたって務めた山田節男を信三が推したため次点で敗れている。政界から辞した後は広島テレビ放送代表取締役や広島ペンクラブ会長、自ら設立に深く関わった広島県立美術館の協議会会長など要職を歴任し、同地の文化振興に多大な貢献を果たした。仏パルム・アカデミー勲章受章者。

71　暁設計事務所は村田正や柴田実らが中心となって一九四六年四月に設立された建築家集団。同年に建設された広島カトリック教会司祭館を皮切りに、広島児童文化会館や広島女学院講堂など、新たな時代の到来を告げる建物を多数手掛けた。例えば、一九四六年に建てられた朝日新聞広島支局は、廃材を寄せ集めたバラックに過ぎなかったが、何の役にも立たないチムニー（暖炉のための煙突）が付けられているところに建築デザイナーとしての心意気が感じられる。

72　夢を語る会には後に初代公選広島県知事である楠瀬常猪も参加している。

73　詩人・峠三吉の最高傑作と称される『原爆詩集』は、一九五一年九月に刊行された。葉書大の粗末な孔版印刷で五〇〇部が作られ友人や知人、サークル仲間らに配られたが、当初は「叙情的過ぎる」として決して高い評価は得られなかった。この作品が世に広く認知されたのは翌年、青木書店がさらに五編を加えて出版してからであった。二〇〇六年になって発見された最終草稿には、この「序」の横に「予言のうた」と書かれた一四行の赤字の走り書きが見つかっている。「これらのことばは予言のうただろうか？　これらのうたは前兆のことばだろうか？　これらのうたはにんげんがおもいもかけぬ苦しみの記録　またと心に刻まるべきでない悲しみの叫び」と綴られていたが、その上には印刷所に非掲載を指示する×が鉛筆で付されていた。

74　石島治志が〝内村〟から〝石島〟に改姓した理由は、関東大震災によって焼け出された被災者を収容するバラックを建てるべく、本所区の地主に安価に土地を貸してくれるよう日参した際に知り合った地主の娘と恋愛結婚で結ばれたためであった。

75　賀川豊彦の活動は後に、組合員数一四〇万人を擁するコープこうべ等の前身となる生活協同組合や日本生活協同組合連合会（日生協）、全労済、労働金庫の設立といった数々の偉業へと繋がって行く。

76　広島臨時仮議事堂は、第七回帝国議会が開催された東京以外に建てられた唯一の国会議事堂。西練兵場東南の一画二万五一三〇平方メートル（現在の広島県庁所在地）に　〇〇〇人／日の人夫が動員され、三億二〇〇〇万円余りの工費が投じられて一八九四年一〇月一四日に完成した。

77　田中家は一九四六年二月一日に施行された改正農地調整法による、いわゆる農地改革に直面するまでは、現在のマツダ宇品工場敷地を含む黄金山通りから宇品港（現・広島港）に至る広大な土地を所有していた。

78　田中浩洋によれば、「政一郎はおそらく原爆投下時には広島にいたと考えられる」という。田中家は被災したものの、人的被害は家政婦の死亡に留まった。柿原政一郎が広島と契りを結んだ理由のひとつは、一九二八年頃に田中家の遠戚にあたる市畑タネと政一郎が再婚したことにある。

79　宇品学園の園長に収まった伊藤恕介は、柿原政一郎のはからいで一九三六年七月にロンドンで開かれた第三回国際社会事業会議に出席している。同会議は、社会福祉事業を行う組織がこの時代には国際赤十字連盟しか存在していなかったことから、国際連盟と時を同じくして発足した国際労働機関（ＩＬＯ）の支援を受けて社会福祉事業の国際化を図るべく開催された大会で、同年のテーマは『社会事業とコミュニティー（Social Work and Community）』となっていた。

ちなみにフィンランド代表として登壇したＳ・シレニアスは、賀川豊彦の貧民窟における社会運動を詳細に紹介し、これを絶賛している。というのも豊彦は、その前年一二月には米政府から招聘されロチェスター大学のラウシェンブッシュ記念講座で『友愛の政治経済学（Christian Brotherhood and Economic Reconstruction）』と題された講演を行い、これが大反響を呼んだため全米各地のみならず、一九三六年にはスイスのジュネーブで開かれたカルバン生誕四〇〇年祭にも招かれ、サン・ピエール教会やジュネーブ大学でも講演を行うほどの国際人であった。キリスト教に則った〝Brotherhood〟＝友愛という概念を経済活動に用いた豊彦独自の思想は、後に幾度となくノーベル平和賞候補に推挙される所以となった。

また、三〇ヶ国の代表約一四〇〇名が集い、一週間にわたって議論を交えた会議の合間に恕介は、本場のセツルメント、トインビー・ホールを見学し、大いに感銘を受けると帰国早々、宇品学園の夜間部に柔道クラブ（青年修養道場）を作っている。

80 旧制広島商業学校（現・広島県立広島商業高等学校）出身で広島カープ（現・広島東洋カープ）の初代監督であった石本秀一は、戦前の野球人気について「一般の人もそのころは広商のファン、広島中学（旧・広島県立広島第一中学校、現・広島国泰寺高等学校）のファンと市内が完全に二つに分かれていました。はなはだしいのは花柳界まで分かれていたことです。当時、芸者の数は四百人もいましたが、広島中学びいきの芸者は広島中学びいきの客には行かないというし、広島中学びいきの芸者はその逆なわけですよ。私も日曜の休日はよく外出したものですが、もう軒並みに引っぱられました」（一九六五年七月一八日付『中国新聞』連載「広島野球今昔」）と、武勇伝を交えて語っている。

81 広島で最初に野球を採り入れたのは、広島県立広島第一尋常中学校（現・広島国泰寺高等学校）で、同校の校友会誌である『鯉城』の創刊号（一八九七年）に掲載された野球部報に「明治二十二、二十三年頃、野球会一部熱心家の間に設けられ」の記述が見られる。

82 当時広陵中学校の在校生数が約六〇〇名であったことを考え合わせると、生徒のほとんどが虎太郎に同調したことになる。血判状作成時の理事長、河村郷四によると、「事件後一週間位たって、校長室の前の方に部屋を造って、のれんをかけて、よう指を切らないのは、先輩が切ってやったりした」（『広陵百年史』広陵学園編）という。

83 田中イトのみならず広島には女性の素封家が少なくない。安田学園を創設した広瀬村（現・広島市）出身の安田リヨウもそのひとり。女性教育の重要性を謳い、夫・五一と共に一九一五年〝夫婦共同の夢〟を実現した。また、私立山中高等女学校の理事長であった山中トシは、女子教育機関としてのさらなる発展を願い豪気なことに一九四五年四月、同校の敷地約七四〇〇坪と校舎約三〇〇〇坪を国に寄贈している。これを受けて文部省は新設間もない広島女子高等師範学校（戦後、広島大学に併合）の附属山中高等女学校として教師と生徒を引き継いだ。

84　原爆投下当時、高野源進広島県知事は視察中で、芦品郡網引村（現・福山市）の吉備津神社で戦勝を祈願していたため難を逃れた。

85　広島中央放送局は、戦時体制が強まり情報の中央集権化が図られた一九三四年に、中国地方五県と愛媛県、高知県を統括する中央放送局となる。

86　広島中央放送局は、テレビ放送の開始に伴い、一九五六年に現在の比治山放送所へ移転。同局が初めて放送した原爆関連ラジオ番組は、この年の八月五日に開催された平和復興広島市民大会の録音放送であったが、ＧＨＱの検閲により六日遅れのオンエアとなった。

87　一九一九年には森戸辰男が、経済学部機関誌『経済学研究』にロシアの無政府主義者クロポトキンに関する「クロポトキンの社会思想の研究」を発表し、新聞紙法第四二条の朝憲紊乱《びんらん》罪により起訴され、当時の東京帝大総長・山川健次郎によって休職処分とされたことから、大原社会問題研究所に移っている。
また一九二〇年、永井了吉によって創刊された『帝国大学新聞』（戦後は『東京大学学生新聞』、一九五七年から『東京大学新聞』）には、三年後、吉野作造の門下生であった鈴木東民や奥平武彦が編集部に加わり、新人会カラーが強まってゆく（後に同編集部には『暮しの手帖』を創刊した花森安治や戦後の記録文学を主導した杉浦明平も籍を置いていた）。このように東京帝大における広島人脈の系譜には奥深いものがある。

88　石島治志は東京帝大在学中に、日本共産党に入党し治安維持法によって検挙され終戦まで獄中生活を余儀なくされた筋金入りのコミュニスト志賀義雄とも親交を結んでいた。終戦後、義雄はＧＨＱ指令により徳田球一らと共に府中刑務所から釈放され、一九四六年に共産党初の衆議院議員となる。

89　後に広島市職員健康保険組合理事長を経て、浜井信三の市長再選時（一九五九年）から八年間にわたり助役として信三を支え続けた親友の加藤政夫もまた同じく新人会のメンバーであり、政治犯の裁判闘争などモップル（日本赤色救援会）の活動にも関わっていた。

90　公職追放におけるＧ項とは、『ＧＨＱ日本占領史6』によれば「Ｇ　其ノ他ノ軍国主義者及極端ナル国家主義者」であり、最も広範で曖昧な〝罪状〟であった。木原七郎はおそらくこの「三　日本ノ侵略計画ニ関シ政府ニ於テ活発且重要ナル役割ヲ演ジタルカ又ハ言論、著作若ハ行動ニ依リ好戦的国家主義及侵略ノ活発ナル主唱者タルコトヲ明ニシタル一切ノ者」に該当したものと思われる。

91 「戦争指導者としての責任を感じて辞職」する町村長や議員は数多く、例えば芦品郡（現・福山市の一部）では辞表を提出した町村長が一一名にも上った。

92 第二二回衆議院議員選挙は、大日本帝国憲法下で実施された最後の総選挙。ただし、一九四五年一二月一七日に改正された衆議院議員選挙法により婦人参政権が認められた。我が国で初めて女性の参政権が認められたのは一八八〇年、楠瀬喜多が内務省に提出した意見書に県令が折れた高知県土佐郡上町（現・高知市上町）であったが、四年後に政府が区町村会法を改正し、規則制定権が区町村会から取り上げられたため、反故にされた。

93 爆心地から一・四キロの距離にあった安田高等女学校は、原爆により校舎は焼失。安田五一理事長を始め教職員、生徒三二八名が犠牲となった。同校の生徒会は、中国軍管区工兵補充隊の兵舎跡に移転した敷地内で被爆しながらも生き抜いていたソメイヨシノ（被爆桜）の〝二世〟を全国の学校や団体に贈る活動を続けている。

94 任都栗司も市長選に打って出てはみたものの得票数はわずか六三九六票で落選。浜井信三支持に廻り、一九四七年四月三〇日に行われた市議会議員選挙では一二八名の立候補者中、二位で四期目の市議会議員に返り咲くことができた。

95 浜井信三は就任後初の訓示で、第一に市政の民主化、第二に市民生活の安定、第三に復興事業を速やかに軌道に乗せることを目標として掲げ、幕末の儒家・佐藤一斎が説いた役人が守るべき四つの字「公、正、清、敬」を挙げて、市民に親しまれる市役所の実現を職員に訴えた。

第四章　焦土の篝火《かがりび》

本日、歴史的な原子爆弾投下2周年の記念日を迎え、われら広島市民は、いまこの広場に於て厳粛に平和祭の式典をあげ、われら市民の熱烈なる平和愛好の信念をひれきし、もって平和確立への決意を新たにしようと思う。

昭和20年8月6日は広島市民にとりまことに忘れることのできない日であった。この朝投下された世界最初の原子爆弾によって、わが広島市は一瞬にして、潰滅に帰し、十数万の同胞はその尊き生命を失い、広島は暗黒の死の都と化した。しかしながらこれが戦争の継続を断念させ、不幸な戦を終結に導く要因となったことは不幸中の幸いであった。この意味に於て8月6日は世界平和を招来せしめる機縁を作ったものとして世界人類に記憶されなければならない。われらがこの日を記念して無限の苦悩を抱きつつ厳粛な平和祭を執行しようとするのはこのためである。けだし戦争の惨苦と罪悪とを最も深く体験し自覚する者のみが苦悩の極致として戦争を根本的に否定し、最も熱烈に平和を希求するものであるから。

又この恐るべき兵器は恒久平和の必然性と真実性を確認せしめる「思想革命」を招来せしめた。すなわちこれによって原子力をもって争う世界戦争は人類の破滅と文明の終末を意味するという真実を世界の人々に明白に認識せしめたからである。

これこそ絶対平和の創造であり、新らしい人生と世界の誕生を物語るものでなくてはならない。

われわれは、何か大事にあった場合深い反省と熟慮を加えることによって、
ここから新らしい真理と道を発見し、新しい生活を営むことを知っている。

しかりとすれば今われわれが為すべきことは全身全霊をあげて平和への道を邁進し、もって新らしい文明へのさきがけとなることでなければならない。

この地上より戦争の恐怖と罪悪とを抹殺して真実の平和を確立しよう。

永遠に戦争を放棄して世界平和の理想を地上に建設しよう。

ここに平和の塔の下、われらはかくの如く平和を宣言する。

一九四七年八月六日　　　広島平和祭協会長・広島市長　浜井信三

鳩が飛んだ。紺碧の空に、純白の翼が舞った。わずか一〇羽の鳩ではあったが、「飛べ！　もっと高こう飛ぶんじゃ！　絶対に、絶対に戻って来るんじゃゃなあぞ！」と、鳥籠をひしと小脇に抱えた広島商工会議所の中村藤太郎会頭は思わず叫んでいた。

ありとあらゆるいきものが死に絶えた広島に、鳥の姿はどこにも見当たらなかった。「平和の祭典と銘打つからにゃあ、放鳩《ほうきゅう》がのうては格好がつかん」と憂いた藤太郎が、わざわざ九州まで出向いて掻き集めた愛しき小鳩たちである。

飛翔。群れは、数珠を手に手に集った二〇〇〇人余りもの参列者の上空でくるりと弧を描くと、すっくとこうべを南へ向けた。皆が、目を凝らして群れを追った。空を見上げた。心置きなく見上げた。戦時中、空は、特にこんなにも青く澄み渡った空は、B-29がいつ姿を現すかと、不安と恐怖とがないまぜになった心持ちで見上げるものだった。鳩がゆく。すうっと、鳩が飛んでゆく。

一九四七年（昭和二二年）八月六日午前八時。記念すべき第一回平和祭が、公募によって平和広場と名付けられた〝慈仙寺の鼻〟[1]で執り行われた。広島市が一週間前に平和記念日と定め、市役所事務を休停する条例を公布施行したこの日、広島に新たな歴史が刻まれた。

しかしながらスタート地点となった式典会場は、ひどく粗末なものだった。七月上旬から市職員も総出で、あり合わせの材木で高さ一〇メートルの平和塔と二七坪の野外音楽堂を一五万円足らずの工費で組み立て、正面にはベニヤ板を張り付け、何とか体裁は整えてみたものの、吹けば飛ぶような安普請である。

密集したバラックに囲まれ、川向こうには原爆ドーム、借景には遠く二葉山を望むといった何とも殺伐としたしつらえであった。

午前六時には花火が打ち上げられた。浜井信三は、無言で朝食を終えた。昨晩は遂に、一睡もできなかった。

裕福な商家に生まれ、町内一の美少女と持て囃されて育った信三の妻・文子は、元来勝ち気で、どちらかといえばぞんざいな性格であったが、照れ屋でありながらも感受性の強い信三と長年、同じ屋根の下で暮らすうち、知らず知らずのうちに穏やかな細やかさを身につけていた。

あの日から二年。愛する両親を原爆に奪われ、その後の窮乏生活から米国人を心底憎んだことも一度や二度ではなかった。文子のみならずこの地では、いまだ原爆を落とした米国に対する怨嗟の声が渦巻いていた。がしかし、「生と死の紙一重の生活から人間がにくしみを持ったり、あわれみを受ける事では平和は望めない。相手をゆるす心を持つことから始めなければならない。（中略）私達はその捨て石になるのだ」（『濱井信三追想録』濱井信三追想録編集委員会編）という信三の言葉に癒やされ、励まされ、支えられて、何とかここまで生き長らえてこられた。

今日という日は、そんな自慢の夫の一世一代の晴れ舞台である。文子は、災厄が払われますようにとじっと念じ、心の中で切り火を切った。

野外音楽堂の壇上には、すでに来賓たちが顔を揃えていた。平和祭協会事務局長として忙しなく各人に挨拶をして回る野田益市民部町政課長は、口髭を綺麗に切りそろえたGHQ広島県軍政部長トーマス・M・クロワード中佐の組まれた長い足に引っかからぬように気を配らなければならなかった。英連邦占領軍を代表して参列していたライアン少佐は、上昇し始めていた気温に苛立っていた。

レイバンのサングラスから覗く眉間の皺が次第に深まるのを傍らで目ざとく見つけた山田節男参議院議員は、すかさず流暢なクイーンズ・イングリッシュで話しかけ、場を和ます役割を自ら買って出た。英オックスフォード大学に留学し政経学部を卒業。後に、信三の後継者として広島市長となる節男もまた、この式典の重要性を深く認識していた。

「とにもかくにも大過なく終えにゃあならん」

八時一五分。司会を務める益が刻《とき》を告げ、皆が一分間の黙禱を捧げた。続いて木原七郎・前市長の功績に敬意を表し、公職追放の身であった本人になり代わり愛娘が平和塔の除幕を行い、広島平和祭協会が公募し、七月二二日に発表された『平和の歌』が広島放送管弦楽団の伴奏に合わせて、セーラー服姿の女子中等学生や男子中等学校生ら約一〇〇名によって高らかに唱われた。一五一点の応募作から豊田郡の豊田中学校教師・重園贇雄《よしお》[2]が紡いだ歌詞が選ばれ、広島中等教育音楽協会のメンバーであった山本秀《みのる》[3]が音符を編んだこの清らかな名曲は、『ひろしま平和の歌』として今も平和記念式典で歌い継がれている。

〽雲白く　たなびくところ
空のはて　東に西に
おお高く　こだまひびけと
鐘は鳴る　平和の鐘に
いまわれら　雄々しく起ちて
その栄え　ここに興さん

　同じ頃、新天地界隈では花笠を被った七〇名ほどのうら若き女性たちが艶っぽい出で立ちで、再建されたばかりの流川銀座商店街を、即席の詠み人知らずの『平和音頭』に合わせて練り歩いていた。鷹野橋南栄会（中区大手町五丁目）も負けじと神輿を繰り出す。前出の梶本淑子も生まれて初めておしろいを塗ってもらい、きれいな着物に身を包み、駕籠に乗せられ本通商店街[4]で照れ笑いをこぼした。

　軽快な鉦《かね》や太鼓、三味に合わせて野次馬も踊り出す。八百屋の女房も団扇《うちわ》を振って囃し立てた。幼子たちは初めて目にする華やかな異空間に浮かれ、飛び跳ね、平和祭特別配給として放出されたキャンディー[5]を口いっぱいに頬張った。西区横川町や観音町でも「平和の閃光」を祝って盆踊りの櫓《やぐら》が立ち、市内には復興祝賀の花電車（広島電鉄）が五日から三日間走り、最終運行も四〇分延長された。

〽ピカツと光った原子のたまにヨイヤサー、

聖と俗の混在。鎮魂と魂振、そして混沌。メメント・モリ（memento mori）。死を想い、死者を弔うべき命日のあられもない狂躁に、眉をひそめる市民も少なくはなかった。平和祭協会にも批判の声が相次いで舞い込んだ。

一例を挙げれば、『原爆の子〜広島の少年少女のうったえ』（長田新編）の中で、女子短期大学学生の倉本順美江は、「あの時以後八月六日は『平和祭』として市民に親しまれて来た。原爆以後広島に流れこんだ戦争成金、戦災成金の人達にとっては、なるほど平和祭であろうし、又実際平和を謳歌出来るかも知れないが、私は『平和祭』の行事があると聞くだけでも空恐しく、お祭り気分には到底なれず、悶々としてその日を過した。被爆者がどんなに悲しみ、どんなに打撃を蒙っているかを理解してはくれず、人の力によって少しでも楽しむことが出来ればという浅はかな考えの人が多いのに目をみはった。飲んだり、食ったり、踊ったりの『平和祭』ならば、六日以外にして欲しい。六日はあくまで静かに敬虔な気持で過してこそ、地下に眠る人々も満足するであろう」と、痛罵している。

しかしながらこの日、この地には、軽佻浮薄と指弾されようが、酸鼻を極める記憶をひと時であれ忘れたい、いまだ銀シャリさえ満足に口にはできない常日頃の鬱憤を晴らしたい、といった市井の人々の切なる願いも噴き上がっていた。

米ニューオーリンズのアフリカ系アメリカ人たちは、かつて死出の旅に赴く親族や友人を、派手な一張羅で着飾り、飛びっ切り陽気にゴスペル・ソングを奏で、一心不乱に踊り狂いながら見送った。母なる大地から、愛する家族から引き裂かれ、わしらは有無を言わせず奴隷として新天地に売り飛ばされて来た。短い一生、何ひとついいことなどなかった。神よ、もしも来世というものがあるならば、せめてそこでは幸せに過ごさせてやって欲しい。死者は天国へと旅立つのだ。これほどめでたいことはない。皆で精一杯、祝福してやろうじゃないか。こうしたやるせなくも屈折した心模様からディキシーランド・ジャズは生まれ、ルイ・アームストロングが歌って大ヒットを記録した黒人霊歌『聖者の行進（When the Saints Go Marching In)』は米音楽界のスタンダード・ソングともなった。

罹災者が抱く複雑な感情、そして当事者間の温度差については、東日本大震災の取材で現地を訪れた筆者も被災者から幾度となく伺った。三月一一日に空騒ぎなど言語道断。静かに刻を迎えるべき。また一方では、いつまでも俯いていては復興もままならない。残された者たちは地べたに這いつくばってでも生き抜かなければならない。ならば少しでも明るい未来に光を当てて欲しい。弱者扱いはもうたくさん。同情ではなく、共感してもらいたい。

とはいえ、いずれの方々もあの日の映像がテレビに映し出されるといまだに直ぐさまチャンネルは変える、と口を揃えた。血飛沫が噴き出す傷口が塞がろうが、決して醜く盛り上がった傷跡が癒やされ、消え去ることはない。

一九四七年八月一五日号の米『ライフ』誌はこの日の情景を、「アフリカ南部の未開地におけるカーニバル」のようだと嘲笑してみせたが、ハレとしてのカルナバルという本質において、その指摘は決して間違ってはいなかった。爆心地近くの土を練り込んだ陶器を原子焼[6]と称して信三自ら外国人に寄贈しよう、といったプランが真顔で検討される中、広島では夜が更けるまで、被爆者たちが石の沈黙を守る横丁で、褻枯《けが》れゆく死者の〝たましい〟を振り起こす、または生き残った者たちの〝たましい〟を繋ぎ止めるべく人々は嬌声を上げ、安酒を喰らい、紅い襦袢の裾を絡げて、ひたすら燥いだ。鎮魂と魂振との剝離、軋轢は、すでにこの時から始まっていた。

午前八時から八時三〇分まで、平和祭の様子は広島中央放送局から県内に実況放送されている。[7] 広島中央放送局の石島治志局長は、東京中央放送局に掛け合い、米国への中継も実現させた。果たしてこれが戦後初の、日本発の国際放送ともなった。[8]

有言実行が治志の本分である。曲がりなりにも「全世界にアピールする」と大見得を切った手前、後へは引けない。少なくとも第一歩は踏み出すことができた。やれることはすべてやる、すぐにやる。特に非常時においては、ほんのささいな躊躇も被害を拡大させるきっかけとなり得ることは、関東大震災からの復興経験を通じて身をもって知っていた。「時は金なり」ならぬ「時は命なり」がジャーナリストの本分である。一瞬たりとも無駄にはできない。

当時、広島高等師範学校附属高等学校（現・広島大学教育学部）に通っていた治志の長男である晴夫は、「（平和祭は）被爆者の感情を逆なでするのではないか」と主張し、治志と議論になったが、父は、「原爆をうやむやにしてはいけない」と、一切動じることはなかったという。

当時を知る広島県原爆被害者団体協議会「被爆を語る会」の切明《きりあけ》千枝子によると、父とは相容れないところがあった晴夫も戦後は、マルクス主義の研究サークル・社会科学研究会に顔を出し、演劇に没頭し演出や脚本も手掛けていたという。

後に晴夫は父と同じくNHKに入局し、ドラマ・ディレクターとなり、[9] 労働運動にも積極的に参画した。一九七八年から三年間、NHK中国本部（現・NHK広島放送局）で放送部長を務めた問宮章は、一九七二年に札幌で開催された第一一回オリンピック冬季競技大会に国際報道センターの一員として加わり、晴夫と共に番組制作に携わったが、「石島さんは、物腰はソフトでしたがしっかりとした考えをお持ちの方で、我々のような報道畑の人間とは異なり、自由人といった印象を持ちました」と晴夫を懐かしむ。

お膳立ては整った。いよいよ信三の出番が巡ってきた。初めての『平和宣言』のお披露目である。ストップウォッチを手にした益に指名され席を立ったヘビースモーカーの信二は、列席者らと軽く会釈を交わしながら、「ちょっと一服しておくべきだったな」と、さぞかし悔やんだことだろう。

正面突破か迂路か

当初、平和宣言は平和白書という名称で提案されていたが、昨年度の反省を踏まえて信三は平和祭を単なる追悼会、記念行事に終わらせることなく、よりグローバルな世界観とインパクトを併せ持った、平和を象徴する祭典として位置付けたいと考えていた。役人が取りまとめたおざなりの公文書を想起させる「白書（White Paper）」ではなく、やはりここは市民の想いを代弁し、広く公言する「宣言（Declaration）」でなければならない。そのためには、普遍的かつ恒久的なメッセージを発する必要がある。そこには平和の希求のみならず、広島のこころが赤裸々に反映されていなければ宣する意味がない。

思い悩んだ末に信三は、基本的な骨子は自ら考案しつつも、市職員らを始め懇意にしていた知識人や親族である松島綏広島県議会議員らの意見を幅広く聴取、吟味する手法を取った。

京都帝国大学を卒業した綏は、戦後初の県議会議員に当選。遠戚の信三とは囲碁仲間でもあり、腹蔵なく語り合える間柄であった。[10]綏は、政界を辞した後は広島テレビ放送の専務を経て、楽焼きの名工としても名を馳せるなど、多才な人物としても知られている。信三の長男である順三によれば、「父は、賛成するかどうかはさて置き、人の話は黙ってよう聴いとりました」という。

信三の運転手を長年務め上げた瀬川初史は送迎の折、彼がふと漏らした言葉が忘れられないと書き残している。

「瀬川さん、人生は総てが芝居のようなものですよ、私は市長という衣裳を着けて殿様の役をしており、あなたは運転手という衣裳を着けて輸送の役をしておるが、共に広島市に奉仕するということには市長も運転手も変りはないはずで、とかく殿様役は俗に大根役者がやり、下郎の役は名優がやる場合が多いのですから、あなたも胸をはって堂々とこれはと思う意見は遠慮なく出しなさい」（『濱井信三追想録』濱井信三追想録編集委員会編）

これでもかというほど他人の意見・要望には耳を傾ける。そうしたリベラルな姿勢が優柔不断だと再三、周囲をじりじりさせた。マスコミにも「行政力の貧困」（『中国新聞』一九四九年一月三〇日付）をしばしば指弾された。がしかし一旦、決断を下すと梃子《てこ》でも動かぬ、少しも筋を曲げない頑固者に豹変する。

戦時中、益は配給課長であった信三に軽い気持ちで、憲兵隊からお礼にもらったパンを手渡したところ、「この食糧がない時にどうしたのか」と、目の色を変えて叱咤され往生した。それが信三という男の面倒くささであり、多くの人々が彼に寄せた信頼の源でもあった。

皆が様々な意見を述べた。なかでも戦時中は国民義勇隊の事務局長を務め、戦後は市民部町政課へ異動し、益の部下となっていた村上敏夫は、「原子爆弾という文言だけは是が非でも入れて下さい」と執拗に食い下がった。GHQによる言論統制が厳しさを増す中、それは決して楽な注文ではなかった。特に〝原子爆弾〟という言葉は禁句に近い。

「気持ちは痛いほどわかる。が、それで平和祭が取り止めになるようなことがあれば元も子もない……」

信三は、じっと黙って聞いていた。脳裏には、その年の五月三日に施行されたばかりの日本国憲法があった。また、前年の八月五日に開催された平和復興広島市民大会で任都栗司が読み上げた大会宣言も、論旨をほぼ同じくすることから、GHQの事前承諾を得るため彼らの許容範囲を推し量る意味において大いに参考になったであろう。司が説いた「世界平和のメッカ」。これこそが広島の進むべき道である。

正面突破を図るか迂路を取るか。たった数十行とはいえ、市民の生活と安全を守る義務と責任を一身に背負った首長たる信三には、重い決断を迫る宣言文の起草であった。

一方、GHQも情報統制の度合いを増してはいたものの、特に反米感情が冷めやらない広島においては、民事への過度な介入は極力避けたい、というのが本音であった。

一九四六年八月三一日号の米『ニューヨーカー』誌に掲載されたピュリッツァー賞受賞ジャーナリスト、ジョン・ハーシーが綴った広島ルポ『ヒロシマ』[11]が米国内で大反響を巻き起こしていたことも少なからず影響を及ぼした。三十数名の原爆体験者に取材し六名をフィーチャーしたこの記事には、原爆症の実態がつぶさに描かれ、米国に対する被爆者の憎しみが臭い立っていた。[12]この三万語にも及ぶ記事によって、戦時中は米軍のプロパガンダにより血も涙もない野獣だと信じ込まされていた〝ジャップ〟(日本人に対する蔑称)が、どうやら米国人と同じ感情を持った人間であるらしい、といった認識が米国内にも徐々に広まりつつあった。[13]追って刊行された書籍版もベストセラーとなり、GHQは広島との間合いを考慮する必要に迫られていた。[14]

また、八月一日に発効したマクマホン法により原子力管理が米陸軍の手を離れ、一二月三一日には大統領府傘下の原子力委員会（ＡＥＣ）に移されることも決定していただけに、占領政策に支障を来さぬよう本国の世論動向にも配慮しなければならない。

もっとも、広島市が関与し公の場で発せられる平和宣言は、民間メディアに対する検閲とは異なり、事前にＧＨＱの許諾を得る必要があった。特に同式典会場には『ヒロシマ』が注目を集めたことから、全米における三大放送局の一つであったＣＢＳを始め米ユナイトや日本映画社（現在は解散）といったニュース映画会社も取材に入っている。加えて生放送で実況中継されるとあっては、ＧＨＱも殊の外、神経質にならざるを得なかった。

「原子爆弾」の一語にこだわった村上敏夫は一九〇七年（明治四〇年）、広島県北部に位置する山県《やまがた》郡で宮大工の家に生まれた。彼が尋常高等小学校に通っていた頃合いのことである。

「広島からアメリカへ渡ったもんは大成功しとる。それでも神社がないんで困りよるいう話じゃ。村上さんよ。ひとつ向こうで腕を振るって一旗挙げたらどないじゃろう」

海外移民を斡旋する口利き屋が、棟梁であった村上家の門口に立っていた。年端の行かない敏夫でさえ、そうした成り上がり者の噂は風の便りに聞いていた。教室では、海外移民の夢を掻き立てる『国民唱歌世界万国』を歌ったかも知れない。

〽広き世界の国国に
かはる姿を見て来んと
勇む心にはるばると
万里の旅に出で立ちぬ

（芳賀矢一作詞、一九〇四年）

確かに、一八九一年を例に取ればハワイ在留広島県移民六五二八名のうち、五二・七パーセントが律儀に故郷に残した親類縁者へ送金を行っており、二七万七三一円というその総額は、県予算歳出総額の五四・三パーセントにも相当していた。[15]

終戦直後、故郷の惨状を知りいち早く動いたのも、彼ら広島から海を渡ったハワイ移民たちである。すぐさま広島戦災難民救済会がホノルルで結成され、川原権次郎会長らがハワイ各島を行脚し一九四八年末には七万五〇〇〇ドル、翌年六月末には一一万二〇〇〇ドルにも上る寄付金を集めた。[16]権次郎が信三に送った報告書によると、「時には一夜に2、3ヶ所で会合が開かれるなど故郷人を救う運動はりよう原の火のように燃え拡がった」（「広島の戦後復興支援―南加広島県人会の活動を中心に―」長谷川寿美）という。

当時の彼らは決してかつてのような裕福な生活を享受していたわけではない。戦時中は敵国人として、米本土と比較すれば総数は少ないにせよ、オアフ島中部に設立されたホノウリウリ収容所[17]を始め州内五ヶ所に開設された強制収容所に二三〇〇名余りもの日本人、日系人が収監された。さらには米国への忠誠心を体を張って示すため、自ら志願した日系二世兵士らによって組織された第四四二連隊戦闘団はヨーロッパ戦線で、まさに傍若無人な〝鬼〟と化して戦わざるを得なかった。[18]

彼らの合言葉は「当たって砕けろ（Go for Broke）」。そもそもは軍隊用語ではなく賭け事で「全財産を注ぎ込む」ことを意味するハワイ特有のピジン英語であった。

「バンザイ！」「バカタレー！」[19]と叫びながら敵陣に我先にと突撃して行った彼らとて戦後を生き抜くことに精一杯であり、身銭を切る心情であったに違いない。が、帝国海軍の戦艦が真珠湾にしばしば寄港していた平穏無事な時代、炎天下のサトウキビ畑でタコの出来た手に鎌を握りながら旭日旗を仰ぎ見て、

〽行こうかメリケン　帰ろか日本
ここが思案の　ハワイ国
（『ホレホレ節[20]』第四節）

と、哀調を込めて口ずさみながら遠き故郷に想いを馳せ、歯を食いしばって生き抜いてきた彼らにとってはじっとしていることなど到底、出来ぬ相談であった。[21]

中国山地に抱かれた山村では糊口を凌ぐことさえ容易ではない。三ッ揃いをこれ見よがしに着こなす伊達男の甘言に乗り、村上家は家屋は元より家財道具もすべて売り払い、ようやくの思いで渡航資金を捻り出したものの、慇懃に現金を受け取り村を出た口利き屋が、二度と敏夫らの前に姿を現すことはなかった。

米国への移民は、一九〇八年の日米紳士協約成立によりすでに大幅に制限されていたが、そんな知識を持

つ者など、村には唯のひとりもいなかった。

「学がなけりゃあいけん。学さえあれば騙されることもなかった」

敏夫は、尋常高等小学校を終えると法学を学ぶべく弁護士の横山金太郎の門を叩いた。広島県比婆《ひば》郡東城町《とうじょうちょう》（現・庄原市）出身の金太郎は、東京法学院（現・中央大学）卒業後、松山地方裁判所判事や台湾総督府法院判官などを経て一九〇四年には旧・広島三区から出馬し衆議院議員となり、後には第二次若槻礼次郎内閣で文部政務次官を務め、一九三五年からは第一六代広島市長にもなった広島法曹界の顔役である。

一五歳そこその宮大工の小倅《こせがれ》に広島弁護士会長であった金太郎に繋がるコネなどあろうはずもない。

見れば、何十人もいる書生たちは皆、高等学校に通い一流大学を目指すエリートたちばかりである。ただ、敏夫には類い稀なる揮毫《きごう》の才があった。芸は身を助く、とはまさにこのことであろう。末席で、淡々と判決文を清書していたその筆致が金太郎の目に留まり、運を引き寄せた。

やがて臨時任用を経て一九三五年、金太郎の市長就任と共に広島市役所に正式採用された敏夫は時を経て、平和祭に際し平和宣言の揮毫を託される。

夏も盛りのことである。幼い長女・啓子は呻吟しながら楮紙《こうぞがみ》に向かう敏夫の傍らで、冷やしたタオルを父の背に当て団扇であおぎながら過ごした。幾度も幾度も、納得がゆくまで書き直す。平和祭前夜も、敏夫は魂を込めて筆を運んだ。ようやく満足のゆく墨痕を記し、うたた寝する啓子を起こさぬようにそっと雨戸を引き寄せると、すでに夜は白み始めていた。[22]

こうして集まった意見や要望を参考にしつつ市職員数名が下書きし、最終的には信三が全面的に手直しした。筆が立つだけにいかなる公文書にも赤入れしなければ気が済まない性分である。

後年、『原爆市長』として書籍化された彼の体験記は、一九五五年に『中国新聞』に連載された「広島市政秘話」が下敷きになっているが、この連載を担当した兼井亨が、念のためにと信三に送った初校が戻ってきてみると、「タイトル以外、自分の言葉がひとつも残っていなかった」と、嘆くほど真っ赤であったという。その後は同紙の社会部長、編集局次長を歴任し、原爆・平和報道の道筋を作ったひとりとも言われる敏腕記者としては、さぞかし悔しい思いをしたことだろう。

「浜井さんは議会での答弁も同じ。部下、人任せじゃなくて自分の言葉、信念を持っていた」

当時は市長室に籍を置き、後に秘書係長として常に信三の身辺に付き添っていた藤本千万太《ちまた》の「浜井自ら筆をとった」との証言も、『中国新聞』（二〇一一年四月二九日付）に掲載されている。

信三の長男・順三も、「これは紛れもない親父の言葉じゃ」と胸を張った。

「身内が言うのも何ですが、この年の平和宣言は世界人類レベルの思想にまで昇華された名文だと思いよります。〝思想革命〟という文言に、親父がそれまで培ってきた人生観が凝縮されとる」

確かに、〝思想革命〟なる言葉はおいそれと捻り出せるものではない。助言者には治志もいる。戦前における学生運動の急先鋒であった新人会を経た者たちの成せる業であろう。甥である砂本忠男も、「叔父は、一高時代に言葉の本質を学んだ、と常々言っていました。この宣言には、一高特有の言い回しが散見されますね。『一日』を『ある日』と読むのも一高生ならではの気障《きざ》な習慣でしたが、叔父にも敢えて回りくどい言い方をすることでテクニカルな表現を愉しむところがあった。この宣言が書かれた時代は、GHQと対峙しなければならなかったわけですから、網の目をかいくぐりつつも言うべきことは言うために、最高学府で鍛えられ、洗練された文章作成能力が功を奏したように思います」と言う。まさしく中国の古典『囲碁十訣』が説く「界に入りては、よろしく緩なるべし（入界宜緩）」を地でいった。

平和宣言の立案に助言を与えた治志や綏といった夢を語る会の主要メンバーの多くが旧帝大出身者であった。信三は、第一助役には日彰館中学校（現・県立日彰館高等学校）を経て第六高等学校、東京帝大といったエリートコースを歩み、台湾総督府食糧局長を務めていた奥田達郎を抜擢。第二助役も旧友であり関西学院高等部出身の森沢雄三を配した。一九四六年一月に市職員となった千万太も京都帝国大学出身であり、信三は市長就任後、矢継ぎ早に側近を旧帝大出身者で固めている。そのため、敏夫を始めとする生え抜きの市職員からは大いに不満の声が上がった。

そろそろ管理職か、と思われた矢先に、都会から舞い戻った高学歴の中途採用者が上司に収まるわけだから、それまで営々と職務をこなして来た古参の職員や地方都市ならではの地縁、血縁で職を得た者にとってはたまったものではない。その結果、役所内には無言の軋轢が生まれ、冷徹とも思えるエリート偏重主義は信三の三選を阻んだ遠因となったとも言われる。

しかし信三は、この非常事態を乗り切れるかどうかは、機動力にかかっていると考えていた節が窺える。

金はないが時間もない。ややもすれば木を見て森を見ない村社会での利益誘導に汲々とし、不毛な議論を延々と繰り返していたのでは機を逸してしまう。そのため庁内からの反発は覚悟の上で、都会人のメンタリティを解し、中央の政財界人らとも意思の疎通が図れ、国やGHQとの折衝にも迅速に対処出来る人材を敢えて登用し、臨戦態勢をとったのではないだろうか。

登壇。信三は、小さく咳払いをするすると大きな巻紙をするすると開いた。ほんの少し、指先が震えているのが自分でもわかった。ここで参列者をぐいっとばかりに睥睨《へいげい》する芝居っ気があれば上等なのだが、彼はすいっと背筋を伸ばすとすぐさま原稿に目を落とし、淡々と、しかし丁寧に文字を追った。とにもかくにも見映えではなく、声を張ることに全神経を集中させた。凹んだスピーカーを通して、広島の誓いがあまねく焦土を駆け抜けた。

信三が平和宣言を読み上げている間、舞台の袖で待機していた庶務課長の敏夫は南風に備え、いつでも壇上に飛び出せるようにと身構えていた。

「原子爆弾の文言だけは、命を捨ててでも守らにゃいけん」

すでに平和宣言はGHQの事前チェックを経て、その全文が当日の『中国新聞』朝刊に掲載されていたとはいえ、MP（憲兵）が演説を阻止するような事態にでもなれば、「これを書いたのは私です！」と名乗りを上げ、市長の身代わりとなって逮捕される覚悟はできていた。

恥ずかしながら、端なくも拾ったこのいのちである。胸の奥底にひと度、封印したあの日の記憶。あの川端で、あの道端で、血反吐《ちへど》を撒き散らしながら苦しみの余り「殺してくれぃ！」と叫んで亡くなって行った者たちの無念の表情を思い起こすと、たとえ棍棒で殴られようが、手が後ろに回ろうが少しも怖くはなかった。さらにはあの日、国民義勇隊の事務局長でありながらも市庁舎にいち早く駆けつけられなかったことで、その後も周囲からは冷たい視線を向けられ、決して拭い去ることのできない罪悪感に苛まれていた。

サバイバーズ・ギルト。それは前出の漫画『夕凪の街 桜の国』の主人公・平野皆美の心も蝕み続けた、

そっちではない

お前の住む
世界は
そっちでは
ない
と誰かが
言っている

と同じ、暗闇からの呪文の如き囁きであった。

「普通の人間になりたい」原爆は、人々の過去のみならず、まだ見ぬ未来をも冷酷無惨に灼き尽くした。

村上敏夫の長女・啓子はその年の初夏、敏夫に連れられ上京している。最初の夜は上野公園で戦災孤児らと野宿し、翌日は日赤病院の宿舎に泊まった。五日目の夕方には、謡や俳句など芸事にも長け、洒脱であった父が、「ここはね、大きな象が半分しか入らなかったからそう呼ばれているんだよ」と、冗談めかして言う半蔵門のお堀端に並んで座っていた。大きな父の肩越しに、皇居が夕闇に浮かんで見えたという。「啓子、美しいだろう。ここの中の人は、何事もなかったかのようにしているけれどお父さんたちは、この緑豊かな皇居にいる人を守るために命がけで働いたんだ。この戦争は正しくないと言った人もいて、監獄に放り込まれて苦しい目に遭っていた。だけどお父さんにはそうする勇気がなかった。気がつかなかった。罪深いお父さんを許してほしい。でも、これからは新しい憲法ができて、皆が平等になって、自分の思うように生きることができる時代になるんだ。広島はひどい目に遭ったけれども、見てごらん。日本の首都の東京もこの有様だ。この日本の姿をしっかり見ておきなさい。この日本が二度と戦争をしないという魂を入れるのは、啓子たちの世代だ。戦争だけは絶対にしてはいけない。どんなことがあっても争いに加担してはいけない。たとえ、そのことでひとりぼっちになっても、信念と勇気を持って生きていってほしい」

一〇歳になったばかりの啓子はコッペパンを齧りながら、「お父さんは難しいことを言うなぁ」と無邪気にも思ったが、敏夫は平和祭を数日後に控えた八月一日に『三児に遺す』と題された書き物を職場の引き出しにそっと忍ばせていた。それは敏夫の、決死の覚悟を示す紛うことなき「遺書」であった。
　しかしながら、幸いなことに何事もなく信三は全文を、滞りなくすべて読み切った。

「クァーン、クァーン」

　信三が引き綱を握り、鐘を打った。焦土に鐘の音が響き渡った。平和塔に吊るされた重さ三七・五キロの洋風の鐘[23]。その音色は鈍く、やけに抜けが悪かった。

　それもそのはずで戦時中は、銅像から鍋、ヤカンに至るまでありとあらゆる金属の供出が金属類回収令（勅令第六六七号）によって武器製造向けに義務付けられていたため、焼け残った寺社にも鐘は残されていなかった。途方に暮れた平和祭協会だったが、偶然にも江田島の旧・帝国海軍兵学校から払い下げられた鐘を市内の建築業者が保管していることを聞きつけ、これを借り受けることで何とか急場を凌いだ。

　平和の鐘を合図に花火が上がり、全市でサイレンが鳴った。閣僚として唯一、平和祭に出席していた就任間もない森戸辰男文部大臣は、純白の背広に蝶ネクタイ姿。敢えて舞台の袖に席を取り、神妙な面持ちで新生広島の〝鬨《とき》の声〟に耳を傾けた。

　式典の最後には片山哲内閣総理大臣を始め、松岡駒吉衆議院議長や松平恒雄参議院議長、ホレース・C・H・ロバートソン英連邦軍総司令官らの祝辞が代読された。その中には、何とマッカーサー元帥からのメッセージもあった。

彼がこうした一地方都市の一行事に向けて公式メッセージを送ることなど前代未聞の椿事《ちんじ》であったため、市職員らはメッセージを携えた、安芸郡海田市町（現・海田町）出身でGHQ付特使の出上寛中尉を八月三日、「まさか」の思いで市庁舎に迎え入れた。

黙殺されるのは百も承知の上で寺田豊市議会議長が七月一八日に上京して届けた書簡[24]で、GHQにお伺いを立てていたのだ。当初は民政部長がメッセージを出すとの通知を受け取っていたが直前になって急遽、マッカーサー元帥本人が筆をとると言い出したため（八月一日に新聞発表）、信三は緊張の面持ちで文面に目を通した。

市長室に詰めかけた市職員らが固唾《かたず》を呑んで見守る中、彼はフッと安堵の表情を浮かべる。いやむしろ、予想に反して好意的な内容だったことに驚きを隠せなかったと言った方が正しいだろう。顔を上げ、ぐいと頷く信三を認め、英語は解せずともすべてを察した一同はざわめき、歓声を上げた。

「これで平和祭が開けるぞ！」

職業軍人としての敗北感

広島が待ちに待ったメッセージは、このように綴られていた。

「二年前次第に高まりつゝある暴虐の暗影が世界を覆うていた。人々も民族も各大陸も戦いの結着をつけようと、必死になってもがいていた。その時広島の上に今迄にない強力な武器が投下された。かくて戦争はそれが致命的であり破壊的である点に於て、さうして亦戦争が人間の理性や論理や目的理想などに対する戦である点に於て新たな意味をもつことになった。即ちあの運命の日の諸々の苦悩は、凡ての民族の凡ての人々に対する警告として役立つ。それは戦争の破壊性を助長する為に、自然力を使用することは益々進歩して、遂には人類を絶滅し、現代世界の物質的構造物を破壊する様な手段が手近に得られる迄発達するだらうと云う警告である。これが広島の教訓である。この教訓が等閑《なおざり》に附せられないよう、神よみそなはせたまへ」（『広島新史　資料編Ⅱ（復興編）』広島市編）

興味深いことにマッカーサー元帥は同文において、連合国にとっての常套句であった原爆投下の戦争早期終結論には一切言及していない。むしろ、科学技術の暴走が戦場においてはより凄惨な悲劇を生むと警鐘を鳴らしている。それはロバートソン中将が翌年の第二回平和祭に寄せた、次に引用するメッセージとは見事なまでに対極をなす論旨であった。

「余はこの災害は諸君自らがもたらしたものであることを注意したい。日本国民は不法にも何ら警告なくして英連邦諸国及びアメリカ合衆国に攻撃を加えその国民に甚大なる損害を与えた。／これは実に背信行為であった。何故ならアメリカ合衆国は常に諸君の友邦であったし我々連邦国民も亦諸君の友邦たるばかりでなく、長年に亘る諸君の同盟国であったからでもある。広島に下されたこの天罰は軍国主義を追求せる日本国民全体への応報の単なる一部をなすに過ぎないのである。／若し将来諸君が平和主義を遵奉するならば全世界はかかる悲劇からより安全たるを得るのである」[25]（前掲書）

原爆投下を「天罰」と看做すか「警告」と捉えるか。幾多の戦場を渡り歩き、戦争の光と影を知り尽くしたマッカーサー元帥は終戦、ノーサイドのホイッスルを聞くと共に博愛精神を説くひとりの敬虔なキリスト教徒（聖公会）に立ち返り、懐の深さを見せたのだろうか。

いや、彼は人道主義者としてではなく、あくまでも戦争のプロフェッショナルとして、少なくとも太平洋戦争の終結に至るまでは、原爆使用に対して否定的な立場を取り続けていた。

米太平洋艦隊司令長官チェスター・W・ニミッツ元帥が、「私は、原爆による一般人の死は不必要であると感じていた。（中略）我々は、すでに彼らを打ちのめしていた。彼らに十分な食糧はなく、何ら出来る状態ではなかった（筆者訳）」と語っていたのと同じく、マッカーサー元帥もまた、軍事的には原爆を使用せずとも本土上陸作戦・ダウンフォール作戦によって連合国軍を勝利に導くだけの自信を持っていた。

誰よりも虚栄心が強かったマッカーサー元帥は、事前に原爆投下について意見を求められず、エノラ・ゲイがテニアン島を離陸するわずか四八時間前に決定を知らされたことでいたくプライドを傷つけられていた。帝国陸軍の攻勢によりフィリピンのコレヒドール島からの撤退を余儀なくされ、「私は必ず帰還する（I shall return）」と言い放った彼にしてみれば、本土上陸によって日本を降伏に追い込んだ「英雄」として、大トリを飾って再び脚光を浴びる千載一遇のチャンスを原爆によって奪われた無念、私恨があった。

元フィリピン派遣軍総司令官でありマニラ軍事裁判で戦犯に問われた本間雅晴陸軍中将の処刑を、一九四六年四月三日、彼が一九四二年に帝国陸軍第一四軍（第四八、一六師団）に対してバターン島総攻撃を命じたのと同じ月日、時刻に執行させるほど執念深い男である。意地でも原爆によって戦争が終結したと認めるわけにはいかない。事あるごとに対立してきたトルーマン大統領に手柄を横取りされてなるものか。裏を返せば、マッカーサー元帥のこのメッセージは、政争に巻き込まれた職業軍人としての敗北感の表れでもあった。

彼は、一九四五年一〇月、米『ニューズウィーク』誌のインタビューに、「私は政治に関わった経験はないし、これからもそのつもりはない。ひとりの兵卒として終わるつもりだ」と応じていたが一九四八年三月九日になると一転して、共和党に指名されれば大統領候補に名乗りを上げると表明する。米国には建国以来、植民地軍総司令官として独立戦争を闘った初代大統領ジョージ・ワシントンを始めとして、戦場のヒーローが合衆国のリーダーとなる伝統がある。マッカーサー元帥は、軍人よりも政治家に向いていたとも言われているが事実、当時の下馬評では有力候補の筆頭に挙げられてもいた。

しかしながら、四月に開催された米ウィスコンシン州の予備選挙では共和党候補として登録されたものの、太平洋を隔てた極東に滞在する身とあっては選挙運動もままならない。六月に開催された共和党大会では一〇七七票のうち、一一票しか獲得できず選挙戦から脱落することとなる。結果は、現職大統領であるトルーマンの再選であった。

マッカーサー元帥は、太平洋戦線における自らの軍功を過大に評価していたきらいがある。筆者はかつて米国の大学に留学していた時、論文作成の一環として戦時中に刊行された米『ニューズウィーク』誌

（米本土版）を始めとするニュース媒体を検証した経験があるが、巻頭記事の大半は欧州戦線の動向を伝えるものであり時折、「ＪＡＰＡＮ」の見出しがあっても、それらの大半は読者に「我が国はナチス・ドイツだけではなく、日本とも戦っている」と、注意喚起を促す記事ばかりであった。

米国にとって第二次世界大戦は、あくまでもエスタブリッシュメントたるＷＡＳＰのかつての宗主国である欧州各国をファシズムから救済する戦いであり、「極東の小競り合い」はバックヤード（裏庭）での出来事に過ぎなかった。こうした欧州戦線に投入された米陸軍主力部隊に向けられたライバル心は、我が国におけるマッカーサー元帥の占領政策にも多大な影響を及ぼすこととなる。

朝鮮戦争の勃発に伴い国連軍（ＵＮＣ）の最高司令官に任命された彼は、仁川上陸作戦を成功させた勢いで、戦乱を早期終結させるため核兵器を〝恫喝〟として用いるよう主張したが、一九五一年四月、朝鮮民主主義人民共和国（北朝鮮）を支援するために七八万人もの義勇兵を送り込んだ新生中国との関係悪化を懸念したトルーマン大統領により連合国最高司令官、米極東軍司令官、国連軍最高司令官、そして琉球列島米国民政府長官すべての役職から解任され、退役に追い込まれる。マッカーサー元帥は、決して原爆の非人道性を糾弾するだけの度量を持った聖人君子ではあり得なかった。

一九五一年四月一九日、マッカーサー元帥は米上下両院の合同会議で三七分にも及ぶ演説を行い、「老兵は死なず、ただ消え去るのみ（Old soldiers never die; they just fade away）」という有名なフレーズでこれを締め括っている。兵舎で古くから歌い継がれて来たミリタリー・ケイデンス（訓練歌）から引用されたこの一節は、潔く身をひく武人たる彼を讃えるものとして今も語り継がれてはいるが、文脈を辿ればむしろ、「五二年にわたる軍人としてのキャリアはここで終わるが、私の信条は決して揺らぐことはない」といった意味合いとなる。そこには彼が座右の銘として愛誦していた米詩人サミュエル・ウルマンの散文詩『青春（Youth）』にも詠われた遺恨の念が滲み出ていた。

信念が若さを育み　疑念が老いを生む
自信が若さを育み　恐怖が老いを生む
希望が若さを育み　絶望が老いを招く
糸が途切れた刹那　心眼は悲嘆の雪に覆われ
冷笑の氷に閉ざされ　人は老いてゆく

（筆者訳）

退役後、マッカーサー元帥はニューヨークの最高級ホテル、ザ・ウォルドルフ＝アストリアに起居し、次期大統領を目指して全米遊説も始めていたが時すでに遅し。潮目は変わり、高齢となっていたこともあり共和党からの支持を得られず、出馬は断念せざるを得なかった。皮肉にも共和党が推し、大統領の座についたのは、彼とは犬猿の仲とも言われていた元・連合国遠征軍最高司令部（ＳＨＡＥＦ）の最高司令官としてヨーロッパ侵攻計画を指揮したドワイト・Ｄ・アイゼンハワーであった。

一方、浜井信三の連合国軍による原爆使用の受け止め方は、本人から直接聞き取った広島流川教会の谷本清牧師が後に書き残したところによれば、「国が一旦戦端を開くと、その相手方がどんな武器を使おうと兎角言うべき筋合いのものであろうか。もし仮に日本が原爆を持っていたとしたら必ずやアメリカの頭上にそれを使用していたであろう。アメリカが使用して日本が使用しなかったのは道徳規準の相違でなくて、彼はそれを持っていて、我はそれを持っていなかっただけのことである」（『濱井信三追想録』濱井信三追想録編集委員会編）と表面上は、至って冷静なものであった。

軍都として多数の兵隊を戦場へ送り出し、一般市民をも含む他国の人々を殺《あや》め、苦しめた加害者としての意識を当時、すでに彼が抱いていたかどうかは確かめようもないが、正義の戦争などどこにもありはしない、といった信三の信条は平和宣言の、「この恐るべき兵器は恒久平和の必然性と真実性を確認せしめる『思想革命』を招来せしめた」といった一文に反映されている。

しかしながら、GHQによる占領下といった状況を踏まえ、原爆投下が「戦争の継続を断念させ、不幸な戦を終結に導く要因となったことは不幸中の幸いであった」と、前市長である木原七郎と同じくこれを必要悪として認めざるを得なかった。また、末尾の「この地上より〜」で始まる二行は、翌年の平和宣言でも「抹殺」が「一掃」に、「理想」は「理念」に置き換えられ繰り返されている。相反する感情のせめぎ合いが、これらやましい表現を生んだとも言える。[26]

終戦直後の広島における「平和」の意味合いは、「戦争」と対極にある「平和」と単純に置き換えるわけにはいかない。広島市民にとって「戦争」とは、取りも直さず米軍が投下した「原爆」そのものであった。そのため占領下においては、ＧＨＱ批判に繋がる「戦争＝原爆＝悪＝米軍」といったニュアンスを、施政者としてはどうしても避けなければならなかった。むしろ、「戦争＝軍都」として、広島は西日本最大の軍都であったことから不幸にも原爆の標的とされたのであり、かつての軍国主義が諸悪の根源である、といった我が国の戦前・戦時体制に批判の矛先を向ける、微妙に論点を核心からずらすことによって「平和」の定義づけを行ったとも言えるだろう。

これは民間検閲を担ったＣＣＤと前後して一般命令第四号により設立され、メディア指導政策を主導した民間情報教育局の初期活動方針のひとつであった、「日本の敗戦の真実、日本の戦争有罪性、現在及び将来の日本の災害と苦難に対する軍国主義者の責任、連合国による軍事占領の理由と目的を、すべてのレベルの日本公衆に周知させる」にも許容される、相通じるロジックであった。

まさにＧＨＱの事前検閲を薄皮一枚ですり抜ける離れ業である。また、この年の平和祭で披露された片山総理大臣からのメッセージに記された、「かつて軍都として栄えた広島市が、わずか一個の原爆によってベールを吹き飛ばし、かつ日本を平和へと導いた、あの感慨深き回顧の数々、われわれ日本国民にとどまらず、世界の人々にまでこよなき教訓となったと私は確信する」といった文言からもわかるように、日本政府とも軌を一にする解釈であった。

広島、長崎に限らず大半の日本人も、同じく軍国主義への責任転嫁を行っている。原爆の破壊力があまりにも凄まじいものであっただけに、こうした異次元の科学兵器を有した米国と一戦を交える決断を下した軍部の無能ぶりに矛先が向けられた。戦時中、帝国陸海軍の攻勢により破綻寸前と盛んに報じられていた米国経済ではあったが、何のことはない、蓋を開けてみれば約二〇億ドルもの巨費が投じられ、延べ一二万人もの人々が原爆開発・製造計画に携わっていた。資金も技術もないのは当の日本だった。日本は「近代」に負けた。精神力ではなく、技術力に敗れたと我々は都合よく捉え、自らを納得させてみせた。

以降、「科学を征する者は世界を征する」とばかりに過剰とも思えるほどの科学信奉に、我が国は脇目も振らず突き進むこととなる。それは、「散切り頭をたたいてみれば文明開化の音がする」と言われたあの時と同じ、西洋文明に対する消し去り難いコンプレックスの表れでもあった。

しかしながら科学技術の粋を集め、「原子力の平和利用」を高らかに謳った夢の原子力発電もやがて、福島第一原子力発電所事故によりその欺瞞《ぎまん》が白日のもとに晒されることとなる。二〇一六年にノーベル生理学・医学賞を受賞した大隈良典博士が、「私は『役に立つ』という言葉がとっても社会をだめにしていると思っています。数年後に事業化できることと同義語になっていることに問題がある」と語った〝憂い〟、目先の実利のみを追い求める科学の在り方[27]が戦後一貫してこの国の国是となり、正義ともなった。

このような生き残りを賭けた一種の「すり替え」により形作られた戦後広島における平和主義は、図らずも「軍都を平和都市へ」といったスローガンにも後押しされ、戦時における被爆地が掲げる未来志向、前向きなイメージの定着に寄与することとなった。「平和」の二文字は広島にとって、ＧＨＱにとって、そしてまた日本という国にとっても免罪符として機能した。

多数決なんぞ向いとらん

平和祭開催までの道程は、決して平坦なものではなかった。ムシカで信三の賛同を取り付けた石島治志は、すぐさま行動に出る。まずは発足したばかりの広島観光協会（現・広島市観光協会）に乗り込み、「八月六日を中心として、大々的に平和祭をやることなどは、国際的にも相当アピールするのではないか」と、一席ぶってみせた。

学究肌とはいえ、霧島昇が歌った『誰か故郷を想わざる』（西條八十作詞、古賀政男作曲）をこよなく愛する浪花節気質も備えた熱血漢である。市民が住む家さえない焼け野原に、観光に来る酔狂な客などいるものか。しかも、よりによって国際的とは畏れ入る。列席した面々は一様に訝しんだが、語気強く迫る彼に気圧《けお》された。「まぁ、やれるものならやってみんさい」

また、一九四六年九月に再発足した広島商工会議所の顧問にも名を連ねていた治志は、翌年一月二四日に会頭に就任した中村藤太郎にも膝詰め談判で協力を依頼する。

これを受けて六月初旬、藤太郎が市長室を訪ねて来た。

「浜井さん。平和祭の話は石島さんから伺いよりましたよ。いやぁ、商工会議所でも今年は大々的に平和祭をやろうといった気運が高まっとります。昨年は、市が表に立つことはなかったが、やはりこうした類の行事は市が主導すべきじゃろう。ついてはＧＨＱ地方軍政部の意向も打診しておかねばならん。ひとつわしと一緒に呉へ行ってもらえんじゃろうか」

剃り上げた鉢の張った頭に極太の眉。肉厚の唇から発せられる低音には迫力があった。前会頭の鈴川貫一中国配電社長が公職追放となり、副会頭であり広島機帆船運送[28]の社長でもあった藤太郎が満場一致で会頭に推挙された。がしかし、「復活したばかりの会議所でもあるし、民主的組織によって運営されることにもなったので、変動期におけるいろいろの困難も伴ふ」（『広島商工会議所百年史』広島商工会議所百年史編さん委員会編纂）と、一旦は無下に辞退した無頼漢。要は、「皆の意見なんぞ、いちいち聞いとったんでは何《なん》も出来ゃあせん。わしにゃあ多数決なんぞ向いとらん」ということである。

一八九三年（明治二六年）に鳥取市で生まれた藤太郎は、青年期に勇躍上京すると、キリスト教伝道者を養成する目的で設立された救世軍士官学校に学び、社会事業部士官を務めたという異色の経歴の持ち主であった。

歳末の風物詩ともなっている社会鍋で知られる救世軍（The Salvation Army）は、メソジスト教会の牧師であったウィリアム・ブースとその夫人により一八六五年に英ロンドン東部で始められた、救霊と社会福祉を実践するプロテスタント団体である。我が国でも活動は一八九五年に始まり、岡山県哲多《てった》郡則安村出身の山室軍平が日本人初の救世軍士官となって、廃娼運動や結核療養所の設立に多大な貢献を果たした。[29]

明治初年に「救世軍」と訳したのは〝憲政の神様〟と謳われた尾崎行雄であり、「道徳経済合一説」を貫いた明治の大実業家・渋沢栄一も、クリスチャンではなかったにもかかわらず発足間もない救世軍を熱心に支援している。[30] ただし、「精神だけではあきたらぬ。実が伴わねば嘘だ」と考える栄一は慈善事業においても効率を重んじ軍平に、「実業家は金を作ることを知っているばかりか、どんな風に使うたらよいかということをわきまえている。それだから、自分らよりもあまり下手に金を使うと見ると、出したくなる。しかしあなたのところでは、比較的わずかな金で大きな事業をなし、金が活きて働いているように見えるから、それでわたしは熱心に賛助しているのです」（『雄気堂々（上）』城山三郎）と伝えている。これは前出の大原孫三郎とも共通する〝金〟と向き合う投資家としての〝礼節〟であろう。

当の藤太郎は一九一〇年（明治四三年）に、東京・京橋小隊に入隊した折に加入宣誓書である『軍中の約束』に記名調印し入信している。彼がいかにしてキリスト教、救世軍との接点を見出したのかは不明だが、ここが同軍の日本初の「本営」であったことから、慈善事業に身を投じたいといった覚悟の上での入隊であったことが窺い知れる。救世軍士官学校で伝道師としての心構えを叩き込まれた藤太郎は翌年、福島小隊に見習い中尉として赴き、深川、九段、麻布各小隊の小隊長を歴任し、一九一三年春に救世軍を離れた（慶應義塾大学部に進学したとされている）。

その後、広島に拠点を移すと一九二四年には前述の柿原政一郎が経営する広島臨港土地に取締役支配人、言ってみれば多忙を極める政一郎を補佐する大番頭として加わり、一九三〇年には倉庫業を営む宇品運送や積み荷を差配する広島機帆船運送の社長にも就いた。

日清戦争以来、帝国陸軍の兵站基地として発展した宇品地区はこの時期、宇品造船所（現・新来島宇品どっく）を始め錦華人絹（現・ダイワボウホールディングス）が進出するなど工業地帯としても注目を集め始めていたため、ここで手広く事業を展開する卓越したビジネスセンスと先見の明を兼ね備えた藤太郎は、今で言うところのベンチャー・キャピタリストとして飛ぶ鳥を落とす勢いであった。[31]

実際、彼は商工会議所会頭に就任するや否や、潰滅状態にあった商工会議所建屋の復旧工事にすぐさま着手させ、物価高騰を抑えるため広島県物価安定推進本部の顧問となって尽力したかと思うと、電力危機に対応すべく広島県電力協議会を結成。さらには民間貿易の再開を先読みし、広島県貿易協会を発足させるなど、わずか九ヶ月の在任中に、その後の広島市の経済活動の基盤となったあらゆる種を一気呵成に蒔いてしまう。辞任の弁は、「雨もりをふせぐ意味で就任したのであったが、その地位に居って後継者を見つけることは、困難であると気附いたので、決断した」（『広島商工会議所百年史』広島商工会議所百年史編さん委員会編纂）と、さらりとしたものであった。まるで、いつの間にやら寿司屋のカウンターの片隅に腰掛け、小鰭《こはだ》を二貫ほどつまむとサッと席を立つ粋人のような見事な立ち居振る舞いであった。[32]

藤太郎の波瀾万丈の半生からは、人間という二面性を持ったいきものの面白味が感ぜられる。彼の居丈高な態度からは、冷淡無情な経営者像が想像されるであろう。事実、一九六八年に広島で彼と偶然にも出会った山室軍平記念救世軍資料館の前館長で二〇一五年時点では運営委員（中将）を務めていた齢八八歳の朝野洋は、「いやぁ、それはもう頭ごなしと言っていいほどの有無を言わせぬ物言いでしたよ」と苦笑する。来日した救世軍のフレデリック・クーツ大将が広島市公会堂で公開集会を開催した折のことである。

「もっと大々的に告知せにゃならんだろうと大きな声で命じておられた。彼は、ちょうど脂がのりきった山室軍平が八面六臂の活躍をしていた当時に救世軍にいらっしゃっただけに、先輩士官として後輩たちの奥ゆかしいやり方を歯がゆく感じておられたのかも知れません」藤太郎が逝く、ほんの五年前の話である。

しかしながら被爆直後の広島には、彼のまた違った一面が垣間見えるエピソードも遺されていた。戦時中、本署が宇品港にあった宇品警察署は、京橋川以東から広島湾に面した広いエリアを管轄していたが、警察官は五〇名ほど（うち二名即死）しかおらず、東・西警察署が潰滅状態に陥った被爆直後は、警防団が補佐に回ることとなった。

藤太郎は管区の警防団長を務めていたが、被爆重傷者の救護に心血を注ぐ護州兵団（第一四五師団）所属の兵器勤務隊長であった宍戸幸輔陸軍大尉と御幸橋西詰の救護本部で出会った際、「実は先ほどからあなたの名指揮ぶりを拝見して大変感心いたしました。私もあなたのような年配の時は、自分の信念を持って大胆に生き抜いたものでした。どうか頑張ってください」と腰を低くし、心に響く激励の言葉を伝えている。藤太郎は、須沢良隆宇品警察署長と共に藤田組の事務所に警備本部を置き、救護活動に奔走した。[33]

また、彼は前述の宇品学園創立時にも代表者（常務理事）として名を連ねている。大原孫三郎の教えに従い慈善事業をビジネスとしても成立させるべく、柿原政一郎は、広島臨港土地の経営を委ねていた藤太郎を新たなプロジェクトに加えた。

政一郎と同じく無給で参画した藤太郎は、単に名前を貸すだけには留まらず、自ら足を使って職員の斡旋を行うなど積極的に隣保事業を支えたという。見栄っ張りであった彼には似合わず、あからさまに善行を喧伝することはなかったものの、若き日に培った奉仕の精神は生涯、藤太郎から消えることはなかった。

他方、信三にしても平和祭は、やるからには広島市が音頭を取り、市を挙げた一大イベントにすべきとの考えに傾いていたため我が意を得たり。言われるがままに藤太郎と連れ立って呉へ行ってみると、GHQの広島県軍政部長クロワード中佐は身を乗り出して賛意を表したため、逆に狐につままれたような心持ちとなったことだろう。

もちろん、司が一九四六年、無謀とも思える直訴を決行し、平和復興広島市民大会の開催許可を得ていた実績が布石となっていたわけだが、政財界に太いパイプを持つ寝業師としての顔も持ち合わせていた藤太郎である。プロテスタントといった素性を前面に押し出したのかも知れない。市長を担ぎ出すからには、事前に入念な根回しを行っていた可能性が高い。また、後に綴るようにGHQには、GHQなりの極めて狡猾な計算があったことも見逃せない。「商」と「政」を結びつけたのが、実に藤太郎という異端であった。

GHQのお墨付きを得た商工会議所は、すぐさま六月一九日に市内の主立った企業を始め青年団や婦人会、商店会などの代表者を集め、具体的なプラン策定に着手する。興味深いことにこの第一回の会合で藤太郎は「緊急提言」として、「平和祭に是非、天皇陛下の御臨席を賜ろうではないか」と自案を述べ、全会一致で決議されている。

というのも昭和天皇は一九四六年一月一日に新日本建設に関する詔書、俗に言う「人間宣言」を発布し、その中で、「朕ハ爾等《なんじ》国民ト共ニ在リ、常ニ利害ヲ同ジウシ休戚ヲ分タント欲ス。朕ト爾等国民トノ間ノ紐帯ハ、終始相互ノ信頼ト敬愛トニ依リテ結バレ、単ナル神話ト伝説トニ依リテ生ゼルモノニ非ズ。天皇ヲ以テ現御神《あきつみかみ》トシ、且日本国民ヲ以テ他ノ民族ニ優越セル民族ニシテ、延テ世界ヲ支配スベキ運命ヲ有ストノ架空ナル観念ニ基クモノニモ非ズ」と宣し、同年二月一九日に訪れた神奈川県川崎市の昭和電工川崎工場を皮切りに全国巡幸を始めていた。

藤太郎は天皇に広島へ、それも原爆が投下された八月六日に来て頂き、直に市民を激励してもらいたいと願った。これを受けて信三と藤太郎が楠瀬常猪広島県知事に打診したところ、彼もふたつ返事で同意したため、常猪が上京し宮内府（現・宮内庁）にお伺いを立てた。すると間もなく、「八月六日の平和祭へ行幸されることは御都合で出来かねるが適当な機会に広島市民の願いを御聞きとどけ願うよう取り運ぶ」（『天皇と廣島』小野勝）との回答を得ることができた。[34] 結果的に昭和天皇が平和記念式典に出席することはついぞなかったが、藤太郎の願いは同年一二月五日（〜八日）の広島巡幸として実を結ぶこととなる。

被爆当日の夕刻には「広島市全滅」の報に接していた昭和天皇は翌月、陸軍船舶司令部が作成した四五点の写真からなる『昭和二十年八月六日広島市戦災記録写真帖』を見ており、九月六日には宮内省において世界で初めてカルテに「原子爆弾症」と記した都築正男博士から放射線障害の症状などについて進講を受けていたため、被爆地の惨状は早くから把握していた。

その日も、平和の鐘は鳴らされた。天皇を乗せた御料車、ボディに漆の溜塗が施されていたため、赤ベンツと呼ばれたグロッサー・メルセデスを迎えるべく約二〇万人もの市民が沿道を埋め尽くした。ＧＨＱ指令により国旗掲揚は禁止されていたにもかかわらず、無知な米兵が「ミートボール（肉団子）」と嘲った日の丸の小旗を皆が揃って打ち振った。[35] 一九四七年一二月七日午前一一時八分に天皇が立ち寄った広島市立袋町小学校に通っていた竹内英夫は、今でもその日の光景をつぶさに覚えているという。

「皆で朝から帝国銀行[36]があった本通から筵を敷いてお迎えする準備をしましたよ。道の両側には何重もの人たちが正座して頭を垂れていました。陛下は、ガラスもない壁が煤で汚れた教室にお出でになったのですが、現人神と教えられて来た方ですからね。緊張のあまり誰も顔を上げることが出来ずにじっとしとりました。五分か一〇分のことでしたが、お顔を見た生徒はいなかったんじゃないでしょうか。陛下は『何が欲しいですか』とお声をかけられ、最前列に座っていた同級生が『紙と鉛筆』と答えていました」

ＧＨＱは当初、日本を戦争に引きずり込んだ天皇は全国各地で罵声を浴び、唾を吐きかけられるに違いないと高を括っていた。とはいえ、暴徒になぶり殺しにされては敵わない。監視も兼ねて二人のＭＰを護衛に付け、車列を先導させた。米歴史学者のジョン・ダワーが『敗北を抱きしめて』で綴ったように巡幸は、「天皇制と裕仁個人へのアメリカの支持を具体的な目に見える形で示して見せ」る効果を狙ったものではあったが同時に、神格化されていた天皇の等身大の姿を晒すことで、日本の敗戦を大衆に知らしめる、といった意図も隠されていた。どれほど屈強で強面の〝独裁者〟かと思えば、身長一六五センチ。痩せ形で物腰も柔らかい。どちらかといえば大学教授のような風体をした元・大元帥を目の当たりにし、GHQは天皇を甘く見た。

ところが広島でも、あの広島でさえ天皇は、歓呼の渦に迎えられた。奉迎場となった旧・西練兵場跡の市民広場に集まった約五万人の人々は帽子を、ハンカチを力の限り振りながら「天皇陛下万歳！　万歳！」と何度となく連呼した。波打つ喝采に対して陛下はオーバーコートのポケットから小さな紙片を取り出し、「この度は皆の熱心なる歓迎を受けて嬉しく思う。本日は親しく広島市の復興の跡を見て満足に思う。広島市の受けた災禍に対しては同情にたえない。我々はこの犠牲を無駄にすることなく平和日本を建設して世界平和に貢献しなければならない」（前掲書）と、応じた。

もちろん劇画『はだしのゲン』の作者である中沢啓治のように、「天皇制を否定していた父親の影響なのだろうが、家族三人が被爆死したのは天皇のせいだと思っていた。教師から歓迎のための日の丸の小旗を作れと言われても作らなかった」（『「ヒロシマ」の空白　中沢家始末記』中沢啓治）といった市民も少なからずいた。がしかし、それらの声は群衆に飲み込まれ、たちまち掻き消される。

多くの人々は原爆のみならず戦場、外地でも愛する人々を失っていた。「天皇陛下万歳！」と叫びながら突撃し非業の死を遂げて行った兵隊たち、「天皇陛下万歳！」と唱えながら玉砕して行った名もなき居留民たち。天皇に石つぶてを投げることは、彼らを貶めることになる。何よりも臣民として生まれ育った自らの半生を否定し、葬り去ることでもあった。様々な想いの丈が交錯し、絡み合い、広島はこの日を迎えていた。

午前一一時四〇分。信三は市役所の玄関前で奥田、森沢両助役や寺田豊市議会議長らと共に陛下を出迎えると市長室で市政奏上を行った。上座には明治天皇が日清戦争の際大本営で使用した椅子と机掛けが設えられていたが奏上の間、陛下は立ったままで聞き入っていた。それを見て、「今日、陛下のご使用に供しました御椅子及び机掛けは当時、明治大帝から本市が拝領して、記念として保存いたしておるものでございます」と、信三が改めて説明を加えると、陛下は視線をスッと椅子に落としたものの、遂に腰掛けることはなかった。

続いて陛下は、記者やカメラマンが鈴なりとなった庁舎の屋上に設けられた特設展望台へと足を運んだ。そして市中をゆっくりと見渡すと信三に、「わりあいに建物ができたね」と、ぼつりと言った。

一九四七年六月二〇日、市役所と商工会議所、観光協会が手を携え広島平和祭協会が起ち上げられた。事務所は市役所内に置かれ、会長には信三が就き、治志は藤太郎、豊と共に副会長としてサポートに回った。同協会の趣意書には、「第二次世界大戦は八月六日広島市の歴史的犠牲において事実上の終焉を告げたのであります。人類史上再びこうした悲劇を繰り返してはならないことをすべての国がすべての人が切望してゐます。殊に吾々広島人は心の底から『永遠の平和を確立しよう』と強く強く叫んでいます。／此の事を若しも全世界の人々に伝えることが出来たとしたら恐らく最も切実な共鳴を得ることゝ信じます」

（『広島新史 資料編Ⅱ（復興編）』広島市編）と、その理念が謳われ、この事業を通じてフランスのパリ祭の如く、「広島市民が如何に平和を愛好しているかを表現し、やがては世界的行事の一つにまで発展させたいと念願してゐます」（前掲書）といった理想が綴られていた。

こうして八月六日、あの日から二年目の夏。平和宣言は初めて、世界に向けて発せられた。参列者は一字一句をしっかと胸に刻み込んだ。それは、知識人の高邁な理念と庶民の生身の心情とが合致した、奇跡にも近い八〇二字であった。鳩がゆく。すうっと、鳩が飛んでゆく。

「何をしょうるんじゃろぉ」

会場を取り囲むバラックの集落で赤ん坊を背負い煮炊きする母親や瓦礫の整理に駆り出された日雇い労働者の多くを占めた未亡人、頬に痛々しいケロイドを残した未婚の女性たちも、揃って鳩の数を追った。心置きなく空を見上げた[37]。

「あれは白熊じゃ」

「何を言いよる。大福餅じゃろうが」

鉄くずを拾い歩く戦災孤児たちも、もくもくと立ち上がる雲を眺めてこんな会話を交わしたことだろう。なぜならば、その日もまた、嫌になるほど憎たらしく蒼く、高い空がこの地を覆っていた。

1　現在八月六日は、一九九一年に定められた広島市の休日を定める条例（条例第四九号）により正式な閉庁日となっている。公立学校においては、一九七〇年六月に長谷川鉦三広島県教育長が県議会文教委員会において「8・6特別登校は学校の判断で決めるべき」と答弁したことから、広島市教育委員会も各校の判断に一任することにした。任意登校となっていたが、平和学習の停滞に危機感を高め、二〇〇六年七月になって全市立小中学校と養護学校に対して同日を平和を考える集いなどの開催に努める日とするよう通知。二〇一六年度には市立小学校の五八・二パーセント、市立中学校の五〇・八パーセントがこれに従い平和学習を行っていた。

しかしながら二〇一七年度から地方分権の一環で教職員の人事権限が丸ごと市へ移されたため、八月六日を市職員の休日とする市条例が市立小中学校の教職員にも適用される事態となった。また、教職員の給与などに関する特措法は「（校長は）休日には業務を命ずることができない」と規定されているため、同日の平和学習の存続が危ぶまれている。

2　重園贇雄は、広島県立忠海高等学校や三原市立南方小学校など数多くの校歌を手掛けた。

3　山本秀は一九三六年に中等音楽教員養成を目的とした東京音楽学校甲種師範科（現・東京藝術大学音楽学部）修了後、広島県師範学校や広島大学教育学部東雲分校などで教職に就き、県内の音楽科教育の発展に寄与した。

4　本通商店街で戦後最も早く開店したのは、中島本町にあった喫茶店の店主が始めた中央食堂総本店と伝えられている。巻き寿司やうどんを出し、疎開から戻った人々や復員兵で賑わった。一九四六年の暮れには本通で戦後初めて福引大売り出しが行われ、翌年には革屋町に戦前の名物であったすずらん灯も復活し、徐々に商店街としての体裁を取り戻し始めていた。

5　二〜五歳までの幼児に対して一人当たり六〇グラム（一円八〇銭）のキャンディー。また一世帯に一個の牛豆缶詰（二二円）が一九四七年八月六日までに配給されている。『中国新聞』に牛豆と表記されていたこの料理は、おそらくは米南西部におけるテクス・メクス料理のチリ・コン・カルネであろう。とすれば、この際の放出品はその物量から言ってもキャンディーと併せてGHQのものであったとも考えられる。

6　一九四八年、宮島焼の窯元・川原陶斎により、高さ約九センチ、直径約一〇センチの萩焼風花瓶が原子焼として制作された。素焼きに浜井信三が〝S.Hamai Mayor of Hiroshima〟と記して釉薬をかけたもので、進駐軍へのクリスマスプレゼントや訪広する外国人向けの贈答品として考案された。製造個数は不明。国内には一点のみが現存している。

また、一九四六年一月に広島市復興局に入った小野勝と長島敏との雑談から生まれたアイデアを採用し、市は一九四七年に、広島護国神社の鳥居上の額や元安橋の欄干の灯籠、市役所三階の布片などを原爆十景として発表した。「被害の特殊性を保存し、観光客誘致の一助とする」と謳われていたが、旧・広島県産業奨励館（原爆ドーム）は選ばれていない。元市職員の松林俊一が『中国新聞』（二〇〇七年四月三〇日付）に語ったところによれば「惨事を思い出させるドームは取り壊した方がいいとの声があった。市民を傷つけるものは選ばれていない」という。

勝は後年、同紙に寄せた「原子雲と仮包帯」という連載記事の中で「これらの点景のうち、現在保存されているのは、原爆ドームと、住友銀行支店の死の影だけである」（一九六九年七月一八日付）と記しているが、これは一九四八年に選定された原爆名所十三景と混同したものと思われる。

7 一九四八年と一九四九年に平和祭は全国中継され、一旦ローカルに戻るが、一九五三年以降は現在に至るまで全国中継されている。ただし、歳月を経るに従い中継時間は短縮されている。

8 米戦艦ミズーリ上で行われた降伏文書調印式（一九四五年九月二日）の二日後に外国語放送は停止され、公式には一九五二年二月一日まで国際放送は中断されていた。特例扱いであった平和祭の国際放送は、マッカーサー元帥が米国民に対して、占領政策が成功裏に進められていることを誇示する狙いがあった。

9 石島晴夫は木下順二作『口笛が冬の空に』（一九六一年）や松本清張作『松本清張シリーズ・黒の組曲』（一九六二年）などの演出を手掛け、定年後は沖縄国際海洋博覧会（一九七五年）のプロデュースも行った。

10 一九五三年の浜井信三の手帳に、「松島綏君との囲碁決戦成績」として「黒×白×黒×」と記されているように信三は、囲碁では綏にからっきし歯が立たなかったようだ。二人ともチェーンスモーカーであったため、対局中は部屋が煙で霞み顔も見えないほどだったという。

11 『ヒロシマ』第一章原題の〝A Noiseless Flash〟は「音なき閃光」と翻訳されているが、「無垢な閃光」と訳すならば、より著者の意図を正確に汲み取ることができるであろう。

12　『ヒロシマ』登場人物のひとりで爆心地から一・五キロにあった東洋製缶工場で被爆した佐々木とし子は後に、『中国新聞』（一九四七年八月四日付）の取材に応じ「わたしは両親を失いその上自身も不具者になったのです。ほとんどの来訪者に会うことを欲しません。わたしが〝ヒロシマ〟に描かれたことによって何か英雄のように祭り上げられているようですが、わたしはあくまで寂しい人間です。国家だってわたしたちのような戦争犠牲者を救済することなど忘れているようです。わたしは将来について希望を失いました。たゞ信仰によって生きるだけです」と心情を吐露している。

13　米『ニューヨーカー』誌から派遣されたジョン・ハーシーは、広島へ向かう船旅の途中で体調を崩し、米作家ソーントン・ワイルダーが書いた小説『サン・ルイス・レイ橋』を読む機会に恵まれたことから、単なる復興譚ではなく、人間に焦点を当てたドキュメンタリーを描こうと心に決めたという。創刊以来初めて、全六八ページをハーシーの記事に費やした『ニューヨーカー』誌は発売当日に三〇万部を売り尽くし、米国内外の一〇〇を超える新聞がたちまち全文を掲載、ラジオでも朗読されるほどの注目を集めた。書籍版も一九九五年までに三五〇万部以上を売り上げている。邦訳版は一九四九年四月に法政大学出版局によって仁科芳雄博士らの査読を経て刊行された。

『ヒロシマ』というタイトルが現在、核廃絶の象徴として用いられているカタカナ表記の「ヒロシマ」を広く知らしめるきっかけとなった。ただし、この表記が一般化したのは一九五九年八月に平和記念公園で開催された第五回原水爆禁止世界大会以降のことである。『朝日新聞』紙上で初めてカタカナ表記が用いられたのは同年七月二九日の「政争うずまく〝ヒロシマ〟」であり、大江健三郎が著した『ヒロシマ・ノート』（一九六五年）により「ヒロシマ」は一気に市民権を得るに至る。

広島市の平和宣言に「ヒロシマ」が最初に登場したのが一九六九年、山田節男市長による「これこそがふたたびこの地球上に『ヒロシマ』を繰り返さないための砦であり、現代の歴史に生きる者の使命である」であったことからもわかるように、マスコミが盛んに流布する被爆地といった負のイメージを纏ったカタカナ表記に、戦後二〇年余りにわたり多くの広島市民は必ずしも好意的ではなかった。

14　ＧＨＱの検閲を『ヒロシマ』が逃れられた理由はジョン・ハーシーが帰国後、執筆を始めたからであった。ＣＣＤは占領下にある日本の報道機関のみを検閲できる機関であり、米国内における表現の自由を云々する権限は持ち合わせていなかった。

15　一八八五〜一八九四年における広島県出身のハワイ官約移民の累計人数は、全国比で三八・二パーセントにも上り全国第一位となっていた。また、日本軍による真珠湾攻撃が行われる一年前（一九四〇年）の時点で、ハワイの全人口約四二万七〇〇〇人のうち約三七パーセント（約一五万七〇〇〇人）。うち約三万五〇〇〇人が日本国籍者で、一二万人以上が日米二重国籍者）が日本人によって占められていた。

16　義援金は、原爆被災者を中心に県下の生活困窮者二万一〇二八世帯、四万九三五〇名に対して衣料や寝具といった形で配分された。

17　二〇一五年にホノウリウリ収容所跡地は、米国の国定史跡に指定されている。

18　第四四二連隊戦闘団は第一〇〇歩兵大隊と合わせて個人勲章を一万八一四三個獲得。これは一連隊としては米軍史上最多とされているが、一方で戦死者は約七〇〇名、戦死傷率は三一四パーセントにも上った。

19　「バンザイ」などは日系移民たちが話していたいわゆる「ニッケイ語」。「バカタレ」は広島弁に由来しているという説がある。特にハワイにおける日系移民に、広島出身者が多かったことから、例えば「ムスビ」のように日系社会全体で〝標準語〟として用いられていた広島弁も多い。

20　『ホレホレ節』は、日本からの移住者によってハワイで歌われていた労働歌。六〇種類を超える歌詞があるとされ、主にサトウキビ畑で農作業に従事する女性たちによって歌われていた。広島湾の海苔とり歌や広島県中央部の籾摺り歌が元歌という説がある。「ホレホレ」は、サトウキビの枯葉を手で掻き落とす作業を示すハワイの語。第三節には「ハワイハワイと／夢みてきたが／流す涙は／きびの中」とある。

21　郷里の広島市に帰っていた母親の消息を尋ねて、ハワイ生まれの日系二世であったジャーナリストのレスリー・ナカシマは一九四五年八月二二日に現地入りし、二七日には東京のユナイテッドプレスを通じて現地の惨状を打電。三一日付の『ニューヨーク・タイムズ』紙や『ロサンゼルス・タイムズ』紙がこれを掲載したことにより世界初の現地からの原爆報道となった。

22　一九四七年の平和祭で朗読された平和宣言の原本は遺失したため、後に村上敏夫が新たに揮毫したものが現在は広島平和記念資料館に保管されている。ただし、オリジナルではないため「歴史的史料」ではなく「美術品」に分類されている。

23　平和祭協会が『中国新聞』（一九四七年七月一六日付）紙上で「諸行無常の昔の音のするお寺の鐘では、感じが出ないといって外国寺院の鐘を探している」と協力を呼びかけ探し当てた鐘は、朝鮮戦争の勃発により再び貴金属が枯渇した一九五一年に盗難に遭っている。一九四九年に、一三社からなる広島銅合金鋳造会が手塩にかけて造り上げた二代目の平和の鐘（口径一・二メートル、高さ一・四メートル、重さ八〇〇キロ）が寄贈された。製造・寄付を依頼した浜井信三は、形状は西洋のベル型、焼け跡から集めた金属を鋳込むといった要望を出したという。鋳造会の面々は当時の金額で一〇〇万円を持ち寄り、前例のない大きさであったことから製造中に破裂するリスクを背負って作業に臨んだ。

現在の平和の鐘は五代目にあたり、重要無形文化財保持者に認定された鋳金工芸作家・香取正彦が手掛け、表面には吉田茂の揮毫による「平和」の二文字が刻まれている。

24　寺田豊が届けた「マックアーサー元帥または総司令部の適当な方がメッセージを寄せられること」を要請する書簡には、『平和祭』は八月六日が平和到来の日として記憶されなければならない日であること、そして広島市民が世界平和に貢献するため覚悟を新たにすることができる日であるという考えのもとに催されるものである」と記されている。

25　ホレース・ロバートソン中将のメッセージはあまりにも長文であったため、広島市渉外局は「記念講演」と記している。

26　平和宣言において、初めて「反核」の立場が明確に打ち出されたのは、一九五五年に浜井信三を破り広島市長の座に就いた渡辺忠雄により一九五八年に発された次の一節であった。「今や原水爆禁止の世論は漸く高まり、核実験停止決議や査察専門家会議開催など前途に僅かながらも曙光を見いだし得るかの感があるが、われわれは更に声を大にして世論を喚起し、核兵器の製造と使用を全面的に禁止する国際協定の成立に努力を傾注し、もって人類を滅亡の危機から救わなければならない」信三と同じく被爆生存者のひとりであった忠雄がこのように宣するまでには、被爆から一三年もの歳月を要した。

27　文部科学省の科学技術・学術政策研究所によれば、民間を含めた二〇一四年度の自然科学分野における研究開発費約一七兆五七七二億円のうち、「基礎研究」の割合はわずかに一四・八パーセントであり、製品生産やサービス導入等を目的とする「開発研究」は六三・五パーセントであった。特定の応用をあらかじめ設定しない「基礎研究」の割合は、公的機関においても特に今世紀に入り横ばい傾向にあるという。

28 広島機帆船運送は戦時中、一九四三年に製造された第一広島、第二広島、第三広島、第五広島の四隻（総トン数各七二。第五広島は七四）を徴用船として軍に提供している。

29 キリスト教が我が国にもたらした社会福祉の精神は、山室軍平の人脈からも辿ることができる。弱冠一六歳であった軍平は、一八八九年六月に同志社大学において第一回の夏期学校が開かれると知り、あり金を掻き集めて京都へ向かい、そこで聞いた「一本の薪はいくら勢いよく燃えてもすぐに燃え尽きてしまう。しかし、たくさんの薪が集まれば、さかんに火は燃え続け、その勢いはますます大きくなってゆくのです」（『CHRISTIAN TODAY』二〇一五年四月六日付）という新島襄の講演に感銘を受け、自らの生きるべき道を見出した。

また、岡山孤児院に石井十次を訪ね、「社会事業というのは、ただ憐れみや、単なる慈善の気持ちだけではできません。（中略）自分が本当に小さな者たちと連帯感を持てるかどうか。彼らの悲しみに泣き、その喜びを自分の喜びとすることができるかどうか――その確信を持たない限り、この仕事は続けられないでしょう」（前掲）という彼の言葉から、社会福祉の本質を学んでいる。中村藤太郎に至るまで、こうした無私の精神は脈々と受け継がれ、各地に根づいて行った。

30 マルクス主義と同じく、当時の我が国においてはキリスト教に感化された、もしくは影響を受けた指導者は少なくない。例えば、慶應義塾の創始者として知られる福澤諭吉は、その著書『学問のすゝめ』の中で有名な「天は人の上に人を造らず、人の下に人を造らず」という名言を残しているが、これはトーマス・ジェファーソンによって起草された米独立宣言の一節（We hold these truths to be self-evident, that all men are created equal, that they are endowed by their Creator with certain unalienable Rights, that among these are Life, Liberty and the pursuit of Happiness）を意訳したものという説がある。原文に記された〝Creator〟とは創造主であり、取りも直さずキリスト教における神であることは明らかである。宗教よりも実学に興味があった諭吉は、これに儒教で用いられていた日常語の「天」をあてた。また、東京専門学校（現・早稲田大学）を興した大隈重信も、若き日に長崎に遊学した際、英語を学んだフルベッキ宣教師から最初に手渡されたテキストは聖書であったと書き残している。

実業界においても森永製菓を起ち上げた森永太一郎を始め、山崎製パンの創業者であった飯島藤十郎、ライオンを創立し〝法衣を着た実業家〟と言われた小林富次郎、白洋舎を創った五十嵐健治など、錚々たる面々がキリスト教徒であった。このように明治維新に伴い、それまでのピラミッド型社会構造や家制度が崩れ、文明開化の音と共に西洋文明を旺盛に取り入れた我が国にとってキリスト教は、宗教的意味合いもさることながら西洋的思想を体得するための優れたツールとしても機能した側面があった。

31　一九三〇年代に入り人絹織物は我が国の新たな主要輸出品目として脚光を浴びることとなるが、原料である人造絹糸、いわゆるレーヨンは主に広島県から供給された。一九二二年に操業を開始した帝国人絹広島工場を皮切りに一九三三年には広島市の誘致に応じて錦華人絹も宇品地区に進出している。錦華人絹は二一三三名の職工を擁する、一九三六年当時としては大規模な工場を宇品で起ち上げた。

32　一方で中村藤太郎は、一九四七年七月一五日には広島県知事・広島市長との連名で広島港開港陳情書を運輸、大蔵、厚生大臣宛に提出し、翌年元日に開港指定を取り付けることで地元である宇品への利益誘導も抜け目なく行っている。藤太郎の読みは物の見事に的中し、一九四九年四月二五日に実施された単一固定為替レート（一ドル三六〇円）も追い風となり、広島県のかつての主要輸出品目であった製針業やゴム工業、農機具工業は、戦後いち早く宇品港（現・広島港）からの製品輸出に漕ぎ着けられ、崩壊の危機を回避することができた。

33　広島県警察部（広島県防空本部）の石原虎好部長は、一九四五年八月六日午後五時頃に比治山の多聞院を臨時の県防空本部と定め、ここに中国総監府の服部直彰副総監や高野源進知事、浜井信三ら約一〇名が集まりロウソクの灯りを頼りに対策を協議しているが、中村藤太郎も須沢良隆署長と共に午後七時半頃に同院を訪れている。警察三署の中で辛うじて被災を免れた宇品署は、少人数でありながらも昼夜を問わず救護活動にあたっている。

34　一九四七年一二月上旬の天皇の中国地方巡幸が内定するとすぐに広島市総務局の小野勝総務課長理事と伊藤勇主事は関西地方の各県を歴訪し、奉送迎事務を実地調査して一一月一七日に行幸事務本部規程を公布する。また、市議会においては一〇月二五日に奉迎準備委員会が組織され、一一月六日に宮内庁から犬丸実総務課長が行幸主務官として広島を訪れ下検分を行った。

昭和天皇が初めて原爆慰霊碑を参拝したのは一九七一年。平和記念式典に参列することは生涯なかった。一方、平成の天皇は皇太子時代の一九六〇年に一度だけ参列している。戦後五〇年にあたる一九九五年、一九九六年、二〇一四年にも同地を訪れ、原爆慰霊碑に供花もしているが以降、平和記念式典に臨席した皇族はひとりもいない。

35 GHQの指示に従い広島市は「市民への通知文」において「各戸に国旗を掲揚しないこと」や「奉送迎の際、会旗、国旗、小旗等を用いないこと」など八項目を通達している。

36 帝国銀行広島支店。帝国銀行は一九五四年、行名を三井銀行に戻し、一九六二年に移転。その後、建物は広島銀行、農林中央金庫広島支所として使われた。一九二五年に竣工され、被爆に耐えたルネッサンス様式の建物（爆心地から三六〇メートル）は一九六七年にタカキベーカリー（現・アンデルセン）が購入・改修し、広島アンデルセンとして生まれ変わり市民のランドマークとなっている。老朽化に伴い現在建て替え中の同店舗は二〇二〇年八月に再オープン予定。

37 『原爆の子～広島の少年少女のうったえ』の編者である長田新は、「人々は『平和都市』ではなくて原爆犠牲者を踏みにじって出来た『観光都市ヒロシマ』の復興ぶりの不均衡を見のがしてはなるまい。（中略）都市計画の土運びやどぶさらいに、蟻のように群がり働く日雇い労働者の約半数が女であり、しかもその多くが原爆による未亡人やケロイドをもつ若い娘たちであるということ、そうして都市計画が進み道路が拡げられるにつれて、彼等自身の家が追いたてられ奪われてゆくという矛盾した現実を人々は見逃してはなるまい」（「『廣島』と『ヒロシマ』の間―平和公園の史的研究―」岸佑）と、欺瞞に満ちた復興、「平和都市」の建設に鋭い視線を向けている。また、原爆作家の大田洋子も当時の平和公園について、「家のなくなったもんが、焼けブリキの小屋を建てて、何千と住んでおったんですよ。そうしたら、平和公園にするからどっかへ行ってくれということでねえ。どこかへゆけと云うても、行くところはないから、じっと坐っておったら、片っぱしから、小屋をめぎ（筆者注：壊し）に来ましたで。へえ？　平和公園じゃと。へえ、この街には人間は要らんのでしょうて」（『大田洋子集 第三巻』大田洋子）と語っている。

第五章　遥かなる道標《みちしるべ》

4年前のきょうは、われらの父祖の都市が一瞬にして暗黒の巷と化し、10数万の市民がその尊い命を捨てた日である。

しかしこの戦災は戦争による人類破滅の危険を示唆するとともに、戦争のために傾注せられた人間の努力と創意をもってすれば、世界平和の建設が決して不可能でないことを確信せしめた。

この教訓にもとづき真剣に平和への道を追求することこそ世界人類に対する最大の貢献であり、地下に眠る市民の犠牲の意義あらしめる最善の道でなければならない。

いまやわれら広島市民の過去の小さな努力は漸く世界の人々の共感を呼び、8月6日を世界平和日に指定し広島を世界平和センターたらしめようとする運動が広く全世界に展開せられ、また永遠に戦争を防止する強力な世界組織樹立運動が漸次拡大されつつあることは実に欣快にたえない。

さきに日本国会を満場一致で通過した広島平和都市法も本日付けをもって公布実施せられる。われら広島市民はここに四たび平和式典を営み再び第二の広島が地上に現出しないよう誠心こめて祈念するとともに、世界各地の平和愛好者と相提携して原子力時代をして恒久平和と新たなる人間文化創造の輝かしい時代たらしめるべく献身せんことを誓うものである。

この地上より戦争と戦争の恐怖と罪悪とを一掃して真実の平和を確立しよう、永遠に戦争を放棄し世界平和の理念を地上に建設しよう。

戦災4周年を迎えわれらはかくの如く宣言する。

一九四九年八月六日　　広島市長　浜井信三

「藤本君、東京へ行ってもらえんじゃろうか」

一九四八年（昭和二三年）の師走になって急に腹痛を起こし、広島赤十字病院に一時入院していた浜井信三を見舞った市長室主事の藤本千万太は、唐突な業務命令に戸惑う他なかった。

「私なんぞでよろしいんでしょうか」

「私はこんな状態だし、奥田助役もここのところ健康が優れんようだ。山田節男先生にはよろしく伝えてあるので、請願書を国会まで届けて欲しい」

広島市議会で一一月三〇日に審議された、都市建設を国家事業として政府主導で実施すべしと訴える『広島原爆災害総合復興対策に関する請願書』[1]である。政府や大蔵省への嘆願は幾度となく行ってきたが同月、市議会議長の座に就いた任都栗司が、「難しいとは思うが市長がやる気になるのであれば、旧軍用地の払い下げや無償譲渡、補助金交付の問題をまとめて解決する特別の根拠を作らにゃならん。ここはひとつ力を合わせてやるべきじゃろう。議会の和がのうてはいけん」と賛意を表明したことから、総合的な復興補助を求める請願へとその要旨を改めることとなった。

信三も母校である東京帝国大学の人脈を辿り、大蔵省の吉田太郎一[2]や建設省（現・国土交通省）で建設次官兼建設技監となっていた岩沢忠恭[3]らに相談を持ちかけてはいたが、「君も知っての通り、今年の六月に国有財産法が施行されとるから、タダでくれと言ってもそれは無理だ。何か特別なことをしなければダメだね」と、色よい返事は貰えずにいた。


終戦から三年余りを経て、時代はひとつの節目を迎えようとしていた。一一月一二日には東京・市谷にあった旧・陸軍士官学校の講堂において極東国際軍事裁判（東京裁判）の判決が言い渡され、東條英機を始めとする七名のA級戦争犯罪人[4]の絞首刑が確定した。これで連合国にとっての戦後処理は、大きな山を越えたことになる。

「もたもたしとったら、ピカにやられた広島も他の都市と一緒くたにされ、既成事実ともなりかねん」

市のみならず市議会も危機感を募らせていた。前市長の木原七郎は公職追放によって任を解かれる直前の一九四七年三月一日に、衆議院議員となっていた森戸辰男へ書簡を送り、去る一月一八日に全国戦災都市連盟が創立されたことを報告し、「種々協議の結果国家又は特権階級に於て独事的に営まれてゐる事業を自治体に委譲を受け之によって生ずる収益を基盤として自立的都市建設を行ふことを決議致しました」と綴り、政府への働きかけを依頼している。

つまり当初は広島も、他の戦災都市と足並みを揃えて国を動かそうとしていた。しかしながらこの年の二月に大蔵省広島財務局によって旧軍用地の無償払い下げ申請が却下されたことから、もはや独自の道を歩まざるを得なくなっていた。待ったナシ。「国益」ならぬ「市益」を勝ち取るための闘いの第二幕が切って落とされた。

「大儀ですがひとつよろしく頼みますよ」

千万太が市役所職員になってから、まだ三年も経ってはいなかった。一九一六年（大正五年）生まれの彼は、広島高等学校（現・広島大学総合科学部）を経て京都帝国大学を卒業すると、開戦直後の一九四二年一月五日には早くも召集されている（第一乙種合格）。

翌年六月には帝国陸軍唯一の化学戦部隊[5]であった迫撃第三連隊（福井県鯖江市）に配属され、兵器委員を命ぜられた（一二月には予備役将校に昇進）。一三〇名の兵隊と共に物資疎開作業に駆り出されていた千万太はそこで福井空襲[6]に遭遇。宝永国民学校（現・福井市宝永小学校）に駐屯していた彼は、咄嗟に校舎脇を流れていた疎水に飛び込み一命を取り留めたが、水面に迫る火焔の渦を前に「ここのまま、どぶ鼠《ねずみ》のように終るのは、寂しいなあ」と、覚悟したと書き残している。復員後、彼は市職員となった（一九四六年一月）がこの死線をくぐり抜けた経験、被爆は免れたものの「自分は一度、死んだ身じゃ」といった意識は常に持ち続けていたに違いない。

千万太は秘書課の中尾正係長と連れ立って東京へ赴き、取るものも取りあえず広島県賀茂郡高屋町

（現・東広島市）出身である山田節男参議院議員の元を訪れた。

「浜井市長から仰せつかって参上致しましたが、この請願に関係する大臣の皆様へのお声かけを願えませんでしょうか。大臣に集まって頂いた暁には、市長も万難を排して上京すると申しております」

「請願の件は浜井さんから聞いとるよ。だがね、国会には大臣よりもっと偉いのがおる。委員長いうんがおるんじゃ。それを集めてやろう」

「いや、お言葉ですが、市長は大臣をと……」

千万太が遠慮がちに応じると、節男はカッと目を剝き、「つまらぬことを言うな！」と、いまだ二〇代の若僧を一喝した。

委員会とは、一九四七年六月議決の参議院規則により設けられた、予算や条約、法律案に関わる議案や請願を本会議にかける前に、予備的な審査を行うための機関である。新憲法下においては、かつての封建的官僚機構に対抗する制度としてこの常任委員会が国会運営の中核を担っていた。

日本社会党公認で国会に送り出された節男は、片山内閣が倒れた今となっては新米の野党議員（広島地方区）に過ぎず、刻々と移り変わる政局に神経を尖らせていた。それだけに東京帝大経済学部卒業後、英オックスフォード大学へ留学した際、彼《か》の地で後に広島市内に建つ幟町天主公教会（現・カトリック幟町教会）の神父となるフーゴ・M・ラッサール[7]（日本名：愛宮真備）と出会い、「私はある資格を取るためにこの大学に留学したのではありません。（中略）国をはなれて知識を深め、広い視野を身につけて人間を磨くために渡英したのです」（『山田節男追想録』山田節男追想録刊行委員会編）と、語った冷静な判断力にはさらに磨きがかかっていた。大臣に直訴し、みすみす一蹴されるよりは、常任委員会を通じて外堀を埋めてゆく。目まぐるしく政権政党が変わり、大臣の首がすげ替えられる不安定な時局を見通した節男ならではの、極めて現実的かつ的を射た段取りであった。

節男は早速、参議院議員食堂に各常任委員会の委員長を五名ばかり集め、請願書の概要を語って聞かせた。皆、真剣に耳を傾けてはいたが、「今日は然るべき責任者が来ておられんわけだし、改めて請願書の作り方について色々、協議していこうじゃないか」といった意見が出された。暗に請願の体をなしていない、ということであろう。

致し方ないとはいえ、この時ほど千万太は自分が子供の使いだと恥じ入ったことはなかった。

「衆議院も解散直前だからな。解散後、改めて出て来ればいい。それまでに請願書はもう少し書き直しておくように」とも釘を刺されたが、千万太は礼を述べるしか手立てがなかった。時を同じくして信三は、広島県選出の松本瀧蔵《たきぞう》衆議院議員とも密に連絡を取り合っていた。

一九〇一年（明治三四年）三月二〇日、広島市大手町九丁目で生まれた瀧蔵は、実父の腕に抱かれた記憶がない。若くして離縁され、乳飲み子を抱えた母・キヨ（旧姓・正田）は人目を気にしたのであろう。佐伯郡廿日市町（現・廿日市市）出身の日系移民と写真結婚[8]で結ばれ、米カリフォルニア州ロサンゼルスへと旅立った。[9]

しかしながら、異国の地で対面した松本姓の再婚相手は甚だ酒癖が悪く、手を上げることも一度や二度ではなかったため、一年余り堪え忍んだ末、夫の元をようよう逃れ、よちよち歩きを始めたばかりの瀧蔵の手を引き、多くの日系移民が農園労働者として入植していた同州フレズノへと移り住んだ。[10]好運にも新天地では、食堂経営者で書道家でもあった一四歳年上の「鳴嶋」なる気性の穏やかな男性と出会い、束の間の平穏を得ることができた。

瀧蔵は、この海岸山脈とシエラネバダ山脈に挟まれた平原ですくすくと育ち、多感な青春時代を過ごすこととなる。キヨと鳴嶋は婚姻関係にはなかったものの、瀧蔵は「フランク・ナルシマ」と名乗るとフレズノ高校ではトップの成績を修め、最終学年ではキャプテン（生徒会長）に選ばれる栄誉にも浴している。[11]

卒業後、日系人野球チームのフレズノ・アスレチック・クラブ（Fresno Athletic Club）を創設。一九二〇年には、後に〝日系人野球の父〟と讃えられた銭村健一郎[12]も同クラブに加わっている。野球との出会いが彼の人生にとって、大きなウェイトを占めることになるわけだが、学業にも長けていた瀧蔵は、成績優秀者として名門カリフォルニア工科大学の航空工学部に進学した。

ところが、最高機密に属する最先端技術に関わる学問であっただけに、日系人排斥運動[13]に巻き込まれ、二年時に自主退学を余儀なくされ、失意のうちに二〇歳で帰国。米国籍の取得を夢見ていたにもかかわらず、帝国陸軍の徴兵検査を受けることとなり（甲種合格）、決して日本語が得意ではなかったことから前出の田中イトが私財を投じて廃校の危機から救った私立広陵中学校の夜間部（鯉城中学）に進学した。[14]

二年後、本科に編入した瀧蔵は、同級生で健一郎の従兄弟にあたり野球部に所属していた銭村辰巳によれば、「転学した当時は国語・漢文は苦手で自分達に聞いたりしていたが二・三ヵ月もすると彼の方が上達してしまった。それ程彼は努力の人であった。そしてこと英語の時間となると先生達も一目おき、代講をさせられたこともあった」（『広陵高等学校野球部百年史』広陵高等学校編）という。

瀧蔵は、すぐさま野球部の門を叩く。七番ライト。選手としては傑出していなかったものの、四学年時には満州遠征（一九二三年）に加わり、奉天全満鉄や南満工業学校と対戦。一九二三年に開催された第九回全国中等学校優勝野球大会（現・全国高等学校野球選手権大会）では創部以来初の出場を果たし、名門広陵の第一次黄金期に立ち会った。[15]

明治大学予科（商学部）に進学すると早速、同大野球部のマネージャーとなり、健一郎が活躍していたフレズノ・アスレチック・クラブを呼び寄せ交流試合を組み[16]（一九二四年、一九二七年、一九三七年）、米国から野球理論を説いた書籍を取り寄せては、学生の身でありながら近代野球の普及に努めた。また、得意の語学を活かして明治、早稲田、慶應、立教、東京商科大学で構成された英語会（ＥＳＳ）大学連盟の共同代表にも名を連ねている。[17]そのため『影を慕いて』や『悲しい酒』、『人生劇場』などの大ヒット作で知られる作曲家の古賀政男や、ＥＳＳで出会い、[18]後に第六六代内閣総理大臣となる三木武夫と共に〝明大の三大名物男〟と呼ばれるほどの快男児に成長した。

やがて瀧蔵は明治大学教授を経て一九四六年、戦後初の第二二回衆議院議員選挙に広島全県区から立候補し、定員一二名中五位で初当選を果たす（無所属。ちなみに森戸辰男は第六位で当選）。[19][20]本籍は広島といえども「地盤（支持基盤）」、「看板（知名度）」、「鞄（選挙資金）」はいずれもゼロに等しい。[21]清貧と言えば聞こえはいいが終生、金には縁がなかった武夫は、[22]応援に駆けつけてはくれるものの、資金援助は雀の涙であった。

長年勤め上げたいすゞ自動車を定年退職した瀧蔵の長男である松本満郎によれば、「当時は皆、新しい知識に飢えていた。そこに食い込んで行ったのが、学識があり、米国事情にも明るい親父の演説でした。今とは違って街頭演説が当落を分ける時代でしたからね。親父は演説一本でしたが、演説会ともなればひと声で一〇〇〇票は集めるほどの説弁力があった」という。

広島県第一区といえば、泣く子も黙る激戦区である。一九四七年以降、定員三名（当時）のうち、ひとつは一九五一年に公職追放を解除された自由民主党主流派の灘尾弘吉、もう一議席は日本社会党の佐竹新市の定席となっていたため、残り一議席[23]を瀧蔵と広島市議、県議を経て国政に打って出た砂原格が取り合うといった構図になっていた。

選挙運動に手弁当で駆けつけたのは、三次町《みよし》（現・三次市）出身で瀧蔵と同じく広陵中学、明治大学野球部を経て一九四〇年に入団した南海軍（現・福岡ソフトバンクホークス）を皮切りに、一九五七年に現役引退を飾った東映フライヤーズ（現・北海道日本ハムファイターズ）に至るまで数チームを渡り歩き〝元祖神主打法〟の異名を取った岩本義行ら、瀧蔵を師と仰ぐ教え子たちであった。「瀧蔵に続け！」を合言葉に、反日の嵐を乗り越えた米国の広島県人会から届いた激励の手紙や献金も心の支えとなった。

瀧蔵は一九四五年、原爆投下から間もない八月下旬もしくは九月初旬に広島を訪れている。東京への帰途、妻・綾子の親戚宅があった岡山県御津《みつ》郡大野村（現・岡山市）に疎開していた家族の顔を見るため立ち寄り、「広島は酷い状況だった」と、憔悴し切った面持ちで語ったが、「それでも、これが生えていたぞ」と、榊の小枝を満郎に手渡した。それは、中学校に上がったばかりの息子にいらぬ恐怖心を抱かせないようにとの父親らしい心配りであった。また瀧蔵自身にとっても、可能性は限りなくゼロに近いと言わざるを得ないが、広島の再生を願う、希望の一枝であった。

信三は瀧蔵を信頼し、幾度となく相談を持ちかけていた。あくまでも行政は日本政府の仕事である。しかしながら占領下においては、GHQのお墨付きがなければ総理大臣といえども新たな政策は打ち出せない。一介の地方都市が〝本丸〟であるGHQを動かすためには、是が非でも米国事情に精通した仲介者、強力な〝助っ人〟の存在が必要不可欠であった。

というのも日系二世である瀧蔵は、単なる米国通ではなかった。明治大学助教授時代に、経営学を修めるべく米ハーバード大学へ留学し、一九三八年に同大大学院経営学科を修了している。この彼にとっての第二の故郷への里帰り、その際に得た政財界の〝士官候補生〟を養成し、世界的ネットワークを擁する同大のビジネススクール卒といった肩書きが彼の、その後のキャリアを大きく左右することとなった。

満郎は、「語学力はもちろんのことですが両国で高等教育を修め、文化、思想、世界観に精通していた日本人は、多くの方々が戦争で亡くなり、公職追放されていたあの時代においては、それこそ親父しかいなかったのではないでしょうか」と言う。

『マッカーサー草案』の作成において中心的役割を担った民政局次長のチャールズ・L・ケーディス大佐とはハーバード大学の同窓であったことから、GHQの要人ともファースト・ネームで呼び合える関係を築いていた。[24]

ジャスティン・ウィリアムズ国会・政治課長も著書『マッカーサーの政治改革』で、「日本政府とGHQの複雑な相互関係に関する知識では、どの日本人も松本にはかなわなかった。松本の日米双方の関係者に対する大きな影響力の源泉は、この知識であった」と証言している。

こうした稀に見る経歴を買われ、瀧蔵は中道派の国民協同党に属しながらも、日本社会党委員長であった片山哲率いる内閣では外務政務次官に抜擢され、第一〜三次鳩山内閣では内閣官房副長官、岸内閣でも外務政務次官を歴任しただけではなく、[25]野党議員であったにもかかわらず保守本流の総帥・吉田茂首相に請われて一九五一年九月、サンフランシスコ平和条約の調印式にも随行している。戦後日米関係の黎明期に、これほど多くの歴史的現場に立ち会った人物は、他にいなかったのではないかと思わせるほどの八面六臂の活躍ぶりである。

「河野さんも親父を買って下さったひとりです」と満郎は、鳩山一郎（第五二〜五四代内閣総理大臣）が保守合同を成し遂げ、自由民主党の初代総裁となった筋書きを描き、〝横紙破り〟と怖れられた河野一郎衆議院議員の名を挙げた。[26]

「鳩山内閣当時、農林大臣だった彼はクレムリンに乗り込み、フルシチョフ[27]と丁々発止のやり取りの末、『日ソ共同宣言（日本国とソビエト社会主義共和国連邦との共同宣言）』の発効にまで漕ぎ着けたわけですが、随行していた親父を見初めて、『あんた、外交じゃあいい仕事をしとるが、政治をやるのであればもっと国内のことを勉強せにゃならんよ』と助言して下さったと聞いています。あの頃、河野さんにくっついて歩いていたのが大映（大日本映画製作）の永田雅一や日魯漁業（現・マルハニチロ）の社長で衆議院議員でもあった平塚常次郎。当時はまだ〝チンピラ〟と呼ばれていた中曽根康弘もいましたね。毎月二日に日比谷の帝国ホテルでタキシード着用の『タキシード会』という夕食会が開かれていましてね。親父もそこで政経談義に明け暮れていたようです」

さらには本場で、カリフォルニアの青い空の下で白球を追った経験が、瀧蔵の〝ウィニング・ショット〟ともなった。戦前、日米野球[28]のため一九三四年に来日した、ホームラン王ベーブ・ルース[29]も名を連ねたメジャー・リーグ選抜チームの通訳を託されたことで運が開けた。

綺羅星の如きスター選手たち。愛唱歌『私を野球に連れてって』ではないが、元野球少年にしてみれば無給でも買って出たい仕事であったに違いない。語学力のみならず彼の野球に対する人並み外れた愛情も功を奏したわけだが、実はこの選抜チームの来日には伏線があった。

フレズノ・アスレチック・クラブにおいて瀧蔵のチームメイト[30]であった銭村健一郎は、フレズノ市内で自動車のセールスマンとして働きながら日系人による二世リーグを設立し、選抜された精鋭たちによって構成された同クラブは、南カリフォルニア大学といった強豪大学野球部やニグロリーグのチームとも互角に戦うほどの実力を身につけていた。

一九二七年一〇月二九日のことである。ベーブ・ルースを擁したニューヨーク・ヤンキースがフレズノに興行で訪れ、同地のファイヤーマンズ・ボールパークで催された親善試合に、フレズノ・アスレチック・クラブから健一郎ら四名が招かれるといった好運に恵まれる。この機にメジャーリーガーたちと親交を深めた健一郎は、ベーブ・ルースと肩を並べて撮った写真[31]の裏に、「ルースは訪日に関心を持っていて、私たちのチームと一緒に日本へ行けるように、日本でのことを世話してくれないかと私に頼んで来ました。私は明治大学に手紙を書いて、ルース招聘にどれだけ提供出来るか尋ねています。（中略）お送りした写真を巻頭ページに乗せてもらっても構いません（筆者訳）」と英文で記し、大阪毎日新聞社に送っている。健一郎は生前、米紙の取材に答えて、「ルース招聘の条件を日本側と交渉した」と証言しているが、おそらく彼は、すぐさま瀧蔵とコンタクトを取り合い、瀧蔵もふたつ返事で、興行の主催を決めた読売新聞社を始め国内の根回しを引き受けたに違いない。この歴史的な日米野球の開催は、健一郎と瀧蔵の海を隔てたキャッチボールの成果だったとも言えるだろう。[32]

試合そのものは日本選抜チームの〇勝一六敗と散々な結果に終わったものの、この日米野球をきっかけに瀧蔵は、ヤンキースの四番打者としてメジャー・リーグの黄金時代を築いた球聖ルー・ゲーリッグと意気投合し、彼が一九四一年に筋萎縮性側索硬化症[33]によって亡くなった後も、妻・綾子は未亡人と文通を続けた。

また瀧蔵は、ワシントン・セネタース（現・ミネソタ・ツインズ）のキャッチャーとして米選抜チームに帯同した、米中央情報局（ＣＩＡ）の前身である戦略諜報局[34]（ＯＳＳ）の工作員でもあったモーリス・バーグ（通称モー・バーグ）とも旧交を温めている。ハーバード大学と同じく米東部に位置する名門私立大学で構成されるアイビー・リーグの一角プリンストン大学を優秀な成績で卒業し、ニューヨークのコロンビア大学ロースクールに学んだバーグは、プロ野球選手としてはトップクラスのインテリだった。

一九三二年に、東京六大学の野球部を指導するため、バーグが初めて来日した際に二人は意気投合し、互いに日本語とフランス語を教え合い、瀧蔵は明治大学の英語の講義に彼をゲスト講師として招いてもいる。また、瀧蔵と共に日米野球の実現に奔走し、戦後はＧＨＱに掛け合い、明治神宮野球場や後楽園スタヂアム（通称後楽園球場。現・東京ドーム）の接収解除などプロ野球の復興に尽力した読売新聞社の鈴木惣太郎[35]ともバーグは親交を結んでいた。

「ハーバードとプリンストンはライバル校ですからね。親睦を図るために進駐軍でもアメリカンスクールのグラウンドを使ってよく野球の対抗試合をしていました。日本人は親父だけ。ポジションはいつもピッチャーでした。私も連れられて観に行っていましたよ。コカ・コーラが好きなだけ飲めるのが嬉しかった」と、満郎は笑う。

米国の国技である野球に人一倍精通していた瀧蔵[36]だからこそ、ＧＨＱの高官たちの懐に入り込めたことは言うまでもない。母国ではマッカーサー元帥よりも遥かに知名度が高かった、あのベーブ・ルースと面識があるともなれば、鬼に金棒である。好きこそ物の上手なれ。特に、経済科学局の局長として国家予算の策定にも深く関わっていたウィリアム・F・マッカート少将[37]は、三度の飯よりも野球が好きだったことから、機嫌が悪いと見て取れば、彼の故郷の誉れであるセントルイス・カージナルスの話題を振ることが知米派の間ではお約束となっていた。

加えて前出のESSの発案者であったことから瀧蔵と知己の間柄であったポール・ラッシュ[38]も、GHQの一員として再来日し、民間諜報局の編集分課長となっていた。米ケンタッキー州ルイビルで育った彼は聖公会の牧師として一九二五年に来日し、関東大震災によって壊滅状態に追い込まれたキリスト教青年会(YMCA)を立て直し、東京・築地にある聖路加国際病院の建設資金集めに奔走したことでも知られている。満郎は、「聖路加国際病院で亡くなる間際にわかったことなのですが、親父は、英国国教会(聖公会)の流れを汲むメソジスト派の洗礼を受けていました。一九四一年頃でしょうか。同じく聖公会の熱心な信者であった澤田美喜さん[39]――そうです。戦後、占領軍兵士と日本人女性との間に生まれた子供たちを保護、養育するエリザベス・サンダース・ホームを創立した澤田さんですが、彼女がお父様である三菱財閥の岩崎久弥に資金援助をしてもらい、日米開戦前に母国に戻った日系二世のための交流サークル二世連合会[40]を起ち上げた(一九三六年)際には、彼女に請われて理事長になっています」と、述懐する。信仰による横の繋がり、連帯感も瀧蔵の強みとなった。

瀧蔵は戦時中、教職の傍らアジア全域に拡大した占領地域における政策を一元化する目的で一九四二年に創設された大東亜省の嘱託として、ビルマ（現・ミャンマー連邦共和国）独立の闘士であったバ・モウ行政府長官[41]を始め、インドの英植民地からの独立を指導したスバス・チャンドラ・ボースら各国高官の通訳を務め、フィリピン国立大学では一年間にわたり教壇にも立った。[42]

また、開戦前には、東京・中野区高根町（現・東中野二丁目）にあった敝之館《へいしかん》[43]とも深い繋がりがあった。敝之館とは、一九三九年に外務省によって設立された日系二世の教育機関である。

機密調査報告書（一九四二年二月二五日付）によれば、外務省情報部長であった河相達夫が南満州鉄道（満鉄）総裁の松岡洋右と岩永裕吉同盟通信社社長を口説き落として一九三九年一二月一日、敝之館の開校に漕ぎ着けている。『敝之館ニュース』第一号で達夫が、「日米親善の増進」を目的に、一世たちの日本理解を深める教育機関を目指した、と綴っているように、当初は国際的な人材育成を目標に掲げていた。

ところが、真珠湾攻撃直前の一九四一年一一月二八日に卒業した一回生のうち、二名が外務省情報部調査三課の樺山資英外務事務官が発案、組織化した同省のラジオ室に就職している。同室は当初、霞ヶ関の外務省内にあった半地下壕で短波放送をモニターしていたが、一九四三年九月頃には約二〇の米国内のラジオ放送（中波）も東京・調布市国領のＹＭＣＡ憩ヒノ家[44]で傍受することに成功し、重要なニュースはすぐに和訳され、外務省の牧秀司事務官や連絡官の二階堂進が外務大臣や情報局長、広報部長に報告していた。

そのため、敝之館は対外宣伝機関要員を育てていたと見る向きもあるが、五回生までに六八名が入学したが卒業生はわずか四七名に過ぎず、[45]同館では暗号解読や諜報のノウハウといった教育は施されていなかったため、陸軍中野学校のような諜報員の養成機関ではあり得なかった。[46]

日系二世留学生[47]の教育事情に詳しい白百合女子大学の粂井輝子教授が、「親が広島出身であったため、松本氏の世話で明治大学のアメリカンフットボール部に入った者、学費が続かなくなったためラジオ室の仕事を斡旋してもらった留学生もいたようです」と言うように、前出の外務省の外郭団体であった二世連合会と併せて瀧蔵は、自らと同じく生まれ故郷が敵国となった日系二世、いわゆる〝帰米〟たちが、うまくこの国に同化するよう東奔西走していた様が見て取れる。[48]

戦後、瀧蔵は、六歳年下でありながらも明治大学雄弁部の〝同志〟であった武夫の知恵袋として五期にわたり政界に身を置き、GHQとの交渉にあたることとなる。

「これからは瀧さんの出番だぞ」

明治以降、最も早い時期にハーバード大学へ留学した日本人は第一四代農商務大臣や第一〇代司法大臣を歴任した金子堅太郎であろう。一八七一年（明治四年）に岩倉使節団と共に渡米し、同大のロースクールで法学士の学位を取得すると、帰国後は伊藤博文の側近として大日本帝国憲法や皇室典範などの起草にも参画した。日露戦争勃発後、彼は同大の同窓であったセオドア・ルーズヴェルト大統領に接触し、ポーツマス講和会議の仲介を依頼するなど当代随一の知米派として知られていた。そうした堅太郎が一九三八年に起ち上げた日米同志会[49]を、戦後引き継いだのが武夫であった。

瀧蔵、そして外交官補として駐米日本大使館に勤務したのを皮切りに外務省アメリカ局第一課を経てニューヨーク総領事を務めた平沢和重[50]と、ロサンゼルス領事など外務官僚を経て戦後は幣原内閣で総理大臣秘書官、芦田内閣では外交担当の内閣官房次長（現・内閣官房副長官）を務めた福島慎太郎。武夫の妻・睦子に言わせると、「三木武夫にとって学生時代からの親友と言える友」が、外務省革新派として知米派の武夫を支える類い稀なるブレーン、〝三《さん》羽烏《ばがらす》〟となった。

和重は、東條内閣では外務大臣として開戦回避交渉に明け暮れ、終戦時においても鈴木貫太郎内閣の外務大臣に返り咲きソ連の仲介による和平交渉を模索し続けた東郷茂徳に心酔していた[51]が、極東国際軍事裁判において彼がA級戦犯として二〇年の禁固刑に処された（一九五〇年、服役中に病没）ことに失望し、一九四六年六月に外務省を去った。

一九四九年にはテレビの試験放送が始まる直前の日本放送協会の解説委員に収まるが、彼の名を世に知らしめたのは、何と言っても一九五九年に西ドイツ（現・ドイツ連邦共和国）のミュンヘンで開催された国際オリンピック委員会（ＩＯＣ）総会で、一九六四年のオリンピックを東京に招致すべく行った名演説であろう。彼は得意の英語を流暢に操り、「日本の子供たちは、その目でオリンピックを見られることを、どれほど待ち望んでいることでしょう。日本を極東（Far East）と呼びますが、ジェット機が飛ぶ今では、もはや遠い（Far）ではありません。遠いのは国同士、人同士の理解です。西洋に咲いたオリンピックという花を東洋でも咲かせて頂きたいのです（筆者訳）」と、六年生向けの国語教科書を右手で高々とかざしながら、一時間と定められた持ち時間をわずか一五分で切り上げ、並み居る委員らを唸らせた。

また、一九三〇年に外務省に入った慎太郎も、米国における反日感情を和らげる任務を帯びて同省初のプレス・アタッシェとして一九三七年にニューヨークへ赴き、米国には今で言うところの広告代理店、アドバタイジング・エージェンシーやパブリック・リレーション・カウンセルといった新たな業態があり、その先駆者としてアイビー・リーやエドワード・バーネイズがいることを報告している。おそらく慎太郎は、日本人として初めて「PR」なる新語に接した人物であろう。[52] ちょうどその頃、瀧蔵は『明大商学論叢』に、「広告経済の一考察」（一九三四年）や「ヴアイルの広告経済学」（一九三六年）といった論文を投稿しているため、慎太郎は瀧蔵から米国の最新情報についてレクチャーを受けていたものと思われる。

慎太郎は戦後、調達庁（現・防衛施設庁）長官を最後に官界を退いたが、[53] 一九五〇年には瀧蔵とも縁浅からぬ毎日オリオンズ（現・千葉ロッテマリーンズ）の社長に就任し、翌年からはパ・リーグ会長（輪番制）を務めると共に『ジャパン・タイムズ』社長、共同通信社社長、電通取締役を歴任した。[54]

戦後を迎え瀧蔵は和重、慎太郎と共に一九四六年七月、東京會舘[55]別館二階にサーヴィス・センター・トーキョー（正式名称は財団法人啓明社）を設立し、両国を繋ぐ人脈をフルに活かし、A級戦犯であった岸信介を始め、日本におけるプロ野球の、そして原子力発電の父と言われる元・読売新聞社主の正力松太郎ら、公職追放された政財界人の追放解除を手助けした。[56] そのため同財団は暗に対マ司令部折衝部とも呼ばれていたという。

満郎は、「外務省を辞して浪人していた平沢さんがまず加わり、彼が福島さんを連れて来たんです。平沢さんはその後、不偏不党を掲げるＮＨＫに入ったため、表立っては疎遠となりましたが、親父と福島さんは生涯、行動を共にしていましたね」と言う。

財閥解体により三菱本社は解散し、岩崎一族はその資産の大半を処分せざるを得なくなる。生活費でさえ日本政府が設置した持株会社整理委員会（ＨＣＬＣ）の承認を得なければ支出できないほどの厳しい監視下に置かれた。不動産も東京・茅町（現・台東区池之端）にあった本邸はもとより、澤田美喜の夫で外務省官僚であった廉三が所有する麴町（千代田区一番町）の洋館も物納、ＧＨＱに接収されてしまう。[57]

ところが幸か不幸かこのサワダ・ハウス[58]の主となったのが、美喜とも旧知の間柄であったポール・ラッシュであった。民間諜報局に属する彼はここを拠点に、東京裁判で裁かれる戦争犯罪人を始め公職追放者に関する情報収集を行っている。言ってみれば戦時中、日本統治に関わったあらゆる人物の個人情報がここに集められていたことになる。瀧蔵、美喜、ラッシュ。米国をよく知り宗派をも同じくする三名の、戦前から連なる友好関係が、占領期に復活していた。

中道左派であった浜井信三の主な支持母体は労働組合であり、傍流とはいえ保守派の瀧蔵とは自ずと思想信条を異にしていた。井の中の蛙《かわず》同士で足を引っ張り合うのが地方政界のありふれた情景である。型通りに捉えれば、反目し票を取り合う敵対勢力となって然るべき間柄であったが、選挙時、両者の間には奇妙な接点があった。[59]

学生時代から選挙の度に広島へ呼び出され、選挙運動を手伝っていたという満郎は、「親父の選挙には浜井さんも応援に来て下さいましたよ。それに親父には、意外なことに社会党系の票もかなり入っていたんです」と話す。

というのも、部落解放運動の草創期に活躍し〝部落解放の父〟と讃えられた松本治一郎は、戦時中の一九四二年に実施された第二一回衆議院総選挙、いわゆる翼賛選挙で、翼賛政治体制協議会の推薦を得て衆議院議員（福岡県第一区）となっていたことから、戦後は、公職追放の憂き目に遭っていた。彼の追放解除に動いたのが、実は瀧蔵だったというのだ。

確かに、幣原内閣で首相の秘書官を務めていた慎太郎は、民政局のケーディス大佐や民間諜報局のC・P・マーカム中佐に掛け合い、戦後二回目となる一九四七年の参議院選挙の立候補補締め切り三日前に、当時の吉田首相の意向に反して中央公職適否審査委員会から資格確認書を獲得し、治一郎の追放解除の〝陰の立役者〟となっている。

「松本治一郎さんが養子として迎えた甥の英一[60]さんの仲人も親父がやっていますからね。イデオロギーを超えたところで親父のファンは多かったようです」

余談だが、信三も市職員が野球に興じる際にはピッチャーとしてマウンドに上がっていた。両名共に技巧派投手。信三はそんな瀧蔵に、広島の未来を託した。瀧蔵もまた、神と人との境界に育つと言われる榊が、再び生い茂る故郷の姿を夢見た。

いざ、東京

一方、任都栗司は思うように餅が喉を通らない正月を迎えていた。満場一致の推薦により広島市議会議長の座に納まり、名実共に政界復帰は果たしたものの、安穏としている暇などない。瓦礫の撤去はあらかた終わってはいたものの、街はいまだに〝のっぺらぼう〟のままである。門松を立て、出世魚の鰤《ぶり》をよそおった雑煮にありつける市民など数えるほどしかいなかった。

そんな一九四九年の始めに瀧蔵の根回しが功を奏し、司はGHQ公衆衛生福祉局（PHW）の局長クロフォード・F・サムス准将と面会する千載一遇の機会を得ていた。

「いざ、東京」

米ワシントン大学セントルイスの医学部を四番という高成績で卒業したサムス准将は、米ペンシルベニア州の陸軍野戦軍医学校で軍医教官を務めた後、戦地へと赴きマッカーサー元帥の目に留まった。サムスは、言ってみれば〝占領軍の厚生大臣〟である。森戸辰男が「生存権」なる概念を打ち出した日本国憲法第二五条に、「国は、すべての生活部面について、社会福祉、社会保障及び公衆衛生の向上及び増進に努めなければならない」と記された第二項を付加した張本人であったとも伝えられる四二歳。働き盛りであった彼は、敢えてインターンシップを終えたばかりの活きの良い若い医師たちを抜擢し（中尉待遇）、焦土と化した我が国の食糧・医療事情を改善すべく大鉈を振るっていた。

被爆から間もない頃のことである。原爆の開発・製造計画であるマンハッタン計画を指揮したグローヴス少将の副官だったトーマス・F・ファレル准将率いるマンハッタン管区調査団は一九四五年八月三〇日、横浜港に到着し一刻も早い現地入りを望んでいた。その目的は、原爆の人的被害の調査、そして進駐軍兵士の生命を保全するための残留放射能の測定・確認であった。

しかしながら広島入りは、一〇月六日の第四一歩兵師団の呉上陸まで待たねばならない。一行の安全を確保すべく足止めを余儀なくされていたわけだが、いまだ被爆地を視察していないにもかかわらずファレル准将は九月六日、連合国の記者団に対して、「広島・長崎では死ぬべきものは死んでしまい、九月上旬現在原爆放射能のために苦しんでいるものはいない」との声明[61]を発表し、原爆による人的被害、特に放射線による被害状況に関わる情報が拡散せぬよう睨みを利かせていた。

同時期、赤十字国際委員会（ICRC）のマルセル・ジュノー博士から被爆地への医薬品の緊急輸送を要請されていたサムス准将は、機転を利かせ九月八日、ジュノー博士と約一二トンもの医薬品[62]、そして同調査団を厚木飛行場から離陸した七機のC-46輸送機に分乗させるといった離れ業で、広島への初めての医薬品援助を実現させた。

また、マッカーサー元帥を後継者に指名し後ろ盾ともなっていた第三一代米大統領ハーバート・C・フーバーが一九四六年五月に、国際連合救済復興機関の代表としてアジアの食糧事情視察のため来日した際、

「米国から日本への食糧供給がなければ、（日本国民に必要な食糧の数量は）ナチスの強制収容所並みかそれ以下になるだろう」と発言し、食糧の緊急輸入と学校給食の実施を勧めたことから、担当責任者であったサムス准将は速やかに対応策を打ち出してゆく。

当時、国内には小中学校生が約二〇〇〇万人おり、約一万二三〇〇人にも及ぶ戦災孤児らを含め深刻な栄養疾患が懸念されていた。同年五月に実施された国民学校児童を対象とした調査によると、三食米飯にありつける児童はわずか一・八パーセント、一食もないという子供は四二・九パーセントもいた。にもかかわらず、厚生省のみならず農林省も食糧・財源不足の折、学校給食などとんでもないと猛反対する。

「大人が食えなければ子供も道連れとならざるを得ない」

そうした言い分に対してサムス准将は、「子どもが十分な食事をとらずに大きくなると、成人病にかかりやすい体力のないおとながができる。すると五十年先、老人の医療費を払うべき壮年の日本人がまず自分たちのために莫大な医療費を払うことになる。この無駄な医療費を、いま学校給食をはじめることによってぐんと減らせる」（『日本人の生命を守った男―GHQサムズ准将の闘い』二至村菁）といった〝裕福な国〟からやってきた者ならではの長期的視野から、同年一一月に全国の児童を対象とした学校給食（当初は週二回。児童は約三〇〇キロカロリーを昼食から摂取出来るようになった）を断行してみせた。

資源は、全米の宗派を超えた宗教団体を中心に組織された海外事業運営ボランティア団体・アメリカ協議会が米大統領の公認を得て開始したララ（アジア救援公認団体）に掛け合い、一九五一年一一月から一九五二年六月に至るまで合計四五八隻の輸送船によって運ばれた支援物資（食糧、医薬品、衣料から石鹸や玩具に至るまで総額約四〇〇億円）から振り分けることで手当した。[63] 善意の寄付であれば、「敗戦国の復興は日本政府の責務であり自主再建すべき」と、定められた占領政策との整合性も図れる。

この時点で米国はジュネーブ条約を批准してはいなかったものの[64]、公衆衛生福祉局としては〝民主主義と自由の旗手〟として同条約に定められた、「占領国は、利用することができるすべての手段をもって、住民の食糧及び医療品の供給を確保する義務を負う。特に、占領国は、占領地域の資源が不充分である場合には、必要な食糧、医療品その他の物品を輸入しなければならない」（第三部第五五条「食糧、医薬品」）といった条項を何としても履行しなければならなかった。[65]

占領下において、万が一にも大量の餓死者が出るような事態にでも陥ればマッカーサー元帥の面目は丸つぶれとなる。大統領就任の目もなくなるだろう。これら食糧援助は勝者による善意だけではなく、取りも直さずＧＨＱに対する日本国民の反発を抑え、社会不安を和らげる宣撫工作でもあった。がしかし、こうして供された脱脂粉乳や砂糖、小麦粉や大豆などが、団塊世代の血となり、肉となったことも紛れもない事実であろう。

任都栗司は、広島市議会事務局の円山和正議事課長（局長代理）を帯同し一九四九年一月二日に広島を発った。二〇時間にも及ぶ長旅である。ふたりは京都から夜行列車を乗り継ぎ、翌朝になって東京に辿り着く。まずは神田の猿楽町二丁目と駿河台二丁目を結ぶ女坂の中程にあった駿台荘で荷を解いた。

一九二六年に開業したこの老舗旅館は女将・犬塚雪代[66]がひとりで切り盛りする雛壇のような趣ある造作の七階建てで、当時は富士山が一望の下に見渡せたという。常連客の九割方は江戸川乱歩や吉川英治といった文豪たちで、一九四九年にノーベル物理学賞を受賞することとなる湯川秀樹や、自由民主党（自民党）の結成を主導し、〝政界の大狸〟なる異名を取った三木武吉衆議院議員ら政界の大物たちも、気っ風の良い女将の人柄に惹かれて贔屓にしていた。また、ビルマ建国の父と言われるアウン・サン将軍（アウン・サン・スーチーの父）が一九四一年、同国の独立運動を支援していた元・帝国陸軍参謀本部付船舶課長の鈴木敬司大佐率いる特務機関・南機関の手引きにより、「面田紋次」なる偽名を使い秘密裏に日本に潜伏していた折に滞在した宿としても知られている。

その夜、蒲団にくるまりながら和正は、かつての上司であった粟屋仙吉市長のことを想い出していたに違いない。当時、秘書係長であった彼は被爆前夜、仙吉に付き従い第二総軍の参謀長となった岡崎清三郎中将の着任披露会にも参加していた。仙吉が、八丁堀にあった偕行社で催された宴に顔を出した理由はただ一つ。第二総軍司令官であった畑俊六元帥に、食糧不足により困窮を極める市民生活の実情を直訴することにあった。

和正は冷茶を入れた徳利を手に、会場の片隅でじっと待機していた。宗教的理由から飲酒を戒めていた仙吉が、酒宴であれ淀むことなく歓談できるようにとの心遣いであった。

ようやくカーキ色の人波の中に畑元帥を捉えた仙吉は口早に用件を伝えたが、宴席の主賓であった畑元帥は、「二、三日中に相談しよう」と、事も無げに言い、盃を空けた。庶民の夕餉よりは、帝国軍人の酒肴が優先された時代である。敢えなく空振り。

疲労困憊の体であった仙吉を、午後九時に市長公舎へと送り届けた和正は、「それではいつもの通り、明朝お迎えにあがります」と、努めて冷静を装った。

「ご苦労様」

これが仙吉と交わした最期の会話となった。一九四五年八月七日、公舎に駆けつけ、仙吉の亡骸を滂沱《ぼうだ》の涙を流しながら掘り起こしたのも、和正であった。

「明日は、広島の命運を左右する日になるかも知れん。粟屋市長が生きておられたら、何と声をかけてくれてじゃったろう。あの方のことじゃ。『力まんと、全力であたりんさい』じゃろうなぁ」

隣で豪快に鼾《いびき》をかく司の寝顔を覗き見ているうちに、不思議に胸中のざわめきは収まり、いつの間にやら眠りに就くことができた。

グッド・アメリカン・ボーイ

「お食事のご用意ができました」

向かい合わせに座ったふたりは、雪代が据えた雑煮を無言で口に運んだ。関東では供されることが稀な丸餅には、小振りながらも鰤の切り身が添えられていたことだろう。香の物を噛む音だけがひんやりとした八畳間に響く情景が目に浮かぶ。すでに身支度は終えている。

今日は広島県選出の山下義信参議院議員と瀧蔵も同道してくれることになっていた。とりわけ〝演出家〟である瀧蔵が加わってくれることが心強く思えた。満郎によれば司は、頼まれもしないのに選挙の度に支持基盤が脆弱な瀧蔵のために陣頭指揮を買って出て、まるで事務局長のように映ったほどだったという。気心は知れていた。


サムス准将のオフィスは、GHQが接収した第一生命館の一階にあった。約束の午前一〇時きっかりに秘書が彼らの名を呼んだ。

「おぅ、フランク。調子はどうだい」

ゆったりとした部屋に置かれた執務机から手招きするサムス准将に促され、彼らは革張りの応接セットに収まった。窓からは日比谷壕越しに皇居が見て取れる。

「まずまずだね。今日はわざわざ時間を割いてくれてありがとう。感謝しているよ」

司にしてみれば、少々馴れなれしくも感ぜられるくだけた身振りで瀧蔵はにこやかに握手を交わしている。

「OK。それでは、お話を伺いましょうか、任都栗議長」

〝フランク〟こと瀧蔵から陳情者へと向き直ったサムス准将の瞳には、打って変わって冷徹な光が宿っていた。

そもそも彼は、赴任当初は居丈高に命令を下す類の男ではなかった。むしろ、弱者救済に真摯に取り組む古き良き米国の〝グッド・アメリカン・ボーイ〟だった。しかしながら温厚な性格だと見て取るともみ手をしながら擦り寄り、あわよくば自らの主張をゴリ押ししようとし、裏に回れば「アメ公なんぞに何がわかるか」と陰口を叩く、そのくせに一喝すると、途端に萎縮し媚びへつらう厚生省官僚らに辟易し、やがてマッカーサー元帥に倣い日本人とは一定の距離を保ち、超然かつ冷淡な態度を取るといった一種の処世術を身につけていた。[67]

単刀直入。だが、こうしたビジネスライクな米国人の気質は、実のところ気の短い司とはそりが合った。

「望むところじゃ」

司は意を決すると一気呵成に捲し立てた。

「広島市は原子爆弾によって、歴史始まって以来の大災害を蒙りました。しかも無辜の非戦闘員たる市民の生命も数多く失いました。そこで要望したいことがあります」

サムス准将は、うろんげな眼差しを司に向けた。

「米国に対して弁償せよとは言いませんが、被爆者のために何等《なんら》かの償いをしてもらいたいと考えます」

これを耳にした瀧蔵はひどくうろたえた。司の背広の袖を引っ張り、「ニトさん（司の愛称）、それはマズい。占領下にある日本で、戦争の実情をそのような意見で批判するのは甚だ不適切だ。占領政策に楯突くものと判断される懼れがあるため、言葉を慎みなさい」と、小声で囁いた。

「いや、瀧さん。わしは広島市民に成り代わって、この機会に想いの丈を申し述べるためにここに来たんじゃ。何も遠慮などせんと、話したことはすべて一言一句通訳して下さい」

言葉はわからずともふたりのやり取りから事情を察したサムス准将は、「構わないので続けなさい」と、瀧蔵を制した。弁償は求めないが償いはしろ、とは一体どういうことなのか。

「広島市はこれを契機として、このような惨禍は二度と繰り返されてはならぬという決意のもと、平和都市の建設に立ち上がろうとしています。しかしながら都市建設に必要な担税力をまったく失っている。ただ、幸いなことに市内には旧軍用地がたくさんあります。これを何とか提供して頂くと共に、余っている各都市の担税力を、広島の都市建設のための援助として、充当してもらうことには大いに意義がありましょう。広島が悲願とする平和都市の建設を推進することは、国としても有意義であり、同時に被爆者に対する償いにもなると考えますがいかがでしょうか」


つぐない。敗戦国が戦勝国によって受けた仕打ちは、原爆傷害調査委員会[68]（ＡＢＣＣ）の有り様にも見て取ることができる。ＡＢＣＣは一九四六年一一月二六日、原爆放射線が人体に及ぼす影響を長期的に調査・研究すべく米原子力委員会が資金提供し、占領終結後も研究活動を継続することを念頭に、民間の学術団体である全米科学アカデミー（ＮＡＳ）の実行組織である全米研究評議会（ＮＲＣ）によって設立されていた。ＡＢＣＣは民間組織でありながらも、ＧＨＱの一般命令第七号（2－cおよび2－f）に基づきＰＨＷの監督下に置かれたため、日本側やＧＨＱ内の調整役はサムス准将となる。

広島、そして長崎に設置されたＡＢＣＣは、米国にとってはあくまでも原爆による人的被害の調査・研究が主目的の機関であった。その証拠にＡＢＣＣは、一九四九年末時点で広島八万六〇八一八名、長崎では七万九〇六〇七名にも及ぶ被爆者を調査したにもかかわらず、治療は日本政府が対処すべき事案とされ、一切施されることはなかった。そのため被爆者の反発を招き後々、禍根を残すことにもなる。

「わしらはモルモットじゃない。あんたらと同じ人間じゃ[69]」

時代は、冷戦期を迎えようとしていた。物理学者としてマンハッタン計画に参画していたクラウス・フックスら旧ソ連が放ったスパイらにより原爆製造にかかる機密情報はすでに仮想敵国に漏洩しており、同国は着々と原爆製造計画を推し進めていた。

米国にとって、もはや広島、長崎の体験は過去のものとなり、第三次世界大戦が勃発した場合、いかに自国民の原爆死傷者数を最小限に食い止めるかが最大の関心事となりつつあった。科学技術の急速な進歩は往々にして、現実を置き去りにする。

そのためＡＢＣＣでは有事における軍事データの収集、死者よりは生存者がいかに生き延びたかを解明することに主眼が置かれていた。一九四九年八月二九日には、カザフ共和国（現・カザフスタン）に位置するセミパラチンスク実験場において、早くも初の原子爆弾ＲＤＳ-１の実験を成功させた旧ソ連との間で、進軍ラッパなき冷戦が始まっていた。広島、長崎を灼熱地獄に変えた原爆は、凍てつく敵意を新たに産み落とした。

ＡＢＣＣの元所員らにインタビューを試みた米ペンシルベニア大学のスーザン・リンディー教授は『朝

日新聞』(一九九八年七月二九日付)の取材に応じて、「(ABCCの)研究は、核兵器が人類にとってどんな意味を持つかを決めるためのもので、冷戦戦略の一部だった。米国の将来の核戦争に備えるためだったことは疑いの余地がない。ニューヨークに原爆が落とされたら社会的にどうなるか、人間がどうなるか、というモデルでもあった」と、分析している。また、同委員会が治療を実施しなかった理由については、「治療すれば、原爆投下の謝罪につながると考えていたようだ」と答え、「ABCCは、多い時は千人を超える職員を抱えていた。十六万の被爆者を選び、どこでどんな状況で被爆したかを数年かけて一人ひとりにインタビューし、亡くなった七千五百人を解剖した」とも指摘している。

この、原爆投下に対する〝謝罪〟が戦後一貫して広島、そして長崎の復興を繙く上でのキーワードともなってゆく。

司は、「被爆者への償い」というワイルドカードを切り、復興資金を引き出そうとした。苦肉の策である。ある意味、被爆者を交渉材料に使った、とも取れる提案だが、本人の名誉のために書き添えておくと、彼はこれより後の一九五一年一一月に、広島市長との連署でいち早く政府と国会に対し原爆犠牲者遺族援護に関する請願書を提出している。後年、一九七五年六月一七日に開かれた第七五回国会・社会労働委員会にて、全日本原爆被爆者協議会の会長として答弁の機会を得た司は、一九四九年当時を述懐し、「形の上の復興は進んでまいりましたが、哀れな被爆者を救う道は閉ざされておりました。特にそれは憲法の公平論の壁にぶっつかって、原爆被爆者なるがゆえに憲法の壁を破って平等の原則理論を破ってこれを救うわけにはいかないというのが政府関係役人の主張でございます。（中略）私は厚生省に早くから提唱したことは、日本の医学者も科学者もこれに注目を集めて、早く調査研究をして、そして被爆者に裨益《ひえき》すべき根本的対策を講ずべきだということを主張いたしました。特に原爆被爆者研究の機関をつくれということを主張いたしましたが、厚生省の方はがん研究のためにすら実は国費を出すことに非常に困難を来しておるやさきであるから、このようなことはできないということでございました」と、舌鋒鋭く中央官庁の対応を批判してもいる。

当時、議論されていた『原子爆弾被爆者に対する特別措置に関する法律』（原爆特別措置法：法律第五三号）の一部改正についても、「お金を被爆者に無差別にやるから、これで足れりというものではないと思います。どこまでも現実に即した救済の道を講じなければならないと考えることでございます」と、攻撃の手を緩めていない。70

また、一九五六年に結成された日本原水爆被害者団体協議会（日本被団協）の会長として、被爆者の健康診断と原爆放射線に起因する疾患の治療費を国費で負担すると定めた『原子爆弾被爆者の医療等に関する法律』（原爆医療法：法律第四一号）の制定公布（一九五七年三月三一日）に尽力する（同法に基づき被爆者健康手帳が交付されることとなる）など、原爆被害者を救済する初期の活動においては卓越した業績を残している。

司の弁舌は、たとえ相手が誰であろうと留まることを知らない。

「今の日本は、米国に対して賠償の権利を主張する立場にはないので、広島市としても米国に対しては要求がましいことは言いません。しかしながら広島の原子爆弾による災害は、わけても非戦闘員たる市民の受けた災害は、極めて莫大で深刻なものです。国際法では非戦闘員を、無辜の民を殺戮したゆえを以て裁判にかけられ処刑されております。勝者が敗者のみを裁けとは国際法には書いていないはずです。広島の、あの多数の無辜の民を、老若男女をことごとく殺してしまった原子爆弾の、一体この罪の償いは誰がするのでしょうか」

それからの二時間余りというもの、司はとうとう被爆地の実情、困窮する市の財政事情を語った。語り尽くした。正午を知らせるチャイムが鳴り、通りを数本隔てた帝国ホテルではすでに将校向けのランチタイムが始まっている。

それまで黙して語らなかったサムス准将は最後にひと言、「あなたが仰る広島の平和都市建設に必要なものは、日本政府の租税の力だけで良い、ということで間違いはありませんか」と、質した。

「はい。広島には相当面積の旧軍用地があるので、これを広島市に提供してもらいたい。広島の歴史的意義に鑑み、旧軍用地を広島の復興に利用することは、日本政府にとっても有意義なことだと考えます。二度と原子爆弾の惨禍を繰り返してはならず、そのために広島を平和都市として建設することが肝要です」

と、司は繰り返し強調した。

サムス准将は、無精髭を撫でながらしばし熟考し、やがて、「仰る意図はわかりました。検討してみましょう」と、応じた。

この日、司が披瀝した要望を踏まえてサムス准将は一月一九日に広島を訪れ、信三に「早くABCCの土地を提供してほしい。この研究所が出来て原子力を平和のために用いる研究をすれば各国の学者も集まり、広島は世界科学交流の土地となるだろう」と、〝原爆研究所〟建設用地の早期決定を迫っている。

ABCCは、一九四七年三月から広島赤十字病院を接収し間借りする形で活動を開始し、一九四八年一月には厚生省国立予防衛生研究所（予研）も正式に参加したことから宇品港にあった旧陸軍運輸部船舶司令部が出征兵士らの歓送迎に用いていた旧宇品凱旋館へ移転していたが、ここもあくまでも仮住まいに過ぎず、恒久施設の確保が急務となっていた。[71] この際、サムス准将は信三にも司が提起した内容を内々に確認したものと思われる。

やがて司の元にGHQから連絡が入った。一月二三日に日本国憲法施行後初の総選挙となった第二四回衆議院議員選挙があり、二月一一日には第二次吉田内閣により第五回特別国会（国会特別会）が召集されていたため、サムス准将との面談からはまだ一ヶ月も経っていない。

「ジャスティン・ウィリアムズ国会・政治課長が話を伺うので再訪されたし」

司は正直なところ、面食らった。もちろんどのような沙汰があるかは皆目見当もつかない。あれだけ大層な説を述べ立てたからには「GHQとは一切関係のない事案につき日本政府と交渉されよ」と、一蹴されても何ら不思議ではなかった。食糧援助や医療・衛生といった緊急性の高い民生案件であればまだしも、長期的視野に立った都市計画など、そもそも占領政策の範疇外である。遅まきながら〝危険人物〟として公職追放を言い渡される可能性もあった。

「さすがに原爆被害に触れたんはいけんかったか。瀧さんの助言は正しかったんかも知れん……」

司は不安に駆られていた。がしかし、これまであらゆる政財官界人や官僚に協力を依頼する覚悟で何度となく上京していたものの無駄足の連続であった。広島の実情に皆、こぞって同情こそ寄せてはくれるものの、先陣を切って打開策を講じてくれる者など、唯のひとりもいなかった。

「ピカの件が、皆を神経質にさせとるようじゃ……」

猪突猛進が持ち味の司でさえ、ついつい弱音が口をついて出るようにもなっていたという。靴底のように彼の神経も磨り減っていた。街角のラジオからは久保幸江が歌う『トンコ節』（西條八十作詞、古賀政男作曲）の上っ調子な旋律が虚しく鳴り響いていた。

〽あなたのくれた　おびどめの
達磨の模様が　チョイト気にかかる
さんざ遊んで　ころがして
あとでアッサリ　つぶす気か
ネー　トンコトンコ

それに引き替えＧＨＱの反応の速さはどうだ。妙なところで司は、米国の底力を思い知らされたことだろう。

ウィリアムズ課長は、米ウィスコンシン大学社会科学部長兼歴史学教授であったが、一九四二年に志願して陸軍航空隊中尉となり、軍政府司政官の養成訓練を受けた後、米イェール大学で日本と日本語を学び、終戦の翌月に来日していた。彼は、日本国憲法における国会法立案の功労者として知られている。立法担当主任として一九四六年九月三日には、新憲法下の議会の諸問題と題された草案を作成し、我が国における議会の地位を高め、政府に対抗して法案審査や予算審査、行政監視を行う制度と能力を備えた近代的な議会の仕組みを導入すべく力を注いだ。[72]

「これが最後の機会となるかも知れん。当たって砕けろじゃ」

より説得力のある陳述を行わねばと連日悩み抜き、幾度も暗唱した大演説を悔いのないよう今日も言い切るぞ。勢い込んで会見に臨んだ司だったが、頬を紅潮させて話し始めた途端、ウィリアムズ課長は苦笑しながら手を左右に振り、「議長が言わんとすることは、録音テープの翻訳を読んで全部承知していますから、ここで改めて聞くには及びません」と遮った。

果たして先日の会話はすべて机の下に据え付けられた盗聴器で録音されていた。

「私は、広島が要求されていることをこれから先、どういった方法で進めて行くかについてサポートするためにここにいます」

すべては、瀧蔵が描いたシナリオ通りに事は進んだ。

ジェネラルがお待ちかねです

ウィリアムズ課長との面談から数日を経ずして司のもとに、マッカーサー元帥が直々に面会に応じるとの驚くべき通達が飛び込んできた。当時、巷では最高司令官に直接面会できたのは、〝キング〟たる天皇か吉田茂首相くらいのものだと言われていた。賽は投げられた。半と出るか、丁と相まみえるか。彼にとっての〝決戦〟が、静かに幕を開けた。

その朝は、東京にしては珍しい雪景色が辺り一面に広がっていた。未明からしんしんと降り積もった雪が、薄汚れた〝戦後〟をすっぽりと覆い隠している。秘書役の円山和正が先に立って新雪を踏んだ。坂道の多い神田界隈である。万が一にも司が足を滑らさぬようにと、何度も後ろを振り返りながら歩を進める。途中、瀧蔵と合流し、剝き出しの炭俵を積んだ木炭自動車に乗り込んではみたものの、第一生命館に辿り着いた頃には靴からズボンの裾までが泥ですっかり汚れていた。

正面入口を飾るギリシャ風の方柱をくぐりエントランスホールに入ると、暖気と人いきれが一同を包み込んだ。

「任都栗広島市議会議長でいらっしゃいますね」

クセのある日本語を操る日系人と覚しき事務官が、声をかけてきた。

「ジェネラル（元帥閣下）がお待ちかねです。どうぞこちらへ」

階段や廊下の角々に剣付銃を構えて立つＭＰに、何度も一旦停止を命じられ、通行許可が出るのを待ち、言われるがままに事務官の後に続き一路、五階へと向かった。瀧蔵と和正は控え室に案内され、司だけがマッカーサー元帥の執務室に隣接する応接室に通された。


「これでいい」

瀧蔵はひとりごちたことだろう。黒子に徹しＧＨＱの佐官らと折衝を重ね、すでに道筋は作ってある。残されたワンピースは、元帥閣下と広島市民の代表者との面会という〝儀式〟だけだ。

ＧＨＱの組織形態、指揮系統を熟知していた瀧蔵はマッカーサー元帥が、幾人もの部下が入念に準備し、稟議し、決裁を求めてきた案件を個人的見解によって無下に却下するタイプの指揮官ではないことを知っていた。ここまで来れば波乱はない。あろうはずがない。あとは、広島復興にかかる事案で広島の民意を担った公人がマッカーサー元帥と会った[73]という事実。いや、たとえ噂であろうが構わない。〝ストーリー〟を流布させることが、ＧＨＱには頭が上がらない日本政府を突き動かす起爆剤になればいい。虎の威を借る狐と成り切ることも、乱世を生き抜く術である。人間万事塞翁が馬。瀧蔵は、司の暴走だけを案じた。

ちなみに瀧蔵は、マッカーサー元帥本人とどれほど懇意だったのだろうか。今となっては知るすべもないが、長男の満郎が婚約した当時、元帥の甥にあたるダグラス・マッカーサー二世駐日米国大使は直々に、若いふたりを米国大使館で催されたハイ・ティーへ招待し、結婚式では乾杯の音頭も取っている。また、非公認ながらも世界記録を連発し、後にフジヤマのトビウオと呼ばれた水泳選手・古橋廣之進が、いまだ国交のなかった米国で開催された全米水泳選手権大会へ参加するにあたり、一九四九年八月一〇日、日本水泳連盟の田畑政治《まさじ》会長や六選手らを引き連れ、マッカーサー元帥を表敬訪問しているが[74]、これをセッティングしたのも日本水泳選手団の団長を兼務していた瀧蔵だった。

　この遠征を引率した瀧蔵のパスポート番号は五〇三だったが、彼は、「戦後六百にみたない日本人の海外旅行者の中で、私達一行程手つとりばやく、スムースに手続が運んだことはまずあるまい。我々一行へ示された司令部当局の好意あるはからいは、まことに記録破りのものであった」と、「アメリカの思い出」と題して雑誌に寄稿している。

　彼は誰よりも、マッカーサー元帥の威光をいかに〝セレモニー〟として活用するかに長けていた。

「それぐらいの関係はあったのだろう、ということです。もちろん、親父が日常的に接していたのは大佐や中佐、少佐クラスでしたが、例えば片山哲さんが熱心な長老派の信者であったためマッカーサーが一目置いたのと、同じようなことはあったかも知れませんね」と、満郎は言う。

　マッカーサー元帥は毎晩、必ず聖書の一節を唱えて眠りに就いた。また、「キリスト教と東洋の宗教とは、一般に考えるほど違ったものではない。両者の間に衝突するものはほとんどなく、お互いに理解を深め合うことで得るところが少なくない」（『マッカーサー大戦回顧録』ダグラス・マッカーサー）と考える彼は、邦訳された聖書一〇〇〇万冊を輸送船で運び、一九五一年までに計二五〇〇名もの宣教師を、米軍機を使い日本へ招聘していた。

ガランとした応接室に、ひとり通された司は立ち尽くすしかなかった。布張りのソファの間には、牙を剝いた虎の毛皮が敷かれている。慌てて泥だらけになった靴を脱いで上がろうとする司に、「なぜ靴を脱ぐのですか。失礼にあたるから靴を履きなさい」と、困惑した表情で事務官が鋭く命じた。視線を落とすと、靴下には大きな穴が空いていた。

それから、微動だにせず一〇分ほど座っていただろうか。かじかんだ爪先にようやく感覚が戻ってきた頃合いになって、副官のローレンス・E・バンカー大佐が姿を現した。

「お入り下さい」

接収前は第一生命保険相互会社（現・第一生命保険株式会社）の社長室であった約五四平方メートル（約一六坪）の執務室のドアがギイッと鈍い音を立てて開いた。英チューダー王朝風の落ち着いた内装。クルミ材の茶褐色の壁面にはヨットを愛したマッカーサー元帥のお気に入りであった英画家F・J・オルドリッジが描いた二枚の油絵『アドリア海の漁船』と『干潮』が程良く溶け込んでいる。彼が愛用していたフィリピン製シガー、タバカレラの甘い芳香が鼻腔をくすぐった。

「失礼します」

一歩前へ踏み出すと、ピカピカに磨き上げられた寄木細工の床が、コツンと乾いた音を響かせた。〝五つ星の元帥〟は、広々とはしているが引き出しのないシンプルな机に向かい、書類に目を通している。

「この男が、今の日本の親分さんか」

天井にまで届く窓を背にしたマッカーサー元帥の表情を読み取ることはできなかったが、右横に据えられた大きな星条旗がいやが上にも司を圧した。背筋に寒気が走るのは、何も凜烈《りんれつ》な外気のせいだけではなかった。

やがてバンカー大佐に手短に幾つかの指示を与えると、マッカーサー元帥はおもむろに席を立ち、つかつかと司に歩み寄ると、手を後ろに組みずいっとばかりに胸を張った。優に一八〇センチを超える見上げるほどの巨漢である。司は、まずは星条旗に最敬礼し、続いてパリッと折り目のついた軍服の胸の辺りに深々と頭を垂れた。

するとマッカーサー元帥は少しも表情を変えることなく、「君の言わんとすることは、すべて書面で承知しているが、まったく素晴らしいアイデアだ。我々は、君の気持ちは良くわかる。ただ、私はGHQの最高司令官であり、日本の行政は日本政府が司っているので、そちらへ行って、被爆者を救済し広島を建設するためにできるだけの主張をして、しっかり努力しなさい」とだけ言うと、拳を握った右手を左胸に当て、ぐいっと力を入れてみせた。

虚を突かれた司は、しどろもどろになりながらもひと言礼を述べようとしたが、マッカーサー元帥はスッと右手を司の鼻先に向けると、「すべては承知しているので、これ以上はよろしい」と告げ、踵を返した。バンカー大佐が目配せするのを見て、司は慌てて一礼するとそのまま黙ってその場を辞した。それは、わずか一分にも満たない乾坤一擲であった。[75]

政府という伏魔殿

東京の初春も、意外に肌寒いことを司は初めて知った。一九四九年二月一三日、彼は国会議事堂へと続くなだらかな茱萸《ぐみ》坂を、浅岡信夫参議院議員と肩を並べて登っていた。吐く息はいまだ白かったが、ソフト帽の陰に隠れた司の額からは、幾筋もの脂汗が滴り落ちている。

「マッカーサーはああ言ってくれたが、まだ何も決まったわけでも確約が取れたわけでもない」

歩みを止めるわけにはいかなかった。日本政府に対する陳情は継続して進めなければならない。要は、「政府が同意しさえすれば、GHQとしても協力は惜しまない」ということであろう。冷静に考えれば、さして状況が好転したわけではなかった。政府という伏魔殿の魔物たちを説き伏せられなければ何も始まりはしない。元の木阿弥である。

瀧蔵が対GHQ工作を進めてくれてはいるが、〝アメリカ帰り〟なんぞに負けてはいられない。

「そもそも政府が重い腰を上げげんかったらGHQといえども、日本の自主再建を明言しとる以上、無理強いはできまい。わしの働き次第で広島の命運は決まる」と、司は自らを戒めたに違いない。

東京帝大出身の信三にしてもそうだ。同窓生が政財界に多数いるとはいえ、彼らの一存で事が動くようなご時世ではない。特に一地方都市の首長に過ぎず、しかも革新系の信三がいくら陳情しようが、保守系が大勢を占める政府中枢が耳を貸すはずもない。大体、市長がそうそう広島を留守にするわけにはいかない。

「相手が呆れ果てるほど足を使い、言葉を尽くし、頭を下げて回らにゃ人心を捉えることなどできゃあせん」

一八五七年（安政四年）生まれの司の父・八十八は株式投資で財を成した。日清戦争を契機として広島は産業振興に浮かれ、投機熱が高まっていた時代である。猿猴川に面した平塚町（現・中区）の一〇〇〇坪を超える広大な敷地に泉庭や茶室も備えた屋敷を構え、いまだ馬車や人力車が主流であった時代に自動車を二台も所有していたという。

家人より使用人の数が多い豪邸で何不自由なく育った司ではあったが、やがて八十八は相場に失敗し、任都栗家は没落。司は明治大学に進学したものの、経済的理由から中退を余儀なくされ、裸一貫から身を起こさざるを得なくなった。

まずは言論界[76]に身を投じる。一九二一年（大正一〇年）に『芸備日日新聞』に入社すると政治部長にまで駆け上がった。余程、才気走っていたのであろう。当時の同社社長兼主筆が一八九六年（明治二九年）から政界へ進出し一九〇二年には衆議院議員となり、一九二四年に初代大蔵政務次官、若槻内閣では大蔵大臣にも抜擢された（一九二六年）早速整爾《はやみせいじ》であったことも、彼が政界に導かれたきっかけとなった。

一九二五年に同社を辞し広島市議会議員に初当選[77]。整爾の取り持ちもあったのであろう。広島県賀茂郡出身の山道《やまじ》襄一衆議院議員に気に入られ、彼が永井柳太郎や中野正剛らと共に〝安達の四天王〟のひとりに数えられたこともあり、浜口内閣、第二次若槻内閣では内務大臣を務め徳富蘇峰が〝選挙の神様〟と持ち上げた安達謙蔵衆議院議員にもかわいがられ、司はめきめきと頭角を現していった[78]。

以降、戦前だけでも五期にわたり市議を務めるが（広島県会議員は一九二七年より二期）、中央政界進出の夢は生涯断ち切れなかった[79]。国会議員らとの親交が深まるにつれ国政を司るダイナミズムに魅了され、狭い世界で徒党を組み、足の引っ張り合いに明け暮れる地方政界にはほとほと嫌気がさしていた。

広島には、県民性を表す「たるへび」なる言い回しがある。樽に入れられた蛇の一匹が外に出ようと這い上がると、他の蛇が寄ってたかって引きずり下ろす。結果、いずれの蛇も樽から出られない、といった警句である[80]。司の甥にあたる佐々木浩志は、「叔父は広島ではなく、常に国政に目を向けていました」と言う。

その一方で、苦労人であるだけに、口には出さずとも司は、エリートと称される人種に強烈な対抗意識を抱いていたようだ。彼の言動を辿れば、〝広島の田中角栄〟といった呼称がしっくりくる。大胆不敵に先陣を切る飛車角ではあったが、一方では、過剰とも思えるほどの気配りを見せた。司の孫で、東京学芸大学准教授を経て現在は東京日本語センター（東京・港区）の校長を務める任都栗新は、「旬ともなれば選りすぐりの牡蠣や果物がドンッとばかりに何箱も祖父から届きました。それを父がタクシーを駆って、灘尾弘吉ら有力政治家のお宅へ配って回る。付け届けですね。上京すればしたで、朝の四時には起き出して築地へ行き、贈答用の鯛を自ら目利きをして買い付けるなど、中央とのパイプ作りは徹底していましたよ」と言う。

抜群の記憶力を誇り、一度会った人物の顔と名前は決して忘れない。口利きを頼んだ代議士には毎日、律儀に顛末を報告して回る。それも五分で簡潔に済ませるため、議員秘書にはすこぶる評判が良かった。もちろん手土産は忘れない。古いタイプの政治家といえばそれまでだが、なかなか実行に移せるものではない。反面、野暮天を忌み嫌い、都会の空気をこよなく愛した。

「広島で会うのと東京とでは、それこそ顔付きからして違っていました」

東京の定宿はホテルニューオータニのスイート・ルーム一択。三つ揃いは銀座の老舗テーラー英國屋で仕立て、食事はせいろであればかんだやぶそば、すき焼きならばニューオータニ内の岡半、天麩羅をつまみたければ一八八五年（明治一八年）創業の銀座天國と、食にも無類のこだわりを見せた。

幼い新には、歯槽膿漏による口臭を消すためだと説明していたが、キューバ製の高級シガー[81]、ラ・コロナを常に咥えてもいた。その容貌は、ふっくらとした体軀と相まって、時の総裁・吉田茂を彷彿とさせるものがあった。

「広島といえばお好み焼き[82]ですが、食べて帰ると祖母に『一銭洋食なんて食べて！』と、よく叱られたものです」と、新は苦笑する。

そうした衒気《げんき》は、ある意味、中央と地方の格差、距離感を身をもって知っていた司の愛憎半ばするコンプレックスの表れであり、手の内を知り尽くした強大な権力に立ち向かう彼なりの戦闘服でもあった。

「生粋の広島もんの底力を見せちゃるけぇ」


司よりも半年余り年上の浅岡信夫は、いつになく無口な司の様子を気遣い、一八〇センチ、九〇キロの体軀を揺らしながら「任都栗さんが言うとることは何も間違うとりゃせん。あれやこれや気を回さんと、自分を信じてやり通せばええ」と微笑みかけた。

信夫は、四九歳とはいえ、暁星中学校時代には学生横綱としてならし、広島高等師範学校で開かれた第七回アントワープ・オリンピック（一九二〇年）の中国地区予選には投てきの広島代表として出場。翌年、上海で開催された第五回極東選手権競技大会ではやり投げで優勝したほどのスポーツマンである。早稲田大学商学部在学中にも陸上競技で日本記録を打ち立てた彼は、がっしりとした上背に見合って、肝っ玉も殊の外太かった。

口髭をたくわえ、黒々とした髪には緩やかなウェーブがかかっている。彫りの深い精悍な面構えには、えも言われぬオーラが漂っていた。一九四八年一二月に公開されたばかりのハリウッド映画『ターザン砂漠へ行く』に主演していたジョニー・ワイズミュラーを彷彿とさせる美男子である。

「この人にだけはどう転んだところで敵わんなぁ。文武両道とはよう言うたもんじゃ。いや、浅岡さんの場合は才色兼備かのぉ」

司は、同性でありながらも時折、信夫に見惚れてしまうことがあった。それもそのはずで、信夫は早稲田大学卒業後、当時は三井物産や大倉組と並ぶ大手商社であった高田商会に職を得たが、その二年後には同社が関東大震災の煽りを受けて経営破綻。どうしたものかと暇を持て余していたところ、ひょんなことから日活大将軍撮影所[83]にスカウトされ、日活イチオシの新人スターとして売り出されるほどの容貌だった。

デビュー後は往年の大スター岡田嘉子と共演するなど、戦前に彼は一九本の映画に出演し、特にアニメ映画『宇宙戦艦ヤマト』の着想源となったとも言われる『海底軍艦』シリーズをしたためたSF小説の草分け的存在である押川春浪の英雄小説『東洋武侠団』が、一九二七年に内田吐夢監督によって映画化された際には「陸の王者・浅岡信夫」として主役を張り、人気を博した。[84]

俳優を引退した後は日本国策映画研究所を設立し、一九三六年には海軍省や満州帝国政府、国防婦人会らが後援し、帝国美術学校（帝国美術学校と多摩帝国美術学校に分裂）の創立者であった北昤吉《れいきち》[85]が原作を提供した国策映画『国防全線八千粁』（日活配給）などを製作し、多摩帝国美術学校（現・多摩美術大学）の創立にも幹事として参画している。[86]終戦後は、一九四七年に行われた戦後初の参議院議員通常選挙に日本自由党から出馬し見事当選（全国区第九四位）。一九四九年二月から六月までは第三次吉田内閣で厚生政務次官の要職にも就いていた。

天啓であろう。司が信夫にコンタクトを取ったのは、多忙でありながらも信夫が政治家としての頂点を極めていたほんの数ヶ月の間であった。司から相談を受けた彼はこう答えたという。
「焼け野原の広島が政府から普通の交付金、補助を受けたのでは立ち直りは何年たつかわからん。ここは一番思い切った対策を考えにゃあならんね」

信夫は、いわゆるタレント議員の走りであった。『堕落論』で知られる坂口安吾は、「往年の学生横綱浅岡信夫が参議院議員になるよりも、宇野六段がバットをふり廻してくれる方が、私にはほゝえましく思われる。その方が筋が通っているからだ」(『坂口安吾全集 08』坂口安吾)と棋士を引き合いに出し皮肉ってもいる。がしかし信夫には、実はもうひとつの〝顔〟があった。ドーランを塗り、華やかなスポットライトを浴びる端正な横顔ではない。痛快活劇に颯爽と登場し、バッタバッタと悪人をなぎ倒す正義の味方でもない。右翼の大物フィクサー・辻嘉六の懐刀としての知る人ぞ知る顔であった。

大の相撲好きであった嘉六は、早稲田大学在学中の信夫を見初め、門下生として寵愛していた。嘉六は、一八九八年(明治三一年)に台湾総督となった児玉源太郎陸軍大将の私設秘書に抜擢され、彼の紹介で原敬(第一九代内閣総理大臣)と親交を持ち、鳩山一郎(第五二、五三、五四代内閣総理大臣)ら立憲政友会の面々とも知遇を得たことから、明治・大正期の政財界において隠然たる影響力を持っていた。[87] ところが一九四七年に日本自由党の世耕弘一衆議院議員が衆議院決算委員会で、「日銀の地下倉庫に隠退蔵物資のダイヤモンドがあり、密かに売買されている」との爆弾発言を行い、国会を揺るがす大問題が巻き起こった。衆議院の不当財産取引調査特別委員会が調査したところ、日本織物の中曽根幾太郎社長が隠退蔵物資である軍服を闇ルートで払い下げ、その収益の一部が嘉六を通じて日本自由党の鳩山一郎や河野一郎など政界にも流れていたことが発覚する。後に「M資金」として度々世間を騒がせることにもなる旧軍資産を巡るスキャンダルの発端となった汚職事件、辻嘉六事件である。

国庫から莫大な資金を引き出すのは今も昔も、並大抵のことではない。平和、平和と綺麗事を並べていれば銭が天から降ってくるわけではない。清濁併せ呑む、といった言い回しがあるが、司と信夫は広島の戦後復興の〝裏工作〟、汚れ役を自ら買って出たとも言えるだろう。

結果的に捜査部（現・東京地方検察庁特別捜査部）は政界の暗部にまでは切り込むことができず、金銭を受け取った政治家を偽証罪で告発し、中曽根社長を詐欺罪で起訴するだけに留まったが、辻嘉六事件で失態を演じた古老・嘉六の求心力は急速に低下し、一九四八年末、巣鴨拘置所に収監されていたA級戦犯・児玉誉士夫や岸信介、笹川良一らが釈放されたことにより政財界の勢力図も刷新される。終戦は、裏社会にも世代交代を促した。

一九四八年四月に開かれた第二回国会・不当財産取引調査特別委員会で、「（嘉六が）政界のボスであるとかあるいはギャングであるとかいうようなことを言われること自体が私は非常におかしいと思う。辻先生は非常な徳の人です。大徳な人です」と、一貫して嘉六を庇い通した信夫もまた、嘉六の〝失脚〟と時を同じくして表舞台から姿を消してゆく。

広島にしか適用されない法律

戦時中は空襲を回避するためコールタールで黒く塗られていた国会議事堂。終戦に伴い清掃され、広島県呉市倉橋島の桜御影が用いられた外装も、今は朝日を浴びて白く輝いている。石段の上には腕時計を覗きながら、忙しなく歩き回る山田節男の姿があった。

「どうぞこちらへ」

節男は司と信夫を二階の参議院議員食堂へ招き入れると、すでに参集していた参議院関係の各委員長に引き合わせた。浄土真宗本願寺派の僧であり、原爆投下直後の一二月には私財を投じて広島戦災児育成所[88]を開設し、自らも板壁作りのバラックに住んでいた山下義信（厚生委員会）や、広島県豊田郡出身で後に旧軍港市転換法の制定に奔走した佐々木鹿蔵（運輸委員会）も顔を揃えていた。『広島原爆災害総合復興対策に関する請願書』に関わる初めての懇談会である。

司がマッカーサー元帥と面談したとの情報を事前に得ていた彼らは、藤本千万太の上京時とは打って変わり、より現実的な方策を模索すべく意見を出し合い、やがて、ここはやはり専門家に一分の隙もない請願書を起こしてもらうべきだろう、との結論に達した。運良く参議院議事部長は広島の人間である。善は急げ。司と信夫はその足で寺光忠《てらみつただし》議事部長の執務室へと向かった。

広島市西区大工町（現・中区榎町）出身の寺光忠は、エリート養成校として知られた広島高等学校を卒業し、東京帝大法学部へと進み、司法省に入った押しも押されもせぬキャリア組、出世頭である。貴族院議事部長を経て、戦後、同職に就いてから二年余りが経過していた。当時四〇歳の忠は、この四ヶ月後には参議院法制局第二部長に任命されるなど、国会運営や政策立案過程については誰よりも精通し、国法にも通じていた[89]ため彼に勝る適任者はいない。

重厚な扉を遠慮がちにノックすると、「どうぞ」と、定規で引いたかのように滑舌の良いハイトーンが跳ね返ってきた。

「お待ちしていました。どうぞお楽になさって下さい」

年季の入った応接セットにふたりを招き入れると、忠は向かいの事務椅子に腰を下ろした。

「長旅でお疲れでしょう。今日はどのようなご用向きでしょうか」

用意周到な忠はすでに節男や瀧蔵から今に至る経緯や事の顛末を伝え聞き、対応策を十二分に練って臨んではいたが、官僚面を外すわけにはいかない。

「寺光さん。早いもんで原爆からもう四年が経ってしもうた。市長を始めわしらも復興に向けて国会請願を続けとりますが、採択されても政府は一向に動こうとせん。何とか寺光さんのお知恵を拝借させてもらえんじゃろうか」と司は、いきなり深々と頭を下げた。

事実、一九四八年六月二一日の第二回国会・財政及び金融委員会においても何度目かとなる『広島市内の旧軍用地無償払下げに関する請願』（第七〇九号）を提出し、「原子爆弾被災都市たる広島市の復興計画が財政の窮乏その他いろいろの関係から意のごとく進捗せないでおります。中にも市内に残存する百八十余万坪の旧軍用地の払下げが計画遂行上最も必要であり、先決問題であるが、財政上の点でどうにもならないから、これを無償で払下げて欲しい」と訴え、二五日の本会議で全会一致で採択されたものの、何ら具体的な手立ては講じられずにいた。

初対面であることにも構うことなく、広島弁で捲し立てる司に、忠は失笑せざるを得なかった。が、なぜだろう。まるでたがが外れたかのように懐かしさが胸中に押し寄せて来た。ひどく息苦しかった。かつて進学のため東京へと向かう車中で、涙で霞む村々の灯をひとつ、またひとつと追いながら、「故郷に錦を飾るまでは、絶対に戻ってこん」と、強く心に誓った青雲の日が、図らずも鮮明に甦って来た。

あれからどれだけの年月が経ったことだろう。寝る間も惜しんで勉学に励み、がむしゃらに働きもした。気がつけば既製品とはいえ銀座の並木通りで買い求めた小綺麗な背広に身を包み、中古ながらも庶民にはまだ高嶺の花であった自動車を乗り回せるようにもなっていた。が、いつの間にやら広島弁が、唇に乗ることはついぞなくなっていた。

疎遠になった広島。居ても立ってもいられず原爆投下から三ヶ月後、家人にも告げず夜汽車にひとり飛び乗り、朝靄に煙る広島駅頭に降り立っていた。愕然とした。自分の立身出世を祝ってくれるはずの人も街も、何もかもが跡形もなく消え去っていた。唯々、鼻をつく腐臭だけが風に舞っていた。

「遅かった……」

忠は、崩れ落ちるように膝を折ると、灰燼を両の手で握り締め、ひとり慟哭した。

「任都栗さん、どうか頭を上げてつかあさい。私も広島県人のひとりとして、故郷の窮状には心を痛めとります。ただ、請願というものは気休めであって実効性はありません。[90]ここはひとつ政府が、広島市民の意思に縛られる『法律』を作るしかなかろうと思いよります」

拙いながらも広島弁が口をついて出たことが、忠は嬉しかった。

「私にできることは全力でやらせてもらいます」

「大きく出たな」と、我ながら可笑しかった。が、故郷を捨てたこんな自分を頼って来てくれる人がいる。

「ここで動かんで、いつ動くんじゃ」

一方の司は、かつて石橋湛山が同じことを言っていたことを思い出していたに違いない。宿縁だろうか。

「どうかよろしくお願い致します」

横に座っていた信夫を、ちらりと上目遣いに窺うと、「これでええんじゃ」とでも言うかのように、深く頷いていた。

その夜、忠は参議院議長公邸（現・赤坂プリンスクラシックハウス）に集まった広島県選出の衆参両院議員らを前に、司からの依頼内容を報告し、自らこれを執筆するとの決意表明を行い、その趣旨を熱く語ってみせた。

「戦災復興立法というものは、そもそも不可能と言わざるを得ません。原爆といった違いはあるにせよ、戦災都市は全国にいくらでもある。法案自体通らないし、財政も許しはしません。よって、広島市だけに適用される、広島市だけを何とかする法律を作るしかない」

反応は、必ずしも芳しいものではなかった。請願によって閣議決定にまで持ち込み、某《なにがし》かの国家補助を引き出せれば御の字、といった程度の認識しか持ち合わせていなかった彼らにとって、忠が提唱する「広島市にしか適用されない法律」などまったくの想定外。淀みなく自説を述べ立てる忠のテンションが上がるに連れ、議員たちの眉間には縦皺が増し、次第にモチベーションが下がってゆく様が手に取るようにわかった。

「研究に値する案だとは思うが、はてさて立法となると……」

エキスパートの提案であるだけに、あからさまに苦言を呈する者はさすがにいなかったものの、司と信夫を除けばひと肌脱ごうと身を乗り出す者は、皆無に等しかった。

「気宇壮大な案じゃが、敢えて反対する理由もなかろう」

それでも翌日、広島県選出の国会議員らは連名で、ひとまず忠に法律案の草案作成を正式に委嘱する。忠には勝算があった。というよりは、もはや残された手札、ハートのA《エース》はこれしかないと踏んでいた。産声を上げたばかりの日本国憲法の第八章地方自治に定められた第九五条「地方自治特別法」である。

地方自治特別法は、憲法の中でも極めて特異な条項である。ある意味、全国に適用される一般法と地方自治体が独自に定める条例との中間に位置していると言ってもよいだろう。国が各都市に各種の財政援助などを与えることを主たる内容とし、特定都市の振興を目的とした地域限定の法律である。

我が国の国会においては、衆議院及び参議院が立法機関として憲法に明記されており（第四二条）、法律は衆参両院の賛成の議決がある場合に限り制定されるが（第五九条一項）、唯一の例外となるのがこの特別法で、「その地方公共団体の住民の投票」、そして「過半数の同意」が加重要件となっている。[91] この住民投票は、国会の最終議決後に行われるため、[92] 投票によって住民の賛意が確定するまでは、国会の議決は停止条件付きの議決として扱われる。

「一の地方公共団体[93]のみに適用される特別法は、法律の定めるところにより、その地方公共団体の住民の投票においてその過半数の同意を得なければ、国会は、これを制定することができない」がこの件を記した条文だが、これは『マッカーサー草案』第八章第八八条に記された、「国会ハ一般法律ノ適用セラレ得ル首都地方、市又ハ町ニ適用セラルヘキ地方的又ハ特別ノ法律ヲ通過スヘカラス但シ右社会ノ選挙民ノ大多数ノ受諾ヲ条件トスルトキハ此ノ限ニ在ラス」が原本となっている。これを受けて日本政府が一九四六年二月二八日に起草した第一稿では当初、「一地方又ハ一ノ地方公共団体ニノミ適用アル特別法ハ一般法ニ依ルコトヲ得ザル特別ノ事由アル場合ヲ除ク外法律ノ定ムル所ニ依リ当該地域ノ住民ノ多数ノ承認ヲ得ルニ非ザレバ其ノ効力ヲ生ズルコトナシ」（第八章地方行政（地方政治）第四条）とされていたが、その後、GHQと合同で検討作業が進められた結果、三月六日に憲法改正草案要綱として取りまとめられ、翌月一七日に条文化された文面は平仮名口語体となり（第八章地方自治第九一条）、前出の文面にて現行憲法に取り入れられた。

そもそも主権在民を謳う米国においては、連邦政府が州政府に対して過度な干渉、要求を強いることを排除する目的で起草された条項だったが、忠はこれを敢えて、意識的に曲解した。「防御」ではなく、「攻撃」に転じてみせた。

政府はもとより絶対的な権力を有するGHQを納得させ、なおかつ、他の戦災都市といかに均衡を保つか。そのためには、「単なる復興の概念を超える、次元の高い理念で広島再建を目指すしかない」。

故郷を救う渾身の一撃。昂る想いを抑え切れず、忠はひと晩で広島平和記念都市建設法案の第一次案を書き上げた。[94] 広島市公文書館に所蔵されている直筆原稿（二月一五日の日付あり）は、次の前文で始まっている。

国会は、恒久の平和を念願する日本国民を代表し、
広島市をその象徴たる平和記念都市として
再建することを目的としてここにこの法律を制定する。

続く第一条は、

広島平和記念都市の建設は、この法律の定めるところにより国の特別の援助の下に国家的事業としてこれを行う。
国は、広島平和記念都市の建設が、戦争の惨禍を避け恒久の平和を念願する日本国民の理想を達成する上に重要な意義をもつことを考え、これにできる限りの援助を与えなければならない。

章末に記した後の成文と比べればわかるように、極めて直截的な物言いであり、国には広島市に対して特別な援助をすべき義務がある、といった威圧的な文言が続いている。それだけに忠の迸《ほとばし》る心情が行間の端々に滲み出た、当代一流の事務方らしからぬ稚拙な、しかしながら熱き「第一稿」であった。[95]

陳情から立法へ

広島もんが動いた。今度ばかりは時計の針を後戻りさせるわけにはいかない。中央突破を果たすべく知力、胆力を結集させた。「まどうてくれ」彼らの胸中には死者たちの呟きが、無数の羽音の如くざわめき、渦巻いていた。「わしらの仇をうってくれ」といった呪文の中に、仄かに「わしらの子たちは生かしてやってくれ」といった祈りを聞いた。

参議院議事部長室が前線基地となった。藤本千万太は、まるで書生にでもなったかのようにこの〝広島市・東京出張所〟に終日籠城し、忠の指示に従い草稿の作成を手助けした。

議事部長の忠とウィリアムズ課長は、言ってみれば両サイドにおける〝現場監督〟である。議会制度改革において何度も意見を交換し、連日議論を闘わせた勝手知ったる間柄。立場は違えども信頼関係で結ばれた良きパートナーであった。忠は内々に、第一次案をウィリアムズ課長に見せ、感触を探った。法案の根幹を成す精神からいって、GHQの承認は得られるとの確信を抱いてもいた。米国の民主主義に賭けた、と言ってもいいだろう。

こうして広島は、陳情から立法へと大きく舵を切ることとなる。しかしながら魑《ち》魅《み》魍魎《もうりょう》が蠢く中央政界をよく知る司は、逆に懸念を深めていた。まつりごとはきれいごとではない。参議院は浅岡信夫、山田節男両議員に任せればよかろう。しかし問題は、新憲法によって法案議決における優越が認められている衆議院だ。憲法第五九条に従えば、法案は両議院において同一会期内に可決されなければならない。一九四九年二月一一日に召集された第五回特別国会の会期は七〇日。[96]タイムリミットまでわずか二ヶ月余りしか残されてはいない。しかも新憲法下、あらゆる社会体制の変革が推し進められていたこの時期、大蔵省設置法や郵便年金法など一刻を争う重要法案が、二〇〇本以上も今や遅しと審議を待ち構えている。そんな最中に「広島だけを救済する法案」になど誰が賛同してくれるというのか。そもそも衆議院議員の反応は当初から鈍い。[97]忠は、「政府や衆院は無視しても、参院同調者若干があれば可」と言うが、そうはいかない。いくら参院が突っ走ろうが、衆院の根回しを怠ればこの法律が日の目を見ることなどあり得ない。衆議院には信三と市長選を争った山本久雄がいるにはいるが、大臣クラスを向こうに回してやり合えるほどの肝はない。当時、国会議員の接待には一回、五〇万円は必要だと言われていたが、市にそんな工作資金を捻出できるほどの余力があろうはずもなかった。

「何としても実力者を引き入れにゃならん」

あくまでも推測に過ぎないが、司は当時の政権政党であった民主自由党[98]（民自党）で売り出し中の切れ者、石田博英衆議院議員[99]を瀧蔵に任せ、自らは民自党幹事長の要職にあった大野伴睦《ばんぼく》衆議院議員の説得に照準を絞ったのではなかろうか。

秋田一区選出の博英は、早稲田大学政治経済学部時代に三木武夫と出会い、在学中から選挙活動を手伝っていた。武夫が大衆の面前で恥を掻かないようにと父から借り受けた山高帽とフロックコートを武夫に着せ、自転車の荷台に乗せて選挙区の徳島県板野郡（現・阿波市）を吉野川に沿って隈無く回ったこともあった。学生時代から武夫と行動を共にして来た瀧蔵とは同じ釜の飯を食った戦友だ。

一方、司は絵に描いたような党人政治家として知られ、吉田茂首相のご意見番として官僚出身の茂を補佐していた伴睦と、三〇代の頃にはすでに知遇を得ていた。伴睦の賛同さえ得られれば、茂も無関心を装おうことはなかろう。

時間との闘い。この機を逸すれば法案そのものが廃案となる。三月一七日、根回しに時間を要する特別立法制定（内閣提出法律案）の請願は取り止め、議員提出法律案、「発議」とする方針に急遽切り替えた。

この日、議員立法の立案も担当する参議院法制局第一部の今枝常男部長と立法技術について協議したところ、忠は「これは国有財産法であるとか都市計画法の特別法となるだろうから、その形に直すべきだ」と助言される。

「いやいや。私は都市計画法などといったみみっちい法律を考えているわけではない」と忠は内心憤ったが、「そうでなければ立法にはならんよ、君」と言われてしまえばどうしようもない。[100] 個人的には大いに不満を残しながらも渋々、条文は一般的な法律文書のしきたりに従い書き直すことに同意する。[101] 第一次案の執筆から一ヶ月余りを費やし、ようやく第二次案を書き上げた。前文は、

国際平和を誠実に希求する日本国民は、
恒久の平和を念願し、広島市を平和記念都市とし、
その建設事業を国家的事業として遂行することを目的とし、
ここにこの法律を制定する。

と、第一次案と比べればややマイルドな筆致となり、「国会」が「日本国民」に置き換えられている。

また、第一条も、

政府は広島平和記念都市の建設が、
戦争の惨禍を避け、国際平和を実現する上に
重要な意義を持つことを考え、この目的達成のために
最善をつくさなければならない。

と簡略化され、「国」が「政府」に置き換えられた。翌日には法制局各部長とさらに協議を重ね、忠は三月一九日に第三次案をまとめ上げる。

「やぁ、ジャスティ。折り入って相談に乗ってもらいたい事案があるんだが、夕食後にでも少し時間を取ってもらえないだろうか」

同月下旬の夕刻、瀧蔵はウィリアムズ課長に電話を入れた。

「今度は何だい、フランク。大学野球なら構わんがメジャー・リーグの話[102]は勘弁してくれよ」

その夜、第三次案を携えた浜井信三は、司[103]、瀧蔵と連れ立って東京・渋谷区鉢山町四五、旧山手通りにほど近いウィリアムズ課長の広々とした公邸を訪れた。隣家の庭先から沈丁花の甘い香りが仄かに漂う春分の宵。言ってみれば広島市民の代表と中央政界とのパイプ役、それにGHQ工作の達人といったメイン・プレーヤーの揃い踏みである。

とはいえ、信三と司、瀧蔵の間にはこの時までに微妙な温度差が生じていた。瀧蔵は、実現するかどうかはさて置き、この広島平和記念都市建設法案が広島の窮地を救う逆転ホームランと成り得ることを十分に理解していた。司は司で、この法案が成立するまでは梃子でも動かぬ覚悟でほぼ東京に居を移し、衆参両院議員に連日、ロビー活動を仕掛けていた。市議会をすっぽかし、都合一ヶ月以上も上京している手前、滞在費はすべて自前である。[104] 一枚の蒲団に二人寝することも少なくなかった。一方、慎重居士の信三はどうかといえば、同法成立の見込みは極めて低いと踏んでいたため、終始、傍観者的立場を貫いていた。[105]

「どうぞ」

口髭をたくわえたウィリアムズ課長は、信三ににこやかに煙草を勧めた。銘柄は、米軍のレーション（戦闘糧食）として支給されていた『ラッキー・ストライク』。白いパッケージには赤丸が鮮やかに描かれている。一見、日の丸にも似た意匠だが、この赤丸はブルズアイ（Bullseye＝雄牛の目）と称され、米陸軍航空隊パイロットの間では「命中点」の隠語として用いられていた。『ラッキー・ストライク』にも「大当たり」といった意味が隠されており、[106] デザインは著名な米工業デザイナーのレイモンド・ローウィが手掛けていた。

「いや。結構です」

無類の愛煙家であった信三だが、洋モクは意識的に呑むことを避けていた。取るに足らぬ美学ではあったが、彼は缶入りの『ピース[107]（Peace）』、俗に言う缶ピースを愛し、片時も手離すことはなかったと順三は言う。質素倹約を常とする信三だったが、煙草だけは一〇本で七円もした我が国初の本格的なバージニアブレンドタイプの贅沢品を好んだ。奇しくも一九五二年に、『ラッキー・ストライク』と同じくレイモンド・ローウィが改めた、オリーブの葉をくわえた鳩の意匠も信三は大層気に入っていた。

フィルターなどといった無粋な添え物はない。潔い両切り煙草は、しかしながら舌先に細片が残り、味蕾《みらい》を刺した。ブリキ缶に収まった『ピース』は殊の外、苦い代物であった。

「失礼」

おもむろに取り出した『ピース』に火を付ける信三を紫煙の向こうに眺めながら、ウィリアムズ課長は、「さすがはブルドッグのような粘着力を備えていると聞き及ぶ男だ」と、むしろ信三のこだわり、なけなしの矜持を頼もしく思ったに違いない。

「もしも、自分が彼の立場であったならば、自分も同じく、決して『ラッキー・ストライク』には口をつけなかっただろう」


ひと通り挨拶を終えると、瀧蔵は広島平和記念都市建設法について詳細にわたり説明し、書き上げられたばかりの英訳文を手渡した。国会に提出する議案はすべて、事前にGHQの国会議事課において検討され、承認を得なければならない。言ってみれば、ウィリアムズ課長が首を縦に振らなければ、これまでの苦労は水泡に帰す。

「ありがとう。拝見しましょう」

英訳文を手にしたウィリアムズ課長の顔から、たちまち柔和なほうれい線が姿を消した。沈黙。彼の微細な表情の変化も見逃すまいとじっと窺う三名には、弾力のあるソファのクッションも針の筵のように感じられたことだろう。瞬きひとつせず文面を追う丸眼鏡の下から覗く眼差しは、一切の妥協も許さぬ厳しさに支配されていた。

茜色の夕陽もとうに垣根に隠れている。全文を隅々まで読み込んだウィリアムズ課長は、ようやく面を上げ、広島からやって来た侍たちをひとり、ひとり、ゆっくりと見つめると、冷静沈着で知られる彼らしからぬ大声で、「これは素晴らしい。これは国内では勿論、国際レベルにおいても重要な政治上の事業となるでしょう。この計画が討議され、採択されるようあらゆる手段をつくすべきです。国会がこれを承認すればただちに、私が法案の原文をマッカーサー元帥に提出して、署名をもらいましょう」（『広島新史 資料編Ⅱ（復興編）』広島市編）と、言った。彼には、「法案が占領政策──アメリカ政府の指示するところにしたがって、課せられていた厳しい経済安定計画といったもの──に矛盾するものでなく、アメリカの技術援助、財政補助も要求していない上に、きわめて国内的性格のもの」（前掲書）として映った。ＧＨＱは広島、長崎を全国に広がる戦災都市と「平等」に扱うといったスタンスを堅持していたが、ＧＨＱの技術・財政的援助を必要としないこの法案であればＧＨＱの経済政策とも矛盾しない。

呆気にとられた瀧蔵は、言葉に詰まりながらも信三と司に訳して聞かせた。そう、彼は確かにそう言ったのだ。緊張のあまり白壁のように色を失っていた二人の頰に、額に、スッと紅が差した。

「市長、できたぞ、この法律は必ずできるぞ！」

司は、これが夢ではないことを自らに言い聞かせるかのように何度も、何度も繰り返したという。

三名の来訪後、ウィリアムズ課長はすぐさまホイットニー民政局長に同法案について上申し、ホイットニー局長も間髪を容れずマッカーサー元帥に意見を求めた。彼が元帥の絶対的な信頼を勝ち得ていたからこそできたファスト・レーン（追い越し車線）であった。結果、「前向きに進めるように（Go ahead）」との返答を得た。

この時期、ホイットニー局長も心穏やかではなかった。米連邦議会では財界がこぞって支持を表明していた共和党が大勢を占めるようになっており、民主党が推し進めていた日本版ニューディール政策にも厳しい目が向けられていた。

極東における米ソ対立の激化に伴い、米国は日本を「反共の防波堤」として利用するのが得策であるといったジョージ・ケナン米国防省政策企画本部長のアジア情勢分析が評価され、米国民の税金によって何の見返りもなく敗戦国を「援助」することは浪費以外の何物でもない、といった論調が主流となっていた。冷戦期を迎えた今、日本の民主化よりは経済復興が先決である。

こうした母国における風向きの変化に俄然勢いを得たのが、民政局とことごとく対立していたGHQ参謀第二部のウィロビー部長である。我が国においても、民政局が後押ししていた中道派の芦田内閣が瓦解し、第二次吉田内閣が発足。内閣不信任案の可決により、一九四九年一月二三日に実施された第二四回衆議院議員選挙では与党である民主自由党が二六四議席を獲得し圧勝。戦後初めて単独過半数を占める安定政権、第三次吉田内閣が樹立していた。憎っくき民政局追い落としの舞台は整った。

さらにはウィリアム・H・ドレーパー・ジュニア米陸軍次官が、欧州におけるマーシャル・プランに相当する、経済面から対日占領政策の見直しを促す報告書、経済安定九原則[108]を米議会に認めさせたことでほぼ雌雄は決した。

ドレーパー陸軍次官は、予算審議で紛糾する米議会を説得すべくデトロイト銀行頭取のジョセフ・M・ドッジを、米政府の公使といった資格を持つ米大統領の特使として一九四九年二月一日に来日させる。記者会見で、「日本の経済は両足を地につけていず、竹馬にのっているようなものだ。竹馬の片足は米国の援助、他方は国内的な補助金の機構である。竹馬の足をあまり高くしすぎると転んで首を折る危険がある」(『朝日新聞』一九四九年三月八日付)と語ったドッジの使命は言わずもがな、日本の再軍備を念頭に置きつつドッジ・ライン[109]を周知徹底させることで、日本経済を米国経済の下に再統合する経済改革、つまりは日本占領政策の「総仕上げ」であった。

波頭高まる対馬海峡の対岸では、一九四八年八月一五日に大韓民国が、九月九日には朝鮮民主主義人民共和国が相次いで成立を宣言し、米国の軍政下にあった朝鮮半島には一触即発の危機が迫りつつあった。また、中国大陸では毛沢東率いる中国人民解放軍が攻勢を極め、特に一九四八年九月から一九四九年一月にかけて行われた三大戦役[110]により国民党軍の劣勢は決定的となっていた。四月二三日に首都・南京が陥落すると、蔣介石は敗走の一途を辿ることとなる。もはや中国大陸の共産化は避けられない。

こうした極東地域の緊迫化を踏まえて一九四九年四月六日、トルーマン米大統領は首都ワシントンＤＣで催された民主党全国委員会主催の新人議員との懇談昼食会で、「世界の民主主義諸国民の福祉が危険にひんする場合には、原子爆弾の使用を再び決定することをためらわない」と言明した。

日本の再軍備や反共政策といったいわゆる「逆コース」はすでに前年から、元駐日大使ジョセフ・グルーらによって結成されたロビー団体、アメリカ対日協議会が中核となり水面下で推し進められていた。五月にケネス・Ｃ・ロイヤル米陸軍長官からジェームズ・フォレスタル米国防長官に提出された答申『日本の限定的再軍備』により、マッカーサー元帥による行き過ぎた民主化は批判の矢面に立たされ、日本を極東の全体主義（共産主義）に対する防壁と位置付ける方針が、米国政府内においては既定路線となりつつあった。

「近い将来、再びアジアが戦乱に巻き込まれることは火を見るよりも明らかだ。この国会を逃せば、被爆地広島が提唱する理想主義的な内容を多分に含んだ広島平和記念都市建設法の成立は将来にわたりあり得ないだろう」

刻々と入電する極東の軍事情勢に日々接していたホイットニー局長にとってもこの法案は、日本の民主化を推し進めてきた民政局の最後の一矢、置き土産であった。

信三は早速、星島二郎《ほししまにろう》衆議院議員に面談を請い、協力を要請した。彼はこの時すでに一一回も当選（岡山二区）を重ね、民自党の総務会長を務める政界の重鎮である。『原爆市長』によれば、二郎は「それはよいことだと思うが、お濠端（ＧＨＱのことをそう呼んでいた）が承知すまい」と、懐疑的ではあったが、「実はウィリアムス氏には、あらかじめ相談したところ、国会へ話して早くやれと、非常に積極的でした」と応じたところ「ああそう。それならできるだろう」と言ったという。

その日の午後、別件でウィリアムズ課長と面会した星島は、試しに広島の話を持ち出してみたところ、信三が言った通り、彼が法律の成立を強く望んでいるとの感触を得たため、党本部に報告を上げた。するとこれを聞きつけ、「わしにも何か出来ることはなかろうか」と池田勇人大蔵大臣（後の第五八～六〇代内閣総理大臣）が首を突っ込んできた。広島県豊田郡吉名《よしな》村（現・竹原市）出身で、大蔵官僚を経て、第三次吉田内閣では一年生議員でありながらも大蔵大臣に大抜擢された勇人にしてみれば、東京勤務が長かったことから縁遠くなっていた選挙区での知名度を高める絶好の機会である。

勇人は院内で吉田首相を捕まえると信三に引き合わせた。

「総理、こちらが広島市長の浜井さんです」

一瞥をくれた茂の瞳がキラリと光った。が、すぐに相好を崩すと、「君か。大野（伴睦）先生からも聞いとるよ。しっかり頑張っとるようじゃないか。誠によろしい」と応じた。信三は、茂と並んで赤絨毯の敷かれた廊下を歩きながら、かいつまんで法案の説明を試みた。例によって話術は大の苦手である。長身を屈め、額の汗を拭きながら訥々《とつとつ》と要点のみを伝えた。すると茂は事もなげに、「国が広島に対して、そのくらいのことをするのは当然だよ」と言い放った。「私は進駐軍の連中にいつも、『君たちがいくら口に人道主義を説いても、広島のこと一つで、それは台なしだ』といってやるのだ。それを持ち出すと、彼らは、『もうそれをいってくれるな』というよ」（『よみがえった都市―復興への軌跡　原爆市長』浜井信三）としたり顔で言い残すと、葉巻を咥えたまま本会議場へと消えた。

茂にも思惑があった。目下、彼にとっての最大の関心事は日本国の独立である。敗戦国でありながらもいかに好条件を引き出し講和に持ち込むか。手札は少ない。そのためにも広島・長崎は〝ジョーカー〟として使いたい。米陸軍が原爆さえ使用していなければ、太平洋戦争は後世の歴史家によって何のてらいもなく米国の「正義の戦い」として記録されるであろう。がしかし、戦勝国の論理で一時的には押し切れたとしても、非人道的兵器の使用は倫理的には決して許されるものではない。将来、世界はこの米国の暴挙を決して見過ごしはしない。それは誰あろう、米国が一番よくわかっている。米国が、戦時における〝ルール違反〟と終始一貫して非難し続ける帝国海軍による真珠湾奇襲攻撃と、ハーグ陸戦条約によって禁じられた「毒、または毒を施した兵器の使用」。太平洋戦争が産み落としたふたつの鬼っ子に日米両国がいかに対峙し、着地点を見出すか。この一点においてGHQと茂の腹のうちは一致していた。日本政府にとって、米国が犯した原爆投下という汚点は、国際社会への復帰にあたり起死回生の〝鬼手〟となった。

翌日、GHQ本部に呼び出された三名の男たちは、ウィリアムズ課長の口から直々に、マッカーサー元帥も平和都市計画を支持しているとの意向を伝えられた。

「本当ですか！」

互いに顔を見合わせた彼らは、まるで我が子が生まれたことを知らされたばかりの父親の如く手を取り合い、歓声を上げたという。

「いける」

信三はこの時初めて、広島平和記念都市建設法の成立に可能性を見出した。と同時に前任の木原七郎市長と同じく、どうにも馬が合わなかった司の桁外れの馬力に改めて畏敬の念を感じていた。春疾風《はるはやて》。その頃、広島市役所の前庭では今年も被爆桜が懸命に、数輪の小さな花をつけていた。

数日後、信三は瀧蔵宅をひとり訪れている。瀧蔵は国会に張り付いていたため不在であったが、留守を預かる綾子夫人としばし歓談して過ごした。綾子は米オレゴン州ポートランド出身の日系二世で、一八歳で単身帰国し青山学院に学んだ。小学校で飛び級するほどの才媛であり、後に明治大学短期大学（現・明治大学情報コミュニケーション学部）で教鞭を執ることにもなる彼女は文才に恵まれていたため、瀧蔵が請け負った追放解除の要望書や趣意書のほとんどを手掛けてもいた。[112]
瀧蔵とは異なり、酒や煙草も嗜む綾子はおおらかな性格であったため、訪問客の多くが彼女との会話を楽しみに足繁く通ってきた。ひとしきり時事問題を論じ合った信三は、丁重に礼を述べるとやがて辞去したが、茶菓子の後片付けをしていた綾子は、障子の裏に置かれた分厚い茶封筒を見とがめる。
「お忘れ物かしら」と封を開いてみるとそこには、札束が五〇万円分ぎっしりと詰まっていた。[113]

法案作成作業は、遂に最終コーナーを回った。忠は、四月二一日には英文稿をほぼ完成させ衆議院事務局にも協力を要請し、二三日には民自党の衆議院議員らにこれを開陳。追い込みをかけるべく手綱を締めた。

　ところがいよいよ直線コースに差し掛かったところで思いもよらぬトラブルに見舞われる。広島と同じく被爆した長崎市が四月二五日になって突然、〝相乗り〟を申し出てきたのだ。[114]

「冗談じゃない」

　忠は気色ばんだ。

「今になって言い出すなんぞ、筋違いも甚だしい」

　戦後復興の取り組みにおいて長崎市は、広島市とは異なった道程を歩んでいた。[115] 広島ほど原爆に対する非難の声が上がらなかった背景には第一に、爆心地が市中心部ではなかったことが挙げられる。鎖国時代には我が国の「出島」として特権的な地位を築き、我が世の春を謳歌していた長崎だったが、明治・大正期には凋落《ちょうらく》の一途を辿った。昭和初期には長崎港へ入港する外国船は明治末期の三分の一にまで激減し、日中戦争の勃発に伴い対中国貿易も途絶えることとなる。長崎は、戦前すでにアイデンティティの喪失を経験していた。そこで長崎市は昭和期に入り軍需工業都市に活路を見出し、市北部にある浦上地区の開発に着手。長崎港から浦上川沿いに北上した茂里《もり》町に三菱長崎兵器製作所や三菱造船長崎製鋼工場を誘致し、産業基盤の変換を模索していた。

また、爆心地となった浦上が、江戸期には弾圧されていたキリシタンが居住していたことから、旧市街の市民からは歴史的に軽視されていた土地であったことも見逃せない。原爆死没者の慰霊祭ですら、城山一丁目町内会長であり後に長崎原爆被災者協議会（被災協）の初代会長となった杉本亀吉が市役所に陳情しようが、「アメリカ占領軍の軍政府がゆるさぬとか、やかましく云うとか、しいて市が行えば市長以下幹部は辞職させられるとか、又は沖縄につれて行かれて重労働をさせられるとか、と云って我々の話に取り合ってくれ」（「長崎の原爆被災と戦後復興」新木武志）ず、「県や市の理事者はその当時は、原爆と云う話しをすることさえ恐れていた」（前掲）という。浦上地区は「あまり市街化していなかった区域」と位置付けられ、基本的に住民による自力復興に頼らざるを得なかった。[116]

悲しいかな長崎市にとっての復興は官民共に、原爆被災よりは長崎港を中心とした貿易・観光都市としての再生計画に重きが置かれていた。そのため広島のように「被爆地も戦災地のひとつ」といった国やGHQの指針に真っ向から抗うだけのパワーは生み出せなかった。「怒りの広島」「祈りの長崎」と言われる所以である。[117]

これを聞き知った司も動揺を隠せない。

「とんでもにゃあ。ここまで骨を折ってきて、お株を奪われるわけにはいけん。鳶に油揚げをさらわれるとはまさにこのことじゃ」

市議会議長のお伴は庶務課長か係長の役回りと決まっていたが、あまりにも司が精力的に動き廻るため二月一三日頃からは円山和正議事課長に代わって、市役所に入って一年足らずの鶴明が〝鞄持ち〟を命じられていた。明は、「一度、世田谷の三浦義一氏のお宅へ行ったことがありますよ」と、述懐している。

三浦義一とは、〝室町将軍〟と怖れられた国家主義者、右翼の大物である。戦時中、上海で創設された亜細亜産業を窓口に帝国陸軍の命を受けて物資調達を行う特務機関〝矢板機関〟[118]を率いていた矢板玄《くろし》と義一が取り仕切り、大蔵省の迫水久常総務局長も創設者として関与していた社団法人日本金銀運営会[119]は、吉田茂の政治金脈のひとつと囁かれていた。義一は、一万田《いちまた》尚登《ひさと》第一八代日本銀行総裁の遠戚といった背景も手伝い、当時の政財界には隠然たる影響力を持っていたのみならず、反共を任じるウィロビー部長とも通じていた。[120]明は、「任都栗先生の話を聞いて、三浦氏がその場で大野伴睦氏に電話をかけて、我々を紹介してくれたんです」とも証言しているが、前述の通り司はそれ以前から伴睦とは面識があった。

これを受けて、朝駆けで伴睦邸へ馳せ参じたところ、七時半に起き出して来た伴睦は開口一番、「人にせっせとごちそうを準備させておいて、いよいよおゼンが出来たときに、それは私にも食べる権利があるといったようなことをいう政治が、どこの世界にあるか。食べたかったら、自分で、ごちそうの準備をしたらよいではないか」（『広島新史 資料編Ⅱ（復興編）』広島市編）と、一気に捲し立てた。が、そこは百戦錬磨の伴睦である。声のトーンを幾分和らげると、「とはいってもな、突っ張ってばかりいたのでは物事は動かん。任都栗さん、済まぬがここは長崎と一緒の分で我慢してくれ。ここまできた以上はもう広島一本でなしに二つでまとめるから」と、懐柔した。広島の面倒は見る。が、ここは二者択一ではなく、両雄並び立つで手を打とうじゃないか、との申し出であった。

しかしながらこれまで、「世界にただひとつの国際平和の象徴都市を創る」といった高みを目指し、「平和」の二文字を殺し文句として法案作成を進めてきた忠にしてみれば納得できるはずもない。長崎市が加われば〝Only One〟といった広島平和記念都市建設法案の理念が根幹から揺らぎ、法の精神そのものが成り立たなくなる。心情的には長崎の願いも汲んでやりたいのは山々だが、ここで情を差し挟むと法案提出そのものが見送られ、共倒れとも成りかねない。〝落馬〟は御免だ。

テクニカルな問題ではない。そもそも忠は、この法案はシンプルに平和都市法と名付けたかった。地域を特定する「広島」、目的を限定する「建設」、さらには原爆や戦災復興を想起させる「記念」さえ、「恒久平和の人間理想を象徴し、同時にまた、わが戦争の放棄をも象徴するものとして、一つの都市を、この地上につくりあげる」といった崇高な精神を表明する上においては妨げとなる。広島、長崎のみならず「第三の被爆都市」を生まないように全人類の良心に訴えかける。これこそがこの法案の核心であり、同法に「法律」というよりは「宣言」に近い性質を持たせた拠り所であった。忠は後に、「『平和記念都市』とは、『恒久の平和を象徴する都市』という意味である。この意味においては、『平和都市』とだけ言つたほうが、理論的にはよかつたのである。ひるがえつて『記念』という語は、正しくは、『象徴』という語におきかえられて、『平和象徴都市』とせられるべきでもあつたのである」（『ヒロシマ平和都市法』寺光忠）とさえ綴っている。

いずれにせよ不測の事態にも動揺することなく、忠は最終文面の作成にひたすら没頭した。四月二八日には第四次案を書き上げ両院法制局に対して合同会議を申し入れ、三〇日になって遂に確定案（第五次案）を完成させる。しかしながらこの正念場に至っても衆議院の説得工作は難航を極めていた。致し方ない。衆議院は諦め、参議院単独の発議を実現すべく発議者の署名集めに全精力を傾注させた。

業を煮やした忠と節男は五月三日午後二時、見切り発車とは知りながらもウィリアムズ課長に直接面会を求め、この段階で発議者六五名（参院）を集めていた確定案を再提出した[121]（英文稿については内々ながらも、忠は事前に参議院渉外課長と共にウィリアムズ課長との折衝を終えていた）。GHQの承認を議会に先んじて勝ち取る強行突破に訴えるしかない。忠は、瀧蔵と同じ攻め手を使った。

本案は条文が少ないことから立法としての体裁を整えるため、確定案では敢えて前文は削除され[122]、第一条は（目的）と題され、

この法律は、恒久の平和を誠実に実現しようとする理想の象徴として、広島市を平和記念都市として建設することを目的とする。

と、さらにスリムな文章に手直しされており、「希求する」が「実現しようとする」に替えられた箇所

以外、現行法文と同じ文言となっている。よってこの第一条こそが全体を規定する忠の真意のすべてであった。

こうして草案の変遷を辿って行くと、忠がいかに主題を明確にすべく雑念、いや情念を削ぎ落として行ったか、苦労の跡が手に取るように窺える。「情」から「理」へ。それはまさに被爆直後の慟哭から、四年を経て復興を希求する広島の、こころの揺らぎの表れでもあった。

これを受領したウィリアムズ課長は、その日のうちにホイットニー民政局長に宛てて覚書を作成し、報告する。

「山田節男ほか六五名の参議院議員が起草したこの法案は、衆参両院の全政党・会派が賛成し、広島県の自治体関係者や議員も一年以上にわたり運動を続けております」といった書き出しに続き、「法案には旧軍用地を広島県と広島市に〝譲渡することができる〟、県と市は〝事業執行の費用を負担する〟と明記しております。よって、ＧＨＱ参謀部の審査ならびに調整が必要な文言は認められません。（中略）広島市に国際平和といった特徴を持たせ、踏み出させるかどうかについてのみ、高度な政治的判断が必要と思案致します（筆者訳）」と、進言している。

すると驚くことに五月四日午前一〇時四〇分には、早くもＧＨＱから承認の正式回答が得られた。平和記念都市建設法に綴られた要求事項を繙いてみると、それらは法制局（憲法適合性）を始め、経済科学局（予算関係、工業資源の転用）や天然資源局（土地利用関係）といった各部局を横断する幅広い内容となっている。当然のことながら、これら部局が個別に内容を精査・検討していたのでは、会期中の国会審議には間に合わない。そのためウィリアムズ課長の意向を汲んだホイットニー民政局長は、敢えて〝トップ・ダウン〟を駆使し、異例の〝飛ばし〟を強行した。

残された〝障壁〟は長崎市だけとなった。長崎も必死である。門屋盛一《かどやもりいち》参議院議員は、「絶対に受け入れられない」と突っぱねる忠を連日執務室に訪ね執拗に食い下がった。実際、長崎県出身議員らの方が広島よりも遥かに結束力は高かった。衆参両院議員が一致団結して粘りに粘る。遂には長崎が加われないとなれば、長崎県選出の民自党議員は全員脱党する、とまで態度を硬化させた。

時間は差し迫っている。このまま長崎との妥協点を見出せなければ本国会への法案提出は見送らざるを得なくなる。それだけはどうしても避けなければならない。事ここに至っては伴睦が言った「二つでまとめるから」を信じ、受け入れざるを得ない。

そこで忠は一計を案じた。この日、門屋議員との膝詰め談判に臨んだ彼は、「そこまで仰るのであれば、同じく原爆の被害を蒙った長崎市のために、これとは別の法案を書きましょう。それでいかがでしょうか」と、予想外の提案を行った。忠が一気に書き上げた長崎国際文化都市建設法[123]（法律第二二〇号）である。

肝となる第一条（目的）は、

この法律は、国際文化の向上を図り、恒久平和の理想を達成するため、長崎市を

国際文化都市として建設することを目的とする。

とし、「平和」を「文化」に置き換え、以下、ほぼ広島平和記念都市建設法と同様の条文で整えた。「平和都市」の冠だけはどうしても譲れないが、「恒久平和の理想」は共通概念として残した。これを受け、長崎市が折れた。

「その方向でひとつよろしくお願い致します」

GHQが、それまで頑なに標榜していた日本の都市再建・復興は占領軍の責務ではない、また広島、長崎を他の都市と分け隔てするわけにはいかないといったスタンスから一転して、平和記念都市建設法のサポートに回った背景には、まずもってウィリアムズ課長が書簡に綴った、「この計画は、一九四六年日本国憲法の不戦条項や、できる限り広範囲にわたって、日本人の自主性と希望とにそってことを進めていこうとする政策に示されたような、平和にたいするマッカーサー元帥の意向に添うもののように思える」（『広島新史 資料編II（復興編）』広島市編）といった一文に集約されるGHQならではの解釈があった。

つまり、広島平和記念都市建設法はGHQが押し付けたものではなく、あくまでも広島市が自主的に要望したものであり、そこには経済安定計画を妨げるようなGHQに対する技術、財政援助は示されていない。要は、あくまでも日本の国内マターに過ぎず、復興は日本政府の責務であるといった間接統治の方針から逸脱するものではない。また、「平和都市」の建設が同法の主題であるだけに、ポツダム宣言で明示された日本の非武装化を規定する憲法第九条を体現するメッセージともなり得る。

さらに最も重要な要素として、広島平和記念都市建設法には原爆投下を非人道的行為として非難する件が一切ない。これを被爆地である広島市が自ら、原爆を投下した当事者である米軍を主体に構成されたGHQに対して提案したことに意義がある。つまり、同法の成立と〝引き替え〟に広島市は事実上、米国への賠償請求を放棄したこととなり、米国はこの提案を受け入れることにより、広島市に〝謝罪〟する義務から解放されることを意味する。これこそがGHQが何よりも望んだ明確なディール、成果であった。


「GHQ承認」の情報は瞬く間に衆参両院を駆け巡り、一気に形勢は逆転した。それまで難色を示していた議員たちは我も我もと手の平を返し、参院の発議者数は数日間でみるみるうちに膨れ上がった。五月七日になり衆院の民自党役員会も広島と長崎の二本立てとする方針を固めた。お上が良きに計らえと言うのであれば衆議院の出番だ。

五月九日、法案は満を持して参議院において山田節男参議院議員ほか一〇一名によって提出され即日、建設委員会へ付託された。先を越されて慌てふためいたのは衆議院である。

「参院に手柄を取られてなるものか」

急遽、泥縄でまったく同じ法案を翌日上程することとなる。当日の昼頃になって初めて知らされた広島県選出の衆議院議員らは面食らった。法案提出に際し、必ず必要になるので用意しておきなさいと節男に命じられ、藤本千万太が一ヶ月以上もかけて書き上げた「提案理由」を、提出者となった山本久雄が「すぐに出せ」と取り上げた。

本会議は午後一時四〇分、山本猛夫衆議院議員の議事日程追加の緊急動議で始まった。

「山本久雄君外十四名提出、広島平和記念都市建設法案、及び若松虎雄君外十六名提出、長崎国際文化都市建設法案は、両案とも提出者の要求の通り委員会の審査を省略してこの際一括上程し、その審議を進められんことを望みます」

これが異議なしとなり、委員会審議は省略され、久雄が壇上に立って「提案理由」を述べた。第一回平和祭に寄せられたマッカーサー元帥のメッセージを折り込みつつ、初見ながらも朗々と読み上げられた演説稿は、「以上述べましたごとき国際的意義を持つ都市の建設は、単に一地方都市にまかすべきではなく、当然国家的問題として、国家の特別の指導と監督のもとに実施されるべきであります。ここにおいて、国家は少くとも特別の法的措置を講じ、責任の分担を明らかにしなければならないと存ずる次第でありま す」と結ばれた。

続いて広島県山県郡川迫村（現・北広島町）出身で社会党所属の佐竹新市が賛成演説を行うと、両案は全会一致で可決され、参議院にも「委員会の審査省略を要求」の上、送付される。

土壇場になって衆議院に出し抜かれた参議院は忸怩《じくじ》たる想いを抱きつつも、翌一一日の本会議において、衆議院の要求通り委員会審査を省略し直ちに審議に入り、〝良識の府〟としての沽券《こけん》を保つべく、敢えて賛成演説も討論も割愛することで不満を露わにした。

「今更、だらだら演説なんぞしていられるか」
「別に御発言もなければ、これより両案の採決をいたします」
両案はすぐさま全会一致で可決された（これにより参議院議員提出法案は廃案）。国会という最も沈着冷静であるべき立法府においても、往々にして「情」が「理」を凌駕する。

ともあれ、ここに〝広島の憲法〟とも言える広島平和記念都市建設法が、晴れて国会において採択された。[124]日米両国の本音と建前の狭間で翻弄され、国内外の情勢にも弄ばれた同法は、しかしながら奇跡のタイミング、バスケットボールで言うところのブザービーター、試合終了直前のゴールによって誕生した。もしも一ヶ月、いや一週間、広島のつわものたちの策定作業、ロビー活動が後れを取っていたならば、この特別法は日の目を見ることなく葬り去られ、広島そして長崎の復興は少なくとも一〇年は遅れていたであろう。両市が、焼夷弾によって街を、人心を焼き尽くされた他の戦災都市が着々と再建に向かう中、肩を並べて再生に踏み出せたのもこの特別法に因るところが大きい。

東京大空襲により原爆投下時に等しい死傷者を出した東京都民からは、「広島、長崎は特別な恩恵を受けている」といった非難の声がしばしば聞かれる。[125]これは紛れもない事実である。が、両市はある意味において、原爆による未曽有の災禍と引き替えに、身を挺して戦後日本の独立、復興、そして「平和」に寄与したことを忘れてはならない。[126]

法律家にとって広島平和記念都市建設法は、ごまんとある法律のひとつに過ぎないだろう。が、その歴史的、政治的意義において、単なる一地方都市による一法には収まり切らない〝重み〟と、〝侠気〟がそこにはあった。

これまでの労苦は一体何だったのか、と思えるほどあっけない幕切れではあったが、傍聴席で採決を見届けた信三の頬には、ひと筋の涙が伝っていた。

「長かった……。しかしこれでようやく広島もスタートラインに立てる」

議場に拍手が鳴り響く中、隣に座っていた司が黙って右手を差し伸べた。何も話すことなどない。言葉は無用であった。ふたりはぐいっとばかりに握手を交わすと、静かに頷き合った。

誇り高き公称

広島に戻った彼らには、最後の大仕事が待ち受けていた。同法を成立させるために必要不可欠とされる住民投票である。当の市民の賛同を得られなければ広島平和記念都市建設法は無効、絵に描いた餅となる。まさかと思われた同法案が国会を通過したことで俄然、市職員の士気は上がった。

「何としても市民には投票へ行ってもらい、過半数を取らにゃならん。いんにゃ、広島の心意気を見せるためには圧倒的な賛成票が必要じゃ」

この特別法が成立すれば、国から特別な援助が施される。同法制定後、結果的に一九四九年度には五〇〇〇万円の国庫補助金が上積みされ、一九五〇年度には（長崎市を除く他の戦災都市と比較し）一億八〇〇〇万円もの追加配分が成された。さらには平和記念資料館など平和記念施設事業については一九五〇年度から一九五五年度までに限り、またその他の復興事業については一九五〇年度のみではあったが補助率が三分の二（九億五〇〇〇万円）にまで引き上げられた。長崎市を除く他の戦災都市の補助率が一律二分の一に留まっていたことからも、破格の国家補助であったことがわかる。[127]

加えて同法第四条に従い、国が所有していた普通財産（旧軍用地）も特例として譲渡されることとなった。木原七郎前市長が夢見た軍都から平和都市への意識改革。具体的には教育施設（白島、似島、宇品東などの小・中学校と基町高等学校）約一四万六八八平方メートルを始め水道施設（広島市水道の牛田町、宇品などの施設）約一七万一一五三平方メートルや厚生施設（京口門児童公園と金輪島墓地火葬場）約一五一三平方メートル、保健・衛生施設（市民病院と東清掃事務所）約二万五九七四平方メートルの計約三四万五五三〇平方メートルにも及ぶ広大な土地[128]が広島市に対して無償譲渡された。

広島は広島平和記念都市建設法の成立に伴い、ようやく復興への第一歩を歩み出すこととなる。[129]それは、信三が「打ち出の小槌」と表したように、財政面における大幅な負担軽減であったことは言うまでもない。がしかし何よりも「平和都市」として生きる、といった新たなアイデンティティを獲得したことが、この街のその後の指標となり、戦後復興を推し進める原動力ともなってゆく。広島は、「平和」を象徴する街として生きる覚悟を決めた。契りを結んだ。この法律で謳われている「平和記念都市（Peace Memorial City）」なる名称は、一都市としては世界で初めて戴いた誇り高き公称ともなった。

とはいえ、後にリーグ優勝を果たしたカープが熱狂的なファンに揉みくちゃにされたような歓迎ムードはどこにも見当たらない。そもそも市民には同法のことなどまったく知らされてはいなかった。市議会も同法の成立には懐疑的であったため、いわゆるPR活動はほとんどと言ってよいほど行われていない。地元紙の『中国新聞』でさえ、同法を紙面で取り上げたのは三月二八日付が初めてであり、唐突にも「成案近し平和都市建設法」といった見出しを掲げる始末であった。五月一一日に同法が国会において可決された際にも、一面トップでは報じていない。

市民の関心は希薄であり、よしんば風の便りに耳にしていたとしても、庶民にとっては小難しい法律の行く末なんぞよりは「今日のおまんまをどうするか」の方が何倍も、何十倍も切実な問題であった。一九四九年六月末の段階で住宅戸数は四万九五一四。企業や飲食店、商店等を加えると約六万戸を数えるほどになってはいたものの、その八割方はいまだ木造のバラックに過ぎない。薄っぺらい壁板からは隙間風や隣人夫婦の罵り合い、生ゴミの異臭が自由気儘に往来していた。

「市民に関心を持ってもらうためには何といってもこの法律によって、どういった利益がもたらされるか強調せにゃあならん」

職員は走った。議員も走った。それからの一ヶ月半余りは文字通り、政官一体となっての啓発活動が展開された。『一人もれなく投票だ!!　平和の象徴　郷土の建設』『見守る世界に　応える投票』といった鼻白むほど気負ったスローガンがデカデカと書かれたポスターが商店街や学校、街角に貼られ、新法の全文が記されたベニヤ製の掲示板が市内各所に立てられた。宣伝カーなどといった洒落た代物はない。急遽、掻き集められたトラックには、幟や日の丸がひるがえり、荷台に寿司詰めとなった市職員らが拡声器を通して、連日投票を呼びかけた。遂には消防車も動員するほどの力の入れようである。[130]

任都栗司が七月初頭に発した市議会議長の訴えが、同法の本質を如実に伝えている。

「御覧の通り僅か七ヶ条の簡単な条文であります。けれどもこれを読むときに受ける感じは美しいしかも力のこもった詩であります。そこにこの法律の文字や内容に盛られた気高い平和に対する国民の理想が象徴されているのであります」（『広島平和記念都市建設法の制定の当時を振り返って―関係者による座談会―』広島市公文書館編）

こうして徐々に認知度を高めた広島平和記念都市建設法ではあったが、市民の興味を引いたのは決してその崇高な理念ではなく、「この法律ができれば、少しは生活が楽になるかも知れん」といった極めて実利的な、剝き出しの願望であった。寺光忠が魂を込めた「平和」よりはむしろ、「建設」に反応した。それほど現実は、苛酷であった。

「どうやら国から金が貰えるらしいぞ」

こうなれば庶民の動きは驚くほど素早い。街には瞬く間に平和園や平和アパート、果ては平和饅頭までもが登場し、「平和」の二文字で溢れ返った。広島県教育委員会が募集した『広島復興音頭』（村山洋作詞、岩田真次作曲）もここぞとばかりに発表される。

〽今日も復興だ　頑張りだ
パッとパッとパッと　頑張りだ

『百メートル道路』も当初は『平和記念百米道路』と名付けられたように、それは何であれ「平和」を冠することで補助対象事業に加えてもらいたい、猫も杓子も「平和」を掲げることで商売に繋げたい、あわよくば観光資源を生み出したい、といった広島の切実な、いじらしいばかりの渇望の表れであった。[131]

七月に入るとボルテージはさらに上がる。三日、広島児童文化会館前広場では三〇〇〇名の市民が集まり平和都市法促進市民大会が盛大に催され、超党派の議員らがこぞって登壇した。青年連合会も「平和都市建設法賛否投票棄権防止運動」を掲げ、盛んに街頭演説を繰り返す。投票日前日の『中国新聞』紙上では浅岡信夫が、「ヒロシマの道は世界に通じている」と、最後の発破をかけた。

一九四九年七月七日、七夕。何の因果か、彦星と織姫が天帝によって年に一度だけ逢瀬が許されたこの日に、住民投票は実施された。大安。市内三三ヶ所に設けられた同法制定賛否投票所には、平日であったにもかかわらず市民が三々五々集まり始めた。午前七時。

「いよいよだ」

職場に向かう勤め人や赤子を背負った未亡人、老婦人の手を引く詰め襟姿の学生らを市長室から、まるで家族を見守るかのように眺めながら、信三は気を引き締めた。投票日直前となり、この法律の成立によって立ち退きが早まる、税金が高くなるといった根も葉もない噂が広まり始めてもいた。

「小雨が降りそうな雲行きじゃのぉ。投票に影響が出なきゃあええが……」

しかしながら信三の心配は杞憂に終わった。投票率は六五パーセントに留まったが、翌日開票の結果、有権者総数一二万一四三七人のうち、五九・二パーセントが賛成票を投じた（投票総数に対する賛成票の比率は九一パーセント）。七万一八五二票の圧倒的な賛成（反対票は六三四〇）を得て広島平和記念都市建設法は、成立した。

八月六日。再びあの日が巡って来た。晴天。この年は、市民広場となった基町の児童文化会館前広場に会場を移して第三回平和祭が開催された。広島平和記念都市建設法の国会通過を受けて広島平和協会は、六月六日に開かれた第一回役員会で会則を変更し、第一条に「恒久平和の念願と人類文化の向上」を加え、「恒久平和（Peace Forever）」の文字が躍るポスターを作成し、式典への招待状と共に全国の都道府県知事を始め二六八の市長や県内の市町村に郵送。海外一六一都市にも信三のサイン入りポスターを送り祝賀ムードを盛り上げた。

「グワァーン、グワァーン」

会場に、抜けの良い鐘の音が鳴り響いた。それもそのはずで、この年からは広島銅合金鋳造会が丹精込めて作り上げた平和の鐘が約九メートルの鐘楼に吊り下げられ、「理想」と「現実」が絶妙なバランスで編み込まれた広島平和記念都市建設法の公布を祝った。[132] 米英人八〇名を含む約三〇〇〇名の参加者たちは、いつまでも続く澄んだ余韻に新たな時代の訪れを感じていた。

信三は、いつもと変わらぬ固い表情を崩すことなく平和宣言を一字一句丁寧に、しかしながら心持ち誇らしげに読み上げた。併せて広島平和記念都市建設法の公布が高らかに宣される。

続いて司が、平和記念公園の設計コンペ[133]に応募があった一四五点の中から丹下健三ら四名による共同作品が当選したことを発表した。混沌から建設へ。信三は司と連名でトルーマン米大統領へ宛て、「平和記念都市建設法を通じてなさんとする聖業の上に多大な関心を寄せられ、偉大なる人類愛の大使命達成の上に賛助賜わらんことを懇願」するメッセージを、勢いよく放たれた鳩に託した。

同日、郵政省（現・日本郵政グループ）は広島平和記念都市建設記念切手（八円）を発行している。広島市は郵政省の前身である逓信省に対して再三、印刷色は緑とするようにとの要望を出していたが、結果的には茶褐色となり、一輪のバラを手に芳香を愛でる女性の姿が描かれたデザインが採用された。当初は、英語で〝No More Hiroshimas（ノーモア・ヒロシマズ）〟[134]と印字される予定だったという説もある。

平和祭当日付の消印で、司から円山和正に、この切手が貼られた一葉の葉書が送られている。原子模型の上に平和の鐘があしらわれた広島市郵便局の記念スタンプ（特印）の下には、墨痕鮮やかに次のように記されていた。

すべてを胸に飛免《ひめ》て
善事《よごと》を与へつつ
広島平和都市建設に進まん

男一匹。やれるだけのことはやった。

「これでピカにやられたかあちゃんも、ちいたぁ見直してくれるじゃろう」

司は、万感の想いでこの日を迎えていた。

政治家にとって、公共事業ほどおいしいものはない。広島平和記念都市建設法の成立に伴う大規模な建設ラッシュはもちろんのこと、後には地元財界一〇社で構成された二葉会から一億六〇〇〇万円の寄付を募り旧・広島市民球場の建設（一九五七年）にまで漕ぎ着け、紙屋町交差点のランドマークである、そごう広島店も誘致した（一九七四年）[135]司には終生、金にまつわる噂が絶えなかった。功績は認めながらも人々は、「あれだけのことをやったからには、たんまり私腹を肥やしたに違いない」と、陰口を叩いた。市議の中には、「彼は後輩議員に花を持たせる度量に欠け、手柄を独り占めし、金の配分もケチる」と、言う者までいた。果たして、高齢によりすでに政治的求心力を失っていた彼は一九七七年、広島市土地開発公社の公有地取得に絡む汚職事件で収賄容疑に問われ司直の手に落ちる。最高裁で懲役一年六ヶ月、執行猶予三年、追徴金二〇〇〇万円の判決が確定した一九八三年、八七歳の老体を押して市議会議員選挙に出馬したもののあえなく落選。〝広島の田中角栄〟は、まさにその総理大臣と同じく晩節を汚し、政界から身を引くこととなった。

しかしながら孫の新は、「祖父は、金を使うことにかけては天才でしたが、作ることは下手だった」と言う。司は常々、「政治は、身銭を切ってやるものだ」[136]と言って憚らなかった。政治資金は後妻・カヨルの実家である頼実家が安佐南区東部の緑井に所有していた広大な土地を切り売りして工面した、とも言われている。司が没し、長男の暁《あきら》を後継者に、と願う地元後援会の声に真っ先に反対したのもカヨルだった。生涯、借家暮らしで遺産らしきものはほとんどなく、「政治をやるお金など、もうどこにもありません」と、ぴしゃりと言った。

司が『芸備日日新聞』の政治記者として健筆を振るっていた時代、対抗紙『中国新聞』の記者であったにもかかわらず生涯の友となった小野勝[137]は、司が十分な力量を持ちながらも中央政界に打って出なかった理由もズバリ、「金がなかったから」と言い切っている。

「金がないのに大きく走り廻る。財布を考えずに働く。益々貧乏になる」（『くされえんものがたり　ニトさんと私』小野勝）

被爆者援護法にかかるロビー活動についても、

「そんな運動は、公費でやればよいのである。それがやれない。それを支出する手続きなど待てないのである。そして、運動を始めると財布を考えず、金を使うのである。役所も、団体も、白い目で見るから、自腹を切りっ放しとなるのである。それが彼のやり方であり、よいところでもあり、損なところでもある」（前掲書）

地方の有力政治家である以上、政治献金などかなりの実入りがあったことは想像に難《かた》くないが、支出がそれを遥かに上回っていた。最後となった選挙戦も甥の浩志によれば、「親族は皆、大反対でしたよ。ただ、本人は政治しか取り柄のない人間であったことも確かです。それから亡くなるまでの数年間は文字通り、抜け殻のようになっていました」という。

「どのような職業でも同じでしょうが人間、引き際が大切ですな」

「最後は辛い戦いになりました」と、碓井《うすい》法明《のりあき》広島市議会議員は言う。牛田出身の法明は中央大学法律科を卒業後、広島光明学園保育所や特別養護老人ホームで働きながら司のもとで青年部部長を務め政治のイロハを学んだ。しかしながら一九八三年、汚職事件に巻き込まれた司と袂を分かち、同一選挙区から市議会選挙に出馬。一騎打ちの末に初の当選を果たした（以降、九期連続当選）。

「言うまでもなく任都栗先生は私の師匠です。最後はこちらの意図をご理解して頂けず残念な結果に終わりましたが、だからといって先生の広島市、広島市民のために尽くされた功績が揺らぐものではありません。任都栗先生の存在なくして現在の広島の復興は望めなかったと私は信じています」

自身も市議会議長を務め、図らずも司と同じ道を歩んだ法明は、自民党保守派の最古参でありながらも二〇一五年には党派を超えて核兵器廃絶広島市議会議員連盟を発足させるなど、現在も精力的に活動を続けている。いつの世も政《まつりごと》は、一寸先は闇。政事を極めた法明は、改めて司の凄味を噛み締めていた。

トルーマン元・米大統領は一九五八年二月二日、米CBSの人気ドキュメンタリー番組『See It Now』に出演した際、〝テレビ・ジャーナリズムの父〟と称され五〇年代に吹き荒れたマッカーシズム（赤狩り）にも果敢に立ち向かったアンカーマンのエドワード・R・マローに問われ、「もし原爆を投下していなければ、日本への侵攻を実施しており、おそらく約五〇万人の兵力損失が生じただろう（筆者訳）」と、自らの政治決断を正当化し、「この強力な武器を使用するにあたり、私は一切良心の呵責を感じなかった。戦争における兵器は常に破壊兵器だからだ。（中略）そのため誰しもが戦争に反対しているわけだが、戦争に勝つための武器を所有し、もしもそれを使わないとすれば、それは愚かなことだ（筆者訳）」と続け同年、実験に成功していた水爆についても、「もしも世界が大混乱に陥る事態となればそれは使われるだろう。それは確かなことだ（筆者訳）」と言い切った。

これを聞いて、怒り心頭に発したのは司である。

「聞き捨てならん。政界から引退していようがいまいが、原爆投下を命じたのはトルーマンじゃろうが。黙って聞き流すわけにはいけん」

マローが同番組の最後に必ず視聴者に語りかけた決めぜりふ〝Good night, and good luck（おやすみなさい。皆様に好運を）〟というわけにはいかない。すぐさま市議会に働きかけ、『トルーマン米大統領の放送に対する抗議声明決議』を採択し同年三月一日、米ミズーリ州インディアナポリスのトルーマンの自宅へ送りつけた。

二十数万の犠牲の苦しみの中に生きて来た広島市民は、世界平和の礎となることを崇高な義務とし、いかなる理由によるとも、世界のいずれの国も、地球のどこのだれの上にも核兵器使用の過ちを繰り返させてはならないと確信している。

しかるに、広島、長崎の原爆攻撃を指令したあと、何ら良心の呵責を感ぜず、今後も万一の場合、水爆を使うというトルーマン米大統領のことばが事実であるとするならば、広島市民とその犠牲者を冒瀆するもはなはだしいものである。

本市議会は、市民の憤激をもってこれに抗議するとともに、人類と平和の名においてそのことばを撤回し、世界平和のため、その義務を尽くされんことを米国と米国民の知性と平和えの良心に訴えることを声明する。

（『広島市議会史　議事資料編Ⅱ』広島市議会編）

この「檄文」は果たして広島市が、原爆投下命令を下した米大統領を真っ向から非難した初めての公文書となった。憤怒の志士。軍鶏《しゃも》は、たった独りで死ぬまで闘う運命にある。司もまた、被爆により顎にめり込んだガラス片を抱いたまま一九八八年、九二歳で波瀾万丈の一生を終えた。

広島の復興は、様々な素性や経歴、才能、そして想いを抱いた有名無名の侍たちによって端緒を開かれた。各人には各様の思惑があり、主義主張があったにもかかわらず、皆が「故郷を甦らせたい」といった執念だけは無骨なまでに共有していた。

善人ばかりの集まりだったわけではない。人である以上、誰しもが私利私欲、嫉妬、憎悪といった邪悪な精神も持ち合わせていた。しかしながら、皆が一様に疵を負い、一様に貧しく、一様に虐げられていた少なくとも終戦からの数年間に限って言えば、そこにはこすっからい悪魔でさえつけ入る隙はなかった。血みどろの執念に勝る独りよがりな邪心などどこにもない。

一九四九年八月六日。このハレの日を境にこの街は、「プラハの春」ならぬ「ヒロシマの春」を享受することとなる。皆が前を向いた。ほんのつかの間、皆が明日もまた陽が昇る、と信じた。

広島平和記念都市建設法[138]

昭和二四年八月六日法律第二一九号

（目的）

第一条　この法律は、恒久の平和を誠実に実現しようとする理想の象徴として、広島市を平和記念都市として建設することを目的とする。

（計画及び事業）

第二条　広島平和記念都市を建設する特別都市計画（以下平和記念都市建設計画という。）は、都市計画法（昭和四三年法律第一〇〇号）第四条第一項（都市計画の定義）に定める都市計画の外、恒久の平和を記念すべき施設その他平和記念都市としてふさわしい文化的施設の計画を含むものとする。

2　広島平和記念都市を建設する特別都市計画事業（以下「平和記念都市建設事業」という。）は、平和記念都市建設計画を実施するものとする。

（事業の援助）

第三条　国及び地方公共団体の関係諸機関は、平和記念都市建設事業が、第一条の目的にてらし重要な意義をもつことを考え、その事業の促進と完成とにできる限り援助を与えなければならない。

（特別の助成）

第四条　国は、平和記念都市建設事業の用に供するために必要があると認める場合においては、国有財産法（昭和二三年法律第七三号）第二八条（譲与）の規定にかかわらず、その事業の執行に要する費用を負担する公共団体に対し、普通財産を譲与することができる。

（報告）

第五条　平和記念都市建設事業の執行者は、その事業がすみやかに完成するように努め、少なくとも六箇月ごとに、国土交通大臣にその進捗状況を報告しなければならない。

2　内閣総理大臣は、毎年１回国会に対し、平和記念都市建設事業の状況を報告しなければならない。

（広島市長の責務）

第六条　広島市の市長は、その住民の協力及び関係諸機関の援助により、広島平和記念都市を完成することについて、不断の活動をしなければならない。

（法律の適用）

第七条　平和記念都市建設計画及び平和記念都市建設事業については、この法律に特別の定がある場合を除く外、都市計画法の適用があるものとする。

附則

1　この法律は、公布の日から施行する。

2　この法律施行の際現に執行中の広島特別都市計画事業は、これを平和記念都市建設事業とする。

1　一〇〇〇部が衆参両院議員や政府関係当局に配布された、B5リイズ全五〇ページの『広島原爆災害総合復興対策に関する請願書』では、土地区画整理から始まり上下水道の整備や河川改修に至る第一次五ヶ年計画、第二次以降一〇ヶ年計画の総事業費として一九九億六〇〇〇万円が見積もられている。一九四八年度の広島市歳入額が約四億六五三〇万円となっていることから、四十数年分の補助を願い出たことになる。

2　大蔵省入省後間もない当時、吉田太郎一は横須賀税務署長。後に銀行局長を経て財務官になる。退官後はアジア開発銀行総裁を務めた。

3　戦前、岩沢忠恭は、内務省の土木技師として新京浜国道の建設や荒川の改修・維持事業で手腕を発揮した。戦後は建築行政全般の責任者として建設省の発足に携わり、退官後は参議院議員となる。広島においては幾度となく氾濫を繰り返していた太田川の、一一〇億円の国費と三十数年の歳月を費やした改修工事の立役者として知られている。一九六五年の太田川放水路と大芝・祇園水門の完成により、広島市は大規模な水害から逃れられた。武内五郎（安佐南区長束出身）によれば、それまでは水害に見舞われれば「上流から牛が流れて来ることも珍しくなかった」という。

4　日本政府は、サンフランシスコ平和条約発効の二日後には戦傷病者戦没者遺族等援護法を成立させ、一九五三年八月には同法の一部改正を行い、A級のみならずB級、C級も含むいわゆる戦犯の遺族に対しても、軍人・軍属と同等の遺族年金及び弔慰金を支給することを決定した。これにより政府の公文書から「戦犯処刑」の文言は消え、「公務死」と記されることとなる。

5　化学兵器とはイペリットやルイサイト等の毒ガスであり、これらは広島県忠海町（現・竹原市）大久野島にあった東京第二陸軍造兵廠忠海製造所で作られていた。同施設があったことから軍事機密保持のため、戦時中は地図から消されていた大久野島には、終戦までに延べ六〇〇〇名以上もの工員や学徒が動員され、六〇〇〇トン以上もの毒ガスや風船爆弾、発煙筒等が製造された。日本政府は戦地における毒ガス使用を認めてはいないものの、原爆を投下された広島に毒ガスの製造拠点があったという事実は重く受け止めなければならない。

6　一九四五年七月一九日午後一〇時五五分から約二時間にわたり、一二七機のB-29が福井県福井市に九五三トン相当の焼夷弾を投下。市街地の九五パーセント以上が焼失し、油脂弾による猛火は防空壕に避難していた人々をも蒸し焼きにし、死亡者数は一五七六名にも達した。

7　フーゴ・ラッサールはドイツ系のイエズス会神父。一九二九年に来日し、上智大学で教壇に立つのみならず東京・荒川区三河島の貧困地域で社会福祉事業に取り組み、上智セツルメントを設立した。その後、一九三九年に幟町天主公教会の司祭として広島へ赴任し、司祭館の二階で被爆。背中に五〇個ほどのガラス片が突き刺さり瀕死の重傷を負った。終戦後の一九四八年には日本国籍を取得し、世界平和を祈念するべく世界平和記念聖堂の建設に奔走した。山田節男とは、彼が東京市社会局第一方面事務所長として貧民救済活動に従事していた当時、偶然にもスラム街で再会を果たしている。節男が広島市長となった後も交流は続き、フーゴを広島市名誉市民に推薦したのも彼であった（一九六二年に広島市名誉市民条例が制定されて以来四人目。帰化日本人では初の受章となった）。

8　米国の日系移民一世の多くは単身で渡米した男性で占められていたが、一九〇八年の日米紳士協約により家族以外の呼び寄せが禁止された。そのため、見合いのために帰国する資金や時間のない移民たちは合法的に妻子を呼び寄せられるように写真だけを交換して行われる縁組み、写真結婚を選んだ。この婚姻方法が一九二〇年に禁止されるまで、約一万人もの女性たちが「写真花嫁」として海を渡っている。

9　野球史家のビル・ステイプルズ・ジュニアは、松本瀧蔵は両親と共に渡米し、父は間もなく死去、母キヨはヒチザ・ナルシマと再婚と記しているが、本書では瀧蔵の長男・満郎の証言に準じている。

10　『日米年鑑 第10号』（日米新聞社編）によると一九一三年当時、米カリフォルニア州フレズノ郡内で日系人が経営していた農場は四〇二とある。主要作物は開拓当初からぶどうで、今ではそのほとんどがワイン用に出荷されている。

11　現在もフレズノ高校には、サーベルを携え全校生徒を指揮する松本瀧蔵の写真が飾られているという。

12　一九〇〇年に広島市中区竹屋町で生まれた銭村健一郎は、すでにハワイに渡っていた父・政吉に呼び寄せられ、一九〇七年に渡米。高校の野球部ではキャプテンを務め、ハワイ全島チャンピオンにまでなっている。一九二〇年に単身、米カリフォルニア州フレズノに移り、フレズノ・アスレチック・クラブで松本瀧蔵と出会う。

健一郎はその後、日系人による二世リーグの設立に尽力したが、戦時中は〝敵性外国人〟としてアリゾナ州フェニックスにあったヒラ・リバー強制収容所に送られる。それでも野球に対する想いを断ち切れず、まさに映画『フィールド・オブ・ドリームス』の如く、息子たちと収容所近郊に野球場『ゼニムラ・フィールド』を作ると、収容所内に三二ものチームを起ち上げたという。同球場で実際に使用されていた木製の手作りホームプレートは、米野球殿堂博物館で二〇〇八年に開催された、アメリカとしてのベースボール展にて展示された。

戦後、次男の健三と三男の健四は、広島カープに入団し（一九五三年）、特に健四はオールスターゲームに出場する（一九五四年）など、中心打者として活躍。一九五六年に引退するまでの四年間で通算安打三一七、打率二割三分七厘、本塁打一一本の成績を残した。

13　一九一三年には日系人の土地所有を制限するカリフォルニア州外国人土地所有禁止法が可決され、日系人排斥運動は移民法改正（一九二四年）へと繋がってゆく。ちなみに一九二五年当時、ロサンゼルスには一万六四五八名の日系二世市民がいた。

14　少し時代は下るが、山下草園『日米をつなぐ者』によれば、一九三七年三月末時点で広陵中学には二三名（うち、米本土出身は一二名、ハワイ出身者は一〇名）の日系二世の生徒が在籍していたという。最も多い一四八名が在籍していた進徳女学校を始め、九校が七四九名の生徒たちを受け入れていた。その多くが米国で成功を収めた一世の子女であったものと思われる。

15　甲子園球場が建設される以前、兵庫県西宮市の鳴尾球場で開かれた全国中等学校優勝野球大会では、松本瀧蔵は先発メンバーから外されている。彼が最終学年となった一九二四年は主務、つまりマネージャーも兼務。当時、彼がフレズノ・アスレチック・クラブの歌に英語で詞を付けた『野球部歌』には、〝Koryo club you for mine, you're the team I love〟といった愛部精神に溢れた文言が綴られている。

ちなみにこの部歌は、立教大学の第二応援歌『St. Paul's will shire tonight』と同じメロディ。フレズノ・アスレチック・クラブが一九二七年に来日した際、エール交換で歌ったことから応援歌として採り入れられた。同曲は、南北戦争時代に作られたスタンダードソング『Our boys will shine tonight』（作詞・作曲者不詳）が原曲とされている。

16　一九二四年には、明治大学硬式野球部を含む六大学の野球部を中心に全国各地でフレズノ・アスレチック・クラブは試合を行い、一九二七年には満州、大連にまで遠征している。

17 明治大学在学中、英語による日米対抗学生弁論大会で、見事優勝を果たした松本瀧蔵は、同大学に商学部を設置した志田鉀太郎商学部長（後の第五代明治大学総長）の目に留まり、卒業後も同大に留まるよう説得され教職の道を選んだ。

18 立教大学のESSには戦前、『ダイナ』や『人生の並木路』といった大ヒット曲により人気歌手の仲間入りを果たしたディック・ミネ（本名・三根徳一）もいた。

19 一九四七年、新憲法制定後に行われた第二三回衆議院議員選挙で松本瀧蔵はトップ当選。その後は三木武夫と共に国民協同党、国民民主党、改進党、日本民主党（現・自由民主党）に所属し、〝三木派〟の参謀として武夫を補佐した。

20 まったくの新人でありながらもトップ当選を果たした平川篤雄は、安佐郡緑井の国民学校で学校長を務めていたため、新設されたばかりのPTAから組織票を獲得し周囲を驚かせた。いまだ混沌とした時代である。習字の時間に児童に「平川篤雄」と書かせ「家の前に貼れ」と〝指導〟した、といった逸話がまことしやかに残されている。

21 松本瀧蔵は選挙資金を作るため、唯一の財産であった東京・笹塚の所有地を売却しているが、その一二〇坪余りの土地には、旧知の間柄であった、映画プロデューサーとして日本映画の黄金期を築いた永田雅一の斡旋で、毎日オリオンズ（現・千葉ロッテマリーンズ）の剛速球投手・荒巻淳や球団職員らが入居していた。

22 一方で、三木武夫のクリーンなイメージは〝三木答申〟と称される『党近代化に関する組織調査会答申』によって派閥解消を主張し、金権政治で叩かれた田中角栄との対比によって生まれたものであり、占領期における資金調達能力は極めて高かった、という説もある。松本瀧蔵は一九五八年に没しているため、武夫が内閣総理大臣の座に就く姿を見てはいない。一九七六年に発覚した戦後最大の疑獄・ロッキード事件の徹底糾明を主張した武夫の側にもしも瀧蔵がいたならば、日米を跨いだ捜査の成り行きも変わっていたかも知れない。

23 松本瀧蔵、砂原格が国政から退いて以降、広島第一区の一議席は自由民主党・宏池会に属した岸田文武が占め、その後は長男の岸田文雄（現・同党政務調査会長。第一四八、一四九代外務大臣）に継承されている。

24　松本満郎によれば、「戦後、先発隊として日本に上陸した海兵隊の指揮官であったウィリアム大佐の第一声が『松本瀧蔵を探せ！』だったといいます。それを聞きつけた父の友人たちは、父が戦犯として逮捕されるのではないかと心配したそうですが、実は、彼はフレズノ高校時代の同級生で、真っ先に父に会いたかったわけです。再会を果たした際、彼は『俺でも大佐になれたのだから、成績の良かったお前はてっきり大将になっていると思っていたよ』と笑ったそうです」という。

25　安倍晋三首相は、就任間もないドナルド・J・トランプ第四五代米大統領と二〇一七年二月一一日に、米フロリダ州パームビーチにある大統領の別荘近くのトランプ・ナショナル・ゴルフ・クラブ・ジュピターで、二〇一八年四月一八日にはトランプ・インターナショナル・ゴルフ・クラブ・ウェスト・パームビーチで〝ゴルフ外交〟を行った（トランプ大統領の使用ボールはタイトリストの特注品で第四五代大統領を示す「45」の数字が刻印されている）が、晋三の祖父・岸信介首相も一九五七年に渡米した際、ワシントンＤＣ郊外のバーニングツリー・カントリークラブでドワイト・Ｄ・アイゼンハワー第三四代米大統領とゴルフを楽しみ、日米同盟の基礎を築いたと言われている（スコアは大統領が74、岸は99だった）。

アイゼンハワー大統領はプレー後、記者団に対して「大統領になると嫌な奴ともテーブルを囲まねばならないが、ゴルフは好きな奴としかできない」と語っている。この時、岸首相はジョージ・Ｈ・Ｗ・ブッシュ第四一代米大統領の父プレスコット・Ｓ・ブッシュ上院議員とペアを組んだが、アイゼンハワー米大統領とコースを回ったのは訪米団の一員として同行していた松本瀧蔵であった。

26　松本満郎によれば河野一郎からは、「君もそろそろ大臣になるべき時期だろうから、河野派に入って厚生大臣くらいのポストでどうだ」と誘われていたという。残念ながら松本瀧蔵はその後、体調を崩して引退。一九五八年、五七歳の若さで急逝したため実現はしなかったが、一郎の計らいで従四位勲二等旭日重光章（政務次官クラスであれば通常は勲三等）を授与されるだろうとも。

27　ニキータ・セルゲーヴィチ・フルシチョフ第四代最高指導者兼ソビエト連邦共産党中央委員会第一書記。

28　『日米大野球戦』と銘打ち全国各地で日米混成による二試合を含む一八試合が組まれた。この時の日本選抜チームが中心となり大日本東京野球倶楽部（現・読売ジャイアンツ）が結成され、我が国におけるプロ野球の歴史が始まった。

29　ベーブ・ルースの本名はジョージ・ハーマン・ルース。一九三四年を最後に、ニューヨーク・ヤンキースを去り、一九三五年ボストン・ブレーブス（現・アトランタ・ブレーブス）へ移籍したがシーズン途中の六月一日に引退を発表した。

30　米国初の日系人野球チームは、ハワイにおいて一八九九年に創られているが、米本土では一九〇三年に一世らが結成したサンフランシスコ・フジ・アスレチック・クラブが嚆矢とされている。

31　一九二七年の日米親善試合の写真は現在、阪急文化財団が所蔵している。二〇一二年に、元阪急球団職員の遺族から寄贈を受けた品の中に含まれていたという。

32　野球史家のビル・ステイプルズ・ジュニアは、銭村健一郎が一九〇七年に叔母ヒサと共にハワイへ渡った際、叔母が「日本の親戚は広島市竹屋町に住む松本姓の女兄弟」と記帳しており、一九一〇年代後半に銭村一家が帰国した時にも「日本の親戚は同じく広島市竹屋町在住の叔父、松本すとさぶろう」と記帳していることから、松本瀧蔵と健一郎が縁戚関係にあった可能性に言及しているが、現時点においてこれを立証する資料は見つかっていない。

33　米国の国民的英雄であったルー・ゲーリッグが罹患したことから知られるようになったため〝ルー・ゲーリッグ病〟とも呼ばれる難病。

34　戦略諜報局は第二次世界大戦中の一九四二年に設立された米軍の特務機関。二〇〇八年に米国立公文書館が公開した資料により、二万四〇〇〇名にも上る工作員の氏名が明らかとなった。映画監督のジョン・フォードや歴史家アーサー・シュレジンジャー、セオドア・ルーズヴェルト第二六代米大統領の子息であるカーミット、文豪アーネスト・ヘミングウェイの子息ジョンと並んでモーリス・バーグの名前もリストにあったが、勧誘された理由はドイツ語を始め、日本語を含む数ヶ国語に堪能であったためとされている。

35　鈴木惣太郎は、一九四五年九月からＧＨＱに対して日本プロ野球の復活を働きかけている。特に横浜に駐留していた第八軍のスペシャル・サービスに所属していたジョージ・シスラー・ジュニア中尉は、読売新聞（一九四六年一月一日付）に「現在の日本はユニフオームその他用具など可成りひどく欠乏してゐるのを知つてゐる。（中略）こん後の日米折衝によつて輸入の可能性があるかも知れない、それから米国が接収している球場の問題なども日米の当局者同士よく話し合へば双方に都合よく解決が出来るのではないか」と寄稿するなど惣太郎を後押ししている。この中尉の父はセントルイス・ブラウンズ（現ボルティモア・オリオールズ）で活躍したジョージ・シスラー、二〇〇四年にシアトル・マリナーズのイチローに破られるまでメジャー・リーグのシーズン最多安打記録二五七本を保持していた、あのシスラーである。

36　松本瀧蔵は二〇一六年、野球殿堂入り（特別表彰）を果たした。特別表彰には本書に登場する正力松太郎や鈴木惣太郎（一九六八年）、福島慎太郎（二〇〇〇年）も選出されている。

37　ウィリアム・マッカート少将は戦後、日本野球連盟以外にも国民野球連盟が起ち上げられ混迷を極めていたプロ野球界に単独のコミッショナーを設置し、不正引き抜きの一掃や日本シリーズの開催を提唱し、現在に至る二リーグ制の基礎を築いた。

38　ポール・ラッシュは、キリスト教に基づく民主主義を社会に普及、定着させるべく山梨県清里の開拓に精力的に取り組み、高原であるため米作に適さなかったこの地に酪農や西洋野菜の栽培を普及させたことから「清里の父」としても知られている。

寒冷地には適さないホルスタインの代わりにジャージー牛を米テネシー州から取り寄せ（種牛である雄牛には「ロンリーブル」というニックネームが付けられた）、米アイオワ州の聖公会信徒からはジョン・ディア社製の大型トラクターを寄贈してもらうなど、ロックフェラー財団から信徒の浄財に至るまで東奔西走し開拓資金を掻き集めたという。また、一九二六年からは立教大学で教育宣教師として教授の肩書きで教壇に立ち、経済を教えている。日米開戦に伴い一九四二年に、ジョセフ・グルー米大使らと共に日米交換船浅間丸により本国へ送還された。

立教大学の教授時代にラッシュは松本瀧蔵に、アメリカンフットボールを日本に紹介したいと相談を持ちかけ、これを受けて一九三四年に明治、立教、早稲田大学がアメリカンフットボール部を創設。同年一一月二九日には明治神宮外苑競技場（現・国立競技場）において三校の混成チーム、東京学生アメリカンフットボール連盟選抜軍と横浜カントリー・アンド・アスレチック・クラブ（ＹＣＡＣ）との間で日本初の公開試合が挙行された。この試合を契機に設立された東京学生アメリカンフットボール連盟の初代理事長にはラッシュが、書記長には瀧蔵が収まった。

こうした功績から瀧蔵は、野球のみならず日本アメリカンフットボールでも殿堂入りを果たしている（二〇〇四年・第一次顕彰者)。また、ラッシュはその日記に「グルー大使の時代に、松本君をハーバード・ビジネス・スクールへ推薦」(『1934フットボール元年 父ポール・ラッシュの真実』井尻俊之、白石孝次)したと書き残しているように、二人は公私にわたり深い絆で結ばれていた。

39 澤田美喜は三菱財閥三代目・岩崎久弥の長女で親族には加藤高明や幣原喜重郎がいる。フランス大使やビルマ大使などを歴任した澤田廉三と結婚し、戦後は政府に接収されていた神奈川県大磯町の岩崎別荘を買い取り、エリザベス・サンダース・ホームを創立した。

40 戦前は『青い小径』や『愛国行進曲』(共に一九三七年)、戦後は『野球小僧』(一九五一年)といった大ヒット曲を歌った灰田勝彦も、外務省の肝いりで設立された二世連合会のメンバーだった(澤田美喜の肩書きは救済部会長)。稔勝(のちの勝彦)は、広島市南区出身の医師で米ハワイ州に移住した勝五郎(ホノルルで灰田医院を開業)の三男として生まれ、父の死後一九二三年に帰国。立教大学予科に進学し、野球と日本初のハワイアン・バンドに熱中し、レコードデビューのチャンスを得た。松本瀧蔵は勝彦の仲人にもなっており、披露宴には喜劇俳優のエノケンや水泳で世界記録を出した古橋廣之進ら芸能・スポーツ界の人気者たちが集った。

41 バ・モウ行政府長官は、我が国の特務機関であった南機関の支援を受けてアウン・サンらと共にビルマ独立義勇軍を創設。一九四三年八月一日から約一年半存在したビルマ国では大統領(対外的には内閣総理大臣)に就いた。

42 歴史小説家・大佛次郎は一九四五年二月一五日に帰国していた松本瀧蔵と対談し、瀧蔵が「フィリピンではほとんど皆な米国側についている。どうせ米国が勝つから、日本の味方すると、そのうちひどい目に遭うから」と言っていたとその著書『終戦日記』に綴っている。

ちなみに戦後、設立五年目(一九五四年)の広島野球倶楽部初の海外遠征先はフィリピンだった。松本瀧蔵が尽力した結果だったが、いまだ反日感情が強い時代であったにもかかわらずラモン・マグサイサイ大統領を始めフィリピン国民は、被爆地からやって来た選手らを〝日本の親善大使たち〟として歓迎したという。

瀧蔵は広陵中学野球部に在籍していた当時、満州遠征を経験しているが、これは同校の卒業生で南満州鉄道に勤務していた松富保明が上司に掛け合い、満州及び朝鮮半島における無賃パスを発給する手筈を整えてくれたお陰であった（一行二二名一六日間、総遠征費一二二六円）。先輩の配慮により青春を謳歌できた瀧蔵には、せめてもの恩返しといった気持ちがあったに違いない。

43 『論語』にある、所有物を友と分かち合い「之《これ》を敝《やぶ》るとも而《しか》も憾《うら》むこと無けんと」から名付けられた敝之館の館長はUP通信出身の熊崎量治、主事は柳悦之、顧問は元・ホノルル総領事の赤松祐之であった。また、澤田美喜も入館者の相談にのったり野球部のマネージャーを買って出たりしたという。開校時の学生は一六名（うち女性二名）で、敗戦によって自然消滅するまで五回生を擁した（四、五回生は卒業にまで至らなかった）。

44 二階堂進は南カリフォルニア大学大学院で国際関係科を卒業後、帰国した当時は外務相の嘱託を務める。戦後は衆議院議員を一六期にわたり務め、第一～二次田中角栄内閣では内閣官房長官に就任し、田中派の大番頭として自民党幹事長にもなった。

45 敝之館第一回生は、ロサンゼルス領事館が南加中央日本人会に働きかけて募集を行った。年齢は二〇～三〇歳で性別は問わず、「知性と人格」を重視。高卒以上の学歴と日本語学校修了は必須であったが、日本政府が旅費と支度金、奨学金を支給し、二年間学んだ後は外務省や同盟通信社で三年間勤務するといった好条件であった。

　しかしながら、日米関係が悪化を辿る中、二回生以降は応募者が激減する（二回生は二一名。途中、交換船で帰国した女性が加わり二二名となった。三回生は八名、四回生はわずか六名だった）。そこで外務省と日系アメリカ人市民同盟帰米部は、日系人社会でも人気を博していた古賀政男を米国に招き、そこで彼は『二世行進曲』を書き上げる。政男は、松本瀧蔵と明治大学の同期であったことから、瀧蔵が昭和を代表する大作曲家に依頼した可能性も否定できない。

46 戦後、外務省ラジオ室に勤めていた敝之館卒業生らは、米戦時情報部（OWI）の国際情報機関ボイス・オブ・アメリカ（VOA）担当であったクロード・バスの助言を得て、ニュース配信会社・ラヂオプレス社を設立する（一九四六年一月二一日に外務省から財団法人の認可取得）。同社は「無線放送を利用する刊行物により汎《あまね》く我国民に外国事情を紹介して各国に関する充分なる理解の達成に資し以て民主々義及び国際親善、平和の精神を助成強化し併せて日本に於ける二世の社会的、経済的地位の向上に努力するを以て目的とする」

（「友情と友好を結んで―敝之館からラヂオプレスへ―」粂井輝子）と掲げた。

47　広島県が外務省に提出した北米合衆国本土及布哇出生者調査票（一九三二年）によれば、県内には一万一三一七名の日系二世が居住していた。

48　戦後も松本瀧蔵は、一九五二年に米国において移民国籍法が成立し、日米間の人の移動が再開されると短期農業労働者受け入れプログラムの設立に尽力し、在米日系人からは親しみを込めて「我らの瀧さん」と呼ばれたという。

49　日米同志会には、金子堅太郎の他に賀川豊彦や菊池寛、松田竹千代といった面々が参加し、日米開戦回避を訴え全国各地で演説会を開催した。

50　平沢和重は、在ワシントン大使館の情報担当一等書記官であり、ＦＢＩに戦前「アメリカにおける日本のスパイ責任者の地位にある」と目されていた寺崎英成と共に対米工作を担っていた。日米開戦の翌日には中米バルバドスで身柄を拘束され、他の外交官らと同じく米バージニア州ホット・スプリングスにあったホテル・ホームステッドなどに抑留された後、一九四二年八月に第一次日米交換船浅間丸で帰国。同年一一月から一九四五年一月まで大東亜省総務局総務課に勤務していた。

51　平沢和重は、北方領土問題について「厳密に法律的にいえば、日本は放棄した。しかし、あれは正統な日本の固有領土であるから、取り返さなければならないという国民感情が出てきて、返還の要求になったわけである。（中略）最後の領土権というものは、今世紀いっぱい一応凍結して、今世紀の終わるときふたを開けて、もう一度話をしようではないかという提案、これが私の持論なのである」（『国際社会のなかの日本―平沢和重遺稿集』福島慎太郎編）と、親ソ寄りの意見を発表し物議を醸したが、東郷茂徳が最後まで期待を寄せたソ連による終戦調停の亡霊から逃れられなかったようにも映る。

52　戦後、ＧＨＱの意向に従い「ＰＲ」を普及させたのは紛れもなく電通だが、その陰には一九三〇年代に「私は早速本省に電報で報告したところが、そこではたと困った。パブリック・リレーション・カウンセルをどう訳して良いか、適当な日本語が見つからない」（「『広報・弘報・ＰＲ』の語源に関する一考察」北野邦彦）と、困惑した福島慎太郎の先見の明があった。

53　福島慎太郎調達庁長官は、一九五五年に日本政府が砂川町（現・立川市）の米軍基地の滑走路延長のため農地を接収し、日米安保条約の在り方が問われた砂川事件を巡る日米協議において、『警官の実力行使なしには（基地拡張という）日本政府の約束を果たすことを保証出来ない』といった発言をしている。

54　福島慎太郎は、さすがは元エリート外交官である。一九六〇年五月一三日、第三四回国会において開催された日米安全保障条約等特別委員会の公聴会に公述人として出席した慎太郎は、「われわれの将来の状況を考えてみます場合に、中共の将来の発展というものは、どうしても勘定に入れておかなければならない。中共の資本蓄積というものは、何十年かの日時をかせば、あるいはさらにそれよりも早く、経済単位として成長するということは、私は当然だろうと思う。日本が自由諸国家群とのつながりを持たず、東南アジアにおける自由諸国群との経済協力とか、そういう面における用意が不足であれば、将来は、いつのことか私は知りませんけれども、孤立した日本の経済は、中共の経済にのみ込まれてしまうということは、覚悟してかかる必要がある」と、『日本国とアメリカ合衆国との間の相互協力及び安全保障条約（新日米安保条約）』が締結（同年一月）されて間もないこの時期に、すでに中国の経済発展を予見していた。

55　戦時中は内閣情報局の命令に従い大東亜會館に改称されていた東京會舘は戦後、一九四五年一二月にGHQに接収され、アメリカン・クラブ・オブ・トーキョーとして六年半にわたり受託営業を続ける。同館で供されたオリジナルのジンフィズは、ミルクとジンをシェイクしたカクテルでマッカーサー元帥のお気に入りだったとも伝えられている。

56　三木睦子は「公職追放の解除にあたって松本さんの世話にならなかった人はほとんどいませんでした。A級戦犯の岸（信介）さんが総理大臣になれたのも瀧さんのおかげだと思います。第一次岸内閣で、瀧さんを外務政務次官に抜擢したのもそのためです」（『巨怪伝（下）正力松太郎と影武者たちの一世紀』佐野眞一）と語っているが、戦中は翼賛議員同盟に属し、軍需政務次官も務めた三木武夫が追放されることはなぜかなかった。

57　財閥解体の実務は一九四六年に設立された持株会社整理委員会によって進められた。その重要な任務のひとつが財閥家族資産の処分であり、最高税率九〇％といった途方もない財産税を一九四七年三月の納期までに支払わなければならなくなったため、一族は現金や預金、国債や株式はもちろんのこと不動産も物納といった形で手放さざるを得なかった。ちなみに岩崎家（一〇家）の課税価格は約一億六〇〇〇万円で財産税額は約一億三五〇〇万円だった。ただし、三菱合資会社（本社）の発行済総株式の岩崎一族による所有は四七・八パーセントに留まっていた。澤田美喜が大磯の別荘を取り戻すため、日本聖公会名義で購入するといった条件でGHQと話を付けたのはポール・ラッシュであった。

58　サワダ・ハウスでは日系米兵のみならず、GHQの翻訳通信部が現地採用した日本人一〇名ほどが補助要員として働いていた。そのひとりが後に横浜国立大学教授を経て神奈川県知事を五期にわたり務めた長洲一《かず》二《じ》である。また、GHQ本部では人目につくため、サワダ・ハウスがGHQ高官と政財界人との会合に使われた。吉田茂を始め元駐米大使の野村吉三郎、作家の里見弴《とん》や雑誌『世界』の初代編集長として反戦・平和を訴えた岩波書店の吉野源三郎も顔を出していたという。

59　一九四七年に『中国新聞』（八月五日付）が開いた座談会で松本瀧蔵は「日本の人たちは広島の復興に対し関心が薄いようだ。外国の新聞記者はマニラやベルリンと比較して広島の復興に感心している。しかし内部的にみて私たちにいわせると市民と市会がしっくり合っていない点、あるいは市会の一部に私心が入り大所、高所に立った総合性が欠けている点など目につく」と苦言を呈している。

一方で、森戸辰男文部大臣は「一口に復興と言ってもその土地の政治的基盤如何によって構想なり性格が新しい時代の要求にそうものかどうかに響いてくるが、その点広島市とその周辺からは社会党からは藤田、佐竹の両君、それに国民協同党から松本君と進歩的勢力を送り出しているのは、広島を中心とする民主に心から期待されるものである」（前掲）と語り、立場の違いを浮き彫りにしている。その後の両者の広島との関わり方を暗示しているようで興味深い。

60　一九九〇年に衆議院議員に初当選し（福岡一区）、連続七期務めた松本龍は英一の子息。二〇一一年に復興対策担当相に就任した直後、東日本大震災の被災地である岩手県の知事に対して「知恵を出さないやつは助けない」などと発言し、就任九日目で引責辞任した。

61　トーマス・ファレル准将の見解は、帝国陸軍省が一九四五年八月一四日に派遣した第二次調査班による「現在（八月十五日）爆心地付近ニ於テハ若干ノ放射能ノ増加ヲ認メ得ルモ人体ニ障害ヲ与ヘル程度ニハアラザルモノノ如シ」（「広島・長崎の原子爆弾に関する初期調査」松村高夫）といった〝判決〟（九月六日に米太平洋軍総司令部の顧問委員会が翻訳した英文には数ヶ所にわたる改ざんがあったにせよ）に基づいている。

一方で、東京帝大の都築正男博士は九月八日に発表された「所謂『原子爆弾傷』に就て（特に医学の立場からの対策）」の中で、「爆発直後、爆心直下には白い煙様の刺戟性のある瓦斯が漂ふて居て、それを吸ひ込むと咽頭又は喉頭を害し、時には窒息様の苦悩を覚へたと訴へる人が少くない。（中略）各方面からの情報を綜合して考へて見ると、爆発後数日間は或程度人体に悪影響を及ぼす毒因子が残つて居たらしいが、其れが何物であつたであらうかとの問題は我等の知りたいところである」と記しており、同博士から質問されていたファレル准将は、残留放射線の可能性を示唆する彼の言説の封印も画策している。まさに、放射線被害にかかる情報戦は、被爆後一ヶ月を経ずして始まっていたことになる。

62　降伏調印式直後の九月二日から進駐を開始した米陸軍第一騎兵師団が保有していた医薬品が振り分けられた。マルセル・ジュノー博士が、総勢六万三五〇〇名にも上る連合国軍捕虜を進駐軍に先んじて解放・保護したことから、連合国軍に対し一定の発言力を有していたことも功を奏した。

63　ララによる支援物資の約二割は北米や南米、ハワイの日系人によって集められ、ララ公認団体の主要メンバーであったアメリカ・フレンズ奉仕団（キリスト教フレンド派）を通じて日本へ送られた。また、ＢＣＯＦの司令部付医務官であったデビッド・サットン少佐も、一九四七年六月一八日に一五〇〇万単位ものペニシリンを個人的に、ララを介して広島赤十字病院へ寄付している。

64　我が国は太平洋戦争開戦後の一九四二年二月にＩＣＲＣに対しジュネーブ条約について〝準用〟と通知している。

65　空襲によって下水道が破壊され糞尿処理もままならない時代、引き揚げ船と共に天然痘やコレラが南方から運ばれてきた。軍医長は米陸軍軍医局の規定に従い、米兵たちを伝染病から守る義務を負っていたにせよ、クロフォード・サムス准将は、迷うことなく大量の消毒用塩素を水道に投入し、殺虫剤（ＤＤＴ）をシラミやダニが湧いた子供たちの頭に噴霧し、発疹チフスを抑え込むためワクチンを米国から緊急輸送し、予防接種を実施した。公衆衛生の最前線基地である保健所を全国に展開したのも彼の施策であった。

66　ＮＨＫの連続テレビ小説『ふたりっ子』や『オードリー』などを執筆した脚本家の大石静は、犬塚雪代の養子であり、廊下を遊び場にしていた彼女のために劇作家の北條秀司などはいつも劇場の売店からミルキーを買ってきてくれたと述懐している。

67　日本の医療制度改革に取り組んだクロフォード・サムス准将と、当時日本医師会副会長だった武見太郎との熾烈な暗闘はつとに知られている。この時期、我が国では中等教育機関を卒業すれば入学を許された医学専門学校出身の医師と帝国大学医学部で専門教育を受けた医師らとの能力差は歴然としていた。戦時中は、軍医不足を補うため、歯科医に医療行為を認めたほどである。

さらに医師は、診療報酬ではなく主に調剤によって生計を立てていたため、近代的な医薬分業を推し進めるサムス准将と、「医療の本質として医師が有すべき調剤権を法律を以て禁止或は制限する事は絶対に反対である」と主張する太郎とは真っ向から対立した。

結果的に太郎と田宮猛雄日本医師会会長は辞任に追い込まれ、医薬分業は一九五六年四月に施行された『医師法、歯科医師法、薬剤師法、薬事法等の一部を改正する法律（医薬分業法）』によってようやく日の目を見た。しかしながら同法は、マッカーサー元帥の退任に伴いサムス准将が帰国した後、日本医師会副会長として返り咲き、後に会長として一三期二五年にわたり医師会の頂点に君臨した〝喧嘩太郎〟によって物の見事に骨抜きにされた。

68　Atomic Bomb Casualty Commission。原爆傷害調査委員会は設立と同時に、トルーマン大統領により常設機関として承認されている。

69　ＡＢＣＣを前身とする日米共同研究機関である放射線影響研究所（放影研）の丹羽太貫《おおつら》理事長は二〇一七年六月一九日、放影研のトップとしては初めて、ＡＢＣＣが治療を原則行わず、研究対象として被爆者を扱ったことを公の場で謝罪した。設立七〇周年の記念式典において被爆者を前に「ＡＢＣＣ設立当初は『調査すれども治療せず』と多くの批判があったことも事実。大変重く受け止め、心苦しく残念に思っている」と謝罪し、「今日の放影研があるのはそうした状況下にもかかわらず、被爆者と被爆二世の皆様から貴重かつ継続的な協力をいただいてきたお陰。深く感謝申し上げます」と述べた。

70　戦傷病者戦没者遺族等援護法案（法律第一二七号）の国会での上程に合わせて一九五二年三月二六日に開かれた第一三回国会・衆議院厚生委員会の公聴会で任都栗司は、広島原爆犠牲者遺家族援護連盟の委員長として、二万一一〇二名もの国民義勇隊員や動員学徒、徴用工員、女子挺身隊員らが軍の要請に基づいて出動中に原爆の犠牲となったことを明らかにし、これら民間人の遺族らへの援護も訴えた。

71　浜井信三『よみがえった都市―復興への軌跡 原爆市長』によれば、一九四七年半ばには「シネルという若い米軍の中尉と、武島というこれも若い日本人の医師が、私のところへやって来て、『このたび、アメリカ政府と日本政府が共同で〝原爆障害調査所〟というものを設けることになったので、その敷地を心配してほしい』」と用地提供を促していた（「シネル」とは、横須賀の米海軍基地から任務を解かれたフレデリック・スネール海軍中尉、「武島」は、広島赤十字病院の外科医でハワイ生まれの日系二世であり、当時はＡＢＣＣ遺伝部に所属していた武島晃爾である）。その際、信三は小姓町（現・中区西白島町）の旧・陸軍火薬庫跡地を候補地として提案したが、太田川の三角州が誕生する以前の古地図をつぶさに分析していたＧＨＱは、「平地部は水害の懼れがあるため丘陵地である比治山の御便殿跡が望ましい」と難色を示したため折衝は暗礁に乗り上げていた。

御便殿とは、日清戦争の勃発に伴い広島が臨時首都の様相を呈した際に、明治天皇の休息所として西練兵場の南東端（現・中区基町）に建てられた御座所で、その後は広島市に払い下げられ比治山へと移設されていた（原爆により全壊）。一九一三年に刊行された『広島案内記』（吉田直次郎編）に、「内部の構造は当年の儘なるも、外廓は宮殿に擬し美観なり、真に広島市の好記念と謂ふべし」と表しているように、戦前は壮麗な建造物によって守られていたことが伺える。

そのため明治天皇の御真影を始め、当時使用されていた椅子や敷物などが収められていた御便殿は、広島市民にとっての〝聖域〟でもあったことから、とてもではないが要求を呑むわけにはいかない。そこで楠瀬常猪広島県知事に助言を請い、国有地である比治山の南側にあった旧・比治山陸軍墓地が建設候補地として浮上した。国際ホテルの建設も考えていた信三は執拗に抵抗したが、結果的にＡＢＣＣの建設地は一九四八年四月二五日、比治山に決定した（施設工事完了は一九五〇年一一月）。

ＡＢＣＣが、我が国の外務省及び厚生省が所管し、日米両国政府が共同で管理運営する公益法人放射線影響研究所（放影研）となったのは一九七五年四月一日（日本は厚生労働省、米国はエネルギー省を通じて資金を交付）。二〇一二年四月一日には公益財団法人に移行したが、現在は広島市総合健康センター（中区千田町）へ移転する方向で検討が進められている。これが実現すれば、市が二〇一五年七月に「国際平和文化都市として復興した広島の『今』を実感できる新たな拠点」といったコンセプトに基づき打ち出した比治山公園「平和の丘」構想が大きく前進することになる（二〇一七年三月に発表された基本計画によれば、二〇二一年度以降の第三期に移転後の跡地に「平和・芸術文化ゾーン」と名付けられた広場を整備するという）。

72 ジャスティン・ウィリアムズ国会・政治課長は、議会制度改革においても日本人による自主再建に重きを置き、「連合国最高司令官のディレクティヴは、単に達成すべき目的と、この目的を達成する際に遵守すべき原則とを述べるに過ぎず、適切な計画を準備し、必要な法律を制定する任務を日本政府に委ねていた。（中略）法案の実質に関する基礎的な作業は、日本政府の所管省庁ないしその他の機関が行った。次いで法案は内閣法制局（筆者注：一九四八年に国会の各議院に法制局が設置されたため、正式には法制局）に送付され、国会に提出される前に、ここで憲法適合性、既存法律との整合性、および用語の観点から審査され、手を加えられた」（『占領期における議会制度改革（2）民政局報告書『日本の政治的再編成――一九四五年九月～一九四八年九月――』ジャスティン・ウィリアムズ）と書き残している。

事実、衆議院法制局長であった西沢哲四郎も、占領体制研究会に問われて一九五四年一一月に、（国会法の）「第一次草案ができましたので、ここでこれをGHQに送付したのでありますが、これまでの間にいろいろな面でGHQとは話し合つたことはございましたけれども、具体的の問題についてはあまりデイスカツスしたことはございませんでした」と証言している。もっとも、当時、議員法規調査委員会書記であった内藤秀男によると、「この第一次草案をGHQに提示したところ、早速民政局の立法課長ジャスティン・ウィリアムズから国会法案修正の示唆が与えられた」（「占領下に於ける国会法立案過程―新史料・『内藤文書』による解明―」赤坂幸一）という。

73 松本満郎は「任都栗さんとマッカーサーの面会は、父がすべて段取りした」と証言する。この時、広島市の首長たる浜井信三を差し置いて、市議会議長に過ぎなかった任都栗司が〝代表者〟として選ばれた理由は定かではないが、国会審議を踏まえて、広島関係者の中では誰よりも日本政府中枢と太いパイプを持っていた司に、敢えて〝橋渡し役〟のお墨付きを与えた、とも考えられる。

74 一九二八年に開催された第九回アムステルダム・オリンピック大会で米国代表チームの団長を務めたマッカーサー元帥は、「負けて腹せず、勝って驕らず（In defeat, be natural and composed. If you win, be modest）」と、選手らを激励したという。

75　任都栗司とマッカーサー元帥との歴史的面談の様子は、藤本千万太による『広島新史編修手帖』の第三号における「平和都市法を動かしたもの」と題された詳細な記述と、司自身が参考人として出席した第七五回国会・社会労働委員会（一九七五年六月一七日）における発言及び一九八六年一〇月二八日に開かれた「広島平和記念都市建設法の制定の当時を振り返って」と題された座談会に出席した福島隆義総務局長を始めとする元市議、市職員らの発言、さらにはジャスティン・ウィリアムズ国会・政治課長が一九七八年八月一〇日に記した「GHQと広島平和記念建設法」と題された書簡に記した「マッカーサー元帥が、個人的に広島市の計画立案者たちとの話をすませ」（『広島新史 資料編Ⅱ（復興編）』広島市編）に基づき構成している。

司もこの座談会で、マッカーサー元帥との単独会見が実現した背景を説明し「松本瀧蔵さんと一緒に行ったのですよ。ウイリアムスの所へ行ったとき、マッカーサーが明日、私に会おうと言われて、翌日、GHQへ行ったのです。（中略）しかし、松本さんとは会わんと言われて、彼は怒りましたね」と瀧蔵の関与を認めている。この会見については広島市も公に認めているものの、広島市公文書館の元館長である中川利國が、任都栗司が会ったのはマッカーサー元帥ではなく「おそらく、参謀部のバンカー（Laurence E. Bunker）大佐かアーモンド（Edward M. Almond）大佐、あるいはウィリアムズ（Justin Williams. Sr.）国会議事課長の直属の上司であり、マッカーサーの信頼も厚かったホイットニー（Courtney Whitney）民生局長であろう」（「世界へ訴える占領下の広島復興（その2）―占領期における広島発信の試み～『広島平和都市建設構想案』と『原爆体験記』―」中川利國）と主張しているように、その真偽を疑う声も一部にはあることを参考までに記しておく。

76　元広島市長の木原七郎が『芸備日日新聞』の副社長であった時期にあたる。任都栗司が退社し広島市議会議員となった年に七郎は同社の社長に就任し、その後、広島県議会議員を経て第一七回衆議院議員選挙に当選（一九三〇年）して以降、計三期、国政に携わることとなる。

『芸備日日新聞』は一八七九年に発刊された『広島日報』の流れを汲み、一八八八年に早速整爾の義父・勝三により創刊された。かつては全国でも第五位の部数を誇る老舗新聞社であったが、司が入社した大正中期には後発の『中国新聞』（一八九二年に広島市議から議長まで務めた山本三朗と後に広島市長となった長屋謙二によって創刊された『中国』を一九〇八年に改称）に追い抜かれ、一九三五年一〇月二六日には吸収され、消滅することとなる。

部数獲得競争が熾烈を極めていた明治・大正期において、両紙は「不偏不党」を謳いながらも『芸備日日新聞』は社主の整爾（憲政会）を推し、『中国新聞』は対抗馬の串本康三（立憲政友会）に肩入れするなど〝政党機関紙〟の様相を呈していた。司が政治記者として名を上げたのも一九二四年に起こった滝山川水利権問題であった。広島市が保有していた太田川上流の滝山川の水利権を、立憲政友会系の佐藤信安市長と土木課長が骨董商の口車に乗り、大倉組へ譲渡したことを問題視した司は紙面で市政攻撃を繰り返した。

広島の戦前・戦後史において早速整爾、木原七郎、任都栗司といった『芸備日日新聞』出身の傑人たちが、その功績の大きさにもかかわらず、なぜか無視、または批判に晒され続けてきた理由の一つにこの販路拡大競争があったものと考えられる。『中国新聞』は、戦時期の「一県一紙」体制を経て中国地方のブロック紙としての地位を確立してゆく。戦争報道で販路を拡大し、戦後は反核・平和運動をリードし続け、現在に至るまで県内トップの発行部数を誇っている。

77　一九二八年の広島市議会議員選挙は二八歳の新人候補の闘いである。明治大学雄弁部や憲政会弁士養成所で鍛えた任都栗司の弁舌は人心を捉えたが、安心はできない。新聞記者仲間らと知恵を絞り合い、学齢前の長男・暁の顔写真を使い「オトウサンヲタスケテクダサイ」と大きく書かれた、当時としては新鮮な選挙ポスターを採用し話題を攫ったという。結果はトップ当選で政界進出を果たすこととなる。

78　任都栗司が中央政界との繋がりを持ったきっかけは、慢性的な洪水に悩まされていた広島市の治水を改善すべく特別委員会が設けられた際に、委員長に選ばれたことであった。政府への陳情を繰り返す中で司は、「水害の実情を写真によって認識、理解させよう」と元新聞記者ならではの発想で資料を作成し提出。斬新なプレゼンテーションが山道襄一や永井柳太郎を唸らせ、太田川改修促進運動を一気に推し進めたことにあった。

79　任都栗司は一九五三年に一度だけ「一興」の雅号を用いて国政を目指した（第二六回衆議院議員選挙）が、最下位（得票数八四〇三）で落選している。

80　明治期に第二代、四代、五代と三期にわたり広島市長を務めた生粋の広島人、伴資健（広島藩士・太田三郎右衛門敬信の次男）もその日記の中で、「今ヤ広島人種ハ国内ニ於テ軽蔑セラレ、偶々官ニ在ルモノハ続々罷免セラレ、野ニ在ルモノモ衆多ノ景仰スヘキ程ノ事業ヲナシタルモノモナシ、畢竟結合一致相扶助提携スルノ情ナク一己々々ノ運動ヲナスヲ以テ然ルノミトノ事ヲ云々（中略）蓋シ広島人士ハ互ニ人ノ功ヲ成ヲ妨害シ、小人ハ人ノ悪ヲ成ノ習俗アリ」（『くされえんものがたり ニートさんと私』小野勝）と同郷人を痛烈に批判している。彼は、こうした広島県人の悪癖を正すべく在京広島県人の有志を集め、一八九一年六月には成美会なる親睦団体まで作っている。

81　最高級品として知られるキューバ産葉巻は、〝キューバ危機〟の進展に伴い一九六二年二月七日にジョン・F・ケネディ米大統領が禁輸措置法案に署名して以来入手困難となっていたが、両国間の国交正常化により西側市場においても大量に流通する可能性が高まっていた。葉巻愛好家であったケネディ大統領は、同法案にサインする前日に、ピエール・サリンジャー報道官に命じショート・シガーの逸品ペティ・アップマンを一一〇〇本買いに走らせたという。

82　広島のお好み焼きは戦後、占領軍から支給されたメリケン粉を水に溶かし、焼け跡に残された鉄板に薄く伸ばして、観音地区で育てられた観音ネギや中華麺を合わせて焼く、文字通り何でも混ぜて腹一杯になるために考案された料理であった。誰にでも作ることができたことから、店主には戦争や原爆で夫を失った未亡人の姿が目立った。〝広島のソウルフード〟と称される所以である。今でも市内に『〇〇ちゃん』といった店名が多いのはその名残である。ただし、一九五〇年に中央通りに当初は美笠屋といった屋号で屋台を開いた老舗の名店みっちゃんは、創業者・井畝《いせ》満夫の幼少期の愛称から名付けられており、必ずしも女性の呼び名に由来するわけではない。総務省統計局の平成26年経済センサス基礎調査によれば広島県内にお好み焼き・焼きそば・たこ焼き店は一六五六もあり、人口一万人あたりの店舗数は五・八で全国第一位となっている。

83　日活大将軍撮影所は、現日活の関西撮影所が京都市北区大将軍　条町に移転したもの。一九二八年に太秦撮影所へ移転。

84　後に大日本映画製作（大映）を設立し、日本映画の黄金期を築いた大物プロデューサー永田雅一は当時、京都撮影所に入ったばかりの駆け出しだったが、人並み外れた弁舌と社交性から浅岡信夫らスターには大層可愛がられたという。

85　北昤吉は、国家社会主義者で二・二六事件の理論的指導者であった北一輝の実弟。一九三六年以来、公職追放に見舞われながらも八期にわたり衆議院議員（新潟一区）を務める。浅岡信夫は早稲田大学時代の後輩にあたる。

86 戦後浅岡信夫は、広島県立第一中学校時代の親友で、東京急行電鉄の専務をしていた黒川渉三を介して同社の五島慶太社長と接触し、プロ野球の東京セネタースの身売り話をまとめるなど財界にもネットワークを広げている。

87 戦時中、辻嘉六は第一航空艦隊司令長官・大西瀧治郎中将の命を受けて海運調達部隊の嘱託となり、上海での物資調達を行っていた〝児玉機関〟を創設した児玉誉士夫との関係についても取り沙汰されている。浅岡信夫も一九三〇年代半ばに中国大陸へと渡り、終戦後の一九四六年一二月に帰国した後は、海外戦災同胞引揚同盟委員長を務めていたことから、その間〝児玉機関〟と接触があった可能性もなきにしもあらずである。また、満州国の国策映画会社であった満州映画協会に関与していたといった説もある。

88 広島戦災児育成所は、山下義信が被爆四ヶ月後には私財をなげうって佐伯郡五日市町（現・佐伯区）にあった広島県農事試験場跡に設立。『広島戦災児育成所要覧』によれば一九四七年八月までに一三九名の戦災孤児を受け入れている。山下夫妻は基町の塀も井戸もないバラックに住み、社会党選出の〝井戸塀議員〟として二期一二年にわたり社会福祉行政に取り組んだ。広島市厚生局長であった丹羽諦順が「子供たちの育成は個人任せにせず、市の責任ですべき」と浜井信三市長に進言し、同施設は、一九五三年一月に市営となっている。

89 参議院議事課長として一九四六年夏には、憲法改正案審議資料も作成しているため、寺光忠は当然のことながら日本国憲法の成立過程も熟知していた。

90 大日本帝国憲法においても請願は、臣民の意思を伝える手段として規定されており、戦時中を除けば採択率は決して低くはなかった（一九四六年末の臨時国会では九二パーセント）。これは第四回帝国議会において請願委員長の高田早苗が「其事柄ガ善良」と認められれば「仮令直ニ行ハレナイコトデアツテモ、是ハ採択スベキモノトシテ、政府ノ方ヘ回シテ、早晩其実行ヲ計ラセルト云フ性質ノモノデアラウ」と発言したことに端を発している。つまり、実行されるかどうかは二の次で、とにもかくにも採択することに意義がある、との方針が慣例化していた。寺光忠は、たとえ採択されたところで実効性が伴わないこうした請願は無駄骨だ、と率直に助言したものと思われる。

91　日本国憲法において、他に直接投票といった形で民意が反映されるのは、「この憲法の改正は、各議院の総議員の三分の二以上の賛成で、国会が、これを発議し、国民に提案してその承認を経なければならない。この承認には、特別の国民投票又は国会の定める選挙の際行はれる投票において、その過半数の賛成を必要とする」と定められた憲法改正にかかる第九六条のみである。

92　特別法制定についての住民投票は、最後に議決した議院の議長から内閣総理大臣へ、総理大臣から総務大臣への通知があった日から起算して三一日以後、六〇日以内に行われなければならない（地方自治法二六一条三項）。

93　「一の地方公共団体」とは「特定の」という意味であり、複数の地方公共団体を対象とすることも許される。例えば、一九五〇年六月二八日に公布された旧軍港市転換法では横須賀、呉、佐世保、舞鶴の四市に対して制定されている。

94　藤本千万太が一九四九年五月三〇日にしたためた寺光忠への礼状には「二月十三日参議院議長官舎に会合を持ち早くも十六日には『広島市の特別都市計画に関する特別法案の要綱』を作制して戴きました」とある。

95　寺光忠自身、一九四八年四月二五日にしたためられた（同年七月二九日に補正）〝ヒロシマ平和都市法の制定（その経過）〟と題された自筆メモに、「第一次私案は、全く理想的・空想的な画期的なもの。従前の立法概念を突き抜けたものである。（このまま成案とすれば、おもしろかったが）」と書き残しており、法案のスタイルとして前例がないことを自覚していた。

96　実際には四〇日の延長となり、第五回特別国会の会期終了は五月三一日と定められた。

97　国会議員のみならず広島市議会議員の広島平和記念都市建設法案に対する理解度も、民自党倶楽部を筆頭におしなべて低く、任都栗司の長期にわたる東京出張に苦言を呈する声も多数聞かれた。前門の虎、後門の狼。司ら同法の成立を夢見るひと握りの関係者たちはこの時期、孤立無援の戦いを続けていた。

98　民主自由党は、日本自由党と元・民主党議員からなる民主クラブにより一九四八年三月に結成された。総裁は吉田茂。一九五〇年三月に民主党連立派と合流し自由党となり、一九五五年の「保守合同」により自由民主党となった。

99　石橋湛山に私淑した石田博英は、一九五六年の自由民主党総裁選挙では選挙参謀を務め、下馬評では圧倒的有利とされていた岸信介を決選投票で破る奇跡の逆転劇を演出し、〝勝負師〟の名をほしいままにする。石橋内閣では史上最年少の内閣官房長官となり（三木武夫は自由民主党幹事長）、その後の内閣でも五回にわたり労働大臣を務めた。その後、佐藤栄作首相の三選を阻むべく武夫を担ぎ出したが、栄作の参謀であった田中角栄の前に敗れ去る。いわく、「一世一代の仕事は、二度やれと言ってもそれは無理だ」。

藤本千万太も、広島市退職公務員連盟であるまこも会の創立四〇周年記念誌『ひろしまの歩みとともに』の中で、「国会の政治活動は自由民主党の副幹事長石田博英氏が推進役となる。三十五才で抜群のエネルギーを発揮する。（中略）当時政府関係者の枢軸は三十才代から四十才代の者で占められていた。（中略）平和都市の価値が解るのは原爆を落とされて苦難の道を歩いてきた広島市民には絶対的価値であった。そのことが理解できるのは若いエネルギーをもっている者の特権であると思う」と記している。

100　広島平和記念都市建設法草案に、広島市出身で有斐閣編集部長であり藤本千万太の同級生でもあった新川正美の口添えで、東京帝大法学部行政法の田中二郎教授も目を通しているが、千万太が一九四五年五月三〇日に寺光忠に送った礼状の中に、同法案が国会において可決された「五月十四日　東大の田中先生をお訪ねしました時、将に驚異に等しいといって喜んで居られました」と綴っているように、さしたる貢献はなかった。千万太も「法案を見てもらったというような大げさなことではないんです。たまたま田中先生の関係された国有財産法ができたばかりのころで、そんな話をしていたら、ちょっと見てもらおうかというので」と証言している。というのも、『広島市議会史』によれば「法の内容が、政府に具体的な義務づけを行ったものではなく、努力目標を掲げたにとどまり、行政段階で他都市への援助と差異を生じたとしても免責されるという意味を有するにすぎなかったからである」ため、行政法と直接関わり合いがある事案ではなかったのである。

101　寺光忠は後に、座談会「広島平和記念都市建設法の制定の当時を振り返って」において「私は、そのあとすぐの六月三十日に第二部長として法制局へ代わったでしょう。すぐ分ったことですが、あまりプロでありすぎるというのも、いい加減なものだとね。当初考えたとおりやり通せば、もっとすっきりしたと後悔したことでした」と不満を述べている。

102 ジャスティン・ウィリアムズ課長の故郷である米ウィスコンシン州には、一九〇一年には早くもミルウォーキー・ブルワーズが作られたが、翌年にはミズーリ州セントルイスへ移転していたため、この時期、同州には地元チームは存在していなかった。メジャー・リーグへの参入は、後に野茂英雄や斎藤隆も在籍したのミルウォーキー・ブルワーズ創設の一九六九年まで待たなければならない。一方、彼の母校であるウィスコンシン大学は、一九〇九年に来日して慶應大学や早稲田大学と対戦するなど日本球界とは浅からぬ縁があった。

103 ジャスティン・ウィリアムズ課長の公邸は、かつて永野護衆議院議員（広島県第二区）が所有していた邸宅であった。護は、東京帝大法学部時代からの親友の父であった渋沢栄一の秘書・顧問弁護士を務め、四十数社の役員を兼務し、戦前は〝政商〟としても知られた大立者である。息子は、一九六二年から七三年まで三期にわたり広島県知事を務めた永野巌雄。

104 広島市議会議長であった任都栗司の市議会における立場は盤石とはほど遠いものであった。最大会派であった新議員を中心とした中立系の新進クラブなどは、法案成立に向け単独で突進する司を執拗に攻撃し、特に上京中の交際費などが使途不明である点を問題視し、調査委員会を設けた。司追い落としの一策ではあったが、調査が進むに従い市議会の儀礼費や交際費の使途に不正は認められず、逆に司の自費支出を示す領収書が多数見つかった。中には当然、公費によって支出されるべきものを自費で支払っているケースも出てくる始末であった。そのため業を煮やした司が一九四九年二月二日に自ら辞任を申し出るも即時再選。一二月二〇日には不信任案が市議会に提出されたが賛成九名、反対一四名、白票八名で否決されている。

とにもかくにもこうと決めたらまずは体が動く。周囲を説得することなど端から考えていないため、多くの敵を作った。元『中国新聞』の記者であった小野勝は「ニトさんは若い頃から、時々家出した」と言う。気丈だった妻マサとの夫婦喧嘩にだけはどう足掻いても勝ち目がなく、形勢不利とみるやそそくさと旅行鞄に身の回りの品を詰め込み家を飛び出した。司は、公私共に縛られることを何よりも嫌った男であった。

105 東京帝大とはライバル関係にあった京都帝大出身の寺光忠は、共に法学部卒であったにもかかわらず、浜井信三とはことごとくそりが合わなかったようで〝ヒロシマ平和都市法の制定（その経過）〟と題された手書きメモには「漸く前進し始めたが、浜井市長以下私案に対しては、冷笑、その成否を疑っており、あくまでも傍観者的。しかし、もし成立した場合を考えると、むげに非協力を公けにもできないという程度の参画」と手厳しく批判している。

106 そもそも『ラッキー・ストライク』は一九世紀に米西部で巻き起こったゴールドラッシュの際に、金鉱を掘り当てた山師の間で交わされたスラングだった。

107 『ピース』は唯一の自由販売品で、配給であった他銘柄は二〇銭から六〇銭。終戦直後は一本から買えた。ちなみに『ピース』は一九四六年の発売に際し懸賞公募された商品名で、第一位に選ばれたのは『New World（新世界）』であった。

108 経済安定九原則とは①財政経費の厳重な抑制と均衡、財政の早期編成、②徴税の強化徹底、③金融機関の融資の厳重な抑制、④賃金安定の実現、⑤物価統制の強化、⑥貿易為替統制方式の改善・強化、⑦輸出の最大限の振興を目標とした物資割当制度の改善、⑧すべての重要国産原料と工業製品の生産の増大、⑨食糧供出制度の効率化。

109 ドッジ・ラインとは歳出を削減し、歳入を拡大することで均衡予算を達成し、米国の援助見返資金を活用し復興金融公庫を段階的に廃止して金融の引き締めを行う政策。さらには輸出入における物品別複数レートに代えて単一の円・ドル為替レート（1米ドル＝三六〇円）を設定する。これら荒療治によりインフレは収束を見たがデフレ不況が深刻化した。

110 三大戦役とは、遼瀋《りょうしん》戦役（東北地方）、淮海戦役（徐州一帯）、平津戦役（北京・天津）を指す。これら大攻勢に勝利した人民解放軍は一九四九年一月に北京に入城。同年末までに台湾を除く中国全土を解放した。

111 世界保健機構（ＷＨＯ）は一九九三年に、国連総会は一九九四年に、国際司法裁判所（ＩＣＪ）に対してそれぞれ「健康及び環境への影響の観点から、戦争における国家の核兵器使用は、ＷＨＯ憲章を含む国際法上の義務に違反するか」「核兵器による威嚇又はその使用は国際法の下いかなる状況においても許されるか」について諮問を行った。これを受けて意見陳述を行った日本政府は、核兵器使用は「国際法の思想的基盤にある人道主義の精神に合致しない」との陳述書を提出したが、明確に国際法違反だと断ずることを避け、核兵器全廃を強調するに留めた。

しかしながら日本政府の証人として（実は証人として登録されていなかったのだが）一九九五年一一月七

日に口頭陳述を行った平岡敬広島市長と伊藤一長長崎市長は、「核兵器による被害は、これまで国際法で使用を禁じているどの兵器よりも残酷で、非人道的なもの」と喝破し、敬は「市民を大量無差別に殺傷し、しかも、今日に至るまで放射線障害による苦痛を人間に与え続ける核兵器の使用が国際法に違反することは明らかであります。また、核兵器の開発・保有・実験も非核保有国にとっては、強烈な威嚇であり、国際法に反するものです」と陳述し、日本政府の意向に逆らい「国際法違反」といった立場を貫いた。

ＩＣＪは一九九六年七月八日、国連総会からの請求に対して勧告的意見を公表する（ＷＨＯについては管轄事項の範囲外として請求を棄却）が、核兵器の威嚇または使用については（Ｅ）「武力紛争に適用される国際法の諸原則、とくに国際人道法の原則と諸規則に一般的に違反する」と論じつつも、慣習法を含む既存の法律が存在しないことから「合法か違法かについて、当裁判所は明確な結論を下すことはできない」とし、（Ｆ）「厳格で実効的な国際的管理のもとでのあらゆる側面での核軍縮をめざす交渉に誠意をもってあたり、完了させる義務がある」といった曖昧模糊とした見解であった。

112　東京オリンピック招致のため、一九五九年に西ドイツ（現・ドイツ連邦共和国）のミュンヘンで開催された国際オリンピック委員会（ＩＯＣ）総会で平沢和重が行ったスピーチも、彼が骨子を考え、松本綾子が英文稿をしたためた。松本瀧蔵は、日本体育協会（現・日本スポーツ協会）の本部役員としてロサンゼルス・オリンピック（一九三二年）やベルリン・オリンピック（一九三六年）を視察し、幻に終わった一九四〇年の招致活動の先頭に立っていた。野球をオリンピック競技種目に加えるべきだと提案するなど、スポーツを通じた国際交流を推し進めていたものの、道半ばの五七歳で肝硬変のため一九五八年一一月二日に早逝する。

113　ジャスティン・ウィリアムズ著『マッカーサーの政治改革』によると、浜井信三の残した五〇万円は広島に移管された国有地の評価額の約五パーセントに相当する〝こころざし〟であったという。

114　長崎市役所発行の『市制百年長崎年表』では一九四八年暮れに長崎県選出の若松虎雄衆議院議員（民自党）から大橋博長崎市長に「〝広島が原爆災害復興のため、3分の2の国庫補助がつく平和記念都市建設法という特別法を国会に提出する動きをしている〟という連絡が入った」とあるが、この時点では、まだ広島市は法案提出を検討さえしていない。

115　長崎市では人口二四万人のうち、原爆投下から四ヶ月以内に約七万四〇〇〇名が死亡、負傷者は約七万五〇〇〇名と推定されている。

116　長崎原爆爆心地の松山町一七一番地には、第十八国立銀行（現・十八銀行）の設立・運営に関わった富豪の高見和平が所有する別荘のテニスコートがあった。現在の平和公園の所在地だが、一九四八年に公園となった当時はアトム公園や原爆公園と呼ばれていた。一九四九年に公募により国際平和公園と命名され、一九五一年に建設大臣の承認を受けた平和公園が一九五五年から正式名称となった。

117　広島で第一回平和祭が開催された一九四七年、長崎では六月に長崎港が佐世保と共に民間貿易港として指定されたことを祝い、八月一五日から二一日まで貿易復興祭が開かれた。しかしながらその初日の平和復活貿易再開記念式でも、原爆に触れられることは一切なかった。長崎市において長崎平和祈念式典（現・長崎原爆犠牲者慰霊平和祈念式典）が初めて開催されたのは、広島から遅れること一年、一九四八年八月九日であった。

118　GHQ参謀第二部は、一九四七年一二月に反共工作を担うキャノン機関を秘密裏に創設し、東京・池之端にあった岩崎邸に本拠を構えた。キャノン機関には、国警本部から国内捜査・逮捕権を認証された連合国軍特別情報班の身分証を発行された約一五名の機関員がおり、その傘下に多数のエージェントが存在した。そのひとつがかつての〝矢板機関〟であった。キャノン機関の活動内容はいまだ明らかにされていないが、共産党に対するスパイ工作を始め北朝鮮への工作員派遣、下山事件への関与も囁かれている。一九五二年、サンフランシスコ平和条約の公布を経て解散。業務はCIAに引き継がれたと言われている。

119　日本金銀運営会は戦時中、政府が決定した回収方針に基づき国民から供出された金、銀、白金またはダイヤモンドといった貴金属を一時的に保管する目的で設立された。同会が、東京・日本橋室町三丁目にあったライカビルの四階に位置していたため、三浦義一には〝室町将軍〟の異名がつけられた。ちなみに同ビルの同じフロアには亜細亜産業や義一が主宰する国策社が看板を掲げていた。

120　昭和電工の日野原節三社長が復興金融公庫から融資を受けるに際して、政府高官や金融機関幹部に対して行った不正融資贈収賄汚職事件、いわゆる昭電疑獄が一九四八年六月に摘発され、大蔵官僚であった福田赳夫が逮捕される事態にまで発展し芦田内閣は崩壊する。収賄側として民政局のチャールズ・ケーディス大佐の名前が取り沙汰され、遂には失脚に追い込まれるが、その陰にはチャールズ・ウィロビー部長と三浦義一が暗躍していたとも伝えられている。

121　藤本千万太は、寺光忠に送った礼状（五月三〇日付）の中で「四月三十日　大兄が衆議院攻勢を決意せられ、五月三日G・H・Q・に出かけられた妙技は何人も為し得なかった雄渾な決断であったことを銘記致すものゝ一人であります」と讃えている。

122　広島平和記念都市建設法は、第五次案が最終稿、つまり確定案ではあるが、「確定案」とメモ書きされた第四次案の段階ですでに前文は削除されている。

123　誠に興味深いことに寺光忠が広島市公文書館に寄贈した膨大な文書類の中に、「長崎国際宗教都市建設法」という一文が残されている。同文が作成された経緯は不明だが、条文が長崎国際文化都市建設法とほぼ同様であり、作成年度も同じであることから忠が二案を提案し、長崎市が後者を選択したものと思われる。忠は爆心地が浦上地区であったことに配慮したが、貿易・観光都市としての復興を目指す長崎市としては「宗教都市」と規定され、国家補助対象が宗教関連の建造物に限定されることを懼れたものと想像される。ここからも長崎市による浦上の地域特性の軽視が窺える。

124　一九四九年五月一四日、衆議院議長が、広島平和記念都市建設法が憲法第九五条の特別法である旨、内閣総理大臣へ通知。

125　二〇〇七年三月九日、太平洋戦争における東京大空襲の被災者及び犠牲者の遺族一一二名が原告となり、日本政府に対し謝罪と総額一二億三二〇〇万円の損害賠償を求めて提訴。このいわゆる東京大空襲訴訟が、空襲による一般民間人被災者が国の法的責任を問うた初めての集団訴訟となったが、最高裁は二〇一三年五月八日、原告側の上告を棄却し、原告敗訴が確定した。

一方、被災者の高齢化を踏まえて超党派の議員連盟は、二〇一七年四月二七日に『空襲等民間戦災障害者に対する特別給付金の支給等に関する法律』（仮称）の骨子素案を発表し、議員立法を目指すとしている。同案の対象は、太平洋戦争が開戦した一九四一年一二月八日から沖縄戦が公式に終結した一九四五年九月七日までの間に、現在の日本領土で空襲や艦砲射撃などによって負傷した民間人（国籍条項は設けないが、被爆者援護法などですでに給付を受けている人は除くとしている）。厚生労働省が担当し、支給金額は一時金で五〇万円。まさに雀の涙のような金額だが、対象者は五〇〇〇～一万人と推測されるため、国の負担額は最大で五〇億円となる。同法が成立すれば、初めての国費による給付となる。

126 これは沖縄県についても言えることで二〇一六年一月一日現在、沖縄県内の在日米軍専用施設面積は日本全体の七四・四六パーセントを占めている（防衛省統計より）。同県は、日米安全保障条約の第六条を受けて定められた『日本国とアメリカ合衆国との間の相互協力及び安全保障条約第六条に基づく施設及び区域並びに日本国における合衆国軍隊の地位に関する協定』（日米地位協定）に従い米軍基地を受け入れ、日本国土の安全を守る〝楯〟となっている。

127 一般会計と特別会計を合わせた歳入額で見ると、一九四六年度決算は一億一二〇八万円だったものが一九五五年度には三五億四三五二万円と一〇年間で約三〇倍にまで増大している。総歳入額のうち、戦災復興・平和記念都市建設特別会計は、一九四六年の一六パーセントから一九五一年の二九パーセントまでと、他都市に比べて高率であった。ただし、補助率については他の戦災都市に配慮し一九五一年度からは二分の一に戻されている。

128 MAZDA Zoom Zoomスタジアム広島の敷地面積の約六・九倍、東京ドームの約七・四倍。

129 広島の都市としての復興は広島平和記念都市建設法の制定後、国の平和文化都市建設協議会と戦災復興対策協議会、広島市長の諮問機関である広島平和記念都市建設協議会と広島平和記念都市建設委員会などによる審議を経て、一九五二年三月に策定された広島平和記念都市建設計画により具現化する。同計画には平和記念公園や平和大通りの建設を始め、七八ヶ所の公園や二ヶ所の河岸緑地を含む八ヶ所の緑地、爆心地に近い区域一〇六〇ヘクタールの土地区画整理事業、下水道整備などが含まれる大規模なものとなった。

130 『中国新聞』も、一九四九年五月一一日から三日間にわたり寺光忠の筆による「広島記念都市法案に寄せる」と題された連載を皮切りに、松本瀧蔵や浅岡信夫、山本久雄ら法案作成に関わった面々の寄稿文を次々と掲載。投票日直前ともなれば、「われわれは、まず何よりも全市民がこの憲法の精神を活かして、賛否いずれにせよ、ともかくこの投票に参加することを希望してやまない。広島市民は、この投票に参加することによって一つの国法を成立させる立法権を直接に持ったのであるが、このことは日本はもとより間接民主主義国家の中でも、余り前例をみないところでこの限りにおいては、市民は極めて光栄ある機会にめぐまれたといってよいであろう」（「社説」七月一日付）とまで持ち上げてみせた。

131 広島の屈折した市民感情は戦後の一時期、現在であれば差別用語に分類されるであろう原爆乙女や原爆焼など、「原爆」を冠した固有名詞が何のてらいもなく乱造されたことにも表れている。

132 長崎市でも一九四九年八月九日、長崎平和祈念式典において長崎国際文化都市建設法が公布され、翌日の『長崎民友』は「平和の誓い・文化祭の幕開く」の見出しを掲げ、「月光浴びて盆踊り 爆心地に集う二万余名」と当時の様子を伝えている。

133 平和記念公園の設計コンペは一九四九年四月二〇日に募集が始められ、七月一〇日に締め切られている（同年四月一七日付の『中国新聞』には「斯界の権威すぐり全国から募集」と記されている）。四月二〇日の段階ではいまだ広島平和記念都市建設法は衆参両院を通過していない。見切り発車であることは否めないが、浜井信三はGHQの賛意を得たことで採択に自信を持ち、広島市の熱意を政府に伝えるため、敢えて公募にゴーサインを出したものと思われる。

134 「ノーモア・ヒロシマズ」という呪文は一九四五年九月三日に、連合国のジャーナリストとしては初めて広島入りした英『デイリー・エキスプレス』紙のウィルフレッド・バーチェット特派員が同盟通信社（一九四五年に一般報道部門は共同通信社、経済報道部門は時事通信社に引き継がれ解散）のモールス信号機を使って東京に打電した記事の末尾に綴られた一行であったが、一九四八年三月に世界宗教者平和大会の広島への誘致を訴えていた広島流川教会の谷本清牧師に、米UP通信（現・UPI）の東京特派員だったルサフォード・ポーツ記者がインタビューした際、牧師の「広島の悲劇をどこの国にも再現させたくない」といったコメントを「ノーモア・ヒロシマズ」と英訳し、世界に向けて発したことから世界共通語ともなっていた。

日本原水爆被害者団体協議会の初代事務局長であった藤居平一が語ったところによると、一九五五年に開催された原水爆禁止世界大会で、議長団代表であった浜井信三は、〝No more Hiroshimas〟だけを使わず、〝No more war, no more Hiroshimas〟と対句として使って欲しい、といった趣旨の挨拶を行っている。

135 任都栗司が一九四八年に現在の広島交通の前身となった広島郊外バス（当時の社名は山佐バス）の会長に就任した（一九五三年に退職）ことも影響しているかも知れない。

136 県議や市議による贈収賄事件や政治活動費の不正受給が多発する現代においては理想論にしか聞こえないだろうが、戦前住民の直接選挙によって選ばれた町村長や市町村会議員は一八八八年に公布された市制・町村制により名誉職、つまり無給であった（町村長については条例により有給とすることもできた）。生業の収入が妨げられぬよう費用弁償や必要経費は支払われていたとはいえ、全国約二万三〇〇〇名の市議会議員の平均報酬（年収）が八五〇万円を超え（最高額の東京都議会議員は期末手当を加えると約一五〇〇万円）、政治家が〝家業〟ともなっている現代とは比べようもないほど〝パブリック・サーバント〟といった意識は高く、それだけに住民の尊敬を集める存在でもあった。

こうした名誉職制度は決して珍しいものではなく、現代においても英国やフランス（コミューン）、スウェーデン等では原則的に無給であり（別途、手当は支払われる）、ドイツ（ゲマインデ）では少額の報酬と出席手当が支給されるに過ぎない。戦前から県議、市議を歴任した任都栗司は、こうした美風にこだわり続けた〝古くさい政治家〟であったとも言えるだろう。

137 小野勝は昭和初頭に『中国新聞』退社後、広島市役所に入り勧業課商工係などを経て、被爆当時は産業設備営団広島支所に勤務。一九四六年には復興局に加わり局長室付として復興計画を手掛け、復興審議会の運営にも関わった。一五年間の宮仕えを終え一九四八年には社団法人『広島文化社』を設立し、県市政関連の出版物の印刷・刊行を手掛けていた。

138 広島平和記念都市建設法が日本国憲法を下敷きにしていることは明らかであろう。第一条は言うまでもなく憲法の前文にある「日本国民は、恒久の平和を念願し」を踏まえており、第六条「広島市長の責務」は、憲法第一〇章「最高法規」における第99条「天皇又は摂政及び国務大臣、国会議員、裁判官その他の公務員は、この憲法を尊重し、擁護する義務を負ふ」に対応している。それは制作者の寺光忠が意図したことであり、筆者が同法を〝広島の憲法〟と評する所以である。

第六章　片翼の不死鳥《フェニックス》

七一年前の雲ひとつない晴れた朝、空から死が降って来て、世界は一変しました。閃光と炎の壁が街を破壊し、人類が自らを破滅に導く手段を手にしたことを明示しました。

なぜ、私たちはこの地、広島にやって来るのでしょうか。私たちは、さして遠くはない過去において放たれた恐ろしい力について熟慮するためにやって来る。私たちは一〇万人を超える日本人の男性、女性、子供たち、数千人の朝鮮半島出身者たち、そして一二人の米国人捕虜たちの死を悼むためにやって来るのです。

彼らの魂は語りかけます。私たちは何者なのか。そして何者となるべきかを内省せよと、彼らは問いかけます。

（中略）

数年の間に六〇〇〇万人もの男性、女性、子供たち、我々と何ら違いのない人々が撃たれ、殴られ、行進させられ、爆撃され、獄に繋がれ、飢えさせられ、ガス室に送り込まれて命を落としました。

この戦争を記録する場所は、世界に多く存在します。勇気とヒロイズムを伝える記念碑、墓地や無人となった収容所には、言葉にならない悪行が谺していいます。

しかしながら、この空に立ち昇ったキノコ雲の姿は私たちに、人間性の核に潜む矛盾を厳として突きつけます。我々を種として際立たせる卓越したひらめきや思想、想像力、言語、道具を作るといった、私たちを自然界から切り離し、私たちの意思に従わせる能力。それらが不相応な破壊をも与えるということを。

（中略）

現代の戦争がこの真実を教えてくれます。広島が、この真実を。人類の規律の進歩なき技術発展は、私たちを破滅へと誘うでしょう。原子の分裂を導き出した科学的変革には、道徳的変革もまた求められます。

だから、私たちはこの地に来ます。この街の中心に立ち、被爆の瞬間を想像することを自らに強いるために。目の当たりにしたものに混乱し恐怖におののいた子供たちを感じるために。

私たちは、沈黙の叫びに耳を傾けます。私たちはあの悲惨な戦争、それ以前の、それ以降の戦争を通じて殺されたすべての罪なき人々に想いを馳せます。

言葉だけではこうした苦難を表すことは到底出来ません。しかしながら私たちは、共に歴史を直視し、災禍を決してくり返さぬために、いかに行動するべきかを自ら問う責務を負っています。

二〇一六年五月二七日　バラク・オバマ米大統領の広島におけるスピーチより抜粋（筆者訳）

ざわり、ざわり。広島平和記念公園に萌ゆる芝。その無数の緑葉が微かに、波打ったかのように思えた。一瞬にして焦土と化したかつての中島本町。この下には、今も多くの方々が眠っている。[1]彼らの血肉を糧として育った芝生に縁取られた白く輝く一本道を、バラク・H・オバマ米大統領と安倍晋三内閣総理大臣が原爆死没者慰霊碑に向かい、ゆっくりと歩を進めていた。

暁部隊の一員としてあの日、遺体処理にあたった武内五郎の言葉が脳裏に甦った。

「私はね。あの辺りへ行く時は、いつも心の中で感謝しながら歩きよります。本川の寺町側の川沿いには桜がきれいに咲きよりますじゃろう。春になれば花見客や観光客で賑わう名所じゃが、あそこはね。私らがご遺体を埋めたとこなんよ。広島は、七〇年以上も大きな災害には遭うとらん。誰がここを守うてくれとるかといえば、あの地下に埋まっとる何万人という人たちですよ。それを忘れちゃあいけん。皆さんのお陰で平和があるんじゃと。あの見事な桜はね、無念の想いを抱いて亡くなられた方々の、魂が咲かせとるんですよ」

二〇一六年（平成二八年）五月二七日、現職の米大統領が戦後初めて広島の地を踏んだ。[2]原爆投下命令書に署名した米軍の最高司令官が、七一年という歳月を経てようやく被爆地にやってきた。

偶然にも七五年前のこの日、米国では来るべき第二次世界大戦への参加に備え、無制限の国家非常事態宣言が発せられている。また、終戦に至るまで、この日が帝国海軍によって海軍記念日と定められていた[3]ことを知る者は少ない。こうした歴史的背景を米政府は当然のことながら把握していたが、因習に惑わされることなく粛々と実務を優先させた。

二〇一五年七月二九日、広島県警察本部にサミット対策課が設置された。翌年五月一六日から二七日にかけて三重県で開催されるG7伊勢志摩サミットに先立ち、直近の国際情勢について先進七ヶ国の外務大臣が意見交換し、対策を講じるG7広島外相会合（四月一〇、一一日）を催すとの政府発表（六月二六日）を受け、県警本部は発足以来、最大級の警備態勢を敷くこととなった。外務省が統括し警察庁から指令が発せられ、県警本部では約五五〇〇名の警察官のうち、約四三〇〇名（うち特別派遣部隊は約一六〇〇名）をこれに充て、第六管区海上保安本部やJR西日本とも連携を取りながら万全の態勢を整えた。

七月一日、広島市役所にも外相会合担当が市長直属のセクションとして秘書課内に設けられる。職員二名が専任となり、各国外相及び随行員、報道関係者らの受け入れを円滑に行うべく外務省との連絡調整や地元の歓迎ムードを喚起するプロモーション活動が主な業務として定められた。環境局施設課からの異動となった林田大地は、「広島では毎年、平和記念式典が開かれているため、他県と比べれば各国要人受け入れの経験は豊富ですが、このレベルの行事は初めてのケースであったため、やり甲斐を感じると共に身が引き締まる思いがしました」と、当時を振り返る。

九月八日には広島県、市を始め広島商工会議所や中国経済連合会など一八団体から成る『2016年G7広島外相会合支援推進協議会』が発足し、官民一体となった支援態勢を旗揚げしたが、少人数で一大イベントを切り盛りする市職員にとって、それからの一〇ヶ月は文字通り心身をすり減らす激務の連続であった。

その頃、米政府内ではすでにオバマ大統領の広島訪問が最終調整段階に差し掛かっていた。[4] 二〇〇九年四月五日にチェコ共和国の首都プラハのフラッチャニ広場で俗に言う核軍縮演説を行い、[5] 同年ノーベル平和賞を受賞して以来、オバマ米大統領はかねて広島訪問を自身の政治日程に組み込んでいた。

同年一一月には就任後初の来日。訪広のチャンスはすぐに巡って来たが、事前にジョン・V・ルース駐日米大使が内々に外務省へ打診を試みたところ、当時の藪中三十二《みとじ》外務事務次官は、日本においてもオバマ米大統領は歴史的な人気を博しており、来日を歓迎する気運が高まっていることを告げながらも、「核の不拡散に関する大統領のプラハでの演説に鑑みて、特に反核グループは大統領が広島を訪問するかどうかについて様々に推測するだろう。だが両政府は、大統領が第二次世界大戦における原爆投下について謝罪するために広島を訪問するという考え方は『成功する見込みがないもの』であることから、人々の期待を沈静化させなければならない（筆者訳）」と強調し、「時期尚早」との意見を伝えている。[6]

米政府はこれに先立ち、二〇〇八年九月二日に広島で開催されたG8下院議長会議には、戦後同地を訪れた現職の米要人としては最高位となるナンシー・P・ペロシ米下院議長を参加させ、[7] 着々と布石を打っていた。また、我が国の外務省の意向を忖度《そんたく》し、オバマ米大統領初来日時の広島訪問は見送ったものの、二〇一〇年の平和記念式典には米政府代表としてルース大使を初めて出席させ、日米両国の世論形成をシステマティックに図ってもいる。何を隠そう、すべては、オバマ米大統領訪広に向けた露払いであった。

一九七八年（昭和五三年）に叔父にあたるエドワード・M・ケネディ米上院議員とその家族らと共に広島を訪れたキャロライン・B・ケネディ駐日米大使には、特別な想いがあった。

名門女子大学として知られた米ラドクリフ大学（一九九九年にハーバード大学と合併）に通いながらニューヨークの『デイリー・ニュース』紙でインターンをしていた多感な二〇歳の女子大生は、広島平和記念資料館で原爆の残虐性に衝撃を受け、随行した小倉馨館長の記録によれば、ジョーン・ケネディ夫人らと京都へ旅立つ直前に、広島駅の駅長室で六、七名の原爆乙女[8]とも面会している。

被爆者が米国人、それも大統領候補とも目された議員の家族に相対し、どのような態度を示すのか。皆目見当がつかなかった夫人らの心配をよそに、乙女らは伏し目がちに、しかしながら精一杯の笑顔で一行を迎え、米国で受けた外科手術の礼を述べると、皆でなけなしの金を出し合い買い求めた羽子板を夫人に手渡した。これで緊張の糸が解けた面々は互いに涙を流しながら、新幹線の発車間際まで手を取り合って語り合ったという。

ケネディ大使には、若き日に体験した束の間の邂逅から、「被爆者は決してオバマ米大統領の広島入りに反対はしない。謝罪を求めることもない」との読みがあった。それは二〇一四、二〇一五年に平和記念式典へ出席し、都合八度この地を訪れ、市民と交流を深める中でやがて確信へと変わってゆく。ホワイトハウスでオバマ米大統領に広島訪問を進言した彼女にしてみれば、それは大統領の説得というよりはむしろ、米国ではいまだ圧倒的な人気を誇るジョン・F・ケネディ第三五代米大統領の長女による、ケネディ家の意向として民主党タカ派の反対意見を封じ込める、絶妙なパフォーマンスであった。

　広島外相会合に出席したジョン・F・ケリー米国務長官は二〇一六年四月一一日、広島平和記念資料館を訪れ原爆死没者慰霊碑に献花する。同館の芳名録に、「世界中のすべての人がこの資料館を見て、その力を感じるべきだ」と右肩上がりの筆致で記した彼の胸中には、言うまでもなくオバマ米大統領があり、Xデー一ヶ月半前の国務長官の訪広、最終チェックによりすべてのお膳立ては整った。

　二〇一六年五月一〇日[9]夜。雨粒が窓ガラスを伝う市庁舎内のオフィスに居残り、残務整理に追われていた石田芳文連携推進担当部長に、NHKが報じた速報テロップを見た同僚から、「オバマが来るいうて出たで！」と声がかかった。

　慌ててテレビのスイッチを入れると、すでに『ニュースウオッチ9』が始まっており、広島一区選出の岸田文雄外務大臣がぶら下がり取材に応じ、オバマ米大統領歓迎の意を表していた。

「遂に決まったか」

　外務省の動向は、前年九月一日に企画総務局東京事務所付となり、外務省大臣官房伊勢志摩サミット・広島外相会合準備事務局に派遣されていた古田泰子出先課長相当職から逐一報告を受けており、一両日中にも正式発表があるだろうと心の準備はできていた、はずだった。が、いざ現実のものとなると緊張で全身が強ばった。

　翌日午前一一時一〇分にはすぐさま第一回米国大統領受入本部会議が本庁舎一〇階の政策審議室で開か

れ、受入本部（本部長・松井一實市長）が起ち上げられる。組織構成は総合調整班、安全対策班、平和記念資料館等受入班、平和記念公園班からなり、事務局は企画総務局に置かれ、芳文が米国大統領受入担当部長（総合調整班部長）に任命された。関係機関とのコミュニケーション・ハブとなり、全体行程の総合調整を司る、まさに最前線の司令塔である。

スタッフの大半は広島外相会合担当からの横滑りであり、内々にシミュレーションも行っていたとはいえ、来訪当日まで残すところわずか一六日しかない。しかも米大統領の安全確保のため、詳細は何も知らされてはいなかった。県警本部も広島外相会合が大過なく終わり、ホッとひと息ついた直後であっただけに大騒ぎとなった。

「とにもかくにも外相会合の前例に倣い、できうる限りの対策を講じておくしかない」

しかしながら芳文が、「米大統領訪問に伴う最高レベルの警備体制は、我々の想像を遥かに超えていた」と、認識を新たにするのは彼の訪広直前のことであった[10]。

広島平和記念資料館館長の志賀賢治は、すでに疲労困憊の極みにあった。一週間前から銃器を携帯した警察官が館内を隈なく巡回し、屋上にまで張り付き周囲に目を光らせている。伊勢志摩サミットに合わせて伊勢市観光文化会館で催されたヒロシマ・ナガサキ原爆展[11]の準備に追われていた賢治が広島に戻ったのは、五月二二日夜。間もなく米大統領の身辺警護にあたるシークレットサービスの先遣隊がやってきた。ハリウッド映画で観るのと同じ黒ずくめの出で立ちにサングラス。無表情な一団が館内見取り図を手に、てきぱきと点検作業をこなして行く。

「緊張したり感慨に耽ったりする余裕などありませんでした」と言う賢治は常々、相手が国家元首であろうが市井の人であれ分け隔てなく接し、同じように展示を見てもらうことを信条としてきたため、これまでにない過度な警備には苛立ちを隠せなかった。賢治にさえ当日まで、オバマ米大統領が同館に立ち寄るかどうか、知らされることはなかった。

当日の二七日は一二時五分から公園内への入場規制が始まる。午後から館員総出で数十点の資料を厳選し、急ごしらえの特設展示スペースの設営に取りかかった。昼食を終えて戻ってみると、同館はシークレットサービスに占拠されており、館長である彼までもが締め出されてしまう。代わって館内に入ったのは三匹のシェパード犬、爆発物探知犬であった。[12]

「まるで、戒厳令のようでしたよ」と、賢治は顔をしかめた。被爆の実相を伝える遺品の数々が大切に保管・展示され、平和の尊さを今に訴える広島の〝聖地〟がその日、原爆を投下した米国の大統領の訪問に先んじて、開館以来初めて、事実上「占領」されていた。

「いや。少なくとも当日の正午までは一般客の入館を許可して頂きたい。同館を訪れるためにわざわざ海外から広島へ来ておられる方々がいる。それに今は修学旅行シーズンで事前に平和学習をこなし、皆で千羽鶴を折り、資料館に来ることを心待ちにしている子供たちもたくさんいる。こうした方々の入館を拒むことは本館の理念に反する」[13]

当日朝からの閉館を要求する県警本部に対し、芳文は一歩も引くことはなかった。平和推進課にかつて所属し、多くの被爆者と接し、彼らの無念の想いに耳を傾け、幾つもの死を看取った芳文にとってそれは、相手が米大統領であろうが決して譲れない一線、マジノ・ラインであった。

パタパタパタパタ——

昼過ぎから平和記念公園の前に陣取っていた筆者の頭上を、米大統領専用短距離移動機マリーン・ワン（VH-3D）が横切った。午後五時。周囲から歓声が上がる。観光客のスマートフォンが一斉に米粒大のヘリに向けられた。この日は、最高気温が三〇・八度にまで達する、その年初の真夏日であったにもかかわらず、多くの人々が星条旗と日の丸を手に公園周辺や沿道を埋めていた。被爆者の遺族だろうか。人垣に隠れ、遺影を小さな胸に抱いた老婦人が筆者の脇で、祈るような眼差しで空を見上げていた。〝あの日〟とは異なる薄曇りの空を。

その頃、芳文は広島市立吉島中学校に通う三年生の花岡佐妃と同・中島小学校六年生の矢野将惇を連れて、資料館内の動線を確認していた。前日になって米国サイドから、「もしかしたら大統領が折り鶴を持ってくるかも知れないので就学児童をスタンバイさせておいてもらいたい」との要望が出された。急遽、市教育委員会に頼み込んで何とか二人に来てもらうこととなったが、まだ米大統領が資料館を訪れるかどうかわからない。

「場合によっては君らの役割はないかも知れんけど、その時はごめんね」

芳文、そして被爆の実相を国内外に向けて営々と訴え続けて来た市職員らには、苦い経験があった。一九九五年（平成七年）、首都ワシントンDCに建つスミソニアン航空宇宙博物館において、終戦五〇周年に合わせてエノラ・ゲイを特別展示する計画が持ち上がった。当初は、法律学者でもあるスミソニアン協会のアイラ・M・ヘイマン事務局長が『スミソニアン・マガジン』（一九九四年一〇月号）で綴っていたように、「原爆展示には、戦争の最終局面や投下に至った経緯などについてもふれる考えであった。爆発によって生じた廃墟の写真、太平洋で生じた米国人の被害、戦闘が続いた場合に予想される被害までも総合的に展示することを計画していた」[14]が、展示内容が公表されるや否や全米退役軍人協会（AMVETS）や空軍協会、マスメディアからも猛烈な抗議の声が上がり[15]、結果的に被爆資料は退けられ[16]、骨抜きとなった展示が六月二八日から始まり、エノラ・ゲイだけが誇らしげにその両翼を広げていた。[17]

被爆者であり、長年にわたり被爆体験を世界に向けて真摯に伝え続けて来た小倉桂子は二〇〇三年、完全に復元されたエノラ・ゲイが同館別館で公開されることとなり、広島県原水爆禁止日本国民会議と日本原水爆被害者団体協議会の被爆者七名が抗議のため渡米した際に通訳として同行していた。

それまで恐怖心を心の奥底に必死の想いで封印し、何千人もの人々に自らの経験を語り継ぎ、平和の尊さを訴えてきた気丈な桂子だったが、ずらりと並べられた戦闘機を前にして突然、泣き崩れてしまう。

「見ただけで怖くて、怖くて……」

空飛ぶ殺人兵器は、瞬時にして桂子を被爆した八歳の少女に引き摺り戻した。たがが外れたかのように

〝あの朝〟の空の色、鮮血、悲鳴、水を与えた直後に目の前で息絶えた被爆者の歪んだ形相が甦り、「少女」は泣きじゃくった。

原爆展を巡るこの一連の騒動は、展示資料の準備に追われていた職員らの努力を台なしにし、敗北感を植え付けただけではなく、キノコ雲の下で何が起こっていたのか、広島は伝える機会を失い、米国民もまた知るチャンスを逸した。

「また、あの時と同じように……」

誰ひとりとしておくびにも出さなかったが、市職員は皆、拭いようのないトラウマを抱えていた。[18]

三日前に広島市から出席を打診された日本原水爆被害者団体協議会の坪井直代表委員は、「席に向かって歩いている途中ですよ。ほんの二分ほど前に外務省の職員から、スピーチの後に大統領が来なさるから立ち上がってひと言、ふた言話して下さい、と言われたんは。そりゃあ、驚きましたよ。何を話すかなど考えとらんかったから」と笑う。

「ステッキを置いてね、立ち上がったら大統領はこういう風にね、グイッと私の手を握ったまま転げんように支えてくれよりました。杖になってくれたんじゃね。こりゃあ、凡人にもえらい気遣いが出来る方じゃなと思いよりました」

ざっくばらんな性格でありながらも、突然知らされたことから、緊張のあまり生きた心地がしなかったという直だったが、「私らは昔から核兵器廃絶で頑張っておるんです。従って今後も〝共に〟頑張って行きましょうと言うたら、『サンキュー！』と答えてくれたんです。表情を見れば心が通じました。話しとる間、私の手を握る力がどんどん強うなって行った。私ら被団協としては敢えて謝罪は求めんが、ただ相手がどう出ようと被爆者の話は聞いてもらわにゃいけんと外務省にも言っておったんです」と言う。

憎しみではなく亡くなった方々に対する使命感から被爆体験を伝えて来たという桂子も、「自分が生きている間にこの日が来るとは信じていませんでした。慰霊碑の前でオバマさんは黙禱されましたね。これまで様々な要人の方々を見て来ましたが、今までで一番長い黙禱でした」と、その無言のメッセージを受け止めていた。

そこには広島市民の、ただここに来て、目を見開き、耳を澄ませば、権力者であれ、年端もいかない幼児であろうが、すべてがわかる、すべてを理解する、といった揺るぎない自信がある。怨念と寛容の狭間で葛藤し、翻弄され続けてきた広島。この日、多くの被爆者は哀しみや憎しみの連鎖ではなく、人間というものが持つ叡智の〝昇華〟を望んだ。夢見た。[19]

こうした寛容の精神は、サンフランシスコ講和会議にセイロン（現・スリランカ民主社会主義共和国）代表として出席した際に、最古の仏教経典として知られる『法句経《ほっく》』（ダンマパダ）の一句を引用し「憎悪は憎悪によって止むことはなく、愛によって止む」と説き、対日賠償請求権を放棄したジュニウス・R・ジャヤワルダナ大統領（当時は蔵相）の信念とも相通じるものがある。

被爆後、父・幸造が吐血して亡くなり、周囲からは「うつる」「遺伝する」といわれなき差別を受け続け、生活苦に苛まれ、米国を心底「恨みながら生きていた」という前出の梶本淑子は、孫娘の勧めで七〇歳から嫌々ながらも被爆体験講話を始めた。そんなある日のこと、証言を終えると、ひとりの米国人の高校生が彼女に歩み寄り、「すみませんでした」と涙ながらに頭を下げた。戦争の「せ」の字も知らない子供である。淑子は、まるで金槌で後頭部を殴られたかのような衝撃を覚え、「子供に謝らしちゃいけん。二度とこの悲劇を繰り返しちゃあいけん」と考えるようになったという。オバマ米大統領の献花をしっかと見届けた淑子は、「大統領が来て下さったんよ。花を捧げて下さったんよ。ほいじゃけえ成仏してね。許し合わんといけんよ」と胸中で最愛の父、そして犠牲者らに優しく語りかけ、どうしても抜けなかった憎悪の棘を漸く供養した。

他方、オバマ米大統領のスピーチに対しては批判の声も湧き起こった[20]。皆が諸手を挙げて称賛の意を表したわけではなかった。元広島市長の平岡敬は、「被爆地で発したにもかかわらず、原爆投下の是非を避けた。自ら掲げる『核兵器なき世界』をどう政策化するのかにも欠けていた」と翌日の『中国新聞』に寄稿し、「核兵器は国際法違反の大量殺りく兵器であり、国家責任の追及は廃絶を求める論拠でもあるからだ。過去にこだわらない、未来志向といった美辞麗句からは、廃絶へのエネルギーも行動力も生まれてこない」と、舌鋒鋭く糾弾している。また、核兵器廃絶をめざすヒロシマの会の森瀧春子共同代表も同紙に答え、「自国が使った核兵器によって何が起こったかへの関心も感じられない抽象的な内容」と切り捨て、謝罪の言葉がなかったことに「完全に裏切られた」と怒りを露わにした。

確かに被爆者らと肩を並べて機密装置・核のフットボール[21]を携えた米軍事顧問が平和記念公園内に侵入するといった壮大な矛盾は、核兵器廃絶がいまだ道半ばであることを象徴する一幕であった。

しかしながら、「謝罪」の言葉はなかったものの、現職の米大統領が慰霊碑の前で黙禱を捧げたことは暗に「謝罪」、戦時であったとはいえ過去に米政府が犯した失政に対する「反省」の表れとも解することができる。

米国では戦後一貫して、米戦略爆撃調査団が一九四六年にまとめた最終報告書に基づき、広島における犠牲者数は七万一三七九名と公表されてきたが、スピーチでは「一〇万人を超える」と、より実数に近い数字が用いられていた。また、原爆投下の正当性を主張する早期戦争終結論の根幹を成す、軍都広島の軍事施設に対する攻撃であったという使い古された詭弁も「日本人の男性、女性、子供たち、数千人の朝鮮半島出身者たち、そして一二人の米国人捕虜たちの死を悼む」の一行で葬り去られている。

大統領の言葉は重い。このスピーチは、早期戦争終結論といった堂々巡りの議論さえも与り知らない米国の若者たち、歴史の呪縛に囚われない新たな世代に「無差別殺戮を伴う核兵器使用は是か非か」といった極めてシンプルな命題を問いかける契機ともなってゆくだろう。

二八歳のアリ・M・ビーザー[22]は、オバマ米大統領の訪広を数ヶ月後に控えたある昼下がりにカフェできりりと冷えた生ビールを筆者と酌み交わしながら、「日本のメディアは私から何とか〝謝罪〟の言葉を引き出そうとする」と苦笑してみせた。

米メリーランド州ボルティモア出身である彼の祖父ジェイコブはエノラ・ゲイ、そしてボックスカーの両機にレーダー操縦士として搭乗した唯一の兵士であった。海を隔てた因縁に導かれるかのように映像作家となったアリは、二〇一一年に初めて広島を訪れ、多数の被爆者と出会う。

「被爆者の方々に叱られたことは一度もありませんでした。皆さん、敬意を払って接して下さった。友情を育むことができた。私は米国人が何をした、日本人はこんなことをした、といった視点では捉えないようにしている。そこに留まることなくイデオロギーや文化の違いを超えて人間がなぜそのような行為に及んだのか、そこから何を学ぶべきかを共に考え、伝えて行きたい」

オバマ米大統領の訪広には、「日本のメディアは八月六日にしか広島へは目を向けようとしない。五月に世界の注目が被爆地に集まり、核兵器廃絶に対する新たな議論が始まるでしょう」と、期待を口にした。

広島を訪れる外国人観光客数[23]はいわゆる〝オバマ効果〟により急増している。広島平和記念資料館の入館者総数も二〇一七年度末時点で約一六八万九二三人（うち外国人は開館以来最高となる三九万二六六七人）、前年度には、これまでで最高の入館者総数を記録した。[24]米大統領の訪広といった〝お墨付き〟を得て今後、さらに多くの米国人、そして世界中の人々がこの地を訪れ、色眼鏡を外した澄んだ瞳で原爆の実相を知り、感じることとなろう。[25]新たな歴史の一ページが開かれようとしている。時を経て二〇一六年五月二七日は、エノラ・ゲイが「正義」を纏ったヒーローの座から滑り落ちた記念すべき一日として記憶されるだろう。

オバマ米大統領が資料館で展示物を見たのは、わずか一〇分足らずに過ぎなかった。そのため、あまりにも短すぎると苦言を呈する人々も少なくはなかった。しかし、「ここは一体、どういった施設なのだろうか、と常に自問自答を繰り返しています」と言う賢治は、「名称は〝資料館〟ですが、本質的には〝博物館〟と言ってよいでしょう。ここには死没者の形見も数多く保存されています。初期段階から『誰々の制服』といった形で所有者を特定し、ストーリーを聞き取り保管している。ただ展示するだけではなく、遺品の持ち主は誰で、どのような用途で使われ、どこにあったかを確定する『固有名詞のある展示』を目指しています。つまり、〝記憶〟を〝記録〟に置き換える作業ですが、こうした手法を用いて保存・展示している場所は世界的にも他に例を見ません。『〝もの〟をして語らせる』ために最適な環境を整えることが我々の職務であり、責務だと考えています」と語る。

「本音を言えばもっとじっくり見て頂きたかった。でも、それでも構わない。米大統領が、一歩でもこの資料館に足を踏み入れたことに意義がある」

資料館には、アルミ製の質素な弁当箱が展示されている。オバマ米大統領も目を凝らした、原爆に灼かれ黒焦げとなったこの弁当は、県立広島第二中学校の一年四学級にいた折免滋《おりめんしげる》（享年一三歳）の母シゲコが〝あの朝〟、丹精込めて作ってくれた愛情の証であった。

物資が乏しい中、ありったけの愛情を詰めてかあちゃんがこさえてくれたほかほかの弁当を手に、滋は誇らしげに胸を張り、八幡村寺田（現・佐伯区）の自宅を出た。[26] 箸がつけられることのなかったこの弁当箱は、今やシゲコひとりのものではない。子を持つ世界中すべての母たちの弁当箱である。それは滋ひとりのものでもない。母の心のこもった弁当を心待ちにする、世界のすべての子たちの弁当である。

迫る積乱雲

オバマ米大統領は、地獄門をか細い蜘蛛の糸を手繰りながらくぐり抜けた広島そして長崎の人々が、およそ三四半世紀にわたり黙々と築き上げて来た「子供たちが平和に過ごしている日常」こそが人類の選択すべき姿であり、その未来は「核戦争の夜明けではなく、私たちの道義的覚醒」の始まりであると、その歴史的スピーチを締め括った。

戦後、紆余曲折を経て平和都市となったこの街の原点は、前述の通り広島平和記念都市建設法の成立にあった。当時の首長たる浜井信三や任都栗司、松本瀧蔵、そして寺光忠といった侍たちが命を張って産み落とした特別法である。しかしながら公布から六九年を経てこの〝広島の憲法〟にも、ひたひたと積乱雲が迫りつつあった。

同法には、ふたつの〝顔〟がある。ひとつはその名称が示す通り、原爆により焼け野原となった広島市の再建を、国が財政面から補助することを定めた「建設法」といった側面である。同法の恩恵に浴し、広島は復興のスタート地点に立つことが出来た。

興味深いことに今もって同市の街路事業、下水道事業、土地区画整理事業、そして公園事業については毎年、「広島平和記念都市建設事業の進捗状況」と題された報告書が管轄官庁である国土交通省都市局都市計画課に提出されている。[27]

とはいえ、元来は戦災復興がその主旨であっただけに、限りなく「時限法」としての色彩が濃い法律でもある。[28] 前述の通り、広島市への国家補助金の追加配分や（平和記念施設事業に対する）補助率の引き上げは一九五五年までに、国有地の無償譲渡も一九六七年を最後に、ほぼ完了している。[29]

唯一の例外は、市中心部の鯉城通り沿いに建つ旧・日本銀行広島支店である。[30] 二〇〇〇年五月に開かれた日本銀行政策委員会において、同支店の土地及び建物は同法に則り広島市へ無償譲渡される方針が定められた。納屋で埃を被っていた同法が、三〇年余りを経て亡霊の如く甦った瞬間であった。ただし、この土地・建物が国の重要文化財に指定されることが付帯条件とされたため、同年七月に同支店が広島市文化財保護条例に基づく広島市指定重要有形文化財[31]に指定されたことを受け、現在は暫定的に無償貸与といった形が取られている。そのため同市は重文指定基準を満たすべく保存修理に向けた事前調査を進めている。「少なくともあと数年はかかる」と言われる調査・修理を経て、晴れて重要文化財に指定された暁には、同法が定めた国有財産の譲渡、インフラ整備におけるこの街の戦後復興はようやく完結することとなる。

もうひとつの〝顔〟は、第一条に明記された「恒久の平和を誠実に実現しようとする理想の象徴」としての広島、この街のアイデンティティを定めた気高い理念である。同法の草案をしたためた寺光忠は後年、『中国新聞』（一九九五年二月五日付）の取材に応じてこの第一条が、「この法律のすべてです」と答えている。「戦災復興にとどまらず、全人類が求めてやまない『恒久平和』の理念を、広島で実現させる。平和都市『創建』に国が協力を惜しまず、市民も精進する」

同法は、現行憲法の第八章地方自治の第九五条を拠り所としている。しかしながら二〇〇五年一〇月二八日に発表された自由民主党の『新憲法草案』でこの条項は削除されており、二〇一二年四月二七日に決定された同党の『日本国憲法改正草案』においては、「特定の地方自治体の組織、運営若しくは権能について他の地方自治体と異なる定めをし、又は特定の地方自治体の住民にのみ義務を課し、権利を制限する特別法は、法律の定めるところにより、その地方自治体の住民の投票において有効投票[32]の過半数の同意を得なければ、制定することができない」（地方自治特別法第九七条）と修正が加えられており、解釈次第で国からの財政援助と〝引き替え〟に住民には義務を課し、権利も制限する、とも受け止められる新たなニュアンスが付加されている。[33]

また、「地方公共団体は、その財産を管理し、事務を処理し、及び行政を執行する権能を有し、法律の範囲内で条例を制定することができる」は、「地方自治体は、その事務を処理する権能を有し、法律の範囲内で条例を制定することができる」（地方自治体の権能　第九五条）とされ、これも穿った見方をすれば行政権が制限され、事務機能のみが地方自治体に託されるとも読み取れる改正案となっている。[34]

つまり今後、この自民党草案に従い憲法が改正された場合、広島市の戦後復興はすでに達成済みであることから、広島平和記念都市建設法そのものが消滅、もしくは反故にされる可能性が高い。
他の政令指定都市よりも遥かに豊かな近代都市として再生した同市にとって、同法の廃止は財政面においてはさしたる痛手とはなり得ないだろう。しかしながらこの特別法によって定められた「平和都市」という存立基盤を廃止以降も引き継ぎ、掲げ続けるかどうか。広島市の拠って立つビジョンが改めて問われることとなる。憲法改正論議は、ややもすれば第九条改正の是非にのみ集中しがちだが、他の条文からも思いもよらぬ影響が導き出されることになるだろう。

一方で広島平和記念都市建設法を改正または廃止するとなれば、厄介な問題が生じる。同法の改正・廃止には、憲法第九五条により衆参両院の議決のみならず「その地方公共団体の住民の投票」が加重要件として定められている。となると、この特別法に手を加えるためには法理上、憲法改正と同じく再度、住民投票によってその意思を確認する必要がある。幸いにもハードルは高い。とはいえ戦後七〇年余りを経て、広島市民の意識も変わりつつある。いつまでも被爆地として〝負の遺産〟を訴え続け、抽象的な「平和」といった概念を市是とすることに違和感を抱く市民も少なくない。

被爆体験の風化がその一因ではあることは否めない。被爆者健康手帳を有する被爆者[35]の平均年齢は今や八二・〇六歳となり（二〇一八年三月末現在）、被爆当日広島にいた一号被爆者[36]に限れば、存命の市民は三万四六八名（広島市の人口比率ではわずかに約二・五パーセント）。克明かつ正確に当時の記憶を辿れる生存者は八〇歳以上、幼児体験としてではなく一成人の実体験として語れる人間は少なくとも九〇歳以上といった時代を迎えている。だがそれは、何も今に始まったことではない。

終戦直後、放射能汚染が囁かれていたにもかかわらず、広島市内へは職や物資を求めて、大量の人々が流入している。広島市の調査によれば、一九四六年一月一日の人口は一五万一六九三人であり被爆前の半分近くにまで激減したが、一九五〇年八月三一日には二八万二六〇一人とほぼ被爆前にまで回復している。ベビーブームによる一定の自然増は考慮すべきだが、要はこの時点で約半数の広島市民が五年前のあの日、広島市内にはいなかった疎開先や外地からの帰還者、または新参者ということになる。広島大学教授であった長田新も一九五一年に編纂した『原爆の子〜広島の少年少女のうったえ』の中で、「現在の広島市の全人口二十九万余のうち、その三分の二は終戦後他地方から広島市に移って来た人々で、残りの三分の一、即ち九万数千名が旧広島市民であるが、その九万数千名は市の周辺の被害のほとんどない草津・宇品などの地域に住んでいた人口であろうから、爆心地近くに住んでいた人で戻って来た人は極く少数であるだろう」と、綴っているように、実際に原爆を体験した人々の大半は即死、または数年内に急性原爆症で亡くなっているだけに、被爆体験の風化はすでに終戦直後のこの時期には芽吹いていた。

広島の戦後は、「断絶」と「停滞」の繰り返しであった。この街を訪れる多くの人々が抱く第一印象は「人工都市」であろう。碁盤の目の如く整理された広い道路、そして歩道。河川に沿って設けられた豊かな緑地帯は、意識的に「影を覆っている」かのように燦めいて見える。

しかし、それは被爆により、天正年間以来の歴史を今に伝える街並みや建造物、古文書のみならず、庶民の生活臭までもが、すべて灰燼に帰したことをも意味している。哀しいかな広島には古《いにしえ》を偲び、慕うべき故郷がない。原爆は、広島に〝前史〟からの「断絶」を強いた。物心《ぶっしん》のみならず明治維新以降、綿々と築き上げられて来たアイデンティティをも奪い去った。

原爆投下のその日から広島平和記念都市建設法の公布、そしてサンフランシスコ平和条約の締結から朝鮮戦争に至るまで、この街は「停滞」を余儀なくされる。GHQによる情報統制だけがその因ではなかった。就職、婚姻の機会をことごとく奪われ、陰湿な差別に苛まれた被爆者たちは、頑なに沈黙を守った。人目を忍び、貝の如く口を閉ざした。

賢治は一九六〇年代初頭、市内バスに隣り合わせで座っていた母親が、ふと漏らした言葉が今でも忘れられないという。

「おらんようになったね」

高度経済成長期を境に、ケロイドによって皮膚が引き攣《つ》った面相は、この街角から徐々に、密やかに姿を消してゆく。

やがて世界的な原水爆禁止運動のうねりと共に、保守王国「広島」は「ヒロシマ」へと姿を変え、[37]反核運動の中心地となった。政治の季節。多くの被爆者たちは、東京を始めとする都市部から大挙して押し寄せたデモ隊[38]がシュプレヒコールを繰り返し、右翼の街宣車が我が物顔に走り回る八月六日の平和記念式典には自然と背を向けた。[39]「躁《さわ》ぐひと」と「黙するひと」を隔てる漆黒の河。その伏流水は、第一回平和祭からすでに見え隠れしていた。

そしてバブル期の到来と共にこの街は再び「停滞期」を迎える。被爆体験の風化は、八〇年代後半を境に急速に進んだと筆者は考える。この時期、疵を負いながらも唯々ひたすらに、ひたむきに戦後復興に心血を注いできた戦争体験者らが職場から、議場、教壇、そして研究機関の第一線から退き、政治的、社会的影響力を失った。家庭においても〝影〟は薄まり、境界線が失せてゆく。

さらには戦災にも匹敵するほどの破壊力を有した未曽有の好況期は、辛気くさい〝負の歴史〟を忘却の彼方へと押しやった。新天地にあったディスコ・シャトレーヌでRudy & Co.の『ママ・レディオ』が奏でる軽快なビートに身を委ね、市内にメイン会場が設けられた海と島の博覧会（一九八九年）に集った刹那的な若者たちにとって、平和運動は「カッコ悪い」ものとして映り、彼らもまた「黙するひと」に加わった。[40]

夕凪。海風がぴたりと止み、この頃から「ヒロシマ」は図らずも左翼的イメージを纏い始め、「ヒロシマ」を論じる言説の定型化も顕著となり、世代間はもとより、中央政府と一地方都市としての広島との「断絶」もみるみる広がっていった。被爆体験のみならず、戦後体験もようよう風化してゆく。[41]

数少ない貴重な被爆遺構の保全に対する公的助成はお世辞にも十分とは言えず、世界遺産である原爆ドーム周辺の景観についてもユネスコの諮問機関であるイコモス（国際記念物遺跡会議）から懸念を表明され[42]るなど、必ずしも被爆体験が適切に継承されているとは言い難い。被爆者の世代交代が進み[43]、被爆四世が誕生しつつある今、被爆体験を後世に語り継ぐ被爆体験伝承者[44]を育成する試みも広島市によって始められたが、伝言ゲームの如く後年、経験談が著しく変質する、または事実から逸脱した美談と化すことを危惧する声も多く聞かれる。

長引く「停滞」は決定的な「断絶」へとひた走る。残された時間は少ない。二一世紀を迎え広島の経験は、すでに〝近代史〟となりつつある。それは広島のみならず、敗戦国であるこの国が辿った戦後の風景そのものである。

廃墟が日常の国

「広島に初めて来た時、平和記念公園や平和記念資料館というように〝平和〟を冠した施設がたくさんあることにまず驚かされました。世界中どこへ行っても戦争を〝記念〟し、平和を〝祈念〟する場所には、例えば戦争記念博物館であるとか、必ず〝戦争〟が名称に入っていますから[45]」

アフガニスタン・イスラム共和国の首都カブール出身のシャムスル・ハディィ・シャムスは、二〇〇七年に初めて広島の地を踏んだ日の印象を語った。

「いまだテロ攻撃が収まらない私の故郷では、誰も破壊された住居を直そうとはしません。直したところですぐにまた壊されてしまうからです。廃墟が日常なのです。多くの人々が瓦礫の中で生活を営む国からやってきた私のような者にとって、広島が辿った戦後復興の道程から学ぶことは多い」

チェニジア共和国のジャスミン革命後、イスラム主義政党・ナフダ党と世俗派勢力の仲介役となり平和裏に政権移行を成し遂げ、二〇一五年にノーベル平和賞を受賞した、チェニジア国民対話カルテットのウィダード・ブーシャマウイー商工業・手工業経営者連合会会長は二〇一六年七月に広島を初めて訪れ、市内を散策しながら小さく呟いた。

「これが、あの広島なのですか……」

今この時にも、多くの国々では血なまぐさい戦闘が繰り返され、自然災害の猛威が吹き荒れている。跡形もなく破壊され、荒み切った地に生きる人々にとって、焦土と化したかつての広島の風景はむしろ身近なものとして映る。

「俺たちの村と同じだ。広島は、俺たちよりもよほど悲惨な目に遭っている」

彼らにとって、近代都市として見事なまでに甦った現在の広島の姿は俄には信じられない。「七五年は草木も生えん」と言われたこの街が復興を果たせるなど、誰一人として想像だにしなかったのと同じように。あれだけの地獄に直面したこの地がどうして、どのようにして生まれ変われたのか。それこそが、飛び交う銃弾をかいくぐり、砲弾の炸裂音に怯え続け、壮絶な戦火により焦土と化した母国に呆然と立ちすくみ、復興のとば口にさえ立てずに苦悶する彼らの最大の関心事である。広島は、彼らにとって奇跡の街となった。彼らの眼差しは過去にはない。今日、そして明日を見つめている[46]。

「来日前、被爆のことは授業で少し学びましたが、キノコ雲の写真を一、二枚見た程度の知識しかなく、その実相を知ったのはこちらに来てから。あれほどの惨禍に見舞われながら再生した広島には感動を禁じ得ませんでした。原爆ドームなどに行かなければ、ここが焼け野原であったことなど想像すらできない」

カンボジア王国から広島大学大学院医歯薬保健学研究科博士課程に留学しているトリィ・キイも、この地を初めて訪れた三年前の衝撃を鮮明に記憶していた。

「私の母国では、いまだに地雷を踏んで命を落とす人がいます。街を歩けば戦乱によって四肢を吹き飛ばされた障がい者に出会うことも珍しくない。内戦が終結してからすでに三〇年余りが経過しているというのに、政府は有効な手が打てずにいる」

あのサイパン島と同じく、赤道直下の闇は深い。筆者は、いまだ内戦下にあったカンプチア人民共和国（現カンボジア王国）を一九八七年に初めて訪れた時のことを思い返していた。首都プノンペンでさえ貧困が蔓延《はびこ》り、通りを歩けばボサボサ頭に虱《しらみ》を宿した数十人もの孤児たちに囲まれた。

「ギブ・ミー・ア・ダラー」

民主カンプチア時代、カンボジア共産党中央委員会書記長であったポル・ポト（サロット・サル）率いる極左武装勢力クメール・ルージュは原始共産制を掲げ、資本家や知識人らの全財産を没収し、農村に強制移住させ、一二〇万人から一七〇万人もの自国民を虫けらのように抹殺した。同地で出会った人々は誰もがみな家族、もしくは親族の誰かを亡くしていた。何の変哲もない小村の遺骨発掘現場では、灼熱の太陽に晒された無数の髑髏が、乾いた土塊から顔を覗かせていた。

「私の親戚や周囲にも殺されたり餓死したりした人はいます。ただ、誰も当時のことを話そうとはしません」と、キイは言う。

血みどろになりながらも〝グラウンド・ゼロ〟から両の足で立ち上がった広島。この街が辿った復興への道程は、広島市民がたとえ意識せずとも、今や世界の手本となりつつある。[47] 平和記念資料館を設計した丹下健三が生前、「平和都市の建設の意義は、その究極の理想像のなかにあるのではない。むしろ、その建設過程の凡ゆる努力が、つねに平和運動としての意味をもつところに真の意義が見出される」と綴っていたように。それは、任都栗司が座談会で、「運動の支えになったのは原爆犠牲者。脳裏に焼き付いたあの悲惨さがあるゆえにエネルギーが持続した」と表した広島もんの生き様であろう。

アイルランド出身の劇作家ジョージ・バーナード・ショーは原爆投下の報に接し、「われわれは下手な魔法使いのように、解き方を知らずに魔法をかけるはめに陥った」と絶望してみせたが、パンドラの箱を閉じるべく血の汗を流したのは為政者ではない。銃を捨て、刃の欠けた鍬《くわ》を手に敢然と立ち向かった名もなき市民たちである。それは、東日本大震災により愛する人や財産、想い出、何もかもを失い絶望の淵に立ちながらも文句ひとつ言わず、救援物資の列に黙々と並び続けた被災者の姿とも重なる。

広島もんがまた、心意気を見せる刻《とき》がやって来た。松明はひとりでは掲げられない。先人の知恵が必要となる。かつて広島が関東大震災の復興計画を道標としたように。それは、広島市民の、「こころの復興」にも通じる道となるだろう。

我々は共に闘って来た
今までもこれからも……
未来へ輝くその日まで
君が涙を流すなら
君の涙になってやる

（二〇〇六年一〇月一六日、旧・広島市民球場のライトスタンド。黒田博樹投手に向け、全国広島東洋カープ私設応援団連盟により掲げられた横断幕）[48]

真っ直ぐにゴール目指して

小さな蕾が、膨らみ始めていた。二〇〇三年七月、国連加盟各国の国づくりを担う人材の訓練研修と調査を行う国連機関である国連訓練調査研究所（ユニタール：United Nations Institute for Training and Research）の広島事務所が開設された。[49] 同研究所は、行政や研究分野において復興の指導者となる人材を育成するアフガニスタン奨学プログラムや南スーダン奨学プログラム、イラク共和国や南スーダン共和国の青年起業家を対象にしたリーダーシップ研修などを実施している。開設以来、延べ約四六〇〇名をプロジェクトに招聘し、そのうちの約二〇〇〇名が広島で戦後復興の遺伝子を受け継ぎ、巣立っていった。

「国際的に紛争からの復興、それに続く平和構築に対するニーズはつとに高まっています。私たちは広島にある国連機関としてそこに強みを発揮できるものと考えています」と、隈元美穂子所長は語る。

「長期にわたって紛争が継続している地域では、公共サービスや教育、保健衛生等あらゆる分野における行政能力を身につけられるだけの環境、社会インフラが整っていない。私たちの研修には、各国政府や市民団体から将来、国を背負って立つリーダーとなる若い方々に参加して頂き、案件作りから実施のノウハウ、モニタリング評価の手法、さらにはコミュニケーション能力やチームワークをいかに高めるか、汚職防止や女性の権利向上に至るまで多角的に学んで頂いています。また、広島ならではの核軍縮についても、現時点においては東南アジア地域で核軍縮交渉を始めた、またはこれから関わるであろう国々の若手外交官の方々を対象に、まずは核軍縮・不拡散に関する様々な視点からの提言を知って頂くことを主眼に研修を行っています」

二〇一五年九月には、アフガニスタン女子サッカー代表チームが研修に参加した。広島の有志と米国国際開発庁（USAID）の支援を受け、ヒジャブで黒髪を隠した若き血のイレブン（登録選手一五名、スタッフ五名）が広島を訪れた。

同月二〇日、サンフレッチェ広島の本拠地であるエディオンスタジアム広島で同代表チームはアンジュヴィオレ広島（なでしこリーグ二部）と親善試合を行う。晴天にもかかわらず観客はまばらで、試合は14－0とアンジュヴィオレ広島の圧勝に終わったが、戦乱により練習もままならずコンクリートの上でトレーニングを繰り返し、そもそも女性がサッカーをすること自体非難される女性蔑視とも闘いながら[50]ピッチに立った彼女らは、決して下を向くことはなかった。漆黒の瞳をきらきらと輝かせながら果敢にボールを追い、試合終了のホイッスルが鳴るその時まで、真っ直ぐにゴールを目指して走り続けた。

「ユニタールは広島商工会議所のビル内に入居していますが、原爆ドームの真ん前に国連旗がひるがえっているその意味をまずは広島市民に知って頂きたい」と、ユニタール支援広島県議会議員連盟の一員でもある砂原克規広島県議会議員は力説する。

「言うまでもなく広島には、被爆の実相を後世に伝え非核を訴え続ける責任がありますが、それと同時に平和と復興も語っていかなければならない」

自民党広志会に属し六期目を迎えた克規の祖父は市議会、県議会議員を経て衆議院議員となった砂原格。市議会議長として、復興審議会の委員として、混迷を極めた終戦直後の市議会を取り纏め、戦後復興に相対した血脈はここにも息づいていた。

「例えば旧・市民球場跡地がありますね。国有地なのですが、私はここに国際会議場を新たに作ればいいと考えています。国連総会を開催できる一八〇〇人規模の収容能力を有した施設です。現在、国内には二〇を超える国連諸機関の事務所がありますが、これらを始めとした国際機関を平和と復興のシンボルである広島に招致する、この会議場に集結させるくらいスケールの大きな街づくりを、広島の将来を見据えれば考えて行くべきでしょう」

すでに前例はあるという。

「イタリアのトリノ市は一九六一年に国際博覧会を開催したのですが、跡地をどうするかとなり、当時の市長と同市を代表する自動車会社のフィアットが手を携えて基金を起ち上げ、国連機関の国際労働機関（ＩＬＯ）の誘致に成功した。国や県、市、それに経済界が一致団結して事に当たらなければ成し得ない大事業ですが、トリノ方式は観光振興といった面からも広島市のモデルケースになるでしょう。議場前広場を活かせば各国のイベントを開くこともできる。国際機関が増えれば海外からの訪問客も増え、結果的に広島経済の活性化にも繋がる。広島の子供たちも外交官になりたい、世界平和に貢献したいといった夢を抱くようになるかも知れない。平和公園に沿って万国旗がはためく。それこそが〝国際平和文化都市〟の役割、未来像ではないかと」

二〇〇三年にユニタール広島事務所の初代所長を務め、現在は広島修道大学で教壇に立つナスリーン・アジミも言う。

「研修を終えたアフガニスタンの方々がよく口にする言葉があります。『広島にできたのであれば我々にだってできる』。憎しみよりも復興を優先し、『許しても忘れない』といった広島市民の尊い精神は、過去の憎しみから逃れられない国々には、計り知れない意味を持っているのです」

梅雨時。八丁堀交差点に建つ福屋デパート前で雨宿りをしていた筆者の横で女子大生とおぼしき女性が、突然の驟雨に戸惑い買い求めたのであろう、小さなハートが幾つもプリントされた傘を小さく開いたり、閉じたりしながらひとり微笑んでいた。

やがて、婚約者だろうか、ガッシリとした体軀の男性が駆け寄り大きなこうもり傘を差し掛けた。女性は躊躇うことなく傘を閉じ、彼の腕に手を回すと、ふたりで雨の中を駆け出して行った。それは誠に微笑ましく、平和な光景であった。が、ふと広島、そして日本の姿が恋人たちの後ろ姿と重なった。核の傘。相合い傘の憂鬱。男女同権が当たり前となったこの時代、男性の傘に女性が入らなければならないといった法はない。

日本は、戦後七〇年余りにわたり、常に米国を見続けてきた。「平和」を維持するためにはそれだけで事足りた。米国の政治・経済動向に一喜一憂し、国連における米国の発言にのみ敏感に反応し、快哉を上げ、失望を繰り返して来た。

広島もまた、日米関係の枠組みでしか〝あの日〟を捉えてはこなかった。しかしながら平和記念資料館の館長を務める賢治が、「政治的中和効果があった」と表したオバマ米大統領の訪広により、ひとつの時代が明らかに終焉を迎えようとしている。「私たちは死よりも生を選ぶ数十億人の代表者」と宣し、二〇一七年七月に採択された核兵器禁止条約のロビー活動を展開したNGOの連合体、核兵器廃絶国際キャンペーン（ICAN）は同年、ノーベル平和賞を受賞した。パラダイムシフト。ドナルド・J・トランプ第四五代米大統領の登場に伴い、日本政府が錦の御旗《みはた》のごとく掲げて来た、我が国の外交安全保障政策の基軸であるという日米同盟にも翳りが見え始めた。寺光忠は、「広島は原爆跡を見る追憶の街ではない。踏み入れば平和が身にしみて感得できる・そんな都市」（『中国新聞』一九九五年二月五日付）に生まれ変わることを夢見た。

今こそ広島は、単眼思考から脱却し、世界の人々にその手を差し伸べ、苦難を克服した自らの経験の語り部となり、世界平和に貢献する新たな責務を負っている。それは、被爆地にしか成し得ない人類の〝正の遺産〟の伝承以外の何ものでもない。

あの日、あの朝、米陸軍は広島を消し去った。一四万人もの人々をほんの数ヶ月のうちに殺戮し尽くした。さらには放射線を撒き散らし、必死の思いで生き延びた一般市民の殲滅をも試みた。そして原爆は、今も人々を殺し続けている。これまで三二万四一一八名（二〇一八年八月六日の原爆死没者名簿奉納時）もの方々が一発の原爆により尊いいのちを奪われた。

がしかし、どうだ。広島は不死鳥の如く甦った。七〇年余りを経て一二〇万都市にまで成長し、再び中国地方最大の大都市となった。純白のブラウスを風になびかせながら河端を駆け抜ける女子高生、慣れないネクタイ姿でお辞儀を繰り返す赤ら顔の新人営業マン、老舗の喫茶店で淹れ立てのコーヒーをゆっくりと啜る様子のよいご婦人、真っ赤なユニフォームを誇らしげに着込み酒盛りに興じるカープ・ファン、そして、屈託のない幼児の笑顔。こうしたどこにでもある穏やかな日常こそが、広島からの、原爆という名の悪魔に屈した米国への回答である。

広島もんは負けんかった。

かつて夥《おびただ》しい鮮血を飲み込み、滂沱の涙を吸い上げた元安川は、今日もまるで何事もなかったかのようにとうとうと流れ続けている。やがて、清流は瀬戸内海に注がれ、大海原へと放たれてゆく。しかしこの街は、これからも〝負の遺産〟を人類の宿痾《しゅくあ》として突きつけ、世界の人々に末永く語り継がれ、その復興は、同じ艱苦に直面する人々の勇気を呼び覚まし、希望を与え、「平和の栖」として継承されて行くであろう。

二〇一六年一二月一日、広島平和記念資料館にオバマ米大統領から一通の礼状（一一月二一日付）が届いた。訪問時に贈られた記念品に対する謝辞を述べながら、そこには、「我々は共に、歴史を直視し、（核兵器による）災禍を決して繰り返さぬためにいかに行動すべきかを自ら問う責務を負っています（We have a shared responsibility to look directly into the eye of history, and ask what we must do differently to prevent such suffering from ever happening again）」と記されていた。

それは原爆死没者慰霊碑の石棺に刻まれた、「安らかに眠って下さい　過ちは繰返しませぬから」と、奇しくも符合する未来への伝言、メッセージであった。

1　二〇一七年二月に着工した広島平和記念資料館本館の耐震化工事に先立ち、二〇一五年一一月からかつて材木町と称された本館周辺（東西約八五メートル、南北約二五メートル）の発掘調査が行われた。地下約七〇センチの被爆面まで掘削し、被爆時の街並みを確認。広島市市民局国際平和推進部平和推進課の永井修は、「今回の調査で遺体は見つかりませんでしたが、当時の生活を偲ばせる炭化したしゃもじや熱線によって溶けた牛乳びん、ラムネッチン（ビー玉）等が多数発掘されました」と言う。

筆者も発掘現場を見たが、本館のほぼ中央部分に位置していた銭湯菊の湯の浴槽跡では、子供たちの元気にはしゃぐ声や世間話に興じる旦那衆の笑い声がすぐそこから聞こえてくるような錯覚に襲われ、戦慄を覚えた。

2　広島市が初めて公式に米大統領に宛てて平和記念式典の招待状を送付したのは、記録を確認出来る範囲内では一九八三年秋、各国首脳及びロナルド・W・レーガン大統領に対し荒木武市長が書簡をしたためたときである（ただし、原本は同市平和推進課、広島平和文化センターいずれにも残されてはいない）。以降、三〇年余りにわたり同市は米大統領の訪広を呼びかけてきたが反応はなく、やがて呼びかけは恒例行事と化していたため、二〇一六年四月一二日にジョシュ・アーネスト米大統領報道官が公式会見で「訪問を前向きに検討している」と述べたのを聞き知り、各国要人への訪広要請を担う平和推進課内でさえ「まさか！」の声が上がったという。

3　海軍記念日は、日露戦争の勝敗を決した日本海海戦の口火が、一九〇五年五月二七日に切られたことを記念して制定された。この海戦で帝国海軍は無敵と言われたバルチック艦隊を撃滅し世界を驚かせた。海軍記念日は、一九四五年を最後に廃止される。

4　核不拡散問題に取り組んで来た米シンクタンク軍備管理協会（ＡＣＡ）のダリル・キンボール事務局長はこの時期、ベン・ローズ米大統領副補佐官（国家安全保障問題担当）から「もしも大統領が広島を訪問したら、どんな反響があるだろうか」と尋ねられ、驚いたという。三八歳（当時）のローズ副補佐官は、大統領の側近中の側近として知られていた。二〇〇七年から米大統領選挙に向けたオバマ米大統領のスピーチライターを務めており、『プラハ演説』も広島でのスピーチも彼の手によるものである。相談を受けたキンボール事務局長は停滞する核廃絶運動の活性化にはまたとない機会と捉えた。米政府としても「核兵器なき世界」

への取り組みをアピールし、政権の外交面におけるレガシー（遺産）として大統領の広島訪問を位置付けたいとの思惑があった。

事実、こうしたイメージ作りにホワイトハウスは細心の注意を払っている。米ＣＮＮやＦＯＸニュース、ＭＳＮＢＣが米東部時間午前五時前にもかかわらず、広島でのスピーチを生中継で伝え、朝のニュース番組ではトップニュースとして全米に報じられることも計算ずくであった。慰霊碑への献花は当初、安倍晋三首相と共に行うといった案が検討されていたが、米国サイドの要請でオバマ米大統領がひとりで献花し、黙禱する姿が画面に大きく映し出される演出が施され、献花後は両国首脳が慰霊碑の前に並んで立つことで日米同盟の強固さを世界にアピールするメディア戦略が採られた。

また、広島市の米大統領受入担当は、本部の起ち上げから六日後の五月一七日には受入計画（滞在想定時間一時間三九分〜五五分）を策定し、オバマ米大統領のスピーチ場所として慰霊碑前と原爆ドーム前西側（広島ヘリポートまたは旧市民球場跡地からの離着陸を想定）といった案を庁内で共有していたが、商業施設に囲まれた原爆ドーム前でのスピーチは、米国サイドによってセキュリティー上の理由により早々に排除された。受入担当職員は「演台の背景に原爆ドームが映り込むことを重要視したのではないか」との見方も示している。メディア特性を熟知するホワイトハウスは、綿密かつ周到なプランで「広島」に臨んでいた。

5　オバマ米大統領の核軍縮に対する想いは、彼が米コロンビア大学で国際関係論を学んでいた一九八三年に学内雑誌『サンダイヤル』（三月一〇日号）に寄稿した「戦争精神を壊す」といった論文からも窺い知ることができる。この中で彼は「狭義の核不拡散の議論では、先制使用か先制不使用かと話し合われるが、それは引きつづき膨大な金を費やし、軍事産業に利益をもたらすだけだ」と論じ、「核兵器のない世界への第一歩は核実験禁止条約に米国が加盟することだ」と提言している。日系人が多く被爆者もいるハワイで思春期を過ごした彼は、米東部エスタブリッシュメントに連なる政財界人とは一種異なった核兵器に対する認識をこの時期、育んだものと想像される。

6　ジョン・ルース駐日米大使と藪中三十二外務事務次官のやり取りは、内部告発サイト『ウィキリークス』が二〇一一年九月に公開した二〇〇九年九月三日付の極秘電文によって明らかとなった（電文名は〝Ambassador's Aug 28 Meeting with VFM Yabunaka〟）。ただし、藪中外務事務次官はオバマ米大統領の広島訪問に反対していたわけでは決してなく、「ファンファーレのない簡素な広島訪問が正しいメッセージを伝えるために十分に象徴的であるが、一一月の訪問にそうしたプログラムを含めるのは時期尚早である（筆者訳）」と発言している。つまり事の性質上、被爆地を訪れるには世論を熟成させるため綿密なプラン作りと十分な準備期間が必要であると助言している。

7　米国において下院議長は、大統領、副大統領に次ぐナンバー3のポジションであり、正・副大統領に不測の事態が生じれば、核のボタンを押す立場にもある要職である。

8　一九四九年に広島を訪れた米ジャーナリストのノーマン・カズンズは、原爆孤児たちの置かれている実情に衝撃を受け、広島流川教会の谷本清牧師と共に精神養子運動を開始し、四〇〇名以上の孤児たちを支援した。また、原爆によって酷いケロイドを負った若い女性たちへ義援金を募るため奔走し、五万ドルの寄付金を集めると一九五五年に二五名の〝原爆乙女〟と称された独身女性らを米国に呼び寄せ（米国では〝ヒロシマ・ガールズ〟と名付けられた）、ニューヨークのマウントサイナイ病院においてケロイド治療を無償で行った。

　彼女たちの手術は百数十回にも及んだという。そのひとりで米国在住の笹森恵子《しげこ》（一九五八年に再渡米しカズンズの養女となり、二〇〇八年に国連本部で開かれた核不拡散条約の『軍縮・不拡散教育セミナー』ではパネリストを務める）は当時、癒着していた首と顎を切り離し、皮膚を移植する手術を受けた。彼女はオバマ米大統領の広島訪問について『毎日新聞』（二〇一六年五月二八日付）の取材に応じ、「ヒロシマへようこそ。勇気を持って、来てくれてありがとう」と答えている。

9　ジョン・ケリー国務長官の訪広を踏まえ、オバマ米大統領は二〇一六年四月下旬の中東・欧州歴訪後には広島訪問の意向を固め、五月初旬には日本政府へ内々に伝達。直ちに正式発表することも検討されたが、五回目となる核実験の強行が懸念された朝鮮民主主義人民共和国（北朝鮮）の動向を見極めるべく、『朝鮮労働党第7次大会』の閉会後に公にされた。二〇一五年一二月二八日に日韓外相会談後に発表された『慰安婦問題日韓合意』がオバマ米大統領訪広の決め手のひとつとなったことからも、この時期ホワイトハウスが中韓の反応に敏感になっていたことが窺える。

10　広島県警本部は、約四六〇〇名をオバマ米大統領の警護と市民の安全確保に充てる。うち、一一都府県警からの応援部隊によって編成された特別派遣部隊は約一九〇〇名。筆者も米大統領来広の前日、市内で警視庁や大阪府警、四月一四日に熊本・大分両県を襲った熊本地震の救援活動にいまだ従事していた熊本県警本部から派遣された機動隊員らと遭遇している。

11　ヒロシマ・ナガサキ原爆展は広島、長崎両市の主催により二〇一六年五月二二日から二九日まで開催された。サミット開催時における原爆展の開催は、九州・沖縄サミット（二〇〇〇年）、北海道洞爺湖サミット（二〇〇八年）に続き三回目。会場には被爆者や廃墟の写真三四点、遺品など被爆資料二四点が展示され、約三〇〇〇名が来場した。同展は、同年一〇月には米シカゴの日本文化会館でも開かれ、オバマ米大統領が折った折り鶴一羽も展示された。同展は一九九五年以降、二〇一八年末までに一九ヶ国四九都市で延べ五七回開催されている。

　広島平和記念資料館は海外の博物館との連携を強めるため二〇一七年度から、資料の常設展示や職員の相互派遣を始めた（広島市は二〇一七年度当初予算案に渡航費など約二二〇万円を計上）。第二次世界大戦中の地下病院が再現されたハンガリーの首都ブダペスト市にある岩の病院・核の避難所博物館やフランスのノルマンディー上陸作戦の舞台となったカーン市にあるカーン平和記念館で展示が行われた。

　二〇一七年六月に岩の病院・核の避難所博物館で開催されたヒロシマ・ナガサキ原爆展を訪れた志賀賢治広島平和記念資料館館長はその足で、第二次世界大戦中のナチス・ドイツによるホロコースト（ユダヤ人大量虐殺）を伝えるポーランド共和国の国立アウシュビッツ・ビルケナウ博物館を訪問した。予定外の行動であったためアンジェイ・カツオジク副館長との面会となったが、賢治は職員の派遣などを視野に入れた連携を申し入れたという。立場は違えども同大戦の〝負の遺産〟を伝承する両館が近い将来、提携関係を築くことになれば、世界の平和運動にとっては歴史的快挙となるであろう。

12　展示物は、遺族から寄贈された遺品や原爆の熱線による被害状況を伝える写真パネル、被爆による白血病で一九五五年、一二歳の若さで亡くなった佐々木禎子が病床で折り続けた約二〇羽の折り鶴などで、一階ロビーに設置された。事前にオバマ米大統領が関心を持っていると伝えられていた折り鶴は、見やすいように通常展示時のアクリルケースを外され、皿に並べられた。

13　二〇一七年には延べ四五五四校、三二万一九三八名の児童・生徒が修学旅行で資料館を見学している。

14　一九八七年八月に宇宙物理学を専門とするマーティン・ハーウィットがスミソニアン航空宇宙博物館館長に就任し、単なる航空機の展示に留まらず時代・社会的背景を盛り込む展示方法を打ち出したのが事の発端であった。一九九三年に原爆展を発案した同館は、四月五日に平岡敬広島市長を表敬訪問し、被爆資料の貸与を要請したが「原爆で受けた苦しみを十分に表現出来る展示になるかどうか」疑問を抱いた市長は即答を避けた。やがて八月四日に展示企画書が届けられ、ハーウィット館長が非公式ながらも平和記念式典に出席したことを受け、同館の主旨を理解した市は協力を決断する。

　これを受けて同館は、『歴史の岐路・第二次世界大戦の終結、原爆そして冷戦の起源』と題された正式な企画書を一九九四年一月一四日に完成させている。少なくともこの第一稿においては、原爆は「人類の歴史上存在したことのない最も恐ろしい兵器」（「スミソニアン原爆展論争を検証する」猪野修治）と規定され、「雪崩のように押し寄せる光」「潰滅した都市　広島と長崎」「死に至る脅威　放射能」（前掲）といったタイトルからも明らかなように、学術的かつ中立的な立場で原爆投下の意味を問う斬新な内容となっていた。

15　全米退役軍人協会の当時の会員数は約三一〇万人で、その半数は第二次世界大戦の従軍経験者であった。政治的発言力が高くロビー活動にも熱心なことで知られていた。オバマ米大統領の広島訪問に際し、日本のマスメディアはスミソニアン航空宇宙博物館の前例から盛んに米政府は同協会の動向に配慮していると報じたが、戦後七〇年余りを経て、実際に太平洋戦線で戦った元軍人は被爆者と同じく激減しており、影響力も低下している。戦勝国である米国においても原爆投下による早期戦争終結論、いわゆる〝原爆神話〟は急速に風化しつつあるのが現状である。

16　スミソニアン航空宇宙博物館は一九四六年に制定された国立航空博物館条例に基づき発足したが、当時米上下院議員の賛同を得た理由が「ライト兄弟の飛行機に始まり、軍事のあらゆる型の航空機にいたる航空機の完全な歴史」であったことからも、当初から政治的色彩が濃い施設であり、冷戦期においては科学技術のみならず米空軍力を国内外に誇示する機能も備えていたことは理解しておく必要があろう。

17　原爆展示にまつわる一連の論争についてアイラ・ヘイマン事務局長は、「論争は、スミソニアンが単にエノラ・ゲイのみを展示するか、原爆投下を正当化することで避けられるかもしれない。しかし、スミソニアンはもっと広い役割をもっていると思う。国民の教育機関として、公平に平衡感覚をもって展示を行おうとしている」（「スミソニアン国立航空博物館をめぐる論争―歴史的背景と展示の現状―」松本栄寿）と述べていたが、マーティン・ハーウィット館長は一九九三年五月、辞任に追い込まれる。「マンハッタン計画を正当化するなら、私は（展示に）反対する」と表明していた広島平和記念資料館の高橋昭博館長の姿勢を示すべく広島市は一九九五年、ワシントンDCのアメリカン大学にて原爆展を開催。これがヒロシマ・ナガサキ原爆展に引き継がれてゆく。同大学の美術館は二〇一五年六月にも二〇年ぶりに原爆展を開催し、溶けたガラス瓶や十字架、画家の丸木位里《いり》・俊《とし》夫妻が描いた『原爆の図』も展示された。

18　二〇一五年に『中国新聞』（二月二八日付）のインタビューに応じたマーティン・ハーウィット元スミソニアン航空宇宙博物館館長は、「二〇年後の今なら、当初意図したような展示ができると思うか」との問いに対して、「歴史上の出来事が『国家のアイデンティティー』『国家の歴史』になれば、記憶は、祖父母や親に名誉を授けたい子どもの世代に受け継がれる。世代交代すれば状況が変わるわけではない」と、悲観的な見方を示し、歴史観の修正の困難さを語っている。

　こうした見解を裏付けるかのように、原爆開発のマンハッタン計画の拠点として知られる米ニューメキシコ州にあるロスアラモス歴史博物館において、二〇一九年度に開催が予定されていた原爆展が「（核廃絶を訴えるだけではなく）具体的な道筋もあわせた展示をしないと住民からの納得は得られない」（『毎日新聞』二〇一八年三月三〇日付）との理由から、二〇一八年二月になって「同年度の開催は見合わせる」との連絡が入り中止となった。いまだに〝スミソニアンの亡霊〟が消え去ったわけではない。

19　二〇一六年三月から四月にかけて読売新聞と広島大学平和科学研究センターが被爆者を対象に実施した意識調査（有効回答数八九八人）によると、オバマ米大統領の被爆地訪問を期待すると答えた人は、「ノーベル平和賞受賞当時も今も期待」と「受賞当時は期待していなかったが、今は期待」を合わせると六九パーセントに上っていた。また、共同通信がオバマ米大統領の広島訪問直前に広島、長崎の被爆者一一五人に対して面接方式で行ったアンケート調査では、七八・三パーセントが「原爆投下の是非に踏み込む謝罪は求めない」と回答している。

20　とりわけオバマ米大統領のスピーチの冒頭にある「空から死が降って来て、世界は一変しました」といった件は反発を生んだ。誰が原爆を落としたのか主語がないではないか。こうした議論は、原爆死没者慰霊碑に刻まれた「安らかに眠って下さい　過ちは繰返しませぬから（LET ALL THE SOULS HERE REST IN PEACE; FOR WE SHALL NOT REPEAT THE EVIL.）」という碑文を巡り、一九五二年に巻き起こった論争を思い起こさせる。

同年一一月に本川小学校で開催された世界連邦アジア会議にインド代表として出席した国際法学者ラダビノッド・パール博士は、慰霊碑に参拝し「『過ちは繰返しませぬから』とあるのは、むろん日本をさしていることは明らかだ。それがどんな過ちであるのか私は疑う。ここに祀ってあるのは原爆犠牲者の霊であり、原爆を落としたのは日本人でないことは明瞭である。落とした者の手は、まだ清められていない」と怒りを露わにした。つまり、ここでも主語が誰なのかが議論の的となっている。

東京裁判でインド代表判事として裁判官に名を連ねたパール博士は、国際法上「侵略戦争を準備し、またはこれを遂行するということは太平洋戦争当時、犯罪であったのか。また、犯罪であったとしても当時の指導者個人を処罰し得たのか」、つまり日本に道徳的責任はあったが、法律的責任はなかったとの結論を下した唯一の人物として知られている。彼の判決文は「時が熱狂と偏見をやわらげた暁にはまた理性が虚偽からその仮面を剥ぎ取った暁にはその時こそ正義の女神はその秤を平衡に保ちながら過去の賞罰の多くにそのところを変えることを要求するであろう」と結ばれていた。

原爆死没者慰霊碑の碑文を考案し揮毫したのは古典研究に造詣が深く、藤本千万太の恩師でもあった広島大学の雑賀忠義教授（当時）であったが、パール博士と面会した浜井信三は、「人類の福祉のために使われてこそ、意義を持つ科学の成果を、殺戮や破壊に用いたことは、明らかに人間の大きな過ちであった。この碑の前にぬかずくすべての人びとが、その人類の一員として、過失の責任の一端をにない、犠牲者に詫びることの中に、私は、反省と謙虚と寛容と固い決意とを見いだすのであって、その考え方こそが、世界平和の確立のためにぜひ必要だと考えた」（『よみがえった都市―復興への軌跡 原爆市長』浜井信三）と説き、この碑文は日本人のみならず世界の人々に向けたものだとして博士の賛同を得ている。

オバマ米大統領の広島でのスピーチは、ベン・ローズ米大統領副補佐官の手によるものだが、大統領は自ら来日前のベトナム滞在中も幾度となく推敲を繰り返した。冒頭部分の「人類が自らを破滅に導く手段を手にした」も、当初は「能力を手にした」であったという。また、キャロライン・ケネディ元駐日米大使は二〇一八年一〇月に、TBSテレビの『報道の日2018』（同年一二月三〇日放送）のインタビューに応じ、スピーチの最終行にある「未来において広島と長崎は、核戦争の夜明けではなく、私たちの道義的覚醒（our own moral awakening）の地として知られるでしょう」も元々は、「核戦争が終わった地」であったものを大統領が直前になって手直ししたと証言している。理想を謳い和解を訴えたこのスピーチは自身、人種差別と闘い、米国人としてのアイデンティティを探し求め、遂には頂点を極めたバラク・オバマの集大成だったのではないだろうか。

21　黒革で覆われたアルミ・フレーム製のアタッシェケース（重さ約二〇キロ）。「ビスケット」と呼ばれる認証カードキーを携帯する米大統領がホワイトハウスを離れる際には常にこのケースを持った軍事顧問が帯同し、米軍最高司令官である大統領が核兵器使用を許可する場合にはこのカードキーにより本人確認がなされる。核のフットボールは瞬時に米国防総省の軍事指揮センターと繋がり、核兵器によって「一撃で米国のすべての敵を破壊する」「特定の都市を消失させる」（筆者訳）といった攻撃手法を選べるようにもなっている。

22　フルブライト奨学金の助成により、米『ナショナル・ジオグラフィック』誌の「デジタル・ストーリーテリング」フェローとして来日したアリ・ビーザーは、広島のみならず長崎、そして東日本大震災により甚大な被害を蒙った被災地も訪れ、ボランティアとして瓦礫から見つかった写真の修復作業に携わり、〝原発事故難民〟の取材を続けた。広島における被爆者への取材は二〇一五年に『The Nuclear Family』として上梓された。

23　広島市を訪れた外国人観光客は、二〇一五年に初めて年間一〇〇万人を突破。二〇一七年には一五一万五〇〇〇人（前年比二九・二パーセント増）となり六年連続で過去最多記録を塗り替えている。最も多かったのは米国からの観光客で、旅行の口コミサイト『トリップアドバイザー』がサイトへ寄せられた口コミ評価や投稿数をもとに独自のアルゴリズムで集計している「外国人に人気の日本の観光スポット」ランキングでは、意外にも二〇一二、二〇一三年に京都などの観光スポットを抑え、広島平和記念資料館が二年連続で一位に輝いている（二〇一七年は第三位）。同サイトの利用者の多くは、比較的教育水準が高く旅慣れているとはいえ、「平和」が観光資源としても有用なことを示す一例と言えるだろう。

24　それまでの最高入館者総数は一九九一年度の一五九万三二八〇人だった。外国人については二〇一八年度に四三万四八三八名を記録し、六年連続で過去最多を更新している。

25　バラク・オバマと同じように一九九一年一二月、真珠湾攻撃五〇周年式典に出席したジョージ・H・W・ブッシュ米大統領が、「私はドイツに対しても日本に対しても何の恨みも持っていません。憎悪の気持ちなど全くありません」（『日本経済新聞電子版』二〇一六年三月二五日付）と演説し、「戦争は過去のもの」と説いたことから米国、特にハワイにおける反日感情は急速に沈静化して行った。

これを受けて二〇一三年九月二一日、真珠湾攻撃を記憶する慰霊施設アリゾナ記念館では、原爆症で亡くなった佐々木禎子が病床で折り続けた折り鶴が展示されることとなり（禎子の折り鶴は、米国ではニューヨークの同時多発テロの犠牲者の追悼施設など六ヶ所へ寄贈されている）、同館から「リメンバー・パールハーバー」を恣意的に喚起させる展示は姿を消してゆく。「和解」は、あくまでも人と人とが紡ぎ合うものだが、これら国民の総意としての国家のリーダーの発言は公式見解として記録され、両国間の合意事項として継承されてゆく。

26　折免滋は、中島新町（現・中島町）で建物疎開作業中に被爆（三二一九名の一年生と八名の引率教師は即死もしくは被爆死）。八月九日早朝、母シゲコは本川土手で火葬された滋の遺体と名札の切れ端、水筒、腹の下に抱きかかえられた弁当箱を見つける。父が召集され、兄が海軍兵学校に進学した後、大黒柱となった滋は母と竹藪を開墾して畑を作り、家計を助けた。この弁当箱にはそこで初めて採れた麦や大豆の混ざったごはんと根菜の炒め物が詰められていた。

27　「広島平和記念都市建設事業の進捗状況」に基づいて国土交通省は報告書を作成し、閣議決定を経て内閣総理大臣がその他一三の特別都市建設法に基づく報告書と共に国会に報告する（広島平和記念都市建設法はその名が示す通り、二〇〇一年一月までは建設省、現在は国土交通省の管轄下にある）。

28　広島平和記念都市建設法の成立を受けて一九五一年までに、改正法を含めると地方自治特別法に基づく法律が一六法も立て続けに制定された（現在も有効な法律は一四）。しかしながらそれらの多くは別府国際観光温泉文化都市建設法（一九五〇年七月一八日公布）や軽井沢国際親善文化観光都市建設法（一九五一年八月一五日公布）といったように明らかに一地方自治体による一般法でも対処できる事案であり、「地方自治の憲法的保障」といった特例として国が補助すべき意義、崇高な理念はどこにも見当たらない。

寺光忠が、長崎市から委託され条文を執筆した際に、その名称を長崎国際文化都市建設法としたことで、本人も予想だにしなかった良からぬ事態を招くこととなった。各地方自治体はこの特別法を観光促進ＰＲに対する国家補助と受け止めた。言葉は悪いが広島市の功績に便乗した、と言っていいだろう。事実、一六法のうち、実に一一の名称に「文化」の文字があり、九に「観光」、五法に至っては「温泉文化」を謳う始末であった。

これらのうち、島根県松江市は一九五一年に国際文化観光都市建設法に指定されたが、総額約一一三億円にも上った事業計画予算の地域住民に対する周知徹底がまったくなされておらず、住民からは不満の声が上がった。国会における採択に引き続き実施された住民投票では、福引付投票が行われるなどあからさまな棄権防止運動も展開されたという。「観光」を冠した九つの都市は、一九七七年には「国際観光文化都市の整備のための財政上の措置等に関する法律」（法律第七一号）の適用都市ともなっている。

29 一九五一年八月二八日に大蔵大臣から各財務局長宛に通知された『特別都市建設法に基く普通財産譲与基準』（官房秘令第三〇号）には教育施設が示されていなかったことから、教育施設用地の譲渡は遅れた。三年後の一九五四年九月一三日になって大蔵省管財局長から中国、北九州財務局長宛に、「広島市及び長崎市の場合における小学校、中学校」も大蔵大臣が必要と認めたとの通知（蔵管第二八二四号）が出され、やっと八校の策定作業に着手することとなった。その最後の譲渡財産が、一九六七年二月二八日の基町高等学校である。

また、社会保険広島市民病院として一九五二年に旧・西練兵場跡地に開院した現在の広島市立広島市民病院は、一九五九年に広島平和記念都市建設法に基づき国から広島市に敷地を譲渡された。二〇〇三年から耐震補強を含む改修工事を行い二〇〇八年には完成しているが、この財源の大半は起債であり同法による特例的な補助金は適用されていない。

30 一九三六年に竣工した旧・日本銀行広島支店は一九九四年二月に被爆建物等登録台帳に登録された。この台帳には一九九三年に定められた『市被爆建物等保存・継承事業実施要綱』に基づき、爆心地から五キロ以内に現存する被爆建物（二〇一八年二月一日現在、公共所有二一件、民間所有六四件）が登録されている。

同支店の地下にある堅牢な金庫は米国製。爆心地から三五〇メートルといった至近距離に建っており建物は甚大な被害を受けたが、金庫は火災から免れたため被爆二日後には営業を再開している。市内にあった金融機関の建物のほとんどは焼失していたことから、同支店の窓口を一二区分に間仕切りし、各銀行が入り支払業務を行った。もみじ銀行特別顧問の森本弘道は、「あの金庫が燃えていたら、広島の復興は大きく出遅れていたでしょう」と話す。「お客様は皆、焼け出されて身分を証明するものなどお持ちでなかった。それでも構わず行員が一丸となって支払いを続けました。結果、不正を働いた人はまったくと言って良いほどいなかった。広島市民を誇りに感じるところです」

31　旧・日本銀行広島支店以外に広島市が重要有形文化財として指定している被爆建物は、旧・宇品陸軍糧秣支廠（現・広島市郷土資料館）や旧・広島地方気象台（現・広島市江波山気象館）。ちなみに広島平和記念資料館、世界平和記念聖堂は国の重要文化財に指定されている。

32　〝有効投票〟をどう捉えるかについては、憲法改正案の賛否を問う国民投票においても、最低投票率制度の導入を巡って国会の憲法審査会では議論となりつつある。自民党による『日本国憲法改正草案』（二〇一二年）においても憲法の改正は「有効投票の過半数の賛成を必要とする」とされている（第一〇〇条）が、最低投票率制度を設けると、投票率が一定の数字に達しなかった場合は不成立となるため不要であるといった主張がある一方で、投票率が低ければ結果の正当性を担保できないといった考え方もある。多数の国民が参加しない国民投票となった場合、一般法とは異なり、果たして憲法の理念を踏襲できるのかといった問題は否応なく生じる。

33　二〇一三年四月に衆議院憲法審査会事務局によって作成された『憲法に関する主な論点（第8章　地方自治）に関する参考資料』（衆憲資第八三号）には、この自民党による憲法改正草案に従い「95条について、地方自治特別法の要件を明確化すべきである」という明文改憲を必要とする意見と、「国の制度よりも地方自治の方が直接民主制的な要素が強いのであって、95条の制度は直接民主制の発現形態である」として明文改憲は必要がないとする両論が併記されている。

また、二〇一七年四月二〇日に開かれた第4回衆議院憲法審査会において、参考人として出席した明治大学法学部の大津浩教授は、「二〇一二年自民党憲法改正草案のように、『地方自治の本旨』を住民に身近な自主行政に限定する憲法改正は、日本の分権改革を進める点にも、世界の地方自治原理の発展に日本が先進的な寄与をする点にも真っ向から反するので、反対である」との意見を陳述するなど、いまだ方向性は定まっていない。

34 自民党憲法改正推進本部でも議論が続けられているように、現行憲法における「地方自治」の論点は、第一に、第九二条にある「地方自治の本旨」という文言の明確化である。一般的には、地域住民が主体的に運営する「住民自治」と、国（中央政府）から独立した形で意思決定ができるといった「団体自治」と看做されているが、これを明文化するといったもの。また、現行憲法には地方公共団体（地方自治体）に関する明確な記述がないため、道州制導入の可能性も踏まえて、市町村を指す「基礎的な地方公共団体」と都道府県を意味する「広域的な地方公共団体及びその他法律で定める特別の地方公共団体」とに仕分けするといった案が出されている。言ってみれば、これまでは国が法律によって規定する余地があまたあった地方自治体の在り方を憲法上、明らかにすることにより補完性の原理に基づき、特に課税自主権や財政自主権において地方分権を推進するといった考え方である。

35 原子爆弾による被爆者に対しては、一九五七年四月に施行された原子爆弾被爆者の医療等に関する法律（原爆医療法）と一九六八年に制定された原子爆弾被害者に対する特別措置に関する法律（旧原爆特別措置法）のいわゆる原爆二法に基づいて援護対策がとられて来た。原子爆弾被爆者に対する援護に関する法律（被爆者援護法）は、これら二法を一本化し、国の責任において被爆者に対する保健、医療及び福祉にわたる総合的な援護対策を実施するための法律として一九九四年一二月、第一三一回国会にて成立した。同法（第一条）に当該する被爆者とは、直接被爆者（一号被爆者）、入市者（二号被爆者）、救護、看護、死体処理に従事した者等（三号被爆者）、胎児（四号被爆者）に分類されている（厚生省による）。二〇一七年三月現在、広島市内に居住する被爆者総数は五万三三四〇名となっている。

36 広島における一号被爆者は、1広島市内、2安佐郡祇園町、3安芸郡戸坂村のうち、狐爪木、4安芸郡中山村のうち、中、落久保、北平原、西平原及び寄田、5安芸郡府中町のうち、茂陰北にて直接被爆した者。

37 原爆作家として知られる大田洋子は、一九五五年に刊行した『夕凪の街と人と』の中で、「この街では片カナでヒロシマと書く『ヒロシマ』が出来つつあるんで、復興ではない」と、様変わりしつつある「広島」の実像を冷静に見極めていた。

38 中核派の広島県反戦青年委員会のリーダーであった村上啓二委員長は一九七〇年、「われわれは、去年、政治集会が禁止されてきた平和公園を奪還した。ことしは中、四国地方の白ヘルメット部隊を総動員して、再び平和公園を埋めてみせる」と息巻いた。彼自身、広島大学の学生であったとはいえ、大分県出身の〝よそ者〟であった。『朝日新聞』が連載した「ヒロシマナガサキ25年」（八月一日付）の中で、他の中核派のリーダーは「正直な話、八・六のヒロシマも、われわれにとってはは運動の節であり、バネでしかない」とまで言い切っている。

39　一九六七年に『朝日新聞』（七月一八日付）が全国規模で五〇〇名の被爆者（うち、三一八名が広島で被爆）に面接調査を試みたところ、広島での被爆者のうち、被爆者団体に加入していない被爆者は八六・二パーセントにも上り、その理由として「無関心」が最も多く（三〇・三パーセント）、「運動に批判的」といった回答も一九・〇パーセントと高い割合を示していた。

40　広島平和教育研究所が二〇一一年に実施した第七回平和意識調査（広島県内の公立小・中学生五五五人が対象）によると、「世界で初めて戦争で原子爆弾が落とされた都市はどこか知っているか」との問いに「広島」と答えられた児童・生徒は七三・七パーセント、「広島への原爆投下の時間（年月日時分）を知っているか」といった設問にはわずか四二・三パーセントしか答えられなかった。また、「戦争の被害についてどのように感じるか」という問いに対しては約七八パーセントの小学生は「自分が体験したことではないが、被爆した人の苦しみは伝わってくる」と答えたものの、中学三年生では二八・八パーセントもの児童が「自分が実際に体験したことではないから、あまり実感できない」と回答している。さらに二〇一五年にＮＨＫが実施した意識調査（電話調査法）では、「ふだん家庭や職場、近所の人や友人と原爆の問題について話し合うことがどの程度ありますか」という質問に六八パーセントの広島市民があまり、もしくはまったくない、と答えている。

他方、平和学習を目的に広島を訪れる修学旅行にも変化が表れている。近年は生徒の人気投票によって行先を決めるケースが増えているが、日本修学旅行協会が二〇一三年に全国の中学校・高校を抽出して調べたところによると、都道府県別では京都や東京の人気が修学旅行先として高く、広島は中学校・高校ともに一〇位だったという。

41　作家・浅田次郎が、「戦争が終わってからずいぶん時間がたちました。そうすると社会は〝風化させてはならない〟と、考えますね。でも、風化するというのは忘れることだけではないんです。戦争というものがひとつのパターンにイメージづけられてしまう〝類型化〟、そして〝情緒的〟になってしまうことも一種の〝風化〟です。戦争はかわいそう、悲しい話と類別されていく。これも風化だと思うんですよ」（『週刊女性』二〇一六年八月六日号）と、端的に言い表した戦争体験の伝承が陥りがちなパターン化は、被爆都市・広島にも当て嵌まる。

一九六四年八月五日に広島市で開催された原水爆被災三県連絡会議が主催した文化人・学者部会で、当時『中国新聞』の論説委員であった金井利博が発した「原爆は威力として知られたか。人間的悲惨として知られたか」（『中国新聞』二〇一五年七月三日付）といった名言が契機となり、ヒバクシャに寄り添いつつ被爆の実相を世界に向けてアピールする平和運動が巻き起こった。その勇気ある発言はその後の広島報道の基礎を築き、被爆者救済にも多大な影響を及ぼした。しかしながら半世紀を経た今もなお、ヒロシマに向けられたマスメディアの捉え方はこうした広島論の枠組みに安住し、腫れ物に触るかの如くタブー視したことが、結果的に被爆体験の〝風化〟を助長しているようにも思える。

42　元安川に浮かぶ船上飲食店のかき船かなわが、原爆ドームの南二〇〇メートルに移転するといった計画が持ち上がり、国土交通省太田川河川事務所は二〇一四年に河川の占用を許可したものの、これに反対する市民がかき船問題を考える会を結成。日本イコモス国内委員会も翌年一月に広島市長に対して、原爆ドームは特別な性格を持つ人類共通の遺産であり「そのバッファゾーンは、単に資産周辺の景観を規制し整えるゾーンというだけでなく、この資産のもつ鎮魂と平和への祈念の意味との深い繋がりをもったエリアとして認識されるべき」と懸念を表明したことから議論が巻き起こった。

43　広島では、小学校の六年間、中学校の三年間にわたり平和学習が行われているが、ある広島の高校生は、「毎年、同じカリキュラムで行われるため、皆お決まりのテンプレートというか、感想文はこう書いて、こう締め括る、といった暗黙の了解の上に成り立っているところがある」と筆者に語った。平和学習も定型化されたスタイルから脱し、時代に即した新たなアプローチが求められているのではないだろうか。

44　広島市は、被爆の実相を伝える被爆者の方々が減少している現状に鑑み、被爆体験や平和への想いを後世に受け継ぐため、二〇一二年に被爆体験伝承者養成事業を起ち上げた。伝承者養成の受講者は約三年間の研修期間（証言者は約二年間）を経て広島平和記念資料館等で修学旅行生や海外からの訪問者らを対象に講話を実施している。二〇一八年時点で研修を終えて活動中の証言者は一六名、伝承者は一一七名。

45　一九八一年にローマ法王としては初めて広島を訪れた教皇ヨハネ・パウロ二世は二月二五日、二万五〇〇〇人もの人々が集まった平和記念公園で平和アピールを行い、その中で、「過去をふり返ることは将来に対する責任を担うことです。広島市の皆さんは、最初の原子爆弾投下の記念碑を、賢明にも平和の記念碑とされました。わたしは、この英断に敬意を表し、その考えに賛同します」と述べ、「平和記念碑を造ることにより、広島市と日本国民は、『自分たちは平和な世界を希求し、人間は戦争もできるが、平和を打ち立てることもできるのだ』という信念を力強く表明しました」と、広島市の姿勢を讃えた。

46　広島平和記念資料館には、来館した各国要人のメッセージが残されている。その多くには核兵器廃絶の誓いや国際平和への願いが綴られているが、一九八七年九月一六日に同館を訪れたバヌアツ共和国のジョージ・ソコマヌ大統領は、「私は妻と共に、1945年のヒロシマの惨事に深く哀悼の意を表します」といった書き出しに続けて「壊滅した地域が日本の意思により復興し、人々がさらに発展を遂げられたことを見てうれしく思います」と、唯一、広島の戦後復興に言及している。

47　二〇一七年一〇月に広島を訪れた英NGO『ハンド・イン・ハンド・フォー・シリア』のファディ・アル・ダイリ共同代表は、内戦が続く故郷を想い、「原爆で焼け野原になった広島の復興は、シリアの希望の象徴です」と語っている。

48　広島東洋カープの絶対的エースであった黒田博樹投手は二〇〇六年、FA権を取得し、その去就が注目を集めていた。万年Bクラスに甘んじていたカープは一〇月一六日の時点ですでに〝定位置〟のセントラル・リーグ五位が決まっており、例年であれば閑古鳥が鳴く試合であったにもかかわらず、球場内は彼の背番号「15」が書かれたボードを手にしたファンで埋まっていた。この横断幕を見て、ブルペンでひとり泣きしていたという彼はこの年、複数年契約で多額の年俸を申し出た他球団のオファーを蹴り、カープに残留する。記者会見で「他球団のユニフォームを着て、広島市民球場でカープのファン、カープの選手を相手にボールを投げるのが、自分の中で想像がつかなかった。僕をここまでの投手に育ててくれたのはカープ。そのチーム相手に、目一杯ボールを投げる自信は正直なかった」と語った黒田投手は翌年、海を渡り〝カープのいない〟メジャー・リーグで第二の野球人生をスタートさせた。

49　一九六五年に、経済社会理事会及び国連総会各決議に基づき発足したユニタール（本部はスイスのジュネーブ）の広島事務所（二〇〇三年七月一五日設立）は中国・四国地方における唯一の国連機関であり、米ニューヨークに続いて二番目に設立された事務所となっている。活動資金は国連の通常予算からではなく、各国政府等からの自発的拠出金によって賄われているため、国連の一機関でありながらも〝特別機関〟として高い独立性を維持している。ちなみに同所の親善大使にはカープの元エース・黒田博樹が無償で就任している。

50　アフガニスタンは、イスラム法（シャリーア）と部族慣習法（家父長制）による支配が著しく、男尊女卑が根強い社会である。二〇〇四年に採択された新憲法において男女平等の規定（第二二条）等が定められ、二〇〇一年には女性課題省も設置されたが、伝統的な慣習に阻まれ、女性の人権を巡る状況は一向に好転していない。

あとがき

広島はかつて、原爆投下により「七五年は草木も生えん」と言われた。来年、その節目を迎えるこの街は、奇跡の復興を遂げた。まるで不死鳥の如く両の翼を大きく広げ、力の限り羽ばたかせ、そして見事までに甦った。

そこには、原爆によって尊い命を無惨にも奪われた方々の想いを胸に、文字通り血反吐を吐くほどの辛苦に堪え、血の汗を流しながら復興に立ち向かい、何度となく挫《くじ》けては立ち上がり、凛として前を向いて歩んだ、誇り高き多くの人々の足跡が残されていた。

本作の取材中、「被爆体験を風化させてはならない」といった声を何度も耳にした。言うまでもなく、原爆投下という人類にとって最も醜悪かつ残忍な〝負の歴史〟は、決して忘れてはならない。風化させてはならない。二度と同じ過ちを繰り返さないためにも広く、永く伝えてゆく責務をこの世に生かされ、平和を享受している我々は負っている。

しかしながら被爆者、残された遺族、そして共に笑い、泣いた竹馬の友や愛しい人を亡くされた方々にとって被爆体験は、永遠に〝風化〟することはない。被爆作家・原民喜が綴ったように「自分のために生きるな、死んだ人たちの嘆きのためにだけ生きよ」（『夏の花・鎮魂歌』原民喜）といった心持ちから、一瞬たりとも逃れられない。〝風化〟とは、あくまでも当事者ではない私を始めとする一介の傍観者に向けられた警句である。

私は、広島で生まれたわけでも、育ったわけでもない。また、高度経済成長期のとば口に生を受けた、戦争の「せ」の字も知らない世代である。口には出さずとも「なぜ、あんたが広島を描くんじゃ」と、訝しんだ方もおられたに違いない。私が、逆の立場であれば「広島もん以外に、広島の苦しみなんぞわかりゃせん」と、憤ったかも知れない。原爆詩人の豊田清史氏が、約半世紀前に怒りを込めて吐露した、「原爆シーズンに文化人がやって来て〝広島〟を書く。数日の滞在ですべてが構成される。美化し水増しし、修飾・誇張したゲンバクが、全国に紹介される。原点の心とかけはなれた〝観念〟が一人歩きして被爆者を戸惑わせる」（『中国新聞』一九七〇年八月四日付）といった言葉の重みをしっかと受け止めたい。

だが、私はこうも思う。私のような広島とは無縁の、戦争体験もない人間が核兵器の非人道性について、また戦後復興に尽力された名もなき人々の偉業に着目し、時として憤怒し、不覚にも落涙し、改めて平和の尊さに気づくこと。それこそが原爆によって不本意にも命を奪われてしまった方々が望まれたことだったのではないかと。

戦争のない平和な国、そして世界を作ること。私は、彼らの熱き魂の申し子であることを誇りに思う。また後世に、平和がいかに崇高なものであるかを語り継ぐ志を持ったひとりの日本人でありたいと願う。想いの丈が風に乗り、海を渡り、遥かなる地に種を落とし、やがて花を咲かせれば、〝風化〟とは言わない、言わせない。時空を超えれば歴史は、現実となって甦る。

本作を執筆すべく心に決めたきっかけは東日本大震災後、宮城、福島両県を訪れ、筆舌に尽くしがたい惨禍の傷跡に間近で接し、彼《か》の地に残された人々の悲愴な叫びを耳にし、改めて自らの生き方、表現者としての本分を問うたことにあった。

広島で出会った被爆者の方々からは二〇一一年三月一一日、津波にのみ込まれた被災地が映し出されたテレビ映像を見た刹那、「あの時と同じ光景だ……」と戦慄を覚え、身体の震えが止まらなかったとも伺った。

私には、こうした自らの取材経験を踏まえ、関東大震災の復興計画に学んだという広島の人々の貴重な体験を伝えることで今、この時にも大震災からの復興に苦悶し、葛藤しておられる方々に幾ばくかの勇気と希望を届けたいとの切なる願いがあった。

それだけではない。この瞬間にも世界の片隅では銃声が鳴り響き、砲弾が炸裂し、多くの人々が傷つき、瓦礫の山を前に立ち尽くしている。いかに祖国を甦らせるか。途方に暮れる彼らにとっても驚異的な復興を遂げた広島は、「約束の地」となろう。「負の遺産」から「正の遺産」へ。

また、為政者によって「海の向こうで戦争が始まる」と盛んに喧伝されるこの時代、我々が営々と、愚直なまでに築き上げて来た「平和」とは果たして何だったのか、我々日本人は一体どこへ向かおうとしているのか。被害者となり加害者ともなった凄惨な殺し合い、いのちのやり取りを経て、国の基本理念に「平和」の二文字を掲げた我々は、今一度、すべてが始まった〝あの朝〟へ、原点に立ち返らなければならない。広島、そして長崎の経験は、我々日本人のみならず人類にとって、産業革命に端を発した近代という時代の在り方を、「生きる」ことの根源的な意味を問い直す分水嶺ともなった。

しかしながら、いざ取材に着手してみると、想像を遥かに超える困難が待ち受けていた。七〇年余りもの歳月を経て、被爆者のみならず戦後復興を知る大半の方々はすでに鬼籍に入り、私文書はもちろんのこと公文書さえ、その多くが散逸していた。それはまるで、一葉のモノクロ写真にひと色、ひと色、顔料を塗り重ねてゆくかのような忍耐を要するプロセスであったと同時に、時間との闘いでもあった。

広島という名のキャンバスに対峙し、絵筆ならぬペンを四年余りにわたり握り続けた。パステルカラーから原色へ。彩りが増してゆくに従い、自分とは縁もゆかりもないと思われていた風景が、やがて骨格を持ち、肉を付け、音声と臭気を纏《まと》い始め、まるで昨日見て来たばかりの情景の如く立ち昇って行った。

本作の執筆を通じて、〝あの戦争〟、そして終戦直後のこの国を、ノンフィクションとして描くことはもはや、物理的に不可能となりつつあることを痛感させられた。おそらく数年後には、広島の経験もまた〝歴史小説〟として描かれざるを得なくなるだろう。拙稿が、果たしてノンフィクションとしての〝最終列車〟に飛び乗ることが出来たか否か。審判は、賢明なる読者に委ねたいと思う。

歴史は巡る。悲しいかな、人類が諍いに倦《う》み、大自然の脅威から逃れられることは、これからもないであろう。悲劇の連鎖は止まらない。「平和」は、繭の如く危うく、儚い。少しでも目を離せば、指の隙間からさらさらと音もなく零《こぼ》れ落ち、いつの間にやら雲散霧消してしまう。それでも我々は、下を向くわけにはいかない。過去に学び、少しでもより良き世界を創るべく希求することから始めなければならない。一歩、そしてまた一歩。長く険しい道程も、平凡かつ不器用な民の一挙手一投足、拙い一語から始まることを信じて。

「平和都市」を標榜する広島、そしてこの地がたどった戦後復興の軌跡は、取りも直さず「平和憲法」を旗印に、焦土から甦った日本という国の写し絵そのものである。過去、そして現在の広島をつぶさに見れば、この国の姿、行く末が仄見えて来る。それは、過去における「被爆体験の伝承」だけに留まらず、未来をも見据えた「戦後復興の継承」という新たな責務へと繋がっていく。

戦後七〇年余りもの長きにわたり我々は、幸運なことに戦争によってひとりのいのちも奪わず、奪われることもなかった。こうした平和国家が一幕限りの砂上の楼閣と帰するのか、はたまた恒久的な天上庭園へと誘われるのかは、これからを生きる我々の、心の有り様次第であろう。

本作の取材過程で多数の方々のお力添えを頂いた。特に、長年にわたり被爆体験を世界に向けて真摯に伝えながら「平和」の意義を訴え続け、私に「想像力のみが、過去と未来を繋ぐ」と教えて下さった小倉桂子氏との出会いがなければ、本作を手掛けることさえなかっただろう。また、多忙な時間を幾度となく割いて下さった元広島市長・浜井信三氏のご子息である浜井順三氏を始め、広島平和記念資料館の元館長・志賀賢治氏、広島市公文書館の元館長・中川利國氏には得難い示唆の数々を頂戴した。さらには、集英社クリエイティブの日野義則代表取締役の、我慢強い叱咤激励のお陰で何とか脱稿にまで漕ぎ着けることが出来、編集担当の斎藤和寿氏には、作業の全段階にわたり終始変わらぬ温かい支援をいただいた。

　末筆ながらこの場をお借りして、快く取材に応じて下さった多くの広島市民の方々、貴重な資料をご提供下さった関係各位に心から感謝の意を表したい。

二〇一九年六月一四日

弓狩匡純

参考文献

【書籍・冊子】

青木暢之、畑矢健治『聞き書 ふるさとの戦争—徴用は山河に及び—』農山漁村文化協会、一九九五年

青木冨貴子『GHQと戦った女 沢田美喜』新潮社、二〇一五年

天野貞祐『天野貞祐全集 第三巻』栗田出版会、一九七一年

有馬哲夫『原発・正力・CIA 機密文書で読む昭和裏面史』新潮社、二〇〇八年

井川樹『ひろしま本通物語 577メートルの「舞台」に息づく人間模様』南々社、二〇一三年

石川明人『戦場の宗教、軍人の信仰』八千代出版、二〇一三年

井尻俊之、白石孝次『1934フットボール元年 父ポール・ラッシュの真実』ベースボール・マガジン社、一九九四年

出雲井晶『昭和天皇—ご生誕100年記念—』扶桑社、二〇〇一年

井上保『「日曜娯楽版」時代 ニッポン・ラジオ・デイズ』晶文社、一九九二年

井上ひさし『父と暮せば』新潮社、二〇〇一年

井上泰浩『アメリカの原爆神話と情報操作「広島」を歪めたNYタイムズ記者とハーヴァード学長』朝日新聞出版、二〇一八年

色川大吉『自由民権』岩波書店、二〇〇五年

ジャスティン・ウィリアムズ『マッカーサーの政治改革』朝日新聞社、一九八九年

C.A.ウィロビー『GHQ知られざる諜報戦—新版・ウィロビー回顧録』山川出版社、二〇一一年

上田良三『昔語り平和公園界隈』溪水社、一九八四年

宇吹暁『ヒロシマ戦後史—被爆体験はどう受けとめられてきたか』岩波書店、二〇一四年

宇吹暁『平和記念式典の歩み』広島平和文化センター、一九九二年

永六輔『ボケない知恵』飛鳥新社、二〇〇五年

江藤淳編『占領史録 1 降伏文書調印経緯』講談社、一九八九年

江藤淳『閉された言語空間 占領軍の検閲と戦後日本』文藝春秋、一九九四年

NHK出版編『ヒロシマはどう記録されたか—NHKと中国新聞の原爆報道』NHK出版、二〇〇三年

大井憲太郎、植木枝盛、馬場辰猪、小野梓『明治文學全集一二』筑摩書房、一九七三年

大石静『駿台荘物語』文藝春秋、一九九八年

大江健三郎『ヒロシマ・ノート』岩波書店、一九六五年

大佐古一郎『広島昭和二十年』中央公論社、一九七五年

大田洋子『大田洋子集 第三巻』三一書房、一九八二年

大田洋子『夕凪の街と人と』三一書房、一九七八年

大原孫三郎伝刊行会編『大原孫三郎伝』大原孫三郎伝刊行会、非売品、一九八三年

大宅壮一『大宅壮一全集第一三巻』蒼洋社、一九八一年

奥住喜重、工藤洋三訳『米軍資料 原爆投下の経緯—ウェンドーヴァーから広島・長崎まで』東方出版、一九九六年

小倉馨『ヒロシマになぜ—海外よりのまなざし—』溪水社、一九七九年

尾崎行雄『尾崎咢堂全集 第一〇巻』公論社、一九五五年
尾崎行雄『民主政治読本』世論時報社、二〇一三年
長田新編『原爆の子』岩波書店、一九五一年
大佛次郎『終戦日記』文藝春秋、二〇〇七年
小田切秀雄監修『新聞資料原爆』日本図書センター、一九八七年
小野勝『くされえんものがたり ニトさんと私』非売品、一九七九年
小野勝『天皇と廣島』広島文化社、一九四九年
「回想広島アマ野球の父三浦芳郎」編集出版委員会編『回想 広島アマ野球の父三浦芳郎』非売品、二〇一五年
外務省編『終戦史録 四』北洋社、一九七七年
加瀬俊一『ミズリー号への道程』文藝春秋新社、一九五一年
門田隆将『康子十九歳 戦渦の日記』文藝春秋、二〇〇九年
金子みすゞ『永遠の詩1 金子みすゞ』小学館、二〇〇九年
ヨハン・ガルトゥング『構造的暴力と平和』中央大学出版部、一九九一年
ヨハン・ガルトゥング、藤田明史編著『ガルトゥング平和学入門』法律文化社、二〇〇三年
河口豪『カープ風雪十一年』青志社、二〇一六年
川村湊『原発と原爆「核」の戦後精神史』河出書房新社、二〇一一年
北川フラム監修『丹下健三 伝統と創造―瀬戸内から世界へ』美術出版社、二〇一三年
吉川清『「原爆一号」といわれて』筑摩書房、一九八一年
旧比治山高女第5期生の会編『炎のなかに 原爆で逝った級友の25回忌によせて』非売品、一九七〇年
京極務修編『中國年鑑』中國新聞社、一九四九年
草薙書房編集部編『市政の100人』草薙書房、一九七三年
久保安夫、中村雅人、岩堀政則『B29エノラ・ゲイ 原爆搭載機「射程内ニ在リ」』立風書房、一九九〇年
呉市総務部市史文書課『呉の歩みII―英連邦軍の見た呉―』呉市役所、二〇〇六年
原爆遺跡保存運動懇談会『広島 爆心地 中島』新日本出版社、二〇〇六年
原爆胎内被爆者全国連絡会編『被爆70年に想う～胎内被爆者等の体験記～』原爆胎内被爆者全国連絡会、二〇一五年
原爆被害者の手記編纂委員会編『原爆に生きて』三一書房、一九五三年
纐纈厚『日本海軍の終戦工作 アジア太平洋戦争の再検証』中央公論新社、一九九六年
こうの史代『この世界の片隅に』双葉社、二〇〇八～二〇〇九年
こうの史代『夕凪の街 桜の国』双葉社、二〇〇四年
広陵学園編『広陵学園八十年史稿』広陵学園、一九七六年
広陵学園編『広陵百年史』広陵学園、一九九四年
広陵学園90年史編纂委員会編『目で見る90年の歩み』広陵学園、一九八六年
広陵高等学校編『広陵高等学校野球部百年史』広陵高等学校野球部百年史編集委員会、二〇一二年
国際平和拠点ひろしま構想推進連携事業実行委員会（広島県・広島市）編『ひろしま復興・平和構築研究事業報告書 広島の復興経験を生かすために―廃墟からの再生―』非売品、二〇一四年

越澤明『復興計画 幕末・明治の大火から阪神・淡路大震災まで』中央公論新社、二〇〇五年
兒玉光雄編『被爆者・ヒロシマからのメッセージ 放射能と闘う至近距離被爆者・命の記録』非売品、二〇一四年
小林弘忠『巣鴨プリズン 教誨師花山信勝と死刑戦犯の記録』中央公論新社、一九九九年
坂口安吾『坂口安吾全集 08』筑摩書房、一九九八年
佐々木雄一郎『写真記録 ヒロシマ25年』朝日新聞社、一九七〇年
笹本征男『米軍占領下の原爆調査―原爆加害国になった日本』新幹社、一九九五年
佐野眞一『畸人巡礼怪人礼讃 新忘れられた日本人II』毎日新聞社、二〇一〇年
佐野眞一『巨怪伝（下）正力松太郎と影武者たちの一世紀』文藝春秋、二〇〇〇年
佐野之彦『N響80年全記録』文藝春秋、二〇〇七年
クロフォード・F・サムス『DDT革命―占領期の医療福祉政策を回想する』岩波書店、一九八六年
繁沢敦子『原爆と検閲 アメリカ人記者たちが見た広島・長崎』中央公論新社、二〇一〇年
宍戸幸輔『広島・軍司令部壊滅 昭和20年8月6日』読売新聞社、一九九一年
市制百年長崎年表編さん委員会『市制百年長崎年表』長崎市役所、一九八九年
自治労広島市職員労働組合編『広島市職労30年史』自治労広島市職員労働組合、一九七七年
柴橋伴夫『夢みる少年―イサム・ノグチ』共同文化社、二〇〇五年
下嶋哲朗『謎の森に棲む古賀政男』講談社、一九九八年
自由民権百年全国集会実行委員会『自由民権百年の記録――自由民権百年全国集会報告集』三省堂、一九八二年
白井久夫『幻の声 NHK広島8月6日』岩波書店、一九九二年
城山三郎『雄気堂々』（上）新潮社、一九七六年
錫村満『似島原爆日誌 若き軍医の回想録』汐文社、一九八六年
砂原組社史編纂委員会編『砂原組四十年史』非売品、一九六五年
砂原組70年史編纂委員会編『砂原組70年史』非売品、一九九五年
戦災復興事業誌編集研究会、広島市都市整備局都市整備部区画整理課編『戦災復興事業誌』広島市都市整備局都市整備部区画整理課、一九九五年
創価学会広島女性平和委員会編『女性たちのヒロシマ―笑顔がかがやく未来へ』第三文明社、二〇一六年
袖井林二郎『マッカーサーの二千日』中央公論社、一九九一年
高杉良『高杉良経済小説全集 第15巻 祖国へ、熱き心を 東京にオリンピックを呼んだ男 いのちの風 小説日本生命』角川書店、一九九六年
高橋紘『日本国憲法・検証１９４５―２０００資料と論点 第二巻 象徴天皇と皇室』小学館、二〇〇〇年
竹内実編『中国を知るテキスト3 日中国交基本文献集（下巻）』蒼蒼社、一九九三年
竹内良男編『「忘れられた」金輪島―小さな島の哀切な物語―』自費出版、二〇一六年
竹前栄治『占領戦後史』岩波書店、一九九二年

竹前栄治・中村隆英監修『GHQ日本占領史6』日本図書センター、一九九六年
田坂実編『広島胡子神社由緒』非売品、一九七七年
建物疎開動員学徒の原爆被災を記録する会編『慟哭の悲劇はなぜ起こったのか—その明暗を分けたもの—』非売品、二〇〇四年
田邊雅章『原爆が消した廣島』文藝春秋、二〇一〇年
田辺良平『原爆後最初の広島市長 木原七郎』非売品、二〇一一年
田辺良平『広島産業界先駆け者伝—時代の先頭を走った人たち—』春秋社、二〇一三年
千田武志『英連邦軍の日本進駐と展開』御茶の水書房、一九九七年
ジョン・W・ダワー『敗北を抱きしめて』（上・下）岩波書店、二〇〇一年
ジョン・W・ダワー『忘却のしかた、記憶のしかた 日本・アメリカ・戦争』岩波書店、二〇一三年
中央社会事業協会編『日本社会事業年鑑 昭和八年版』中央社会事業協会、一九三三年
中国新聞社編『巨人新人』中国新聞社、一九二八年
中国新聞社編『ヒロシマの記録—年表・資料編』未来社、一九六六年
中国新聞社編『炎の日から20年—広島の記録2』未来社、一九六六年
中国地方整備局企画部『ゼロからの復興：平和都市ヒロシマのまちづくりについて〜銀山匡助氏講演関連資料集〜』二〇〇四年
土屋清『「河」上演台本』二〇一七「河」上演委員会
寺島洋一『雲雀と少年／峠三吉論』文芸社、二〇〇一年
寺光忠『註解・長崎國際文化都市建設法』佐世保時事新聞社、一九四九年
寺光忠『ヒロシマ平和都市法』中国新聞社、一九五〇年
東京裁判刊行会編『アイラブジャパン—パール博士言行録—』非売品、一九六六年
峠三吉『原爆詩集〈ガリ版〉復刻』広島文学資料保存の会、二〇一六年
峠三吉『峠三吉作品集』（下）青木書店、一九七五年
峠三吉、山代巴編『原子雲の下より』青木書店、一九七一年
東條由布子『祖父東條英機「一切語るなかれ」』文藝春秋、二〇〇〇年
ゴードン・トマス、マックス・モーガン＝ウィッツ『エノラ・ゲイ—ドキュメント・原爆投下』TBSブリタニカ、一九八〇年
長崎孝『一開業医のたわごと』長崎病院、一九七七年
中沢啓治『はだしのゲン』（全一〇巻）汐文社、一九八七年
中沢啓治『「ヒロシマ」の空白 中沢家始末記』日本図書センター、一九八七年
中沢志保『ヘンリー・スティムソンと「アメリカの世紀」』国書刊行会、二〇一四年
中村哲也『学生野球憲章とはなにか—自治から見る日本野球史』青弓社、二〇一〇年
中矢一清『広島県政秘録20年 激流のかなた』毎日新聞広島支局、一九六五年

西修『日本国憲法成立過程の研究』成文堂、二〇〇四年
二至村菁『日本人の生命を守った男―GHQサムス准将の闘い』講談社、二〇〇二年
日米新聞社編『日米年鑑 第10号』日米新聞社、一九一八年
日本放送協会編『続・放送夜話―座談会による放送史』日本放送出版協会、一九七〇年
カイ・バード、マーティン・シャーウィン『オッペンハイマー「原爆の父」と呼ばれた男の栄光と悲劇』（上）PHP研究所、二〇〇七年
波多野勝『日米野球史―メジャーを追いかけた70年』PHP研究所、二〇〇一年
服部龍二『増補版 幣原喜重郎 外交と民主主義』吉田書店、二〇一七年
浜井信三『よみがえった都市―復興への軌跡 原爆市長』原爆市長復刻版刊行委員会、二〇一一年
濱井信三追想録編集委員会編『濱井信三追想録』非売品、一九六九年
林立雄『戦後広島保守王国史 1945〜1983』溪水社、一九八三年
原民喜『夏の花・鎮魂歌』講談社、一九七三年
半藤一利『日本国憲法の二〇〇日』プレジデント社、二〇〇三年
東琢磨、川本隆史、仙波希望編『忘却の記憶 広島』月曜社、二〇一八年
被爆70年史編修研究会編『広島市被爆70年史 あの日までそして、あの日から 1945年8月6日』広島市、二〇一八年
広島県編『広島県史 現代 通史Ⅶ』広島県、一九八三年
広島県編『広島県庁原爆被災誌』広島県、一九七六年
広島県海外協会編『広島県滞在米布哇出生者名簿』広島県海外協会、一九三二年
広島県警察史編さん委員会『広島県警察百年史』広島県警察本部、一九七一年
広島県警察史編修委員会『新編廣島県警察史』広島県警察連絡協議会、一九五四年
広島県朝鮮人被爆者協議会編『白いチョゴリの被爆者』労働旬報社、一九七九年
広島市編『広島原爆戦災誌 第五巻 資料編』広島市役所、一九七一年
広島市編『広島市勢要覧』広島市、一九四七年
広島市編『広島新史 行政編』広島市、一九八三年
広島市編『広島新史 経済編』広島市、一九八四年
広島市編『広島新史 財政編』広島市、一九八三年
広島市編『広島新史 市民生活編』広島市、一九八三年
広島市編『広島新史 資料編Ⅱ（復興編）』広島市、一九八二年
広島市編『広島新史 都市文化編』広島市、一九八三年
広島市編『広島新史 歴史編』広島市、一九八四年
広島市衛生局原爆被害対策部調査課編『原爆被爆者対策の歩み―関係者による座談会―』非売品、一九八八年
広島市議会編『広島市議会史 議事資料編Ⅱ』広島市議会、一九八七年
広島市議会編『広島市議会史 昭和（戦後）編』広島市議会、一九九〇年
広島市原爆体験記刊行会編『原爆体験記』朝日新聞社、一九六五

年
広島市公文書館編『図説広島市史』広島市、一九八九年
広島市公文書館編『ひろしま今昔』広島市、一九八〇年
広島市公文書館編『広島平和記念都市建設法の制定の当時を振り返って―関係者による座談会―』広島市公文書館、一九八七年
広島市史編修委員会専門部会編『広島新史編修手帖』（創刊号～第4号）広島市史編修委員会専門部会、一九七七～一九七九年
広島市戦災復興事業誌編集研究会編『戦災復興事業誌』広島市、一九九五年
広島市退職公務員連盟編『あのときあのころひろしまアルバム』広島市退職公務員連盟、一九八二年
広島市退職公務員連盟編『ひろしまの歩みとともに』広島市退職公務員連盟、一九七二年・一九九二年
広島市・長崎市原爆災害誌編集委員会『広島・長崎の原爆災害』岩波書店、一九七九年
広島市役所編『新修広島市史　第一巻総説編』広島市役所、一九六一年
広島市役所編『新修広島市史　第二巻政治史編』広島市役所、一九五八年
広島市役所編『広島市役所原爆誌』広島市役所、一九六六年
広島商業会議所編『廣島市商工案内』広島商業会議所、一九一六年
広島商業会議所編『廣島商工案内』広島商業会議所、一九二五年
広島商工会議所百年史編さん委員会編纂『広島商工会議所百年史』広島商工会議所、一九九二年
広島女学院教職員組合平和教育委員会編『夏雲　広島女学院原爆被災誌』広島女学院教職員組合、一九七三年
広島市立浅野図書館編『広島市立浅野図書館略年表』広島市立浅野図書館、一九七四年
広島戦災供養会編『慰霊の記録　原爆供養塔』非売品、一九九六年
広島テレビ放送編『いしぶみ　広島二中一年生全滅の記録』ポプラ社、二〇〇九年
「ヒロシマと音楽」委員会編『ヒロシマと音楽』汐文社、二〇〇六年
広島都市生活研究会編『広島被爆40年史　都市の復興』広島市、一九八五年
広島長崎原爆被爆者医療法改正対策委員会編『「原爆放射能医学研究所設置」「原爆医療法中二杆の制限拡大」「戦傷病者戦没者遺族等援護法中学徒・女子挺身隊　義勇隊等の時限法改正」に関する陳情運動日誌』非売品、一九六二年
広島に文学館を！市民の会編『峠三吉を語る・くずれぬへいわを』非売品、二〇〇八年
ヒロシマ・フィールドワーク実行委員会編『証言生きている町　原爆で灼かれた材木町・中島本町』ヒロシマ・フィールドワーク実行委員会、二〇一六年
ヒロシマ・フィールドワーク実行委員会編『証言町と暮らしの記憶　中島本町・材木町・水主町』ヒロシマ・フィールドワーク実行委員会、二〇一七年
広島文学資料保全の会編『人類が滅びぬ前に　栗原貞子生誕百年

記念』広島文学資料保全の会、二〇一四年
広島平和記念資料館資料調査研究会編『広島平和記念資料館資料調査研究会研究報告 第8号』非売品、二〇一二年
広島平和記念資料館資料調査研究会編『広島平和記念資料館資料調査研究会研究報告 第10号』非売品、二〇一四年
広島放送局六〇年史編集委員会編『NHK広島放送局六〇年史』NHK広島放送局、一九八八年
リチャード・B・フィン『マッカーサーと吉田茂』（下）同文書院、一九九三年
福井芳郎『広島原爆記録画展解説目録 原爆十五周年大阪展』アートサロン・マキタ、二〇〇二年
福島和男『第一部 平和記念公園の下に眠る幻の中島界隈 第二部 原爆 家族を探して』非売品、二〇〇七年
福島慎太郎編『国際社会のなかの日本―平沢和重遺稿集』日本放送出版協会、一九八〇年
文沢隆一『ヒロシマの歩んだ道』風媒社、一九九六年
モニカ・ブラウ『検閲―原爆報道はどう禁じられたのか』時事通信社、一九八八年
保阪正康『日本の原爆 その開発と挫折の道程』新潮社、二〇一二年
ビル・ホソカワ『二世 このおとなしいアメリカ人』時事通信社、一九七一年
本堂淳一郎『広島ヤクザ伝「悪魔のキューピー」大西政寛と「殺人鬼」山上光治の生涯』幻冬舎、二〇〇三年
増岡敏和『原爆詩人ものがたり』日本機関紙出版センター、一九八七年
増岡敏和『八月の詩人 原爆詩人・峠三吉の詩と生涯』東邦出版社、一九七〇年
ダグラス・マッカーサー『マッカーサー大戦回顧録』中央公論新社、二〇一四年
松島綏楽焼展世話人会編『独楽 松島綏作品と随想』非売品、一九八九年
的場哲編『大廣島の建設』広島商業会議所、一九二七年
丸山鐵雄『ラジオの昭和』幻戯書房、二〇一二年
三重県原爆被災者の会編『三重の被爆者証言 原爆被災者の会、一九九五年
三木睦子『信なくば立たず 夫・三木武夫との50年』講談社、一九八九年
湊邦三編『早速整爾傳』非売品、一九三二年
南加州日本人七十年史刊行委員会編『南加州日本人七十年史』南加日系人商業会議所、一九六〇年
宮田親平『だれが風を見たでしょう―ボランティアの原点・東大セツルメント物語』文藝春秋、一九九五年
村上敏夫『三児に遺す』非売品、一九五八年
元大正屋呉服店を保存する会、原爆遺跡保存運動懇談会編『爆心地中島―あの日、あのとき―』非売品、二〇〇五年
ミシェル・E・ド・モンテーニュ『エセー』（2）岩波書店、一九六五年
森戸辰男『遍歴八十年』日本経済新聞社、一九七六年
矢賀原爆戦災誌編集委員編『矢賀原爆戦災誌 原爆50周年にあたって』矢賀学区連合町内会、一九九五年
矢内原忠雄『日本精神と平和国家』岩波書店、一九四六年

矢内原忠雄『余の尊敬する人物』岩波書店、一九四〇年
柳田邦男『空白の天気図』新潮社、一九八一年
山口氏康『ヒロシマもう一つの顔 地方議会の生態―ある市会議員の報告』青弓社、一九八六年
山下草園『日米をつなぐ者』文成社、一九三八年
山代巴編『この世界の片隅で』岩波書店、一九六五年
山田節男追想録刊行委員会編『山田節男追想録』非売品、一九七六年
山本治郎編『追想山本朗』非売品、一九九八年
吉田茂記念事業財団編『人間吉田茂』中央公論社、一九九一年
吉田直次郎編『広島案内記 附 厳島名勝案内』友田誠眞堂、一九一三年
レリジョンズ・フォー・ピース編『宗教指導者と共同体のための核軍縮に関する実践情報ガイド』レリジョンズ・フォー・ピース、二〇一三年
若尾祐司、小倉桂子編『戦後ヒロシマの記録と記憶―小倉馨のR・ユンク宛書簡―』（上・下）名古屋大学出版会、二〇一八年
Gar Alperovitz "The Decision to Use the Atomic Bomb" VintageBooks 1996
Nicholas Dawidoff "The Catcher Was a Spy: The Mysterious Life of Moe Berg" Vintage Books 1995
Robet K. Fitt. "BANZAI BABE RUTH : Baseball, Espionage, and Assassination during the 1934 Tour of Japan" University of Nebraska Press 2012
Bill Staples Jr. "Kenichi Zenimura, Japanese American Baseball Pioneer" McFarland & Company Inc. 2011

【学術論文・雑誌記事・講演】

赤坂幸一「占領下に於ける国会法立案過程―新史料・『内藤文書』による解明―」議会政治研究会『議会政治研究』第74号、二〇〇六年
浅井敦「鈴木安蔵先生と憲法9条」愛知大学図書館編『韋編』No.34、二〇〇七年
新木武志「長崎の原爆被災と戦後復興」長崎大学東アジア共生プロジェクト ワーキングペーパー No.10、二〇一三年
安藤福平「原爆投下直後の在広陸軍部隊公文書『船舶司令部作命綴』と『第五十九軍作命甲綴』」広島市公文書館編『広島市公文書館紀要』第13号、二〇一五年
石島治志「ラヂオ社会学私稿」1〜3、日本放送協会『調査時報』第2巻第3、4、6号、一九三二年
石丸紀興「百メートル道路から平和大通りへ―広島における広幅員道路の姿と役割の変遷―」国際交通安全学会『IATSS Review』Vol.23,No4、一九九八年
石丸紀興「広島の戦災復興計画時における復興顧問ジョン・D・モンゴメリーの計画思想とその果たした役割に関する研究」日本都市計画学会編『都市計画論文集』、二〇〇九年
石丸紀興「被爆後の広島と復興過程の状況」広島市公文書館編『広島市公文書館紀要』第5号、一九八二年
石丸紀興「『広島平和記念都市建設法』の制定過程とその特質」広島市公文書館編『広島市公文書館紀要』第11号、一九八八

年
石丸紀興「『広島平和記念都市建設法』の法案とその形成過程に関する考察」芸備地方史研究会編『芸備地方史研究』第一六二号、一九八七年
伊藤修一郎「自治会・町内会と住民自治」筑波大学人文社会科学研究科現代文化・公共政策専攻編『論叢現代文化・公共政策』Vol.5、二〇〇七年
猪野修治「スミソニアン原爆展論争を検証する」市民科学研究所『科学と社会を考える土曜講座 論文集』第一集、一九九七年
今村洋一「旧軍用地に係る土地政策と転用実態―終戦直後から戦災復興期の都市部における旧軍用地転用―」土地総合研究所編『土地総合研究』第23巻第3号、二〇一五年
井村喜代子「占領政策の展開――戦後日本資本主義論のために――」慶應義塾経済学会『三田学会雑誌』第七二巻第二号、一九七九年
岩崎文人「GHQ占領下のジャーナリズムと原爆文学研究―プランゲ文庫検閲文献を視座として―」二〇〇四年
岩崎美智子「『ララ』の記憶―戦後保育所に送られた救援物資と脱脂粉乳」東京家政大学博物館『東京家政大学博物館紀要』第14集、二〇〇九年
ジャスティン・ウィリアムズ「占領期における議会制度改革（2）民政局報告書『日本の政治的再編成―一九四五年九月～一九一九四八年九月―』」議会政治研究会『議会政治研究』第78号、二〇〇六年
遠藤誉「毛沢東は抗日戦勝記念を祝ったことがない」ニューズウィーク日本版、二〇一五年 https://www.newsweekjapan.jp/stories/world/2015/08/post-3859.php
大井昌靖「空襲判断と空襲様相―太平洋戦争中の日本本土空襲における焼夷弾の落下密度の分析から―」防衛大学校『防衛大学校紀要 社会科学分冊』第一一〇集、二〇一五年
大原総一郎「石井十次の生涯」保険研究所『保険研究所所報』第10号、一九六四年
大津寄勝典「企業家のフィランソロピー活動―大原孫三郎の場合―」中国短期大学『中国短期大学紀要』第25巻、一九九四年
尾津訓三「占領下における広島県内の文芸活動と検閲」広島市公文書館編『広島市公文書館紀要』第16号、一九九三年
加藤一彦「地方自治特別法の憲法問題」東京経済大学現代法学会編『現代法学』第18号、二〇一〇年
菊池義昭「大正期の岡山孤児院の運営体制と大原理事時代（1）」共栄学園短期大学編『共栄学園短期大学研究紀要』第18号、二〇〇二年
岸佑「『廣島』と『ヒロシマ』の間―平和記念公園の史的研究―」国際基督教大学比較文化研究会編『ICU比較文化』第41号、二〇〇九年
北野邦彦「『広報・弘報・PR』の語源に関する一考察」帝京大学文学部社会学科『帝京社会学』第21号、二〇〇八年
桐谷多恵子「戦後広島〝復興〟における青年運動に関する覚え書き―宍戸・勝丸両史料の批判的考察に寄せて―」法政大学大学院編『法政大学大学院紀要』第59号、二〇〇七年
桐谷多恵子「戦後広島市の『復興』と被爆者の視点―『中国新聞』の記事を史料として―」法政大学国際文化学部、国際文化情報学会編『異文化』論文編第7号、二〇〇六年

工藤泰子「『松江国際文化観光都市建設法』の特徴とその成立過程における住民意識」日本国際観光学会『日本国際観光学会論文集』第23号、二〇一六年

粂井輝子「友情と友好を結んで─敝之館からラヂオプレスへ─」国際協力機構横浜国際センター海外移住資料館『JICA横浜 海外移住資料館 研究紀要』第4号、二〇一〇年

小池聖一「広島大学を飾った人々〜森戸辰男と梶山季之〜」一般社団法人広島大学工学同窓会 総会記念講演、二〇一二年

小池聖一「森戸辰男の平和論」広島大学平和科学研究センター『広島平和科学』Vol.28、二〇〇六年

小宮京「三木武夫研究序説『バルカン政治家』の政治資源」桃山学院大学総合研究所『桃山法学』第22号、二〇一三年

篠田英朗「平和構築としての広島の戦後復興」広島大学平和科学研究センター編『IPSHU研究報告シリーズ』第40号、二〇〇八年

ビル・ステイプルズ・ジュニア/吉田恭子訳「日系アメリカ野球のパイオニア銭村健一郎」立命館大学国際言語文化研究会編『言語文化研究』第20巻第2号、二〇一八年

千代章一郎「丹下健三による『広島平和公園計画』の構想過程」広島大学平和科学研究センター『広島平和科学』Vol.34、二〇一二年

田代国次郎「戦後日本の売春問題1─広島県内の売春問題を中心に─」福島大学行政社会学会『行政社会論集』第3巻第2号、一九九〇年

田辺良平「広島政財界人物誌(その29)」春秋社『月刊経済春秋』、二〇〇三年

丹下健三「廣島市平和記念公園及び記念館競技設計等選図案1等」日本建築学会『建築雑誌』第64集第756号、一九四九年

丹下健三「平和都市建設の中心課題─としての平和會館─」都市計画協会『新都市』第4巻第8号、一九五〇年

千田武志「英連邦占領軍形成に関する一考察」広島大学経済学会編『広島大学経済論叢』第17巻第1号、一九九三年

出原均「記録と表現再論」兵庫県立美術館編『兵庫県立美術館研究紀要』第一〇号、二〇一六年

中川徹「〈史料紹介〉広島市における町内会」広島市公文書館編『広島市公文書館紀要』第4号、一九八一年

中川利國「〈研究ノート〉占領期におけるABCC広島原爆傷害研究所の整備と広島の復興について」広島市公文書館編『広島市公文書館紀要』第29号、二〇一六年

中川利國「〈研究ノート〉占領軍資料を中心とする広島市復興顧問と復興計画への一考察」広島市公文書館編『広島市公文書館紀要』第28号、二〇一五年

中川利國「世界へ訴える占領下の広島復興(その1)─占領期における広島発信の試み〜映画『平和記念都市ひろしま』─」広島市公文書館編『広島市公文書館紀要』第30号、二〇一八年

中川利國「世界へ訴える占領下の広島復興(その2)─占領期における広島発信の試み〜『広島平和都市建設構想案』と『原爆体験記』─」広島市公文書館編『広島市公文書館紀要』第31号、二〇一九年

成田全「浅田次郎の連作短編集『帰郷』が描くもの『これは戦争小説ではなく反戦小説です』」主婦と生活社『週刊女性』八月六日号、二〇一六年

二宮清純「衣笠祥雄が語る〝赤ヘル〟誕生秘話」現代ビジネス、二〇一四年　https://gendai.ismedia.jp/articles/-/40005
野村一男「戦後の闇市場」みづま工房『ひろしまの観光』第54号、一九七三年
長谷川寿美「広島の戦後復興支援―南加広島県人会の活動を中心に―」国際協力機構横浜国際センター海外移住資料館『JICA横浜　海外移住資料館　研究紀要』第4号、二〇一〇年
長谷川直哉「企業の社会的責任―日本型CSRの源流――大原孫三郎と金原明善―」法政大学イノベーション・マネジメント研究センター『イノベーション・マネジメント研究センターワーキングペーパーシリーズ』No.127、二〇一二年
濱保仁志「〈資料紹介〉カープ関係寄贈資料」広島市公文書館編『広島市公文書館紀要』第30号、二〇一八年
原田太郎「特集　陸軍墓地について」偕行社『偕行』八月号、二〇〇九年
広島平和教育研究所「『平和教育実態調査』まとめ」広島平和教育研究所編『平和教育研究』Vol.32、二〇〇四年
福間良明「『忘却という継承』の消失―祝祭・遺構・モニュメント―」立命館大学国際言語文化研究会編『言語文化研究』第25巻第2号、二〇一四年
淵ノ上英樹「平和モニュメントと復興」広島大学平和科学研究センター編『IPSHU研究報告シリーズ』第40号、二〇〇八年
舟橋喜恵「原水爆禁止世界大会［第一回］―藤居平一氏に聞く」広島大学平和科学研究センター『広島平和科学』Vol.20、一九九七年
逸見勝亮「第二次世界大戦後の日本における浮浪児・戦災孤児の歴史」教育史学会紀要編集委員会編『日本の教育史学　教育史学会紀要』37、一九九四年
正木喜勝「片岡勝旧蔵『銭村健一郎送信写真』について」立命館大学国際言語文化研究会編『言語文化研究』第20巻第2号、二〇一八年
正木喜勝「片岡勝旧蔵野球資料（一九二〇～四〇年代）」阪急文化財団『阪急文化研究年報』第6号、二〇一六年
松村高夫「広島・長崎の原子爆弾に関する初期調査」慶應義塾経済学会『三田学会雑誌』第八九巻第一号、一九九六年
松本栄寿「スミソニアン国立航空宇宙博物館をめぐる論争―歴史的背景と展示の現状―」全日本博物館学会編『博物館学雑誌』第21巻第2号、一九九六年
南川文里「ポスト占領期における日米間の移民とその管理―人の移動の1952年体制と在来日系人社会―」立命館大学国際関係学会『立命館国際研究』第28巻第1号、二〇一五年
湯川秀樹「研究室日記」京都大学基礎物理学研究所湯川記念館史料室
その他、『中国新聞』『朝日新聞』など新聞各紙、公文書、私文書、書簡、個人所有資料など

【取材協力・資料提供】
朝野洋　尼子康夫
ナスリーン・アジミ　井口健

池田正彦
稲葉玲子
碓井法明
内海雅子
岡ヨシエ
小倉佳子
海外移住資料館
外務省外交史料館
梶本淑子
梶山謙治
加藤英海
金子秀典
木村逸司
切明千枝子
楠忠之
粂井輝子
隈元美穂子
溪水社
広陵学園 広陵高等学校
国立国会図書館
国連訓練調査研究所（ユニタール）広島事務所
兒玉光雄
小林紀子
斉藤武秀
迫谷富三
佐々木健二
佐々木浩志
志賀賢治
四國光
シャムスル・ハディ・シャムス
衆議院憲政記念館
砂原克規
砂本忠男
武内五郎
竹内良男
田中豊光
田中浩洋
田辺良平
多山共榮
土屋時子
坪井直
トリィ・キィ
カリーナ・ナイマンバエワ
中川利國
中川幹朗
中村裕美
中山涼子
二川一彦
西垣武史
任都栗喜代子
任都栗新
浜井順三
阪急文化財団
アリ・M・ビーザー
広島県警察本部
広島県立図書館
広島市議会事務所 議事課
広島市公文書館
広島市職員労働組合
広島市退職公務員連盟まこも会
広島市立中央図書館
広島市留学生会館
広島市役所 企画総務局 広報課 報道担当・連携推進担当・人事部 福利課・秘書課 経済観光局 観光政策部 健康福祉局 原爆被害対策部・高齢福祉部 市民局 国際平和推進部 平和推進課・国際平和推進部 国際交流課 都市整備局 都市計画課
広島商工会議所
ヒロシマ・セミパラチンスク・プロジェクト
広島大学文書館
広島平和記念資料館 学芸課・啓発課
広島平和文化センター
藤本革治
米国立公文書館
平和のためのヒロシマ通訳者グループ（HIP）
松島英樹
松本満郎
真庭恭子
間宮章
三戸健二
村上啓子
森本弘道
山室軍平記念救世軍資料館
梁川忠孝
渡部朋子

※敬称略。五十音順

弓狩匡純（ゆがり　まさずみ）

作家・ジャーナリスト。1959年兵庫県生まれ。米テンプル大学教養学部卒業後、世界50ヶ国以上の国々を訪れ、国際情勢、経済、文化からスポーツに至る幅広い分野で取材・執筆活動を続ける。本書は、2017年第15回 開高健ノンフィクション賞の最終候補作を加筆修正したものである。
主な著書に世界87ヶ国の国歌を集めた『国のうた』、大手40数社の企業理念と波乱に満ちたその歴史に迫った『社歌』（以上文藝春秋）、偉人たちの名言を綴った『The Words 世界123賢人が英語で贈るメッセージ』（朝日新聞出版）や『国際理解を深める世界の国歌・国旗大事典』、『世界の名言大事典 英語でふれる77人のことば』、『平和のバトン 広島の高校生たちが描いた8月6日の記憶』（以上くもん出版）などがある。

装丁　大森裕二
カバー写真　宮角孝雄

平和《へいわ》の栖《すみか》　広島《ひろしま》から続《つづ》く道《みち》の先《さき》に

2019年7月10日　　第1刷発行

著　者　弓狩匡純《ゆがりまさずみ》
発行者　日野義則
発行所　株式会社 集英社クリエイティブ
〒101-0051 東京都千代田区神田神保町2-23-1
電話　03-3239-3811
発売所　株式会社 集英社
〒101-8050 東京都千代田区一ツ橋2-5-10
電話　読者係　03-3230-6080
販売部　03-3230-6393（書店専用）
印刷所　大日本印刷株式会社
製本所　加藤製本株式会社

ISBN 978-4-420-31084-0　C0095 JASRAC 出 1904898-901